丁晓平 著

中共中央第一支笔

胡乔木在毛泽东邓小平身边的日子

责任编辑：郭　娜

图书在版编目（CIP）数据

中共中央第一支笔:胡乔木在毛泽东邓小平身边的日子/丁晓平 著. —北京：
　人民出版社,2019.10(2025.1 重印)
ISBN 978－7－01－020518－2

Ⅰ.①中…　Ⅱ.①丁…　Ⅲ.①纪实文学-中国-当代　Ⅳ.①I25

中国版本图书馆 CIP 数据核字(2019)第 047939 号

中共中央第一支笔

ZHONGGONG ZHONGYANG DIYIZHIBI

——胡乔木在毛泽东邓小平身边的日子

丁晓平　著

人民出版社 出版发行

（100706　北京市东城区隆福寺街 99 号）

北京中科印刷有限公司印刷　新华书店经销

2019 年 10 月第 1 版　2025 年 1 月北京第 6 次印刷
开本:710 毫米×1000 毫米 1/16　印张:36.5　插页:8
字数:616 千字

ISBN 978－7－01－020518－2　定价:88.00 元

邮购地址 100706　北京市东城区隆福寺街 99 号
人民东方图书销售中心　电话（010)65250042　65289539

1945年8月，胡乔木随毛泽东赴重庆谈判。左起：张治中、毛泽东、赫尔利、周恩来、王若飞、胡乔木、陈龙。（童小鹏／摄）

1948年，胡乔木在西柏坡。

1949年3月，中共在西柏坡召开七届二中全会。毛泽东和胡乔木在一起。

1950年4月，毛泽东、朱德、胡乔木在中南海颐年堂会见全国新闻工作者会议代表。

1950年6月29日，毛泽东和胡乔木在中央人民政府第八次会议上。

1957年11月，访问苏联时在《莫斯科宣言》签字仪式上。左起：杨尚昆、胡乔木、郭沫若、邓小平、毛泽东。

1958年10月，胡乔木（右一）随毛泽东参观中国科学院科技成果展览会。左一为竺可桢，左二为郭沫若。

1977年8月，在科学和教育工作座谈会上。左起：胡乔木、方毅、邓小平、刘西尧。

1951年11月1日，胡乔木在中国人民政治协商会议第一届全国委员会第三次会议闭幕会上起立发言。

1955年10月23日，胡乔木在全国文字改革会议闭幕式上作总结发言。

1977年，胡乔木和秘书朱佳木在大庆油田调研。

1982年4月26日，胡乔木和彭真（中）、杨尚昆（右）在五届人大常委会第二十三次会议上。

1984年1月13日，胡乔木到陈云家中探望。

1984年2月，胡乔木在胡启立（右一）、袁庚（左二）陪同下参观深圳蛇口工业区。

.胡乔木在上海观看《于无声处》，并与作者亲切交谈。

胡乔木、谷羽夫妇看望叶剑英。

胡耀邦和胡乔木亲切交谈。

邓颖超和胡乔木亲切交谈。

1985年9月，邓小平和胡乔木在中共中央十二届四中全会上。

1984年10月，陪同邓小平参加北京正负电子对撞机奠基典礼。前排左二为胡乔木。

1989年11月9日，中共中央领导在十三届五中全会上。左起：宋任穷、胡乔木、李瑞环、宋平、万里、乔石、李鹏、邓小平、江泽民、薄一波、姚依林、杨尚昆、王震。

1985年6月1日，胡乔木和孩子们一起过六一国际儿童节。（赵捷／摄）

1987年，胡乔木接受美国作家协会主席索尔兹伯里采访。

1989年3－4月，胡乔木访美期间作《中国为什么犯二十年的"左"倾错误》讲演。

1986年秋，胡乔木、谷羽和李政道、秦惠䇹在中南海瀛台。

1990年6月9日，胡乔木、谷羽看望钱锺书、杨绛。

1936年4月，全家合影。中坐者左起：胡乔木的母亲胡夏氏和父亲胡启东。后排左起胡文新、胡穗新、倪鸿耀（胡达新妻子）、胡达新、张肃堂（胡履新丈夫）、胡履新、胡鼎新（胡乔木）。

新中国成立初期，胡乔木和夫人谷羽。

1953年夏，胡乔木、谷羽和女儿胜利（胡木英）、长子幸福（胡石英）和次子胡和平在中南海瀛台。

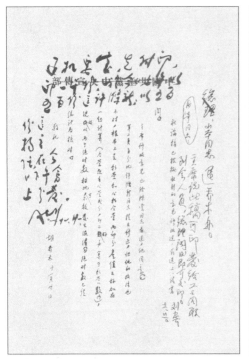

1955年11月20日，周恩来、刘少奇对胡乔木为《人民日报》写的社论稿《统一认识，全面规划，认真地做好改造资本主义工商业的工作》批语手迹。

1964年10月，毛泽东修改过的胡乔木诗词《沁园春·杭州感事》手迹。

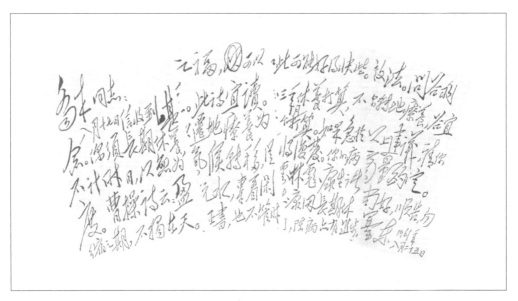

1961年8月25日，毛泽东致胡乔木信手迹。

1984年1月7日，胡乔木致邓小平信手迹。

1989年3月，胡乔木《中国为什么犯二十年的"左"倾错误》讲演稿手迹。

胡乔木和谷羽——"白头翁"和"白头婆"。

一个终生用笔来为人民服务的人。

（本书图片由胡乔木子女提供）

敬致读者

2019 年是新中国成立 70 周年，2021 年是中国共产党建党 100 周年，人民出版社出版《中共中央第一支笔》，是一件特别有意义的事。

《中共中央第一支笔》全面真实客观地呈现了胡乔木同志在中共中央高层工作 50 年的历程，从一个侧面系统总结了中共中央在思想理论、宣传教育、文化科学工作的历史经验。本书自 2011 年出版以来，备受社会各界关注和好评，深受读者喜爱，尤其是得到了胡乔木亲属和身边工作人员，以及中共党史学界的高度认可，我深受感动，在此深表感谢！

不忘初心，牢记使命。《中共中央第一支笔》是我历史文学创作的一个起点，也是我探索"文学、历史、学术跨界跨文体写作"的一个里程碑，其采访、创作和出版的过程已成为我生命的一部分，并让我从中找到人生不断奋斗、砥砺前行的方向、力量和价值，以及纯粹又简单的快乐。

感谢历史，感谢文学，感谢生活，感谢人生！

丁晓平　谨志
2019 年 9 月 2 日

我已经说了，我拯救了自己的灵魂。

——马克思《哥达纲领批判》

我这个人，说实在的，只会为政治服务，我一辈子就是为政治服务。但是我知道，我为政治服务，就是要为人民服务。而且，愈是为政治服务，我就愈感觉到政治不是目的，政治如果离开了人民的利益，离开了为社会主义、共产主义的目的，就要犯错误。

——胡乔木（1982 年）

胡乔木简介

　　胡乔木(1912—1992),江苏盐城人。1930年夏毕业于江苏省立扬州中学并考入清华大学物理系,后转历史系学习,同年在清华加入中国共产主义青年团,曾任北平团市委委员、宣传部长。1932年在盐城加入中国共产党。1933年秋转入浙江大学外语系读英文专业,是学生运动的领导人之一。1936年至1937年在上海参加左翼文化运动和中共地下组织的领导工作,曾任左翼文化同盟书记、中共江苏省委临时委员会宣传部长,是中共在上海抗日救亡工作的领导者之一。1937年7月奉调陕北延安,先后在中央宣传部、战时青年训练班和中央青委工作,任青训班负责人、中共中央青委委员、毛泽东青年干部学校教务长、中央青委机关刊物《中国青年》主编。从1941年2月起担任毛泽东秘书、中共中央政治局秘书,直至1966年"文化大革命"爆发。1942年全党整风运动中,他参与领导文艺界的整风运动。1945年作为正式代表出席中共七大,8月随毛泽东参加重庆谈判。1947年4月随毛泽东转战陕北。1948年4月到西柏坡,任新华社总编辑和社长、中央宣传部副部长、中国新民主主义青年团中央委员会委员、中华全国民主青年联合会全国委员会委员。

　　1949年,新中国成立后,任中共中央宣传部常务副部长兼秘书长(1950年至1954年),1954年起任中共中央副秘书长,1956年9月任中共中央书记处候补书记。其间,兼任新华社社长、人民日报社社长、中央人民政府新闻总署署长、政务院文化教育委员会秘书长、中国文字改革委员会委员、中央推广普通话工作委员会委员和汉语拼音方案审订委员会副主任、中国人民抗美援朝总会常务委员、全党整风三人委员会主任、中共中央翻译工作委员会主任、中华人民共和国宪法起草委员会委员、中共中央文字问题委员会主任。"文化大革命"中遭受"四人帮"迫害。1975年复出,任国务院政治研究室主要负责人,协助邓小平领导全面整顿工作。1977年组建中国社会科学院并出任第一任院长。1978年12月列席中共十一届三中全会,重新当选为中央委员,任中央副秘书长。1979年2月起担任全国人大法制委员会副主任,1979年6月起担任全国人大法案委员会副主任。1980年2月在中共十一届五中全会上选为中央书记处书记。其间,兼任毛泽东著作编委会办公室主任、中共中央文献研究室主任、中共中央党史研究室主任、国务院学位委员会主任、《中国大百科全书》总编辑委员会主任、吴玉章奖金基金委员会名誉主任。

胡乔木是中共第八届、第十一届、第十二届中央委员会委员,第十二届中央政治局委员,第一届至第五届全国人民代表大会代表,第二届、第三届、第五届人大常务委员会委员,第一届中国人民政治协商会议全国委员会常委。在中共十三大后退居二线,任中共中央顾问委员会常委、中共中央党史领导小组副组长、中国社会科学院名誉院长。

主要著作有:《胡乔木文集》(三卷)、《胡乔木回忆毛泽东》和《乔木文丛》(《胡乔木谈中共党史》《胡乔木谈新闻出版》《胡乔木谈语言文字》《胡乔木谈文学艺术》),以及《人比月光更美丽》《胡乔木诗词集》《胡乔木书信集》等。

contents 目次

导 读

父亲永远活在我们心中(代序)

胡木英　胡石英

　　为父亲胡乔木写传是一件很不容易的事情。从一个热血爱国学子到百科全书式的马克思主义理论家，从毛泽东时代到邓小平时代，父亲在中共中央工作50年之久，几十年如一日，把毕生的精力毫无保留地奉献给了中国共产党领导的中国革命和中国特色社会主义建设事业，赢得了"中共中央第一支笔"的赞誉，写下了苦难又辉煌的人生。正如杨尚昆叔叔所说的，父亲"是一个终生用笔来为人民服务的人"。

　　2012年是父亲诞辰100周年。父亲离开我们快20年了，但他的音容笑貌却时时在我们脑海里浮现。我们非常崇敬父亲、想念父亲，这也是天下所有的儿女都拥有的一种本能感情吧。和父亲在一起的日子，生活是那么轻快、明朗，世界是那么简单、易于了解。父亲的头脑是那样的聪慧，知识是那样的渊博，信仰是那样的坚定，对选定的人生道路是那样的执着，毫不动摇，毫不气馁。诚如朱镕基总理所说的，胡乔木的"道德文章确实是我们学习的楷模"，读他的文章"是一种高级的享受"，他"在你的面前总有使你如沐春风的感觉，没有拘束，想讲什么话就能讲出来，但是也确实体会到乔木同志的理论、文化、历史、艺术的修养是非常深厚。你跟他说话，就使你感到，你所知道的东西他都知道，而他知道的东西，你看不到边"。

　　父亲的历史，可以说是我们党、民族和国家历史的一种见证。他一生在理论、历史、新闻、文艺、教育、科学和语言文字等诸多方面，留下了宝贵的思想遗产。因此，总结他个人的历史，也可谓是从一个侧面系统地总结党的思想理论工作、宣传教育工作、文化科学工作的历史经验。我们一直有一个愿望，想为父亲写一本让老百姓可读的传记，这也是母亲生前的一个愿望。但要动笔来写父亲时，我们却感到自己的笔是那么笨拙，头脑里父亲的形象是那么遥远、那么模糊，却又是那么的清晰……而一辈子跟文字打交道的父亲，从来没有写过自己，他生前从来不准宣传自己，也没有留下任何个人传记方面的文字，更很少跟我们谈他的革命人生。岁月匆匆，白驹过隙，如今许多和父亲一起工作过的前辈都已经离开了这个世界，健在的能采访到的父亲的老战友、老同事们也已经十分有限，这给父亲传记的写作带来很大困难。因此，父亲的传记真的不是很好写。

现在，我们的愿望终于实现了。感谢作家丁晓平先生用五年业余时间完成了我们没有完成的夙愿。不为尊者讳，不为疏者隐。我们从丁晓平的这部胡乔木传中读到了许多连我们自己都不知道的父亲的历史，父亲的形象在我们脑海里也越来越高大，越来越深刻。

值中国共产党建党90周年之际，我们诚挚地向读者朋友推荐丁晓平的《中共中央第一支笔——胡乔木在毛泽东邓小平身边的日子》，这是一部优秀的传记作品，也是迄今为止最完整最全面的胡乔木传，它坚决反对歪曲和丑化中共历史的错误倾向，准确地把握了中共历史的主题和主线、主流和本质，实事求是地反映了父亲胡乔木的一生，用历史唯物主义观点正确书写了一部"信史"，让我们在阅读历史中汲取前进的智慧和力量。

我们永远为父亲感到骄傲和自豪！

父亲永远活在我们的心中！

2011 年 4 月

于北京万寿路

木卷 书生革命

出自幽谷,迁于乔木。

——《诗经·小雅·伐木》

第一章　少年英发

血化七年碧,花寻九日黄。累累知死所,耿耿至今光。
战垒哀新鬼,荒山吊国殇。应于泉下恨,何日扫挽枪。

——胡启东《寓穗集》(1918年9月)

不当"猪仔议员"的父亲胡启东是胡乔木人生之初的"启明星"

1912年,胡乔木诞生在盛开百合花的热土——盐城。时值6月1日,农历壬子年四月十六。

1912年1月1日,中华民国临时政府宣布成立。中国民主革命的先行者孙中山——这位高举三民主义之大旗,在如死水一样沉寂受辱的半殖民地半封建的中国掀起了革命波澜的孙逸仙先生,在南京宣誓就职中华民国临时大总统——成为中国历史上资产阶级共和国的第一位大总统。

2月12日,清帝被迫退位,统治中国的大权从未成年的末代皇帝溥仪及其朝廷手中转移到总理大臣袁世凯手中,袁世凯以全权组织临时共和政府,绵延两千多年的中国君主专制社会成为了历史。

2月13日,孙中山辞职。

2月15日,参议院选举袁世凯为临时大总统。袁世凯在清帝退位诏书中加入的"即由袁世凯以全权组织临时共和政府"一句,确保了清廷军队在过渡时期的稳定和忠诚。第二天袁世凯急急忙忙宣布"政府机关不容有一时之中断",立即"组织中华民国临时政府首领",行使中央政权职务。孙中山以

"共和政府不能由清政府委任组织",向袁世凯致电抗议。

3月11日,孙中山签署了南京临时政府参议院通过的《中华民国临时约法》。这是具有历史意义的一个创举。半是革命的产物,半是妥协的产物。这部相当于国家宪法的中国历史上第一部资产阶级民主共和法律,是南京临时政府在与北京的袁世凯集团斗争的最后一战时颁布的,是革命派的最后一张"王牌",企图用来约束袁世凯,以保障共和国的寿命能在袁世凯接手后能继续延续下去。

4月1日,孙中山正式解除临时大总统职务,南京临时政府在"临时"了整整三个月后夭折;从2月13日至4月1日,南北两个临时政府、两个临时大总统并存的局面也结束了。政权是革命的根本问题。资产阶级革命派在转眼之间就被迫交出了政权。半是胜利者,半是失败者。遭遇辛亥革命的失败,孙中山没有放弃革命,依然坚忍不拔地继续他伟大的革命事业。1912年8月25日,孙中山的同盟会与统一共和党、国民共进会、国民公党、共和实进会等四个政团合并,在北京成立了国民党。

也是在这年的冬天,中国历史上第一次进行了全国性的国会选举。

1913年1月10日,袁世凯发布国会召集令,定于4月在北京召开。3月20日,坚持国会要在南京召开、雄心勃勃欲出任内阁总理的宋教仁在上海车站遇刺身亡,年仅32岁。

1913年4月8日,中华民国第一届正式国会在北京召开。

1914年8月,第一次世界大战爆发。

1915年1月,日本以承认袁世凯称帝为条件,提出了灭亡中国的"二十一条"。5月7日,袁世凯被迫接受了其中的部分条款,签署了"民四条约"。消息传出,举国愤慨。

1916年3月22日,袁世凯无可奈何地宣布撤销帝制,废除"洪宪"年号。83天的皇帝梦灰飞烟灭。6月6日,因尿毒症不治而亡,归葬于河南安阳。

——毫无疑问,这是一个在中国近现代史上值得反复强调的年代。这是一个风云变幻的混乱年代,一个天翻地覆的年代,一个前所未有的年代,一个旋涡接着一个旋涡的年代。道德、金钱、民族、国家、法律、民权、民主、民生、腐败、分裂、外辱、黑暗、存亡,一切千百年来一直被拦蓄于坚固界限中的东西,一下子都渗透到了地下或者溢出了堤坝。

沧海横流,方显英雄本色。胡乔木的父亲胡启东因为文采飞扬闻名乡里,当选为1913年成立的中华民国第一届国会的众议院议员,成为这个时代的参与者、亲历者和见证者。

在这届议会中，国民党议员占了压倒性优势，而且大多是像胡启东一样被称为"新派"的三四十岁左右的年轻人。为了对付这些"新派"议员，袁世凯一方面授意梁启超、汤化龙等老君主立宪派组成进步党，形成对抗国民党的国会中的第二大党，一方面又对国民党议员采取分化政策，用金钱收买和武力威胁等手段，导致国民党在议会中无法成为钳制袁世凯的中坚力量。在种种诱惑、威胁和打击下，分化的分化，收买的收买，坚持革命的只好回到南方，国会实际上已经由袁世凯控制和把持。在这场斗争中，作为国民党党员的胡启东极力反对袁世凯策划指使将统一党、民主党和共和党合并为进步党的阴谋，主张国民党与共和党合作。但由于把持党务的汤化龙、林长民等人的反对，胡启东愤然参加了川、鄂、湘、赣、苏五省共和党少壮派的活动，始终与孙中山合作，进行抗袁斗争。

随着袁世凯在复辟帝制的历史丑剧中死去，黎元洪于 1916 年 6 月接任大总统。不久，分崩离析的国会重新恢复。然而在那个皇帝轮流做的年代，政局如云，说变就变。一年后的 1917 年 6 月张勋再次上演复辟帝制的历史闹剧，强迫黎元洪解散了国会。闹剧还没有结束，段祺瑞假"再造共和"之名，取得了国务总理之职，并利用日本"西原借款"，将徐世昌推上大总统的宝座。经过"二次革命"的孙中山总结了历史的经验教训，在广州树起"护法运动"的旗帜，号召国会同志南下，共襄国事。众多的进步议员纷纷响应，南下护法。胡启东欣然前往，再次勇敢地站在孙中山的立场上。行前，段祺瑞依然使用袁世凯那套利诱威逼的手段，以巨款挽留，胡启东不为所动，于 1918 年春夏抵达广州，参加"护法运动"。

这年 9 月，胡启东来到广州黄花岗凭吊了七十二烈士，并作诗《寓穗集》。他怀着感时忧国之心感叹道："战垒哀新鬼，荒山吊国殇。应于泉下恨，何日扫撅枪。"诗化的悲愤和惆怅，跃然纸上，满腔爱国热血一目了然。

城头变幻大王旗。1922 年，第一次直奉战争将段祺瑞内阁及其扶植的大总统徐世昌推倒，黎元洪又复任大总统。1923 年，军阀曹锟、吴佩孚假"法统重光"之名义，唆使其党羽胁迫国务总理张绍曾和大总统黎元洪先后出走，造成国会不得不选举总统的局面，公开要求国会选举曹锟为大总统。秋高气爽的十月是北京最好的季节，但政治风云诡谲的北京对胡启东来说，无疑是一场严峻的政治历险和人格考验。曹锟通过议长吴景廉出面，以 5000 块银元换取一张选票，大肆进行贿选。一直坚持先定宪法、后选举总统的胡启东，与吴江王绍鳌等议员一起坚决反对曹锟这种无耻的行径，并组织"宪社"以示决心。10 月 5 日，选举正式举行。是日出席的议员共有 587 人，最终曹锟以

480票的"高票"当选。而那些受贿的议员也因此在历史上这个臭名昭著的"曹锟贿选"中，获得了一个绝妙的称谓——"猪仔议员"。

拒收贿款、拒绝贿选、不投曹锟选票的胡启东，坚决不同流合污不当"猪仔议员"，与王绍鳌等议员一道离京南下。当他抵达南京的时候，没有想到一场暗杀正在等着他的到来。怀恨在心的曹锟和吴佩孚遥在北京，卑鄙地策划了这场阴谋。他密令江苏督军齐燮元派杀手到南京车站拦截，欲置胡启东于死地。然而幸运的是，这个计划在抵达南京时被同人察觉，经多方掩护，胡启东虎口脱险。抵达上海后，胡启东与王绍鳌等171人联名发表了《移沪国会议员宣言》，声讨曹锟贿选。此后，他寄居上海，参加了众议院议员张相久的"舆地学社"，开始从事地学研究。1924年，因为母亲生病，胡启东回到了故乡盐城县张本村，从此告别宦途。

隐居不出的胡启东作为盐城名流，始终热心家乡的教育事业。时在盐城县长林立山续修《盐城县志》的倡议之下，胡启东参加了修志工作。因作为总纂的东南大学教授陈中凡没有闲暇，实际上修志的重任就由胡启东一人承担。最终历时七年，长达14卷的《盐城县志》大功告成。为感谢胡启东为此作出的贡献，人称"胡氏县志"。与此同时，他还和胡毓彬等一起，共同校订印鸾章所著的《盐城乡土史》和《盐城乡土地理》，作为小学教材广泛使用。

1929年夏天，盐城遭遇百年一遇的大旱，海水倒灌，造成该地区庄稼大面积枯死。两年后的1931年又遭遇百年大涝，上河堆大堤决口20多处，平地积水数尺，盐城成了汪洋中的一条船。胡启东团结开明志士张逸笙等为兴修水利奔波，先后发表了《告淮南各界人士论工赈书》《论新洋港建闸》《射阳河建闸问题之商榷》等文章，为造福家乡百姓鞠躬尽瘁。

从不当"猪仔议员"到回乡为百姓造福，为人正直、富有正义感的胡启东，在其追求救国救民之真理的道路上的所作所为，深受盐城家乡父老乡亲的敬重。胡启东初名胡意诚，学名胡应庚。六岁那年，父亲突然因病去世，丢下他和年轻守寡的母亲胡季氏相依为命。母亲靠着家里的50多亩土地，含辛茹苦地把他养大。幸运的是，在同宗族祖胡初三请宿儒黄老夫子教授儿子胡毓彬读书时候，为了找个伴读的，无钱读书却聪明好学的他成为最合适的人选。从此他开始了读书生涯，及至弱冠之年便工诗善文。1902年，17岁的胡应庚在淮安府学考试中名列第九，次年荐考县学时又以第四名的成绩录取博士生员，成为清朝最后一届科举秀才。一心按母亲期望求取功名的他，却因科举制度的废除，不得不改变生活的道路，为谋生计，成为一名年轻的私塾先生，并奉命与夏氏成婚。胡应庚在进步思潮的影响下，痛恨清朝官场的腐败和社会的黑暗,追求光明,视救国救民为己任。于是他将自己的名字改为胡启东——像启明星一样照亮东方。

——胡乔木就诞生在这样的一个时代,诞生在一个与当时的国家政治有着直接高层联系却又十分普通的家庭。等到胡乔木六岁的时候,自然比他父亲胡启东要幸福得多。这个时候靠父亲的打拼,家里的田产已经由50多亩增加到了100多亩。当父亲正在广州参加"护法运动"的时候,胡乔木也进入了由胡氏宗祠改建的鞍湖小学(今张本小学)读书。

胡乔木在兄弟姐妹五人居中,是家中的第二个男孩,父亲给他取名胡鼎新。作为民主共和新政的国会议员的父亲,在子女的取名上大做文章,每人的名字上都带了一个"新"字。从中可见作为民国开明志士的胡启东之用心良苦——长女胡履新,长子胡达新,次子胡鼎新,次女胡穗新,三女胡文新。

革故鼎新。"新"——新的时代、新的思想、新的社会、新的国家、新的气象、新的希望。父亲的品格、操守和思想,对于儿子来说就像血液一样,是生命的另一种延续。无疑,立志求新的父亲,在幼年胡乔木的心中就像一颗启明星一样,明亮耀眼,导引着人生之舟的航向。

"新老大,旧老二,补补连连是老三。"受父亲的影响和家庭的熏陶,聪明伶俐的胡鼎新学习上刻苦钻研,生活上艰苦朴素。在小学读书期间,他一直穿的是哥哥穿过的旧衣服——一身黑色的粗布褂裤,常常让他同学中的那些纨绔子弟讥笑为"土包子"。但年幼的胡鼎新并不因此生气和自卑。他从父亲母亲那里知道了自己家的历史,懂得自己如今的生活已经比父亲和奶奶相依为命的艰难岁月要不知好多少倍了。珍惜所拥有的,把握所拥有的,比吃、比喝、比穿衣戴帽,哪里比得上学业好呢?

十岁那年,胡鼎新偶然读到了清人陈玉澍《后乐堂集》中的两首《七夕》诗。①他从诗句中感受到了封建礼教约束美丽爱情的悲剧,并对牛郎织女产生了深深的同情,于是作文《读〈七夕〉》。胡鼎新把这篇作文交给了国文老师张持白批阅。这个外号叫"张大肚子"的教员看了之后,大为赞赏,并将作文拿到课堂上去作为范文朗诵给同学们听。

1924年,也就是在父亲胡启东坚决不做"猪仔议员"弃政还乡的这一年,年仅12岁的胡鼎新经过六年的学习,从鞍湖小学毕业。父亲对这个小儿子格

---

① 陈玉澍《后乐堂集》中的两首《七夕》诗分别是,之一:"架得长桥鹊影寒,限人离别是狂澜。娲皇若未将天补,漏尽银河水不难。"之二:"纵使天钱未易酬,何妨两度会牵牛。他年我入钦天监,闰月都教在孟秋。"

外器重,希望能给儿子找个好学校,得到更好的培养。于是他专门陪儿子来到南京,报考江苏省立第一中学。但来了以后才知道,凡外地来上学的人都要给学校领导送礼进行"赞助"才能入学。性格耿直的胡启东一气之下立马回头,带着儿子来到扬州,报考省立第八中学(今扬州中学)。胡鼎新一下子就考上了,编入乙班读初中一年级。他也是鞍湖小学唯一考入省立第八中学的学生。

14岁胡鼎新在扬州街头发表揭批军阀孙传芳演讲时被捕

胡鼎新的作文在第八中学出了名。可以肯定地说,酷爱读书、热爱写诗作文的胡鼎新这一点受父亲胡启东的影响特别大。他的少年时代是伴随父亲续修《盐城县志》一起度过的。此间父亲还印刷出版了自己的《鞍湖诗集》。

走出盐城,来到扬州,对12岁的胡鼎新来说可谓是海阔天空。治学严谨的江苏省立第八中学当年的左翼势力非常强盛。而比他早两年进入八中就读的哥哥胡达新,自然成了他学习的好搭档。学习上互相帮助,生活上互相照顾,一对亲兄弟的故事在学校传为美谈。哥哥思想激进,在学校积极参加进步政治运动。弟弟酷爱读书,追求进步,也是家事国事天下事事事关心。1926年冬天,为了宣传国共合作共同北伐,迎接北伐军的到来,第八中学进步师生组织起来走上街头进行演讲。刚刚进入初三的胡鼎新也参加了,并在演讲中公开揭露批判了军阀孙传芳的倒行逆施,被当局逮捕。不论怎么说,14岁的胡鼎新还是孩子,当局鉴于其"年幼无知",经保释后返校读书。这标志着胡鼎新已经成为进步的中国社会左翼阵营的一员了。

第八中学藏书丰富,为了方便学生自由阅读,每个班级还设有一个图书专柜。胡鼎新就是在这里读到了大量的进步书刊和左翼作家作品,诸如鲁迅、郭沫若、成仿吾、郁达夫等等。而中国共产党实际上也已经在第八中学秘密地建立了组织。在他上初二那年,中共早期领导人之一的恽代英来到扬州,并在省立第五师范演讲,告诫青年学子"读书不忘救国"。胡鼎新知道消息后,特地跑到第五师范去听恽代英的演讲。在这次演讲中,胡鼎新知道了一本令他耳目一新的杂志《中国青年》。就像当年毛泽东在他的导师杨昌济那里知道陈独秀主编的《新青年》杂志一样,胡鼎新从此开始订购和阅读这本由恽代英主编的新杂志,并开启了他革命思想的启蒙,成为他青春做伴的"密友"。在这本当年发行三万多册的中国社会主义青年团的机关刊物中,胡鼎新读到了恽代英、邓中夏、萧楚女、张太雷、任弼时等人发表和编辑的文章,深受教益。1928年春节回家时,胡鼎新还特此带了几册《中国青年》回家,给妹妹胡穗新和胡文新阅读。而在以后的岁月里,两个妹妹就在二哥的影响和帮助下走上了革命的道路。然而让胡鼎新自己也不会想到的是,十年后的1939年4月,他这个《中国青年》的热心读者竟然变成了它的主编。

从此,胡鼎新开始关注宣传马克思主义的刊物和书籍,其中《向导》给他的影响是非常重大的。在这本中共中央机关刊物中,他又读到了中共高级领导人陈独秀、李大钊、瞿秋白、蔡和森等人的文章,还第一次读到了由陈望道翻译的《共产党宣言》。此刻的胡鼎新政治思想逐渐明确,已经是一个热爱布尔什维克的爱国左翼青年了。

1927年大革命时期,北伐军第十七师抵达镇江,攻打南京。驻守扬州的军阀孙传芳闻风丧胆,一边做逃跑的准备,一边搜捕进步学生充壮丁。第八中学校长叶维善闻讯后立即决定停课放假。胡鼎新和哥哥胡达新一起到镇江躲避。风暴之后,等他们兄弟俩返校读书的时候,省立第八中学与省立第五师范已经合并,改名扬州中学。

18岁胡鼎新锋芒初露,批评学校"甘当国民党的压迫工具"

新的扬州中学开始分设文、理两科。而胡鼎新也开始进入高中部就读。酷爱文史和写作的胡鼎新却出人意料地选择了理科。但他并没有放下手中的笔,开始写诗,开始为学生会主办的《扬州中学校刊》写稿,并被聘为编辑。

胡鼎新对西方文学的阅读面之宽是令人惊讶的。1930年4月16日出版的《扬州中学校刊》第48期发表了他3月22日写的《近代文艺观测》。文中专门对西方"近代文艺"的浪漫派、自然派、颓废派、未来派和自然主义、未来主义以及革命的文艺进行了全面的梳理分析,所涉及的国外作家、诗人、艺术家多达40余位,比如:法国的左拉、莫泊桑、兰波、雨果、法朗士、马拉美、魏尔伦、萨德等;俄国的高尔基、契诃夫、屠格涅夫、普列汉诺夫、马雅可夫斯基等;英国的莎士比亚、威廉·莫理斯、道森等;美国的惠特曼、庞德等;德国的康德、黑格尔;古希腊的亚里士多德和爱尔兰的王尔德等等,以及意大利、比利时和日本等国的作家作品。在这篇文章的结尾,胡鼎新说:"聪明的读者或许已能从数十年来浩瀚的西洋文学中认识出一种主流的趋向,就是摇落的感伤主义,盲目的享乐主义,英雄的个人主义如何会销声匿迹;就是大时代中知识分子阶级态度要如何的转变；就是进步的人类对于文学，对于艺术，对于一切高尚的学术，需要如何的强度的热爱、美丽的虔诚，需要如何的有伟大的真实的生命的宗教——这种宗教，不是虚幻的空疏的过去一切的旧的耶稣教、佛教、拜物教和拜金教，而是敢于以全人类的血肉为牺牲，以全人类的幸福为鹄的，将黑暗的昨日与混乱的今日勇敢地无畏地向明日的光明与快乐推进的宗教——社会主义。"

确实很难想象，这段精彩的文艺评论出自一个年仅18岁的高中三年级学生的手笔。这篇文章虽然是其对西方文艺中的颓废派、未来派和"普罗派"（即无产阶级派）的文艺评论，但从论点的中心思想来看，足以证明胡鼎新的意识形态方面已经是一个初步的共产主义者了。

在《扬州中学校刊》上我们还可以看到胡鼎新发表的小说《逸——赠L及有同感的人》和诗歌《别辞》等作品。这些作品都是他18岁高中毕业前夕发表的。就是在今天，当我们静心阅读这首胡鼎新自认为"伤感气氛太重"的诗歌《别辞》的时候，仍然能体味到这个18岁的热血青年心中所喷涌出来的无限的青春激情和向往，以及对未来光明的呼唤和呐喊——

　　我底美丽的小提琴啊，/当我末一次为你弹弄/我底悲伤的梦幻的调子/我底心是何等的爱你呀！/你是柔弱而忸怩的，/你底勇气使你不敢露面/却默默地躲在我底怀里，/等到我在旅途上走倦/一个人坐到戴花的野草上/且轻轻地叹息时/你才快乐地跳出了，/你替我唱了许多可笑的传奇，/又用了别人所不能知的言词/来安慰我底秘密的哀愁。/但我亲爱的青春的友伴！/我要怎样来对你讲呢？/我为你弹了各种的歌声/于我却仅是不调和的残破或错乱！/我将重新我底弓弦，/我将不再弹什么/沾沾自喜的富郎们，/翩翩顾影的姑娘们，/象牙塔里的学艺者们/和捧着古代或上司底经典/高呼着"服从！"的教育家们，/我将永不再弹布尔乔亚底温暖而腐烂的歌声了，/我说："再会吧！"/若我继续混在犬儒和宿命论者之群里/或凄然地藏在时代底暗角里，/我底青年的心会要发霉，/我底手将瘫痪不能拨你了！/小小的提琴啊，你不要怕我现在/将弦张得太紧，弓拉得太急了罢，/我是被人间底的爱情所熔化/使我再不能忍受这非生灵的/冷淡与平凡的空气了，/我要来奏一个粗暴的调子/直到你突然中断。那时/你将见你底密友倒卧在/人们所赐予的血迹模糊里，/但他底脸上却仍溢出了/战斗过来的红色的欢笑，/因为他底血液曾是沸热/

而他底灵魂是永远的光明的。①

　　而就在扬州中学就读期间，胡鼎新也曾面临失学的危险。那是1929年的事情，胡鼎新正读高二，马上就快毕业了。在父亲的辛苦经营之下，胡家的田产这时已从100多亩增加到了300多亩，但因为这一年家乡盐城遭遇了特大旱情，庄稼几乎颗粒无收，佃户交不上租子，家里的经济陷入窘境。而此时，兄妹五人中，四个都在上学，哥哥胡达新已考上上海交通大学土木工程系，需要一大笔学膳费。胡鼎新不得不暂时休学，以供哥哥读大学继续深造。眼看着还有一年自己就要高中毕业了，他非常伤心，但却没有办法。后来，不甘中途辍学的他，不知哪里来的勇气，大胆地找到校长叶维善，把家庭情况和自己希望能继续读书的愿望诉说了一番。幸运的是，叶校长在这个关键的时候伸手帮助了这个可爱又无助的学生。从此，教授化学的叶校长有了一个化学课程的助手。胡鼎新帮助叶校长批改低年级同学的化学作业，刻钢板，印讲义。就这样，他靠给校长打工，半工半读挣得了上学的学费，坚持读完了高中。

　　但就在高中毕业前夕，扬州中学开除了几名参加中共地下组织的学生。胡鼎新此时虽然还没有参加任何组织，但正直无畏的他对此非常气愤，给叶维善校长写了一封信，直截了当地批评学校"甘当国民党的压迫工具，把无辜的学生开除"。胡鼎新以其青春的锋芒和胆识令扬州中学的师生们睁大了眼睛，暗暗地为这个18岁的年轻人竖起了大拇指。

　　1930年夏天，胡鼎新从扬州中学毕业，考取了清华大学物理系。

　　多年以后，胡乔木回忆起他的中学时代时说："扬州中学当时并没有指引我们革命的道路，也没有教导我们许多革命的道理，但是扬州中学给了我们'正直向上，乐于求知'的教育，给了我们宽松的读书环境，这使我们至今非常感激，对当时的许多教师和同学，一直不能忘怀。"

---

① 这首诗歌写于1930年5月7日，发表在1930年5月31日出版的《扬州中学校刊》第50期，署名"普三乙胡鼎新"。"普三乙"是胡乔木的班级名称，即高三乙班。

第二章　鼎新求学

男儿未老肯先休？身世于今欲病囚。

风疾归蓬怜日宴，鸟飞遗石羡云游。

寻仙空醒枕中梦，剖腹还招心上秋。

闻说天涯光景好，苍溟不见怕乘舟！

——胡乔木《无题》(1934 年 10 月)

吴有训一句话让中国少了一个物理学家，造就了一个大秀才

18 岁了。这是胡鼎新第一次独自远行，去比扬州、比南京更加遥远的北平。

清华大学——这个至今仍然为中国的少男少女们向往的大学殿堂，对胡鼎新来说，也同样充满着期待。离开父亲母亲，就像一只可以单飞的小鸟，终于可以用自己的翅膀独自飞翔。

一个扬州中学理科班的学生考上了清华大学的物理系。就是在今天这也是一个学校的骄傲，为许多人羡慕。但面对胡乔木这个历史人物，我们不禁还有些疑问，他这样的一个大笔杆子最初为什么选择学理科呢？这里就不得不提到一个人。他就是时任清华大学物理系主任，后来还曾任中央大学校长和中国科学院副院长的吴有训。

历史往往就是在这些细节中找到契机，发生转折，或许是一件事，甚至一句话。工作，细节或许能决定成败；历史，细节或许能改变未来。

当时清华大学有一个不成文的规矩，各个系的系主任对录取的新生要进行审查，如果发现入学考试成绩、健康状况条件不宜在该系就读的话，就

找来谈话,进一步决定是留在本系,还是劝其转读他系。新生如果觉得所选专业不理想,也可陈述理由,请求转系。这天,大名鼎鼎的吴有训教授找到胡鼎新,对这个来自盐城的新生说:"听说你常去听文科的课,是吗?"

"是的。"胡鼎新点点头。

"那你为什么选读物理?"

"我觉得物理很重要。"

"你既然觉得物理很重要,就得在物理上多下些功夫,为什么花时间去听文科的课?"

"我对那些课很感兴趣。"

"感到有兴趣的课,才会去专心攻读,取得成果。既然你对文科感兴趣,可以允许你转系。你考虑一下吧!"

胡鼎新明白吴有训话中有话。经过一番考虑,他真的决定改变自己的求学方向,弃理从文。然而,此时国文系的学生已经满员。当他得知历史系还有名额的时候,就毫不犹豫地决定改读历史系。

就这样,吴有训的一句话真的改变了胡乔木的人生,中国或许从此少了一个物理学家,但却造就了20世纪中共党史上公认的第一支笔,并且成为中共政坛的"常青树",在中共中央工作长达50年。

Toss PK Anti-Toss ·"上帝在哪儿? 阿门!"

众所周知,清华大学是用美国归还的庚子赔款创办起来的,最初的设立是作为留美预备学校,是一所美国式的学校。因此清华的一些制度也就因袭美国人的方法,比如像美国校园里老生戏弄新生的传统游戏——拖尸(Toss),就是一种所谓用来杀一杀新生的傲气的陋习,清华大学也采用了。

每年9月,清华的新生入学报到,就首先要到体育馆进行"体格检查",高年级的老生命令每一个新生做"钻网过",用鼻子顶着球爬等一系列的"摸爬滚打"动作,最后再由四个人分别抓住新生的四肢,悬空着晃来晃去之后抛扔到旁边的棉垫子上。如果有人反抗,就会被扔进游泳池中作为惩罚。这就是所谓的"拖尸"。"拖尸"通过者,还要在手臂上盖上一个紫色大印"验讫",以示合格。

对于这种有损人格的做法,新生们敢怒不敢言。这天晚上,1930年入学的一些新生就集合在清华气象台下面的草地上商量对付的办法,决定自由组合成立一个"反拖尸"(Anti-Toss)队伍。在讨论中,历史系新生胡鼎新突然站起来提议说:"我们罢课!"这声提议虽然最后没有得到采纳,但这种勇于反抗的精神却令许多同学把敬佩的眼光投给了这个操南方口音、个头不高的同学。此后胡鼎新也就成了这个"反拖尸"队伍的积极分子。因此他得到了曾迪先①的注意,和他交上了朋友,不久便吸收胡鼎新加入其组织的读书会,成为"左联"的积极分子。

到了1930年底,清华大学的地下党团组织已经非常健全,而且还领导着诸如社会科学研究社、世界语协会、反帝大同盟、铲除基督教青年团等。当时清华园里的基督教氛围很浓,反基督教的活动主旨是在提醒中国青年学生不要受打着宗教幌子进行文化侵略的迷惑,是同反帝爱国思想紧紧联系在一起的。在胡鼎新的组织领导下,参加铲除基督教青年团的有100多人,经常举办"反宗教报告会"和各种形式的座谈会。《清华周刊》还曾出版过两期"铲除基督教"的专号。

最让同学们忘不了的是,胡鼎新在燕京大学小教堂里的"幽默"。燕京大学离清华大学不远,是一所教会学校,设有神学院,宗教势力比清华大学大多了。胡鼎新为了把反宗教工作延伸开去,他就亲自去燕京大学做工作。有一个礼拜天,燕京大学的小教堂里正在做礼拜。胡乔木也安安静静地走进去,和众人一起听牧师布道,最后也和众人一起举行祈祷。然而等祈祷结束后,众人正准备离开的时候,胡鼎新突然在人群中高喊起来:"上帝在哪儿?阿门!"全场愕然。

说完,在众人的注视中,胡鼎新从从容容地走出了教堂。

清华校长翁文灏警告胡鼎新:你演的戏太危险,会把戏台搞塌了!

这个时候的清华大学左翼力量已经很强,学生会基本上已由中共地下组织所掌控。在历史系读书的胡鼎新依然怀着一颗文学的心,像中学时代一样,自然而然地经常参加中国左翼作家联盟的一些活动。

---

① 曾迪先,广东梅县人,1927年考入清华大学经济系,1928年加入中国共产主义青年团,1929年起担任中共北平地下党负责人。1931年夏,因白色恐怖离开北平。1991年1月18日病逝。3月15日,胡乔木闻讯后函曾迪先之子曾昭凯:"接2月21日信,惊悉令尊迪先同志已于1月18日去世,深为痛悼。他是我参加革命的直接介绍者,他在清华大学最后一学期的活动对我后来的生活道路起了关键性的作用,我永远不会忘记他。他虽不在了,我仍希望上海市党组织能追认他的党籍。"

在扬州中学读书时，胡鼎新就对清华大学中文系主任朱自清仰慕已久，散文《背影》更是他铭刻于心的经典佳作。身在清华，为什么不能去看一看朱先生呢？况且一直自称"我是扬州人"的朱自清还是自己的同乡呢！于是他大胆地给朱自清写了一封信，征询他对"左联"的看法。

此时，朱自清正沉浸在爱妻武仲谦病逝的悲痛之中。这些年来，朱自清对当局在"三一八惨案"和四一二反革命政变的所作所为，痛心疾首，"心上的阴影越来越大"，埋头研究学问，躲避世俗的烦恼。当他收到这个来自故乡的历史系新生的来信时，还是出于同乡之谊，亲笔给胡鼎新写了回信，请他"来客寓一叙"。

收到朱自清的亲笔信，着实让胡鼎新兴奋了一番。他立即如约。两人一见如故，各抒己见，不仅谈了左翼作家联盟的现状和国内时局的变化，而且朱自清还将夫人病逝、自己将赴英国留学、漫游欧洲等等想法告诉了这个过去从未见过面的青年学子。

也就是在 1930 年的年底，入学不到半年的胡鼎新由曾迪先介绍，加入了中国共产主义青年团。清华园就这样自然又必然地成了胡乔木正式踏上革命道路的红色起点。

刚刚加入中国共产主义青年团的胡鼎新，不久就被中共党组织任命为共青团西郊区委书记，并与白坚（组织部长）、李耕（宣传部长）等五人组成共青团西郊区委。而令他想不到的是，同志们还一致推举他来主持西郊区委的工作。这群十八九岁充满朝气的年轻人，正像一轮旭日冉冉地在北平这片古老而新生的地平线上升起……

西郊区委在胡鼎新的主持下，工作干得有声有色。他们以燕京大学、清华大学为阵地，组织读书会，开办"平民夜校""工友子弟学校""农民补习学校"等，宣传进步的革命思想。为此，胡鼎新还搬家到白坚的住处，两人共居在一个仅有 8 平方米的单间小屋里，成为睡上下铺的兄弟。

作为主持西郊区委工作的主要负责人，胡鼎新自然成了清华大学的活跃分子，积极投入革命活动，发展团员，并动员清华大学的工友参加学习。在清华，胡鼎新曾到外语系找到同学季羡林，请他为其创办的一个工友子弟夜校上课。

季羡林回忆说："我确实也去上了课，就在那一座门外嵌着'清华学堂'的高大的楼房内。有一天夜里，他摸黑坐在我的床头上，劝我参加革命活动。我虽然痛恶国民党，但我觉悟低，又怕担风险，所以，尽管他苦口婆心，反复劝说，我这一块顽石愣是不点头。我仿佛看到他的眼睛在黑暗中闪光。最后，听他叹了一口气,离开了我的房间。早晨,在盥洗室中我们的脸盆里,往往能发现革命的传单,是手抄油印的。我们心里明白,这是从哪里来的。但是没有一个人向学校领导去报告。"[①]

为了扩大革命影响,胡鼎新多次步行十几里到香山,为给自己筹办的农民补习学校的农民上课,宣讲革命道理。然而也就是这个补习学校的一个农民给胡鼎新带来了麻烦。1931年暑假前夕,这个农民学员从香山来到清华大学找胡鼎新。谁知偏偏这个时候学校某学生宿舍发生了失窃案,这个衣衫褴褛的无辜农民因为在清华园四处晃悠,竟然被当作了作案嫌疑人,被校方抓了起来。经不住拷打,这个农民只得"招供"说出了实话:是为共青团的事情,来找胡鼎新的。农民脱身了,而胡鼎新的真实身份也暴露了。

中共共青团组织浮出水面,立即引起了清华大学校方的注意。校长翁文灏博士亲自拿着左翼学生名单,一个个找来亲自谈话。这个当时思想还算开明、具有自由主义精神的著名地质学家,半是风趣幽默,半是警告性地对胡鼎新说:"清华园好比一个大戏台,生旦净末丑,各个角色都可以登台亮相,表演一番。不过,要是大戏台倒了,那谁都演不成了。你现在演的戏太危险,会把戏台搞塌了。我作为校长,给你两个建议,供你选择:一是希望你保证今后不要再在学校进行那些危险活动,二是离开清华大学。"胡鼎新选择了后者。

15年后,当胡乔木作为毛泽东的秘书参加重庆谈判的时候,这位曾先后出任南京国民政府行政院长、总统府秘书长的清华老校长也参加了谈判。师生再次相见,他们都没有提及清华园的这段往事。翁文灏怎么也不会想到,当年那个19岁的清华学子胡鼎新,如今已是毛泽东的秘书胡乔木。

仅仅读了一年,胡鼎新就与水木清华告别了。没有遗憾,也没有懊悔。

1931年8月,胡鼎新调任共青团北平市委委员、宣传部长。

丢了学业的胡鼎新因为说真话竟然成了"同情托派分子"

胡鼎新现在的身份已经是共青团北平市委的领导人了。对于这个角色的转变,胡鼎新因为有了在清华大学的短期革命活动实践,似乎已经是得心应手。

1931年9月,九一八事变爆发,中华大地如同地震。东三省沦陷后,全国

---

① 季羡林:《怀念乔木》,见《我所知道的胡乔木》,当代中国出版社1997年5月第1版,第481—482页。

掀起了抗日怒潮。具有爱国传统的北平青年学子纷纷走上街头,高呼抗日救国口号,要求奉行不抵抗政策的蒋介石政府改变"攘外必先安内"政策,出兵抗日,还我河山。作为宣传部长的胡鼎新自然重任在肩,不能有丝毫懈怠。当国家和民族受到外来侵略的时候,作为中华热血男儿没有理由退却,只有奋起抗争,宁玉碎,不瓦全。既是领导者,又是参与者,胡鼎新和所有的青年学子一样,走上街头,张贴标语,散发传单,向政府请愿,带领学生、工人和市民罢课、罢工、罢市,并组织各界抗日救亡团体,开展抵制日货等各种各样的抗日救国活动。

就在这个时候,中共中央错误地执行了王明"左"倾教条主义,甚至提出了诸如"武装保卫苏联""工人阶级无祖国""第三国际以苏联为中心"等完全脱离群众、隔离民族情感的口号。胡鼎新和共青团北平市委的领导人都觉得这种"左"的口号是不适宜提出来的,是自我脱离群众,难以让群众接受。于是,大家在行动中都没有使用和宣传。共青团北平市委的这种做法却引起了一些人的不满。不久,一封检举告状信寄到了中共河北省委领导部门,认为共青团北平市委的行为是"右倾"。而更为重要的是告状信还检举"揭发"了共青团北平市委的某领导人与"托派"有联系。其实,这完全是一封诬告信。事实上是被检举的那位领导人在大街上偶遇了一个多年不见的同乡,彼此寒暄了几句。因为这位同乡曾参加过"托派",于是当检举者看到这个情景后,就捕风捉影地联想臆测,说他是在和"托派"组织搞秘密活动。但陈道远仍然下令共青团北平市委开除这个领导人。对于上级在不明真相的情况下开除自己的战友,伸张正义有话就说的胡鼎新提出了反对意见。他认为在理由和证据不足的情况下,就这么草率地开除一个同志,既有伤同志感情,又有伤革命事业。但最后的结果依然没有改变,而胡鼎新却因此戴上了"同情托派分子"的帽子,靠边站"挂"了起来。共青团北平市委也因此解散,只剩下那个所谓的"举报人"了。

这或许是胡鼎新最为苦痛的一个时期。清华大学读书的梦想已经化为泡影,如今又失去了组织的信任,可谓举目无亲。但他并没有自暴自弃,孤独有时候也会变成一种力量,只要信仰在,只要信心在。没有了组织上的工作,胡鼎新觉得自己反而有了更多的读书学习和自由支配的时间。于是他便辗转在清华大学、北京大学、中国大学之间,一边在课堂旁听老师讲课,一边到图书馆看报读书,抓紧自学。

胡启东天命之年进京,通过乔冠华找到大半年没有消息的儿子

一直忙于革命工作,胡鼎新已经很久很久没有给家里写信了。在他的记忆中,好像还是刚离开清华的时候给父亲去过一封信,告诉家人今后来信请寄到"北京大学顾卓新处收转"。

远在故乡的胡启东也觉得纳闷:儿子自从告诉他今后来信请寄到"北京大学顾卓新处收转"后,就再也没有来信了;而儿子明明是在清华读书,信却为啥要寄到北大呢? 如今大半年过去了,儿子杳无音讯,他在干什么呢? 儿行千里母担忧。在这样一个兵荒马乱的岁月,远在北平的儿子到底发生了什么事? 胡启东越想越怕。他实在放心不下了,于是就要当小学教师的女婿张肃堂陪他到北平看一看,一定要见一见儿子,问一问他为什么这么长时间不给家里写封信,报个平安。可他不知道儿子究竟在北平什么地方,就四处打听,终于知道盐城还有一个与儿子胡鼎新一道考上清华大学的乔冠华。于是,他踏上了进京千里寻子的行程。

一到北平,胡启东就很快在清华大学找到了乔冠华①。同为盐城老乡,乔冠华和胡鼎新当然熟悉。很快,父子终于相见。年近天命之年的胡启东看见小儿子消瘦了许多,心中的埋怨和担忧全都化作了怜惜和疼爱。因为身体患病,胡鼎新既没有了学业又没有了工作。开明的父亲懂得儿子的心,理解儿子的所作所为,唯一的要求就是要他回家养病。胡鼎新在向组织汇报后,组织上批准了他暂时回家休养。

就这样,胡鼎新在 1932 年的春天,跟随父亲回到了家乡盐城。

胡鼎新在家乡加入中国共产党,创办《海霞》和《文艺青年》

在回家之前,胡鼎新先是去了一趟上海,去看望在上海交通大学读书的哥哥胡达新。在这里,他见到了扬州中学的女同学丁冬方和担任中共学生支部书记的同乡陈延庆(后改名王翰)。这次短暂的交往中,胡鼎新和他们组织了一次秘密的时事政治问题讨论,并提出发起建立一个社会科学研究会,以便大家共同探讨和宣传中国革命。陈延庆告诉他,上海在 1931 年 5 月 20 日

---

① 乔冠华(1913—1983),生于盐城东乔庄,即今天的建湖县庆丰乡福初村。时在清华大学中文系,后转哲学系就读。1974 年至 1976 年曾担任外交部长。

已经成立了一个左翼社会科学家联盟(简称"社联"),发表文章,出版图书,活动开展得有声有色。胡鼎新听了很是兴奋。

回到家乡的时候,已经是莺飞草长春暖花开的五月了。一边休养身体,一边为了打发时光,胡鼎新来到姐夫张肃堂任教的盐城宋村小学,帮助他批改学生作业,直到期末。

胡鼎新有个三姨父名叫朱木香,在盐城县城里当贫儿院院长。暑假到了,胡鼎新就去县城的三姨父家探望,顺便在那里散散心。这时,胡鼎新结识了一个叫刘必余的教师,两人一拍即合,言谈非常投机。刘必余是中共地下党员,通过交往发现胡鼎新是个明显有革命倾向的年轻人。时间一长,两个人就成了好朋友,彼此也十分交心。胡鼎新就把自己曾在共青团北平市委工作的往事跟他说了。刘必余一听十分惊喜,立即将这个消息向中共盐城县委书记嵇荫根(化名蔡道生)作了汇报。于是嵇荫根就秘密地找胡鼎新谈话,经过几次接触,证实了胡鼎新在北平工作的真实身份后,便决定介绍他加入党组织。胡鼎新一听,真是喜出望外。回家半年来,他一直都在与组织联系,可千里迢迢没有任何消息。如今他终于找到中共党组织了,好像漂泊的船儿终于靠了岸。

1932年秋天,胡鼎新在家乡的土地上加入了中国共产党,成为一名光荣的中共党员。在家乡这片百合花盛开的热土上,他又开始了革命的求索。而就在去年3月,骆继乾、唐德芳、宋景煜三位优秀的共产党员因向群众散发革命传单,被特务徐泽民告密后,惨遭国民党反动派杀害,鲜血染红了家乡的土地。骆继乾烈士在监狱中面对长达一年的审讯和酷刑拷打,依然坚贞不屈地和反动派作斗争的英勇事迹,更是令胡鼎新敬佩不已,在心中刻下了深深的烙印。40年后,当胡乔木在审读《盐阜区革命斗争简史》时,满怀深情地写下了这样一段批注:"我听说当时有一个年轻的党员被捕后,在国民党的法庭上,大义凛然地痛斥国民党,在社会上很有影响,惜现已忘记姓名。"

已经是中共党员的胡鼎新,从此就在三姨父朱木香的贫儿院扎根了。对外说他在这里养病,实际上他在这里和学府街小学教师、乔冠华的大哥乔冠军一起,成立了"综流文艺社"。他们团结周围四五十个进步青年,经常在一起阅读进步书刊,讨论国政时事,还民主选举产生了理事会。

在中学时代就当过校刊编辑,又在北平有过革命实践经验的胡鼎新,思想自然更加活跃些,他觉得"综流文艺社"还有进一步发展的潜力和进行革命思想宣传的可能。于是,他向乔冠军建议并请他出面出版一个公开的刊物,得到了乔冠军的赞同。1933年春天,以乔冠军名义主编的《海霞》正式出版了。

《海霞》这本 64 页 32 开的半月刊是综合性的文艺刊物,既发表诗歌、散文、小说等文学作品,也发表一些政论文章,但主题思想就是反封建反独裁,争民主争自由。胡鼎新担任《海霞》的执行主编,他在刊物上发表的文章也最多。作为一本同人刊物,作者除了他和乔冠军之外,还有《民声日报》记者邱剑鸣(后改名胡扬)和张景炎、陈廷宪等人。发行由刘必余和一个姓藏的青年公开出售,一部分免费赠送。但因经费是靠大家互相筹集的,读者有限,发行数量跟不上,《海霞》在出版了三期后被迫停刊,改出周报《文艺青年》。

《文艺青年》是一张八开四版的周报,胡鼎新担任主编。有了《海霞》办刊的经验,《文艺青年》无论在内容和形式上都有了进步,更加活泼可读,而且价格相对低廉,发行量有所增加。而比《海霞》更进一步的是,《文艺青年》的稿源更加开放,开始发表外国文学作品,拓宽了盐城读者的阅读视野。胡鼎新首先发表的是自己从英译本转译的俄国作家契诃夫的短篇小说《凡卡》(一译《万卡》)。这年暑假在上海交通大学读书的陈延庆回乡探亲,胡乔木又把他介绍给中共盐城县委书记嵇荫根。

不久,应胡鼎新之约,《文艺青年》上发表了陈延庆撰写的介绍巴黎公社和苏联现状的两篇文章。与此同时,胡鼎新还不忘在清华园读书的乔冠华,请他为《文艺青年》撰稿。很快,乔冠华翻译的爱因斯坦、柯勒惠支夫人等反对希特勒法西斯主义的宣言,以及日本左翼作家小林多喜二的短篇小说,也和盐城的读者见面了。但不幸的是,最终还是因为经费问题,《文艺青年》在出版了五期之后停刊了。但《海霞》和《文艺青年》的创办,在盐城这块土地上已经发挥了其可贵的宣传进步革命思想的历史作用。

在家乡生活的这一年里,胡鼎新不仅把家中收藏的一套广东木刻版线装本《二十四史》读完,而且还把父亲写的《寓穗集》《张荣事迹考》《鞍湖文存》《鞍湖诗存》等啃得滚瓜烂熟。无疑,这对他今后的文史修养打下了深厚的基础。

在邻居家的床底下,胡鼎新躲过敌人的搜捕

在主编进步刊物宣传革命思想、开展秘密革命活动的同时,胡鼎新不忘加强革命组织的建设,先后介绍邱剑鸣、袁玉清和自己的妹妹胡文新参加了中国共产党和共青团。为了让革命的进步思想深入人心,胡鼎新和邱剑鸣共同起草了《告盐城人民书》,并油印成传单,通过周围的进步青年和学生分头散发。胡鼎新和妹妹胡文新亲自在深夜里挨家挨户地把传单塞进百姓人家

的门缝中。为了活跃革命氛围，胡鼎新还和邱剑鸣、妹妹胡穗新和胡文新一道，排演了郭沫若创作的《棠棣之花》。这曲新戏于盐城西门外泰山庙演出，在民众中反响很大。两个妹妹分别饰演了其中的两个重要角色。

胡鼎新的秘密革命活动，逐渐引起了国民党盐城当局的注意，开始对其行动进行秘密侦查。1933 年的秋天，一场意料不到的灾祸来临了。

9 月的一天，中共盐城县委书记嵇荫根前往阜宁县城，同中共淮盐特委进行秘密联络，谁知被特务一路跟踪，在阜宁的一家客栈被捕。得到消息后，胡鼎新和邱剑鸣立即赶往阜宁，设法营救。可是等他们步行一夜赶到阜宁县城的时候，才知道嵇荫根被叛徒出卖后经受不住威逼利诱而变节叛变，并将盐城县的中共地下党员名单交出。这是胡鼎新怎么也不会想到的结果。他们立即返回盐城，通知其他同志做好隐蔽。然而更让胡鼎新没有想到的是，他前脚刚刚踏进贫儿院三姨父朱木香家，狡猾的敌人就后脚跟着搜捕他来了。幸亏贫儿院的门房十分机警，在门口和特务打起了"嘴仗"，大声的吆喝给了胡鼎新信号，他便快速从后院翻墙而出，藏到了隔壁邻居家的床底下，虎口脱险。敌人在贫儿院翻箱倒柜地搜查了一番，没有抓着胡鼎新，很不甘心，就把嵇荫根带来与胡鼎新的三姨父朱木香对质。朱木香一再声明胡鼎新不是中共党员，只是清华大学的学生，是回家来养病的，前不久已经回北平了。无奈之下，敌人就勒令朱木香写下"保证书"，只要胡鼎新再露面就必须报告。

胡鼎新再也不能在盐城待下去了，而北平的共青团依然没有消息。匆匆忙忙中，他悄然南下，秘密潜往上海……

在浙江大学刚读两年书的胡鼎新被校长郭任远开除

可怜天下父母心。当过国会议员的父亲深知政治路途的起伏与险恶，隐居家乡不再从政的他多么希望儿子能够好好读书，做一个有良知的知识分子，为国为民。在父系的这种美好期盼之中，胡鼎新遵从父命致信朱自清，希望能回清华读书。很快，朱自清就给他回了信，告诉他无法遂愿，但设法给他开了一张转学证明。这样，胡鼎新于 1933 年 10 月转入浙江大学外语系英文专业，插班二年级就读。而这个班其实只有三个学生，故有"先生讲，三生听"之说。其中有一女生叫王作民。

上有天堂，下有苏杭。杭州确实是一个美丽的地方。然而在那个风雨如磐的岁月，胡鼎新在浙江大学的读书生活似乎并没有那么美丽。浙江大学的管理非常封闭，校长郭任远一上任就公布了《学生团体组织规则》，规定："本大学学生团体，除学生自治会应遵照中央规定办法办理外，其余各项团体，非经本大学核准，一概不得组织。本大学学生团体经备案后，如有违背会章或逾越范围之行动，本大学得随时撤销备案。"为此他还专门成立了军事管理处，采用带有法西斯性质的强制手段办学，将学生的活动纳入军管。这自然是热爱自由、追求民主的进步青年学生们所愤怒的。

革命新青年胡鼎新自然难以接受这种桎梏般的校园生活。在浙江大学，他结识了身为中共地下党员的学生会主席施尔宜（后改名施平），成为学生运动的领导人之一。胡鼎新以学生会的名义组织秘密读书会、主办壁报，传播进步的社会科学和马列主义知识。壁报名叫《沙泉》——沙漠里的一股清泉。不言自明，这是一个具有深刻政治含意的名字。有一期《沙泉》刊头图画是一个苏联农民肩膀上扛着一把锄头。图画是胡鼎新在陈延庆从上海寄来的《中国论坛报》上剪下来的。然而，就是这么一张小小的图画却引起了校长郭任远的高度警惕。一个苏联农民扛着锄头，自然让他联想到共产党，进而让他想到这是共产党报刊上发表的图画！共产党的报刊进入浙江大学了！这不是给他这个大学校长点眼药吗？于是他立即下令追查《沙泉》，结果自然简单——从主编到撰稿、编辑全是胡鼎新一人所为。

像三年前在清华大学读书时校长翁文灏亲自找他约谈一样，这次浙江大学的校长郭任远也亲自找胡鼎新谈话。只不过，浙江大学校长没有了清华大学校长的幽默风趣，谈话完全是"训斥"，明显带有审讯的口吻。这位"政治经验"丰富的郭校长开门见山就喝问胡鼎新："你从哪里弄来共产党办的《中国论坛报》？！"

已经有过多年斗争经验的胡鼎新非常镇静，故作惊讶地回答说："啊？这是共产党的报纸呀，我不知道呢。那天我在路上捡到一张报纸，看到这张图画画得挺不错，就随手剪了下来，贴上去了。哪里知道它是共产党的报纸呢？"

胡鼎新的回答让郭任远拿他没办法。但《沙泉》再也不准办了。于是胡鼎新就在外文系组织读书会。因为是学外语的，他组织大家直接阅读马克思主义原著。不久，学校真的出现了中共地下党散发的传单。郭校长再次"请"胡鼎新谈话。因为这次传单确实与胡鼎新没有关系，他就据理力争，一阵唇枪舌剑之后，郭任远再次败下阵来。从此胡鼎新就成了浙江大学校长的"眼中钉"，郭任远下决心要把这个"刺毛"的赤色青年拔掉。

1934 年夏天，恨透了胡鼎新的郭任远玩了一个小伎俩，将正准备升入四年级的胡鼎新的考试成绩由 80 多分一下子改成 50 多分，以成绩不及格为理由,将胡鼎新和其他十几个革命青年开除学籍。年轻的政治经济学副教授兼注册科主任费巩知道胡鼎新被开除的消息后,马上找到校长郭任远申辩,为其求情。这位郭校长拿腔拿调地告诉费巩说:"香曾(费巩的字),此事你就不必多过问了。你应该知道我们学校是不准宣传共产主义的……"

命运再次把胡鼎新推出了大学的门槛。但胡鼎新并没有急于离开杭州,而是继续和外文系教师陈逵、学生陈怀白保持密切联系,把中共的最新指示和革命思想传播到浙江大学的进步师生中去。1934年底他才离开杭州去了中共的诞生地上海。

1935年,北平爆发了一二·九运动。浙江大学遥相呼应,进步学子再举爱国大旗,集体罢课,要求政府积极抗日。随后群情激愤的浙江大学学生在得知学生会主席施尔宜和副主席杨国华被开除后,又爆发了轰轰烈烈的"驱郭运动","不承认郭任远当校长",坚决要求"取消军事教官和训导员",提出了"要学者,不要党棍"的口号。这场运动越闹越大,蒋介石甚至也亲自出马,来到浙江大学对施尔宜和杨国华"训导",要求学生复课。在爱国学生坚持了一个月的斗争后,国民政府教育部不得不撤销了郭任远的职务,由著名地理气象学家竺可桢先生接任。而"驱郭运动"的胜利,与胡鼎新在那里打下的良好思想舆论和群众基础是有密切联系的。

在浙江大学,胡鼎新依然坚持读书写作,他不仅翻译了苏格兰著名诗人彭斯的20多首诗歌,而且在《国立浙江大学校刊》上发表了部分散文和诗歌作品。其中有诗歌《无题》、散文《甲戌中秋作》《哀陈先花女士》《祭级友陈先花女士文》等。《祭级友陈先花女士文》是作为文理学院民二五级级会的祭文发表的,写得文辞华美,凄婉忧伤,其深厚的古文功底可见一斑。他还转译了"少年意大利"创始人马志尼的演说词《勖少年意大利人》,号召青年学子为民族的独立自由而战斗。

第三章 上海滩上

让那些从五四运动滚出去的变节者同敌人讲亲
善的价钱去吧，中国的学生却将誓死维护五四的辉
煌耀眼的革命传统到底！

——胡乔木《今年的五四纪念》(1936年5月)

"社联"三兄妹齐聚上海滩，胡鼎新出任"文总"书记

有人说伦敦是英国的钱包，华盛顿是美利坚的国家大道，莫斯科是俄罗斯的教堂之城。上海之于中国，是什么呢? 是的，上海这个充满沧桑和苦难的城市，一百个人来形容它就有一百种比喻——或许它是一朵散发着西洋气息的艳美的罂粟花，或许它是冒险家的乐园、狂想家的赌场，或许它是五千年中国历史的一个缩影一个窗口，或许它是开启现代中国的一把钥匙。但我宁愿相信美国记者埃德加·斯诺所形容的——20世纪上半叶的上海，是中国脸上的溃疡。

1935年1月，胡鼎新来到上海。让他没想到的是在苏州中学读书的小妹妹胡文新 (即方铭)，也因为1935年三八国际妇女节在学校壁报上张贴介绍国际妇女运动领导人蔡特金的文章，宣传社会主义革命思想和妇女解放运动，被学校勒令退学，来到了上海。兄妹俩就一起在闸北江湾路的"春晖草庐"一号 (一说在法租界的霞飞路敦厚里) 租了一个亭子间，落下了脚。

在这里，胡鼎新兄妹俩找到一直保持着联系的陈延庆 (即王翰)。作为同乡，早在故乡盐城的时候他们就已经非常熟悉了。这个1932年就加入中共

的复旦大学学生,个子很高,身材清瘦,大家都习惯叫他"大陈""长子"。这个时候,陈延庆也已经毕业,正和何干之、艾思奇等人一起领导中国社会科学家联盟。陈延庆十分了解胡鼎新,而胡鼎新被浙江大学开除与他寄去的《中国论坛报》有些关系。经他推荐,胡鼎新担任了"社联"沪东区干事,参加编辑部工作。在 1935 年六七月间,"社联"党团改组,胡鼎新当选"社联"常委。

"社联"的骨干分子都是中共地下党员。他们的主要工作就是在社会科学文化战线上宣传革命思想。他们坚持每周组织大家讨论时政和国内外工人革命形势,阅读《共产党宣言》等马克思、恩格斯的文章以及列宁的《国家与革命》、斯大林的《列宁主义问题》等马列主义著作,时时关注着中央红军的行程和战斗情况。而在当时,中共在上海的地下组织已经遭到严重破坏,秘密电台也被国民党没收,中共中央机关刊物《红旗》停刊,党组织的联系几乎全部中断,大家只能通过外国报刊刊登的一些零星消息,来分析和判断,以便进一步开展工作。就连中共中央《八一宣言》①的发表,他们也是从外国报刊上获悉的。

有时候,胡鼎新自己也上街散发抗日救国传单,在马路上张贴标语。一天晚上,他在马路边张贴标语时正好被巡警逮了个正着。胡鼎新一看这个警察很和善,不像别的警察那样气势汹汹,就耐心地跟他讲起了抗日爱国的道理。没想到的是,这个警察还真被他说动了心,都是中国人谁不爱自己的国家呢? 这个警察不但没有没收传单,还告诉胡鼎新他什么时间在什么路段值班,尽管去他值班的马路上去贴。有好几次外出办事,胡鼎新被特务跟踪上了,但他总能机智地跟特务绕圈子甩掉"尾巴",或躲进租界,逢凶化吉。每逢五一国际劳动节、十月革命纪念日,他们都要集中搞宣传纪念活动,工作开展得有声有色。时任中共中央负责人的张闻天曾评价上海"社联"说:他们起到了地下党的作用。

当年和哥哥一起参加"社联"活动,并和哥哥分在同一个小组的方铭回忆说:"那时,乔木的工作很多,活动非常频繁,几乎每天都到深更半夜才回家。我虽然自己单独搞过或者跟在他后面参加过革命活动,已经有了一些经验,但还是不免为他的安全担心。我在真如暨南大学学习的二姐胡夏青(即胡穗新),她也在'社联'。有一次,她来看望我们,乔木不在,左等右等都未回来,那天王翰也在。大概快到深夜,两人都担心出了问题,就由我姐姐将一只

---

①《八一宣言》即《中国苏维埃政府、中国共产党为抗日救国致全体同胞书》,提出了抗日民族统一战线的重要主张。

装有文件的箱子送到王翰当工程师的舅舅家里。后来乔木回来了，平安无事。记得我们初到上海时，乔木也是常常深夜不归，我为担心他深夜敲门惊动四邻，就一直坐等着他，待听到他走近窗口的脚步声时，立即下楼把大门打开迎接他回来。在敌人的心窝里工作，就应时刻小心翼翼，大意不得。"

胡鼎新的努力工作得到了"社联"同人的一致好评。1935年6月，中国左翼文化界总同盟(简称"文总")调胡鼎新担任宣传部长。在中共领导下的"文总"成立于1930年7月，是中国左翼文化界的大本营。除了下设"社联"外，它还领导着中国左翼作家联盟、中国左翼戏剧家联盟、中国左翼新闻记者联盟、中国左翼教育工作者联盟、中国左翼音乐工作者联盟、中国左翼美术家联盟和世界语小组等八个下属组织，《文化月报》为其主办刊物。

因为工作关系，胡鼎新在这里认识了周起应(即周扬)。出生于湖南益阳的周扬比胡鼎新大四岁，毕业于上海大夏大学，曾留学日本，从20世纪30年代初开始担任中国左翼作家联盟的党团书记。此时周扬担任着中共上海中央局文化工作委员会书记，领导着"文总"。

其实，此前周扬通过胡鼎新浙江大学女同学王作民的来信，已知道了胡鼎新。因王作民和周扬的夫人苏灵扬是中学同学，在胡鼎新被浙江大学开除后，她就致信苏灵扬向周扬推荐胡鼎新。1935年11月，经过一段时间的工作接触，周扬对胡鼎新的才干非常赏识，当"文总"书记陈处泰(即陈道之)被捕之后，胡鼎新就被任命为新的书记。而陈延庆也担任了"文总"的组织部长，出狱不久的邓洁接任胡鼎新担任宣传部长。据方铭说："按照乔木本人的想法，'文总'的党团书记应该由王翰(即陈延庆)来担任，一是王翰参加革命早、入党也早；二是他对上海的情况比较熟悉。要乔木担任'文总'党团书记这件事，很大程度上取决于周扬。可能周扬觉得乔木文化修养比王翰强。"可能还有一层关系——就是前面提到的因为王作民的推荐。同时，方铭认为还有一个原因，就是"乔木曾经给周扬写过一封信谈到对曹禺的看法，认为像这样的作家可以吸收到'左联'。周扬虽然没有给他写回信，但却写了一篇论曹禺的文章，给予较高评价"。这就是周扬起用胡乔木的原因。[①]

但这个时候上海的中共地下组织与中共中央仍然没有取得联系。直到1935年11月，一封来自莫斯科署名"S3"的秘密信件，辗转递到鲁迅手中，然后由许广平抄了一份转交茅盾(沈雁冰)再转到周扬手中，这才算与党的组

---

① 方铭：《回忆三十年代乔木同志在上海的日子》，见《我所知道的胡乔木》，当代中国出版社1997年5月第1版，第449页。

织有了新的联系。"S3"就是"左联"驻共产国际代表诗人萧三。萧三在信中转达了共产国际的意见,一方面肯定了"左联"的成绩,也指出了存在"关门主义"倾向等问题,并建议取消"左联",重新另建立一个"广大的文学团体,极力争取公开的可能"。

周扬、胡鼎新、陈延庆、邓洁等人经过开会研究,决定在1936年初解散"文总"及其下属各组织,并根据当前国内抗日救国的形势,成立各界抗日救国会。解散"左联"一开始并没有得到左翼文化运动的旗手鲁迅先生的同意。周扬就派徐懋庸去找鲁迅谈,最后同意了,但要求"左联"正式发表一个解散宣言。以周扬为首的"文委"考虑,单独发表一个解散"左联"的宣言,然后其他各"联"都要发,影响不好,就决定由"文总"在1936年1月发表一个总的解散宣言。这个宣言是胡鼎新起草的。晚年胡乔木经常提起这件往事,觉得此事未向鲁迅先生报告,深以为憾。"文总"解散后,由新成立的江苏临时工作委员会(简称"江苏临委")统一领导上海地区各界的抗日救亡爱国运动。因为邓洁任过地委书记,有地方工作经验,被"文委"任命担任"江苏临委"书记,陈延庆任组织部长,宣传部长则由能写会道的笔杆子胡鼎新担任。

上海的抗日救国运动在"江苏临委"的领导下工作更加具体,行动更加敏捷,团结起了一切可以团结的人,编辑出版了前所未有的报刊,效率更高,效果更强,一派勃勃生机。1935年12月24日南京路的示威游行,1936年1月"一·二八"公祭阵亡烈士活动和1936年夏天的抵制日货运动,都是在胡鼎新、陈延庆等人的直接领导下进行的。胡鼎新还亲自参加了前面的两次游行示威活动,自始至终行进在队伍之中。时任中共北方局书记的刘少奇在从延安到达天津后,曾公开评价说:"上海党的红旗没有倒!"

改名"乔木"后发表的文章让鲁迅与化名"狄克"的张春桥论战

从小就爱写诗作文的胡鼎新,与笔杆子结了一辈子也解不开的缘。

胡鼎新为什么把父亲给他取的名字改作胡乔木呢?从可以考证的资料来看,他正式公开使用"乔木"这个名字是在1935年的冬天。也就是说胡乔木使用"乔木"这个名字是从上海开始的,而不是在延安。在这年12月28日《时事新报·每周文学》第16期的"书报批评"栏目里,发表了署名"乔木"的书评《父子之间》,这是现存最早使用"乔木"这个名字的记载了。这是一篇对中共党员、"左联"作家周文(本名何开荣)创作的短篇小说集《父子之间》进行评析的文艺评论,写得非常客观而且专业,既吐真言不虚美,又说实话不隐丑。他说:"作者在这本集里的企图显然并不大。他既没有接触目前最严重的民族问题,也没有接触广大的经济恐慌和失业,甚至群众活动场面也完全闪开了。""如果说是要表现眼前的活生生的现实,我以为作者是还得更多的'手触生活'的。"可见胡乔木对文艺作品深刻的现实性和时代性有着独特而深邃的见地,要求作家应该把文学的眼光关注到民族、民生的根本问题上来,作家只有深入到生活、深入到群众中去,只有"手触生活"亲身体验,才能写出厚重的好作品。

1936 年 2 月 25 日,《时事新报·每周文学》第 23 期的"书报批评"栏,又发表了署名"乔木"的文章,评论《八月的乡村》。这篇在中国现代文学史上具有重要地位的反映东北抗日斗争的长篇小说,是著名作家萧军的成名作和代表作。该书经鲁迅作序编入《奴隶丛书》,1935 年 8 月由上海容光书局出版。出版时曾遭国民党当局多方压制,与萧军并不相识的胡乔木却对这本"言抗日"的小说给予高度赞扬。在当时"言抗日"确有"杀无赦"的危险的环境下,胡乔木为"言抗日"小说叫好,的确是需要点勇气的。今天我们再来阅读这篇文章,仍然能感受到胡乔木的革命激情和青春心跳——

《八月的乡村》在中国文坛上的出现,可说是一宗意外。中国文坛虽不是没有组织,但是要能够有计划的生产出一部作品来的组织却还没有;因为如此,它也不能够有计划的去接应一部作品。《八月的乡村》出现以前,人们大概会一直想着,应该有这么一部作品才好呢。好虽是好,却并不见有人动手,因为大家尽管熟悉洋场上的掌故,对于民族战争可不很了然。现在真的好了,《八月的乡村》随着它的作者一起到洋场上来了,于是大家都齐声叹服,连职业的探捕之流也挤在人群中说是"果然不错"了。

但一切的赞叹,对于作者和读者究竟供给了什么滋养,却是疑问。我是热心的读者之一,我读过了这本书以后就欢喜这本书,但是我觉得除了赞叹之外,还以为这本书应该受些严正的政治上的和艺术上的估价,不应该被大家一捧了事。我是不配做这样的工作的,却很愿意来做一个不好的开头。

《八月的乡村》的伟大成功,我想是在带给了中国文坛一个全新的场面。新的题材,新的人物,新的背景。中国文坛上也有过写满洲的作品,也有过写战争的作品,却不曾有过一部作品是把满洲和战争一道写的。中国文坛上也有许多作品写过革命的战争，却不曾有一部从正面写，像这本书的样子。这本书我们看到了在满洲的革命战争的真实图画，人民的革命军是怎样组成的，又在怎样的活动；里面的胡子、农民、知识分子是怎样的互相矛盾和一致；对于地主、对于商人、对于工人农民、对于敌人的部队，它们是取着怎样的政策，做出来的又是怎样的结果。凡是这些都是目前中国人民所急于明白的，而这本书都用生动热烈的笔调报告了出来。

这本书报告了中国民族革命的社会基础。在神圣的民族战争当中，谁是先锋，谁是主力，谁是可能的友军，谁是必然的内奸，它已经画出了一个大体的轮廓。它用事实证明了这个基础不在智识的高下，不在性别，也不在年龄。它又暗示了中国民族革命的国际基础。此外，它又向读者说明了革命战争过程中无比的艰难，这艰难却不使读者害怕，只使读者抛弃了各种和平的美丽的幻想，进一步认识出自由的必需的代价、认识出为自由而战的战士们的英雄精神。

时间不许我更仔细的指出这本书在艺术上的成就，同样，也不许我枝枝节节的数说它的每个缺点。不过一个谨慎的读者看完这本书，总不能不觉得书里的故事，一方面"有些近乎短篇的连续"，一方面对于满洲民族战争的多面性却并未能有充分的把握。它没有能触到全中国的政治背景，甚至也没有触到全满洲的政治背景。形成本书主人翁的武装队伍也显得孤立，它和别的队伍的关系太简单，太模糊了。这个队伍的来历很不清楚，几个中心人物如陈柱、铁鹰等的生活史尤其不清楚，因此虽然有了一些表面上的刻画，究竟不像萧明和李七嫂那样活灵活跳。这个队伍的政治纲领在行动里也看不大出来，反而让"新世界""未来的光明"这些空洞的概念占了上风。知识分子的发展似乎是一直暗淡了下去，这自然会是一部分的现实，然而普通的读者从这本书里只看到这一部分，那影响就有问题了。

最后我说些极小的事情。有些题目和一章的主要内容离开太远，譬如《疯狂的海涛》，最好是能在再版时改一改。有些文句太过生硬，譬如起头的"在茂草间，在有水声流动的近旁，人可以听到蛙，虫子……诸多种的声音，起着无目的的交组。和谐的随伴着黄昏，随伴着夜，广茫的爬行。"这一段翻成新文字就怕很难看懂。我再申明，我诚恳的希望我这些意见能够得到适宜的反响，那不但将教训了我，实在还将证明中国的批评界毕竟没有敷衍了这么一部好书。

这或许是最早评论萧军《八月的乡村》的文艺评论之一了。文章发表后，的确像胡乔木诚恳希望的那样，他的"这些意见能够得到适宜的反响"，但给他的不是"教训"，而是激起了中国最硬的"硬骨头"鲁迅先生与另一个名叫"狄克"的人的激烈论战。

那篇署名"狄克"的文章，发表在《大晚报》1936年3月15日的"大地副刊"上，借批驳胡乔木的评论来攻击《八月的乡村》，而实际上是指桑骂槐，把矛头直指鲁迅。这自然逃不过鲁迅先生的眼睛，立即以其"匕首、投枪"一样的杂文《三月的租界》给予有力还击，让这个假"左派"的反动本质在众目睽睽之下裸露无疑。而这个"狄克"，就是后来在新中国政治舞台上兴风作浪的"四人帮"之一的张春桥。

以笔为枪，胡乔木在上海滩用热血和青春为革命呐喊

在白色恐怖笼罩的上海，胡乔木以笔为枪，向国民党反动派发出了革命战斗的怒吼，向人民群众发出了救亡图存民族独立解放的呐喊。

中国的学生和知识分子在五四时代已经表现出他们是民族运动中可靠的基本队伍之一。他们沉痛动人的讲演和宣言，他们的持久的罢课斗争，不断的示威直到入狱，他们在卖国叛徒的房屋上烧起了熊熊的火焰，至今还留下深刻的永不磨灭的印象在人人心底。五四运动，不但是自由的象征，而且事实上也确引起了各种争自由的英勇奋斗。但是这一切并不能叫我们忘记五四的弱点。在五四时代，中国的学生和知识分子还没有鲜明的社会认识，实在当时的社会关系和历史发展也还不够供给他们充分的滋养。

中国的学生从五四到现在——这中间他们是学习得很多了！中国的学生从二七到五卅认识了一般大众的伟力，从北伐到以后的民众武装战斗中学习了革命的科学和艺术，从九一八事变到如今的种种亡国灭种卖国殃民的血腥事实中学习了判断全民族的敌乎友乎的方法论。这些就是中国学生社会认识的发展过程中的重要的决定要素。除此以外，中国学生的认识过程又继续受着国际形势推移的推移。从五四到现在的国际历史，包含了资本主义战后的三个时期，也包含了苏联的三个时期，包含了土耳其、印度、摩洛哥、外蒙、阿比西尼亚的民族革命，包含

了世界人民反帝国主义战争反法西斯主义统一战线的发生和发达，包含了世界学生拥护自由和平文化斗争的开展：这些事实，没有一件不带来了对于中国学生的重大教训和冲动。

中国学生的认识过程从来没有离开过他们的实践过程。中国学生从五四以来，经常是中国反帝反封建的民族斗争和社会斗争的要角。从五四以来，中国学生不断选出成千成万最优秀的选手去参加各种反帝反封建的斗争，成千成万英俊纯洁敢作敢为的中国学生为了民族前途被囚于没太阳光的地狱，被杀于无人得见的刑场。成千成万的中国学生，他们抛弃家庭财产恋爱名誉，抛弃健康和生活的安适，为了什么？为了认识自己的终极使命，为了完成自己的终极使命！正是因此，中国学生运动才能在从未停止过的摧残压迫之下步步向前，从五四的阶段进到现在的阶段。

1936年的五四——这时摆在中国学生面前的，已不是什么和平文雅的幻想，已不是什么缥缈微弱的悲哀了。摆在面前的——是战斗，是比五四时代更不可调和的战斗。平津学联，武汉学联，广州、杭州、青岛的学联被取缔了，北平、济南、上海的学生战士被逮捕了，但是除了引起中国学生更大的愤怒以外还有什么呢？全中国的学联就在这中间猛烈进行着，全世界的学联就在这中间猛烈援助着。天津的学生已经开始罢课示威了，美国的学生远隔重洋响应着他们。不但是学生，全中国各界救国联合会很快就要成立，全世界的"中国之友"都向中国的爱国人民伸出他们各种肤色的手来。让那些从五四运动滚出去的变节者同敌人讲亲善的价钱去吧，中国的学生却将誓死维护五四的辉煌耀眼的革命传统到底！

这篇《今年的五四纪念》，高屋建瓴，气势磅礴，可谓登高一呼，如今读来仍振聋发聩。它发表在1936年5月出版的全国学联刊物《学生呼声》创刊号上，署名"开明"，其实作者是时任"江苏临委"宣传部长的胡乔木，因其是在开明书店第一次与来上海筹备成立全国学联的北平学生代表见面，所以他们就称呼胡乔木叫"开明"。

被埃德加·斯诺形容为"又一次五四运动"的一二·九运动爆发后，北平与上海的学生之间来往增多，"但北平学生党员和上海的党组织之间都不是也没有正式的组织关系，而是非正式的工作关系"。在这种情况下，北平和上海的联系主要靠早在1932年就与胡乔木相识的林枫他们来牵线搭桥。其间，北平先后来了三批学生代表，第一批有韦毓梅（又名姜平、孙兰）、陈翰伯等三人，第二批有董毓华、刘江陵、陆璀，第三批来的是为了组织全国各界救国联合会的黄敬，后来还有蒋南翔也通过王作民的介绍从北平来沪找到胡乔木。在第一和第二批学生来上海后，成立了临时党支部，并创办了全国学联机关刊物《学生呼声》。方铭回忆："上海方面就由乔木和王翰负责和他们联系，竭尽地主之谊。派人帮他们租房子、找地方开会，并向他们通报上海党开展救亡活动的情况和内部信息。他们也把中共北方局的重要文件给乔木等上海的同志看。我们在上海的一些人所读到的中共中央的一些文件和刘少奇同志的文章，如《肃清立三路线的残余——关门主义冒险主义》等。"①

在上海期间，胡乔木撰写发表了大量的文章，有诗歌，有文艺评论，有杂文，还有关于文字方面的学术文章，主要有 14 篇。②方铭回忆说："编辑部由王翰领导，乔木是主要撰稿人之一。2 月至 8 月，编辑部出版了铅印的'社联'机关报四五期，每期印 2000 份左右，一半内部发行，一半在马路的报摊上出售，我们小组也帮着寄往国内各大图书馆。'社联'的机关刊物基本上是出一期换一个名字，曾叫过《路灯》、《时代评论》等。这个刊物上有一篇介绍四川红军的文章，曾被日本报纸转载。5 月发表过一篇论文《评红军是不可消灭的》，这是主要论文之一，就是由乔木撰写的。印象比较深的是，我们在'社联'的小组里谈论过这篇文章和红军第五次反'围剿'失败突围出来的情况。

① 方铭：《回忆三十年代乔木同志在上海的日子》，见《我所知道的胡乔木》，当代中国出版社 1997 年 5 月第 1 版，第 451 页。

② 这 14 篇文章是：1.《父子之间》，载于 1935 年 12 月 28 日《时事新报·每周文学》第 16 期的"书报批评"栏目，署名"乔木"。2.《八月的乡村》，载于 1936 年 2 月 25 日《时事新报·每周文学》第 23 期的"书报批评"栏目，署名"乔木"。3.《今年的五四》，载于 1936 年 5 月出版的全国学联刊物《学生呼声》创刊号上，署名"开明"。4.《五月底三个惨痛纪念》，载于 1936 年 6 月《学生呼声》第 2、3 期合刊，署名"开明"。这"五月的三个惨痛纪念"分别是指 1925 年 5 月 30 日上海南京路惨案（即"五卅惨案"），1933 年 5 月 31 日的"塘沽协定"和 1935 年 5 月 29 日的"何梅协定"。5.《向别字说回来》，载于 1936 年 6 月 5 日《芒种》第 1 卷第 7 期，署名"乔木"。6.《满天吹着西班牙的风》，载于 1936 年 8 月 25 日《光明》第 1 卷第 6 号，署名"乔木"。这年 7 月 17 日，西班牙发生内战，胡乔木创作了这首诗歌声援西班牙人民的反法西斯斗争。7.《作家间需要一种新运动——个读者给作家们的一封信》，载于 1937 年 3 月 10 日《希望》第 1 卷第 1 期，署名"乔木"。8.《挑野菜》，载于 1937 年 3 月 25 日《希望》第 1 卷第 2 期，署名"乔木"。1997 年 4 月 24 日《人民日报》重新发表。9.《评红军是不可消灭的》，载于"社联"机关刊物《路灯》或《时代评论》。10.《友乎，敌乎？》，载于《知识》创刊号。11.《全国拉丁化汇通方案》，载于《中国语文》。12.《左派应该觉悟》，载于《新中华》。13.《告全国青年书》，载于《中国青年》。14.《"左翼"文化总同盟解散宣言》，载于 1936 年 1 月和 2 月的上海各大报刊。本资料摘引自《胡乔木早年诗文》，《文教资料》1998 年第 5 期，程中原注释。

因为国民党当时造谣说，毛泽东已经被杀害了，朱德被悬赏多少万。乔木的这篇文章多少解决了大家的担心。另外，乔木有时也和我们一起写标语。我们的方法很简单，一个人负责观望，一个人在前面贴空纸，再一个人在后面用蘸满墨汁的海绵往上写口号。标语中有'打倒国民党'、'红军万岁'、'打倒日本帝国主义'等。大约在这年春夏之交，乔木为《知识》创刊号写了《友乎，敌乎？》一文，以驳斥国民党亲日派徐道邻的《敌乎，友乎？》的谬论，受到该报主编钱亦石的赞赏，说是像个老手笔。"

革命和写作，相得益彰。胡乔木是一个"快枪手"，他以青春的热血，在上海滩为中国革命发出了生命中最热烈的鼓与呼。遗憾的是许多作品已经随着时间的流逝而佚失，但即使化作了历史的尘埃，他的歌声也仍然在岁月的时空中回响……

冯雪峰通知胡乔木和李凡夫一起去延安

就在这个时候，"江苏临委"书记邓洁再次被捕了！同时被捕的还有一位刚刚从监狱保释出来的委员。看样子国民党反动派早就盯上了他们。特务是在这位刚刚出狱的委员和女友约会时发现他们的，然后就一直偷偷跟踪盯梢，直到他和邓洁秘密见面的时候才动手。情况确实是意料之外，"江苏临委"被迫再次迅速改组，由李凡夫担任书记，胡乔木还是干他最拿手的宣传部长这个老本行。

为了保护组织，"江苏临委"开始转入地下。胡乔木和妹妹方铭一起搬到新闻路培明中学，在这里当上了英语教师，化名"胡定九"。校长臧海珊是陈延庆的舅舅。尽管上海"七君子事件"闹得沸沸扬扬，但大家依然恪守党组织的决定，绝不抛头露面。

1935 年秋，胡乔木经陈延庆介绍在上海重新办理了入党手续。虽然自己三年前就在家乡盐城入了党，但因为介绍人嵇荫根的叛变，他无法得到证明，只好"二次入党"了。再次加入中国共产党，胡乔木特别高兴。妹妹方铭记得回来的当天，"平时不多言笑的乔木非常兴奋"。直到 20 世纪 80 年代，中共盐城地委在搜集党史资料时，发现胡乔木是 1932 年在盐城加入党组织，上报中央同意后，终于确认了胡乔木真正的入党时间和党龄。而由胡乔木介绍入党的方铭、袁玉清和邱剑鸣等人的入党时间问题，也得以尘埃落定。

就像母亲离开儿女太久了一样,总惦记着儿女的冷暖;就像儿子离开母亲太久了一样,总渴望着早日见到娘。与中共中央失去联系的上海地下党组织,长期处于孤军奋战的状态。为了把上海的情况调查清楚,1936年4月,一个重要人物由中共中央特派,秘密从陕北来到了上海。

这个重要人物早年就在上海从事地下工作,对上海非常熟悉。此人还先后担任过中共"文委"书记兼中共江苏省委宣传部长;在上海滩他曾在大街上突然回头与跟梢的特务大打出手,并高呼"绑票、绑票"而脱身;之后他奉命去了江西中央苏区,后来参加了长征,到达延安……此人这次来上海,行动高度保密,一个月内仅仅会见过鲁迅,接触过胡风。从他们那里得到了部分上海地下党的名单。而像周扬、夏衍、胡乔木这些人竟然完全不知。他的重任就是来调查上海地下党组织的具体情况,利用鲁迅等文化名人做上层人士的统战工作,还要建立一部电台以便直接与中央联络。上海形势复杂严峻,因此他的言行必须慎之又慎。

一个月后,周扬、夏衍、胡乔木才知道这个神秘来客就是冯雪峰。经过联络,冯雪峰答应和他们见面。为了保持党的纯洁性,冯雪峰要求上海地下党组织要暂停发展党员工作,对所有党员都要重新审查。不久刘晓也来到上海,帮助冯雪峰一起审查党员。就这样,中共中央和上海地下党终于建立了联系,开始了新的斗争。

冯雪峰到上海后,成立了由王尧山、沙文汉、林枫组成的"三人小组",任务是为重建上海地下党组织做准备工作。但地方党仍然由"江苏临委"负责,归冯雪峰领导。当时,"江苏临委"还成立了一个叫"抗日救国青年团"的外围组织,作为中共和广大群众联系的一个桥梁。这个组织的团章是由胡乔木起草的。方铭回忆说:

> 到了6月份,发生了"两个口号的论争",也就是"国防文学"和"民族革命战争的大众文学"两个口号的论争。"国防文学"的口号是"文委"周扬等提出来的,目的是号召各阶层、各派别的作家参加抗日民族统一战线,努力创作抗日救亡的文艺作品。但是,在"国防文学"口号的宣传中,有的作者片面强调必须以"国防文学"作为共同的创作口号;有的作者忽视了无产阶级在统一战线中的领导作用。"江苏临委"没有专门讨论过这场论争。乔木就这事曾问过王翰的看法。王翰认为,周扬是文委书记,应该支持他;"国防文学"的口号比较广泛,可以团结的人多,鲁迅不该反对这个口号,但是,自己一向不看周扬的文章,对周扬和鲁迅的分歧也搞

不清。乔木认为周扬他们不应该对鲁迅采取攻击的态度。黄若曒、龚士奇等十分关心这场论争，见了乔木就问长问短，试探组织上有什么看法。乔木说，鲁迅的旗帜不能丢！多好啊，这句话掷地有声，正是我们这些青年人的内心愿望。我回想起乔木在中学时期就十分推崇鲁迅先生的革命精神，热心阅读他的小说、杂文和诗歌，这也给我以极大的影响。

后来，周扬、邓洁、乔木、钱俊瑞(时任全国各界救国会党团书记)四人在一起讨论过，邓洁、乔木、钱俊瑞三人都不同意周扬对鲁迅的态度，周扬表示徐懋庸的信不是他让写的，乔木则指出信反映了周扬的基本态度。但是，他们谁也说服不了周扬。事后，乔木和邓洁曾商量去看望鲁迅，表明"江苏临委"的态度(反对这种论争和对鲁迅的攻击)。后来邓洁通过王尧山的介绍见了鲁迅。鲁迅对这次会见很感满意和兴奋。他说，没有想到你们做了这么多工作；对蒋介石不能抱太多的幻想，好像一个有毒的东西，不是用一块肥皂就洗得干净的；我拥护抗日民族统一战线，但不能因此放弃无产阶级的文艺原则，不要无产阶级文学。本来，乔木也想去拜见鲁迅，去看望他久已仰慕的鲁迅先生，希望他了解这里的情况，同时也希望得到鲁迅的帮助。可是，乔木觉得邓洁已经去过，就不好再去打扰鲁迅先生了，就没有去，这成为他一生中的憾事，也是乔木常常对我提起的一件事。

10月19日鲁迅先生去世，仍和乔木联系的夏衍同志将这一不幸的消息告诉正在培明女中教书的乔木，我们兄妹不禁失声痛哭。我们在课堂内外动员师生前往万国殡仪馆去参加吊唁。臂上戴着的黑纱，一个星期都没有摘下。吊唁三天后在万国公墓举行葬礼，送葬队伍在万人以上，一路上唱着"哀悼鲁迅先生"的挽歌，喊着抗日救亡的口号。蔡元培、宋庆龄和救国会领袖走在队伍的前面，并讲了话。最后由沈钧儒先生将写着"民族魂"三个大字的白缎，覆盖在鲁迅先生的遗体上。在晚霞中哭声一片。

值得一提的是，胡乔木三兄妹在上海滩为革命所作的牺牲，正像千千万万个革命先辈一样，鲜为人知，值得我们后来者铭记。而作为后来者，我们在阅读革命先辈的历史的时候，时时都有一个疑问——就是当年革命者们在上海、北平这样的大都市是如何生存下来的？他们的生活和活动经费到底是从哪里来的？胡乔木妹妹方铭的回忆，给了我们答案——

1936年4月初，当时在河南焦作铁路工程工作的大哥胡达新来到上海,邀请我们三弟妹回盐城参加他的婚礼。这很使乔木为难,因为这时正是他工作非常紧张的时候,但是他和我们姐妹俩和大哥的感情特别好,而且我们如果不回去,哪像办喜事的样子呢?在大哥的执意要求下,我们终于回去了,这才留下了那张对我们这一家很有纪念意义的"全家福"照片。大哥是在法租界一个亭子间里见到我们的。他一看四壁萧然,极为简陋,不禁惊异道:你们怎么过得这么寒酸呢,我和父亲没有少给你们钱呀!是的,按照他和家里的供给,我们可以过上中等水平的学生生活。可是,我们只住5元左右一个月租金的亭子间,经常去的是人力车夫去的饭馆,在那里花10个铜子吃一餐普通饭菜。只有我的二姐从真如来和我们聚会时,才加一个炒猪肝之类的炒菜。我们很少吃两角钱一顿的饭菜。我二姐在学校里都是自己在学校供应学生饮水的水房里做饭,挨在锅炉旁把米饭烤熟。为什么这么节省呢?因为有许多开支。"社联"有个专门的印刷机构,用油印机印刷每月出版两次的"盟报",还要印学习文件如《八一宣言》等等。这是由专人刻印的,这个同志和他的家属都由我们这一类人——虽然参加了革命,却还有一点经济来源——供给。我去过这个地方,给他送生活费,买印刷用品等;有些同志和家庭断绝了来往、自己又无职业,就得给予帮助。他们的生活水平更低了,常常是吃碗"阳春面"或者是用水泡面包充饥,走很远的路也不乘车。乔木常和我谈起这些情况,我就很自然地和他一起想方设法节省。我们还要接济一个朋友丁冬放(即陈士彦)。他是乔木扬州中学的同学,1933年秋我们曾托他照顾住在上海的袁玉清。1934年丁冬放不幸被捕,又由袁玉清装做他的表妹去监狱探望,每次都要带一些食物,以弥补那吃不饱咽不下的监牢伙食。

30年代在上海,生活中还会遇到各种特殊情况。一次,乔木去看望史沫特莱。他想穿着日常的衣装怎么好去那些外国人住的地方呢?只得设法借来一套法兰绒的西装。那正是夏天,天气很热,这便引起那位女作家的惊奇,她关心地问他:"你感冒了吗?"

不过,我们有时也会破例的。当大光明电影院放映莎士比亚的《仲夏夜之梦》时,乔木还是把我和二姐带去见识一下这件艺术精品。还有一次,正当《迷途的羔羊》首轮演出时,乔木拿出钱买了最便宜的三张前排靠边的票。因

为时间急促,匆忙地交了一张 5 元的钞票,忘记拿回找退的部分,使他后悔不已;而那斜歪的图像,使人看了很不舒服。这件事至今仍记忆犹新。①

1937 年春,中共上海地下党组织遵照中共中央的电示,派陈家康前往陕北向中央汇报工作。邓洁通过组织保释出狱后,先去了陕北。5 月,胡乔木也接到了冯雪峰的通知,要他和李凡夫一起前往陕北延安。就要离开战斗了两年多的上海去延安,胡乔木的心情十分复杂。他把这个消息第一个告诉了小妹方铭,他说:他知道同路的李凡夫是奉冯雪峰的命令"监视"他的。但他能够理解这是因为冯雪峰离开上海太久,对上海地下党各个系统领导人缺乏了解和不太信任的原因所致。

虽然已经是春末夏初,但上海的天气仍然有丝丝凉意。胡乔木穿着一件薄的灰色夹袍。妹妹依依不舍地来为哥哥送行。考虑到上海北站人多,也是国民党特务活动多的地方,为了躲避特务跟踪,他们就舍近求远绕道到西郊的真如火车站。天黑了,在妹妹默默的祝福中,哥哥挤上了拥挤的火车,还来不及挥手道别,随着一声刺耳的汽笛声,火车就消失在茫茫的黑夜中。

热血男儿,青春做伴,胡乔木踏上前往中国革命红色圣地的征程。尽管因为有同行者的"监视",心里有一丝丝不舒坦,但延安对胡乔木来说,依然是梦想如阳光一样照亮了心田。这该是一种怎样的激动和兴奋?当列车像风一样穿过祖国的大地和村庄,胡乔木的心情或许就像他的诗句一样澎湃激昂,奔腾不息……

满天吹着西班牙的风,
满地跳着西班牙的心脏,
昨天矿工们浪涌到京城,
今天农妇齐换上军装。
战斗! 战斗到最后一只手!
……
满天吹着西班牙的风,
满地都是西班牙的战场,
为西班牙我也有岗位,
我的笔,请化作长枪!

火卷 战争年代

靠乔木,有饭吃。

——毛泽东

第四章　美丽爱情

祖国号召你,战争需要你,

你醒啊! 你起啊! 拿起你的武器,

学习工作,工作学习,一切为胜利!

——胡乔木《安吴青训班校歌》(1939 年春)

从"安吴青训班"副主任到"西北青年救国会"宣传部长

1937 年 7 月,胡乔木抵达延安。这时候,胡乔木刚刚 25 岁。

像毛泽东也是在这个年龄离开家乡湖南,在北京见到五四新文化运动的领袖陈独秀、李大钊一样,胡乔木如今来到了革命的"红色圣地"延安,怀里藏着的是一颗"朝圣"般纯洁的心。

胡乔木在这个时候来到延安是幸运的。因为几个月前刚刚发生的西安事变,西北的中共红军与西安张学良的东北军已经取得了政治思想上的统一:中国人不打中国人,一致抗日。毛泽东说:"在 1936 年年底,中国共产党的全权代表才同国民党的主要负责人取得了在当时政治上的一个重要的共同点,即是两党停止内战,并实现了西安事变的和平解决。这是中国历史上的一件大事,从此建立了两党重新合作的一个必要的前提。"[①]"西安事变的

---

① 《毛泽东选集》第二卷,人民出版社 1991 年版,第 362—363 页。

和平解决成了时局转换的枢纽：在新形势下的国内的合作形成了，全国的抗日战争发动了。"①即将面临蒋介石之胡宗南部60万大军"围剿"的延安，迎来了少有的安宁和平景象，民众抗日救亡运动更加高涨，一大批爱国青年和学生纷纷涌向延安。

一到延安，中共中央组织部就分配胡乔木到中央宣传部党内教育科工作。

1937年4月12日，"西北青年救国会"第一次会议在延安中央大礼堂开幕。这次会议开了5天，至17日结束。会议选举冯文彬、胡耀邦、刘英等23人为大会主席团。毛泽东、周恩来、朱德、博古、林伯渠、徐特立等到会讲话。毛泽东强调西安事变和平解决后中共的策略和口号要改变，争取国内和平的任务已经完成。现在是进入第二步——巩固国内和平，争取民主，开展争取民主权利来团结全国人民到抗日统一战线上来。毛泽东希望大家把共产党的策略口号向全国青年宣传解释，使全国青年都了解。大会宣布"西北青年救国会"成立，由中共中央青年部部长冯文彬担任主任。

7月7日，卢沟桥事变(七七事变)爆发，全面抗战开始。为了让更多来自国统区的青年受到马列主义教育，走上正确的革命道路，冯文彬在时任中共陕西省委书记贾拓夫的支持下，决定在西北再开设一个"战时青年短期培训班"，筹划准备工作不到两个月就完成了。从9月下旬开始到11月11日，培训班第一期在三原县原国民党元老于右任创办的一个农场里正式开课。一个月后，培训班又从三原搬家到中共陕西省委机关所在的泾阳县，先是在云阳镇的一个城隍庙，再过一个月又搬到云阳北边安吴堡的一家地主大院。培训班终于安定下来了，从此这个"战时青年短期培训班"也得名"安吴青训班"。别看这个"青训班"规模不大，但规格不小。除了冯文彬任主任、乐少华任大队长之外，朱德担任名誉主任。

胡乔木是在"安吴青训班"第二期举办的时候由中共中央宣传部调来当副主任的，分管教学工作。此前他担任陕北公学招生委员会委员，在三原、云阳等地招生。不久刘瑞龙也调来任副主任，负责行政工作。教学业务是中心工作，从课程内容的安排、师资力量的配置到教学目标的制定，这些既熟悉又陌生、既新鲜又具有挑战性的工作，胡乔木做起来总是不慌不忙，得心应手。这个似乎天生就是做"宣传部长"的人，干起宣传教育工作来总是有声有色。既有学运领导经验又能写诗作文的胡乔木，懂得文学艺术的力量往往比空洞的说教和政治灌输更有力量，更深入人心。他在教学中就经常组织文艺

---

① 《毛泽东选集》第三卷，人民出版社1991年版，第1037页。

活动,能唱的就唱,能说的就说,让青年学子们在准军事化的管理中感受到"青训班"的昂扬士气。为此,他给"青训班"创作了校歌,广为传唱——

> 烈火似的冤仇,积在我胸口,
> 同胞们的血泪在交流,
> 英雄的儿女在怒吼,
> 兄弟们,姐妹们,你听见没有?
> 敌人迫害你,群众期待你,
> 祖国号召你,战争需要你,
> 你醒啊!你起啊!拿起你的武器,
> 学习工作,工作学习,一切为胜利!
> 今天我们在青年的故乡,
> 明天我们在解放的疆场,
> 看啊!我们的旗帜迎风扬,
> 看啊!我们的前途万里长!

这是歌声,更是号角;这是呼唤,更是呐喊;这是青春的梦想,更是爱国的激情!胡乔木以他的才情和智慧,开始书写在红色革命的首都为民族独立解放献身的新篇章。

渐渐地,"安吴青训班"的名气大了起来,学生由每期的100人,增加到了300人。"安吴青训班"总共举办了10期,为抗日军政大学、陕北公学、中共中央党校等输出了大批优秀学员,成为中共在西北培养干部的"预备队"。而胡乔木在"青训班"一边摇着摇铃一边走上讲台讲课的故事,也成为安吴堡的佳话。

美丽谷羽:出于"幽谷"迁于"乔木"的爱情鸟

那真是一个激情燃烧的岁月。

延安,一个新的中国在等着每一个中国人的拥抱。

再忙,胡乔木没有忘记遥在上海的两个妹妹。延安的战斗精神和抗日救亡的热潮,像春风一样拂过每一个爱国青年的心田。胡乔木给妹妹胡穗新和胡文新写信,要她们赶快来延安,因为这是一个新的世界,一个正是她们梦想和正需要她们用自己的梦想和热血来打造来建设来开创来奋斗的新世界。妹妹们是在1937年10月来到延安的。这个时候的延安真的像一片红色的海洋,来自祖国四面八方的青年儿女像河流一样汇聚到这里,工作,学习,战斗。胡穗新和胡文新一到,就进入了延安陕北公学学习。

1938年1月,小妹胡文新从陕北公学毕业了,分配到武汉工作。即将远行,小妹跟组织上请了假,希望能去看望在"安吴青训班"工作的哥哥,兄妹俩说说心里话。而更巧的是她的同班同宿舍的好友李桂英,恰好分配到了哥哥胡乔木所在的"安吴青训班"工作。于是两人就结伴同行。

1918年12月出生于安徽天长县的李桂英,小学毕业后考入安庆第一女子中学,后转入北平私立安徽中学、北平第一女子中学就读。1935年8月,李桂英加入抗日武装自卫会,参与编辑《时代妇女》,同时加入共青团。一二·九运动爆发时,她担任北平第一女子中学学生会主席、北平市学生救国联合会执行主席,并参加筹建华北抗日救国会,为南下学生宣传队和民族解放宣传队做后勤保障工作。1936年1月,党组织批准李桂英为中共正式党员,半年后参加北平地下党工作,在铁路系统负责女工的交通联络。1937年初,李桂英调入中共北方局北平分局机关,负责刻印分发中共中央文件。七七事变后,李桂英奉命离开北平,于9月抵达延安,进入陕北公学学习。

李桂英来延安这一路也是几经周折:她离开北平的时候,中共北平地下党负责人之一的吴德告诉她,如果去陕北红区,就去找在泾阳工作的杨尚昆。于是,李桂英把自己乔装打扮成了一个农家做小买卖的妇女,与平津的学生一道,先是挤在一条黑暗潮湿的煤船的底舱,从天津到烟台,再到济南搭乘一辆军运卡车到南京。在南京,这些从北方来的青年学子兵分三路,一路奔赴北方打游击,一路奔向西南大后方,李桂英选择了另一路——经西安到达了延安。

这天,安吴堡村迎来了两个穿着红军粗布制服、梳着齐耳短发的姑娘,她们骑着马直奔"安吴青训班",真是英姿飒爽。一进院子,她们就直奔"青训班"的班部,异口同声的"报告"声把埋头工作的冯文彬吓了一跳。冯文彬一抬头,原来是两个陌生的姑娘,一看就知道是来报到的。冯文彬笑盈盈地把她们迎进了屋,寒暄几句后,彼此作了自我介绍。接着,冯文彬开始讲工作:"青训班"的管理实行军事编制,以连为单位,每连设连长、指导员、协理员各一人。现在的"青训班"女生来得比较多,成立了专门的女生分队,正好缺一个指导员。于是李桂英就顺理成章地成了女生队的指导员。

李桂英的工作分配好了,但是同来的胡文新还没有见到哥哥胡乔木呢!于是冯文彬就陪着她们俩去找胡乔木。他们走出大门,来到前面的一片小树林里。远远地就看见那儿围坐着一圈人,好像在听一个人作报告。走近了一看,嘿!里面还坐着几个外国人。只见那个"作报告的"身材瘦长,穿着一身古铜色的绸面对襟大褂,留着小分头,十分精明强干。胡文新一看,又惊又喜,拉着李桂英的手激动地说:"那就是我二哥!那就是我二哥!"

"是的,他就是文新同志的哥哥胡乔木同志,是我们'青训班'的副主任,他负责教学工作。"冯文彬笑着说。

"这些外国人是干什么的?"李桂英好奇地问道。

"噢,那些外国人是记者。胡乔木同志正接受他们的采访呢。我们这儿就算他的英语水平最好,所以这些外事活动都由他主持。"

李桂英心想,从延安搭上军车到三原,再从三原骑马来到安吴堡,这一路上就听胡文新像个小喜鹊一样,叽叽喳喳不停地说他的这个二哥,那个骄傲那个钦佩,真让人觉得她简直就是在吹牛。这见了面,嗯,还真是有点名不虚传。

会议结束之后,李桂英和这个大家都称呼他作"乔主任"的胡乔木见面了。第一次谈话的内容,就是他跟她介绍女生连队的情况,说明指导员工作的职责。因为胡乔木主管教务工作,所以李桂英就成了胡乔木的直接下属。尽管是上下级关系,但有了胡文新这样一层同窗之谊,在心里她跟胡乔木也就似乎多了一份亲近,有了一份兄妹的感觉。

在这样的燃情岁月,除了工作还是工作,大家心里装着的只有一个热火朝天的词汇:革命——为了民族为了国家为了把日本鬼子赶出去。"乔主任"和"李指导员"之间因为工作关系,接触也自然慢慢多了起来。作为领导,"乔主任"把自己的工作经验毫无保留地告诉"李指导员",诸如怎样做好发动群众工作,如何搞好统一战线工作,如何和学员处理好关系,等等;而眉目清秀、聪明伶俐的"李指导员"对"乔主任"的细心交代,更是领悟透彻,行动果断,办起事来干练利索。时间一长,两人的配合相当默契。而"乔主任"那"娓娓道来,有观点,有实例,也有办法"的指导,令李桂英"很受感染和教育"。就在这份默契之中,胡乔木的博学和才华,令李桂英内心十分佩服。

不知不觉中,青春的那份柔情也像三月风吹拂的杨柳岸,爱情如那浅黄轻绿的袅娜柳枝,迎得春光先到来,更被春风长猜猜。"乔主任"爱上了19岁的"李指导员",但他悄悄地把爱埋在了心里。无论是李桂英带领学员队外出做宣传活动,还是外出搞野营拉练,只要离开"青训班"这个大院,胡乔木总要找个理由去看一看"李指导员",跟她交代这交代那的,左叮咛右嘱咐一番才离开。但这一切在清纯的李桂英看来并没有什么特殊。尽管他和她进行过很多次的谈话,他还问起她的家世、她的经历、她是怎么来延安的等等,这些问题似乎也不过是上下级的工作关系。而胡乔木也把自己的身世和经历毫无保留地讲给她听。在李桂英看来，这一切也不过是这位像兄长一样的上司对自己的生活给予的关心罢了。年轻的她还不懂得什么叫爱情。

经过一段时间的接触，两个人彼此有了了解，胡乔木觉得自己应该向心爱的人表白了。这一天，像往常一样，"乔主任"约"李指导员"外出散步。他们俩边走边谈，谈工作也谈人生。分手的时候，胡乔木忽然递给李桂英一封信。她没说什么就收下了。可是等她回到宿舍一看，信封上竟然没有收信人的名字，这让她很纳闷，心想这乔主任还真粗心，怎么写信连收信人的名字都忘了写。于是她赶紧回去找胡乔木，问他这封信交给谁。谁知胡乔木却反问她："信看过了？"李桂英没注意胡乔木的表情，一下子愣住了。胡乔木连忙轻声说："这是给你的。"李桂英没再说什么，就回到了宿舍。可等她打开信读起来的时候，脸一下子发烫了，原来这是一封求爱信。胡乔木诚恳地向她表达了爱慕之情，还抄录了宋代词人秦少游的诗词《鹊桥仙》："纤云弄巧，飞星传恨，银汉迢迢暗度。金风玉露一相逢，便胜却人间无数。柔情似水，佳期如梦，忍顾鹊桥归路！两情若是久长时，又岂在朝朝暮暮！"就这样，他们经过几次倾心长谈，相互之间有了更多的了解，两颗年轻的心贴得更近了。他们相爱了。

1938 年 7 月的一天，胡乔木和李桂英把他们俩相爱的事报告了冯文彬，也就等于向上级组织作了报告。就这样，他们结婚了。既没有任何仪式，也没有请客喝酒，只是把两个人简单的行李和日常用品搬到了一个大房间里，住到了一起。这一年，胡乔木 26 岁，李桂英 20 岁。

婚后，胡乔木根据《诗经·小雅·伐木》篇中"出自幽谷，迁于乔木"一句，把李桂英的名字改作"谷羽"———一只从幽深的山谷里飞出，栖息于乔木之上的美丽小鸟———夫妻二人的名字同出一典，意味着永结同心。

胡乔木真是一个浪漫的诗人，此后的岁月里，他为妻子谷羽写下了很多美丽诗篇，即使在人生最后的弥留之际，80 岁的他还躺在三〇五医院的病榻上给妻子写下了最后一首诗——

> 白头翁念白头婆，一日不见如三秋。
> 五十余年共风雨，小别数日费消磨。
> 此生回顾半虚度，未得如君多建树。
> 两弹一星心血沥，正负对撞声名著。
> 晚年遭遇颇离奇，浮云岂损日月辉。
> 自古功成身合退，沙鸥比翼两忘机。

伏枥亦作并驾图,缠身衰病心有余。

抚躬一事堪自慰,唱随偕老相护扶。

人言五十是金婚,黄金纵贵难比伦。

夕阳更胜朝阳好,傍君不觉已黄昏。

谷羽说:"乔木是一个感情非常丰富、细腻而又深沉的人,他很富有儿女亲情,但又总是把党的事业、革命的事业放在第一位。"结婚一个月后,胡乔木调回延安。在1938年8月的西北青年救国会第二次代表大会上,胡乔木当选为宣传部长,任中共中央青年委员会委员。谷羽仍留在安吴堡担任艺术连指导员。直到第二年4月,谷羽调中央组织部党训班和女子大学学习,并兼任班主任,夫妻才得以在延安相聚。来到延安,他们夫妻请李昌、黄华等人吃了一包花生米和一碗面条,算是补办了"婚礼"。

然而相聚时间不长,胡乔木又奉命去大后方重庆、桂林等地工作。谷羽说:"开头还通消息,后来几个月就音信全无了。当时大后方的斗争环境险恶,我很替他担心。也就是在这期间,日本飞机轰炸延安,炸塌了延安招待所的窑洞,炸死了几十个人。只有两个人死里逃生,我是其中之一。但当时已经不省人事。我的头和臂受了伤,左耳鼓膜被震破,在中央医院躺了三个月。我想:要是炸死了,就再也见不着乔木了。年底,乔木回到延安,才知道我受伤的事,心中一直感到歉疚。同时,他又开导我:夫妻情重,但党的事业更重。因为我们是党的人,为了革命事业,必要时应不惜牺牲个人的利益,直至生命。乔木是这么说的,一辈子也都是这样做的。"

最早的毛泽东颂歌出自《中国青年》主编胡乔木之手

回到延安后,中共中央决定胡乔木担任《中国青年》的主编。他肯定不会忘记,十年前当他还是一个初中二年级学生的时候,就是这本杂志在其意识形态最初形成的时刻,指引着他走上了革命的道路。

《中国青年》杂志创刊时是中国社会主义青年团机关刊物,自1927年11月起,曾用《无产青年》《列宁青年》等名称秘密出版,1932年停刊。1939年4月,为迎接五四运动20周年,中央决定《中国青年》杂志以原名复刊,由全国青年联合会延安办事处宣传部主办。1941年3月,《中国青年》杂志在出版到第三卷第五期时休刊,直到1948年12月再次复刊。

从《中国青年》的一个热心读者，到担任它的主编，胡乔木又经历了十年的风风雨雨，从盐城到扬州，从扬州到北平，接着又从北平回到盐城，再从盐城到杭州，从杭州到上海，最后从上海来到延安，一路走来，山山水水坎坎坷坷。如今他也从一个热血少年长成为非常成熟的革命者，乔木已成栋梁。当然，办刊物、写文章，对胡乔木来讲，那是"金刚钻"揽到了"瓷器活"。

1939年5月，《中国青年》第一卷第二期发表了胡乔木为纪念五四运动20周年写的《青年运动中的思想问题》，开宗明义地指出："中国的革命运动和思想运动，从来都是不可分离的。"在这篇6000多字的文章中，胡乔木不仅分析了中国青年趋向马克思主义的深刻的历史原因和现实意义，而且明确指出马列主义在中国青年思想中根深蒂固，任何妄图"利用各种卑劣手段，在青年中间实际封锁和取缔马列主义，阻止青年思想的进展"的人，"今天无论换一个什么罐头"政策来"统制"，都注定是要失败的。他说："在中国接受革命思想最快，传播革命思想最努力的，是中国的来自民间的青年知识分子，因为他们既有受新式教育和阅读新出书报的便利条件，又比任何人更加痛切地觉到民族压迫和民族屈辱，而他们对于旧社会又较少留恋。在革命发展的无论哪一个阶段，这些青年总努力学习当时最进步的理论，献身于实现当时最高尚的理想。这种精神，正是青年之宝。因为有这种精神，他们才不致过了年岁，就与旧社会同流合污；因为有这种精神，他们才有可能永远充满青春的进取朝气。"[1]

这就是27岁的胡乔木。这青年运动中的思想问题不正是他这个马列主义忠实战士的革命思想和青春轨迹的真实写照吗！正是因为这篇文章，将胡乔木的人生与伟人毛泽东紧紧地联系在了一起。

实际上，胡乔木担任《中国青年》主编也就几个月时间。可就在这短短的时间里，他不仅动手写稿，更多的是培养人才，为办好刊物出谋划策。当年刚刚来到延安住在招待所正焦急地等待分配的韦君宜，就是胡乔木"亲自从北门外走到招待所"找上门来调进《中国青年》的。在韦君宜看来，胡乔木"虽然还年轻，却已经是中央青委的副书记，是首长了。他见了我，可是一点儿首长样子也没有，说了名字之后，就拉着我一起出去散步。一边散步，一边告诉我延安怎么生活"。

当时《中国青年》编辑部只有三个人，都是来自北平的青年学生，也都没有办刊经验。作为《中国青年》的主编，当胡乔木看到自己的编辑只会组一些"青救会"工作类的稿件，就给他们几个出主意："把眼睛放大一点，想想咱们

① 《胡乔木文集》第三卷，人民出版社1994年12月第1版，第250页。

跑到延安来的青年,以至全国青年,都想些什么,想看些什么。沿着这条路子,他出了一个题目:'我怎么到延安来的'。"韦君宜回忆说:"他让我们去找延安各个方面人士组稿,何其芳的那一篇就是这么组来的。记得他曾叫我去找名医金茂岳组稿。我把一切来延安的人都看成自己一个模式,盯着问:'您是怎么想来延安?思想怎么转变的?'金大夫回答:'我没想过那些问题。我是由红十字会医疗队派来的。'我大失所望,就问不下去了。回去告诉乔木,乔木微微摇头说:'唉,人家什么内容都好谈嘛。'他没往下说,我却由此懂得了办刊物组稿的窍门。那一阵,《中国青年》发表了许立群的中国史话,董纯才的伊林的故事,陈企霞的散文,王学文的政治经济学讲话,刘慕的活报剧,还有张闻天过去创作的小说《飘零的黄叶》也登了。都是乔木的主意,真是延安出的那些板着面孔的杂志中,从来没有过的新鲜面貌。"①

　　一介书生,一片丹心,胡乔木胸怀一颗火热的心参加革命,投入中华民族独立解放的洪流。自中学时代就开始写诗的他,以诗情做伴青春,以歌声表达心声。1939年3月18日,他给战斗在华北的战工团创作了一首《战工团团歌》②,并致信作曲家冼星海:"星海兄:小歌一首,请代谱曲。因星期一即有人带去华北,故恳于星期日谱好,不知可否?又闻写了一篇关于音乐理论的文章,我们甚需要,可否惠下?顺祝韵玲女士母女安康!弟乔木。"③这首《战工团团歌》是这样写的:

> 怀着满腔热血,走遍祖国河山,
> 我们是中华儿女,誓为着自由而战。
> 不怕那千辛万苦,不怕那枪林弹雨,
> 前线是亲爱的家乡。
> 努力向工作学习,努力向群众学习,
> 我们在斗争中生长。

　　在"誓为着自由而战"这句歌词后面,胡乔木特别在括号里作了注明:"誓"或改为"齐",请裁夺。胡乔木和冼星海已经很熟悉了,上次《安吴青训班班歌》也是冼星海谱的曲。而作为《中国青年》的主编,这次他也不忘向冼星

---

① 韦君宜:《胡乔木零忆》,见《我所知道的胡乔木》,当代中国出版社1997年5月第1版,第312页。
② 《胡乔木诗词集》里没有收录这首《战工团团歌》。
③ 韵玲,即钱韵玲,冼星海夫人。参见《延安文艺运动纪盛》,艾克恩编纂,文化艺术出版社1987年1月第1版,第121页。

海约稿。一个星期后的 3 月 26 日,冼星海开始创作著名的《黄河大合唱》,并在六天内完成了这部中国现代杰出的音乐作品。

1939 年下半年,国共合作的局面又开始恶化,国民党反共行径甚嚣尘上。1940 年 4 月 13 日,离西安较近的"安吴青训班"不得不北撤,迁回延安,改名为"泽东青年干部学校",落户延安城北大砭沟(即著名的"文化沟")。这也是中共历史上第一次也是唯一以毛泽东的名字命名的学校,陈云任校长,冯文彬任副校长,胡乔木担任教务长。

5 月 3 日,"泽东青年干部学校"开学典礼在延安中央大礼堂举行,毛泽东、张闻天等中央领导亲临会场祝贺。令人耳目一新的是,站在台下的师生们齐声合唱了一首《泽东青年干部学校校歌》,昂扬向上的旋律伴着激情四射的歌词,一下子把开学典礼推向了高潮。这首歌曲的词作者就是胡乔木。这是他和著名作曲家冼星海的第三次合作了,美妙的旋律让来到陕北红区的青年学子们热血沸腾,满怀感动。

> 生在英雄的时代,长在人民的旗下,
> 毛泽东的双手,抚育我们长大。
> 坚定意志,艰苦传统,革命精神,民主作风。
> 我们学习虚怀若谷,我们奋斗浩气如虹。
>
> 记住仇敌未平,破碎山河未整;
> 同胞正在呻吟,天下尚待澄清。
> 太阳照临我们的肝胆,大地倾听我们的誓言。
> 愿将热血灌溉人间,结成自由春花一片。

我们无法知道,1940 年 5 月 3 日,当毛泽东在延安中央礼堂听到这首赞颂他的歌曲时是何种心情,尽管因为身体不适毛泽东当时没有讲话,但 47 岁的毛泽东心里面应该有一种胜利的欣慰。至此,胡乔木和毛泽东还没有任何直接接触,最多也就是像今天的开学典礼一样,一个台上一个台下,远远地注目。但毛泽东的思想和精神已经像宝塔山下的延河水一样,在胡乔木的心中流淌,流淌……

1941 年 9 月,中共中央决定将泽东青年干部学校与陕北公学、中国女子大学合并,成立延安大学。半年前,胡乔木已经开始了他人生具有里程碑意义的转折——他开始担任毛泽东的秘书……

第五章 主席秘书

生在英雄的时代,长在人民的旗下,

毛泽东的双手,抚育我们长大。

——胡乔木《泽东青年干部学校校歌》(1940年夏)

王若飞通知胡乔木:毛主席"点将"他去当秘书

1941年1月23日,一个名叫"胜利"的女孩①在延安文化沟的窑洞里诞生了。年轻的乔木和谷羽享受着第一次为人父为人母的幸福,在孩子的啼哭

---

① "胜利"是胡乔木和谷羽的长女,即胡木英。说起胡乔木子女的名字,还和毛泽东有着难以割舍的情缘。胡乔木和谷羽共生了三个孩子,一女二男。在给子女取名字时,夫妇俩决定用最最革命的词汇来表达最最美好的理想,于是生于1941年的大女儿就叫"胜利",即期盼抗战早日胜利之意;生于1944年的长子就叫"幸福",时值延安举行大生产运动,意为希望全国人民能过上幸福生活;生于1951年的小儿子就叫"和平",时值世界和平大会召开,意为祝福世界永远和平美好。我们似乎很难相信"大秀才"胡乔木怎么给自己的儿女都取了这样直白甚至略显俗气的名字。但细琢磨,你才能理解,这才是胡乔木的诗人本色和浪漫情怀——胜利——幸福——和平——这是多么美好的世界啊!但在1963年的夏天事情发生了变化。这天,胡乔木带着三个孩子到中南海游泳池,恰巧碰上毛泽东也在那里游泳。和蔼慈祥的毛泽东跟孩子们谈心时,得知他们的名字后,忽然风趣地来了一番幽默"评论":"胜利"当然很好,"幸福"也不错,只是"和平"还不"和平"。其实这只不过是政治家毛泽东借题发挥,来阐发对当时世界的看法而已。但这样的戏说,对幼小的孩子来说,那可是天大的事情。而且在那样一个年代,毛主席的话至高无上,是无法用语言来形容的。一回家,12岁的"和平"就宣布自己要改名叫"海泳"——取在中南海和毛主席一起游泳之意。之后,姐姐"胜利"也将名字改作"木英"——取父亲"胡乔木"和母亲本名"李桂英"各一字;后来"幸福"也紧步后尘,将自己的名字改作"石英"。但可惜的是海泳在"文革"中不幸病逝。

声中感受着天伦之乐。

真是双喜临门。2月初的一天清晨，中共中央秘书长王若飞突然满面春风地走进了这个充满温馨的家。看着挂了满屋子毛巾、尿片的窑洞，王若飞在简单地问候了女主人后，拉着正在洗洗涮涮的男主人，郑重地说："乔木，毛主席那里缺人手，点名要你去做秘书工作，同时兼任中央政治局秘书。"

胡乔木一愣，一脸的惊讶和疑惑，那样子好像是在问：这是真的吗？这真是一个出乎意料的惊喜，太突然了。至今和毛主席一次也没有直接接触过呢，怎么会选我去当他的秘书呢？看着王若飞一脸的认真，那绝对不是在开玩笑。内心激动的胡乔木表面上很快平静下来，有些顾虑和紧张地说："给毛主席当秘书，我怕当不好。我没有当过秘书，没有经验呀！"

王若飞就告诉胡乔木：你在《中国青年》上发表的那篇《青年运动中的思想问题》，写得很好。毛主席的政治秘书陈伯达看了之后，赞赏你的文章有独特的见解，就推荐给毛主席看了。毛主席看过之后，说"乔木是个人才"。也就是说主席在两年前就开始注意你了。这次因为周小舟秘书派到冀中区委任宣传部长去了，主席身边人手不够，就决定调你去接替他。而且是主席自己亲自点名要调你呢！

就这么简单，胡乔木来到了毛泽东的身边。

随后，胡乔木也举家从大砭沟搬到杨家岭。做毛泽东的秘书，这不仅仅是一种荣光，更多的是一份责任和使命。沉浸在巨大喜悦中的胡乔木，仍能琅琅背诵1939年10月毛泽东送给"安吴青训班"举办两周年时的题词："带着新鲜的血液与朝气加入革命队伍的青年们，无论他们是共产党员或非共产党员，都是可贵的，没有他们，革命队伍就不能发展，革命就不能胜利。但青年同志的自然的缺点是缺乏经验，而革命经验是必须亲身参加革命斗争，从最下层工作做起，切实地不带一点虚伪地经过若干年之后，经验就属于没有经验的人们了。"

胡乔木和毛泽东，20岁的年龄差距并没有隔断他们的信仰和思想，他们的梦想是一致的。而他们的学生时代却也有着惊人的相似——入学考试成绩优秀屡考屡中，在学校办社团、编报纸、写文章，都曾主动退学或被学校开除，都曾组织学生进步运动驱赶反动校长……如今，来到毛泽东身边的胡乔木，从此来到中共中央工作，见证中共从胜利走向胜利的辉煌历程。

胡乔木从校对《六大以来》开始了毛泽东秘书的生涯

　　春寒料峭。1941 年的春天,中国是寒冷的。1 月 7 日拂晓,来自皖南茂林山区的枪炮声,迅速像刺骨的西北风一样刮破了冰封的大地。"同室操戈,相煎何急",一场预谋的血腥大屠杀,成为中华民族历史上的"千古奇冤,江南一叶"——震惊中外的皖南事变爆发了。

　　以毛泽东为首的中共中央面对蒋介石的猖狂进攻,针锋相对,"采取了尖锐的对立政策",并逐渐形成"政治上取攻势,军事上取守势"的方针,成功地实行了政治上的全面大反攻。蒋介石发动皖南事变后,才知道他的算盘打错了,不仅日本人攻势依旧,更让他没有想到的是国内国际上反对的声音越来越强烈了。真是搬石头砸了自己的脚,进退失据的蒋介石掀起的第二次反共高潮,被共产党、毛泽东奋力反击打了下去,而且比第一次反共高潮败得还要惨。

　　以皖南事变的牺牲为转折,中共打退了蒋介石第二次反共高潮,抗战时期,是毛泽东思想发展的一个高峰,在整个毛泽东思想史中也有一定的地位。通过这次斗争,中共对王明右倾路线的认识更清楚了。皖南事变以血的代价让中共在军事上受了重大损失,政治上却有很大进展,并对以后的军事发展有利。同时也表现出毛泽东发展统一战线的策略思想更具体化、更丰富。这是很精彩的一段历史,也是毛泽东在抗日战争时期最紧张的一段时间。胡乔木回忆说:"毛主席肩上担子沉重。但是他思考问题很细、很具体,处理事情很快,抓得很紧。那个时期他起草的文电很多,仅关于打退第二次反共高潮的就有 300 多件,除少数几天没有发出这样内容的文电外,一般每天都要发出两三件。据不完全统计,1940 年 11 月和 1941 年一二月,每月都是 50 件左右。在 11 月初起草'佳电'前后和 12 月上旬顽固派的'齐电'发出之后,是毛主席发出电报最多的时候。11 月 3 日和 13 日这两天,均发出了 9 件。在 12 月 14 日这一天则发出了 11 件,创他在抗日战争时期发出文电的最高纪录之一。"①陈云回忆,毛泽东推敲"佳电"就整整写了一夜。

　　胡乔木就是在这个时候,在毛泽东确实需要人手的时候来到了毛泽东身边。没有当过秘书的胡乔木确实感到有些不知所措,不知自己该干什么。他知道自己的职责是文化秘书。可该从哪里做起呢? 来报到那天,和毛主席

---

① 《胡乔木回忆毛泽东》,人民出版社 1994 年 9 月第 1 版,第 25—26、118—119 页。

见了一面，自己半是紧张半是激动，没敢问这问那。而毛泽东呢？只是简单地问了一下自己的经历，寒暄了一下，那样子好像就是他知道来了这么一个新秘书似的，什么工作？如何工作？一句话也没交代，就匆匆地忙他手头的工作去了。这多少与胡乔木想象中的会面有些距离，回到自己的办公室，他才想起王若飞通知时说过的：毛主席缺人手，他真是太忙了。

第二天，胡乔木又鼓起勇气，敲响了毛泽东的家门。一进门，胡乔木看见毛泽东正在埋头校对文稿。

或许做过编辑的人对校对都有一种敏感。胡乔木看见办公桌上还摆着很多文稿，就走到毛泽东身边，说："主席，我来干这个事吧？"

毛泽东停下手中的笔，站起身来伸了个懒腰，笑着说："你这算找对任务了。"

胡乔木看毛泽东没什么架子，非常平易近人，心情也放松下来，笑了笑。毛泽东接着说："校对这个工作并不是一件容易的事，要心细。校对也叫校雠，就要像对待仇人那样把文章中的错误校出来。"

就这样，毛泽东把自己正在校对的《六大以来》的清样，转交给胡乔木。而胡乔木也从校对工作开始了作为毛泽东秘书的政治生涯。

《六大以来》的编辑工作是 1940 年下半年开始的，起初是由王首道负责，由中央秘书处的裴桐负责文献收集工作。胡乔木来了以后就慢慢地交给他负责了。《六大以来》分上下两册，上册是政治性文件，下册是组织性文件，汇集了从 1928 年 6 月中共第六次全国代表大会到 1941 年 11 月间的中共历史文献 519 篇，280 多万字。它最初的目的并不是为了编印一本书，而是为预定于 1941 年上半年召开的七大准备材料，总结六大以来的历史经验。"但是即使在党的高中级干部中，在 1941 年，也还有一些人对这条'左'倾错误路线 (主要是指王明的'左'倾路线和立三路线所带来的主观主义、教条主义) 缺乏正确的认识，甚至根本否认有过这么一条错误路线。在这样的思想状态下要成功地召开七大是不可能的。为了确保七大开得成功，毛主席认为有必要首先在党的高级干部中开展一个学习和研究党的历史的活动，以提高高级干部的路线觉悟，统一全党的认识。于是在 1941 年八九月的一次中央会议上，毛主席建议把他正在审核的为七大准备的六大以来的历史文献汇编成册，供高级干部学习研究党的历史用。会议同意了毛主席的这一建议。"①

毛泽东对这些文件审核是相当认真的，不仅每篇必读，而且对某些文献

---

① 《胡乔木回忆毛泽东》，人民出版社 1994 年 9 月第 1 版，第 25—26、175—179 页。

的题目作了修改。在编辑中，对文献的选择也是精心的，不是有文必录，尤其是对中共领导人的讲话、文章，挑选格外认真、严格。

有一次，胡乔木在校对时发现"有一篇刘少奇的自我批评（白区的党指责刘右倾，刘被迫作检讨）"，就问毛泽东："主席，这篇文章用不用？"

毛泽东看了看，说："不必要。"

因为文献史料太多太庞杂，通读一遍都有困难，学习研究更谈不上。于是毛泽东在编辑中有意识地对文献进行了筛选，先后挑选出86篇有代表性的重要文献，以散页形式发给了延安的高级干部学习研究。因此，《六大以来》实际上有两个版本，一个是汇集本，一个是选集本。汇集本仅仅印刷了500套，只发中央各部机关、中央局、军委、军分区等大单位，不对个人发放。后来在撤离延安时因携带不便只由中央秘书处带出了几部，其余全部销毁。

因此，从某种意义上来说，《六大以来》的编印其实就是要解决中共党史上一些常识性的问题，比如像"王明路线""立三路线"到底是什么，算一算历史账，在政治上说清楚。胡乔木回忆说："现在把这些文件编出来，说那时中央一些领导人存在主观主义、教条主义就有了可靠的根据。有的人就哑口无言了。毛主席怎么同'左'倾路线斗争，两种领导前后一对比，就清楚地看到毛主席确实代表了正确路线，从而更加确定了他在党内的领导地位。从《六大以来》，引起整风运动对党的历史的学习、对党的历史决议的起草。《六大以来》成了党整风的基本武器。"①杨尚昆说："乔木对这一段历史没有多少切身体验。但是他能够把搜集来的一大堆文件，整理，挑选，很快理出头绪，编辑成书，使人读了，对党的历史的来龙去脉看得清楚，对什么是正确路线，什么是错误路线一目了然。这的确是要有点本事。这件事办得好，主席喜欢他，大家也看重他。"

《六大以来》对中共中高级干部认识党的历史"发生了启发思想的作用"，"同志们读了以后恍然大悟"，"个别原先不承认犯了路线错误的同志，也放弃了自己的观点，承认了错误"。在这种积极影响下，许多同志提出研究党史应该从中共一大开始。于是毛泽东在1942年开始着手编辑《六大以前》，并要求资料工作由陶铸和胡乔木负责。10月，《六大以前》在延安出版，上下两册共收入文献184篇。②1943年8月，胡乔木又协助毛泽东编辑出版了《两条路线》。此书出版后取代了《六大以来》选集本，成为中共高级干部路

---

① 《胡乔木回忆毛泽东》，人民出版社1994年9月第1版，第48页。
② 《六大以前》于1951年5月和1980年5月经过修订，分别由中央办公厅和人民出版社两次再版。

线学习的主要材料。

作为毛泽东的秘书，胡乔木因参与了《六大以来》《六大以前》和《两条路线》三本中共党史文献的校对和编辑工作，使他第一次系统地了解了中共建党以来党内高层斗争的内幕，第一次完整地阅读了毛泽东、周恩来、刘少奇等中共高层领导人的原著。无疑，这对他后来成为毛泽东的政治秘书，以及后来起草和撰写中共中央各类重大文件以及《中国共产党的三十年》等重要著作，都打下了坚实的历史基础和理论基础。因此，从某种角度说，协助毛泽东校对、整理和编辑《六大以来》《六大以前》和《两条路线》，使胡乔木对中共发展史的熟悉和完整把握，提升到了一个新的高度，这对当时的他来说无疑是一次"考试"；而对未来的他来说，是使他成长为杰出的马克思主义理论家、政论家、中共思想理论文化宣传战线的卓越领导人的一个"基本武器"。

胡乔木一小时内完成毛泽东命题社论《苏必胜，德必败》

"解放"这两个字与中国人民的生活息息相关，读来总是令人亲切无比。大的方面有"人民解放军"，小的方面有我们穿的"解放鞋"。而这两个字，对于 20 世纪 40 年代的中国共产党来说，就是雄心壮志。

1941 年 5 月 15 日，毛泽东为中共中央书记处起草了一份关于出版《解放日报》的通知，明确指出："5 月 16 日起，将延安的《新中华报》《今日新闻》合并，出版《解放日报》，新华通讯社事业亦加改进，统归一个委员会管理。一切党的政策，将通过《解放日报》与新华社向全国宣达。《解放日报》的社论，将由中央同志及重要干部执笔。"第二天，由毛泽东题写报名并写发刊词的《解放日报》诞生了。在发刊词中，毛泽东再次声明中国共产党的总路线"团结全国人民战胜日本帝国主义"就是本报的使命，"始终是抗日民族统一战线政策"，"团结，团结，团结，这就是我们的武器，也就是我们的口号"。

在"政治形势之紧张，敌人谋我之尖锐，党派斗争之激烈"的情况下，保持"慎重处事的态度"，这是《解放日报》作为中共中央喉舌而创刊的真正原因。毛泽东指定博古（秦邦宪）担任社长，杨松（吴绍镒）为总编辑。博古一上任就决定约请"中央同志及重要干部"为《解放日报》写社论，而且是每日一篇。他的理由是：学习苏共中央机关报《真理报》，学习《大公报》，他们都是一天一篇社论。总编辑杨松坚持写了二十八九篇之后，身体累垮了，1942 年 8 月病逝。陆定一接任总编辑。陆定一不同意博古的那一套，明确对博古说：

"第一,我不是杨松;第二,我的社论十年以后还要经得起审查,不能只管二十四小时。"陆定一是针对博古提出要学习张季鸾办《大公报》一天一篇社论的做法而说的。因为张季鸾说过"我们《大公报》社论只管二十四小时,第二天就可以擦屁股"。

6月22日,《解放日报》创刊才一个多月,纳粹德国突然向苏联开火,苏德战争爆发。这是出人意料的,全世界震惊。而此前的6月16日,周恩来就将由阎宝航获得的德国将于6月21日进攻苏联的秘密情报告知毛泽东。中共中央立即将这一情报电告斯大林。可苏联政府却把它当作耳边风,还和德国政府一起为此说法辟谣。事实上,中共中央告诉斯大林的情报与德国实际进攻苏联的时间只差一天!

世界是一盘棋。曾和美国一样坐山观虎斗的苏联终于卷入了战争,而蒋介石也仍然处于观望态度。但毛泽东深知苏德战争的爆发必将直接影响中国内政的发展变化。他非常紧张着急,经常开会讨论这一事件的国际形势,最为担心的就是美国和日本可能达成妥协,制造牺牲中国反对苏联的"东方慕尼黑"阴谋。而且德国的一举一动常常影响国民党抗战的态度,直接影响国共两党之间的关系。因为此前的皖南事变已经是一个教训:蒋介石就是在英、美与德、意、日两大军事同盟关系发生微妙变化的时候,向新四军开枪。再说,在珍珠港事件发生之前,英、美是支持日本的,出售军火并卖废铁给日本制造武器,美国没有真心想帮助中国抵抗日本。而到了太平洋战争爆发后,蒋介石甚至有一段时间认为英、美也要完蛋,准备向日本靠拢。这是后话。

苏德战争的爆发令中共中央高度关注,毛泽东反应迅速。第二天,中央政治局召开紧急会议,通过了毛泽东起草的《关于反法西斯的国际统一战线》。显然,这是一个高瞻远瞩的对国际国内形势的精确判断。四天后的6月26日,《解放日报》发表了经过毛泽东亲自修改的社论《世界政治的新时期》,开宗明义地提出"苏德战争是世界政治新的转折点"。7月7日,中共中央发表抗战四周年纪念宣言,毛泽东提出宣言的主旨是"拉英美蒋反德意日"。7月12日,毛泽东又专门写了指示,"用不同寻常的口气直截了当地"说:"在目前条件下,不管是否帝国主义国家,或是否资产阶级,凡属反对法西斯德意日援助苏联与中国者,都是好的,有益的,正义的;凡属援助德意日反对苏联与中国者,都是坏的,有害的,非正义的。"

作为世界反法西斯斗争的中心,苏联的命运前途到底怎样,尤其是在战争初期,苏联的失利更加引起人们的极大忧虑。毛泽东密切关注苏德战争的发展态势,在深思熟虑之后,决定6月28日在《解放日报》发表一篇社论,题目就叫《苏必胜，德必败》。这是深谋远虑的预见？还是鼓舞士气人心的号角？抑或是表达某种希望和期待？当时或许有很多人难以相信毛泽东的这个论断——苏必胜，德必败。

6月的枣园，绿树成荫。黄土高原的西北风却丝毫没有止步的意思。当世界都在观望和焦虑之时，静默观察的毛泽东把胡乔木叫到办公室，将自己的想法告诉了他。毛泽东习惯性地点起一支香烟，深深地吸了一口，说："乔木，你给《解放日报》写一篇社论，题目就叫《苏必胜，德必败》。我先说说我的想法，供你参考。"毛泽东说："要说明苏胜德败的问题，必须抓住四点来写：第一，德国师出无名，无法进行精神动员，苏联是为保卫祖国而战，士气民气旺盛；第二，德国资源短缺，生产能力已扩至极限，而且其战略战术长短优劣经过两年的战争已多大白于天下，容易引起被侵略者的注意与防御，苏联的情况则恰恰与此相反；第三，德国法西斯四面出击，形式上是外线作战，实际却是内线作战，处于被包围被攻击之中，随着战线拉长战区扩大，供给和联络就有可能被切断，这些困难都是苏联所没有的；第四，德国内不稳而外孤立，苏联内坚强而外多助。"

毛泽东又说，苏联的胜利并非唾手可得，重大的牺牲与一时一地的挫折也还不可避免，但全人类和全中国的战斗信念是：中必胜，日必败；苏必胜，德必败。一说完，毛泽东就告诉胡乔木："乔木，你现在就动笔，把它写出来，写完给我看看，明天见报。"

按照毛泽东的要求，胡乔木立即在隔壁的窑洞动笔写作。毛泽东在那里等着。真的是一个"快枪手"，胡乔木只用了一个小时就把稿子赶出来了。毛泽东看了看，只稍作修改，就同意立即送到《解放日报》，第二天就发表了。这是胡乔木第一次领受毛泽东下达的写作任务。不仅时间紧，而且题材重大，完全是一个命题作文。毛泽东对文字的要求之高是众所周知的。看到毛泽东对自己写的文章没有提出什么意见，胡乔木终于长长地舒了一口气。他知道，毛泽东不会轻易表扬秘书的，没有批评，就是一种奖励了。

胡乔木执笔的《苏必胜，德必败》开篇就提出："苏德战争到今天才一星期，其将来发展有种种可能，但无论从哪一种可能推想，都必须达到一种结论：苏必胜，德必败。"而在这篇文章的结尾，胡乔木紧接着毛泽东的思路进行了延伸："我们中国人民为了保卫自己，为了援助苏联，都必须竭尽我们最大的努力，我们怎样援助苏联？这就是加紧我们的团结抗战，反对我们的敌人日本帝国主义，这个敌人是和苏联的敌人互相勾结的。战胜法西斯日本和法西斯德国，是中国的利益，是苏联的利益，也是一切爱自由的民族和全人类的利益。全人类和全中国的战斗口号是反对法西斯奴役,而全人类和全中国的战斗信念是:中必胜,日必败;苏必胜,德必败。"社论发表后,反响强烈。胡乔木因此声名鹊起。

苏德战争爆发之所以让中共中央、毛泽东如此焦虑,是因为日本的战争动向直接关系到中国的未来命运。日本是南下?还是北上?当时,日苏战争爆发的"可能性极大,极紧迫,也极危险"。而斯大林十分担心日本趁机在东线向其发动进攻,使之处于两线作战的困境,因此再三要求中共出兵东北,拖住日本。如果日苏战争爆发则正中蒋介石的下怀,他可从中渔翁得利,借机反共、灭共。

面对这来自国内外的两方面压力,毛泽东真是心急如焚。1941年7月中旬,毛泽东就在一份电报中指出"乘机取利,制日制共,是蒋的方针"。为了揭露蒋介石的阴谋,打击国民党顽固派的反共亲德活动,毛泽东一连写了三篇评论《何应钦的反共新阴谋》《何应钦一手主持反苏反共》和《何应钦认敌为友》,以新华社电讯的形式在7月23日、24日和26日发表。同时,中共在军事上加强防范,最终使蒋介石枉费心机,一个目的也没有达到。而对来自苏联的连续几次要求中共走出根据地、出兵东北的电报,毛泽东审时度势,衡量利弊,最终决定坚持原定的以游击战为主、长期配合的方针。这自然引起斯大林的不悦,认为中共是民族主义而不是"国际主义"。历史已经证明毛泽东的决策是英明、伟大而正确的。

1941年9月上旬,希特勒尽管没有实现其迅速击垮苏联的美梦,但却把他的法西斯军队逼近莫斯科。作为毛泽东秘书和中央政治局的秘书,胡乔木除了个别政治局会议不能参加外,他几乎与毛泽东形影不离。对毛泽东的焦虑,胡乔木也感同身受。他记得,在中央的一次会议上,领导同志坐在一起分析苏德战争形势。毛泽东要警卫员去取地图,警卫员没弄清楚就把中国地图拿来了。毛泽东为此发了脾气,厉声说:"我要的是世界地图!"来到毛泽东身边后,胡乔木还没有看见过他发这么大的脾气。直到德军从莫斯科外围撤退,毛泽东焦虑的心情才缓和下来。

到了1942年10月,斯大林格勒战役让毛泽东终于笑逐颜开,兴奋之中,他又一口气写了三篇评论《第二次世界大战的转折点》《历史的教训》和《评柏林声明》,以《解放日报》社论的名义在10月12日、14日、16日发表,以惊人的洞察力、预见性以及鞭辟入里的分析告诉人们:"不论怎么样,世界形势已起了根本的变化,一切法西斯国家实际上都已丧失了主动地位,不管德国或日本,都是如此……法西斯的命运决定了,只有十分懦弱的人们才害怕法西斯。"

一年前,在苏德战争刚刚开始一个星期的时候,毛泽东要求胡乔木执笔的社论《苏必胜，德必败》应验了，变成了现实。

其实在发表《苏必胜，德必败》之前，胡乔木已经为《解放日报》写过社论。第一篇社论发表在1941年6月8日，题目叫《救救大后方的青年》。青年问题研究，难不倒胡乔木。1939年他和妻子谷羽在延安相聚不久，就曾秘密去过中国西南的大后方，在那里工作过半年多时间。多年从事青年工作的他，对大后方青年的思想脉动有着贴切的感受。他在社论中说："抗战以后，战争的烽火，把全国很大部分的学生和知识青年，驱使集中到后方各省。他们都是不愿意在敌伪统治下当顺民，受奴化教育，才不辞艰辛跋涉，跑到这'自由'的中国。希望在自己的政府的保护下，或者可以安心求学，学习抗战知识；或者可以参加各种工作，以报效于祖国。必须善于识别各种危害青年者的面目。现在他们的手法高明，花样繁多。用以毒害青年的武器有明枪，还有暗箭，你们不仅要认识满脸杀气，操着硬刀子的屠夫；更还要谨防那赔着笑脸，却是暗暗操着软刀子的谋士——他们善于巧言令色，为嗜杀的暴君歌功颂德，为刀头下的青年唱安眠曲。"

1941年6月10日，《解放日报》发表了胡乔木写的社论《欢迎科学艺术人才》；17日胡乔木写的《国民党缺少什么》再次作为社论发表。从此一发而不可收，胡乔木前前后后在《解放日报》发表社论近60篇。《解放日报》的社论就是中共中央的声音，胡乔木以其横溢的写作才情和敏锐的政治洞察力，不仅赢得了毛泽东的高度信任和赞赏，而且赢得了中共"笔杆子""大才子"的美誉，从而奠定了他作为政论家的基础。

而在《解放日报》的编辑出版和舆论导向上，胡乔木在毛泽东的指导下做了很多具体工作。《解放日报》创刊时为四开两版，1941年9月16日起改为四开四版。1942年4月1日，在毛泽东的直接领导下，《解放日报》再次进行了改版。3月31日，毛泽东还专门在杨家岭中央办公厅小会议室，亲自主持召开了有延安各部门负责人和作家70多人参加的座谈会，指出："我们今天整顿三风，必须要好好利用报纸。"之后，胡乔木在毛泽东的指示下，为《解放日报》撰写了《把我们的报纸办得更好些》《报纸和新的文风》《纪念"九一"记者节》《党与党报》《给党报的记者和通讯员》等重要社论，指导中共的新闻事业向健康的方向发展。

作为中共中央、中国工农红军长征的落脚点和中共及其领导的人民军队打开全国抗日战争局面和走向抗日战场的出发点，以延安为中心的陕甘宁边区在中国现代史上的地位和作用，就像延安的宝塔山一样高高地矗立在历史的教科书上。因此，中共如何在陕甘宁边区站稳脚跟并壮大起来，如何实施自己的政治和经济建设纲领，这始终是毛泽东关心的大事。用胡乔木的话说，"毛主席确实有点像把边区当作自己的'亲儿子'，非常爱护"。1941年5月，毛泽东在继1939年制定《陕甘宁边区抗战时期施政纲领》之后，再次亲自撰写并颁布了《陕甘宁边区施政纲领》，决定以经济建设为中心，精兵简政。《陕甘宁边区施政纲领》里面的"三三制"政策、人权保障政策、廉政政策、土地政策、工商政策、文化教育政策、民族政策等，都是后来形成毛泽东思想的重要组成部分，它以现实的榜样对国民党的黑暗统治提出了最有力的批判，为争取全国的民主和进步树起了一面光辉的旗帜。

遵照毛泽东的指示，胡乔木参加"施政纲领"的宣传工作，为《解放日报》撰写社论。在1942年至1943年间，胡乔木先后在《解放日报》发表了《精兵简政——当前工作的中心环节》《列宁活着呢》《从春节宣传看文艺的新方向》《中国思想界现在的任务》《从重庆看罗马》《根据地普通教育的改革问题》《论普通教育中的学制与课程》《边区政府准备热烈庆祝国庆节》《今天和辛亥》《此次文教大会的意义何在?》等社论。与此同时，他还曾为《解放日报》写过一整版的新闻，介绍边区的历史和现状。胡乔木晚年还清楚地记得，在这篇文章中他曾引用边区老百姓的语言称呼高岗为"我们的高麻子"，毛泽东却将其改为"我们的老高"。

此外值得一提的是，1944年因为美军观察组的到来，罗斯福执政的美国政府似乎有了向延安中共伸出橄榄枝的美好意愿。胡乔木奉毛泽东的指示，为7月4日的《解放日报》写了一篇题为《祝美国国庆日——自由民主的伟大斗争节日》，以期"我们在庆祝美国国庆日的今天，深望罗斯福总统和华莱士副总统"的"美苏中的战时团结和战后团结"的"外交路线，能够成为美国长期的领导路线"。尽管后来因为美国政府没有下决心给中共援助，更没有直接与中共合作，但美军观察组的到来不仅使中共对美国政策有了摸底的可能，而且通过接触和接待使美军普通人员受到了很大感化。尤其是美国大使赫尔利来延安与毛泽东进行了实质性的谈判，这就标志着中共第一次和美国政府有了真正意义上的外交。在胡乔木看来，"他们是完全自愿的，不是洗脑筋，而是开眼界。我们的外交是成功的"。

在这篇社论里，胡乔木一针见血毫不留情地批判了国民党蒋介石政府："今天中国为民族独立、政治民主和经济民主的斗争，正和1776年的美国一样，中国的战斗民主派的已故领袖，就是美国人民所熟悉的孙中山先生，他的著名口号就是林肯的口号：民有、民治、民享。但是非常可惜的是，国民党今天的一部分统治人士竟十分厌恶这个口号。如同他们在抗日战争的事业上怠工一样,他们直到美国民主共和国出现的 168 年以后,还拒绝实行民主制度,并且学着希特勒的腔调,指斥这是已经落伍了的'十八九世纪的学说'。他们的民族理论也是希特勒式的,他们否认中国各民族的存在,按照他们的术语,美国不但是英国的一个'宗族',简直也可以是德国的一个'宗族'。这些都使中国各阶层各民族的团结受到严重的妨害。这种情况,使中国的'独立战争'遇到远过于美国的困难。美国的独立战争在第八年上胜利了,而今天的中国,虽然得到了美国的宝贵援助,却由于国民党当局的反对民主,在抗战八年的前夜还失去了几乎整个河南和大半个湖南,并且更大的危机还在前面。但是我们决不悲观。民主的美国已经有了它的同伴,孙中山的事业已经有了它的继承者,这就是中国共产党和其他民主的势力。我们共产党人现在所进行的工作乃是华盛顿、杰斐逊、林肯等早已在美国进行了的工作,它一定会得到而且已经得到民主的美国的同情。""美国正在用大力援助中国的抗日战争与民主运动,这是我们所感激的。在庆祝美国国庆日的今天,我们相信,与华盛顿、杰斐逊、林肯等过去的工作一样,与罗斯福、华莱士等现在的工作一样,我们的奋斗只能得到一个结果——胜利。"这篇社论在发表的时候,毛泽东亲自进行了审阅和修改,并增加了部分亲善美国的文字。

1992 年,80 岁的胡乔木在《胡乔木文集》第一卷《自序》中说:"毫无疑问,就我个人来说,没有毛泽东同志的指导教诲,我就很难写出这些文章,我的写作能力也很难像这本书里所表现的逐渐有所进步。"而这些"评论的战斗品格仍然是过去紧张的战斗年代的值得怀念的标记"。这就像胡乔木写的歌一样:"生在英雄的时代,长在人民的旗下,毛泽东的双手,抚育我们长大。"——这是他的心声。今天,当我们再回头重温胡乔木当年写下的这些锋芒锃亮的文字,或许才懂得:能够穿越时空的东西,不是物质,而是思想。

第六章　整风运动

整风运动，一方面很民主，一方面很紧张。

让我给整风打分，我不会打一百分。

——胡乔木《关于历史问题决议的起草》(1986 年 1 月)

"九月会议""九篇文章"以及胡乔木的"割尾巴"

以 1941 年"九月会议"为标志，毛泽东领导的延安整风运动拉开了序幕。

1941 年 9 月 10 日至 10 月 22 日，中共中央政治局召开扩大会议。会议检讨了中共在十年内战后期①的领导路线问题。毛泽东在会议第一天就作了关于反对主观主义和宗派主义的报告，要求在"延安开一个动员大会，中央政治局同志全体出马，大家都出台讲话，集中力量反对主观主义和宗派主义"；"打倒两个主义，把人留下来。反对主观主义和宗派主义，把犯了错误的干部健全地保留下来"。会议决定毛泽东为中央研究组组长，王稼祥为副组长。

这个时候，胡乔木才知道毛泽东如此认真编辑《六大以来》的真正目的。在他刚到毛泽东身边的时候，也就是 1941 年 3 月 17 日和 4 月 19 日，毛泽东分别给自己在 1937 年已经编好的《农村调查》文集中加上了"序"和"跋"，付梓出版了。而到了 5 月 19 日，毛泽东又在延安高级干部会议上作了《改造

---

① 即 1931 年 9 月开始的中共临时中央领导的时期。

我们的学习》的报告。实际上这是毛泽东在为即将开始的整风运动作动员。在这个报告中，毛泽东对教条宗派的批评极其尖锐："这种反科学的反马克思列宁主义的主观主义的方法，是共产党的大敌，是工人阶级的大敌，是人民的大敌，是民族的大敌，是党性不纯的表现，大敌当前，我们有打倒它的必要。"

胡乔木就坐在台下，作为秘书，他还是第一次听到"毛主席的讲话用语如此之辛辣，讽刺之深刻，情绪之激动，都是许多同志在此前从未感受过的"。

"九月会议"长达 44 天，实际上只在 9 月 10 日、11 日、12 日、29 日和 10 月 22 日开了五次会。到会政治局成员有：毛泽东、任弼时、王稼祥、王明、朱德、洛甫 (张闻天)、康生、陈云、凯丰、博古、邓发；列席的有李富春、杨尚昆、罗迈 (李维汉)、陈伯达、高岗、林伯渠、叶剑英、王若飞和彭真。胡乔木和王首道担任会议记录。会议上先后有 28 人次发言，"进行了沉痛的检讨，不少同志是两次发言，有的同志甚至作了三次发言"。张闻天第一个检讨，分别在 9 月 10 日和 29 日两次发言；博古也两次发言检讨；王稼祥在 11 日也作了检讨。但因为王明的干扰，使会议蒙上了一层暗色。尽管他也在会议上作了两次发言，但拒不认错，反而推卸责任，节外生枝，到后来干脆借口生病不参加会议。

至此，胡乔木联系自己校对的《六大以来》，才知道波澜壮阔的中共历史原来是如此的惊心动魄。思想上的交锋和较量，其激烈程度及其在心灵上的震撼，或许比战争来得更加深远、更加深刻，也更加残酷。当《六大以来》作为这场思想交锋的最直接的"基本武器"的时候，胡乔木不再奇怪毛泽东之所以如此非比寻常地开展党内的思想整风了——党的思想路线就是党的生死存亡之道。

"九月会议"其实并没有达到毛泽东理想的效果。但毛泽东没有放弃，他立即着手写两个材料：一是为会议起草《历史草案》，即《关于四中全会以来中央领导路线问题结论草案》，二是写一篇长达 5 万多字的批判王明"左"倾机会主义路线的九个文件的文章，即"九篇文章"。然而在中共党内政治思想还没有高度统一的情况下，这两个材料当时都没有公开发表。后来，"历史草案"被作为《关于若干历史问题的决议》的蓝本；而直到 1976 年 8 月，毛泽东在离开这个世界之前还请人读"九篇文章"给他听。

"九篇文章"是毛泽东编辑《六大以来》的一个"副产品"，但这个"副产品"其实比"产品"的价值更高，更具毛泽东的思想。作为毛泽东在清算六大以来中共历史中所得到的启示，"九篇文章"是毛泽东的心爱之作。毛泽东生前没有看到它的发表，是他一生的遗憾。作为毛泽东的秘书，胡乔木自己也感到"看过此文，属于例外"。胡乔木说："九篇文章"可以说是毛主席的读书笔记。"如果在整风场合，或者在政治局会议上，他也不会这样讲。这里是他自己写，自己看，把话说得再凶，反正也没有人听见。"胡乔木在回忆这段历史的时候，认为"九篇文章"表示毛泽东对第三次"左"倾错误的认识深化了，是毛泽东对"左"倾错误认识的一个里程碑。①

因为只有极少数人看过"九篇文章"，所以它的命运就非常特别。胡乔木晚年回忆毛泽东时，专门对"九篇文章"这段历史进行了回顾，这也是中共党史上第一次披露其中的故事。

毛泽东在写完"九篇文章"的初稿后，在誊清的稿样上又前后做了几次修改。胡乔木记得共修改了三次。初稿题目为《关于和博古路线有关的主要文件》，后来又改为《关于和"左"倾机会主义路线有关的一些主要文件》《关于一九三一年九月至一九三五年一月期间中央路线的批判》，在内容上也作了较大改动。本来毛泽东想把"九篇文章"连同尚在起草的"历史草案"一并发给在延安的中央委员讨论的。但事实上只有刘少奇和任弼时两人看过。毛泽东之所以改变初衷，在 1965 年 5 月他再次修订的时候解释说，这是因为文章写得太尖锐，不利于团结犯错误的同志们。胡乔木说："的确写得尖锐。它不仅点了几位政治局委员的名，而且用词辛辣、尖刻，甚至还带有某些挖苦。它是毛主席编辑《六大以来》时的激愤之作，也是过去长期被压抑的郁闷情绪的大宣泄，刺人的过头话不少。后来虽几经修改，然而整篇文章的语气仍然显得咄咄逼人、锋芒毕露。这与 1942 年初开始的普遍整风运动中他所提倡的'惩前毖后，治病救人'的方针很不协调。它难以为犯错误的同志所接受，也是可以预计的。"

新中国成立后，毛泽东对"九篇文章"仍然念念不忘。1964 年春天，当裴桐从中央档案馆拿到原稿的照片通过田家英交给毛泽东看时，毛泽东已经不记得到底是什么时间写的了。后来从档案馆找到原稿后，毛泽东才确认自己曾写过此文。这年 3 月，毛泽东将"九篇文章"交中央部分同志传阅，并指出"请提意见，准备修改"。1965 年 1 月 2 日，毛泽东再次致信中央的一些负责人，请他们传看"九篇文章"并提修改意见，并在信中回忆说，可能是在 1941 年春季写的，因为文内没有提到欧洲战争。5 月 12 日，毛泽东在修改此文时又写道："此文究是何年写的，记不起来，大概是 1940 年，或 1941 年的上半年吧，因为文中没有提到希特勒发动世界大战。"但经胡乔木仔细查阅文件，认为"九篇文章"的完成时间是 1941 年"九月会议"之后。毛泽东还在

---

① 《胡乔木回忆毛泽东》，人民出版社 1994 年 9 月第 1 版，第 51 页。

征求意见的信中说:"此文过去没有发表,将来(几十年后)是否发表,由将来的同志们去作决定。"可见,毛泽东此时还是没有想发表的意思。但到了5月修改此文时,他却有了重新发表"九篇文章"的念头。他认为:由于年深月久,那个不利于团结的因素——"写得太尖锐,不存在了,人们不会因为看了这篇文章怒发冲冠,不许犯错误的同志改正错误,从而破坏党的'惩前毖后,治病救人'的政策了"。这次修改对毛泽东来说非常重要,用胡乔木的话说"带有定稿的性质":首先毛泽东将标题改为《驳第三次"左"倾路线——关于一九三一年九月至一九三五年一月期间中央路线的批判》,原标题变成了副标题;在内容上也增加了一些文字。毛泽东还将改好的稿子送给当时中央几位领导同志传阅过。但后来既没有公开发表,也没有在内部发表。到了1974年6月,毛泽东又一次找出"九篇文章"仔细看了一遍,并将其中有关称赞刘少奇的内容全部删除,打算印发,但后来也只是发给了部分政治局委员看过。逝世前一个月的1976年8月,已经不能读书的毛泽东只好请人将"九篇文章"读给他听了一遍。可见,"九篇文章"对毛泽东来说是多么重要。

但胡乔木认为"九篇文章"中"关于义勇军的问题,批评不当"。在20世纪60年代,胡乔木曾跟毛泽东提出过修改意见。但在后来的修改稿中,胡乔木觉得毛泽东"还是没有讲清楚"。

晚年胡乔木在《回忆毛泽东》中第一次将毛泽东的"九篇文章"的写作背景、历史价值和理论贡献公开进行了评析,认为"九篇文章"作为毛泽东花费了大量心血的心爱之作,集中揭露和批判了以王明为代表的第三次"左"倾路线的错误内容、性质及危害,在毛泽东"对这条错误路线的认识史上,是一个巨大的跨越",同时"阐明了解决中国革命一些基本问题的正确原则、策略和方法,在某些方面丰富和发展了马克思主义的思想理论",还对毛泽东的哲学思想有很多发展。①

毛泽东在他的心爱之作"九篇文章"中指出:"认识世界是为了改造世界,人类历史是人类自己造出的。但不认识世界就不能改造世界。""必然王国之变为自由王国,是必须经过认识与改造两个过程的。欧洲的旧哲学家,已经懂得'自由是必然的认识'这个真理。马克思的贡献,不是否认这个真理,而是在承认这个真理之后补充了它的不足,加上了根据对必然的认识而'改造世界'这个真理。'自由是必然的认识'——这是旧哲学家的命题。'自由是必然的认识和世界的改造'——这是马克思主义的命题。一个马克思主

_____

① 《胡乔木回忆毛泽东》,人民出版社1994年9月第1版,第213—222页。

义者如果不懂得从改造世界中去认识世界,又从认识世界中去改造世界,就不是一个好马克思主义者。一个中国的马克思主义者,如果不懂得从改造中国中去认识中国,又从认识中国中去改造中国,就不是一个好的中国的马克思主义者。"中国革命犹如建筑一栋房子,要建好这栋大房子,我们必须先有建筑中国革命这栋房子的图样,"不但须有一个大图样,总图样,还须有许多小图样,分图样。而这些图样不是别的,就是我们在中国革命实践中所得来的关于客观实际情况的能动的反映(关于国内阶级关系,关于国内民族关系,关于国际各国相互间的关系,以及关于国际各国与中国相互间的关系等等情况的能动的反映)。"毛泽东进一步尖锐地指出:"我们的老爷们之所以是主观主义者,就是因为他们的一切革命图样,不论大的小的,总的和分的,都不是根据客观实际和不符合于客观实际。他们只有一个改造世界或改造中国或改造华北或改造城市的主观愿望,而没有一个像样的图样,他们的图样不是科学的,而是主观随意的,是一塌糊涂的。老爷们既然完全不认识这个世界,又妄欲改造这个世界,结果不但碰破了自己的脑壳,并引导一群人也碰破了脑壳。"

1942年春天,整风运动全面展开,轰轰烈烈。胡乔木从头至尾因其特殊的身份,成为毛泽东思想的忠实传达者。

2月1日和8日,毛泽东分别在中共中央党校的开学典礼上和中共中央宣传部召集的干部会议上发表了《整顿学风党风文风》和《反对党八股》的报告。胡乔木按照毛泽东的指示,又陆续为《解放日报》撰写了一批整顿"三风"(学风、党风和文风)的社论,如《自我批评从何着手》《宣传唯物论》等等,"这些评论一般都带有论战性,锋芒毕露,对于敌人不留余地"。

在协助毛泽东并指导《解放日报》改版的同时,胡乔木以《解放日报》社论的名义先后写了《教条和裤子》《整顿三风必须正确进行》和《整顿三风中的两条路线斗争》等文章,成为毛泽东发动整风运动的好助手。

《教条和裤子》这篇诙谐幽默的社论发表后,在延安反响非常好,形象生动,给胡乔木赢得了更多的赞誉,当年阅读过的人在多少年以后谈起这篇社论仍然赞不绝口。胡乔木在文章中说:把科学变成教条有两种方法,一是把适用于一种条件的真理,硬邦邦地搬到另一种条件下面;另一种是把适用于一般条件下的真理,原封不动地放到特殊条件下面。可"他们高叫道,大家要洗澡啊,大家要洗澡啊,但是有些问题发生在他们的贵体下了,他们总是不肯下水,总是不肯脱掉裤子","于是你也来呀,我也来呀,大家把主观主义宗派主义党八股的尾巴割下来呀,大叫一通尾巴完事,那么我们的党岂不就十全十美了吗？可惜尾巴是叫不下来的。""裤子上面出教条"，但"大家怕脱裤子，正因为里面躲着一条尾巴，必须脱掉裤子才看得见，又必须用刀割，还必须出血。尾巴的粗细不等，刀的大小不等，血的多少不等，但总之未必是很舒服的事，这是显而易见的"。胡乔木以"割尾巴"这个形象生动的比喻，改变了《解放日报》社论板着脸孔说话的表情，读来清新活泼，如春风拂面。

　　早在1941年9月16日，胡乔木就曾发表文章《为什么要向主观主义宣布坚决无情的战争》，指出："一个新的战争正在开头——这个战争是和中国人民为民族独立自由的战争同时进行的，它的意义比那个战争也至少是不相上下。这是思想上两个基本营垒——唯物主义和唯心主义的战争，这个战争的胜败将要决定中国民族民主运动的胜败。"文章说："反对主观主义需要一个坚决无情的斗争……这个斗争首先是共产党的任务，因为共产党是科学的唯物主义的政党，如果不能从思想上最后的驱逐主观主义，则全党将不能成其为真正的共产党，党员也将不能成其为真正的共产党员。这种斗争同时又是全国人民和全国思想界的任务，因为全国人民如果不能知己知彼，脚踏实地，排除妄想，提倡科学，则战胜日本帝国主义和完成中国革命，便将成为不可能。"[①]

　　勇立潮头唱大风。胡乔木站在时代的浪潮上，用他的笔，为中共伟大的创造性运动——整风运动——这一段波澜壮阔的历史推波助澜。

毛泽东批评胡乔木"讲的话不对"，问题"你就看不出来"

　　作为政治家的毛泽东以他的远见卓识，深刻理解文化作为"武器"的巨大作用。1940年初，他在陕甘宁边区文化协会第一次代表大会上就指出，发展中国新民主主义文化就必须批判地接受古今中外的进步文化，"排泄其糟粕，吸收其精华"。因此他在文化战线队伍的建设上特别注重为人民大众，为抗战服务的思想。

　　随着丁玲、萧军等一大批国统区和大后方的知名作家、艺术家的到来，革命圣地延安的文艺有了新发展。但由于各自的文艺观点不同，文艺界出现了不团结的现象，互相看不起，不是你说我的长诗像"盲肠"，就是我说你的

---

① 此文《胡乔木文集》没有收录。发表此文的同日，《解放日报》由两版改为四版，并开辟了"文艺"等专栏。参见《延安整风运动记事》，求实出版社1982年8月第1版，第43页。

杂文是为了"发泄"。甚至为了生活待遇和名誉地位,还动不动就骂人、打人。许多文艺工作者没有了刚开始到延安的那种热情,理想与现实发生了冲突,开始对延安的生活不习惯,"对于工农兵群众则缺乏接近,缺乏了解,缺乏研究,缺乏真心朋友"。在这些层出不穷的纠纷面前,毛泽东开始专门研究作家们在报刊上发表的文章,并和一些同志交谈和书面交换意见。

早在1938年4月10日,毛泽东在出席鲁迅艺术学院成立大会上的讲话中,就说:在十年内战时期,革命的文艺可以分为"亭子间"和"山上"两种方式。亭子间的人弄出来的东西有时不大好吃,山顶上的人弄出来的东西有时不大好看。有些"亭子间"的人自以为"老子天下第一,至少是天下第二";"山顶上"的人也有摆老粗架子的,动不动"老子长征二万五千里"。毛泽东告诫说,既然是艺术,就要又好看又好吃,不切实、不好吃是不好的,这不是功利主义而是现实主义。抗日战争使这两部分人会合了,彼此都应当去掉自大主义。要在民族解放的大时代去发展广大的艺术活动,在抗日民族统一战线方针指导下,实现文学艺术在今天中国的使命和作用。他还特别讲道:"亭子间的'大将''中将'"到了延安后,"不要再孤立,要切实。不要以出名为满足,要在大时代在民族解放的时代来发展广大的艺术运动,完成艺术的使命和作用"。18天后,毛泽东再次来到鲁艺作题为《怎样做艺术家》的讲演,他说:现在艺术上也要搞统一战线,不管是写实主义派、浪漫主义派或其他什么派,都应当团结抗日。艺术作品要有内容,要适合时代要求、大众的要求。鲁迅艺术学院要造就具有远大理想、丰富斗争经验和良好艺术技巧的一派艺术工作者,这三个条件缺少任何一个便不能成为伟大的艺术家。1939年5月,毛泽东为鲁艺周年题词:"抗日的现实主义,革命的浪漫主义。"

1942年2月1日和8日,毛泽东就整风问题先后作了两次重要讲话。在8日的讲话中,他抱怨说自己在1938年提出的"马列主义中国化"、要建立"民族的科学的大众的文化"、要有"为中国老百姓所喜闻乐见的中国气派和中国作风"的口号被人当作了"耳旁风"。而由博古主编的《解放日报》在1941年9月16日扩版后,仍然存在主观主义、教条主义和"党八股"的错误,未能在党和群众之间起到应有的桥梁和纽带作用。为此,毛泽东提出了尖锐批评,称当时的报纸"不是党报,而是社报",是在为外国通讯社做"义务宣传员"。他指出:我们在中国办报,在根据地办报,应该以宣传我党的政策、八路军、新四军和边区、根据地为主,这样才能区别于国民党的报纸。全党整风开始后,报纸也未作应有的报道。

2月15日，延安美协主办了一次讽刺画展。参展的70多幅画对延安所存在的一些社会弱点和问题给予了批评。毛泽东在17日参观画展后，大家请他提意见，毛泽东只说了一句话："漫画要发展。"对毛泽东的回答，华君武回忆说："我不懂，又不敢问。"不久，毛泽东就主动约华君武、蔡若虹、张谔三人到枣园交换意见，并对其中一幅《一九三九年所植的树林》①的创作提出了自己不同的看法。这是毛泽东第一次亲自出面干预文艺创作问题。

一进枣园，他们三人就远远地看见毛泽东一人独坐在一棵高大枣树下面的藤椅上，面对远处的群山和天上的流云，好像在沉思默想。蔡若虹回忆："主席见了我们，把我们让进一间老式的客堂，完全是一种老大哥对待小弟弟的态度。张谔首先向主席介绍：'蔡若虹就是蔡公时的侄儿。'主席马上笑容满面地说：'好呀！那我今天应该优待烈属了。'"

谈话开始后，毛泽东说：有一幅画，叫《一九三九年所植的树林》。那是延安的树吗？我看是清凉山的植树。延安植的树许多地方是长得很好的，也有长得不好的。你这幅画，把延安的植树都说成是不好的，这就是把局部的东西画成全局的东西，个别的东西画成全体的东西了。漫画是不是也可以画对比画呢？比方植树，一幅画画长得好的，欣欣向荣的，叫人学；另一幅画画长得不好的，树叶都被啃吃光的，或者枯死了，叫人不要做的。把两幅画画在一起，或者是左右，或者是上下。这样画，是不是使你们为难呢？

华君武说：两幅画对比是可以画的。但是，不是每幅漫画都那样画，都那样画，讽刺就不突出了。有一次桥耳沟发大水，山洪把西瓜地里的西瓜冲到河里，鲁艺有些人下河捞西瓜。但是他们捞上来后，不是还给种西瓜的农民，而是自己带回去吃了。这样的漫画可不可以画呢？

毛泽东说：这样的漫画，在鲁艺内部是可以画的，也可以展出，而且可以画得尖锐一些。如果发表在全国性的报纸上，那就要慎重，因为影响更大。对人民的缺点不要老是讽刺，对人民要鼓励。以前有一个小孩，老拖鼻涕，父母老骂他，也改不了。后来小学的老师看见他有一天没有拖鼻涕，对他进行了表扬，从此小孩就改了。对人民的缺点不要冷嘲，不要冷眼旁观，要热讽。鲁迅的杂文集叫《热风》，态度就很好。

谈话结束后，毛泽东请华君武、蔡若虹、张谔三人吃饭：一碟凉拌豆腐、一碟青辣椒、一碟西红柿。

———————————

① 《一九三九所植的树林》作者是华君武，载1941年8月19日《解放日报》。

也就在这个时候，《解放日报》文艺副刊3月13日和23日发表了中央研究院中国文艺研究室研究员王实味写的一组题为《野百合花》①的杂文。毛泽东看了，极不高兴，他委托胡乔木致信王实味，指出其杂文中宣扬绝对平均主义，对同志批评采用冷嘲、暗箭的方法是错误的，不利于团结。随后，在毛泽东的直接领导下，《解放日报》再次改版。

按照毛泽东的指示，胡乔木先后找王实味谈过两次话，写过两次信，传达了毛泽东的希望和意见。胡乔木在信中说："《野百合花》的错误，首先，是批评的立场问题，其次是具体的意见，再次才是写作的技术。毛主席所希望你改正的，首先也就是这种错误的立场。那篇文章充满了对于领导的敌意，并挑起一般同志鸣鼓而攻之的情绪，这无论是政治家、艺术家，只要是党员，都是绝对不容许的。这样的批评愈能团结一部分同志，则对党愈是危险，愈有加以抵制之必要。"而对后来王实味问题的扩大化、政治化，胡乔木在晚年分析认为："王的问题定性是错了"，"对萧军问题的那种做法是不对的，对王实味问题的处理尤其不对。首先把王实味定成托派，结果没有证据，还说他是特务，关起来，最后打仗时杀掉了"。这都是康生后来在审干"抢救运动"中一手操作的。

而此前的3月9日，《解放日报》还发表了丁玲的《三八节有感》。②这篇文章和王实味的《野百合花》的发表，在延安文艺界一下子引起轩然大波。与此同时，延安北门外"文化沟"出的墙报《轻骑队》中，也出现了许多消极的内容，含沙射影，冷嘲热讽，有的甚至像国统区小报上的"黑幕新闻"，把延安描写得似乎到处都是"黑暗"。因此有人建议中央封掉这张报，不许它再出。毛泽东知道后说："不能下令封，而是应该让群众来识别，来评论，让群众来做决定。"

---

① 《野百合花》共分五个部分：前记；一、我们生活里缺少什么；二、碰"碰壁"；三、"必然性"、"天塌不下来"与"小事情"；四、平均主义与等级制度。参见《延安整风运动记事》，求实出版社1982年8月第1版，第74页。

② 1942年3月7日，解放日报社陈企霞派人送信给丁玲，约请她写一篇纪念三八节的文章。丁玲连夜挥就，把当时因两起离婚事件而引起的为女同志鸣不平的情绪，一览无余地发泄出来。丁玲后来谈，也觉得有错误。4月初的一次高干学习会上，有八人发言，文艺界只有丁玲和周扬参加。周扬未讲话。毛泽东作总结说："《三八节有感》同《野百合花》不一样。《三八节有感》虽然有批评，但还有建议。"6月11日，丁玲在在中央研究院召开的"与王实味思想作斗争的座谈会"上作了检讨，说："你们不能因为那篇文章替你们说了话就固执着成见说那是篇好文章，并表示对我个人的同情。"《三八节有感》"表示了我只站在一部分人身上说话而没有站在全党的立场说话"。《解放日报》曾在6月29日全文发表。组织上没有给她任何处分。直到1957年丁玲被错划右派后，《三八节有感》被定为反党"大毒草"，连加讨伐。参见《延安文艺运动纪盛》，艾克恩编纂，文化艺术出版社1987年1月第1版，第326、359页。

尽管《野百合花》引起的争论比《三八节有感》还要尖锐，但胡乔木认为后者在延安文艺界更具有代表性。这天，毛泽东召集《解放日报》的人员开会，谈改版问题。毛泽东批评说：《解放日报》对党中央的主张、活动反映太少。会上，贺龙、王震等都非常尖锐地批评了《解放日报》文艺副刊主编丁玲，①对《三八节有感》很生气。

贺龙说：丁玲，你是我老乡呵，你怎么写出这样的文章？跳舞有什么妨碍？值得这样挖苦？

贺龙的话说得很重，丁玲有点下不了台。胡乔木一听，感觉问题提得太重了，这样批评也不能解决问题，就跟毛泽东说："关于文艺上的问题，是不是另外找机会讨论？"

毛泽东装作没听见，没有作声。

第二天，毛泽东批评胡乔木："你昨天讲的话很不对，贺龙、王震他们是政治家，他们一眼就看出问题，你就看不出来。"

毛泽东批评胡乔木"看不出来"的问题到底是哪些问题呢？

晚年胡乔木回忆说：1940年以后延安文艺界暴露出来的问题，在整风后期的一份文件中曾作了这样的概括：在"政治与艺术的关系问题"上，有人想把艺术放在政治上，或者主张脱离政治。在"作家的立场观点问题"上，有人以为作家可以不要马列主义的立场、观点，或者以为有了马列主义的立场、观点就会妨碍写作。在"写光明写黑暗问题"上，有人主张对抗战与革命应"暴露黑暗"，写光明就是"公式主义(所谓歌功颂德)"，现在"还是杂文时代"(这是作家罗烽一篇文章的标题)。从这些思想出发，于是在"文化与党的关系问题，党员作家与党的关系问题，作家与实际生活问题，作家与工农结合问题，提高与普及问题，都发生严重争论；作家内部的纠纷，作家与其他方面的纠纷也是层出不穷"。

胡乔木认为表现尤为明显的是五个问题：第一是所谓"暴露黑暗"问题，第二是脱离实际、脱离群众的倾向，第三是学习马列主义与文艺创作的关系问题，第四是"小资产阶级的自我表现"，第五是文艺工作者的团结问题。

1942年3月8日，毛泽东为《解放日报》题词："深入群众，不尚空谈"。3月31日，毛泽东在《解放日报》改版座谈会上指出："近来颇有些人要求绝对平均，但这是一种幻想，不能实现的。""小资产阶级的空想社会主义思想，我们应该

---

① 丁玲在1941年9月至1942年3月间任《解放日报》文艺副刊主编。

拒绝。""批评应该是严正的、尖锐的,但又是诚恳的、坦白的、与人为善的。只有这种态度,才对团结有利。冷嘲暗箭,则是一种销蚀剂,是对团结不利的。"

4月初的一个晚上,毛泽东提着马灯来到中央研究院,用火把照明看《矢与的》墙报。从3月23日起,这个墙报的最初三期连续刊登了王实味的《我对罗迈同志在整风检工动员大会上发言的批评》《零感两则》《答李宇超、梅洛两同志》。此外,王实味还在《谷雨》杂志和《解放日报》分别发表了《政治家与艺术家》《野百合花》等文章,"鼓吹绝对平均主义,以错误的方法批评党的领导干部及当时延安存在的某些问题"。毛泽东看完墙报后说:思想斗争有了目标了,这也是有的放矢嘛! ①

毛泽东特别请胡乔木到家中吃饭,说:祝贺开展了斗争

1942年4月底,延安的100多位作家和艺术家们,几乎同时收到了一张中央办公厅用粉红色油光纸印刷的请帖:

> 为着交换对于目前文艺运动各方面问题的意见,特定于五月二日下午一时半在杨家岭办公厅楼下会议室内开座谈会,敬希届时出席为盼。
>
> 毛泽东　凯　丰

这是怎么回事呢?原来,在4月初,延安中央研究院文艺研究室主任欧阳山致信毛泽东,反映文艺界出现的各种问题。4月9日,毛泽东复信欧阳山:"拟面谈一次。"11日,欧阳山和草明二人面见毛泽东。13日,毛泽东第二次写信给欧阳山和草明:"前日我们所谈关于文艺方针诸问题,拟请代我搜集反面的意见,如有所得,祈随时赐示为盼!"不久,毛泽东先后邀请丁玲、艾青、萧军、舒群、刘白羽、欧阳山、何其芳、草明、严文井、周立波、曹葆华、姚时晓等谈话,交换意见。大家一致认为应该开个会,让文艺工作者充分发表一下意见,交换思想。接着毛泽东又与欧阳山、艾青等写信探讨或面谈。

艾青面见毛泽东时,恳切地说:"开个会,你出来讲讲话。"

毛泽东说:"我说话有人听吗?"

艾青回答:"至少我是爱听的。"

---

① 《毛泽东年谱(1893—1949)》中卷,中央文献出版社2002年8月第1版,第373页。

4月27日，毛泽东约请两位作家草拟了一份参加座谈会的名单。于是历史上著名的延安文艺座谈会就这样紧锣密鼓地开始了。

5月2日下午，延安"飞机楼"中央会议室里的二十多条板凳上已经坐满了人。1941年建成的"飞机楼"是中共中央的办公大楼，乃延安当年最为现代化的建筑。其主楼三层，两侧配楼各一层，从宝塔山俯瞰，此楼形状如飞机，因而得名"飞机楼"。而这个中央会议室平时就是中央机关的食堂。

会议室里已经是济济一堂，一百多位来自各条战线的文艺家和作家们，可以说是"延安六七千知识分子"的代表。这些文化人绝大多数是抗战全面爆发后一两年从全国各地甚至海外会集延安的，他们除少数受中共的派遣，大多则是出于对延安的仰慕心情投奔光明而来。

其实，在座谈会召开之前，毛泽东还曾专门找刘白羽谈过两次话。第一次一见面，毛泽东就跟刘白羽说："我们前一段整顿陕甘宁边区问题，现在就可分出一部分精力来抓文艺工作了。"这对曾给毛泽东写求见信的刘白羽来说是喜上眉梢，在"文抗"①任支部书记的他工作中正遇到了困境，心情很激愤，当然也想跟毛泽东谈文艺方面的问题。毛泽东为了更多地了解情况，就让刘白羽找"文抗"的党员作家先行座谈，听取意见。刘白羽立即找了马加、师田手、鲁藜、于黑丁等十余人座谈，各抒己见，十分热烈。会后，刘白羽给毛泽东写信报告了座谈会的情况。随后毛泽东再次约见刘白羽。刘白羽回忆说："毛主席光风霁月，喜笑颜开。我根据我整理的记录，逐条汇报，他仔细倾听，有时也点头和插话，对错误的意见甚至进行反驳，比如后来在《在延安文艺座谈会上的讲话》上批评的'不是立场问题，立场是对的，心是好的，意思是懂得的，只是表现不好，结果反倒起了坏作用'，就是我汇报中的一条。总之，我的一些糊涂想法，经毛主席画龙点睛一指，心境上便天畅气清，豁然开朗。"②

在这期间，毛泽东不仅多次和作家萧军通信、谈话，还与欧阳山、草明等就作家的立场、文艺与政治的关系、文艺为什么人等问题交换了意见，并对草明提出的"文艺界有宗派"的问题谈了自己的看法。此外，毛泽东还和鲁艺文学系和戏剧系的教员们进行了集体谈话。据严文井回忆，和他一起参加的有周扬、何其芳、陈荒煤、曹葆华等人，"我们在杨家岭毛主席的住处度过了一个难忘的下午，吃了午饭、晚饭两顿饭。当时我们鲁艺办的文学刊物叫《草

<hr />

① 1938年3月27日，全国文艺界在汉口成立中华全国文艺界抗敌协会，简称"文协"。同时在上海、昆明、桂林、广州、香港、延安等地建立了分会。中华全国文艺界抗敌协会延安分会简称"文抗"。
② 刘白羽：《我与胡乔木同志》，见《我所知道的胡乔木》，当代中国出版社1997年5月第1版，第304页。

叶》,丁玲、刘白羽所在的'文抗'办的叫《谷雨》,我们向主席提意见,说给这两个刊物的纸张分配不公。主席说,延安有困难嘛。主席也没有警卫员,坐在窑洞里,我们几个人围着他,在一起漫谈。我向主席提了一个问题,问李白和杜甫,主席更喜欢谁?主席说,他喜欢李白,因为李白有道士气,杜甫有小地主的味道。后来郭沫若写《李白和杜甫》用的就是这个观点。毛主席从李白又说起《聊斋志异》中的席方平,说这个人打官司,至死不服,文章暗寓对满清不满之意。毛主席特别欣赏作品中的一个艺术细节,就是写两个小鬼奉冥王之命把席方平锯成两半时,对席方平表示同情,故意锯偏,以保全席方平有一颗完整的心。毛主席称赞这个细节写得好。"①

为延安文艺座谈会的召开,毛泽东确实进行了大量的舆论准备和群众准备。如今机会成熟了。当他穿着1938年下发的、上衣袖口和裤子膝盖上都补着巨大补丁、洗得发白但却十分整洁的粗布棉袄,从"飞机楼"后面不远处枣园的家中,信步向山下走来时,多年不见毛泽东的一些艺术家们发现他变了:一是胖了,二是精神了。

毛泽东走进会场,与大家一一亲切握手。中宣部副部长凯丰主持会议。

毛泽东第一个讲话,他开门见山地说:"我们的革命有两支军队,一支是朱总司令的,一支是鲁总司令的。""朱总司令"就是朱德,"鲁总司令"就是鲁迅。一武,一文,毛泽东生动形象的开场白,赢得了大家的掌声和笑声。可见毛泽东一开场就表明了自己的观点,那就是鲁迅是中国文化革命的主将。

在毛泽东讲话中间,外面炮声隆隆。那是国民党军队在洛川向八路军进攻。当时好多人刚从重庆来,听到枪炮声有些紧张,就有人递条子给毛泽东,问有没有危险。毛泽东看了条子后说:"我们开会,听到炮声,你们不要害怕。前方也有我们的部队,能顶住。我提几个建议:第一,你们的母鸡不要杀了,要让它下蛋;第二,你们的孩子要自己养着,不要送给老百姓;第三,我们的部队在前面顶着,万一顶不住,我带你们钻山沟。"毛泽东的话又赢得一片掌声和笑声。大家又安心开会了。②

毛泽东在这天的讲话,就是后来发表的《在延安文艺座谈会上的讲话》的"引言"部分。后来正式发表时,"总司令"的说法还是改成了更有概括性的语言:"手里拿枪的军队"和"文化的军队"。讲话时,毛泽东面前的桌子上有一份自己准备好的提纲。他的一侧坐着速记员。

---

①②徐怀谦:《智慧的星空:与思想者对话录》,昆仑出版社2005年1月第1版,第197—198、196页。

毛泽东根据文艺工作本身的任务和延安文艺界的状况,提出了立场、态度、工作对象、转变思想感情、学习马列主义和学习社会等五大问题,要大家讨论:"今天我就只提出这几个问题,当作引子,希望大家在这些问题及其他有关问题上发表意见。"他希望大家把意见写出来寄给他本人。大家听了毛泽东的"引言"后,争先恐后发言,有许多话要说。

萧军是第一个站起来讲话的,口气很大,"说自己讲一个东西,就能写出长篇"。许多人都听不下去了。他不仅是第一个发言,而且也是发言最长的一个。当时"他身旁有个人提一壶水时时给萧军添水,一壶水全喝完了,他的话还没有讲完,那个提水的人又去后面打水去了"。①在胡乔木的记忆里,萧军主要的"意思是说作家要有'自由',作家是'独立'的,鲁迅在广州就不受哪一个党哪一个组织的指挥"。

谁知萧军的话音刚落,就听到会场后面响起洪亮的声音:"我发言。"

大家抬头一看,会场上霍地站起来一个人。而此人就是坐在萧军旁边的毛泽东的秘书胡乔木。这多少让大家有些意外,而更让大家意外的是胡乔木的发言既尖锐,又明朗,当场就对萧军的观点进行了反驳。

胡乔木在文学上有着很高的造诣。他不仅是一个政论家,也是一个诗人,还是一个文艺评论家。因此,他对中国文艺和中国作家、艺术家的创作是有着自己独特见解的。胡乔木说:"文艺界需要有组织,鲁迅当年没受到组织的领导是不足,不是他的光荣。归根到底,是党要不要领导文艺,能不能领导文艺的问题。"显然,是对萧军这样颇为出格的意见实在忍不住了,胡乔木才站起来反驳他的。

因为萧军在当时名气很大,毛泽东也比较欣赏他。平素言语不多的胡乔木在关键时刻挺身而出,说了关键的话,在会场引起震动,给大家留下了深刻印象,也令毛泽东非常高兴。一开完会,毛泽东就请胡乔木到他家吃饭,说:"祝贺开展了斗争。"可见,毛泽东对于当时解决文艺界意识形态斗争所采取的立场、态度是多么的坚决,多么的鲜明!

后来,作家刘雪苇写信告诉胡乔木:鲁迅当年跟党是有关系的。这一点,萧军和胡乔木当时都不知道。但胡乔木后来也没有时间去查考这个事情了。

5月13日,第一次座谈会结束后,延安戏剧界四十余人集会,座谈剧运方向和戏剧界团结问题。会议从早到晚开了整整一天。谈论的中心是"文艺运动的普及和提高"问题。时任第一二〇师战斗剧社社长欧阳山尊先生

---

① 徐怀谦:《智慧的星空:与思想者对话录》,昆仑出版社 2005 年 1 月第 1 版,第 196 页。

告诉笔者：“当时我刚从晋西北回来，把主席讲话的记录一遍又一遍地读着，经过几天的思考，终于鼓起勇气把自己想到的一些意见写了出来，寄给了主席。不多几天就收到了主席的亲笔回信，总共只有七个字：你的意见是对的。”①

5 月 16 日，延安文艺座谈会举行第二次会议。胡乔木参加了会议，认真地做记录。

欧阳山尊"大着胆子发了言"，在发言中提到了前线部队和敌后群众对于文艺工作的迫切需要和实际斗争所给予文艺工作者的教育，认为文艺工作者应该有一分热，发一分光，甚至发两分光，呼吁延安的文艺干部到前方去。他说："战士和老百姓对于文艺工作者的要求是很多的，他们要你唱歌，要你演戏，要你画漫画，要你写文章，并且还要你教会他们干这些……看起来似乎你付出去的很多，但事实上，你从他们身上收到的、学习到的东西更多。""前方的战士和老百姓很需要文艺工作。这样多的文艺干部，留在后方干什么？大家都上前方去吧，我举双手欢迎！"

柯仲平也报告了民众剧团在农村演出《小放牛》受到欢迎的情况，说："我们就是演《小放牛》。你们要瞧不起《小放牛》吗？老百姓都很喜欢。你们要在那些地区找我们剧团，怎么找呢？你们只要顺着鸡蛋壳、花生壳、水果皮、红枣核多的道路走，就可以找到。"他的发言引起大家一阵欢笑。毛泽东听了也非常开心，就笑着插话说："你们如果老是《小放牛》，就没得鸡蛋吃了喽。"

座谈会的空气是十分活跃的，矛盾也是十分尖锐的。譬如有位作家从"什么是文学艺术"的定义出发，空空洞洞地讲了一个多小时，当时就有人耐不住了，喊起来说："我们这里不是开训练班，请你不要给我们上文艺课！"有人在会上大肆宣传"人性论"，说文艺的出发点是人类的爱；也有人狂妄地吹嘘自己，说自己不但要做中国第一作家，还要做世界第一作家，宣称自己从来不写歌功颂德的文章；还有人对"整风"提出了异议；等等。

几乎一言不发的毛泽东，整天时间一直全神贯注地听大家的发言，并不时做记录。

诗人艾青的发言很短，主要批评鲁艺文学院院长周扬是宗派主义的典型。后来周扬自己在发言中幽默地说："好了，现在又多了一个典型，除了哈姆雷特、堂吉诃德之外，又多了一个周扬！"不过，在延安文艺座谈会之后，周扬在代表鲁艺作总结报告时，明确指出鲁艺搞"关门提高"是错误的。

---

① 作者采访欧阳山尊谈话记录(2002 年 5 月 23 日)。

座谈会上还有一位党外作家提出："你们党整顿三风是应该的，但是为什么不在十年以前就提出来呢？"

胡乔木回答说："我们党提出整风是因为我们坚信自己的事业的正确性，所以才能够进行这种严格认真的批评和自我批评。我们这么做并不是从现在提出整风才开始，而是从建立党的那一天起就这样做的。我们欢迎各种善意的批评，但也不惧怕任何恶意的中伤和歪曲。"①

延安文艺座谈会的最后一次会议是 5 月 23 日举行的。又是开了一天。会上，当谈到鲁迅所走的道路是"转变"还是"发展"的问题时，萧军和欧阳山、何其芳、周扬又争论起来，胡乔木自然也加入了这场论争。胡乔木认为是"转变"，萧军说，"是'发展'，不能说是'转变'！'转'者方向不同也，原来向北走，又转向南了或者转向东、向西了，越走越远了。'变'者是质的不同，由反革命的变成革命的，或由革命的变成反革命的，是质的变化。鲁迅先生并不反动，所以只能是'发展'而不能说是'转变'"。

在双方争得不可开交的时候，朱德说话了。他联系自己从旧军阀到参加革命的改造过程，说："岂但有转变，而且有投降咧，比如我吧，就是一个旧军人投降共产党的。我认为共产党好，只有共产党才能救中国。我到上海找党，没有解决参加党的问题，后来到了德国，才入了党。我投入无产阶级，并不是想来当总司令，后来打仗多了，为无产阶级做事久了，大家看我干得还可以，才推我当总司令的。"可萧军还是不服，认为各人有各自不同的具体情况，不能一概而论，总司令可以承认自己是从反动立场转变到革命立场，但鲁迅先生却不是从反动立场转变到革命立场的，所以只能说是"发展"。②

下午，朱德在会上作了最后发言，他有针对性地说："不要眼睛太高，要看得起工农兵，也不要嫌延安生活太苦。中国第一也好，世界第一也好，都不能自己封，都要由工农兵群众来批准。""共产党、八路军和新四军为了国家民族流血牺牲，既有功又有德，为什么不应该歌？为什么不应该颂呢？""有人觉得延安生活不好，太苦了。其实比起我们从前过雪山草地的时候，已经是天堂了。""有人引用李白'生不用封万户侯，但愿一识韩荆州'的诗句，现在的'韩荆州'是谁呢？就是工农兵。马列主义是真理，我在真理面前举双手投降……"

胡乔木认为朱老总的发言深入浅出，生动有力，很受文艺家们欢迎。朱

① 艾克恩：《延安文艺运动纪盛》，文化艺术出版社 1987 年 1 月第 1 版，第 357 页。
② 王德芬：《萧军与胡乔木的交往》，作者系萧军夫人。见《我所知道的胡乔木》，当代中国出版社 1997年 5 月第 1 版，第 323 页。

德讲话结束后,借着黄昏晚霞的余晖,摄影家吴印咸按下了历史的快门,毛泽东和延安文艺界的合影成了最好的历史见证。①

晚饭后,由毛泽东作座谈会"结论"。参加会议的人比前两次的还多,因此只得换到"飞机楼"大门外的广场上,但还是挤得满满的。欧阳山尊说:"主席讲话的时候,天色已经渐渐黑了下来,于是就点了一盏汽灯,挂在一个用三根木椽搭起来的架子上,毛主席就站在架子的旁边,就着灯光,看着提纲讲。恰巧我坐在架子的下边。由于离他那么近,使我感到一种巨大的幸福。"

一落座,毛泽东嘴里轻轻地说了一句:"这篇文章不好作呀。"尽管声音很小,但还是被坐在前排的画家罗工柳听到了。

毛泽东说:这个会在一个月里开了三次,开得很好。可惜座位太少了,下次多做几把椅子,请你们来坐。我对文艺是小学生,是门外汉,向同志们学习了很多。前两次是我出题目,大家作文章。今天是大家出题目,我作文章,题目就叫作"结论"。朱总司令讲得好,他已经作了结论。

毛泽东一口湘音,尽管许多人对他的湖南话听起来有些费劲,似懂非懂,但大家都明白毛泽东要说的是什么思想。正如胡乔木所说的:毛泽东以深刻的洞察力和高度的概括力,把全部问题归结为一个"为什么人"的问题,即文艺要为工农兵服务和如何服务的问题。

毛泽东围绕这个中心问题,具体讲了 "文艺是为什么人的""如何去服务""文艺界统一战线""文艺批评"和作风等五个方面的问题,并号召"一切共产党员,一切革命家,一切文艺工作者,都应该学鲁迅的榜样,做无产阶级和人民大众的'牛',鞠躬尽瘁,死而后已"。最后,毛泽东说:"我这个讲话不是最后的结论,同志们还是可以提出不同意见,等到中央讨论了,印成正式文件,那才是最后的结论。"

1942 年 5 月 23 日,延安文艺座谈会结束了。一个星期后的 6 月 1 日,胡乔木迎来了他 30 岁的生日。孔子曰:三十而立。

---

① 参加延安文艺座谈会的人员主要有(按姓氏笔画排列):丁玲、丁浩川、力群、于黑丁、于敏、干学伟、马加、毛泽东、王稼祥、王震之、王朝闻、王曼硕、王滨、天蓝、公木、艾青、艾思奇、田方、白朗、石泊夫、朱德、任弼时、任虹、刘白羽、刘岘、刘雪苇、江丰、华君武、吕骥、伊明、许珂、向隅、李雷、李元庆、李又然、李伯钊、李卓然、李丽莲、张仃、张庚、张桂、张真、张望、张谔、张水华、张悟真、张铁夫、张季纯、张振武、陈伯达、陈波儿、陈企霞、陈荒煤、陈学昭、吴亮平、吴奚如、宋侃夫、肖向荣、何其芳、何思敬、杜矢甲、严文井、阿甲、佟天林、凯丰、周文、周扬、周立波、欧阳山、欧阳山尊、郁文、范文澜、罗工柳、罗烽、郑文、郑景康、金紫光、林默涵、胡采、胡蛮、胡乔木、胡绩伟、草明、钟敬之、钟纪明、柯仲平、姚时晓、徐特立、袁文殊、高阳、唐荣枚、康生、萧军、曹葆华、黄钢、博古、傅钟、曾克、塞克、蔡若虹、舒群、潘奇、魏东明、瞿维等。

毛泽东和萧军与胡乔木和萧军

1940年6月，萧军和妻子王德芬带着8个月大的女儿萧歌，在林伯渠、邓颖超的安排下，离开重庆经西安来到了延安。这是萧军第二次来延安。第一次是在1938年3月，毛泽东曾专门去招待所看望他。

在妻子眼里，萧军是个禀性耿直、脾气急躁、易冲动的人。来到延安，他终于摆脱了国民党反动派的迫害和追捕，心情格外兴奋，创作热情高涨。在宝塔山下，在延河水边，人们总能听到萧军舒畅高昂的歌声。这个时候，他担任"文抗"理事、《文艺月报》编辑、延安鲁迅研究会主任干事等职。

毛泽东很赏识萧军。自这次来延安后，从1941年8月到1942年5月，毛泽东前前后后给他写过十封信。这在延安文艺界是少有的。胡乔木记得非常清楚：其中四封写于1941年8月，四封写于1942年4月，两封写于文艺座谈会期间和其后。豪爽有才华的萧军，固执、孤傲，看问题有时候有些片面和绝对化，尤其不善于处理人际关系，常常与人争论和争执，闹得很不愉快。

1941年，萧军因为不赞成周扬《文学和生活漫谈》一文中的某些观点，他就写了一篇文章投稿到《解放日报》，但却没有被采用。为此，他犟脾气犯了，负气要离开延安，想回到国统区去直接和敌人斗争。临行前，他向毛泽东辞行，坦率直言。8月2日，毛泽东致信萧军，非常耐心地开导、挽留，劝他不要就这样冲动地离开。毛泽东说："萧军同志：两次来示都阅悉，要的书已附上。我因过去和你少接触，缺乏了解，有些意见想同你说，又怕交浅言深，无益于你，反引起隔阂，故没有即说。延安有无数的坏现象，你对我说的都值得注意，都应改正。但我劝你同时注意自己方面的某些毛病，不要绝对地看问题，要有耐心，要注意调理人我关系，要故意的强制的省察自己的弱点，方有出路，方能'安心立命'。否则天天不安心，痛苦甚大。你是极坦白豪爽的人，我觉得我同你谈得来，故提议如上。如得你同意，愿同你再谈一回。"

写信一般都是三言两语的毛泽东，这封信的态度可谓坦率诚恳，既有批评，又有表扬，并指出了努力方向。同时，毛泽东也接受萧军的建议，着手制定中共的文艺政策，对萧军委以重任，请他代为收集文艺界各方面的不同意见，为召开文艺座谈会做准备。其后的几封信基本都与文艺座谈会有关。毛泽东后来还和萧军就中共的文艺政策问题面谈过两次，还亲自派马去接他，来家中晤谈。

其实，萧军和胡乔木神交已久。早在1936年2月，胡乔木就曾以"乔木"之名在《时事新报》发表评论，对萧军小说《八月的乡村》给予了高度评价和富有见地的批评。但他们那时从未见过面。在延安正式相认相识也是胡乔木成为毛泽东秘书之后的事情。这次在文艺座谈会上，萧军和胡乔木两个人开会的时候就坐在一起，可见两人交情也算亲密。但朋友归朋友，真理归真理。胡乔木对萧军的错误观点第一个站起来进行了反驳，没有照顾没有迁就，也没有和稀泥，直来直去，干干脆脆。这令毛泽东感到高兴。尽管座谈会上两人的意见没有取得一致，但胡乔木还是主动给萧军写了一封信，经过思考又另外阐述了自己的见解。萧军的夫人王德芬记得：这封信上有两处毛泽东用铅笔修改的字迹。显然这封信是经毛泽东和胡乔木两人研究过的。

延安文艺座谈会期间和结束以后，中共的报纸上都没有作过任何新闻报道。但第一个把中共在延安召开文艺座谈会的消息传递出去的正是萧军。5月14日，萧军在《解放日报》发表《对于当前文艺诸问题的我见》，文章一开头说："5月2日由毛泽东、凯丰两同志主持举行过一次'文艺座谈会'，作为参加者之一……"这是第一次在正式出版刊物上报道延安文艺座谈会的消息。萧军在这篇文章中谈了立场、态度、给谁看、写什么、如何搜集材料和学习等六个方面的问题。《新华日报》于6月12日转载了萧军的这篇文章，这个消息就这样传递到了国统区。

1943年3月13日，毛泽东在文艺座谈会上的讲话部分内容在《解放日报》发表。与此同时，萧军所在的"文抗"驻会会员纷纷响应中央文委的"文艺与实际结合，文艺与工农兵结合"的号召，纷纷下乡。"文抗"就这样撤销了，而萧军却因"王实味问题"的牵连，哪个单位都不敢接收，住处也搬到了中共中央组织部的招待所，生活面临着困境。萧军夫人王德芬回忆说——

> 当时，我正怀着孩子，快到预产期了，招待所蔡主任对我们很不客气，萧军终于和他发生了冲突，气愤地当面指责蔡主任。对方道：
> "你敢批评我？"
> "别说是你，毛主席说过，连共产党有了错误也可以批评！"
> "你嫌这不好，可以走嘛！"蔡主任说。
> "走就走！"萧军也不示弱。
> 说走就走，第二天清早，我们冒雨离开了招待所，来到了陕甘宁边区政府大门口。
> 萧军决心下乡去当老百姓，不吃这份供给饭也不受这份窝囊气了。边区政府主席林伯渠和民政厅厅长刘景范怎么劝也不行，只好给他开了通行证，找两头小毛驴把我们送到了延安县川口区第六乡刘庄安了

家。我们成了一无所有的人。亏得左邻右舍的老乡们伸出了热情支援之手，又交了一个放羊的把兄弟贺忠俭，才渡过了难关。农村里没有医院也没有助产士，是萧军自己为我接生的一个女孩，为了纪念这次下乡务农，取名"萧耘"。

　　1944年3月3日，延安县委书记王丕年领着毛泽东主席的秘书胡乔木来到了我们住的寒窑中。没有凳子，更没有椅子，只好请他们坐在炕沿上。乔木环视窑内一周对萧军说：

　　"老萧，我是路过这里，顺便来看看你们，日子过得怎么样啊？"

　　"好极啦，我和老乡们交上了朋友，生活没问题，明年一开春就开荒种地，咱有的是力气。"

　　乔木和王书记对了对眼神，王书记说："老萧，这里的卫生条件太差，万一孩子生了病，村里连个医生也没有，也买不着药，我看你还是回延安城里去吧！"

　　两个人的来意很明显是动员萧军回去。乔木说是"顺便"来看看我们，刘庄是个很偏僻的小村子，没有王书记领路乔木肯定是找不到我们的。在文艺座谈会上乔木已经领教过萧军的脾气，如果告诉他是毛主席派他来请他回延安城里去，岂不助长了他的傲气？所以乔木未吐真言。常写小说的萧军最了解人们的心理，哪能不明其中的原由呢！所以也就心照不宣未予拆穿，只说："让我考虑考虑再回答你们好吗？"

　　二位客人走了以后，我对萧军说，为了不辜负毛主席的关怀和党的政治影响，为了两个儿女的健康，还是回去吧。他只得同意了。王书记派了两头小毛驴将我们一家四口送到了中央党校三部，延安文艺界的同志们都集中在这里参加整风学习。见到了罗烽、白朗、塞克、刘岘、阿甲、艾青等许多老朋友。

　　乔木也算不虚此行，完成了毛主席嘱托他的任务。

　　萧军和胡乔木再次相逢已是1981年的事情了。这年12月，中国作协召开理事会，老朋友相见，感慨万千，千言万语化作了久久的紧紧握手。会议期间，萧军将自己的发言稿和建议，交给胡乔木请中央有关部门参考。《文艺报》还请萧军为胡乔木在《红旗》杂志发表的《当前思想战线的若干问题》写点感想。萧军写的《一瓣"新"香》发表在《文艺报》1982年的第2期。不久，萧军收到了胡乔木的来信，说："看到了你的文章，向你表示感谢！我过去曾多次伤害过你，而你却不予计较，仍以坦诚相待，令我深感内疚。"

萧军看了胡乔木的来信,非常感动,说:乔木恳于虚心道歉难能可贵!并致信胡乔木,自我检讨说:"我过去争强好胜,盛气凌人,常常不注意方式方法,态度生硬,言语粗鲁,很不应该!几十年来挨批挨整也是我咎由自取,怨谁呢!我这是'老虎掉山洞伤人太重'啊!"

1988年6月22日,萧军去世。胡乔木特意送了花圈。四年后,胡乔木也离开了这个世界。两个老朋友享年同为81岁。

《讲话》发表50年后胡乔木才公开心中的秘密

延安文艺座谈会是在以反对主观主义、宗派主义和"党八股"的整风运动中召开的。毛泽东的讲话像一盏明灯,照亮了文艺工作者前进的道路,陕甘宁边区和各根据地的文艺战线出现蓬勃新气象,文艺苗圃里百花怒放——歌剧《白毛女》《刘胡兰》,话剧《把眼光放远一点》《粮食》,长诗《王贵与李香香》,京剧《逼上梁山》《三打祝家庄》,报告文学《荷花淀》《张村无故事》等如雨后春笋般相继而出,解放区的革命文艺发生了质的变化,成为激励鼓舞人们觉醒同日本侵略者和反动派战斗的号角和鼓点。

1942年5月23日延安文艺座谈会结束后,毛泽东的讲话并没有立即发表。为什么呢?胡乔木说:"那是因为整理费一点时间。整理后,毛主席看过就放在那里了。发表还要找个时机,同鲁迅逝世纪念日可能有点关系。"

毛泽东是个深思熟虑的人。尽管在召开文艺座谈会之前,他不仅找来很多作家和艺术家谈心,或通过书信形式进行了很深很广泛的交流,获得了文艺家们在文艺创作和思想上存在的问题的第一手资料;而且他还在座谈会之前整理了一份发言提纲,并让胡乔木根据会议记录做了整理修改,但是他还是有些不放心。不着急发表这份讲话的毛泽东,他先要看看座谈会的实际效果。

一个星期后的5月30日,毛泽东又亲自到桥儿沟为鲁迅艺术学院的全体学员讲了一次话。大家都坐在大院子的空地上听。

毛泽东说:文艺作品中反映出来的生活要比普通的实际生活更高,更强烈,更有集中性,更典型,更理想,因此就更带普遍性。毛泽东还用大树和豆芽菜比喻提高和普及的关系:红军在过草地的路上,在毛儿盖那个地方,长有很高很大的树。但是,毛儿盖那样的大树,也是从豆芽菜一样矮小的树苗苗长起来的。提高要以普及为基础。不要瞧不起普及的东西,他们在豆芽菜面前熟视无睹,结果把豆芽菜随便踩掉了。你们快毕业了,将要离开鲁艺了。你们现在学习的地方是小鲁艺,还有一个大鲁艺。只是在小鲁艺学习还不够,还要到大鲁艺去学习。大鲁艺就是工农兵群众的生活和斗争。广大的劳动人民就是大鲁艺的老师。你们应该认真地向他们学习,改造自己的思想感情,把自己的立足点逐步移到工农兵这一边来,才能成为真正的革命文艺工作者。

不久,鲁艺秧歌队推出了《兄妹开荒》。6 月 10 日,鲁艺在延安公演歌剧《白毛女》。毛泽东和全体中央委员观看了演出。当晚毛泽东夜不成寐,在家里和小女儿李讷一起演起了"喜儿""杨白劳""黄世仁"。之后,《白毛女》在延安演出 30 多场,场场轰动。此时的杨家岭中央礼堂热闹非凡,毛泽东等中央领导经常和群众一起观看各种戏剧。当毛泽东在看完第一二〇师战斗剧社的《虎列拉》《求雨》《打得好》等四个小话剧后,11 月 23 日专门给欧阳山尊、朱丹、成荫写信鼓励,说:"你们的剧,我以为是好的,延安及边区正需要看反映敌后斗争生活的戏,希望多演这类好戏。"

毛泽东在延安文艺座谈会上的讲话,一针见血,让延安的作家和艺术家们在迷茫中找到了方向,在苦痛中找到了力量。毛泽东也以非常欣喜的心情注视着作家们在新的创作道路上取得的每一个成就。

1943 年 3 月 10 日,中共中央文委与中组部召集党的文艺工作者五十余人开会,号召大家遵照毛泽东在文艺座谈会上的讲话深入群众、深入生活,改造自己。从此延安掀起了作家、艺术家下乡的热潮。为配合这个形势,经毛泽东同意,《解放日报》在 3 月 13 日刊登了毛泽东《在延安文艺座谈会上的讲话》的部分内容。这是《讲话》首次发表。

3 月 15 日,《新华日报》正式刊登了延安召开文艺座谈会和毛泽东发表讲话的消息。

10 月 19 日,《讲话》的全文正式由《解放日报》发表。编者在前言中说:"今天是鲁迅先生逝世七周年纪念。我们特发表毛泽东同志在 1942 年 5 月在延安文艺座谈会上的讲话,以纪念这位中国文化革命的最伟大与最英勇的旗手。"

10 月 20 日,中央总学委发出通知,明确指出:《讲话》是"中国共产党在思想建设、理论建设事业上最重要的文献之一,是毛泽东同志用通俗的语言所写的马列主义中国化的教科书。此文件决不是单纯的文艺理论问题,而是马列主义普遍真理的具体化,是每个共产党员对待任何事物应具有的阶级立场,与解决任何问题应具有的辩证唯物主义和历史唯物主义思想的典型示范。各地党组织收到这一文章后,必须当作整风必读的文件,找出适当的时间,在干部和党员中进行深刻的学习和研究,规定为今后干部学校与在职干部必修的一课,并尽量印成小册子发送到广大的学生群众和文化界知识界的党内外人士中去。"①

1944 年 1 月 1 日，《解放日报》用一个整版，以摘录和摘要的形式刊登了《讲话》的主要内容。

毛泽东《在延安文艺座谈会上的讲话》不仅成为毛泽东的重要著作，而且至今仍然是中国作家和艺术家们创作思想的指针。它还得到了世界各国众多进步作家、评论家的热情肯定和高度评价，1945 年 12 月就被翻译成朝鲜文在朝鲜出版。而随后在中国文艺史上诞生的《白毛女》《王贵与李香香》《李有才板话》《李家庄的变迁》《种谷记》《暴风骤雨》等一大批优秀作品，无不与《讲话》密切相关。

1944 年 1 月 9 日，毛泽东在中央党校俱乐部观看了杨绍萱、齐燕铭编导的京剧 (时称平剧)《逼上梁山》后，很快就致信向他们"致谢"，赞扬他们把"历史的颠倒""再颠倒过来"，打破了旧戏舞台上把人民当成"渣滓"、"由老爷太太少爷小姐们统治着"的局面，使"旧剧开了新生面"；并将这一工作与郭沫若在历史话剧方面的工作相提并论，说这"将是旧剧革命的划时期的开端"。

1944 年 6 月，丁玲、欧阳山描写边区合作社劳动模范的新人新事作品《田宝霖》和《活在新社会里》发表后，毛泽东极为快慰，专门派人送信给丁玲和欧阳山，说："快要天亮了，你们的文章引得我在洗澡后睡觉前一口气读完，我替中国人民庆祝，替你们两位的新写作作风庆祝！"当天下午，意犹未尽的毛泽东又专门派人送信给住在延安南门外边区文协的丁玲和欧阳山，请他们到家中吃饭，席间再次对他们的创作给予赞赏和祝贺。

正如丁玲 1942 年 6 月 11 日在中央研究院批判王实味的大会上所检讨的："回溯过去的所有的烦闷，所有的努力，所有的顾忌和过错，就像唐三藏站在到达天界的河边看自己的躯壳顺水流去的感觉，一种幡然醒悟、憬然而惭的感觉。"然而，"这最多也不过是一个正确认识的开端"，她要"牢牢拿住这钥匙一步一步脚踏实地的走快"。事实证明，这正是丁玲在文艺创作上的新起点。她后来深入群众，深入基层，创作出了以《太阳照在桑干河上》为代表的许多优秀作品。

像丁玲一样，众多的文艺家在延安开始了艺术生命的新生。

几十年后，刘白羽在《我与胡乔木同志》一文中深情地回顾了这一段历史，并发自内心地对胡乔木"以君子不揭人之短的好心"含蓄地宽容他当年的"错误"，深表感激和内疚。于是他以"绝不能因此隐瞒真相"的巨大勇气，

---

① 艾克恩：《延安文艺运动纪盛》，文化艺术出版社 1987 年 1 月第 1 版，第 463 页。

自己揭短亮丑，公开了自己在延安整风运动前后的真实思想。他坦率地说："当时，我是一个矛盾的人。在支部书记岗位上，我与那些歪风邪气进行斗争，忍人之不能忍，行人之不能行；但在那蔓延开来的文艺浊流影响下，我的思想也摇摆了，而且写出两篇小说《胡铃》《陆康的歌声》。轻一点说，起码是'小资产阶级的自我表现'，重一点说，也可以属于'暴露黑暗'。经毛主席两次教诲，我已觉得自己犯了错误，所以提出了'犯了错误怎么办？'……"

毛泽东对刘白羽说："犯了错误，你在什么范围犯的，你就在什么范围收回来。"

刘白羽又问道："要是写了错误的文章，白纸黑字印了出来呢？"

"一个人讲了错误的话，是影响不好的，如果写成了文字印了出来，就更大的传播了谬误，那影响的范围就更大更久，真正有好心的人应该在原来发表文章的地方，再写一篇文章，批判错误，收回影响。"

整风结束后，刘白羽的信仰更加坚定了，认识提高了，他决心要做的第一件事就是按照毛泽东的教导，进行公开的自我批评，不抱残守缺，要光明磊落。不久，胡乔木请他去杨家岭做客。在张如心（时任军政学院教育长）的陪同下，刘白羽来到胡乔木的家。

胡乔木告诉他："现在，毛主席在文艺座谈会上的讲话要在《解放日报》发表了，最好有人写点文章表示自己的态度。"

刘白羽立刻将心中酝酿已久的想法全部说了出来："我正在准备写一篇文章，绝不欠党的债，欠人民的债。"

胡乔木听了刘白羽的心里话，满面春风，笑意盈盈，高兴地说："那你就赶紧写出来吧！"

他们谈得非常愉快，告别的时候，胡乔木还依依不舍地送刘白羽和张如心走下山，走过河滩，一直走到延河边才分手。

刘白羽回去后，在中央党校三部花了几个通宵，于 1943 年 11 月 19 日的黎明时分，写出了《读毛泽东同志〈在延安文艺座谈会上的讲话〉笔记》。随后，他立即送给胡乔木审阅。胡乔木看完后，马上把刘白羽找来，两人一起进行了修改。修改中，胡乔木非常尊重刘白羽的原意，只是在刘白羽写自己今后决心去做实际工作的结尾处提了一个重要意见。

胡乔木说："文艺整风不是让作家不做作家了，因此改为：让我们欢迎这个新文学时代的到来吧！我能够作这个新艺术中的一个兵士——这就是我的希望与我的喜悦。"

1943 年 12 月 26 日，《解放日报》发表了刘白羽的这篇文章。刘白羽首先进行自我批评,说过去"我还是把鼻子、嘴连眼睛,埋在小资产阶级烟雾里,看不见群众","自己口头上讲'人民大众',但是看不见人民大众","我不了解他们,他们也不了解我,因此我写的人物只能说是穿了农民衣服的知识分子";"不粉碎这些小资产阶级的思想意识,我就不能认识我的错误"。1995年,刘白羽回忆说:"延安整风是我人生中的一大转折。胡乔木的两次谈话,给我很大推动。"晚年刘白羽在出版其文集《心灵的历程》里还将这篇文章一字不改地收录,改名《我的宣言》,意为"想把我的错误与认识留给人们,作为那以后检查我在为人及为文中没有违背我的宣言,也可为人之明鉴"。[1]

作为延安文艺座谈会的参加者,胡乔木一直守口如瓶,没有向任何人说过自己是《讲话》的整理者,直到1992年在他生命的最后时刻,为了写《回忆毛泽东》一书,他在跟他的助手们回忆起这一段历史的时候,才透露了这个已经在他的心中埋藏了半个世纪的秘密。而且他也只是很随便极谦虚地说了一句:"当时有记录,我根据记录作了整理,主要是调整了一下次序,比较成个条理,毛主席看后很满意。"

夫人谷羽回忆说:"他那时才30岁,精力充沛。主席在座谈会开始和结束的两次讲话,乔木听得认真,记得仔细。主席讲话只有一个简单的提纲,后来让乔木整理成文。乔木在主席身边,对主席的思想有比较深的领会,所以整理稿把毛主席关于文艺的工农兵方向,关于文艺工作者要学习马克思列宁主义,学习社会,投入火热的斗争,与工农兵结合,在实践中转变立足点,改造世界观等思想表述得相当完整、准确和丰满。毛主席很满意,亲自作了修改,在第二年10月19日鲁迅逝世七周年纪念日这一天,在延安《解放日报》发表。当时,中央在一份党内通知上称《在延安文艺座谈会上的讲话》为'毛泽东同志用通俗语言所写的马列主义中国化的教科书',并被列为延安整风的必读文件。但是,乔木多年来对自己是'讲话'的整理者一事从不提起。乔木一生坚持用'讲话'指明方向,身体力行,但同时他又清醒地看到,'讲话'是在当时特定的历史条件下的产物,一些具体的提法应该随着时代的前进、形势的发展而变化。"

在《讲话》正式发表不久,毛泽东告诉胡乔木说:郭沫若和茅盾发表意见了,郭说:"凡事有经有权。"毛泽东很欣赏郭沫若的这个说法,还告诉胡乔木:得了一个知音。毛泽东为什么欣赏郭沫若"有经有权"的说法,胡乔木认为:"有经有权"即有经常的道理和权宜之计。毛泽东确实认为《讲话》有些是

<hr />

[1] 刘白羽:《我与胡乔木同志》,见《我所知道的胡乔木》,当代中国出版社1997年5月第1版,第305—306页。

经常的道理,普遍的规律,有些则是适应一定环境和条件的权宜之计。

后来,胡乔木在重庆还专门同茅盾谈起这个问题。茅盾说:外地去的作家对解放区的生活不适应,有个适应的过程,所以发生一些争论。胡乔木认为这种说法是有一定道理,因为或是在上海,或是在大后方,同延安相比,环境都有很大变化,作家原来把延安理想化了,觉得什么都好。但到了延安之后,理想与现实有了距离,这样各种各样的议论就出来了。

《讲话》发表的时候,整风运动正如火如荼。由康生主持的"抢救运动",在延安搞出了很多"特务",所以《讲话》刚发表时就把文艺界的"特务问题"特别标出来了。新中国成立后,《讲话》收入《毛泽东选集》时把有关"特务"的话删除了。在编辑《毛泽东选集》时,因为当时说现实主义是马克思主义文学的根本方法,胡乔木就向毛泽东建议说:在有的地方加一些话,讲讲现实主义的问题,能不能把日丹诺夫讲社会现实主义的定义写进去。毛泽东很不满意。《讲话》在收入《毛泽东选集》时,除了删除了"特务文艺"的提法之外,还将在对待文化遗产的问题上由"借鉴"改为"继承和借鉴",原来说国统区作家脱离群众问题上跟国民党"有些不同"改为"不同",等等,这些细节上的遣词造句,毛泽东都是经过认真琢磨的。

毫无疑问,作为毛泽东的秘书,胡乔木既是毛泽东《在延安文艺座谈会上的讲话》整理者,又是不折不扣的执行者。《讲话》的基本精神无疑是千真万确的,必须坚持,它的"文艺与生活""文艺与人民"这两个基本原则是不可动摇的。但《讲话》也是一定历史的产物,必然带有其历史的局限性,应采取科学的分析,不能搞"句句是真理""句句照办"那一套。[①]也就是说,《讲话》本身"有经有权",要与时俱进,不断发展。对于这一点,胡乔木一直都没有停止过思考。进入 20 世纪 80 年代后,他在"文艺和政治"这个问题上有了更深刻的思考和更本质的认识(本书第二十章将有更详细的阐述)。

向毛泽东建议宣传张思德,胡乔木整理《为人民服务》

说起毛泽东的《为人民服务》,在中国是家喻户晓。这篇文章和《纪念白求恩》《愚公移山》一起,曾被称作"老三篇"为 20 世纪六七十年代的中国人背诵如流。但很少有人知道毛泽东的这篇名著是经过胡乔木整理之后发表

①《胡乔木回忆毛泽东》,人民出版社 1994 年 9 月第 1 版,第 269 页。

的,更鲜为人知的是毛泽东之所以要作《为人民服务》的讲话也是因为胡乔木建议宣传张思德的结果。众所周知,《为人民服务》是1944年9月8日毛泽东在中共中央直属机关为追悼张思德而召集的会议上所作的讲演。但毛泽东为什么要为张思德这样一个普通的战士开追悼会呢?

张思德是一个孤儿,1915年4月21日出生于四川省仪陇县六合场雨台山下的一个贫苦的农民家庭。1933年参加红四方面军后,参加了长征。在部队,张思德英勇顽强,不怕流血牺牲,先后参加过黄泥坪、龙须寨、玉山等多次战斗和著名的长征,爬雪山过草地,屡立战功,被战友们誉为"小老虎"。抗战伊始,张思德所在部队也开赴前线。当时由于他身体患病,被留在警卫连,负责警卫八路军留守处和后方,并先后担任了副班长、班长。1940年春天,张思德随警卫连到延安,分配在中央警卫营任通讯班长。因为他懂得烧木炭的技术,这年7月,他奉命带领一个班去延安南黄土沟深山中烧木炭。砍树、进窑、出窑、装运,这不仅是一个又脏又累的体力活儿,还是一个技术活,用张思德的话说,烧炭像打仗一样,来不得半点马虎。

1942年10月,中央军委警卫营与中央教导大队合编为中央警备团,上级决定张思德由班长改为战士,他愉快地服从了组织分配。第二年春,组织选派他到中央警备团直属警卫队,也就是在毛主席身边的内卫班当警卫战士。这把张思德给乐坏了,下定决心一定要好好当一名枣园哨兵!作为毛泽东的秘书,胡乔木也就是在这个时候认识张思德的。在枣园,张思德全心全意站好岗放好哨。每次毛泽东外出开会,他总是提前把枪擦得亮亮的,提着水壶早早地等在车边。毛泽东坐的轿车是爱国华侨陈嘉庚先生送的,车身宽大,可以乘坐十个人,车后还有一个专供警卫人员站立的踏板。为了安全,每次外出,张思德都站在踏板上。有一次,毛泽东拍着张思德的肩膀说:"小张,以后别站这儿,就坐车里,外面有危险的!"张思德说:"主席,没关系,后面还凉快呢!"

1944年夏天,为了解决中央机关和枣园的取暖问题,上级决定警卫队内卫班的部分同志到延安北部的安塞去烧木炭。张思德主动请缨。领导知道他在烧炭上有技术和经验,马上同意了他的请求。7月,他就背着工具,带领大家来到了石峡峪村这个风景秀丽却非常偏僻的大山沟里,开始了艰苦的劳动。张思德带领大家日夜奋战,在短短的一个月里就烧了五万多斤木炭,超额完成了任务。9月5日,为了加快进度,上级决定临时组成突击队,赶挖几座新窑。张思德与战士小白一组,两个人配合默契,窑很快就挖得很深。快到中午时,窑已经快挖好了。这时,突然,窑顶上传来两声"咔咔"的声音,接着从上面掉下几块碎土。张思德凭着经验,发现有情况,就一把将小白推出窑洞:"快!快出去!"他刚把小白推出去,只听"轰隆"一声闷响,窑一下子塌了下来。小白的两条腿也被压在土里了,张思德却被深深地埋在里面。小白一边拼命地喊一边拼命地刨土。但这已经来不及了,张思德就这样离开了这个世界,年仅29岁。

噩耗传来,大家都非常悲痛。胡乔木和张思德都是毛泽东身边的工作人员,在一起曾经朝夕相处,深深为这样一位参加过长征的老战士的牺牲而悲痛和惋惜。曾任毛泽东秘书的叶子龙回忆:"乔木同志知道这一情况后,立即把张思德同志牺牲的情况报告给主席,并说到张思德参加长征,曾英勇负伤;平时工作积极,关心同志。主席当时听了,很受感动。"深受毛泽东器重的胡乔木,此时不仅是毛泽东的政治秘书,还兼任中央政治局秘书、中央总学委秘书和中央宣传委员会秘书,他向毛泽东建议为张思德开一个追悼会,请他讲话。毛泽东同意了胡乔木的建议,并交代:"一,给张思德身上洗干净,换上新衣服;二,搞口好棺材;三,要开追悼会,我去讲话。"

胡乔木迅速传达了毛泽东的指示,中央机关工作人员根据指示,将张思德的遗体擦洗干净,换上新衣服,又买了一口好棺材,并定于9月8日在延安枣园的操场上开追悼大会。毛泽东还亲笔写下"向为人民利益而牺牲的张思德同志致敬"的挽词。

1944年9月8日,中共中央机关和中央警备团共一千多人,在延安为一个普通士兵召开了隆重的追悼大会,这也是中国共产党自1921年建党以来第一次召开如此规模的追悼会。大会在向张思德默哀后,毛泽东带着十分沉重的心情和神色,就站在一个临时修建的小土墩上,为张思德致了悼词。毛泽东说:"我们的共产党和共产党所领导的八路军、新四军,是革命的队伍。我们这个队伍完全是为着解放人民的,是彻底地为人民的利益工作的。""因为我们是为人民服务的,所以,我们如果有缺点,就不怕别人批评指出。""我们都是来自五湖四海,为了一个共同的革命目标,走到一起来了。我们还要和全国大多数人民走这一条路。""要奋斗就会有牺牲,死人的事是经常发生的。但是我们想到人民的利益,想到大多数人民的痛苦,我们为人民而死,就是死得其所。"从此,张思德成了人民心目中的英雄。

追悼会结束后,胡乔木根据自己在会场上的记录,对毛泽东的这篇动情的即兴讲话进行了认真整理,并在文稿中引用了司马迁的名言,说:"人总是要死的,但死的意义有不同。中国古时候有个文学家叫作司马迁的说过:'人固有一死,或重于泰山,或轻于鸿毛。'为人民利益而死,就比泰山还重;替法西斯卖力,替剥削人民和压迫人民的人去死,就比鸿毛还轻。张思德同志是为人民利益而死的,他的死是比泰山还要重的。"20 世纪 50 年代,编辑整理《毛泽东选集》的时候,这篇讲话定名叫《为人民服务》。毛泽东对胡乔木的整理,极为赞赏。

这就是毛泽东不朽名篇《为人民服务》的由来。而"为人民服务"这五个金光闪闪的大字,鲜明地概括了中共的根本宗旨和行动指南,也是中共及其军队光辉实践的真实写照,哺育了一代又一代共产党人和各族人民中的优秀儿女。

毛泽东秘书·政治局秘书·总学委秘书·宣传委员会秘书

1943 年的春天,是一个历史的春天。

1943 年春天的胡乔木,才真正感到他给毛泽东当秘书做的第一件事情——校对《六大以来》,成了毛泽东开始彻底算清党史"糊涂账"的"思想武器"了。毛泽东要大家知道:六大以来,"左"倾教条主义到底都干了些什么?正如后来胡乔木所言,延安整风"这个学习运动,扫除了 1931 年以来教条主义在党内的恶劣影响,帮助了大量的小资产阶级知识分子出身的新党员脱离小资产阶级的立场而转入无产阶级的立场,因而使党在思想上大大地提高了一步,并且使整个党空前地团结起来了"。

而整风运动更为直接也更具有深远历史影响和作用的是,使中共走上了一条正确的发展道路,产生了自己土生土长的真正的领导人——毛泽东。其实早在 1938 年的 9 月 14 日,王稼祥就在中央政治局会议上传达了共产国际的指示和共产国际执行委员会总书记季米特洛夫的意见:中共一年来建立了抗日民族统一战线,政治路线是正确的,中共在复杂的环境和困难的条件下真正运用了马列主义。中共中央领导机关要以毛泽东为首解决统一领导问题,领导机关要有亲密团结的空气。而斯大林对毛泽东的领导也极为赞赏:你们的红军在毛泽东同志的领导下,是一支胜利的军队,你们正在进行的抗日救国统一战线工作,也是正确和成功的。共产党人不必担心在民族斗争的浪潮中会被淹没掉,而应该积极参加和领导这场斗争,在伟大的斗争洪流中,显示自己的力量和作用。[①]

当然,直到 1943 年 3 月 20 日,中共中央政治局会议才推选毛泽东为中央政治局主席、中央书记处主席、中央宣传委员会书记、中共中央党校校长,

---

① 朱仲丽:《毛泽东王稼祥在我的生活中》,中共中央党校出版社 1995 年 10 月第 1 版,第 69—70 页。

才在组织上确立毛泽东为中共最高领袖。书记处改组，由毛泽东、刘少奇、任弼时三人组成，毛泽东为主席，书记处会议由毛泽东主持，并拥有最后的决定权(指书记处处理日常工作的决定权)。

毛泽东的领导地位是大势所趋，1943年中共中央领导层的调整只不过是组织程序上的一种形式而已。自从1941年"九月会议"之后，深感自己难以担负中央中共领导总责的张闻天已经主动要求去农村作调查研究去了，不再参加书记处和政治局会议；博古(秦邦宪)这一年也由毛泽东指派分管《解放日报》；王明(陈绍禹)更是经常"闹病"，不干任何工作，不出席会议，当然也拒不认错。而周恩来一直战斗在大后方的重庆，实难参与中央全盘工作。这次中共中央高层的人事调整，对中共乃至中国的未来是具有历史意义的，其一，毛泽东的领导地位真正确立；其二，刘少奇参加中共中央书记处，真正成为中共第二把手。

这确实是一个历史的春天。一个新的领导集体的诞生，就像春天一样，生机勃勃，预示着一个新的开始。

1943年3月16日，毛泽东在中央政治局会议上作了《关于时局与方针》的讲话，随即任弼时报告了中央机构调整与精简的方案。其实，中共中央开始有史以来正规的精兵简政工作，是从1941年12月初开始的。为了这项工作的开展，中共中央下了大力气，但在实际工作中却遇到了阻力。许多同志很难理解：有人觉得在敌后抗战，我们应该如"韩信将兵，多多益善"才好；有人觉得根据地工作多，机关大干部多，才能把事情办好；等等。针对这个问题，胡乔木先后在《解放日报》发表三篇社论《再论精兵简政》(1942年2月20日)、《贯彻精兵简政》(1942年4月9日)、《精兵简政——当前工作的中心环节》(1942年8月23日)。胡乔木在社论中指出："精兵简政，这一口号之所以提出，从某方面讲，全部意义也就是一个：实事求是，提高工作效率的问题。""精兵简政这一政策，是为着克服目前困难，争取将来更大发展的正确政策，是既照顾到现在又照顾到将来的政策，是积极的政策而不是消极的政策！要打垮日本帝国主义是定了的，将来的发展也是定了的，在由现在到反攻这一段艰苦路程中，把我们的队伍整顿得整齐些，锻炼得更精干些，则胜利与发展就会更有保证！"

同样，精兵简政的政策在中共中央也得到了实施。作为中央秘书长的任弼时在报告中指出：因中央机构分散，需要实行统一和集中，拟定在中央政治局下面分设组织和宣传委员会，作为中央的助手。1943年3月20日，在新的中共中央领导集体诞生的同时，中央宣传委员会和中央组织委员会成立，作为中央政治局和中央书记处的助理机关。中央宣传委员会由毛泽东、王稼祥、博古、凯丰四人组成，毛泽东任书记，王稼祥任副书记，胡乔木任秘书。同时胡乔木可以列席某些有关的政治局会议。规定每周(或每两周)召开例会一次，必要时开临时会议。中央组织委员会由刘少奇、王稼祥、康生、陈云、洛甫、邓发、杨尚昆、任弼时八人组成，刘少奇任书记，杨尚昆兼任秘书。中央各部、委、厅、局、社的工作，均由书记处或者经过宣传委员会和组织委员会统管。因负责全盘工作的毛泽东负责统揽全局，宣传委员会的工作实际上由王稼祥具体负责。而作为秘书，更多更大量的具体工作，则由胡乔木承担。

从此，胡乔木由毛泽东的秘书，开始正式走上中共中央宣传工作的领导岗位，此间因凯丰生病，胡乔木曾代行中宣部部长职务。

为配合整风，加强党的路线学习，这年8月，毛泽东重新开始了因为西北高干会议、整风学习总结和打退国民党酝酿的第三次反共高潮而耽搁下来的《两条路线》的编辑工作。自然，胡乔木依然是毛泽东的助手。因为《两条路线》的资料大都来源于《六大以来》和《六大以前》，挑选的文章针对性强，大多是最能反映党的各个历史时期两条路线斗争情况的中央文件、中央领导的讲话和文章等，所以，毛泽东只用了几天就选定了篇目，完成了初步的编辑工作。然后，由胡乔木将选定的篇目文章整理好，呈送给刘少奇、任弼时、周恩来等领导人圈阅。等他们圈阅同意后，再由胡乔木交给中央总学委，分时期按时间顺序进行编排。此时，胡乔木还兼任中央总学委的秘书，所以编排《两条路线》的具体工作是由胡乔木承担执行的。在编排过程中，毛泽东又陆续增选了几篇文献。8月15日，毛泽东致信胡乔木："乔木，加上'调查研究'、'增强党性'两个决定。即可付印。交弼、康、刘、周一阅。"20日又致信胡乔木说："党书(即《两条路线》——引者注)请于九月五日前印出，以便交去华北的干部带去敌后。"但终因印刷条件限制，印刷厂加班加点也直到10月才完成装订。《两条路线》共收录文献131篇，分上下两册，共印制了2000套。

早在1942年5月9日，胡乔木在为《解放日报》撰写的社论《整顿三风中的两条战线斗争》中就曾指出："共产党是在两条战线斗争中发展起来的。""错误的思想来源只有一个，而表现则有两种形式。一种是'左'的，一种是'右'的。""我们党二十一年发展的历史，就是两条战线斗争的历史。反对陈独秀主义，反对李立三路线，遵义会议，开除张国焘，就是最重要最特出的例子。经过了这些斗争，我们党思想上政治上组织上的统一，才得提高，党的战斗力，才得加强。""两条战线斗争的方法，不是折衷主义的方法。""因此，两条战线斗争，是不能给人乱戴帽子的。这个斗争的进行，要有最大限度的实事求是的精神,要提倡同志们勇于发现问题,提出问题,勇于怀疑和勇于批评的精神。但决不能捕风捉影,牵强附会,弄得到处都是偏向,到处都要斗争。在两条战线斗争上任何轻率的不负责任的态度,都可打击党员群众活跃的积极的精神,对党都是不利的。"胡乔木这种客观求实的观点,可惜在后来康生发动和操持的"抢救运动"中没有做到。

《两条路线》的出版取代了《六大以来》选集本,成为中共高级干部路线学习的主要材料,不仅延安的高级干部人手一套,而且各根据地的主要领导人也差不多人手一套。中央总学委规定:凡受书者都必须登记,并负责妥善保存,不得遗失,不得转让,否则就要受到党纪处分。

8月20日,毛泽东在致胡乔木的信中,还专门谈到了《中共中央宣传部关于在延安讨论中央决定及毛泽东同志整顿三风报告的决定》和8月15日中共中央作出的《关于审查干部的决定》这两个文件。此时,毛泽东已经发现从1942年冬天开始的延安审干工作发生了偏差。由中央总学委副主任、中央社会部部长康生提出的"抢救失足者运动",混淆了敌我界限的错误进一步扩大,造成了大批冤假错案,仅半个月就挖出所谓"特嫌分子"1400多人,使"审干运动"变成了"抢救运动",许多干部惶惶不可终日。

中央总学委是在1942年6月2日成立的,前身是1941年9月26日成立的中央(高级)学习组,毛泽东为组长,王稼祥为副组长。康生当上中共中央党校校长和中央社会部部长后,掌握了教育、审干的一部分权力。靠吹捧王明《为中共更加布尔什维克化而斗争》起家的他,在整风运动中摇身一变,骂王明是"为中共更加孟尔什维克化而斗争",从而赢得毛泽东信任,当上了中央总学委的副组长。毛泽东对康生说:总学委的实际工作由你做。于是,康生提出要中央政治局委员的政治秘书们帮助他做工作。中共中央同意了。当时中央政治局委员的秘书分别是:胡乔木(毛泽东的秘书),黄华(朱德的秘书),师哲(任弼时的秘书),王鹤寿(陈云的秘书),廖鲁言(王明的秘书),陶铸(王稼祥的秘书),匡亚明(康生的秘书)。

康生要求秘书们作为他的助手,分别向各单位收集了解整风学习的进展情况,并向中央总学委汇报。但作为毛泽东的秘书,胡乔木根本没有时间去做康生的助手,也没有跟康生联系。实际上康生也无法随便调动这些秘书们。师哲回忆:"这些人各有自己的首长,要完成自己首长交办的各项任务。所以除了我和廖鲁言以外,基本上没有看见他们与康生有多少联系。大致上,胡乔木随毛泽东主持文艺界的整风运动;陶铸、黄华随王稼祥、朱老总管军委系统的整风运动;我和廖鲁言去边区联系中央西北局和联防司令部有关整风的事务。"①1943年3月，刘少奇回延安后，毛泽东让刘少奇主持中央总学委的工作，但因刘刚到延安对整风和中央机关情况不了解，很少管事，实际上仍然是康生主持和实际负责。

胡乔木清楚地记得，1942年2月底，毛泽东在亲自担任中央党校校长(彭真为副校长)后第一次到党校讲话时说：延安的整风特别有味道，不是整死人，有些特务分子讲出了问题，也不是把他们杀了，我们要争取他们为人民为党工作。你们整了风以后，眼睛亮了，审查干部以后，眼睛更亮了，两只眼睛都亮了，还有什么革命不胜利呢？去年有整风，今年有审干，使你们把问题搞清，两年之后保证你们提高一步。

但审干工作并没有毛泽东想象的那么顺利，因康生采用"逼、供、信"的手段，出现了"特务如麻，到处皆有"的反特斗争扩大化的错误和偏差，在一年内竟然清出"特务"多达1.5万人。于是，中共中央在1943年12月和1944年初采取了一系列措施，坚持不杀一人，不断进行复查、甄别、平反，分别情况作出实事求是的结论，并对受到冤屈的同志赔礼道歉。对此，毛泽东主动承担责任，在中央党校作报告时先后进行了三次自我批评。

第一次是在1944年5月。毛泽东说：在整风审干中，有些同志受了委屈，有点气是可以理解的，但已进行了甄别。现在摘下帽子，赔个不是。我举起手，向大家敬个礼。你们不还礼，我怎么放下手呢？

第二次是在1944年10月。毛泽东说：去年审查干部，反特务，发生许多毛病，特别是在抢救运动中发生过火，认为特务如麻，这是不对的。去年抢救运动有错误，夸大了问题，缺乏调查研究和分别对待。这都已经过去了。

第三次是在1945年2月。毛泽东说：这两年运动有许多错误，整个延安犯了许多错误。谁负责？我负责。因为发号施令的是我。戴错了帽子的，在座有这样的同志，我赔一个不是。凡是搞错了的，我们修正错误。

毛泽东接二连三地承认错误，令受过冤屈的同志们非常感动，最初的火气也消了，同志间的团结更增强了。这令胡乔木印象深刻。

而这个年代的胡乔木身兼四职：毛泽东秘书、中央政治局秘书、中央总学委秘书和中央宣传委员会秘书，真正开始了他从纯粹的秘书向中共理论家、意识形态管理者的角色转换。

---

① 师哲：《在历史巨人身边：师哲回忆录》，中央文献出版社1991年12月版，第245—246页。

1943年"九月会议"：胡乔木列席中共政治局扩大会议

在普通干部的整风转入审干阶段后，中共中央领导层的整风也到了深入讨论历史的阶段。在中央准备召开七大的情况下，为了统一高级干部思想，中央政治局决定按照1941年"九月会议"的方式继续召开政治局扩大会议，讨论党的路线问题，尤其是抗战时期党中央的路线是非问题。

1943年的"九月会议"是从9月7日开始的，原来准备只开五次会议，隔一天开一次，但后来改变了计划，使整风检查与党史学习穿插进行，断断续续地一直开到年底，实际上直到1945年5月21日六届七中全会才完全结束检查。作为19位列席者之一，胡乔木自始至终参加了这次会议。

1943年的"九月会议"共分为三个阶段。先后参加会议的中央政治局委员和候补委员有：毛泽东、刘少奇、任弼时、朱德、周恩来、陈云、康生、彭德怀、洛甫、博古、邓发等11人，王明、王稼祥、凯丰因病未参加；列席者19人分别是：李富春、杨尚昆、林伯渠、吴玉章、彭真、高岗、王若飞、李维汉、叶剑英、刘伯承、聂荣臻、贺龙、林彪、罗瑞卿、陆定一、孔原、陈伯达、肖向荣和胡乔木。

第一阶段从9月7日至10月6日。9月7日、8日、9日三天，博古、林伯渠、叶剑英和朱德先后发言。9月13日，康生发言，一是攻击王明，二是吹嘘自己。胡乔木认为康生的发言显然含有严重的错误，"他对《新华日报》等的批评不符合事实，混淆了错误的性质"。这天，毛泽东也就"两个宗派"——"教条主义的宗派主义"和"经验主义的宗派主义"问题进行发言。对教条主义宗派，发言中毛泽东不仅点名批评了王明、博古，说他们是"钦差大臣满天飞"，利用四中全会来夺取中央的权力，打击许多老干部，拉拢一些老干部，统治中央三年又四个月，党政军民学，东西南北中，无处不被其毒。对经验主义宗派，毛泽东点名批评张国焘是经验宗派中的邪派人物，不打碎是危险的；批评王明的思想是"大地主大资产阶级在党内的应声虫"。对王明、博古、洛甫这些同志要"将一军"，要全党揭露。对毛泽东的这个发言，胡乔木晚年认为"有一些过激之词，有些批评也很不恰当。但在当时不可能表示异议"。而毛泽东的这个发言实际上也为第二次"九月会议"的整风定下了基调，整风的内容和方式也因此相比1941年的"九月会议"发生了变化，犯错误的同志都按照这个思路进行检讨，其他同志也按照这个思路展开批评。[①]

毛泽东还就开会的方法提议：先用一周到十天研究文件，允许交头接

---

① 《胡乔木回忆毛泽东》，人民出版社1994年第1版，第283—288页。

耳、交换意见;要提倡展开批评与自我批评,火力不够,不能克"敌"制胜。

9月30日和10月5日,中共中央书记处先后两次开会,研究党史问题和拟定党史学习计划。决定毛泽东仍担任中央总学委主任,刘少奇和康生为副主任,胡乔木担任秘书。

10月6日,中共中央政治局召开扩大会议。毛泽东先通报了书记处关于整风检查暂停,高级干部先行学习的决定。接着他说,书记处提议,在整风期间,凡参加学习者,人人有批评自由;对任何人、任何文件、任何问题都可以批评。我们希望各人扩大自己头脑中的马列根据地,缩小宗派的地盘,以灵魂与人相见,把一切不可告人之隐都坦白出来,不要像《西游记》中的鲤鱼精,吃了唐僧的经,打一下,吐一字。只有内力、外力合作,整风才会有效。

在康生报告了学习计划之后,刘少奇、朱德和周恩来也相继发言。朱德说:毛主席办事脚踏实地,有魄力,有能力,遇到困难总能想出办法,在人家反对他时还能坚持按实际情况办事;同时他读的书不比别人少, 但他读得通,能使理论实际合一。实践证明,有毛主席领导,各方面都有发展;照毛主席的方法办事,中国革命一定有把握胜利。三年来一直在大后方工作的周恩来是第一次参加政治局整风会议,8月2日他在中央办公厅举行的欢迎他回到延安的大会上说:"没有比这三年来事变的发展再明白了。过去一切反对过、怀疑过毛泽东同志领导或其意见的人,现在彻头彻尾地证明其为错误了。""我们党的历史证明:毛泽东同志的意见是贯串着整个党的历史时期,发展成为一条马列主义中国化,也就是中国共产主义的路线!""毛泽东同志的方向,就是中国共产党的方向!毛泽东同志的路线就是中国布尔什维克的路线!"此后,周恩来在会议中多次发言,一边汇报南方局三年工作,一边检查自己过去工作中的错误。周恩来还在9月16日至30日的半个月时间内写了四篇长达五万字的学习笔记。就这样,中央政治局整风会议第一阶段,最后在毛泽东的讲话中结束。

第一阶段结束后,中央总学委组织一般干部进行人生观的学习。10月11日,胡乔木在中共中央直属机关工作人员大会上作了《关于人生观问题》的报告。这个报告分为三个部分:一是没有阶级观点行不行? 有没有人没有阶级观点?二是有了阶级观点究竟哪一种好?三是怎样由这个阶级观点转变到那个阶级观点?要注意一些什么问题?由此可见,这个时候的胡乔木的身份,已经不仅仅是毛泽东的秘书所能涵盖的了。

第二阶段是在一个月后的11月13日开始的。在毛泽东作了动员讲话之后,13日博古作了第二次检查,14日李维汉作了检查,21日张闻天作了检查,27 日周恩来作了检查。

参加中共中央核心领导时间最长、资格最老、了解情况最多的周恩来，他从 11 月 15 日就开始准备发言提纲。这份提纲长达两万字，分为"自我反省"和"历史检讨"两大部分，以"历史检讨"为主线，从大革命后期的中共五大讲起，是整个会议中讲得最细、检查时间最长的发言。周恩来严于律己的精神给列席会议的胡乔木留下了深刻印象，他认为周恩来的这个发言实际上成了 1927 年以来的党史报告，高屋建瓴，总揽全局，既高度概括又具体详细，既具体问题具体分析又不以偏概全，非常有说服力。后来周恩来自己说：做了二十多年工作，就根本没有这样反省过。自整风以来就不承认错误、不参加会议的王明一直称病，这次政治局会议还是没有参加。

毛泽东在会议期间也作过多次发言，其重心依然是以批判为主，毛泽东说：抗战以来，我党内部部分同志没有阶级立场，对大地主大资产阶级的国民党对我进攻、对我后方党员的屠杀没有表示义愤，这是右倾机会主义思想。国民党打共、捉共、骂共、钻共，我们不表示坚持反抗，还不是投降主义?代表人物就是王明同志。他的思想是大地主大资产阶级在党内的"应声虫"。他曾认为中央路线是错误的，认为对国民党要团结不要斗争，认为他是马列主义，实际上王明是假马列主义。毛泽东言辞激烈，有时缺乏一些冷静的分析，使会议充满火药味。四十年后，胡乔木认为第二阶段的会议有些同志对张闻天、周恩来的整风检查意见有偏激之词，造成了会议的紧张气氛，尤其在康生不断煽风点火、推波助澜之下，这个阶段的政治局会议有党内斗争过火的偏向。①

11 月 29 日，中共中央委托李富春找王明谈话，告诉他中央即将召开七大，正组织 700 人学习讨论党的历史问题;同时中央政治局正在开会讨论六大以来党的路线问题，特别是教条主义宗派的错误，包括王明的错误问题，希望他认真作出检讨。

12 月 1 日，王明让妻子孟庆树代笔，本人签名，给毛泽东并中央政治局诸位同志写了一封信。他在信中说:"现在因病不能参加会议和学习，很觉难过。""中央所讨论的关于我的主要的是哪些问题，我还不知道。等我得到中央的正式通知后，我将尽可能的加以检讨"。他写道:"关于过去已经毛主席和中央书记处同志指示我的错误和缺点问题，虽然我现在没有精力详加检讨和说明，但我认为有向此次政治局会议作原则上的明确承认之必要。"在这封信中，他承认 1941 年 9 月底 10 月初时，同毛主席讲的关于

---

①《胡乔木回忆毛泽东》，人民出版社 2005 年 9 月第 1 版，第 281 页。

国共关系和中央抗战路线问题的那些意见都是错误的。"现在我再一次地向中央声明:我完全放弃我自己的那些意见","一切问题以党的领袖毛主席和中央大多数同志的意见为决定";"我很感谢毛主席和中央各位同志提出我的这些错误和缺点,使我有可能和我的这些错误和缺点作斗争。"他还表示:"在毛主席和中央各位同志的领导和教育之下,我愿意做一个毛主席的小学生,重新学起,改造自己的思想意识,纠正自己的教条宗派主义错误,克服自己的弱点。"①

12月初,中央总学委发出了关于学习《反对统一战线中的机会主义》文件的通知。12月下旬中央书记处第一次以中央文件的名义发出了关于研究王明、博古宗派机会主义错误的指示,把整风运动引向深入的高级阶段,为将来的七大讨论历史做准备。与此同时,对王明抗战时期的主要错误明确为四点:一、主张速胜论,反对持久战;二、迷信国民党,反对统一战线的独立自主;三、主张运动战,反对游击战;四、在武汉形成事实上的第二个中央,并提倡党内闹独立性,破坏党纪军纪。但通知要求在一般干部中目前不传达这些内容。最后,通知要求"全党同志均应团结在以毛泽东同志为首的中央的周围,为中央的路线而奋斗"。

经过第一阶段和第二阶段,中央政治局已经取得了一致。毛泽东觉得中央政治局整风应该转入对整风进行总结和对党的历史问题作出正确结论的阶段了。与此同时,毛泽东也开始认识到前面两个阶段存在一些过激或过火的问题,应当加以纠正。因此在1943年底到1944年初,中央政治局整风会议暂停了一个段落。按照计划,到1944年4月底前,1000多名干部开始集中学习七本书:《共产主义运动中的"左派"幼稚病》《社会民主党在民主革命中的两个策略》《共产党宣言》《社会主义从空想到科学的发展》《联共党史》和《两条路线》上、下册。

历史是一面镜子。读史可以明智,读史可知得失。整风的目的就是搞清历史,丢掉包袱,开辟未来。毛泽东说:如果不把党的历史搞清楚,不把党在历史上所走的路搞清楚,便不能把事情办得更好。整风期间,酷爱读书的胡乔木和毛泽东也成了书友。毛泽东经常写信请胡乔木帮他找书看,两人还一起帮助别人改文章。

又是一年春草绿。

1944年开春后,中央的整风会议继续进行。2月24日,中央书记处会议

---

① 《胡乔木回忆毛泽东》,人民出版社2005年9月第1版,第298页。

在讨论党的历史问题上,统一达成了五点共识①。接着在 3 月 3 日和 4 日,周恩来在中央党校作了《关于党的"六大"的研究》的讲话,对中共六大的历史给予了科学的评价,回答了干部学习中争论的一些重要问题。3 月 5 日,毛泽东在政治局扩大会议上对书记处会议达成的五点共识进行了具体阐述。毛泽东的讲话实际上是对中共中央政治局整风会议上关于中共历史问题的讨论作了明确的总结,让犯过错误的同志解除了思想包袱,未犯错误的同志也对一些历史问题有了正确的看法。与会者都十分赞同。

4 月 12 日,在延安高级干部会议上,毛泽东作了《学习和时局》的演讲,传达了中央政治局关于历史问题的结论,强调研究历史经验的正确态度是:既要使干部对于党内历史问题在思想上完全弄清楚,又要对于历史上犯过错误的同志在作结论时采取宽大的方针;不要着重于一些个别同志的责任方面,而应着重于当时环境的分析,当时的错误的内容,当时错误的社会根源、历史根源和思想根源;对于人的处理问题取慎重态度,既不含糊敷衍,又不损害同志;对于任何问题取分析态度,不要否定一切,尽量避免作绝对肯定或绝对否定的简单结论。

5 月 10 日,在毛泽东讲话的精神指导下,中央书记处决定成立"党内历史问题决议准备委员会"。这标志着中共中央高级干部的整风和党的历史问题的讨论进入了最后的总结阶段。这个"准备委员会"由任弼时召集,刘少奇、康生、周恩来、张闻天、彭真、高岗为成员,后来博古也参加进来。同时还分别组成了军事问题报告委员会、组织问题报告委员会、统战工作报告委员会,并决定 5 月 20 日左右召开六届七中全会,为召开中共七大做准备。

至此,从 1941 年的"九月会议"开始,经 1943 年的"九月会议"深入开展的中央领导层整风运动,历经三年八个月结束了。它也宣告从 1941 年 5 月毛泽东作《改造我们的学习》报告开始的全党整风运动历经整整四年,最终以全党空前的团结的形势结束了。中国共产党人在经过艰难困苦的打拼,克服来自内外的各种磨难之后,以一个全新的面貌在陕北的黄土高原上拔地而起,并成为中华民族寻求独立自由的中流砥柱。

延安整风到底起到了什么历史作用呢?作为亲历者,胡乔木认为,整风运动解决了"一切从实际出发的问题",确立了毛泽东思想在中共的指导地

---

① 这五点包括党内党外问题、合法与非法问题、思想弄清与结论宽大的问题、关于六大方针、从四中全会到遵义会议时期的路线不采取一切否定的态度,后来毛泽东在讲话中又增加了一个"二十八个半布尔什维克的派别是否还有的问题"。

位。晚年,胡乔木回忆说:

　　中国革命要依靠中国共产党人根据中国情况来做工作,来解决问题,这是一个总的原则。中国共产党要真正懂得中国的实际,这一点是很不容易的。中国共产党从一开始就是在俄共、在共产国际的帮助下产生的。他们一方面给中国共产党许多积极的东西,但同时也给中国党带来许多消极的东西,造成很多困难。当然,在遵义会议后,经过长征的胜利,西安事变和平解决,第二次国共合作的实现,中国党已经能够独立地按照中国情况来决定自己的政治战略。尽管如此,还是有很多困难。这才产生第二次"王明路线"。而且,这种教条主义倾向不仅仅是到1938年为止,它在党内的思想影响一直还存在,并没有完全解决。如果不经过整风,全党在这个问题(从中国实际出发解决中国革命的问题)上的认识是解决不了的。另一点从中国实际出发就是要依靠人民,依靠群众。如果不依靠群众,党的斗争也是要失败的。所谓反对主观主义宗派主义,就是有依靠中国实际依靠中国人民这么一个根本的问题。所以党的历史是一个比较曲折复杂的历史。只有把这个讲清楚,整风运动才能讲清楚。不然一般人对整风不太容易理解。为什么整风文件要那样学习讨论?要开展批评和自我批评,并用那么长的时间?这里还有个重要原因,是抗日战争处在相持阶段,前方根据地正处在缩小时期、困难时期。毛主席给彭德怀讲,只有你才懂得这一点,其他很多人不懂得这个意义。如果不是那个条件,在延安集中那么多干部来学习也是很难理解的。国民党的王世杰曾经问周恩来,你们怎么拿那么长的时间来作历史总结?这在国民党是不会这样搞的。普通的政党都不会这样搞。我们党以前的整顿也都同这次的整风不能比。那么多干部达到思想统一,一到需要的时候就能派出去工作,而且很顶用。如日本投降时去东北,都是整风取得成功的结果。不然,那是难以想象的。通过这次整风,毛泽东思想在全党的指导地位确定了。这需要作些说明。为什么要提毛泽东思想?有这个需要。如果中国共产党不提毛泽东思想,很难在全党形成思想上的统一。提毛泽东思想这就是对着苏共的。共产国际尽管解散了,但是共产国际的影子、它对中国党的影响始终没有断。为什么八大没有提毛泽东思想?也是因为苏联的关系。苏联始终拒绝承认毛泽东思想,在苏联报刊上绝口不提毛泽东思想。凡是中共文件中提了的,他们刊用的时候都给删掉。这成了一个禁区。所以毛泽东思想是中国人民自己的、中国共产党自己的革命道路的象征。通过这个,实现党的统一和团结。党内各方面的关系,党同群众之间的关系,都在毛泽东思想基础上确定下来。为什么四十年代中国党能够在那么困难的条件下取得那么大的胜利?根本原因是党正确解决了这个问题。这一点就是到今天也仍然显出它的重要意义。①

轰轰烈烈的整风运动,像一棵思想之树,就这样经过中国共产党人自己的修剪,经过风吹雨打的历史花朵在盛开之后迎来了结果的时刻……

---

① 《胡乔木回忆毛泽东》,人民出版社 1994 年 9 月第 1 版,第 9—11 页。

第七章　决议历史

> 我们共产主义者都是永不知道自己满足的人，
> 对于我们，看到自己的弱点比听到人家的称赞是更
> 重要些，也更有趣些。我们有了起点，还要看方向；有
> 了形式，还要看实际的内容和结果。
>
> ——胡乔木《打碎旧的一套》(1941 年 9 月)

毛泽东说：别人几个月没有搞出头绪，是胡乔木理清的

5 月的延安，春暖花开。

从 1921 年以来，中共曲曲折折的历史犹如一条坎坎坷坷的山路，在
1944 年的这个春天里开始走出深山，走向坦途。

用一右三"左"来形容这之前的中共历史是恰如其分的：先是陈独秀的
右倾错误，接着是"左"倾盲动、李立三"左"倾冒险，再就是王明"左"倾教条
主义错误。长征中又发生了张国焘的分裂。为了把中共党史搞清，检讨过去
中央领导路线的是非，从 1941 年"九月会议"开始，深受错误路线之害的毛
泽东花了极大的精力，领导全党高级干部学习研究中共党史，并从 1942 年 2
月开始了全党性的整风学习运动，来提高广大干部的马克思主义水平。再经
过 1943 年的"九月会议"，使中共广大高级干部认清了路线是非，因此重新
起草历史决议的问题再次提上了议事日程。

在 1941 年"九月会议"之后,毛泽东就撰写了《历史草案》和"九篇文章"(即《驳第三次"左"倾路线》)。但因为当时广大干部对党的历史和两条路线还没有搞清,全党包括中央领导层还没有统一思想,所以毛泽东决定暂时搁置《历史草案》。《历史草案》全称为《关于四中全会以来中央领导路线问题结论草案》,与"九篇文章"是姊妹篇。《历史草案》共有 16 个问题,近两万字,由江青在 16 开纸上横写的,共 36 页,但毛泽东在编号时多编误写了一页,成了 37 页。在该文件原件上,胡乔木当年进行了认真校订,并在十多处进行了批注,提出了自己的修改意见。毛泽东在改稿时,又将其中的几处意见划去了。

如今,重新起草历史决议的时机和条件已经成熟。毛泽东决心要还中共的历史一个清白,让中共之舟驶上正确的航道。

1944 年 5 月 21 日,距离 1938 年 9 月召开的中共六届六中全会已经五年之久,中共第六届中央委员会扩大的第七次全体会议在延安杨家岭召开。因为六届七中全会的主要任务是在整风运动的基础上全面总结党的历史经验,为七大召开做准备,所以作为全面总结中共历史经验的最基础的工作——起草历史决议,也是这次大会最为重要的工作。出席会议的中央委员共 17 人,各方面负责人 12 人。[1]会议记录由胡乔木和王首道担任。

作为会议记录者,胡乔木在这次中共历史上最长的一次会议中,以其特殊的角色写下了他担任毛泽东秘书以来最为闪亮的一笔。

六届七中全会在中共历史上不仅是创纪录的——从 1944 年 5 月 21 日举行第一次会议到 1945 年 4 月 20 日结束,长达 11 个月,开了 8 次全体会议;而且这次会议还具有划时代的意义——第一次会议选举通过了由毛泽东、朱德、刘少奇、任弼时和周恩来组成的七中全会主席团,毛泽东为中共中央委员会主席;这五人主席团在一年后的中共七大上均当选书记处书记,即"五大书记"。

那么这个原本只准备开两个月的会议,为什么一下子开了 11 个月呢?其中一个最为重要也最为直接的原因就是《历史决议》的起草。为历史写历史,这确实是一项政治性、理论性、思想性很强的高难度工作。

尽管在会议召开十天前,中共中央书记处就成立了"党内历史问题决议准备委员会",任弼时作为召集人负责主持《历史决议》的起草。很快,他就在

---

[1] 出席会议的中央委员 17 人是:毛泽东、朱德、刘少奇、任弼时、周恩来、康生、彭德怀、洛甫、邓发、陈云、博古、罗迈、李富春、吴玉章、杨尚昆、孔原、陈郁;因病请假者 4 人:王稼祥、王明、凯丰、关向应;因公出差的 3 人:林伯渠、董必武、李立三;各方面负责的 12 人是:彭真、高岗、贺龙、林彪、叶剑英、陈毅、刘伯承、聂荣臻、朱瑞、徐向前、谭政、陈伯达,这 12 人均有发言权。

5月底拿出了第一个稿子。这个名叫《检讨关于四中全会到遵义会议期间中央领导路线问题的决议(草案初稿)(一九四四·五月)》的稿子,是以毛泽东1941年写的《历史草案》为蓝本改写而成,从六个方面进行了论述。任弼时还对稿子先后进行了至少三次修改,从第一稿的1.2万字压缩到第三稿的1万字。比较《历史草案》,这份稿子有了新的贡献:一是修改了《历史草案》中关于四中全会的评价;二是强调了以毛泽东同志为首的正确路线的作用,并对毛泽东同志的正确路线进行了初步概括;三是指出了检讨党的历史路线的意义,号召全党研究和学习毛泽东同志关于中国革命的理论。

对于任弼时的这个"草案初稿",毛泽东等中央领导看了,不甚满意。于是,毛泽东指定由胡乔木以任弼时的稿子为基础,重新起草一个稿子。胡乔木从四个方面进行了论述,全文近7000字。胡乔木这一稿由任弼时的秘书兼中央速记室主任张树德抄正并复写后,任弼时再在抄正稿上进行了修改,前后又修改了三次。第一次主要是文字上的修改,第二次修改加上了题目《关于四中全会到遵义会议期间中央领导路线问题的决定(草案)》,第三次修改较大,不仅加了500多字,还提出了七条意见,从政治形态上对第三次"左"倾路线的错误作了进一步的概括。

但是,"党内历史问题决议准备委员会"和六届七中全会的同志们对任弼时修改后的胡乔木稿,仍然感到不满意。于是,中央指定张闻天参加修改。经历过中共许多重大事件、熟悉党史的张闻天,在参考前两稿的基础上,进行了重新构思。在胡乔木看来,张闻天的修改稿突破了此前的决议草案只从六届四中全会写的框框,把历史决议对历史问题作结论的起点从1930年12月的四中全会提前到了1927年的大革命失败,是对大革命失败以后十年内战时期的历史作决议;同时还改变了前两稿从思想上、政治上、军事上、组织上四个方面进行叙述的写法。

张闻天修改的稿子用16开的纸抄清后,共46页,大约1.3万字。至此,经过半年多的琢磨,历史决议的大思路和基本格局整理出来了。从1945年春天开始,毛泽东在这个"抄清件"上亲自动手进行了修改,前前后后至少又改了七次。

第一次修改,毛泽东就将标题改为《关于若干历史问题的决议(草案)》。《历史决议》的题目从此就定了下来。第二次修改,毛泽东主要对涉及中共党史上的一些重要事件和人物的评价增加了一些有分量的话,并在结尾处加写了"团结全党同志如同一个和睦的家庭一样,如同一块坚固的钢铁一样"这段话。而作为《历史决议》结束的那一段文字也是在这次改稿中基本定型。

毛泽东还在这次改稿上第一次明确将过去决定由中共七大讨论《历史决议》的提法改为由七中全会来讨论。1945 年 3 月 31 日,六届七中全会正式提出将《历史决议》交七中全会作结论。毛泽东说:精神是弄清历史,团结全党抗日建国;不采用大会的武器来算旧账,才能集中注意力于当前问题。3 月 26日,决议草案第一次排成铅印稿。毛泽东在稿子上又修改了一遍。4 月 5 日又排印了一次清样。此后的第四次、第五次、第六次修改稿都是在这个铅印清样上修改的。除了毛泽东修改之外,其他中央领导人也参与了修改。第四次修改时,毛泽东在题目的"草案"后加上了"修正稿"字样。

第五次修改,毛泽东是于第四次修改的同一天 4 月 7 日完成的,毛泽东在开头加上了一大段话:中国共产党自产生以来,就以马克思主义的普遍真理与中国革命的具体实践相结合为自己一切工作的指针。在 1921 年以来的24 年中,经历了北伐战争、土地革命与抗日战争三个时期。在这三个时期中,全党同志和广大中国人民在一起,向着中国人民的敌人——帝国主义与封建主义进行了英勇的革命斗争,取得伟大的成绩与丰富的经验,并通过与党内机会主义作斗争,使党在思想上、政治上、组织上一天天更加巩固起来。到了今天,我党发展到已有 120 余万党员,领导近 1000 万人民、90 万军队的中国解放区,成为中国人民解放事业的伟大的领导者。

第六次修改,中共中央再次委托胡乔木汇总毛泽东和其他领导人的意见,进行一次局部性修改。胡乔木将毛泽东在第五次修改稿中加上的这一段话,进行了展开论述,强调了毛泽东同志的思想和事业是马克思主义的普遍真理与中国革命的具体实践相结合的代表,中共在 25 年中产生了自己的领袖毛泽东同志,形成了一条同党内一切错误路线及错误思想相对立的正确路线及正确思想——毛泽东路线与思想。

这次修改,胡乔木将整个《历史决议》分成了六个部分,并将开头的这一段标序为 (一),使其独立成章。对其他部分,胡乔木也作了文字上的改动。然后再交给毛泽东修改。毛泽东在审看中对胡乔木的这一改稿,仅仅只做了个别的文字修改。这样,胡乔木仅仅只花了一天时间,就将第六稿改完,在 4 月9 日交给了任弼时。同时,胡乔木还随稿给任弼时附上一个便笺:"历史稿送上,因考虑仍不成熟,改得仍不多,你上次所指出的许多地方因记得不甚清楚,亦尚未改正。将来的改正稿望你给我一份,以便继续研究。关于教条主义宗派我是先讲小集团,待宗派主义事迹说清后才安上教条主义宗派的头衔,以见实事求是之意,经验主义的问题也是先说事实后说责任,这样说不知是否有当?"

胡乔木修改的第六稿，在 4 月 9 日进行排印，发给各主要领导。但大家看后还是不太满意，又进行了第七次修改。这一次修改主要针对第四部分讲第三次"左"倾路线的错误内容进行重新改写。将前几稿中讲的八点又恢复为从政治(包括军事)上、组织上、思想上三个方面进行分析，篇幅也大大地扩充了。这一次修改担任主力的仍然是胡乔木。除了政治上由别人改写之外，在组织上和在思想上两个问题都是由胡乔木进行改写的。这次修改基本上都采取把错误路线放在与毛泽东正确路线相比较的过程中来展开叙述的。第七次修改稿，毛泽东在胡乔木改写的组织上和思想上两个方面均没有修改，主要是在政治方面加写了两段话。这是一次非常关键的修改，使历史更加清晰。

眼看 4 月 20 日就要召开六届七中全会的最后一次会议了。4 月 15 日，胡乔木对由毛泽东或亲笔修改或主持修改的第七次改稿，再次进行了修改。这是第八次修改稿了。因第一至第三稿称"草案"，第四至第七稿为"草案修正稿"，这第八次稿的清样上则标明为"草案第三次稿"。就这样，历史决议稿终于在经过反反复复的修改后，总体布局和内容终于在六届七中全会第五次大会召开前五天大体上完成了定型。

1945 年 4 月 20 日，扩大的六届七中全会最后一次会议在杨家岭召开。主要议题就是审议《历史决议》"草案第三次稿"。胡乔木仍然是这次大会的会议记录之一，另一位是石磊(曹瑛)。

而最令大家欣喜且有些意外的是，大会一开始就由李富春宣读了一直称病没有参加会议的王明给七中全会写来的信。此前，《历史决议》的三次草案稿都送给王明看了，七中全会主席团的毛泽东、朱德、刘少奇、任弼时和周恩来五位同志都先后找他谈过话。他在信中"心悦诚服"地说："我对于七中全会根据毛泽东同志的正确思想和正确路线以及近年来全党同志在整风运动与党史学习的认识，而作出的对各次尤其是第三次'左'倾路线在政治上、组织上、思想上所犯严重的错误的内容实质与其重大危害以及产生此种错误的社会的和历史的根源底分析和估计，完全同意和拥护。这条路线的错误和危害，早已由历史实践所充分证明。"王明还对自己所犯的错误进行了深刻的检讨。

与会同志完全同意决议草案的内容，表决一致原则通过。对决议草案未提宗派问题、未讲品质问题和对抗战时期的历史问题不作结论这些重大原则也都拥护。历史上犯过错误的同志也对这个决议举手赞成，就像博古所说：这个决议是在原则上很严格，而态度对我们犯过错误的人是很温和的。我了解这是给我们留有余地。治病救人，必须我们自己有觉悟，有决心和信心。我们要从头学起，从头做起，愿意接受这个决议作为改造自己的起点。

最后，毛泽东从决议的重要意义、对《历史决议》中的一些历史问题如何估价、治病救人问题、好事挂账问题和防止敌人利用等五个方面发表了讲话。毛泽东说：决议案上把许多好事都挂在我的账上，我不反对这个划分。我的错误缺点没有挂上，不是我没有，这是大家要清楚的，首先是我。孔夫子七十而从心所欲不逾矩，我即使到七十，相信也还会逾矩的。他还说：我们必须准备团结——批评——团结，这是不怕挑拨的。

第二天（1945年4月21日），毛泽东在中共七大预备会议上，再次讲到《历史决议》，他说：我们现在学会了谨慎这一条，搞了一个历史决议案。这个决议案写过多少次，经过三番四复的研究，经过多少双眼睛看。单有中央委员会几十双眼睛看还不行，而经过大家一看，一研究，就搞出许多问题来了。没有大家提意见，我一个人就写不出这样完备的文件。昨天七中全会是基本通过了，交给大会以后的新中央采纳修改，精雕细刻。毛泽东还讲，我们在这个短短的历史决议案中，要把25年的历史都写进去很不容易。我们还不是修党史，而是主要讲我们党历史上的"左"倾错误，就是说，在党的历史上一种比较适合于中国人民利益的路线与一种有些适合但有些不适合于中国人民利益的路线的斗争，无产阶级思想同小资产阶级思想的斗争。这个问题经过了几年的酝酿，现在比较成熟了，所以写出决议案把它解决了。至于抗战时期的问题，现在还没有成熟。所以不去解决它。这个决议案，将来来看，还可能有错误，但治病救人的方针是不会错的。①

《历史决议》在6月19日召开的七届一中全会第一次会议讨论中，决定继续由任弼时为首组织修改。7月24日又印出了"草案第四稿"，这是《历史决议》的第九次修改稿。这次修改带有决定性，无论从整体结构、思想观点、段落调整和文字表述来看，《历史决议》基本上定稿。8月5日排印了《历史决议》的"草案最后稿"。8月9日，七届一中全会第二次会议全体一致通过了《关于若干历史问题的决议》；12日，印成正式党内文件。至此，经过前后近四年时间、毛泽东直接参与起草和反复修改，全党高级干部直至中央委员会全体会议多次讨论，重大修改多达十次的中共历史上的一个伟大文献终于诞生了。

几十年后，胡乔木回忆参与起草《历史决议》的往事，对当年在枣园讨论《历史决议》时"几乎天天开会，一般是开半天"的紧张工作仍然记忆犹新，一往情深："我当时是毛泽东的秘书，作为助手，对《决议》的起草工作始终参与

---

① 《胡乔木回忆毛泽东》，人民出版社1994年9月第1版，第324页。

其事。""每一句话经过斟酌,特别是一些重要段落,讨论得很仔细。那时中央领导层的讨论也很认真。这种讨论成了当时的主要任务。每次修改都是以这些讨论为基础。这样的讨论历史问题,在党的历史上是空前的。讨论的水平、决议的水平,在党的历史上也是空前的。""党的历史上没有这样的文件。拿过去历史上党的决议看,如四中全会决议等,对比一下,就显出来这是完全不同的。以前有一些决议是苏联人或共产国际的人写的,写好了拿到我们党中央来通过,如八七会议的决议。""这一段时间,党内有许多的看法。康生等发议论较多,少奇在关键时刻才讲。毛主席对我说:一个人要会讲话,有的同志不会讲话,打电话给我就讲半小时,一小时。陈云讲话非常简单明了,根本不占我多少时间。"①

以《历史决议》的方式决议历史,不仅是中国共产党的创举,而且在整个国际共产主义运动历史上也是绝无仅有的。

——这是一次思想的洗礼。中国共产党人自己战胜了自己。

就是在这场思想的洗礼中,本不是"党内历史问题决议准备委员会"成员的胡乔木以其深厚的理论功底、过硬的文字修养、透彻的政治敏锐,以及对中共历史的高度熟悉,不仅在起草《历史决议》中再次赢得了毛泽东的信任,而且确立了其"中共一支笔"的地位。值得一提的是,1950年8月19日,毛泽东少有地致信中央政治局,要求将《关于若干历史问题的决议》一文作为附录编入《毛泽东选集》第二卷。这是绝无仅有的,可见毛泽东对这篇文章的重视。而胡乔木也是毛泽东指定参加《毛泽东选集》编辑的成员之一。1971年,毛泽东在南方视察时,曾谈及《历史决议》的修改历程,说:"别人几个月没有搞清头绪,是胡乔木理清的。"

1991年11月7日,胡乔木在回忆《历史决议》起草和七大时说:"整风的方针是从团结的愿望出发,经过批评或者斗争,达到新的团结;惩前毖后,治病救人。这个方针整个地体现在历史问题决议中。……历史问题决议特别写了两大段话,一方面是要团结全党同志如同一个和睦的家庭一样,如同一块坚固的钢铁一样。另一方面是讲过去犯过错误的同志绝大多数都有了很大的进步,做了许多有益的工作。在批评他们的错误的时候,首先申明他们做的哪些工作是正确的。这表明党创造了一个新的传统,这个传统是有世界意义的。斯大林搞残酷斗争的那一套,列宁跟斯大林不同,但他进行党内斗争也跟我们整风的做法不一样。"②

---

①②《胡乔木回忆毛泽东》,人民出版社1994年9月第1版,第67、67—68页。

总结历史是为现实服务。毫无疑问,这个时候中共最大的现实就是确立毛泽东的领袖地位。尽管《历史决议》在党的政治生活中起了非常重要的作用,但经过 40 年的实践检验,作为起草人之一的胡乔木,从历史学家研究的角度,在 1985 年指出"这个《决议》也不是没有缺陷的"。他说:"一是对毛主席过分突出,虽然以他为代表,但其他人很少提到,只有一处提到刘少奇,称赞他在白区的工作。在《决议》中,其他根据地、其他部分的红军也很少提到。'文革'时就造成一个结果,好像一讲农民运动,首先就是毛泽东,其实,在毛主席以前有些同志已从事农民运动,农民运动讲习所已办了几期,不能说党不重视农民运动。茅盾回忆录也说武汉时期反对陈独秀与共产国际路线的人很多,这是事实。不然,八七会议怎么能召开?瞿秋白成为八七会议的主要发言人,这不是偶然的。这些历史在《决议》中叙述得不大周到。当然,七中全会时要换一个写法也不可能……"①

其间,胡乔木还参与了朱德《论解放区战场》的军事报告的初稿提纲和部分初稿的起草工作。

这一年,胡乔木 33 岁。

三天后,胡乔木作为中直系统选出的正式代表,参加了中共有史以来最盛大最成功的第七次全国代表大会……

国民党六大与中共七大唱起对台戏
毛泽东指定胡乔木评国民党大会各文件

1945 年的春夏之交,延安到处是一派欢乐的景象:农民们正在准备农具收割庄稼,工人们正开展着热火朝天的劳动竞赛,士兵们正整装待发迎接新的战斗任务;延安,更像是一个巨大的磁场,正以其灿烂的光芒迎来了解放区和大后方的战友们……

从 4 月 23 日至 6 月 11 日, 来自祖国四方八面的八个代表团的 755 名代表,在延安杨家岭中共中央大礼堂欢聚一堂,中国共产党第七次全国代表大会在与六大相隔了 17 年之后,终于召开了。这次会议开了整整 50 天。

中共七大的 755 名代表中包括正式代表 547 人、候补代表 208 人 (无表决权),分别来自中直 (包括军直系统)、陕甘宁、晋绥、晋察冀、晋冀鲁豫、山

---

① 《胡乔木回忆毛泽东》,人民出版社 1994 年 9 月第 1 版,第 67—68 页。

东、华中和大后方八个代表团。他们跋山涉水,历尽艰辛,穿过层层封锁来到了中国革命的红都——延安。与其说这是一次中国革命者的群英会,还不如说这是一次共产党人的朝圣之旅;与其说这是一次团结的大会胜利的大会,不如说这是一次革命的誓师大会,他们将代表着 90 万人民军队和解放区9000 万老百姓的根本利益,为中国的前途和命运投下庄严的一票。

在 4 月 21 日的预备会议上,毛泽东指出七大的方针就是"团结一致,争取胜利"。4 月 23 日下午,杨家岭中共中央大礼堂好像过年一样张灯结彩。一进门,就看见两面红艳艳的党旗高悬在主席台上,毛泽东、朱德的巨幅画像挂在红旗的正中间;主席台上的陈设朴素庄严,几十张条桌和十几把木椅整整齐齐。后面墙上"同心同德"几个大字耀眼夺目,两侧的墙上分别写着"坚持真理"和"修正错误"。而最惹人注目的是主席台顶端挂着一条红底镶着金黄色字的横幅,上面写着"在毛泽东旗帜下胜利前进!"在庄严的《国际歌》声中,七大隆重开幕。毛泽东致开幕词,即《两个中国之命运》。

胡乔木担任大会记录和主席团会议的记录。

4 月 24 日,毛泽东向大会作政治报告。与众不同的是毛泽东没有照本宣科地读文件,他把封面用马兰纸印制的书面报告《论联合政府》人手一册地发给了大会代表,自己却口若悬河地就书面报告中的问题和其他问题,另外作了一个口头报告。这个口头报告后来在中共档案文献里却叫"政治报告"了。作为大会记录和主席团会议记录的胡乔木清楚地记得,毛泽东的"口头报告"讲了路线、政策和党的建设三个问题。今天看来,它仍然具有很强的现实意义,也再一次证明毛泽东深邃的历史眼光和高瞻远瞩的领袖风采以及共产党人对未来的无比自信。

在路线问题上,毛泽东说:七大的路线是,放手发动群众,壮大人民力量,在中国共产党领导下打倒日本帝国主义,解放全国人民,建立新民主主义的中国。毛泽东特别强调了农民问题的重要性。他说:所谓人民大众,最主要的部分是农民;所谓人民战争,就是农民战争,基本上主要的就是农民战争。忘记了农民就没有中国民主革命,也就没有一切革命。"马克思主义的书读得很多,但是注意不要把'农民'这两个字忘记了。这两个字忘记了,就是读一百万册马克思主义的书,也是没有用处的。"同时,毛泽东也强调了另一面,对党的领导思想来说,我们要同农民划清界限,要把农民提高到无产阶级水平,不要把党同农民混同起来。没有这一条,就不是马克思主义者。

在政策问题上,毛泽东讲了 11 条。胡乔木认为最要紧的有两条:一条是继续阐释发展资本主义的问题。毛泽东说:"在我们党内有相当长的时期对于这个问题不清楚,这是一种'民粹派'的思想。""我们不要怕发展资本主义。"胡乔木分析说:毛主席这样反复强调发展资本主义问题,是因为他敏锐地看到了党内存在害怕资本主义的倾向,这妨碍对新民主主义政策的认识和实施。毛主席讲的思想有助于我们认识新时期党的经济政策的调整。另一条是准备转变的问题,即由游击战转变为正规战,由乡村转变到城市。毛泽东说:"现在就是用很大的力量转到城市,准备到城市做工作,准备夺取大城市","像北平、天津这样的三五个中心城市,我们八路军就要到那里去,一定要在那里开八大。"对此,胡乔木评价说:毛主席讲这番话似乎是随便说的,其实很认真的。日本人战败投降已成定局,国民党腐败无能有目共睹,中国的天下将是共产党的天下,已成为人心所向。中央早作了加强城市工作的安排,因此说将来八大一定要在北平这样大的城市召开,既充满了对革命一定胜利的无比自信,也表现了毛主席高瞻远瞩的伟大预见。

在党的建设问题上,毛泽东讲了个性与共性问题,讲了干部问题和团结问题。毛泽东说:一个阶级革命的胜利,没有知识分子是不行的。整风审干好像把知识分子压低了一点,有点不公平,我们这个大会要把它扶正,欢迎知识分子为党的利益、人民的利益而奋斗。在团结问题上,毛泽东提出要肃清山头主义,"就要承认山头主义、照顾山头,这样才能缩小山头、消灭山头"。最后,毛泽东提出了"讲真话"问题,就是"不偷、不装、不吹"。懂得就是懂得,不懂得就是不懂得,懂得一寸,就讲懂得一寸,不讲多了。

像在1944年初暂停政治局整风,组织一千多名干部集中学习七本书一样,毛泽东再次强调要读五本马列著作,即除了《两条路线》上下册之外的五本书:《共产主义运动中的"左派"幼稚病》《社会民主党在民主革命中的两个策略》《共产党宣言》《社会主义从空想到科学的发展》《联共(布)党史简明教程》。

在5月24日举行的七大第十七次会议上,毛泽东针对"选不选犯过错误的同志"这个问题,回答了代表的疑问。毛泽东说:犯过错误的不选,只是一种好的理想。但是,一个人在世界上哪有不犯错误的道理呢?过去我们图简单,爱方便,不愿意与有不同意见的人合作共事,这种情绪在我们党内还是相当地存在着的。六大没有选陈独秀,四中全会没有选李立三,这都不好,也没有保证我们党不犯错误,甚至犯更大的错误。原因是政治路线问题没有解决。遵义会议以后的这十年,中央的主要成分还是四中全会、五中全会选的。在25个中央委员里头,六大选的现在只剩下四个。但是我们和这些同事一道共事,没有犯下大的错误,工作还算有进步。现在把这个账挂在我的身上,其实,没有这些同志以及其他很多同志——反"左"倾路线的同志,包括在第三次"左"倾路线中负有很重要责任的同志,没有他们的赞助,不仅遵义会议的成功是不可能的,而且今天的局面也不会有这样大。因此,我们选举的原则应当是:犯过路线错误,已承认错误并决心改正错误的人,可以选。这是现实主义的方针。

5月31日,毛泽东向大会作政治报告的总结报告。这是毛泽东在七大作的第六个报告。毛泽东根据各代表团的意见和要求,着重讲了国际、国内形势和党的思想政策三个问题。毛泽东在报告中告诉大家:我们的《论联合政府》在重庆发了三万份,蒋介石侍从室的秘书陈布雷看了这本书后,只说了两个字:"内战"。

6月9日开始选举,10日公布了选举结果。毛泽东、朱德、刘少奇、周恩来、任弼时等44人当选为正式中央委员。这一天,毛泽东在作关于选举候补中央委员的报告时,专门就王稼祥落选的问题进行了说明,对王稼祥的功过进行了客观公正的评价,并公开说"主席团把他作为候补中央委员第一名候选人,希望大家选他"。后来王稼祥如愿当选候补中央委员。同时,毛泽东深谋远虑地强调了"东北问题",说:我觉得这次要有东北人当选为好。从我们党,从中国革命的最近将来的前途看,东北是特别重要的。如果我们把现有的一切根据地都丢了,只要我们有了东北,那么中国革命就有巩固的基础。胡乔木评析说:毛主席在这里进一步强调东北问题,说明他在深入考虑抗战胜利后的战略格局问题了。

6月11日,中共七大闭幕。会议通过了《关于军事问题的决议(草案)》和《中国共产党党章》。毛泽东致闭幕词,即后来收入《毛选》第三卷的《愚公移山》。正如毛泽东所说的,七大确实是中共历史上"一个胜利的大会,团结的大会"。

亲历了七大全过程的胡乔木,直到1991年还清楚地记得毛泽东在讲话中"拿洪秀全的太平天国作例子,表示宁可失败,决不投降"。毛泽东讲这话的时候情绪显得非常激动,胡乔木觉得毛泽东的这个讲话"是表示一种决心,一方面认为必然会胜利,同时带有一种誓师的味道"。[1]

就在中共755名代表会聚延安杨家岭,在民主、和谐、团结的热烈氛围中,情绪高涨地为中国革命的前途畅所欲言的时候,国民党的第六次全国代表大会也同时在重庆召开了。延安,中国革命的红都;重庆,国民政府的陪都;一个生气勃勃,一个苟延残喘,中国现代史上两个最主要的政党就这样一北一南,唱起了"对台戏"。

---

① 《胡乔木回忆毛泽东》,人民出版社1994年9月第1版,第76页。

对这样的叫板,毛泽东似乎看得还不过瘾。生性爱挑战的他,不想放过这样的一个机会,既然同在中国这个大舞台上演出,那就是骡子是马来比试比试。于是毛泽东立即授意胡乔木给《解放日报》写一篇社论,对中共的七大和国民党的六大来比一比。

经过一个晚上的挑灯夜战,胡乔木在对国民党六大文件做了研究之后,这篇题为《评国民党大会各文件》的社论在 5 月 31 日的《解放日报》发表了。胡乔木开门见山地将国民党六大文件分成三类:"第一类是反动的,第二类是'漂亮'的,第三类是看似'漂亮',实质却是反动的。"在这篇评论的最后,胡乔木得出了这样的结论——

现在在中国人民面前,同时开了两个大会,同时发表了两套文件,这对于中国人民是一种幸运,因为便于比较选择。每一个客观比较过的人,都会很快发现:共产党大会的文件,其内容是一贯的,它从事实与逻辑的分析出发,它不说中国人民在现在条件下不能做、不必做以及不准备做的事,它所提出的任务坦白、确定,而且有切实可靠的行动基础。相反地,国民党大会的文件,其内容是矛盾的,反动的和表面"漂亮"实质反动的东西支配着并取消着"漂亮"的东西;它没有事实与逻辑的分析;因而它所规定的工作,如果不是不应做的,就是不能做的,或者虽然应做能做,但是不准许有实行的前提;因而它的措辞也就既武断,又暧昧。它是武断的,因为它不可能诉之于事实与逻辑;它又是暧昧的,因为它不敢坦白、确定地诉之于群众,而只能乞灵于两面三刀的官样文章与阴谋辞令。人民是善于判断的,历史是善于判决的,法西斯必须在全世界消灭,而民主必须在全世界胜利。国民党当局如果始终坚持它的反动政策,不管他们自恃有什么"奥援"而冲昏头脑,他们就只能在人民的伟大奋斗中找到自己的失败。①

胡乔木以他的笔、以他锋芒锃亮的文字,向全中国全世界发出了"信号弹"——中国共产党必将在人民的伟大奋斗中找到胜利!

几十年后,胡乔木对自己写的这篇社论评价说:"当时的这篇评论对国民党六大采取了非常'客气'的态度。历史为这两个大会作了结论,对国民党六大是报之以无情的否定。"

---

① 《胡乔木文集》第一卷,人民出版社 1992 年 5 月第 1 版,第 163—164 页。

第八章　重庆谈判

重庆谈判是国共两党斗争的关键一着。
毛主席下了非常高明的一着棋。蒋介石输了。
——胡乔木《关于重庆谈判》（1990 年 9 月）

胡乔木解密：重庆谈判之前1942年的林彪与蒋介石会面

1945 年，是世界历史的一个转折点。这一年，这个或许永远不可能消灭战争的人类社会，结束了第二次自相残杀的世界大战。

8 月 15 日，日本天皇在广播中宣布"停战诏书"，正式接受《波茨坦公告》；日本铃木内阁也在这一天辞职；盟国宣布接受日本投降，美国的麦克阿瑟将军任太平洋军统帅；蒋介石命令日军维持占领区秩序，等待国民党受降；朱德发出《为受降问题致美、英、苏三国说帖》，申明中国抗日军民对受降问题的严正立场，警告外国不要援助中国打内战。

在经历了 1941 年、1942 年最困难的时期之后，中共中央尽管对经过一个战略反攻后才会迫使日本投降已经做了政治和军事上的准备，并在七大上做好了迎接胜利的部署，但没有想到的是——当美国 8 月 6 日、9 日在日本广岛、长崎扔下两颗原子弹和苏联出兵东北之后，胜利的到来竟是如此的迅速，甚至让人感到有些突然。

这也出乎毛泽东的意料。

但更让毛泽东意料不到的是,8月15日这天,他一大早就收到了一封来自重庆的万急电报:

万急,延安
毛泽东先生勋鉴:

倭寇投降,世界永久和平局面,可期实现,举凡国际国内各种重要问题,亟待解决,特请先生克日惠临陪都,共同商讨,事关国家大计,幸勿吝驾,临电不胜迫切悬盼之至。

蒋中正　未寒
一九四五年八月十四日

日本天皇还没有正式宣布投降呢,蒋介石就迫不及待地发来了万急电报。无疑,老谋深算的"老蒋"是在给中共出难题,要考一考"老毛"。是去? 还是不去?

一个月前,国民党六大和中共七大的对台戏似乎还没有落幕,国民党反共的气焰依然十分嚣张,而美国杜鲁门政府的扶蒋反共政策也表现得越来越明显。根据这种新动向,毛泽东告诫说:美国现在是联蒋抗日、拒苏反共,企图全面独霸东方;抗战时国民党依靠美国,战后中国可能变为以美为主,英国插上一脚的半殖民地,这将是一个长期的麻烦。他甚至担心战后会发生类似英国武装干涉希腊革命那样的美国干涉中国的事件。在胡乔木看来,毛泽东当时对抗战形势的估计是将持续一段时间的。因此,毛泽东在这个时候不仅希望全党在这一段时间内进一步发展壮大自己的力量,以便在战后制止国民党发动内战并迫使美国改变政策,而且要求全党在思想上做好准备,以便应付最坏的局面。但战争结束得似乎太快了,中共的力量似乎也没有来得及得到预期的发展壮大。

随着抗战进入尾声,国共关系更紧张了。7月下旬,国民党胡宗南部对中共陕甘宁边区爷台山发动了进攻。8月10日,国民党中央宣传部发言人强调说朱德总司令当日发布的各解放区的敌伪应向八路军投降的命令是"非法之行动"。第二天,蒋介石紧急下了三道命令:一是命令国民党政府军队"积极推进,勿稍懈怠";二是命令解放区的人民军队"原地驻防待命";三是命令伪军"反正"后"负责维持地方治安"。蒋介石的种种行径,充分表明其争夺中国人民抗战胜利果实和积极准备内战的野心。显然,毛泽东不能不感到形势的危机,内战或许一触即发。

8月13日，毛泽东在延安的干部会上发表《抗日战争胜利后的时局和我们的方针》的演讲，并亲自为《解放日报》撰写了社论《蒋介石在挑动内战》，不仅严厉批驳了蒋介石坚持独裁、准备内战，而且斥责了美帝国主义早就确定了的要帮助蒋介石打内战的政策，并郑重地提出了"针锋相对，寸土必争"的方针。

然而，计划赶不上变化。战争胜利的突然到来，蒋介石"万急电报"的"共商国是"是一场政治攻势，还是一场"鸿门宴"？

在这种背景下，中共中央必须对时局的进一步发展作出准确而英明的判断和决策。这，对中共，对毛泽东个人来说，无疑都是一次巨大的挑战，也是一次巨大的机会。是去？还是不去？

一天后，毛泽东回电蒋介石——

蒋委员长勋鉴：

未寒电悉。朱德总司令本日午后有一电给你，陈述敝方意见，待你表示意见后，我将考虑和你会见的问题。

毛泽东　未铣

一九四五年八月十六日

毛泽东来了一招缓兵之计，他要等蒋介石答复了朱德关于八路军参加受降问题的电报之后再考虑会面的问题。中共中央、毛泽东在观察在试探。

四天后，蒋介石回电了。以"此次受降办法系由盟军总部所规定"，"自未便以朱总司令之一电破坏我对盟军共同之信守"为由，声称："抗战八年，全国同胞日在水深火热之中，一旦解放，必须有以安辑之而鼓舞之，未可蹉跎延误。大战方告终结，内争不容再有。深望足下体念国家之艰危，悯怀人民之疾苦，共同戮力，从事建设。如何以建国之功收抗战之果，甚有赖于先生之惠然一行，共定大计，则受益拜惠，岂仅个人而已哉！"

蒋介石再次邀请毛泽东赴渝，冠冕堂皇的言辞于委婉中带着威慑和挤对。

8月22日，毛泽东从中央新闻社的新闻电中知悉蒋介石的电报后，复电："兹为团结大计，特先派周恩来同志前来进谒。"毛泽东仍在静观其变。

同日，重庆《大公报》发表社论《读蒋主席再致延安电》，认为："我们愿表示一点希望，大家既然都希望毛泽东先生能够来重庆，就先要保持一个能使毛先生到来的空气与环境，凡是可能刺激感情的言论与宣传各方面都应该持重莫发。"

同一天重庆《新华日报》也撰写了社论《蒋介石先生矞电书后》,认为:中国要团结,必须先要民主。并提出忠告:内战的火不是好玩的! 但却被国民党当局扣发。致使《新华日报》被迫"开天窗"。

　　8月23日,蒋介石第三次给毛泽东发来电报:"惟目前各种重要问题,均待与先生面商,时机迫切,仍盼先生能与恩来先生惠然偕临,则重要问题,方得迅速解决,国家前途实利赖之。兹已准备飞机迎迓,特再驰电速驾! "

　　8月24日,毛泽东复电:"甚感盛意。鄙人亦愿与先生会见,共商和平建国之大计,俟飞机到,恩来同志立即赴渝进谒,弟亦准备随即赴渝。晤教有期。"

　　从8月14日到24日,十天来,毛泽东在静默观察,审时度势,运筹帷幄。从形势的发展来看,国民党要立即发动全面内战还存在许多难以克服的困难,不仅全中国人民不愿意打内战,美国也还不愿中国发生内战。中共争取和平民主局面的可能性仍然存在。用胡乔木的话说:中共中央是以审慎而积极的姿态来对待重庆谈判的。其实,中共七大的方针就是为着争取实现和平民主的前途而制定的。毛泽东在《论联合政府》中对战后的形势作了估计:在国际上, 英美苏三大国的团结仍然是主要的, 是统治一切的和决定一切的;由于存在着这一有利的国际条件,国民党有可能做出让步,与我党取得妥协;中国因此可能在战后走上和平统一的道路,废止国民党一党专政,实行民主改革,建立包括各民主党派在内的联合政府。因此胡乔木认为:既然要建立联合政府,国共双方就得通过谈判来解决问题,两党的领袖举行会谈是顺理成章,不可避免的事。

　　所以在日本即将投降的消息传出后,中共确实立即开始考虑恢复国共谈判的问题。中共中央8月11日发出的《关于日本投降后我党任务的决定》就提出:"国共谈判将以国际国内新动向为基础考虑其恢复, 延安对美国与国民党的批评暂时将取和缓态度。"

　　而在1944年冬天,美国特使赫尔利来延安时,也曾提出希望毛泽东与蒋介石会面的问题。毛泽东当时就表示他愿意在适当的时机与蒋会面。但因为蒋介石的拖延和美国对华政策的变化,会面的事情落空。而赫尔利自称其经过蒋委员长同意而与中共签订的《中国国民政府、中国国民党与中国共产党协定》也成了一纸空文,不了了之。

　　实际上,人们很少知道在重庆谈判之前,也就是早在1942年夏秋之交的时候,毛泽东就曾认真考虑过与蒋介石在西安或重庆会面的事情,以解决战后的国共关系。胡乔木在1990年回顾了这一段历史——

(1942年)8月14日,蒋介石忽然在重庆约见恩来同志,说他将去西安,拟在那里约毛主席一晤,并连说了两次,还要周恩来电告延安。为此,从8月中旬至9月初,毛主席和恩来同志进行了反复磋商。从毛主席打给恩来同志的几封电报中可以看出,毛主席比较倾向于由他亲自出面与蒋会谈。毛主席认为,他与蒋介石见面的目的不在我党目前所得直接利益的大小,而在乘此有利的国际局势及蒋约见机会将国共根本关系加以改善。毛主席说:"这种改善如果做到,即是极大利益,哪怕一个具体问题也不解决也是值得的。"他还表示,如果蒋介石约他到重庆参加十月参政会,应准备答应。恩来同志对毛主席离开延安与蒋会面的问题十分慎重,与国民党长期谈判的经验使他对蒋介石的政治手腕有更多的了解,对蒋的心思也揣摸得更透彻些。他认为蒋介石仍想打击我党领导人尤其是打击毛泽东同志,毛主席与蒋介石会面的条件还不成熟,安全也没有保证。据恩来同志分析,蒋介石目前尚没有解决国共问题的诚意,他所谓的政治解决只是要中共全盘接受他的条件,而非我党主张的民主协商。蒋现在感到苏美英三国皆有求于他,他可借此机会解决国内问题。对于我党七七宣言,蒋介石认为是由于苏联对其让步,中共亦不得不屈服。最后,中央采纳了恩来同志的建议,在进一步判明蒋介石的意图之前先派林彪见蒋,然后再根据情况决定毛主席是否与蒋会面以及何时会面。在此后的谈判中,毛主席要求恩来、林彪对国民党压迫各事,应极力忍耐,不提抗议,并向国民党表示,战后或反攻阶段具备北上条件时,我黄河以南的部队可开赴黄河以北。

由于苏联红军已取得对德优势,日本冒险进攻苏联的可能性大大降低了,这对一直企图利用德日合力攻苏之机挑起反共高潮的蒋介石不啻是个重大打击;因此,国民党这时也作出了一些缓和国共关系的姿态。11月中旬,国民党召开五届十中全会,通过了关于共产党问题的决议案。该议案宣称:只要共产党"不违反法令、不扰乱秩序、不组织军队、不分裂地方、不妨碍抗战、不破坏统一,并履行……共赴国难宣言,服从政府法令,忠实实行三民主义,自当与全国军民一视同仁"。12月16日,蒋介石在接见林彪时说:"中共是爱国的,是国家的人才。"他还表示,希望看到国共问题整个地迅速解决,不要零零碎碎、拖拖拉拉。表面看来,国共关系似乎有所好转;但事实上蒋介石仍无意解决任何具体问题,他仍然采取"拖"的方针,等待新的反共时机到来。这样,解决国共关系问题的一次良好机会便被蒋介石拖过去了。不久以后,国共关系又再度紧张起来。

显然，1942年林彪和蒋介石的这次会面，林彪是毛泽东的特别代表。

因此，1945年8月蒋介石接二连三来电催促毛泽东赴重庆会面的事，在胡乔木看来并不是一件突然发生的事情。对此，毛泽东是早有考虑，也是早有准备的。但为什么中共没有在蒋介石来电后立即答应呢? 胡乔木说:"现在人们不大了解毛主席对战后形势的最初估计，原因是后来国际形势发生了很大变化，解放后编辑《毛选》时，把七大期间有关英美苏三大国团结的内容全部删掉了。"①

毛泽东说:我们钻进去给蒋介石洗脸,而不是砍头

这实在是一次影响历史进程的会议!

1945年8月23日下午，中共中央政治局在延安枣园召开扩大会议，在延安的所有高级干部大约50人全部参加了这次会议。其实，会议的议题只有一个:重庆谈判。

担任会议记录的是胡乔木和石磊。

会议一开始，毛泽东首先发言。第一句话就说:"恩来同志先去谈判，我后一下。现在的情况是抗日战争的阶段已经结束，进入和平建设阶段。全世界欧洲、东方都是如此，都进入到和平建设时期。不能有第三次世界大战是肯定的。"

开门见山，这是毛泽东的性格。在这个长篇讲话中，毛泽东全面分析了抗战结束后的形势和中共准备采取的对策。毛泽东承认:中共力争在得到一部分大城市的情况下进入和平阶段的计划没有成功，因为既缺乏外援(美国不帮助，苏联不可能也不适于帮助)，又没有像蒋介石那样使日本完全向他投降的合法地位，此外城市工作和军队工作也没有做好。也就是说中共仍然是在没有得到大城市的情况下走"农村包围城市"的道路进入和平阶段。

紧接着，毛泽东从国共两党所处的地位、美苏两国对华政策及影响、战争与和平问题、中共在谈判中所提出的条件、谈判期间的宣传、军事和解放区工作以及中共今后的斗争道路等问题进行了长篇讲话。毛泽东说:七大讲的长期迂回曲折，准备最大困难，现在就要实行了。希腊、法国的共产党得了雅典、巴黎，但政权落在或主要落在别人手里;我们现在在全国范围内大体

---

① 《胡乔木回忆毛泽东》，人民出版社1994年9月第1版，第171—172页。

要走法国的路,即资产阶级领导而有无产阶级参加的政府。中国的局面,联合政府的几种形式,现在是独裁加若干民主,并将占相当长的时期。

说到这里,毛泽东以他一贯的幽默,打了个比方:"我们还是钻进去给蒋介石洗脸,而不要砍头。这个弯路将使我们党在各方面达到成熟,中国人民更觉悟,然后实现新民主主义的中国。四万万五千万人的中国等于一个欧洲,欧洲现在许多国家还没有胜利或不由共产党完全领导。我们要准备有所让步,准备最大的困难。从外国得不到帮助,军队可能由谈判缩小,内部出现不一致等等。决定的一点就是我们内部的团结,只要我们团结一致,敌人是不能压倒我们的。"

最后,毛泽东说:准备以中央委员会的名义发表一个宣言,以和平、民主、团结的姿态出现。恩来同志马上就去谈判,谈两天就回来,我和赫尔利就去。这回不能拖,应该去,而且估计也不会有什么危险。我去了请少奇同志代理我的职务。只要我们站稳脚跟,有清醒的头脑,就不怕一切大风大浪。请同志们发表意见。

接下来,十多个人开始轮流发言。

周恩来先说。就谈判问题,他认为:求得妥协是双方让步,可以估计蒋介石还价很低。我们是争取主动,迫蒋妥协。也可能一面谈,一面打;我吃亏,他理亏。蒋介石今天要下决心打下去还不可能,我们有准备就不怕。从抗战转到和平,实现这个方针的后盾一个是力量,一个是人心,这两个东西很重要,是我们的依靠。苏联今天不直接援助我们,对中国人民是有利的。实现全国新民主主义的总任务没有变,将来会有一个新的革命高潮,我们准备迎接新的革命高潮。中央决定我出去谈判,我个人想是一个侦察战,最主要的是看蒋介石开的是什么盘子。我们是诚意要求和平的,但不能失掉我们的立场。大家关心的是毛主席亲自出去的问题,这个今天还不能十分肯定,因为总要谈得拢才能出去。今天也不能作不出去的决定,看我出去谈判情况如何再决定。对蒋介石的阴谋必须有所考虑。

张闻天说:毛主席给了我们新的方针,我们在这个时期是赚了钱还是折了本呢?我说是赚了很多钱。这样伟大的胜利就说明毛主席领导得正确。新阶段的战略是巩固我们已得到的胜利,并且从国民党处要点民主。

朱德说:毛主席是否去?现在是要解决问题,出去是有利的。保险不保险?比过去总要好些。毛主席出去,对将来选举运动也是有利的。让蒋介石当总统,我们当副总统吧?

彭德怀说:毛主席是否出去的问题,我想出去的危险性不大。毛主席出去,我党是主动的,给全国人民很大振奋,对民主运动是个推动;不过,另一方面是增加了蒋介石的气焰。因此,我主张毛主席暂时不去,等老蒋和我打一下,把他的气焰打下来一点,毛主席过几个月再去时机成熟些。

也就在这一天,毛泽东不仅收到了蒋介石发来的第三封电报,而且还收到了驻华美军司令魏德迈通过延安的美军观察组转来的一封邀请电。毛泽东即复电。

8月25日,魏德迈再次致电毛泽东。毛泽东再次立即回电:"鄙人承蒙蒋委员长三电相邀,赫尔利大使两次表示愿望来延,此种诚意,极为心感。兹特奉达,欢迎赫尔利大使来延面叙,鄙人及周恩来将军可以偕赫尔利大使同机抵渝,往应蒋委员长之约,以期早日协商一切大计。"

这是一个不眠之夜。8月25日晚,中央政治局的七位同志与从重庆回到延安的王若飞一起,经过一夜的讨论。反复权衡利弊,最后作出了同意毛泽东与周恩来、王若飞一起动身,立即前往重庆的决定。会议同时决定胡乔木作为秘书随毛泽东一起赴重庆。

8月26日,中共在枣园召开政治局扩大会议。毛泽东向中央高级干部宣布了立即去重庆的决定。他说:去!这样可以取得全部主动权。要充分估计到城下之盟的可能性,但签字之手在我。自然必须做一定的让步,在不伤害双方根本利益的条件下才能得到妥协。我们让步的第一批资本是广东至河南;第二批资本是江南;第三批资本是江北。这就需要看看,在有利条件下有些可以考虑让步的。如果我们做了这些让步还不行,那么就城下不盟,准备坐班房。

针对中共党内许多人这样那样的担心,毛泽东说:我党的历史上还没有随便缴枪的事,所以决不怕;如果软禁,那更不怕。国际压力是不利于蒋介石独裁的。将来,还可能有多一些的同志到外面去工作,领导核心还在延安。延安不要轻易搬家;因为有了里面的中心,外面的中心才能保住。

为了巩固中共的地位,显然毛泽东是做了充分的两手准备的。在他离开延安期间,他不仅安排了刘少奇代他行使职权,并增选陈云、彭真为中央书记处候补书记,以保证毛、周在重庆期间中央书记处五人会议;而且他还作出了非常重要的战略部署,决定把中共的力量集中在华北、山东和陇海路以北至内蒙古一带,并力争东北。毛泽东还十分自信地说:"由于我们的力量,全国的人心,蒋介石自己的困难,外国的干涉四个条件,这次是可以解决一些问题的。"

但中共中央为什么针对毛泽东是否去重庆谈判的问题要反复开会研

究,并向全体中央高级干部传达呢?胡乔木认为:实际上,毛泽东在23日下午的中央政治局扩大会召开之前,就已经以无产阶级革命家的胆略和气魄下了要去的决心。召开这样一次会议,一方面是因为事关重大,需要党中央集体作决定;另一方面,也是先向党的高级领导干部吹风打招呼,让他们在思想上、心理上做好准备。因为多数同志对毛泽东的安全十分担心,认为不应轻易出去。

8月26日,中共中央向党内发出了由毛泽东亲自起草的《关于同国民党进行和平谈判的通知》。

一场斗智斗勇的较量开始上演了。

胡乔木在飞机上问毛泽东:我们能不能回来?
毛泽东回答:"不管它,很可能是不了之局。"

毛泽东真的要来了!

这个消息真的出乎蒋介石的意料之外。他没有想到毛泽东真的敢来跟他谈,他不得不暗暗地佩服这个老对手了。1926年他们曾在国共合作的广州政府中共过事,如今已经有二十个年头没有见面了。

其实,蒋介石接二连三地发电报邀请毛泽东来重庆谈判的决策,并没有得到国民党内部的派系头目的支持,像陈立夫等人是坚决反对的。但蒋介石却采纳了其政府的文官长吴鼎昌的建议,并令吴起草了电报。这件事情甚至连蒋介石的侍从室主任陈布雷也不知道。毫无疑问,蒋介石玩弄的这个"政治花招",难以令人相信,就连国民党内部高官也认为这是"假戏真做"。曾为蒋介石代笔写《中国之命运》的《中央日报》总主笔陶希圣明确指出:"我们明知共产党不会来渝谈判,我们要假戏真做,制造空气。"他们乐滋滋地认为国共谈判决不可能,毛泽东决不会来重庆与国民党谈判,这样他们就可以借此发动宣传攻势,说共产党蓄意制造内乱,不愿和谈。

明知山有虎,偏向虎山行。大智大勇的毛泽东早就看清了蒋介石"假和平、真内战"的伎俩。

秋高气爽。8月28日这天,延安的天气真好。毛泽东今天就要动身去重庆了。延安的人民和八路军的将士乃至中共中央所有干部的心情实在难以形容,因为重庆依然在白色恐怖的笼罩之中。是担心?是忧虑?许多人思想上还没有转过弯来,心里像压着一块石头,点着一把火,又沉重又焦急,通夜未眠。机场上那架草绿色的美国 C-47 军用运输机昨天就已经停在那里等着了,张治中将军和美国那位去年就曾来过延安给人印象"有点草包"的大使赫尔利也来了。这是毛泽东十年来第一次离开延安,也是延安军民第一次离开毛泽东。与蒋介石这个心怀叵测的人打交道,大家实在担心毛主席的安全呀!

上午 8 点半,毛泽东出了枣园的窑洞,信步向门口停着的一辆乳白色的救护车走去。救护车是抗战期间南洋华侨捐赠的,在延安可是一个宝贝,平时一般不用。司机已经打开了车门,周恩来和胡乔木等已经站在门前等候了。毛泽东停住脚步,站在车前转身回望着枣园的窑洞回望着自己的家,又环顾着延安这片深情的黄土地,仰起头看了看延安的晨曦,若有所思。

胡乔木赶紧走上前接过主席的随身物什,放在了车上。周恩来走过来悄声说:"主席,时候不早了,上车吧?"

毛泽东点点头,随手将那顶盔式帽子戴在了头上。毛泽东不太喜欢戴帽子,在延安他一直穿着布鞋和粗布衣。为了这次谈判,叶剑英特意为他买了一双皮鞋,就连这身新的灰布中山装也是早些时候专门在北平请人定做的,一直没舍得穿。而这顶帽子还是江青从别人那里借来的。

"主席,你这帽子好像不太合适,有点小。"细心的周恩来看了看毛泽东的头顶,一边说一边摘下自己头上的那顶盔式帽递给毛泽东,"来,你试一试我这顶吧?"

毛泽东的确感到自己头上的帽子有点紧,便接过周恩来的帽子,戴在了头上。"哈,正好。好像专门为我准备的。那我就夺人所好了。"毛泽东笑着说。

周恩来也笑了。站在一旁的胡乔木和毛泽东的警卫员陈龙也开心地笑了。于是大家都高高兴兴地上了车,直奔机场而去。

东关机场已经是人山人海。毛泽东下了车,千百双眼睛随着毛泽东高大的身影移动。毛泽东和前来送行的中央负责同志一一握手告别。当他一步一步登上飞机,人们像疾风卷过水面一样向飞机拥去;他转身站在机舱门口,摘下帽子向送行的人们致意,留下了历史铭记的挥手之间。

中午 11 时,飞机起飞了。毛泽东、周恩来、王若飞在蒋介石的代表张治中、美国驻华大使赫尔利的陪同下,踏上了重庆谈判的历史之旅。

飞机起飞之前的那一刻,他们在飞机前拍下了一张珍贵的合影:自左至右依次为:张治中、毛泽东、赫尔利、周恩来、王若飞、胡乔木、陈龙。

毛泽东带着胡乔木参加重庆谈判,足见毛泽东对胡乔木这个政治秘书的器重。临行前,作为妻子,谷羽在知道乔木作为毛泽东的秘书随行时,既感到光荣,又为丈夫的安全担心。这是去参加一场"赤膊"战斗啊!胡乔木反复劝慰谷羽:"这次去重庆,是中央和主席对我的信任。在现在的形势下,蒋介石恐怕还不敢做得太绝,否则他无法向国人交代。"

飞机起飞后,毛泽东要周恩来告诉飞行员,让飞机在延安上空转一圈:"我要向陕北人道个别。"

坐在飞机上,胡乔木探身问毛泽东:"主席,我们能不能回来?"

毛泽东不紧不慢地说:"不管它,很可能是不了之局。"

"不了之局?"毛泽东的回答像一个问号,悬挂在胡乔木的心里,但他不好再追问下去,只能一个人在心里独自琢磨。胡乔木觉得:毛主席所谓的"不了之局"就是——蒋介石想要我们交出军队和解放区,不可能;蒋介石想消灭我们,也不可能。蒋介石要谈判,我来了;蒋介石不要和平,那是你蒋介石的事。

毛泽东决心已定:达成协议,照协定办就停战,就和平;不要和平,要打,我也奉陪到底。

这真应了一句老古话:不入虎穴,焉得虎子。

听到重庆人民高喊"毛泽东万岁!"胡乔木感动得热泪盈眶

毛泽东到重庆的消息像风一样传遍了山城。

8月的重庆是个名副其实的大火炉,热得令人透不过气来。但毛泽东还是如约来到这里,与蒋介石会面。时任国民政府代表之一的张治中说:"这是一件大事,是中国历史上的一件大事。毛主席到重庆,既是中国内部团结的一种象征,又意味着国共两党新关系的开始。胜利与团结,正是双喜临门,不但全国人民为之欢欣鼓舞,而全世界人士亦寄予热切的期望,当时中国的国际地位突然为之提高了许多。"[①]而"毛主席一身系天下之安危"的话语也传遍了雾都的大街小巷,人民似乎看到了云开雾散的晴朗。

8月28日下午3时45分,经过四个多小时的飞行,毛泽东出现在重庆九龙坡机场。当毛泽东在热烈的掌声中走下飞机的时候,蜂拥而至的中外记者一拥而上,把毛泽东团团围住,有的递名片,有的报姓名,有的提问题,有的抢着和毛泽东握手,把各党派派来欢迎的代表挡在了人墙之外,无法接近。看到此情此景,周恩来非常敏捷地高举起一个大纸包,说:"新闻界的朋友们,我从延安为你们带来了礼物,请到这边来拿吧!"这才解了围。在毛泽

---

① 《重庆谈判纪实》,重庆出版社 1983 年 11 月第 1 版,第 229 页。

东和邵力子、谭平山、张澜、沈钧儒、黄炎培、郭沫若、陶行知及蒋介石的代表周至柔一一握手的时候,记者们也看到了周恩来的"礼物"——油印的《毛泽东在重庆机场向记者的谈话》书面稿。

8月28日晚8时半,毛泽东在张治中、邵力子的陪同下,与周恩来、王若飞应邀赴蒋介石山洞林园官邸出席欢迎宴会。当晚,毛泽东在林园下榻。

9月1日,毛泽东出席了中苏文化协会会长孙科为庆祝《中苏友好同盟条约》而举行的盛大鸡尾酒会。本来,毛泽东出席这个宴会是保密的,甚至连被邀请的嘉宾和新闻记者事先也不知道。但会议举行到一半的时候,消息不知怎么走漏了,于是由一个人,几十个人,几百个人,几千人,至上万的人,"在细雨中渐渐地聚集拢来,顿时从七星岗,到观音岩的中间,激昂的人海激荡着波浪,交通无形中停顿了,使负责治安的警察急得要命,连忙派了许多警卫队。当毛泽东由陈诚陪着离开会场出来的时候,费了许多力量才打开很狭小的一条通道。而不晓得怎样一来,当毛泽东走过时:'毛泽东万岁'的呼声如雷霆从四面八方轰响而起,历久不止,响彻重庆。"许多过于兴奋的人,眼眶浮着泪水,有一个老人,在连呼"我看见了毛泽东,我看见了毛泽东"之后,莫名其妙地哭出了声音。

目睹如此感人的场面,胡乔木一下子想起了延安送别的情景,他没有想到重庆的人民群众对毛泽东的到来是如此的热情和热烈。得道多助,失道寡助。显然,中共中央、毛泽东的"和平、民主、团结"的方针已经深入人心。看着成千上万的人流,听着这如雷霆般发自内心的"毛泽东万岁"的呼喊,此情此景怎不令人热血沸腾,心潮澎湃,胡乔木情不自禁热泪盈眶。

谈判开始了,针锋相对的交锋不仅仅是谈判桌上的较量。无疑这是一场艰难的谈判。谈判从8月29日开始至10月10日最后达成协议,历时43天。胡乔木将其概括为三个阶段:从8月29日至9月3日为普遍交换意见阶段;从9月4日至9月21日为就实质性问题进行商谈阶段;以后谈判停顿了五天,从9月27日至10月10日为最后达成协议阶段。谈判在两个层次上进行:一个是两党最高领导人毛泽东和蒋介石直接交换意见;另一个是两党谈判代表周恩来、王若飞与张群、邵力子、张治中等人之间的磋商。谈判期间,毛泽东和蒋介石共会面11次,大多为公开场合,但有几次重要的会谈都是秘密的,有时甚至没有其他人在场。

43天的谈判确实是尖锐的斗争。中共始终采取的方针就是"以谈对谈,以打对打,用革命的两手对付反革命的两手",表现了高超的斗争艺术。

胡乔木说:"毛主席刚到重庆,魏德迈就提出美国海军陆战队与我某部冲突的问题,要毛主席答复。毛主席对此非常生气:屁股还没有坐下来,就提这样的问题,根本不讲礼貌。"而就在谈判的关键时刻,9 月 21 日,赫尔利从上海、南京视察返回重庆。因为他第二天要回美国述职,急于看到国共谈判达成某种成果。为此,他在约见蒋介石之后又找中共代表会谈,施加压力,妄图要求中共同意蒋介石提出的军队可以增加 4 个师至 20 个师的数目,以换取中共交出解放区政权。在国共双方已经考虑在军队数目达成协议之后发表会谈公报的时候,赫尔利却提出了如果解放区问题不谈出结果就不能发公报。为此,毛泽东和赫尔利再次面谈。毛泽东拒绝了赫尔利的无理要求,明确告诉他中共的态度是:"不承认,也不破裂,问题复杂,还要讨论"。"虽然困难很多,但总可以想出合理办法解决,不会向分裂的方向走。"为此谈判停止了五天。对赫尔利如此卑劣的做法,毛泽东非常愤怒,回到延安后还说:"美国政府、魏德迈、赫尔利对我们很坏。"

显然,这是一场知己知彼的政治较量。国民党对于中共的方针和目的也是十分了解的,他们知道中共首先是希望要求承认现状,通过谈判避免内战。但因为蒋介石对毛泽东来重庆谈判的准备工作实在是太差了,甚至还在那里做着毛泽东不可能来重庆的幻想。因此,对谈判,蒋介石毫无准备,竟然连一个预案都没有,更谈不上有诚意。胡乔木说:"我们一去,国民党被动了,方案由我们拿,逼得国民党表示接受和平、民主的原则。同时我们在军事上做了让步,而国民党对于这种让步既不好表态,更不可能接受,只能讲军令、政令统一等。"

但紧张局面还是在 9 月 21 日前后出现了,不仅因为赫尔利等的偏袒,更因为美国以接收为名帮助蒋介石大规模地向华中、华北运兵,并派美军驻守在广州湾至秦皇岛的沿海各大城市和交通要道。另一个原因是中共情报机关获悉:国民党中统某要员私下透露,不宜让毛泽东和周恩来返回延安,表面上是因蒋总统常有国事咨询,实际是因为毛、周在中共居头两席,把他们扣留在重庆可在相当程度上动摇中共军心,有利于国军总攻。而陈诚的部下甚至扬言:"谈什么判,布置好了就动手。"因此,形势是十分严峻的。中共根据这些动向分析:蒋介石等待华北受降结束,军队调遣完毕,即发动"剿共"的可能性是很大的,应保持高度警惕。①

无疑,较量已经不仅仅是在谈判桌上了。

谈判之外的较量是一种无声的较量,或许也是一种更大的较量。这表现

---

① 《胡乔木回忆毛泽东》,人民出版社 1994 年 9 月第 1 版,第 411 页。

在统战、军事和外交工作上。正像毛泽东来重庆之前所说的那样，"钻进去给蒋介石洗脸"，在国统区的心脏，细致周到地做好统战工作。在重庆期间，毛泽东广泛接触了政治上左、中、右的知名人士几十位，民主人士诸如宋庆龄、冯玉祥、张澜、柳亚子、郭沫若等；中间派人士诸如青年党的左舜生、《大公报》主笔王芸生；还有国民党人士，如最肯想问题的王世杰、愿意解决问题但怕负责任的邵力子、坦白直爽的张治中、被 CC 派指责"联共坍党"的张群、蒋介石不让其参加谈判的宋子文和处于动摇状态的陈立夫等等，用毛泽东的话说，"拜客，什么人那里我都去"。因为与这些人的接触交谈，使毛泽东非常乐观地估计：国民党"实行独裁的劲不大，像灰尘一样可以吹掉的"。

与此同时，毛泽东在与美国大事赫尔利接触之外，还宴请了许多外国人士，并向外国记者发表谈话。像英国、法国、加拿大的驻华使节也都进行了礼节性的访问，而与苏联大使彼德罗夫的接触是最多的。同时，毛泽东还在八路军办事处的红岩村 13 号宴请了司徒雷登，抽空接见了美国的三个年轻士兵埃德尔曼·杰克、爱德华·贝尔和霍华德·海曼。周恩来更是积极与重庆文化、产业、新闻、妇女等各团体和各民主党派的新老朋友们频繁接触，揭穿国民党宣传部门制造的谈判十分融洽的谎言。

就在毛泽东刚刚到达重庆的第二天，蒋介石和国民党陆军总司令何应钦就密令各战区印发 1933 年"围剿"红军时编纂的《剿匪手册》。而阎锡山部竟然在毛泽东赴渝前夕向中共控制的上党地区进犯。对此，毛泽东在离开延安时就已经做好了准备，要求在有把握的情况下打几个大胜仗，支援谈判。在重庆，当毛泽东得知上党大捷的消息后，高兴地说："打得好！打得越大越胜利，我回去的希望就越大。"

而 9 月 15 日一架从沈阳飞抵延安的苏联红军飞机，同样给重庆的毛泽东带来了好消息：冀东军区十六军分区司令员曾克林奉命率 1500 人于日寇投降后向东北挺进，曾配合苏联红军打下了山海关、兴城、绥中、锦州、北镇等城市，已经于 9 月 5 日进驻沈阳，并被苏联红军委任为沈阳卫戍司令。这个消息实在太重要了，它标志着中共军队已经接收了东北。在延安主持中央工作的刘少奇高兴地称曾克林是"抢占东北的先锋官"，并迅速将这个消息告诉了毛泽东，中共"向北发展，向南防御"的伟大战略决策因此确立。对此，毛泽东不能不心花怒放。

9 月 27 日至 10 月 5 日，国共代表又举行了四次会谈。这时，中共完全占有了主动权，理直气壮地就军队整编、解放区问题和政治会议问题进行了最后的谈判。10 月 10 日，双方终于签订了历史上著名的《双十协定》。11 日，毛泽东和蒋介石话别后,平安回到了延安。

作为亲历者,胡乔木认为重庆谈判的意义有两点不应忘记:"一方面,毛主席和我们党当时确曾为中国实现和平民主做出了重大的努力,重庆谈判确曾为中国的和平与统一提供了一次可贵的机会;另一方面,通过这次谈判,我们党不仅保卫了八年抗战取得的成果,而且在政治上取得了有利地位,这为解放战争的胜利奠定了政治基础。"历史的确像胡乔木分析的那样——中共不仅在军事上赢得了时间,解放军没有受到损失,而且还有了一定的准备,在后来的解放战争中基本上就是按照一个月消灭敌人八个师的速度取得了胜利。[1]

天时,地利,人和。毛泽东大无畏的英雄气概,像他1936年2月写下的"秦皇汉武,略输文采;唐宗宋祖,稍逊风骚。一代天骄,成吉思汗,只识弯弓射大雕"的《沁园春·雪》一样,震撼了"雾都",令蒋介石胆战心惊,却让人民看到了中国天空清明与和平的希望,看到了"俱往矣,数风流人物,还看今朝"……

胡乔木为什么没有和毛泽东一起回延安?

重庆谈判,不仅使中国问题成为世界焦点,而且让毛泽东再度成为世界引人注目的新闻人物。正如胡乔木所言:"重庆谈判是国共两党斗争的关键一着。毛主席下了非常高明的一着棋。蒋介石输了。"

但在毛泽东这个巨星的背后,谁也没有注意到这个额头宽大、身穿中山装的33岁的瘦削青年胡乔木。作为中共代表团的随行人员,胡乔木以毛泽东秘书的身份亲历了重庆谈判,并参与了其中许多重要的活动,包括《双十协定》的起草工作。

毛泽东在重庆的43个日日夜夜,胡乔木几乎形影相随。在重庆,尽管蒋介石给毛泽东安排了豪华住宅,但毛泽东除了头两天由周恩来陪同在蒋介石的山洞林园别墅住了两个晚上之外,都是住宿在红岩村。白天则是在张治中的官邸"桂园"办公、会客。红岩村位于嘉陵江畔,是中共在黄花岗烈士饶国梁的胞妹饶国模的支持和帮助下,在其"大有农场"的一片红山坡上建起的一栋三层楼房,门牌号为红岩村13号。八路军驻重庆的办事处和中共南方局的领导机关也都驻在这里,对外就叫"八办",可谓陪都重庆的"红区"。

---

[1]《胡乔木回忆毛泽东》,人民出版社1994年9月第1版,第84、424页。

会客、谈话、会议、谈判、宴请、起草文件、阅处电报,以至最终决策,毛泽东在重庆的日子可谓日理万机。尽管目前没有任何史料记载,胡乔木本人也始终没有言传自己在重庆谈判期间具体做了哪些工作,但作为毛泽东的秘书,其工作的繁忙我们是完全可以想象得出来的。只是作为秘书这个角色,胡乔木默默无闻地做着自己应该做的事情,像一块泥土,不招人不吭声,围绕着毛泽东这棵参天大树。当他一踏上重庆的土地,看到重庆各界风云人物对毛泽东的欢迎热潮,听到大后方人民群众高呼"毛泽东万岁",他内心顿然洋溢着骄傲,充满了感动,他为自己作为一个中国共产党人感到自豪和光荣。人民要求和平、民主、团结的呼声,一下子把他在飞机上还担心"我们能不能回来"的疑虑像风一样吹到了九霄云外。

重庆谈判的 43 个日日夜夜,真是激动人心啊!

因为毛泽东公务繁忙,大量的日常工作需要秘书胡乔木去完成,周恩来又将熟悉重庆人事和地理的助手王炳南临时增派做毛泽东的秘书。而毛泽东的警卫工作则由陈龙负责,并从延安增派了颜太龙和在重庆工作的龙飞虎、蒋泽民、贺清华、舒光才、齐吉树等人。毛泽东的日常生活由红岩村的刘昂负责,李泽纯则为毛泽东的专职厨师。

胡乔木"继陈伯达之后担任毛泽东主席的政治秘书,在这期间,他的思想、修养,获得极大的进步,深得毛的赏识。他的长处是思想周密,眼光透彻,才文并茂。他随毛氏到重庆时期,中共在政治上所遭受的各种歪曲的指责,都由他在《新华日报》上经常撰文予以反驳。他的文章,紧凑锋利,短而有力,学的是鲁迅先生的作风,常把最精彩的意思用精练的笔调描写出来,警辟动人"。[1]重庆谈判期间,胡乔木依然以笔为枪,以自己犀利的文字向蒋介石"假和平、真内战"的脑袋上射去。

胡乔木在《新华日报》发表文章均署名"乔木"。但让他想不到的是,这却引来了一场"姓名官司"。原来,在重庆办事处外事组工作的同乡同窗乔冠华,从1937 年回国在香港《时事晚报》工作时,也开始用笔名"乔木"发表各种国际时事评论,颇有影响。在重庆,乔冠华还兼任《新华日报》的编委,负责国际评论写作并主编《群众周刊》。胡乔木南下重庆,自然沿袭其在延安《解放日报》发表文章的习惯,署名"乔木"。这样一来,人们开始发现两种不同风格的文章竟然都出自"乔木"之手,就感到有些诡异。一打听,竟然是两个"乔木"!

---

① 原载 1950 年 2 月 3 日新加坡《南侨日报》,作者江山。引自《胡乔木》,叶永烈著,中共中央党校出版社 1994 年 2 月版,第 61 页。

但"两位乔木聚在一块,许多人弄不清楚,尤其是发表一篇署名'乔木'的文章,更使人不知是出自哪位乔木的手笔,朋友们都希望他们之间有一人把名字改一改。有一天大家在毛泽东主席那儿谈起这件事,经毛氏问明是他(北乔)先用乔木这个名字,而南乔的真姓是乔,他的真姓是胡,就盼望他在名字上加上个'胡'字,南乔则仍用乔木原名。从此两乔之间就有了区别,而'胡乔木'的大名也随时局的发展,而为全国人民所熟知了。"①1941年秋从华北来延安参加"九月会议"时与胡乔木相识的杨尚昆回忆说,当年"他不到30岁,一介书生,清秀文雅;在会上埋头做记录,并不说话。大家叫他乔木,前面加上'胡'的本姓,是1945年到重庆谈判以后的事。"而"南乔"在新中国成立后作为中国外交的干将,在公众中也使用乔冠华这个本名了。在1965年1月召开的第三届全国人民代表大会期间,当毛泽东在宴请部分代表时得知其中因回乡务农而受到表彰的知识青年代表董加耕是盐城人时,便问道:"你们盐城有'二乔',你知道吗?"没有听懂毛泽东话的董加耕答曰:"西门登瀛桥,东门朝阳桥。"毛泽东笑了,说:"我不是说桥,而是说人。盐城二乔就是胡乔木和乔冠华。"而据胡乔木本人回忆:"在重庆时与当时在南方的乔木(乔冠华)的名字容易相混,毛主席让我加上'胡'姓,回到延安还是叫'乔木'。后来总理定名字,我叫胡乔木,他叫乔冠华。""中国二乔"就这样蜚声海内外,传为美谈。

但据现有公开资料查证,胡乔木在重庆谈判期间发表的文章有两篇:一篇是《文艺工作中的群众观点》,作为专论,发表在1945年10月19日的《新华日报》,署名为"北桥";另一篇是他在新华日报社所作的报告《人民的报纸》,1945年12月30日发表在内部刊物《新华日报人》第九期。"北乔"与"北桥"音同,字不同。

1945年10月11日清晨,蒋介石来到毛泽东的寓所,和毛泽东两人独自作了简短的谈话。然而让他们自己都不会想到的是,这竟是他们人生中最后一次谈话。此后,这两位在中国历史上叱咤风云的人物开始了另一轮较量和决战。但历史证明他们之间的较量已经不是个人的较量,而是一个民族在光明与黑暗、正义与邪恶、自由与封闭、民主与独裁、进步与落后之间的决战——毛泽东胜利了,人民胜利了!这天上午9时45分,毛泽东、王若飞在张治中的陪同下,离开了重庆,于下午1时30分抵达延安。延安东关机场欢

---

① 原载1950年2月3日新加坡《南侨日报》,作者江山。引自《胡乔木》,叶永烈著,中共中央党校出版社1994年2月版,第63页。

迎的人群黑压压的达两万多人。看到如此激情壮观的新兴气象,就连张治中也不得不感叹道:"国民党里还有人存着反共的念头,真是其愚不可及了!"

毛泽东平安凯旋,胡乔木却留在了重庆。毫无疑问这是毛泽东的意见。但胡乔木留在重庆干什么呢? 史料上的记载不多也不具体。但有一件事胡乔木是亲自去做的,就是贯彻毛泽东《在延安文艺工作座谈会上的讲话》。20世纪90年代初,胡乔木回忆说:"到重庆传达讲话精神的主要是何其芳、刘白羽。我没有直接参加传达。我到重庆跟胡风有过一点接触。那时开了两次会,我先讲了一次话,以后周恩来同志讲了一次很长的话,主要讲胡风文艺方面的问题。范围比较广,里面也联系到文艺座谈会讲话的问题。"①新中国成立以后,胡风作为"胡风反革命集团"的主要成员,在1955年被打倒,1980年9月予以平反。胡风曾历任第五、第六届全国政协常委,中国作家协会顾问。1988年4月29日,胡乔木在审读中共中央宣传部《关于胡风文艺思想和宗派活动的历史问题复查的请示》后,致信中办秘书局会议并转中共中央:"胡风同志确实在政治上犯过一些原则性的错误,但中央没有必要在正式文件中作出结论。就整个来说,胡风同志对党和革命是忠诚的,这种忠诚经受了最严酷的考验。"

对"为什么毛主席从重庆回延安,胡乔木又留了一段时间"的问题,刘白羽回忆说:"胡乔木留下是想了解并研究大后方文艺思想,并试图解决革命文艺界内部思想纠葛。当时,胡风与茅盾之间的分歧很大,形成影响革命阵营内部的尖锐对立,这两次会就是试图解决这个问题。我参加了这个会,记得有一次谈得很晚,很可能是周恩来同志讲话那一次,夜静更深,人不便出走,大家于是就睡在曾家岩50号。为了让茅盾睡得舒服一点,就请他在会议室长桌上睡下,我们各自靠坐在竹椅上,过了一夜。但是由于胡风态度顽固,会开得毫无结果。胡乔木说:'我没有直接参加传达',但他直接参加了贯彻。还有两件事可证。他领导我们开过两次座谈会,就当时重庆上演的话剧进行过研究、讨论、批评、鼓励。有人说'胡乔木留下是整顿《新华日报》'。我在报社做党的组织工作,与领导十分接近,我不记得有这样的事;要有也是在南方局领导上层议论。当然,这不是说他对《新华日报》没提过意见,比如对副刊版,他认为不应该板起面孔,脱离群众,而应针对国统区读者对象,考虑他们接受的程度。他说:'重庆上演美国电影很多,你们都去看看,星期六辟一栏介绍一部比较好的电影,对星期天看电影的人起个引导作用,这样你们副

① 《胡乔木回忆毛泽东》,人民出版社1994年9月第1版,第62页。

刊读者面就广阔了。'据我所引胡乔木上述一段话,及我的亲身领会,我以为最大可能是他留下来了解、解决文艺界内部思想问题。"

由此可见,胡乔木留在重庆,是遵照毛泽东的意见对大后方尤其是重庆的文艺和宣传工作,按照延安文艺座谈会和中共七大的精神进行研究和指导。这在《新华日报》发表胡乔木为纪念鲁迅逝世九周年而作的《文艺工作中的群众观点》一文中可以找到有力佐证。胡乔木在这篇文章中强调:"鲁迅先生是一个真正具有群众观点的人",文艺工作必须坚持群众观点,新文艺是为人民群众的;而"我们的作品不能直接到广大群众中去,是由于这种那种限制,但是我们的作品教育了前进的青年知识分子,他们成了我们与群众之间的桥梁"。"我们要使我们的作品经过青年贡献于群众的觉悟与解放事业,要'和革命共同着生命',不经过一个严格的自我批评的过程,大概也是困难的吧?""而今天,虽在整风运动与毛泽东同志在延安文艺座谈会讲话发表以后,这种自我批评的精神是何其少,而对于自己已经完全站在人民群众立场上的假定和确信何其多!"在普及和提高这个问题上,胡乔木说:"也不是说,要一切的文艺工作者都弃'提高'而就'普及'。问题只是,我们有多少人做了这方面的工作,又有多少人指导或者至少关心了这方面的工作。""新文艺运动是一个群众运动。它的内容是为群众的,它的方法是经过群众的。就是说,一方面作家——读者——人民群众连成一片,一方面提高工作——普及工作——人民群众的文艺活动也连成一片。""我们的批评,应该以群众的利益为标准,统一我们的目的,从而统一我们的战线,而不是相反。"

在重庆,胡乔木发现刘白羽在"做党的组织工作,颇不以为然"。有一次,他俩一起坐公共汽车进城去,在车站等车时,胡乔木跟刘白羽说:"党派你到重庆来,不是不让你写作了,你应该做记者——做记者接触生活,有利于写作,在报纸上发表作品影响大。"说到这里,胡乔木"突然发出一句警句:如果鲁迅在,他一定为党报做记者"。这句话让刘白羽牢记了一辈子,打破了他青年时下的不做记者的第二个决心。不久,刘白羽被派到北平军调部做记者,并沿着记者这条路参加了东北的解放战争,并在战火中创作出了中国现代军事文学史上著名的《无敌三勇士》《政治委员》等小说作品。对于自己重回文学创作道路,刘白羽深情地回忆了自己在新中国成立初期曾得益于胡乔木帮助的往事:"1949年,我接受党的派遣,参加斯大林建议中苏合拍两部纪录片之一《中国人民的胜利》的工作。当我动身到莫斯科去的前天晚上,周扬给我打电话,说他在聂荣臻家中遇到罗荣桓,罗荣桓提出要我到总政治部任文化部副部长。我一听大吃一惊,连忙请求周扬:我要从事创作,决不做副部长。请求他帮助推掉。谁知从莫斯科回来,一到机场,就碰到中央军委办公厅主任朱早观。我和他在太行山唱和诗作,相处甚得。他一见面就指着我说:'你还不去报到?毛主席已经下了命令。'从此我在总政工作了三年。三年后,我向萧华提出辞职,萧华不准。这时,我想起,当我到总政任副部长后第一次遇到胡乔木,他就说:'你不要做官,你应该去创作。'于是我给乔木写信向他求援。不久,毛主席亲自批示,要我离开总政到作家协会进行创作。胡乔木又一次帮助了我。"①

　　在重庆,胡乔木确实对重庆《新华日报》的编辑出版工作进行了指导和整顿。早在1936年前后就与胡乔木在上海相识的胡绳回忆,在重庆谈判期间,胡乔木"曾负责领导《新华日报》的言论工作。我那时为《新华日报》写的评论,每篇都经过他修改,有的被删得体无完肤"。1945年12月,胡乔木还专门在新华日报社作了题为《人民的报纸》的报告,从《新华日报》报纸的环境、报纸的性质、报纸的版面和报馆的工作等四个方面进行了系统的阐述。其中,胡乔木尤其强调了报纸的性质,明确以毛泽东亲自主持和他自己亲身参与的延安《解放日报》改版为例,分别从八个方面的关系来论述办好党报的重要性:一是党报也是人民的报纸,不是社报;二是无产阶级领导的人民大众的报纸;三是既要普及又要提高;四是前进的少数与其余的多数;五是革命与改良;六是以政治为中心服从政治;七是暴露与歌颂;八是团结与斗争。就像胡乔木在这个报告的开头第一句话所说的:"新华日报是一个民主的报纸,但创办在一个不民主的环境之下,双方都不肯让步,还是很大的斗争。"②胡乔木的这个讲话,既全面又具体,针对性非常强。可见,对《新华日报》的新闻宣传工作进行整顿也是他留在重庆的工作之一。这个时候,胡乔木的角色已经不仅仅是毛泽东的秘书,也是中共中央宣传工作的领导者了。

　　在重庆,令胡乔木难以忘怀的还有一件事,就是和哥哥胡达新的意外相逢。兄弟俩自1936年在上海一别,如今也快十个年头了。那是9月2日晚上,胡乔木随毛泽东参加了中苏文化协会在黄家垭举行的鸡尾酒会。酒会上,胡乔木在陪着毛泽东和冯玉祥、谭平山等几位先生谈话时,突然发现不远处一个身穿中山装、操苏北口音的人很像大哥胡达新。他就好奇地走过去,一看真的是自己的大哥,兄弟俩一下子激动得不知说什么才好,双手紧紧地握在了一起。如今,胡达新是国民政府铁道部测量总处的总工程师,曾

①刘白羽:《我与胡乔木同志》,见《我所知道的胡乔木》,当代中国出版社1997年5月第1版,第308页。
②《胡乔木谈新闻出版》,人民出版社1999年9月第1版,第16—26页。

先后参加陇海、平汉、黔桂、闽赣等七条铁路的建设工程，当时正在重庆参与建设成渝铁路。当毛泽东知道胡乔木的哥哥也应邀赴会的时候，走过来和胡达新握手问好，勉励他"多修铁路，为百姓造福"。在重庆期间，胡乔木有空就去哥哥家谈心，聊一聊家常，兄弟俩对民族和国家的建设有了更多的共识。三年后，胡达新拒绝国民党当局调其去广西直山，带领他领导的测量总处员工投入人民怀抱。

毛泽东和江青到胡乔木的窑洞串门，共进豆豉炒腊肉

重庆谈判回到延安后，毛泽东就生病了。而且病得不轻。

时任中央书记处办公室主任的师哲回忆：到了 1945 年 11 月，"毛主席的病情越来越令人担忧。我每天要看他几次。有时躺在床上，全身发抖，手脚痉挛，冷汗不止，不能成眠。他要求用冷湿毛巾敷头，照做了，却无济于事。这时延安的各个主要医院已经全部撤离，留在延安的医务人员仅有傅连暲、金茂岳和黄树则。他们都先后给毛主席看过病，但谁也没有能解除毛主席的病痛"。就在这无可奈何的情况下，师哲提议给斯大林发了一封求助电报，请苏联派医生来延安。而"毛主席生病的时候，江青到处指手画脚，把我这个中央书记处办公室主任拨弄得团团转"，四处为毛泽东找房子住，先是在柳树店住了一个多星期，因离机关太远，毛主席看不到文件，工作困难，最后还是搬到了王家坪的桃林住了下来。桃林是一块不大不小的平地，因种植了二十多株桃树连成一片桃园而得名。春天来了花红叶绿，姹紫嫣红。树下，安置着十来张石桌，再配上石椅，在延安可称得上一个难得的休闲好去处。

胡乔木是 1945 年 12 月底奉命从重庆回到延安的。这个时候，妻子谷羽已不再担任中央办公厅资料室资料员，调至中办供给商店担任副主任。他们的第二个孩子也已经一岁多了，是个男孩，胡乔木给他取名"幸福"（后改名石英）。胡乔木在重庆的日子，二妹方铭（胡文新）带着儿子胡刚从大后方来到这里和谷羽住在一起，彼此有个照应。

这天，病情已逐渐好转的毛泽东听说胡乔木回来了，就在江青的陪同下，来胡乔木家看望。因为胡乔木一家住的窑洞比较小，人多了连个坐的地方都不方便，胡乔木就笑着跟毛泽东说："主席，要不我们到外面走一走吧？"毛泽东笑着点点头："好哇！好哇！"

于是他们几个人就走出窑洞，来到延河边散步。毛泽东和胡乔木一边走

一边聊了起来。胡乔木先问候了主席的身体情况，又将自己在重庆的工作作了简明扼要的汇报。毛泽东不时插话进行询问。交谈中，毛泽东还讲起自己在重庆谈判时和蒋介石最后两次独自谈话的内容和感受——

毛泽东告诉胡乔木：蒋介石总要找我长谈，说我们二人能合作，世界就好办；还说，国共两党，不可缺一，党都有缺点，都有专长。我们都是五六十的人了，十年之内总要搞个名堂，否则对不起人民。

当毛泽东跟蒋介石谈起土地革命时，蒋介石说：很好，将来这些事情都给你们来办。然后，蒋介石又跟毛泽东说了一腔"肺腑之言"：共产党最好不搞军队，如你们专在政治上竞争，那你们就可以被接受。毛泽东回答：解放区的努力应该得到承认，应该给予帮助。最后，蒋介石非常失望地说：这次没有解决好。毛泽东却回答：很有收获，主要是方针，确定了和平建国的路线，我们拥护。[①]

毛泽东还告诉胡乔木：我看蒋介石凶得很，又怕事得很。他没有重心——民主或独裁，和或战。最近几个月，我看他没有路线了。只有我们有路线，我们清楚地表示要和平。但他们不能这样讲。这些话，大后方听得进去，要和之心厉害得很。但他们给不出和平，他们的方针不能坚决明确。我们是路线清楚而调子很低，并没有马上推翻一党专政。我看，现在是有蒋以来，从未有之弱。兵散了，新闻检查取消了，这是十八年来未有之事。说他坚决反革命，不见得。显然，毛泽东对重庆谈判打开的新局面是十分满意的。

胡乔木说，那个时候"毛主席确实有一种乐观情绪"。

胡乔木和毛泽东边走边谈，谈兴正浓，忽听见不远处两个头扎白羊肚毛巾的农民小伙赶着毛驴，一边吆喝着甩了一个响鞭，一边扯起陕北高原的西北嗓子对唱起了信天游——"一道道沟来一道道湾，赶上那毛驴走三边哟！哦，得咧咧咧……"他们停住脚步，静静地听着，欣赏着……这时，另一个小伙也接着唱起来："山丹丹开花背洼洼红，咱陕北出了个毛泽东啊！……"高昂质朴的歌声洋溢着和平安宁，延安欣欣向荣的勃勃生机引起胡乔木无限感慨："主席，延安跟重庆就是不一样啊！"毛泽东欣慰地点点头，一脸的笑容像延河缓缓流淌的波浪，荡漾着从容的自信和对美好未来的憧憬……

不知不觉已经到了吃午饭的时间。这时，毛泽东的炊事员及时送来了豆豉炒腊肉。毛泽东夫妇和胡乔木一家开心地共享了这顿美妙的午餐。

---

① 《胡乔木回忆毛泽东》，人民出版社 2003 年 12 月第 2 版，第 417 页。

第九章　转战陕北

在辽阔的海面上,在狼群出没的荒原上,

看见了豆大的灯光,哪一颗夜行人的心能够不跳呢?

哪一双眼睛记起取火者普罗米修斯的故事能够不感激流泪?

——胡乔木《火》(1941 年夏)

1946年胡乔木撰写社论23篇,为毛泽东打赢舆论战

1945 年 11 月 27 日,马歇尔将军被美国总统杜鲁门任命为驻华特使,而那位一到中国就命令给他空运来一辆凯迪拉克轿车、摆百万富翁阔气的靠挖煤起家的"煤老板"——美国驻华大使赫尔利先生,不得不在名誉扫地中辞职。由此可见,重庆谈判签订的《双十协定》并没有缓和国共关系,而双方的军事冲突反而愈演愈烈。这是为什么呢?

重庆谈判在毛泽东回到延安后继续进行。这时,蒋介石对《双十协定》是不满意的,他仍然幻想依靠战场的武力威胁来解决问题。与此同时,美国杜鲁门政府虽然一面拉拢国共和谈,但一面却继续执行无条件的援蒋政策,向蒋介石提供军事装备,帮助蒋介石从大西南向东北、华北、华东运兵,甚至出动海军陆战队抢占军事战略要地。这自然加剧中国内战的危机,引起中国人民和国际舆论的强烈反对。

在这种情况下,美国总统杜鲁门不得不在 12 月 15 日发表声明,希望中

国停止武装冲突,协商解决内部分歧,扩大政府基础,同时保证美国不会使用武力干涉。27日,为期十天的苏美英三国外长会议在莫斯科结束,发表公报称:一致支持中国的"统一与民主",赞成国民政府的各级机构应有"民主党派之广泛参与",并要求中国立即停止内部冲突;坚持不干涉中国内政;美、苏外长还宣布两国一致同意双方在完成各自任务后尽早撤离中国。马歇尔就是在这股鼓吹和平的热风中来到了中国。中共中央也就是在这个时候及时灵活稳妥地提出了"中立美国"的策略,接受美国的调解,剥夺了美国采取援蒋反共政策的借口,取得了政治和外交上的主动权,以达到反干涉的效果。

饱受战火蹂躏的苦难中国再度露出了和平的曙光。中国人民在期盼着和平和安宁的美好祝愿中,迎来了新的一年。

1946年1月1日,蒋介石例行发表了一年一度的元旦演说:"唯有国家统一,才能顺利推行宪政,保障民主制度,发扬民意,集中民力,完成建国大计。也唯有国家统一,才能全面地推行各种经济建设,提高我们一般勤劳辛苦同胞的生活水准。更唯有统一的国家,才能于战后的新世界中为人类和平福祉而有所贡献。而且就当前事实来说,我们唯有共同维护国家的统一,才能顺利地进行我们的复员工作;否则,如果军令政令不能统一,交通运输节节破坏,地方秩序到处骚乱,则国家的复员工作,必是处处受着破坏,而人民最基本的安居乐业的要求,根本就无从谈起。所以我们对于国家政事,无不可以虚心忍让,无不可以推诚相与,而军令政令的必须统一,军队必须一律归还国家统辖,任何割据地盘破坏交通阻碍复员的军事行动,必须绝对避免,则是解决目前纷争不安的唯一先决条件。这是事实,也是真理。凡有爱国良知的人士所不能不承认、不能不履行。"

蒋介石的广播演说,依然是老调重弹,项庄舞剑。在国际国内都期望中国和平的声浪之中,他仍然我行我素,强调"军令政令统一",指责中共"割据",内心依旧做着"剿共灭共"的美梦。

毛泽东听到蒋介石的演说后,指示胡乔木撰写社论驳斥蒋介石的言论。

重庆之行,让胡乔木更切身地看清了蒋介石国民政府的真面目。联系当前国际国内形势,他在认真研究了蒋介石的演说之后,日夜奋战,完成了长达万字的社论《蒋介石元旦演说与政治协商会议》。胡乔木紧紧抓住中国人民和美苏英三国表明希望中国和平统一的要求为前提,从靠独裁能否实现民主和独裁能否实现统一这两个方面,揭露和驳斥了蒋介石妄图发动内战实现独裁专制的种种谰言。胡乔木犀利地指出:"蒋氏的根本论点,与近日国民党报纸所不断宣传的一样,是说只要把中国的一切事情交给蒋氏和他周围的一小群人去独裁,只要人民放弃一切基本民主权利,对于这个独裁集团的一切军令政令都无条件服从,那么中国就可以统一,而中国在这个独裁集团统一之后,自然就可以赏赐人民以和平建设,民主政治,民生改善等等;而如果不接受他的独裁计划,则中国就永远不能统一,中国就永远要内战,要独裁,要穷困,要被侵略等等。因此,现在我们就要根据事实来答复两个问题:第一,经过这种独裁的统一,中国究竟能否达到民主呢? 第二,经过这种独裁的方法,中国究竟能否达到统一呢?"接着,胡乔木摆事实,讲道理,以鞭辟入里的分析,一针见血的批评,把蒋介石"内战内行,外战外行"的嘴脸描绘得惟妙惟肖。最后,胡乔木作出结论说:"蒋氏的论点是不能经受任何事实的考验的,是并不包含任何真理的。蒋氏的'统一',既不能使中国得到民主,也不能使中国得到统一。"历史和现实已证明:"民主是因,统一是果;停止内战是因,恢复交通是果;政治民主化是因,军队国家化是果;成立民主联合政府是因,产生真正的国民大会是果。对于这一切简单的因果关系,蒋氏难道是不明白吗? 当然他明白,他之所以故意倒果为因,只是为了寻找借口来保存他的独裁罢了。"①

毛泽东看了胡乔木写好的社论后,非常高兴,立即作出决定,在1月7日的《解放日报》全文发表,并将蒋介石的广播演说也全文转载,让人民群众的眼睛来对比裁判,给那些因为重庆谈判而做起和平梦的人们打了一针清醒剂。胡乔木的社论发表后,人们对中共公开国共之间的严重分歧,震动很大;毛泽东还指示将这篇社论作为延安干部的学习文件,进一步表明中共的严正立场:决不答应蒋介石的"独裁"式的"统一"。

1946年1月10日,饱受战争之痛的中国人民终于听到了好消息——在国内外各种有利因素推动下,马歇尔的调停活动取得了初步效果,国共双方分别颁布了停战令。12日,《解放日报》发表了胡乔木撰写的社论《和平实现》,说:"中国在民国以来的35年间,每年不是内战,就是外战,或是内外战同时并作。人民长时期渴望国内和平,但是即使在日本投降以后,还经过了整整五个月的时间,才第一次看到国共停战命令所带来的和平。"无疑,对这个来之不易的和平局面中共中央和中国人民是真心真意地欢迎的, 是极其珍视的,也是衷心希望的:"国共停战协定,不但是结束了过去五个月的军事冲突,而且是开始了整个中国历史中前所未有的和平发展的新阶段——和平改革与和平建设的新阶段。"

---

① 《胡乔木文集》第一卷,人民出版社1992年9月第1版,第165—178页。

紧接着,胡乔木在《解放日报》发表了社论《评"扩大政府组织之意见"》(1月19日)、《军队国家化的根本原则与根本方案》(1月23日)、《坚持和平,保护和平》(1月27日)、《恢复交通》(1月30日)、《再论放手发动群众》(2月20日)、《重庆事件与东北问题》(2月25日)、《中国法西斯的纲领》(2月28日)。这些言辞犀利泼辣,富有战斗性、说理性的社论,有的经过毛泽东润色修改,有的毛泽东亲自再加上一些话,进一步揭露了国民党蒋介石政府"假和平,真内战"的真面目,抨击了蒋介石鼓吹独裁专制、煽动战争、仇恨民主和反共的反动本质,有力地配合了中共中央的整体战略,从而赢得了政治上的主动。

　　也就在停战令颁布的这一天,盼望已久的政治协商会议终于开幕了。1月31日,会议闭幕时通过了《关于军事问题的协议》《关于宪章问题的协议》《和平建国纲领》《关于政府组织问题的协议》和《关于国民大会问题的协议》。2月25日,国、共、美三方又签署了《整军方案》。对此,中共中央在《关于目前形势与任务的指示》中表明了自己的态度和立场,指出:政协决议"将巩固国内和平,使我们党及我党创立的军队和解放区走上合法化。这是中国民主革命的一次伟大胜利,从此中国即走上和平民主建设的新阶段"。为此,正在休养、很少公开露面的毛泽东还接受了美联社记者的采访,说:"政治协商会议成绩圆满,令人兴奋。但来日大难,仍当努力,深信各种障碍都可以扫除。""共产党对于政治的及经济的民主,将无保留,出而参加。"同时,毛泽东对马歇尔三个月来的斡旋活动给予了积极评价,说:"马歇尔特使促成中国停止内战,推进团结、和平与民主,其功殊不可没。"针对外界谣传毛泽东将去苏联养病,毛泽东特地请周恩来带话给马歇尔说:如果要出国的话,他愿意先到美国去看看,因为那里有很多东西可以学习。马歇尔听后非常高兴,表示要立即报告杜鲁门总统。

　　3月4日,由马歇尔、周恩来、张治中组成的军事调处执行部三人小组抵达延安视察。到来之前,毛泽东特地要求胡乔木撰写社论《欢迎马歇尔将军》,发表在当天的《解放日报》上。胡乔木在社论中指出:"马歇尔将军的努力之所以获得光辉的成就,中国人民之所以热忱欢迎马歇尔将军,热忱和他亲密合作,一个重要的原因,就是由于他的努力方向符合中国人民的基本利益,符合美国人民和世界和平的基本利益。中国人民渴望和平、民主、团结与统一,因为只有和平、民主、团结与统一,才能建立独立、自由和富强的新中国,而相反地内战频仍和专制独裁的中国,不但将使中国人民的生活陷入苦痛的深渊,使中国的国际地位一落千丈,而且将使中国对于世界和平尤其远东和平成为破坏性的因素。美国人民也渴望中国的和平、民主、团结与统一，因为只有和平、民主、团结与统一的中国，只有独立、自由和富强的中国，才能成为确保太平洋和世界和平的有利因素，而相反地内战频仍与专制独裁的中国，将不仅是中国人民的灾难，而且也将是对于远东和平、世界和平与美国人民的安全利益的一个严重威胁。"①

　　但和平之光就像一道闪电，在中国大地上只是转瞬即逝。1946年2月，在重庆发生了国民党特务暴徒袭击重庆各界庆祝政协会议成功之集会的"较场口事件"；3月，国民党六届二中全会公然推翻政协会议关于宪法原则的决议；3月22日在沈阳又发生了国民党军向四平街中共军队悍然袭击，历时一个月的四平保卫战爆发。面对危局，中共中央、毛泽东依然尽力挽救，一边指挥重庆谈判桌上的战斗，一边指挥东北的军事斗争。为此，3月12日和19日的《解放日报》发表了胡乔木写的社论《国民党改革问题的两个道路——纪念孙中山先生逝世二十一周年》和《评国民党二中全会》。胡乔木指出："历史纵然可能因法西斯分子的暂时猖獗而引起严重的曲折，但是在人民的团结奋斗之下，历史在不久的将来就会判决法西斯分子的不幸命运，证明国民党二中全会无论从国民党的历史说或从中国历史说都将是一个真正的可耻的失败。"②

　　1946年4月1日，蒋介石在国民党一手包办的国民参政会议上发表了一篇长达6000字的政治报告，要点有二："一是撕毁东北停战协定，重新向全国宣布大规模的内战；一是撕毁政治协商会议决议，重新向全国宣布独裁。"为此，胡乔木接到毛泽东的指示，为4月7日的《解放日报》撰写命题社论《驳蒋介石》。这篇社论是胡乔木一生所撰写的社论中自己最满意的作品之一。胡乔木在文章中这样批驳道——

　　　蒋介石对他在东北用外国火箭炮与坦克所进行的残杀同胞的凶恶内战，取名为"接收主权，行使国家行政权力"，这当然丝毫也不能博得东北人民的宽恕，因为刽子手任何美妙的口号，都不能帮助东北人民从外国火箭炮与坦克下面免于惨死。何况中国人民特别记得：蒋介石在任何地方的内战中都曾宣称是为了"接收主权"，为了"行使国家行政权力"，蒋介石对于中国人民从日本侵略者手中恢复国家主权而建立的任何地方政府，都曾宣称是"主权的接收没有完成"。在他看来，中华民国

①②《胡乔木文集》第一卷，人民出版社1992年9月第1版，第224—225、236页。

的主权并不属于全国人民，而只属于他个人及其一群，因此只有他的独裁政权，才能接收主权，而人民与一切民主党派是绝对不能过问的，一过问就叫做"威胁远东和平与世界安全"，好像远东与世界也都是他的私产，远东与世界的友邦也都是他私人的侍从一般。中国人民又特别记得：在日本侵占东北与华北华中华南的大片土地的时候，蒋介石从来不忙于从日本人手中保护国家主权，蒋介石从九一八事变直到日本投降的十四年间的工作，一句话说完，就是从黑龙江退到贵州省。在那些危难的岁月，他所指挥的军队好像指南针一样，总是向南跑的，他跑得这样远，以至直到今天他还在把大量的军队从越南、云南、贵州、广西、广东向东北开，而埋怨坚持东北华北抗战的共产党为什么站在他的前面。蒋介石特别可耻的是他竟如此不顾名誉，捏造了一大篇所谓国民党一贯坚持东北抗战的可笑"历史"。蒋介石假装健忘，好像他并没有在九一八以来一贯坚持不抵抗主义与中日亲善，直到如今还未释放的张学良采取了一个步骤不许他再这样做为止。为了恢复他的记忆力，我们不能不劝他把自己过去的作品全部温习一遍，并且在这里姑且少许作一些味如嚼粪的征引。民国二十二年四月七日，蒋介石在江西的抚州对"进剿军"中路军高级将领讲"最近剿匪战术之研究"，他说："我们革命的敌人，不是倭寇，而是土匪。东三省热河失掉了，自然在号称统一的政府之下失掉，我们应该要负责任，不过我们站在革命的立场说，却没有多大关系。这回日本占领东三省热河，革命党是不能负责的，失掉了是于革命无所损失的。如果在这个时候只是好高骛远，侈言抗日，而不能实事求是，除灭匪患，那就是投机取巧，是失了我们革命军人之本色了。"这段话载在中国国民党中央执行委员会宣传委员会民国二十四年七月编印的《剿匪之理论与实施》一书第七十五页至七十七页。

紧接着，胡乔木还列举并引用了蒋介石1934年在庐山军官训练团讲演的"抵御外辱与复兴民族"、1935年9月在日本杂志《经济往来》上发表的《中日关系转回》，以及1939年11月18日在国民党五届六中全会第六次会议上讲演的"中国抗战与国际形势"等诸多反动言论，以其矛攻其盾，将蒋介石的丑恶嘴脸和"攘外必先安内"的卖国政策，进行了入木三分的批驳。胡乔木说：

　　仅仅这些零碎的材料，就已经足够证明蒋介石及其党羽丧失东北有罪、收复东北无功的铁案。当然，蒋介石将来对于他自己的这类杰作不免有焚毁窜改之一日，以便使全国幼稚园的儿童都能相信他在今年四月一日讲演中的童话，都能相信他在九一八并没有下过不抵抗与中日亲善的命令，并没有签订过淞沪协定、塘沽协定、中满通车通邮协定、何梅协定等等，在抗战后并没有进行过出卖东北以求投降妥协的外交活动，在日本投降后也没有委派东北的伪军并勾结日本法西斯残余去"接收东北主权"，但是不幸今天他还没有来得及做到这一切。蒋介石造谣说日本投降以前东北没有中共军队，这只能证明蒋介石之毫无国家民族观念，因为任何稍有国家民族观念的中国人就决不忍心抹煞全世界闻名的东北抗日联军十多年的英勇历史，也就决不忍心抹煞全世界闻名的冀热辽边区八年的英勇历史，也就决不忍心抹煞八路军之一部李运昌、吕正操、万毅、张学思等部在日本投降以前的八月十一日就奉命首先进入东北，增援抗日联军与冀热辽边区，协助苏联红军以消灭东北敌伪，解放东北人民，恢复国家主权的英勇历史。蒋介石为了一党一派一人的私心，不惜以国民党政府主席资格任意厚颜造谣，实使中国人民为之羞愧无地。

接着胡乔木又列举了大量事实，严厉批驳了蒋介石赤裸裸的独裁专制，致使"全国人民都要做蒋介石个人独裁的第四级奴隶！"。最后，胡乔木向蒋介石发出了严正警告："你们过去被迫接受停战协定、政治协商会议决议和整军方案，以为主要的是由于国际的压力，只要这个压力暂时地减轻了，你们就可以故态复萌。你们这种想法是错了，不但因为你们没有认识国际的大势，而且因为你们没有足够估计人民的力量。""中国的和平与民主根本上是中国人民奋斗得来的，不是也不能是任何中国人或任何外国人所恩赐的，而奋斗得来的东西，只有经过也一定能够经过继续奋斗来加以保持和巩固。如果法西斯反动派非要反动到底不甘心，那么中国人民已经知道应该怎样正确应付的了。"

《驳蒋介石》写好后，胡乔木按照惯例呈送毛泽东审阅。毛泽东看后，一个字也没有改动，非常赏识地说："乔木会写文章了。"

1946年4月10日，胡乔木以《再评破产的政治理论》为题在《解放日报》发表社论，对蒋介石在"国民参政会"上发表的所谓"法统"论进行了严厉驳斥，称其为"中国一切黑暗和痛苦的象征"。

正如胡乔木所言，蒋介石之所以如此猖狂叫嚣独裁，致使中国国内局势开始恶化的原因也是与国际紧张局势的出现密切相关的。1946年2月9日，斯大林在莫斯科的一个选民大会上发表演说，强调只要资本主义制度存在，战争就不可避免，要求苏联人民对此有所准备。3月5日，英国前首相丘吉尔在美国密苏里州富尔顿发表闻名世界的"铁幕"演说，鼓吹"所有讲英语的民族结成兄弟联盟"对抗共产主义。这两篇演说就是历史上东西方两大阵营开始冷战的宣言书。一时间，世界舆论纷纷认为"美苏必战"和"第三次世界大战就要来临"。对此，中国人似乎比世界上任何地方都更加担心和害怕。这不仅因为美、苏是与中国未来关系最密切的两个国家，而且中国国内的局势在某种意义上就是美苏关系的晴雨表。如果战争开始，中国就将会再次沦为血与火的战场。

国内形势已经复杂多变形成对峙，国际形势也严峻如剑拔弩张，中国就好像是一个隐隐约约的火药桶。对此，毛泽东不为表面现象所迷惑，不为反动派气势汹汹所吓倒，审时度势，镇定自若地作出了准确判断，写下了《关于目前国际形势的几点估计》，提出了一个重要思想，就是美苏两国寻求妥协并不要求各国人民在自己的国内斗争中跟着妥协，我们可以而且必须同国民党反动派作坚决的斗争，美苏妥协的实现只能是各国人斗争的结果。也就是说，美苏之间打不起来。

但从1946年5月底开始，国内形势进一步紧张起来。中共不仅面临着与国民党全面破裂的问题，而且面临着与美国破裂的问题。尽管不论是合作还是决裂，中共都做好了准备，可下决心立即面对这两个破裂，绝对不是一件容易的事情。胡乔木回忆说："我在毛泽东身边工作二十多年，记得两件事是毛主席很难下决心的。一件是1950年派志愿军入朝作战（毛主席思考了三天三夜），再一件就是1946年我们准备同国民党彻底决裂。当然，决裂的不是我们，而是国民党。只要还有一线希望，我们还想在不放弃原则和人民既得利益的情况下寻求妥协，原则是人民的利益寸土必争。这是重庆谈判的观点。一方面维持和平局面，一方面达到妥协，妥协有原则。"

就在形势转折的关键时刻，毛泽东作出了坚决斗争的决策，使中国新民主主义革命走上了通往最后胜利的道路。与战场上你死我活的军事斗争、谈判桌上的斗智斗勇的较量一样，宣传舆论战线上的斗争同样也是毛泽东极其重视的一个重要武器。对此，毛泽东一直直接领导并参与其中，自己"不仅向党内发出许多指示，还根据情况，发表声明、谈话。延安《解放日报》上的重要社论、文章也往往由他提出立意，指定人撰写"。[①]

---

①《胡乔木回忆毛泽东》，人民出版社1994年9月第1版，第437页。

内战全面爆发前夕，毛泽东领导中共打响了宣传舆论战的第一炮——反对美国援蒋。为此，毛泽东再次指定"爱将"胡乔木为《解放日报》撰写了两篇社论，即 6 月 5 日的《美国应立即停止助长中国内战》和 6 月 25 日的《要求美国改变政策》。而毛泽东本人也在 6 月 22 日发表了《关于反对美国军事援蒋法案的声明》，指出：美国对华军事援助法案，加强对国民党政府的各种军事援助，派遣庞大的军队，驻在中国的领土领海之上，这实际上就是干涉中国内政，是以强力支持国民党独裁政府，是目前中国大规模内战爆发与继续扩大的根本原因。中共对此坚决反对，并坚决要求美国立即停止与收回对华的所谓军事援助和立即撤回在华的美国军队。

到了 8 月 10 日，马歇尔与美国驻华大使司徒雷登发表联合声明，宣布美国调解已经失败。14 日，毛泽东在《解放日报》发表的社论《七个月总结——评马司联合声明》中增写了最后一段话："美国政府改变政策，废止片面援蒋，撤退海陆空军，诚意帮助中国人民及各党派实现和平民主，这是一条路。继续过去的欺骗政策，一只手'调处'，一只手助蒋反共反人民，这是一条路。何去何从，愿美国政府当局三思之，更愿一切民主的美国人民起而注意。"

8 月 29 日，胡乔木奉毛泽东之命，在《解放日报》发表社论《一年的教训》。胡乔木在文章中指出："蒋介石这个中世纪的塾师首先是不许人民对他存有任何民主化的幻想"，"给四万万五千万人民上了一课，给民主同盟和社会贤达上了一课"。同时，他点名美国政府是中国人民在这一年里不能忘记的一位"新教师"，一个反面教员，"美国政府过去讲给我们听的，是罗斯福的四大自由，是中美平等，美苏合作，肃清日本侵略势力。但是这一年来，这些课程被旁的课程所代替了。美国政府和蒋介石现在向我们唱着恐怖的双簧，谁要不喜欢听，蒋介石的警管政府就要用'反美'罪或'反美即反祖国'罪加以逮捕，美国政府签字于莫斯科三国外长会议公告而后又违背它，就如蒋介石签字于国共会谈纪要和政协决议而后又违背它们一样。蒋介石穿着美国的军服，驾驶美国的飞机、坦克和军舰，向中国人民放着美国的炸弹、机关枪弹、炮弹、火箭、无声手枪弹，以致准备施放美国毒气弹，而同时替蒋介石看守军事要地的美国军队和指导蒋介石使用武器的美国军事顾问，却宣布他们的任务是'保护中国和平'"。而"由于美国政府的政策，日本侵略势力重新抬头了，中国的地位迅速下降了，中国变得更弱、更穷、更乱，蒋介石的仗比打日本积极一百倍，美国政府援助蒋介石打仗也比援助他打日本积极一百倍"。但"我们相信，无论蒋介石和他的美国爸爸怎样破坏，中国人民的和平民主还是一定要实现的，中国人民已经有力量实现自己的要求，这同时也是美国人民和世界各国人民的要求"。在《一年的教训》的结尾,胡乔木正告美国政府:"你是骗子,你的任务不过是帮助蒋介石'漂亮'地实现独裁和消灭中华民族的独立和中国人民的民主。"

1946年9月底,中共已经充分做好了面对两个破裂的准备。11月15日,国民党一党包办的"国大"开幕,标志着国共和谈的大门已经关闭。19日,周恩来率中共代表团飞返延安。21日,毛泽东、刘少奇、周恩来三人在枣园开会,对一年来的斗争和国际形势进行总结。胡乔木担任会议记录。这次会议,可以说是毛泽东在小范围内对国际形势的一个总结。据胡乔木回忆:毛泽东说七大对中国内战不可避免的估计是正确的,"战后的世界变为美国反动派与世界人民的对立,在中国也反映这种对立,因此中国的斗争与世界有密切的联系。"而世界上的三块地方——"美国、苏联、美苏之间的人民都反对美国反动派"。"世界在进步,苏联在高涨,美国在面临危机"。因此毛泽东估计"美国与资本主义世界的矛盾还会上升为世界的主要矛盾"。

会议之后,为尽快向全党和全国人民说明中共对形势的看法,以便肃清悲观思想,树立必胜信念。毛泽东指示陆定一就战后国际形势写一篇大文章,准备在新年到来时发表。12月15日,毛泽东在陆定一撰写的初稿上批示:"已看过一遍,大体要得,惟发表前尚须略作修改。请送少奇、恩来、乔木一阅,看他们是否同意这样写,并提出修改意见。然后再送我一阅。"从这个批示中,足见毛泽东对胡乔木的文字和文笔的赏识和推崇。

1946年底,胡乔木的笔依然没有停歇,马不停蹄地为《解放日报》撰写了社论《争取全面抵抗的胜利》(10月13日)、《要求真正的停战令恢复一月十三日位置》(10月23日)、《两个声明》(11月11日)、《立刻解散非法的"国大"》(11月25日),向仍然做着独裁梦的蒋介石发出警告:"无论是他梦醒以前还是以后,无论如何,血债一定要用血来还,蒋介石今天的一切罪恶一定要自食其果。"

从1月7日至11月25日,胡乔木1946年为《解放日报》撰写的社论就达23篇之多,平均每月两篇,有时隔两三日就写一篇,每篇短则两千字,长则达万言,如此高负荷、超强度的文字工作,胡乔木驾轻就熟,下笔如神,令毛泽东如此信任,可见其在中共中央宣传战线上的作用和位置已经是无人替代。两年前,毛泽东还倚重秘书陈伯达抨击蒋介石的《中国之命运》,如今他更加倚重胡乔木,信心百倍地在舆论战中打败蒋介石了。

乔木本色诗人心：人比月光更美丽

民以食为天。而比粮食更重要的就是万物生存依赖的土地。中共领导的中国革命之所以胜利地选择了"以农村包围城市"的路线，就是因为毛泽东实事求是地看准了中国的国情。中国作为一个农业大国，农村、农业、农民始终是中国国策的基本问题和核心问题之一。从某种意义上说把"三农"问题解决好了，中国的大地就安稳了。而土地问题则是五千年来农民生存的首要问题，说白了就是农民的命根子。

1946年4月，中共中央召集各解放区负责人在延安开会，中心议题就是讨论土地问题和财政、金融、贸易问题。而土地问题则是解放区最为集中的问题，也是关系到中共在中国农村的生命力问题。与会者反映，各解放区广大农民在反奸、清算、减租、退租、退息的斗争中，已经开始直接从地主手中获得土地，实现"耕者有其田"。因此，形势要求中共必须调整农村政策。5月4日，中共中央颁布了《关于清算减租及土地问题的指示》(即"五四指示")，将抗战时期实行的削弱封建的减租减息政策，改变为消灭封建，实行"耕者有其田"政策，以巩固解放区的胜利成果。为了迅速落实这一重大决策，加强解放区对革命的支持，中央决定选派一批干部深入基层调查和指导土改工作。

就是在这种情况下，胡乔木于1946年底奉命抽调到陇东参加土改工作。

而就在中共中央颁布"五四指示"的时候，胡乔木也想到了千里之外的家乡，想到父亲胡启东也是一个拥有三百多亩土地的大地主。他希望开明的父亲积极响应中共的号召，做好土改工作。因为苏中、苏北、淮南、淮北四大解放区已经连成一片，胡乔木的家乡已经成为在清江城建立的以李一氓任主席的苏皖边区政府的一部分。

早在1940年底，胡启东在新四军进驻后盐城县召开的参议会上被推选为县参议员，参加并选举产生了盐城县抗日民主政府。在1941年1月和6月召开的两次参议会上，胡启东和时任中共中央华中局书记、新四军政委刘少奇和新四军军长陈毅都在会议上碰面。胡启东在会议上提出开办学校、培养抗日人才的议案受到了大会的一致通过，并付诸实施。胡启东带头执行中共减租减息政策，并带领乡绅坚壁清野，配合新四军进行反击日伪军的"扫荡"斗争。胡启东的言行给刘少奇留下了深刻印象。1942年回到延安后，刘少奇和毛泽东见面时谈起盐城地区的工作，才得知毛泽东的秘书胡乔木就是胡启东的次子。刘少奇把胡启东担任盐城参议员的一些情况告诉了胡乔木，胡乔木听后十分欣喜。毛泽东知道后，对胡乔木父亲的言行也给予了充分肯定。

这次中共中央将进行更深刻的农村革命行动——土地改革。胡乔木更希望父亲深明大义，踊跃参加。于是，在自己赴陇东参加土改前，胡乔木请示中共中央和毛泽东同意，特地让妻子谷羽参加华中土改，顺便回老家看看父母，做一做父亲的思想工作，劝他们把家里的土地献给人民政府。谷羽是在秋后随同邓子恢从延安乘美军观察组的专机飞抵淮安的。然后，她又在地方干部胡扬、钱万新的陪同下乘船来到胡乔木的家乡盐城张本庄。儿媳是第一次见到自己的公公婆婆，公公婆婆也是第一次看见儿媳，这对谷羽来说，是难以忘记的。而更让她欣慰的是，年过花甲的老公公已经顺应历史潮流，拥护中共的"五四指示"，将自己在大成庄的三百多亩土地献给了政府，分给了贫雇农。

谷羽回忆说，去了盐城后，"乔木自己带着两个孩子在延安，而我是孤身一人在千里之外。说真的，在外面这么长时间，我真不放心他和孩子。他平时忙着工作，家里的事从来都没有时间去管。土改快结束时，内战已爆发了，原定回延安的线路被切断，我的归期给耽搁了。后来，我从东台启程经临沂，然后返延安，一路上走了两三个月，直到 1947 年初才到达。"

可等到谷羽回到延安的家中，胡乔木已经去了陇东。两个孩子是请了一个阿姨看护的。那天晚上当她走进家门，看见"女儿躺在床上，看到我，就一个劲地流泪，半天才喊出一声'妈妈'，然后就'哇'的一声哭开了。儿子站在一边，看也不看我，噘着小嘴说：'你不是我妈妈，我的妈妈是山东妈妈。'"此情此景，谷羽鼻子一酸，泪水禁不住涌了出来。

谷羽回家，没有见到胡乔木，却看见了他写给她的诗《人比月光更美丽》：

晚上立在月光里，抱着小孩等着妻。
小孩不管天多远，伸手尽和月亮玩。
忽见母亲悄悄来，欢呼一声投母怀。
月光美丽谁能比？人比月光更美丽。

——延河水边，宝塔山下，月光里，胡乔木牵着小女抱着幼子，站在黄土高坡上翘首盼望，等着妻子回家。这是一幅多么温馨的图画！这就是诗人胡乔木，一个真挚深情的胡乔木，一个浪漫多情的胡乔木！习惯写政论的他却用一颗诗一样美丽温暖的心表达了对妻子儿女的思念和爱！

毛泽东电催千里之外的胡乔木回到自己身边

1946 年 6 月 26 日,国民党军队大举围攻中共管辖的中原解放区。以此为标志,中国大规模的内战爆发,从而也揭开了解放战争的序幕。

1946 年 8 月,毛泽东在接受美国记者安娜·路易斯·斯特朗采访时,坐在延安枣园窑洞前的石凳上,不紧不慢地说:"一切反动派都是纸老虎!"

1947 年 1 月 2 日,《解放日报》发表了陆定一起草的《关于战后国际形势中几个基本问题的解释》。毛泽东在结尾加上了这么一段话:"总而言之,第二次世界大战后,一切都变了,并正在继续变。在人民方面,是变得如此坚强,如此有觉悟,有组织,有决心,有信心。在反动派方面,则已变得如此蛮横猖獗,但又如此外强中干,众叛亲离,对于前途完全失去信心。可以预断,三年至五年后的中国与世界,其面目将比现时大不相同。全党同志与全国人民,都应当为一个新中国与新世界而坚决奋斗。"

2 月 1 日,毛泽东主持召开了全面内战爆发后的第一个中央政治局会议。这也是中共在延安召开的最后一次中央政治局会议。毛泽东预言:中国革命的新高潮将要到来,现在是它的前夜。而历史真的很有意思,在中国革命的进程中,每隔 10 年就有一次跃进:20 年前的 1927 年的北伐战争是有共产党以来中国的第一次革命高潮,国共合作因国民党叛变而失败;10 年前的 1937 年全国抗战掀起了第二次革命高潮,国共再次合作,但国民党因为消极抗日积极反共,中共站在了人民的一边;如今又是一个 10 年,到了 1947 年迎来的是中国内战的爆发,毛泽东果断地预见了第三次革命高潮已经到来,人民已经完全站在了中共的一边。

到了 1947 年 4 月,尽管蒋介石将"全面进攻"改为"重点进攻",把战火重点燃烧在山东和陕甘宁,但毛泽东洞若观火,形象地打比方说:"蒋介石两个拳头(山东和陕甘宁)这么一伸,他的胸膛(中原地区)就露出来了。所以,我们的战略就是把这两个拳头紧紧拖住,对准他的胸膛插上一刀!这一刀就是我刘邓大军挺进中原。"

蒋介石决心要不惜一切代价占领延安,形势已经越来越紧张。胡宗南在 2 月 9 日声称"两个月内解决陕甘宁边区的军事问题",国民党军队 39 个旅共 23 万人已经在延安周围待命——南面胡宗南部 15 万人,西南马鸿逵、马步芳的"马家军"7 万人,北面榆林地区的邓宝珊部 1 万人。而中共边区的部队此时也不过 1 万人。双方的兵力差距实在太大了!但毛泽东镇静自若。是坚守?还是放弃?毛泽东已经做好了两手准备,首先他决定保卫延安!其次才决定放弃。

3月12日,当常驻延安的美军联络官赛尔斯上校等三人的飞机刚刚飞走,国民党的战斗机对延安就进行了50架次的狂轰滥炸,达八个小时之久。随后胡宗南部15个旅兵分两路直袭延安。因为兵力悬殊太大,延安保卫战在经历了七天七夜的奋战后,在延安窑洞生活了十年的毛泽东主动决定放弃死守,于3月18日黄昏时分和周恩来一起悄悄离开了王家坪,依依不舍地告别延安。

对"誓死要保卫延安"在思想上还没有转过弯来的干部、战士、学生、农民,毛泽东说:"我们在延安住了十年,动手挖了窑洞,开荒种了小米,学习了马列主义,培养了一大批干部,指挥抗日战争取得了胜利,领导了全国革命。现在中国、外国都知道有个革命圣地——延安。延安不能不保,但保卫延安不能死保。战争不能只限于一城一地的得失,而主要在于消灭敌人的有生力量。""敌人来了,我们准备给他们打扫房子。""存人失地,人地皆存;存地失人,人地皆失。蒋介石打仗争地盘,要延安,要开庆祝会。我们打仗要俘虏他的兵,缴获他的武装,消灭他的有生力量。他打他的,我打我的。大路朝天,各走一边。蒋介石占延安,是搬起石头砸自己的脚。等他背上这个很重的包袱,我们再收拾他,他就倒霉了,等蒋介石算清这笔账,后悔也迟了。"

大兵压境,从容不迫的毛泽东谈笑风生,幽默风趣,睿智过人。

3月19日,胡宗南空欢喜一场,占领了已经成为空城的延安。这天夜里,毛泽东在延安附近送别王震,说:"我和你们一起坚持在陕北斗争,不打败胡宗南,决不过黄河!"从此,毛泽东开始了长达一年的转战陕北,写下了他人生历史辉煌篇章中的"得意之笔"。

3月27日,毛泽东电告彭德怀:"中央决定在陕北不走!"

3月29日,毛泽东再次电告彭德怀:"我们昨夜移至绥德以南地区,为迷惑敌人之目的,向东移,下一步则准备向西移。"也就是在这天夜里,毛泽东率领中央机关二百多人到达田庄。大家本以为要向东走,过黄河,不料毛泽东却命令队伍于深夜悄悄地向西走。这是这支以"昆仑"为代号的中央纵队第一次夜行军。

3月30日凌晨,挂着柳条棍走在队伍最前面的毛泽东,既不乘车又不骑马,而且方向继续向西,这更让同志们感到纳闷,甚至怀疑毛主席是不是迷路,走错了。下午,任弼时召集各大队负责人召开第一次会议,正式宣布党中央、毛主席留在陕北,"昆仑"纵队同时成立,由任弼时任司令(代号史林)、陆定一任政委(代号郑位),参谋长为叶子龙,汪东兴为副参谋长。于是,在陕北山沟沟里,毛泽东像四渡赤水一样,指挥着已经成竹在胸的解放战争。就像毛泽东后来所说的:中央留在陕北靠文武两条线指挥全国的革命斗争。武的一条线就是通过电台指挥打仗,文的一条线就是通过新华社指导舆论。

陕北高原的千山万壑成了昆仑纵队的天然屏障,而在延安生活了十年的毛泽东给胡宗南布置的天罗地网就是人民战争的汪洋大海。在毛泽东看来,如何多打胜仗才是一切的关键。因此,无论毛泽东走到哪里,宿营的第一件事就是通信兵架设电台,收发各类电报。

4月8日,毛泽东在靖边县青阳岔主持会议,宣布中央前委机关代号由"昆仑纵队"改为"三支队"。毛泽东化名李得胜,周恩来化名胡必成。

战火纷飞,电报如梭,毛泽东真可谓日理万机。可身边帮他处理文字的如今就只有陆定一一个人了。对陆定一的文笔和写作速度,毛泽东是有些着急的。去年12月31日,他在陆定一撰写的文稿中就批示说:"定一同志,你的文章长处极多。其缺点是斟酌、推敲、分析不够,以致有时逻辑上欠周密,鼓动性强,科学性弱。"因此毛泽东希望自己身边有位文思敏捷的"快枪手"。为此,毛泽东曾有些埋怨地对刘少奇说:"乔木是我的人,怎么走了?"

就是在这样的战争背景和政治格局之下,在陇东参加土改工作的胡乔木接到了毛泽东的加急电报,要他火速赶到"三支队"驻地王家湾。回到毛泽东身边,胡乔木成为毛泽东文、武两条战线中"文线"上的得力干将。一回来,胡乔木就开始起草电报、文稿,为新华社撰写社论,开打"舆论战"。

就在这个时候,陈(毅)粟(裕)大军在山东沂蒙山孟良崮歼灭蒋介石的五大主力之一的"王牌师"——整编第七十四师全部及第八十三师一部共3.2万人,击毙蒋介石的得意门生七十四师师长张灵甫。毛泽东欣喜万分,要求胡乔木为新华社写社论祝贺。5月19日,胡乔木发表了他停笔半年来的第一篇文章《祝蒙阴大捷》,指出:孟良崮战役是一个伟大的胜利,"山东人民解放军将于不久的将来,彻底粉碎蒋介石的进攻,从而使全解放区转入全面反攻"。

5月30日,为了揭露蒋介石的反动面目和战场真相,毛泽东在为新华社撰写社论《蒋介石政府已处在全民的包围中》之后,又要胡乔木为新华社撰写社论,评国民党五月底召开的第四届第三次国民参政会。胡乔木写好后,毛泽东将标题改为《破车不能再开》,并亲自进行了修改,加上了两段话,说国民党的这个参政会连同蒋介石政府在一起是辆破车,而且已经抛锚了。胡乔木在社论中说:"这次参政会一切都是假的,只有借外债,打内战两件是真的。""蒋介石的污水曾经妨碍人民认识事物的真相,但是现在污水下降了,水落石出,于是什么战事责任呀,征兵征粮呀,'匪区民众水深火热'呀,和平谈判呀,参政会呀,参政员呀,蒋介石呀,一切事物的真相和一切人物的真相就迅速暴露在人民的万目睽睽之前。真面目的斗争一天比一天代替了混淆不明的斗争,这就是蒋介石的最大恐惧,这就是人民胜利的最大保证。"

晚上走路,白天睡觉。随毛泽东一起转战陕北,对胡乔木这个"大秀才"来说,无疑也开始了他人生中真正的战火洗礼。

巍巍昆仑,路在脚下。

转战陕北,胡乔木见证毛泽东的神机妙算

危险真的降临了!

新华社播发胡乔木撰写的社论《破车不能再开》后,蒋介石得知毛泽东仍在陕北。他立即派出一个监听技术小组,带着美国产的电台测向仪来到延安,结果发现王家湾一带有电台群。于是,蒋介石给胡宗南下了一道死命令:不惜一切代价围追捕杀。胡宗南也下了狠心:"就是牺牲两个师也要捕捉中共首脑!"

王家湾是一个小村庄,紧贴着半山坡,只有十几户人家。贫农王老汉腾出了自家的两间半窑洞,毛泽东夫妇、周恩来、任弼时、陆定一和胡乔木等就一起住了进来。这个一进两开的"套窑"又旧又破又黑,里面还放着老乡腌制酸咸菜的缸,屋子里四处弥漫着浓烈的酸味。毛泽东和江青住在左边一间,土炕上放着一张破旧的木桌,他日夜就在上面办公。周恩来、陆定一和胡乔木三个人就挤在迎门过道的这间窑洞,三个人同睡在一张土炕上。任弼时带着儿子住在右边这间半截窑的小土炕上,进出都要弯着腰从洞口爬进去。因为狭小,平时说话即使声音不大也都能互相听见。在这里,大家一起喝榆叶掺面做的糊糊,啃榆叶窝窝头,生活艰苦可想而知。胡乔木写文章的时候,就只好找来一块小木板垫在膝盖上面,或趴在土炕上写,或伏在锅灶上写。

1947年6月7日,国民党整编第二十九军军长刘戡率四个半旅从西边和南边向王家湾扑来。"三支队"危在旦夕,立即紧急动员组织转移。但向哪个方向转移呢? 是往东? 还是往西? 对此,毛泽东和任弼时发生了激烈的争论,而且两个人的嗓门都很大。

胡乔木回忆说:"弼时同志提出:我军主力远在陇东作战,远水救不了近火,不能调兵来掩护中央;敌军四个半旅两三万人,而我们中央警备团只有四个半连,才两百多人;敌人从西边来,如果我们向西走,万一和敌人相遇怎

么办? 除了刘戡军,西边还有马鸿逵的八个骑兵团,向西回旋余地小,有被敌人包围的危险;越往西,人烟越少,粮食也越困难。因此,他认为,往东走比较安全,万不得已时还可以东渡黄河。"

应该说,任弼时的担心和考虑不是没有道理。但毛泽东一听到"过黄河",就很生气,甚至发了火。把蒋介石两个"拳头"紧紧拖住,是保证刘邓大军千里挺进中原的重大战略。而中央毛、周、任三位书记留在陕北,刘、朱两位书记另成立中央工作委员会,先过黄河去晋察冀解放区,这是中央书记处已经开会决定的。如今见敌人在屁股后面追,就吵吵着要过黄河,胸有成竹的毛泽东怎能不生气? 他说:"过黄河,我们迟早要过的,现在不是时候。现在向东是绝路,因为敌人早已算好了的,就是要我们落入陷阱。"毛泽东解释说:我们不能向东转移,敌人就是想要把我们向东面赶,妄图在东面的大川设下圈套,把我们赶进去,然后前后夹击消灭我们,消灭不了就把我们赶过黄河,我们不能上当。现在我们向西移,向靖边城内的马鸿逵部靠拢。胡宗南打算利用马鸿逵的部队配合刘戡合击我们,但马军听不听胡宗南的指挥还很难说。我们避开刘戡,利用马鸿逵的地方主义,走一段沙漠路。胡宗南想让我们向东走,我们偏偏往西行。天下的路多得很,他走他的大川,我走我的沙漠,谁消灭谁,咱们走着瞧! 中央机关的安全,不用担心。这点队伍算什么,再大的队伍我也能指挥。[1]

毛泽东和任弼时差不多争论了一天。"三支队"打前站的已经向东出发走了,大队人马正原地待命。雷声隆隆,眼看着就要下雨。敌人离王家湾越来越近了。这时周恩来出面打了圆场,提出先向北走一段,然后再向西北转移。

毛泽东平静地笑着对周恩来说:"不要急,不要慌,我要看到敌人才走呢! "

任弼时急了,对毛泽东说:"你别的意见我们都照办,就是这个意见不能办,你得听支队的安排,马上走! "

剑走偏锋的毛泽东不紧不慢地说:"敌人着急消灭我,我不着急。要走,你们先走,我看到敌人再走也不迟。"说着,毛泽东点着一支烟,走出窑洞,眺望远方。

最后经过商量,双方妥协,毛泽东同意委派副参谋长汪东兴带领一个加强排替毛泽东留下来等候敌人,并对敌人进行了有力的还击。

---

[1] 汪东兴:《汪东兴日记》,中国社会科学出版社 1993 年 9 月第 1 版,第 39 页;另见《胡乔木回忆毛泽东》,人民出版社 1994 年 9 月第 1 版,第 491 页。

这时,天已经黑得伸手看不见五指。电闪雷鸣中大雨如注。山高坡陡,雨大路滑,毛泽东率领"三支队"出发了,离开了安安静静住了53天的王家湾。路上,一个个浑身淋得透湿,一头驮电台的骡子滚下山摔死了。

毛泽东的决策果然令敌人扑了一个空。刘戡立即掉头上山向北追去。

这次惊险的战斗经历给全支队人留下了难忘的印象,提高了对毛泽东游击战争的认识,心理承受能力大大地提高了。

胡乔木回忆说:"6月9日,'三支队'到达小河,刚要做饭、架电台,敌机就来低空盘旋,骑兵侦察员也来报告,敌人越来越近了。队伍出村不久,天又下起雨来。夜里,只见左边山沟里和山头上,敌人燃起了一堆一堆的大火,连敌军的人喊马叫都听得清清楚楚。尽管敌人离得这么近,但是陕北地形之险、地区之大,正如毛主席所说:'隔了一个山,就像隔了一个世界哩。'敌人没有群众,如同瞎子、聋子,在山上、山下瞎碰乱撞。'三支队'有老乡做向导,在敌人的眼皮子底下悄悄地走过,于6月10日晨到达天赐湾宿营。不料,敌人紧追不舍,也向天赐湾逼近,和'三支队'只隔一个山头,隐隐传来机枪声。情况十分紧张,各大队紧急动员,干部、战士纷纷表示决心,要以自己的生命保卫党中央。除一部电台坚持工作外,全部人员整装待发。雨过天晴,烈日当空,人们在一条狭窄的光秃秃的小山沟里暴晒,闷热无比。这时候,最要紧的是了解敌情,连毛主席身边的内卫排也派出去侦察了。毛主席临危不惧,地图摊在面前,仔细分析敌情。他说:'敌人向山上来,我们立刻就走。敌人顺沟过去,我们就住下。我估计,敌人并没有发现我们,因此十二点钟以后可能要退。'果然,下午侦察小组纷纷回来报告,敌人在东南方没有发现我一兵一卒,便不再继续西进,通过尖山一带顺沟向保安方向去了。人们惊叹毛主席神机妙算,成功地唱了一出'空城计'。后来,毛主席指着地图介绍其中之奥妙:'我们现在的位置,正好处于胡宗南和马鸿逵防线的接合部。胡马勾心斗角,矛盾很深,各人都想保存实力,削弱对方,所以他们谁也不想来,让我们钻了空子。'"[1]

6月17日,毛泽东率领"三支队"返回小河村。在这里,毛泽东开始了为期46天的紧张工作。

6月30日夜,刘邓大军七个纵队13万人在鲁西南、郓城等长达150公里的地段乘120余只木船强渡黄河,揭开了中国人民解放军战略进攻的序幕。消息传来,中共中央所在地的小河村一下子沉浸在一片欢乐之中。

7月1日,中央机关在小河村召开了纪念建党26周年大会。周恩来作报

---

[1]《胡乔木回忆毛泽东》,人民出版社1994年9月第1版,第492页。

告,指出中国共产党的五大特点:一是最彻底的革命的党,二是群众的党,三是武装的党,四是有理论的党,五是团结的党。

7月4日,国民党反动政府通过了蒋介石的"国家总动员提案",随即下达了所谓"戡平共匪叛乱总动员令"。为此,毛泽东要胡乔木为新华社赶写一篇社论。两天后,胡乔木将写好的《总动员与总崩溃》一文交给毛泽东修改。新华社在7月14日播发了这篇社论。胡乔木从军事、经济和政治三个方面进行了具体分析和批驳,得出一个结论:蒋介石的总动员救不了他的总崩溃。事实上,蒋介石的真正总动员老早实行过了,在以前他只做不讲,现在他讲了却无法做,他已经没有什么可动员的了,只能等着一个总崩溃了。他却偏要大讲特讲,企图用这个象征的总动员来挽救那个实际的总崩溃。胡乔木字字如箭,万箭穿透了蒋介石的心脏。

7月21日至23日,中共中央召开了小河会议。会议的中心议题是如何进一步组织和发展战略进攻。毛泽东在会议上多次发言。胡乔木担任会议记录。

8月1日清晨,太阳刚刚出山,毛泽东就率领中央机关人马离开小河村。从这天起,中共中央的代号由"三支队"改名"九支队"。经过连续19天的长途行军,又遭遇了"前有黄河,后有追兵"的极大风险。面对刘戡率军紧追不放,相距仅半天的行程,游刃有余的毛泽东继续坚持不过黄河。

8月17日,"九支队"再次陷入了刘戡大军的包围之中,情况十分危急——

毛泽东率领队伍又一次冒雨夜行军,于次日中午抵达白龙庙。眼看人困马乏,一个个筋疲力尽,毛主席往石头上一坐,说道:"不走了,就在这里休息,敌人上山来,打他三个钟头再走也不迟。"8月18日,刘戡和钟松两支大军愈加靠拢,将我党中央夹在当中,就像两块大石头中间的一条缝,已经可以清楚地听到枪声。"九支队"又出发了,中央警备团大部留在山上,准备阻击敌人。山洪暴发,奔腾的佳芦河拦住了"九支队"的去路。在这万分危急的关头,恩来、弼时同志亲自指挥战士和老乡们架设浮桥。毛主席若无其事地坐在河边一块大石头上,拿着铅笔专心致志地批阅电报。木桥架好后,恩来同志在桥上来回走了两趟,才让毛主席过河。可毛主席却要机要人员把电台、文件先运过河,然后他才慢腾腾地走过桥去。人刚过河不久,雷雨大作,桥被洪水冲垮了。"九支队"在大雨中行军,在电闪雷鸣中默默前进。8月19日晚11时,彭老总电告中央,我军准备在20日拂晓包围沙家店附近敌之两侧而歼灭之,因此不能到中央驻地去,请中央转移到刘全塌(离梁家岔20里)以靠近主力。"九支队"当即离开杨家园子到达梁家岔。8月20日凌晨3时,毛主席电复彭总,完全同意对三十六师的作战计划。电报说,据区政府报告,刘全塌西北15里之刘庄到有小股敌人,因此今天在梁家岔不动,如该敌向梁家岔前进,我们拟向槐树湾方向转移。由此可见,当时我党中央的处境是何等险恶,稍一不慎即有落入虎口的危险。尽管彭德怀主力已经在沙家店附近将钟松三十六师分割包围,但刘戡主力近在咫尺,敌人两支人马加在一起共有十万大军,而我军只有八个旅共三万多人,这一仗能不能打赢,还要作两手准备。因此,毛主席下令,各大队轻装,备好七天干粮,把文件烧毁,随时准备向西突围。他说:"沙家店一带要打大仗,两军主力都集中在这里,地区狭小,打得好,我们转危为安,不走了;打不好,我们就往西走,出长城,进沙漠。"这天中午,传来了隆隆的炮声,沙家店战役打响了。经八小时战斗,歼灭钟松三十六师,西北战场我军从此由防御转入进攻。①

9月23日,"九支队"抵达神泉堡,度过了一个胜利欢乐的中秋节。在这里,毛泽东生活了52天。胡乔木参与起草了《中国人民解放军宣言》,第一次提出了"打倒蒋介石,解放全中国"的口号,宣布了中国人民解放军的八项政策。同时,他还起草了《中国人民解放军训令》《中国人民解放军口号》和《中国人民解放军总部关于重新颁布三大纪律八项注意的训令》等。

11月22日,"九支队"抵达陕北米脂县杨家沟,代号改为"亚洲部"。因为生活条件有所改善,毛泽东要胡乔木组织警卫战士抓紧时间学习文化。12月25日至28日,中共中央召开杨家沟会议。会议通过了毛泽东《目前形势和我们的任务》的报告和他亲自撰写的《关于目前国际形势的几点估计》。胡乔木记得,在会议期间,毛泽东身边工作人员想给毛泽东54岁生日做寿。毛泽东坚决不答应,说了三条理由:一是战争时期,许多同志为革命流血牺牲,应该纪念的是他们,为一个人祝寿太不合情理;二是部队和群众都缺少粮食吃,搞庆祝活动会造成浪费,脱离群众;三是我才50多岁,往后的日子长着哩,更不用做寿。做寿是不会使人长寿的。这天晚上毛泽东和大家一起看了贺龙从晋绥带来的平剧团演出的《恶虎村》。

1947年就这样转眼过去了。"在毛泽东的领导下,中国人民解放军已经

---

① 《胡乔木回忆毛泽东》,人民出版社1994年9月第1版,第500页。

在中国大地上扭转了美帝国主义及其走狗蒋介石的反革命车轮，使之走向覆灭的道路，推进了自己的革命车轮，使之走向胜利。"诚如周恩来所言："毛主席是在世界上最小的司令部里，指挥了最大的人民战争。"作为这一伟大事变的亲历者和参与者，跟随毛泽东转战千里的胡乔木更加佩服毛泽东是一个胸有成竹的伟大预言家，是一个用兵如神的伟大军事家，是一个雄韬伟略的伟大政治家。

在 1947 年的这一段时间里，胡乔木先后为新华社撰写了评论和社论有《祝鲁西大捷》(7 月 30 日)、《人民解放军二十周年》(7 月 31 日)、《蒋介石的秘密演讲录》(8 月 6 日)、《人民解放军的全国性反攻开始》(9 月 11 日)、《救国必须灭蒋》(9 月 18 日)、《中国和亚洲——美国人民的朋友，美国反动派的仇敌》(10 月 30 日)、《蒋介石解散民盟》(11 月 4 日)、《星星之火，可以燎原》(11 月 7 日)、《关于"一二·九"和"一二·一"》(11 月 30 日) 等等，为毛泽东转战陕北作了有力的舆论"火力"支持和配合，真可谓"星星之火，可以燎原，现在已是燎原的时候了"。

特别值得一提的是，在转战陕北的最后阶段，曾在陇东参加过土改，有基层工作实践经验的胡乔木在毛泽东的亲自主持下，于 1948 年 2 月独立起草了《中共中央关于土地改革中各社会阶级的划分及其待遇的规定（草案）》。这是一份十分重要的历史文献，全文共 25 章，两万多字。写作中，毛泽东不断来催，经常是写好了几页就拿走了。毛泽东对胡乔木的这篇文章非常重视，亲自进行了修改后，电告刘少奇："这个文件，实际上带有党纲、政纲、政策几重性质，我们如果取得全国胜利，需要这样一个文件，党内外才有明确遵循的政治、经济与社会生活的章程。"这实在是一个极高的评价。而像这样一份带有很强的理论性和实践性，全面系统地论述中国社会阶级问题的文件，以前还没有过，因此毛泽东对它的重视是不同寻常的。起草前，毛泽东与周恩来、任弼时开了好几次会讨论，还就有关问题给他们前后写了七封信，并确定由胡乔木起草。2 月 15 日，初稿完成后，毛泽东即通过新华社电台将胡乔木起草的文稿拍发给各中央局、中央分局及野战军前委，要求他们逐条讨论，提出意见。毛泽东在通知中再次给予了高度评价。尽管这个文件后来没有公开发表，但其对土改运动还是起到了重要的指导作用，及时解决了土改中亟待明确的政策问题。与此同时，毛泽东在 1948 年 2 月 3 日至 15 日，也接连写了《在不同地区实施土地法的不同策略》《纠正土地改革宣传中的"左"倾错误》《新解放区土地改革要点》等文章。新中国成立初期，在全国范围内实行土地改革的时候，毛泽东还特此请刘少奇参阅胡乔木起草的这份文件，制定土改工作政策。

　　1947年的确是极其不平凡的一年。转战陕北的日子让胡乔木刻骨铭心。在中国人民解放军由战略防御转入战略进攻的"伟大事变"的历史转折点上，胡乔木作为毛泽东思想和理论的发言人，倚马千言，向国民党反动派投下了一颗又一颗"精神炸弹"，准确而生动地传达了中共中央和毛泽东的声音。

　　转战陕北的岁月还给胡乔木留下了许多珍贵的回忆。在那烽火连天的岁月，一件由毛泽东导演的小"恶作剧"，让胡乔木一辈子都唏嘘不已。故事发生在王家湾的那两间半破旧剥落的窑洞里。有一天晚上，胡乔木起床如厕，可等他回来时，毛泽东、周恩来、任弼时和陆定一都已醒来，个个表情严肃凝重，大惊失色地看着胡乔木。毛泽东十分认真又惊讶地说："乔木，你看，你真是天上的文曲星下凡哟！你去了趟茅房，刚好一块砖头掉下来，砸在了你的枕头上！"胡乔木赶紧转身看看炕头，只见枕头上果然躺着大半块砖头，顿时一脸惊诧。天下哪有这等巧合的事情？毛泽东说得绘声绘色，胡乔木听得将信将疑。周恩来、任弼时、陆定一也惊讶地随声附和，胡乔木就真的深信不疑了。几十年后，胡乔木每每回忆起这段往事，都深深地感叹道："如果那天晚上不是自己上厕所，或许真的就把性命留在陕北了。"战争年代，毛泽东依然谈笑风生，爱开玩笑逗乐，把书生气十足的胡乔木蒙在了鼓里，给紧张的战斗生活增添了些许轻松、快乐和从容，实在是一段历史美谈，而胡乔木的朴实憨厚也确实可爱。

第十章　开国前夜

全世界的人都将看到中国人民以空前英勇的姿态站起来，成为有高度文明的新社会新国家的光荣的主人。

——胡乔木《旧中国灭亡了，新中国诞生了！》(1949 年 9 月)

中共中央在西柏坡任命笔杆子胡乔木为新华社总编辑

当 1948 年元旦的钟声响起的时候，蒋介石在他的新年演说中依然在痴人说梦，要"一年内消灭共军主力"，聊以自慰。恐怕这言不由衷的声音连他自己也觉得底气不足难以相信了。

1948 年 4 月 22 日，被蒋军胡宗南部占领了一年一个月零三天的红都延安，又回到了人民的怀抱。曾坚持不东渡黄河的毛泽东，再也没有回到他当初依依不舍离开的延安窑洞，在一个月前的 3 月 23 日就已经在吴堡县的川口渡口东渡黄河，进入山西临县。4 月 13 日，在聂荣臻陪同下，毛泽东来到河北阜平县城南庄。

风里来，雨里去，令胡乔木感到惊诧和兴奋的是，把野外行军当作家常便饭的毛泽东在城南庄也不再使用"李得胜"这个化名了。接过前线打来的电话，毛泽东操着他那浓重的湖南口音，爽朗响亮地回答对方："是啊，我是毛泽东！"

毛泽东开始在明码电报和电话中使用真名实姓，可见对未来已是信心百倍,稳操胜券。而在中国革命的历史进程中,毛泽东之所以大大超过预期,仅用三年时间就赢得最后的胜利,成功之处就是他把"枪杆子"和"笔杆子"这两手都运用得如鱼得水,相得益彰。

早在延安整风时期,毛泽东就对新闻媒体的管理进行了强有力的改革。他不仅直接领导了《解放日报》的改版,总结报刊新闻工作经验,而且还亲自撰写了大量的指导新闻工作的文件,并发表了诸多闪烁着时代光芒的不朽作品,逐步形成了中共关于报纸和新闻宣传工作的一系列根本原则。其中胡乔木也撰写了《人人要学会写新闻》(1946 年 9 月 1 日)、《短些,再短些》(1946 年 9 月 27 日)等指导新闻工作的文章。

1947 年 3 月 18 日中共中央主动撤离延安,不久《解放日报》停刊,新华社肩负起通讯社、中央机关报(主要是社论)和广播电台三项重任。在转战陕北期间,新华总社的机构在战争条件下进行了改组,一分为二:总社主体由时任新华社社长、解放日报社社长的廖承志和梅益等领导转移至太行解放区,组织新华社的中外文字、口语广播的全部工作;范长江率领的番号为"四大队"的新华社小分队跟随毛泽东转战陕北。他们将电讯的电头也由"延安"改成"陕北"播发新闻,保证了中共中央、毛泽东的声音不中断,在政治上给国民党反动派以沉重打击,并极大鼓舞了人民的信心。而胡乔木撰写的社论和新闻、时评等文章也都是通过新华社的电波传向全中国的。

毛泽东东渡黄河后,新华总社也紧跟着于 1948 年 4 月由太行解放区涉县北上,和"四大队"在河北平山县胜利会师。中共中央设在西柏坡,新华社驻在陈家峪。4 月 2 日,毛泽东在离开陕北途经晋绥解放区时,会见了《晋绥日报》和新华社晋绥总分社的采编人员,发表了中国现代新闻史上著名的《对晋绥日报编辑人员的谈话》。这篇重要讲话可谓毛泽东新闻思想的集中表达,也是中共新闻工作的重要历史文献。

暂住城南庄着手准备去苏联的毛泽东,因为特务告密被国民党飞机击中了位于晋察冀军区大院的住所,不得不转移至 20 公里外的花山村。5 月 27 日,胡乔木随毛泽东乘车到达西柏坡。中共"五大书记"会师了,毛泽东也开始指挥令他更加辉煌的解放战争。

一到西柏坡,毛泽东的秘书胡乔木立即有了新的岗位——新华社总编辑。显然,这是毛泽东的意见。从此,"笔杆子"胡乔木开始了他主管中共新闻宣传工作的历史。妻子谷羽也随之调入新华总社任秘书。

胡乔木担任总编辑后,加强了新华社业务工作的领导和培训。设在西柏坡的新华总社成立了编委会,胡乔木担任主任委员,除了负责掌握报道方针和处理编辑业务之外,还要领导全国各分社。在编委会之下又分设主管编辑部的第一编委会和主管广播部的第二编委会,分别由胡乔木和廖承志负责。

中共中央为了加强对新华社编辑业务的集中领导,严格训练新华社的干部,从 1948 年 5 月起,特别是 10 月以后,抽调了由胡乔木负责的第一编委会的范长江、陈克寒、梅益、石西民、吴冷西、朱穆之、黄操良、方实、王飞、丁树奇、赵棣生、吴玉森、许诺、刘祖春、田林、王宗一、左荧、曾彦修、温济泽、廖盖隆、余宗彦、沈建图、陈龙等 20 人组成新华社的总编室,从陈家峪搬到西柏坡胡乔木居住的小院办公,成为一个特殊的精干的小编辑部。

胡乔木和刘少奇住在前后院,进出都走一个大门,而且离毛泽东、周恩来的住处也就几百米。从此这个编辑部担负起新华社的文字广播、口语广播和英文广播的主要稿件的编发工作。重要战报和重要稿件均由胡乔木亲自审阅修改后,再送刘少奇、周恩来审阅,重大稿件还要经毛泽东审阅后才能发表。

在战争年代,胡乔木领导的新华社这个总编室,忙得跟打仗一样。"每天早上 8 点左右上班,到晚上 12 点左右,除了三餐饭和午休的时间外,大家都集中在办公室里埋头工作。那时没有什么星期天和节假日休息制度,有家可归的除了一两个星期到总社住地看望一下家属外,都在坚持工作。小编辑部经常在晚上举行评稿会,大家戏称为'记者招待会'。每天发稿完毕,下班前夕,大约晚上十一二点钟,总编辑把大家召集拢来,一面吃夜餐(挂面汤),一面便谈。谈话内容不外三个方面:一是传达毛主席、少奇、恩来等中央领导同志的指示和中央最新精神,传阅他们审批修改或亲自撰写的稿件;一是分析战局和政局形势,例如三大战役最新的发展情况,北平和谈的进展情况等等;一是对当天的发稿清样作评论。"①

这个"记者招待会"的主持人自然就是胡乔木。作为总编辑的胡乔木强调:"新闻要在政策、观点、事实和文字技术这四个方面经得起推敲,编辑对稿件要精益求精。"所以每到晚上他审完所有稿件后,照例进行评稿,大家就"把两尺多长的粗麻纸印成的竖排清样在菜油灯下摊开,从头到尾,对哪条稿子写得好,好在哪里,哪条稿子有缺点,缺点在哪里,一一评判;有时也谈些写稿应注意的一般原则和方法问题"。时为编辑部成员之一的吴冷西回忆说:"这是一个生动活泼的会议。评点稿件,大家各抒己见,议论风生。乔木同志对稿件的意见,大至方针政策,小至标点符号,他都要求严格,评点入微,其苛刻有时到了尖酸刻薄的地步,令人哭笑不得。对一般编辑如此,对范、陈、梅、石也

---

① 《胡乔木回忆毛泽东》,人民出版社 1994 年 9 月第 1 版,第 464—465 页。

不例外。大家在会上可以解释、辩论。但在大多数情况下，乔木同志持之有据、言之成理，大家不能不口服心服。有的稿件，被他从头至尾批得体无完肤，要求重新撰写。有的稿件，经过三次、四次返工才获通过。像范长江这样经验丰富、全国闻名的老记者，他写的一篇战局评论也受到胡乔木的严格批评。事后他对我说，如果不是在随毛主席转战陕北过程中经常看到陆定一同志和胡乔木同志起草的稿件被毛主席修改得等于重写，很受教育，他根本接受不了乔木的意见。要是在《大公报》，他早就撒手不干了。乔木同志折服众人之处，在于他不仅能指出别人的不足，而且还能自己动手，写出或改写出的确艺高一筹的佳作。《屠夫、奴才和白痴》就是他重新改写的一篇评论。"①

可见，作为总编辑，胡乔木对新闻业务管理工作是极其重视和在行的。从新闻写作者到新闻工作高级管理者，具有深厚中西文化底蕴、清晰的理论思维和畅达的文字能力的胡乔木，以其博闻强记的学识、文思敏捷的智识、谦虚谨慎的才识，成功完成了总编辑这个角色的转变。

为了进一步提高新华社干部政治素质和业务能力，胡乔木还以记者团的形式组织集中培训。1948 年 8 月，华北《人民日报》和新华社华北总分社组成华北记者团共 20 人，到西柏坡总社学习。胡乔木请刘少奇、彭真、李克农、廖承志、廖鲁言、齐燕铭、薛暮桥、范长江和陈伯达等为集训班作报告，他本人也在对华北记者团记者进行思想状况调查了解之后，在集训班作了《记者的工作方针》的谈话，告诫记者们要克服经验主义的思想方法和工作方法，提倡学会运用马克思主义唯物辩证法到新闻工作中去。

胡乔木领导的这个总编室，其实是贯彻毛泽东在《对晋绥日报编辑人员谈话》精神的一个集训班，为期半年，直至 1949 年 3 月迁往北平。这个集训班，是在中共中央和毛泽东直接领导下进行的。显然，这是一个高级宣传干部集训班，中共今后的路线、方针、政策的宣传工作无疑将由这些人物去担承。吴冷西说：在整个集训期间，胡乔木的"头脑中似乎有一部计算机，一切不符合标准的稿件，哪怕是很细微的差错，都被准确地挑剔出来，而又被重新正确处理"。这一切给参加集训班的人们留下了强烈印象，无不佩服胡乔木"有相当高的马克思主义水平"。

集训中，胡乔木确实在编辑工作中发现了一系列带有普遍性的问题。他总是通过言传身教，并起草许多有关新闻宣传工作的指示文件由中宣部和新华总社发出，对问题给予系统解决，使新华社的主要成员和业务骨干耳濡

---

① 吴冷西：《忆乔木同志》，见《我所知道的胡乔木》，当代中国出版社 1997 年 5 月第 1 版，第 33 页。

目染、潜移默化，在紧张、严格又生动的政治和业务训练中，提高了政治思想水平和新闻业务水平。在胡乔木起草的这些文件中，比较重要的有：《关于纠正各地新闻报道中右倾偏向的指示》《关于改善新闻通讯写作的指示》《关于改进新闻报道的指示》《关于克服新闻迟缓现象的指示》《关于加强综合报道的意见》《关于用语的意见》《关于使用统计数字的意见》等等。

历史已经证明，由胡乔木领导的新华社这个小编辑部和对他们所进行的集训，为新华社迎接全国胜利在政治方面和组织方面做了思想、理论和干部的准备。这个编辑部的成员在1949年3月进入北平后，大多成为中共中央宣传机关的重要负责人。胡乔木功不可没！参加集训的人们都深深地感到"从乔木同志主持日常的编辑工作中，受到了终身难忘的教益"；"乔木同志谙熟新闻工作，不愧为我党卓越的新闻学家"。[1]

毛泽东笔扫千军势不可挡，胡乔木得心应手突飞猛进

胡乔木是幸运的。从1941年2月来到毛泽东身边，如今已经整整7年了。7年来，胡乔木和毛泽东朝夕相处，配合默契，心心相印。名师出高徒。胡乔木确实是令毛泽东满意的一个学徒，乃至助手。无论是中共党史研究方面，还是新闻政论的写作方面，毛泽东都非常倚重胡乔木，两人在写作上已经达到了珠联璧合、水乳交融的境界。

1948年，中国革命走到了关键时刻。历史注定让这个名叫西柏坡的小山村为一次政权的大交替作证。毛泽东领导的中国共产党决定在这里与已经斗争了20年的国民党蒋介石进行最后的大决战。不慌不忙的毛泽东决定在这里打两场战争：一场是"武仗"，一场是"文仗"。"武仗"是辽沈、淮海、平津三大战役，"文仗"是什么？是比武器或许更厉害的用文字表达的思想，是毛泽东在胜利指挥三大战役的同时，又胜利地指挥了新华社对中共中央的舆论宣传。

如今在历史发展的转折关头，毛泽东灵活巧妙地运用新闻宣传这个武器，在政治、军事和新闻宣传上收到了振聋发聩、克敌制胜的非凡效果，取得了重大胜利。如果说毛泽东是这场"文仗"的总司令的话，那么胡乔木就应该是这场"文仗"的参谋长。

---

① 吴冷西：《忆乔木同志》，见《我所知道的胡乔木》，当代中国出版社1997年5月第1版，第33页。

这就叫文韬武略。真是撒豆成兵,指木成阵,怎么打就怎么顺了。在西柏坡,在人们熟知的那架石磨旁,习惯来回踱步抽烟的毛泽东,在争分夺秒亲手写下190多封电报发往前线的同时,还聚精会神全力以赴地撰写新闻、社论、广播讲话等100多篇。这也是他一生中从事报刊新闻工作的辉煌时期。这些作品体现了毛泽东雄伟的风格和激越的情感,几乎都是脍炙人口、名满天下的经典佳作。

1948年10月22日,郑州解放。毛泽东在这天深夜写了郑州前线22日24时急电:《我军解放郑州》,曰:"郑州守兵薄弱,我军一到,拼命奔逃。"

1948年10月27日,辽西大捷后,毛泽东写下了《东北我军全线进攻,辽西蒋军五个军被我包围击溃》的新闻,曰:"蒋介石三至沈阳,救锦州,救长春,救廖兵团,并且决定了所谓'总退却',自己住在北平,每天睁着眼睛向东北看着。他看着失锦州,他看着失长春,现在他又看着廖兵团覆灭。总之一条原则,蒋介石到什么地方,就是他的可耻事业的灭亡。"

也就是在这个时候,中共中央得到可靠情报:国民党华北"剿总"司令傅作义的部队准备偷袭已解放的石家庄。因解放军大部都远在前线作战,离中央驻地西柏坡不过百里的石家庄,实际上是一座无兵把守的空城。危在旦夕,怎么办?毛泽东立即进行周密部署——决定在10月25日、27日、29日、31日,每隔一天为新华社写一篇新闻稿,报道人民解放军在石家庄的作战部署和坚决打击来犯之敌的信心。毛泽东用四篇"新闻稿"吓坏了傅作义,导演了一曲空前绝后的"空城计",用舆论战打赢了偷袭战,使中共中央转危为安。

11月5日,毛泽东为新华社撰写了《中原我军占领南阳》。这篇震古烁今的罕见杰作,巧妙地运用历史背景,说明了解放军占领南阳的意义。消息发表后不久,毛泽东致信胡乔木要加强综合报道,"其办法是借着一个适当的题目如像占领南阳之类去写"。

1948年12月30日,毛泽东为新华社撰写了1949年新年献词《将革命进行到底》,开宗明义:"中国人民将要在伟大的解放战争中获得最后胜利,这一点,现在甚至我们的敌人也不怀疑了。"文章还明确指出"坚决彻底干净全部地消灭一切反动势力"。写作中很少引用西方文学典故的毛泽东在这篇文章中,却罕见地引用了《伊索寓言》中的"农夫和蛇"的故事。这是胡乔木在整理的时候,向毛泽东建议增加上去的。这篇文章发表的时候,辽沈战役刚刚打完(1948年9月12日至11月2日),仅仅20天之后,决定解放战争胜利的另两大战役也已告终结:1949年1月2日,淮海战役结束,共歼敌55.5万余人;1949年1月15日,解放天津;1949年1月22日,傅作义接受和平解放北平条件,1 月 31 日,傅作义部主力全部撤出北平,北平宣告和平解放,平津战役结束,共歼敌 52 万余人。

1949 年 4 月 22 日,毛泽东在北平香山写了著名的"新华社长江前线二十二日二时电",即《我三十万大军胜利南渡长江》。曰:"国民党反动派经营了三个半月的长江防线,遇着人民解放军好似摧枯拉朽,军无斗志,纷纷溃退。长江风平浪静,我军万船齐放,直取对岸,不到二十四小时,三十万人民解放军即已突破敌阵……"同一天 22 时,毛泽东再挥笔为新华社写了第二条渡江新闻《人民解放军百万大军横渡长江》。

毛泽东的这些气势磅礴的新闻佳作,就像他的诗词"百万雄师过大江"一样,豪迈雄健,气贯长虹,令蒋介石国民党军闻风丧胆,失魂落魄。

深受毛泽东文风影响并深得信赖和倚重的胡乔木,如今已成为中共宣传战线上的主将。作为新华社总编辑,毛泽东在解放战争中写下的这 100 多篇新闻作品,都是经过胡乔木之手编辑发稿,通过新华社的无线电波传向大江南北长城内外的。如毛泽东在写好《评蒋傅梦想偷袭石家庄》时,就先后在 10 月 31 日早晨和晚上两次致信胡乔木,对文稿进行修改。其一:"此件,最好今天能口播,并发文播。假如可能,请谷羽抄正一下。"其二:"乔木,蒋介石现在是住在北平……'现在'二字应改为'最近时间',方不与下文业已溜回'南京'相矛盾,不知还改得及否?"

而就在这对领袖与秘书上下级关系和名师与高徒的师生关系之间,毛泽东和胡乔木用手中的笔,一唱一和,摧枯拉朽般地为蒋家王朝敲响了丧钟。

1948 年 7 月 29 日,新华社播发了胡乔木撰写的社论《人民解放战争两周年总结和第三年的任务》。这篇长达万言的社论是胡乔木写的第一篇新华社社论。从社论的标题就可以看出,这不是一篇普通的社论稿件,而是对解放战争两年来的一个总结和对未来战争的展望。毛泽东在审阅后,共做了 20 处的局部修改,有的地方增加了一段文字,有的地方则只增删了三五个字。社论一方面信心百倍地指明国民党反动派"在强大人民力量继续的锤击之下,他们的最后死亡已经是不很远了";另一方面也指出"帝国主义和国民党反动势力像蔓草一样盘踞在中国这块土地上,中国的革命是不能在一次武装及简单的斗争中能完全胜利的","至少还要准备拿三四年时间去作这种艰苦斗争,才能最后解放全中国",并在战争的第三年中取得更伟大和"对全局有决定性意义的胜利"。

9 月 30 日,胡乔木撰写了新华社社论《庆祝济南解放的伟大胜利》。

10 月 13 日,胡乔木撰写了新华社评论《战争贩子布立特关于中国的狂妄报告》。胡乔木在文中严厉批驳了美国前驻苏驻法大使布立特在《生活》和《时代》杂志上"疯狂鼓吹美国政府应以十三亿五千万美元的'低廉代价'雇佣四万万中国人为美国侵略者作战"的妄言。胡乔木警告那些像布立特一样的,华尔街里那些准备援助蒋介石政府的"若干人像苍蝇似的从干枯的蒋介石粪坑里吸取利润,是没有多大希望的事"。毛泽东在修改此文时仅仅只增改了"从干枯的蒋介石粪坑里"这十个字,使文章顿然生动十分。

一个星期后的 10 月 20 日,胡乔木改写了《屠夫、奴才和白痴》,再次对美国战争贩子布立特进行了无情的回击:"美帝国主义把中国人看做什么?看做卖三块美金一只的炮灰,'利益最大'而'代价低廉'。蒋介石把中国人看做什么?看做赚三块美元一只的商品,也是'利益最大'而'代价低廉'——或者说代价毫无,因为他把中国出卖给麦克阿瑟或其他美国元帅、美国总统或美国金融大王,在祭坛上做牺牲品的只是中国人民,蒋介石及其四大家族是无须流一滴血的。"

1949 年初,毛泽东发表了关于时局的声明,宣布了国共谈判的八项条件。与此同时,毛泽东再次出题给胡乔木。1 月 26 日,新华社播发了胡乔木撰写的《假和平与真和平》。这篇社论一播出即在国民党高层激起轩然大波。在社论中,胡乔木不仅点名称蒋介石为中国第一号战争罪犯,而且还列举了陈立夫、谷正纲这两个首要战犯。毛泽东审阅后,提笔又在蒋介石之后加上了:宋子文、陈诚、何应钦、顾祝同、刘峙、汤恩伯、张群、王世杰、朱家骅、刘健群、吴国桢、潘公展、蒋经国、张君劢、左舜生、戴传贤、郑介民、叶秀峰等,使中共通缉的首批战犯增至 21 人。

1949 年 1 月 31 日,北平和平解放,人民解放军入城接防。胡乔木为新华社撰写了新闻《北平解放》。紧接着,胡乔木第二天又撰写了新华社社论《国民党怎样看北平和平解放》。这篇只有 1500 字的文章,毛泽东在审阅后,仅仅只保留了胡乔木写的一个两百来字的开头,剩下的文字均由毛泽东亲自进行了改写或重写。毛泽东指出:"战败了,一切希望都没有了,比较好的一条出路,是军队离城改编,让人民解放军和平地接收城防和市政,这是北平问题和平解决的基本原因。"而"北平和平解决的又一个原因,是近 20 万的国民党军队除少数几个死硬分子外,从兵士们到将军们,一概不愿打了"。最后毛泽东严词正告国民党反动派:"尽管以蒋介石为首的国民党死硬派还在准备抵抗到底,但是他们将完全地彻底地孤立起来,他们的反动政策会被人民的革命浪潮迅速地打得粉碎。"

2 月 27 日,胡乔木针对孙中山先生之子、国民政府副主席孙科在 22 日发表的"对外仇苏，对内仇共"的谈话，为新华社撰写了社论《孙科原形毕露》。文章指出："从政治协商会议以后，孙科对于国民党反动派的一切倒行逆施，从未表示过异议。他不但参加了违法的分裂的所谓国民大会，而且参加了所谓的政府改组。总算蒙蒋介石赏了根肉骨头，当国民党日暮途穷，孙科也年暮途穷的时候，得了个副主席的称号。这些本来已够暴露他的原形了，但是不饶人的历史却要逼他更进一步，要他把向来的什么自由主义呀，联苏联共呀这一套遮羞物通通剥光，来个裸体跳舞。孙科的丑态表示蒋介石小朝廷已经着了火，而在睡梦中惊醒，跑到大街上狂呼救命的人，常常是顾不得穿裤子的。"

这一篇又一篇社论，立论鲜明严密、文笔尖锐泼辣，读来掷地有声又痛快淋漓。在毛泽东如椽大笔描绘的中国革命的灿烂画卷上，胡乔木以其锋芒毕露犀利如投枪、匕首的文字，伴着解放战争从北向南走向全国胜利的隆隆炮声，奏响了他人生最壮丽的乐章。

在中国革命的紧要关头，文思敏捷的胡乔木用自己革命家的胸怀和理论家的才情，用"笔杆子"有力地配合了毛泽东的"枪杆子"。

在西柏坡，毛泽东当着刘少奇、周恩来等中共中央领导的面少有地夸奖胡乔木——"靠乔木，有饭吃"。

——简简单单的六个字，没有比这更高的奖赏了。

胡乔木起草中共七届二中全会公报：中共从乡村转向城市

春天来了。

1949 年 3 月 5 日。西柏坡。中共中央机关食堂。河北平原虽然还有些春寒料峭，但下午 3 点钟的灿烂阳光照在身上，让人感到暖洋洋的。这间西柏坡最大的长方形的机关伙房是中共中央机关干部自己动手盖起来的。今天它将作为中共中央七届二中全会的会议室，见证辉煌历史又被历史见证。

说是开会，总应该有个主席台。这里没有，就是在伙房一头的墙上挂着一面锤子镰刀组成的中共党旗，旗下摆放着一张长桌，后面跟着一把旧藤椅。在它的两侧也各有一张小桌，那是会议记录人员的座位。会场上没有麦克风，没有录音机，也没有记者，没有频频闪烁晃眼的镁光灯和装有像炮筒似的长镜头照相机或摄像机，也没有沙发，没有茶水矿泉水，更没有热毛巾。

——这是一次朴素的会议，是一个抛弃了任何形式只剩下内容、只剩下思想的会议。出席会议的代表除了 34 名中央委员、19 名候补中央委员之外，周恩来还向大家念了 12 名列席人员的名单。胡乔木是其中之一。作为毛泽东的秘书，胡乔木或许比在座的许多中央委员列席中央会议的次数还要多，但这次不同，他今天不再是以会议工作或记录人员列席，而是以新华社总编辑的身份作为正式列席代表参加会议的。

会议由毛泽东主持。他就坐在那张旧藤椅上。

会议代表都坐在台下。其实也没有所谓的台上台下之分，都是平地。台下没有椅子，他们屁股底下坐着的那些或高或矮的凳子，大多是各自从自己家中或办公室带来的，散了会又带回去。轮到谁讲话了，谁就走到那张长桌的后面，站在那里给大家讲。讲完了，又回到自己的凳子上坐好，听别人讲。

毛泽东先讲，他的报告很重要，一共讲了十个问题。毛泽东说：这次全会是"城市工作会议"。委员们在这里热火朝天地讨论了军事、政治、党务、经济、政权接收，甚至还谈到了新中国的外交。这都是国家大事。毛泽东认真听，也认真记，还不时插话。

大会上，胡乔木作了新闻工作的报告。毛泽东左手"枪杆子"，右手"笔杆子"。这是"笔杆子"的报告。

在山沟在窑洞里住了 20 年的中共中央和毛泽东，在这里安安静静地讨论的是进城的问题。因此，37 岁的胡乔木在这种胜利的气氛中已经强烈地感受到，中共当务之急是党的中心工作正面临着转变——这是一个由革命战争向和平建设的转变，工作重心由乡村向城市的转变，而且更长远来看就是由新民主主义革命向社会主义的转变，由五千年的封建农业社会向新的工业国家的转变。此时此刻，西柏坡的这间普通得不能再普通的民房里正决定着中国革命的命运，也决定着中共在历史转折关头该如何作出抉择！

历史就这样选择了西柏坡这个小山村，成为中国命运的一个枢纽！

中共就这样选择了西柏坡这个小山村，把她的"座右铭"写在历史的教科书上："务必使同志们继续保持谦虚、谨慎、不骄、不躁的作风，务必使同志们继续保持艰苦奋斗的作风。"

毛泽东还警告全党：要警惕"糖衣炮弹"的袭击，"夺取全国胜利，这只是万里长征走完了第一步"。

会议开幕的这天，墙上还挂着"马恩列斯毛"的画像，可到了 3 月 13 日大会闭幕的时候，五张画像不这样挂了。会议一致通过了五项决定：不以个人命名；不祝寿；中国同志不与马列斯并列；少拍巴掌；少敬酒。

新中国的大政方针初定，思路清明。胡乔木回忆说——

在政治方面,国体和政体是建立新国家时首先要回答的问题。抗日战争期间毛主席即对这个问题有所思考。在《新民主主义论》中,他提出的新民主主义共和国的"国体——各革命阶级联合专政","政体——民主集中制","并由各级代表大会选举政府";后来,在《论联合政府》中,他又对这些原则做了更具体的论述。解放战争时期,毛主席对这个问题的思考与抗战时期的思考有承接关系。不过,在这两个时期的转换中,中国新民主主义革命的总任务虽然没有改变,但国共合作再次破裂,国内阶级关系出现重大变化。新中国的国体必然与原先设想的国共联合政府有重大不同。一九四八年九月,毛主席在政治局会议的报告中提出:"建立无产阶级领导的以工农联盟为基础的人民民主专政。打倒帝国主义、封建主义和官僚资本主义的反动专政。我们政权的阶级性是这样:无产阶级领导的,以工农联盟为基础,但不是仅仅工农,还有资产阶级民主分子参加的人民民主专政。"建国前夕,毛主席自己动笔写了《论人民民主专政》。

关于政体问题,毛主席一直坚持《新民主主义论》和《论联合政府》中提出的主张,认为人民民主专政国家应该采取民主集中制的各级人民代表会议制度,中央和地方各级政府,都应由各级人民代表大会选举。

经济方面,毛主席思考的核心是怎样把中国半殖民地半封建的经济形态转变为新民主主义的经济形态,并保证这种经济形态的社会主义发展方向。建国前夕,除在全国广大地区实行土地改革之外,我们党还作出了两个具有深远影响的决定:一个是没收官僚资本归国家所有,另一个是坚持国营经济的领导地位,并对私人资本主义采取限制和利用的方针。这两个决定改变了中国现代产业最主要部分的社会属性,从整体上保证了新民主主义经济的社会主义方向。

外交方面,我们坚定不移的立场是,在原则上,帝国主义在华特权必须取消,中华民族的独立解放必须实现。采取不承认政策的目的是使我们在外交上立于主动地位,不受过去任何屈辱的外交传统所束缚,有利于肃清帝国主义在中国的势力和影响。这一方针和立场,毛主席用简练而生动的语言作了概括,就是"另起炉灶"和"打扫干净屋子再请客"。明确宣布新中国将联合苏联,站在国际和平民主阵营一边,这是建国前夕我们采取的另一项重要的外交政策。此后,毛主席《论人民民主专政》

中明确地提出"一边倒"①外交政策。②

蓝图在握,新中国的雏形已经出现。

会议就这样平平静静地开了整整八天。结束的时候,与会的代表们真的都没有鼓掌,也没有敬酒。

因为他们知道,历史将会替他们为自己鼓掌!人民将会为他们鼓掌!

因为他们知道,这一切,才只是1949年春天的一个序曲。

十天后的3月23日,新华社播发了一篇1500字的新闻《中共召开七届二中全会》。它的作者是胡乔木。这篇新闻稿实质上就是以后中共中央全会发表的公报。毛泽东在审阅时,在开头和结尾的部分各加上了一段文字。

开头曰:"中国共产党第七届第二次中央委员会全体会议在石家庄附近举行,会议经过八天,现已完满结束。全会到中央委员34人,候补中央委员19人。中央委员及候补委员因工作关系缺席者20人。毛泽东主席向全会作了工作报告。全会批准了1945年6月一中全会以来中央政治局的工作,认为中央的领导是正确的。全会批准了由中国共产党发起,并协同各民主党派、人民团体及民主人士,召开没有反动分子参加的新的政治协商会议及成立民主联合政府的建议。全会并批准1949年1月14日毛泽东主席的声明及其所提八项条件以为与南京国民党反动政府及其他任何国民党地方政府与军事集团举行和平谈判的基础。"

结尾曰:"全会认为:中国的经济遗产虽然是落后的,但是中国人民是勇敢而勤劳的,中国人民革命的胜利和人民民主共和国的建立,中国共产党的领导权,加上以苏联为首的强大的全世界反帝国主义阵线的援助,中国经济建设的速度,将不是很慢而可能是相当地快的,中国的兴盛是可以计日程功的。对于中国经济复兴的悲观论点,没有任何的根据。"③

这篇新闻罕见地打破了中共多年来一直在新闻稿中保密中央所在地的禁区,由毛泽东本人公开了中共七届二中全会"在石家庄附近"举行。

可也就在这一天的上午,当新华社"陕北新华广播电台"的电讯刚刚发出这篇新闻稿的时候,毛泽东、刘少奇、朱德、周恩来、任弼时中共"五大书记",已经"在石家庄附近"整理好行装。他们又要出发了。他们要到哪儿去?

---

① "一边倒"并不是倒向某一个国家,而是倒向社会主义。
② 《胡乔木回忆毛泽东》,人民出版社1994年9月第1版,第541—551页。
③ 《胡乔木文集》第一卷,人民出版社1992年5月第1版,第374、376页。

停在西柏坡村口的汽车已经发动了引擎,在马达有节奏的"突突突"声中,毛泽东站在村口通往北平方向的黄土路上,深情地环顾着这个生活了十个月的北方小山村。与两年前的这个时候他被迫主动放弃生活了十年的延安相比,这个时刻的毛泽东已经没有了依依不舍,内心里升腾起来的已经是雄赳赳的我主沉浮的英雄气!

出发的时刻到了。站在村口,毛泽东对周恩来说:今天是进京的日子,进京赶考去。

周恩来笑着回答:我们应当都能考及格,不要退回来。

毛泽东说:退回来就失败了。我们决不当李自成,我们都希望考一个好成绩。

胡乔木也跟着上车了。进京了,对胡乔木这个中共"大秀才"来说,何尝不是一次"赶考"呢?

毛泽东致信胡乔木:工作都堆在你身上,注意偷空睡足觉

望风披靡,传檄而定。

经河北唐县、保定,这支小分队浩浩荡荡地横穿华北平原,1949 年 3 月 25 日凌晨 2 时在涿县换乘火车,于上午抵达北平清华园,然后改乘汽车至北京西郊的颐和园。

因考虑到安全因素,在中央社会部部长李克农的安排下,这天下午毛泽东与刘少奇、朱德、周恩来、任弼时、林伯渠等在西苑机场与前来欢迎的各界代表和民主人士一千多人见面后,乘车检阅了部队,随后住进了离北平市区 20 公里的香山双清别墅。

香山也就成了共和国开国前夜中共中央机关的临时驻地。

天下来归,大事底定。不久毛泽东的住处再次改变。因为要召开新政治协商会议,毛泽东进城的时候就暂住中南海丰泽园菊香书屋。9 月 21 日,中国人民政治协商会议开幕前夕,尽管中央一度要求毛泽东回香山居住,但毛泽东没有答应,决定就在丰泽园菊香书屋办公、住宿,不再搬家。这样,中共中央和中央军委机关也陆续迁入北平市内。丰泽园背靠中海,濒临南海,东与勤政殿相连,西为静谷,景色清秀幽雅。丰泽园包括颐年堂(会议厅)、菊香书屋(住所)、春藕斋等建筑,始建于清初,通称为"西苑"的一部分,原是清朝皇帝每年春季在先农坛举行亲耕仪式之前来此演习农耕的地方。毛泽东在

此居住、工作直至 1976 年逝世,前后长达 28 年。

对于北平,胡乔木当然不陌生。尽管已经阔别 18 年,但水木清华的革命往事仍然清晰如昨,成为人生的永久记忆。胡乔木一家也就随毛泽东搬进了中南海离菊香书屋不远的静谷,住在院内一个三间的西厢房内,与田家英为邻。其实房屋条件很差,面积狭小,每间只有三四平方米。因为非常潮湿,有一股刺鼻的霉味,地板也烂了。胡乔木一家在这里住了一年,1950 年夏天被任命为中宣部常务副部长兼秘书长后,搬到了春藕斋北面偏西的来福堂。

共和国即将诞生,中共"五大书记"忙得不可开交。作为毛泽东秘书,胡乔木也不可能不忙,自始至终参加了共和国的筹建工作。

在香山的时候,胡乔木继续帮助毛泽东管理新闻宣传工作。穆青回忆说:"1949 年春,新华总社的一纸电令把刘白羽同志和我召到了刚解放不久的北平,让我们担任特派记者,准备随军南下。这时,乔木同志已兼任新华社社长了。南下前,乔木同志在香山(当时新华社总社驻地)约见白羽同志和我,进行了一次长谈。他在深刻分析了人民解放战争胜利发展的形势之后指出:你们都是经验丰富的军事记者,过去写了不少好的通讯。这次调你们作为特派记者随军南下,主要是加强报道。这是解放大陆的最后一仗了,能够参加这一战役,是很光荣的,也是值得自豪的。报道不要局限于军事,范围可以扩大,新解放地区的地方经济情况、群众生活、社会面貌,都可以报道。他还指出:你们每到一个地方,可以先查找县志,从中了解当地的政治、经济、历史、地理情况以及风土人情,做到心中有数。只有详细地大量地占有材料,把情况吃透,把历史和现实结合起来,文章才能写得有深度,有立体感,生动活泼,让人爱看。他还说:你们是作家又是记者,在伟大的历史变革时代,应当深入到战争洪流中去,多跑,多观察,写出足以反映这一时代的激动人心的好作品。他还告诉我们,要注意搜集和积累资料,记日记是一个好方法,要坚持不懈,持之以恒,及时记录下所见所闻。这些都是极其宝贵的历史资料,即使一时用不上,将来也会有用的。时间愈久,就愈益显示出它的价值。"①

与此同时,胡乔木仍继续亲自撰写社论和新闻作品:1949 年 4 月 5 日,新华社同时播发了胡乔木撰写的社论《要求南京政府向人民投降》和新闻《蒋介石死党准备卷土重来的一个铁证》;8 日,又播发了胡乔木撰写的新闻《北平人民要求国民党反动政府对南京血案表明态度》;5 月 29 日,胡乔木又撰写了新华社社论《庆祝上海解放》。

---

① 穆青:《新闻工作者的良师益友》,见《我所知道的胡乔木》,当代中国出版社 1997 年 5 月第 1 版,第 188 页。

6月24日,毛泽东致信胡乔木:

乔木:

　　写一篇纪念七一的论文(似不宜用新华社社论形式,而用你的名字为宜),拟一单纪念七七的口号(纪念七七,庆祝胜利,宣传新政协及联合政府,要求早日订立对日和约,消灭反动派残余力量,镇压反动派的破坏和捣乱,发展生产和文教)——此两件请于六月最近两天拟好,以便于六月二十八日发出,六月二十九日各地见报。写一篇七七纪念论文(带总结性),此件须于七月二日写好,三四两日修改好,五日广播,七日各地见报。起草一个各党派的纪念七七的联合声明——此件亦须七月二日写好,以便交换意见。以上工作很繁重,都堆在你的身上,请你好好排列时间,并注意偷空睡足觉。你起草后,我给你帮忙修改,你可节省若干精力。

　　《英美的外交——特务外交》一文甚有用,请令全文播发,提起警惕性。

毛泽东

六月二十四日下午六时

　　就是在这一天,中共中央任命胡乔木担任中宣部副部长、新华社社长。毛泽东将中共的新闻宣传工作全权交付秘书胡乔木了。

　　在这封信中,毛泽东要胡乔木写四篇文章:纪念七一的论文、纪念七七的口号、七七纪念论文和各党派纪念七七的联合声明。毛泽东写信的时间是6月24日的下午6时,到7月2日也只有一个星期了,要在这么短的时间内完成这四篇文章,而且还要"带总结性",确实任务重、时间紧。对身边工作人员向来十分关心的毛泽东,在这封信中特别叮嘱胡乔木:"以上工作很繁重,都堆在你的身上,请你好好排列时间,并注意偷空睡足觉。"这确实令人感动。

　　毛泽东喜欢胡乔木,胡乔木也敬重、热爱毛泽东。

　　胡乔木很快完成了任务。但胡乔木按毛泽东要求"似不宜用新华社社论形式,而用你的名字为宜"写的"纪念七一的论文",毛泽东最终并没有采用,而是自己另外写了一篇,这就是著名的《论人民民主专政》。毛泽东的这篇文章逻辑严密,简明精练,气势磅礴,一泻千里。田家英说,毛泽东在写这篇文章之前,坐了一天,动也不动,专心构思,然后,又用一天时间,饭也没吃,一气呵成,完成了这篇近万字的经典之作。在这篇具有新中国建国纲领的理论基础和政策基础之文献中,毛泽东宣布:"总结我们的经验,集中到一点,就是工人阶级(经过共产党)领导的以工农联盟为基础的人民民主专政。这个专政必须和国际革命力量团结一致。这就是我们的公式,这就是我们的主要经验,这就是我们的主要纲领。"这是中共领导人民进行革命的"重要经验",也是新生国家即将采取的"主要纲领"。[①]

然而,中国革命的胜利来得如此迅速,"美帝"援助的"蒋家王朝"倒闭得如此之快,是双方都没有预料到的。这无疑给冷战刚刚开局的美国霸权主义当头一棒,由此在美国产生剧烈震荡,美国人要求政府对它们的中国政策作出检讨和评估,以追究谁应承担"失去了中国"的责任。为此美国政府发表了一份一千多页的文件,试图为它过去在中国实行的错误政策进行解释和辩护,一时间导致一大批真正忠于美国致力发展中美友好关系的外交官被诬陷打击,"中国通"们作为"替罪羊"遭到了"非美活动委员会"和"麦卡锡主义"的迫害。

针对美帝国主义发表的这个"关于中国的白皮书",中共毫不示弱,毛泽东立即行动起来,开始了一场"笔战"。毛泽东首先叫胡乔木出场迎战。8月21日,新华社发表了胡乔木撰写的社论《无可奈何的供状——评美国关于中国问题的白皮书》。胡乔木认为从美国政府的白皮书和美国国务卿艾奇逊的声明中,中国人应该汲取两个教训:第一个和最基本的教训,"就是美国帝国主义政府对于中国民族利益和中国人民民主力量的根深蒂固的敌视";第二个教训"就是中国人民必须继续抵抗和防备敌人,美国帝国主义的任何干涉和挑战,必须不堕入敌人美国帝国主义所设的任何陷阱"。最后,胡乔木指出:"从根本上说来,美国白皮书确是一部颠倒黑白的杰作,这种颠倒黑白如果加以再颠倒,人们是可以从中获得种种有益的教训的。中国人民由美国白皮书进一步认识到了美国政府的帝国主义面貌,进一步认识到了应该如何向美国帝国主义进行斗争,最后,还可以由此进一步认识这一斗争的前途。白皮书是美国帝国主义反动政策在中国惨败的史册,因此它对于中国人民和世界人民反对帝国主义的斗争是一个重大的贡献。……美国帝国主义者自己以及任何国家的反动派的'貌似强大的力量'都是弱的,他们的暂时的猖獗的基础也都是'建立在沙上',或是更准确些说,建立在火山上,但是,美国政府并没有从中国事件中得到应有的教训。……我们相信我们的曾经貌似弱小的力量是强大的,因为我们的力量生根在中国人民中间,同时也生根在各国人民的国际主义团结中间。我们既然战胜了为 1054 页的白皮书所见

---

① 逄先知:《毛泽东和他的秘书田家英》,中央文献出版社 1989 年 12 月第 1 版,第 18 页。

证的过去的困难,我们也必能战胜任何新的白皮书所将要恫吓的困难。美国帝国主义政府的任何白皮书,将只能无可奈何地判决自己的失败,并且无可奈何地证实中国人民和各国人民的胜利。"

胡乔木的这篇社论,毛泽东仅作了个别词句上的修改就全文发表了。毛泽东读后似乎意犹未尽,于是他亲自上阵,又接二连三地为新华社写了五篇社论:《丢掉幻想,准备斗争》《别了,司徒雷登》《为什么要讨论白皮书》《"友谊",还是侵略?》《唯心史观的破产》。从 8 月 21 日到 9 月 16 日,胡乔木和毛泽东在不到一个月的时间里,共同胜利地完成了这场"笔战",美帝国主义的丑恶嘴脸昭然若揭。"六评白皮书"文风刚柔相济,读来酣畅淋漓,既有高屋建瓴势如破竹的雄劲,又有行云流水议论风生的韵致,是对 20 世纪上半叶之前的中美关系的一次总结性的发言,准确地表达了中共对于美国政府在中国内战中的错误政策作出的权威评价,其对今后中美关系的演变和深远的国际影响已被历史证明。

对美帝国主义是如此,而对英国这样的老牌殖民主义国家也同样毫不妥协手软。4 月 20 日,中国人民解放军在横渡长江时与侵入中国的英国军舰"紫石英"号交火,该舰负伤后被迫停在镇江。7 月 30 日夜,"紫石英"号击沉中国江陵"解放"号客轮致使数百名乘客死亡后逃跑。7 月 31 日,新华社发表了《袁仲贤将军为英舰紫石英号逃跑事发表谈话》,严词批评和揭露了"英国军舰以可耻的逃跑结束了和揭穿了英国海军上将的虚伪的谈判"。这篇袁仲贤将军向新华社记者发表的谈话,其实并不是在解放军镇江前线司令袁仲贤所说,而是出自千里之外的身居北平中南海的胡乔木之手!

参与起草修改《共同纲领》,毛泽东五次致信胡乔木

革命胜利的迅速到来,既在蒋介石意料之外,又在人民战争的情理之中。

解放战争如风卷席,胜利走向全国,建立新的国家已经是大势所趋。西柏坡的中共七届二中全会已经拟就了新中国的大政方针,如今起草中国人民政治协商会议共同纲领已迫在眉睫。早在 1948 年的 4 月 30 日,毛泽东在中共中央发布的五一劳动节口号中就发出了"迅速召开政治协商会议,讨论并实现召集人民代表大会,成立民主联合政府"的号召,新中国筹建的序幕由此拉开。

1949 年 6 月 15 日,新政治协商会议筹备会在北平成立。筹备会由 23 个

单位、134人组成,毛泽东为常务委员会主任。常委会下设六个小组,每组均为自愿报名参加,分别进行筹备工作。负责起草共同纲领的是第三小组,组长周恩来,副组长许德珩。

1949年6月18日,第三小组正式成立。因形势和任务的改变,中共在1948年10月27日由李维汉主持起草的《中国人民民主革命纲领草稿》和同年11月产生的第二稿的两次起稿,均已不再适用。因此在周恩来领导下,进行了再次草拟,并于1949年8月22日将题目定为《新民主主义的共同纲领》的初稿交给了毛泽东。毛泽东审阅后进行了修改。

进入1949年9月后,《共同纲领》的起草工作进入最后阶段。因政协由"新政治协商会议"改名为"中国人民政治协商会议",因此纲领也定名为《中国人民政治协商会议共同纲领》。毛泽东亲自参加了第三次起草修改工作。作为毛泽东的秘书,胡乔木自然也加入进来,成为《共同纲领》的主要起草人之一。这也是胡乔木一生中最难忘的工作。

胡乔木回忆:从9月3日至13日,毛泽东在短短的十天时间内,至少对共同纲领草案进行了四次细心的修改,改动总计达200余处,并亲自校对和督促印制。胡乔木直接或间接地参加了修改。从毛泽东频繁写给胡乔木的信件中可见一斑——

9月3日:"乔木:纲领共印三十份,全部交我,希望今晚十点左右交来。题应是《共同纲领》。你应注意睡眠。"

9月5日:"乔木:今晚付印的纲领,请先送清样给我校对一次,然后付印。""即刻付印,一小时内交我。"

9月6日:"照此改正,印成小册子一千本。"

9月11日下午4时半:"乔木:即刻印一百份,于下午六时左右送交勤政殿齐燕铭同志,但不要拆版,俟起草小组修正后,再印一千份。"

《共同纲领》最后的修改和印制工作是在毛泽东直接参与和细心指导下进行的。在这些日子里,毛泽东一边要不停地发电报指挥南方的战役,部署攻歼国民党军白崇禧部,又要关心大西北与新疆当局接洽和平谈判事宜,以及各种人事问题。可谓日理万机,夜以继日。胡乔木随时配合,睡眠时间极少。在9月3日毛泽东写给胡乔木的便条上就可以看出,细心的毛泽东特意嘱咐胡乔木"你应注意睡眠"。大爱无声,领袖与秘书之间的这种情谊落在洁白的信笺上,温暖却像阳光照在心间。

《共同纲领》草案修改后,再交付筹备会及所有代表,经过了字斟句酌、反复推敲的七次讨论,才最后通过。在胡乔木的记忆中,《共同纲领》真正做到了集思广益,提出的意见究竟有多少条,是无法统计清楚的,其中"社会主义目标"问题、"爱国民主分子"问题、"人身自由"问题、"联苏"问题,在代表中引起了较多的争论。而尤其引起热烈争论的是"关于国名及国名简称"问题。在筹备会期间,黄炎培、张志让等主张用"中华人民民主国",张奚若等主张用"中华人民共和国"。本来,在发出新政协号召之前,中共中央和毛泽东已经在著作或各种文件、电报、指示中多次用"中华人民共和国"。但在1948年11月25日达成协议的《关于召开新的政治协商会议诸问题》及随之起草的《新政治协商会议筹备会组织条例草案》和《中华人民民主共和国政府组织大纲草案》中,又改用"中华人民民主共和国"。到了1949年9月21日新政协会议召开时,最后决定采用"中华人民共和国"这个国名。国名的确定其实并没有引起太大争论,倒是国名的简称问题争论最为激烈。胡乔木回忆说:

> 最初起草的《中华人民民主共和国政府组织大纲草案》中有"中华人民民主共和国简称中华民国"一条,筹备会召开后,该大纲草案改称《中华人民共和国中央人民政府组织法草案》,简称一说仍旧保留。代表们对要不要保留这个简称及是否把简称写入共同纲领之中,展开了热烈的讨论和争论。一些代表主张,不仅在政府组织法中应注明"简称中华民国",而且要把这一简称写入共同纲领,因为共同纲领要具有照顾统一战线中各个组织的意义,应该沿用习惯了的称呼。更多的代表认为,不应简称"中华民国",因为"中华民国"并不是一个简称,而是代表旧中国统治的一切,反动派标榜"中华民国",而人民对它已发生反感,人民的新中国是新民主主义的,不能与之混同,如果要用简称,就简称"中国"。还有的代表主张,既不应简称"中华民国",也不必在纲领条文中注明简称"中国",因"中国"是习惯用法,不是简称。最后,所有政协文件均没有写简称。

9月21日,中国人民政治协商会议第一届全体会议开幕。为庆祝新政协开幕,胡乔木为新华社撰写了社论《旧中国灭亡了,新中国诞生了!》。社论指出:这是"中国光辉灿烂的人民的新世纪的开端。这是全中国人民空前大团结的会议"。"全国人民早已渴望召开这样的一个真正由人民自己做主人的人民政治协商会议。""这是一个天翻地覆的伟大胜利。""从此,全世界的人都将看到中国人民以空前英勇的姿态站起来,成为有高度文明的新社会新国家的光荣的主人。"

9 月 29 日，政协全体会议一致通过了《中国人民政治协商会议共同纲领》。《共同纲领》分序言和总纲、政权机构、军事制度、经济政策、文化教育政策、民族政策、外交政策等七章，总计六十条，七千多字。

10 月 1 日，刚刚当选为中华人民共和国中央人民政府主席的毛泽东发布公告，宣布中央人民政府"接受中国人民政治协商会议共同纲领为本政府的施政方针"。胡乔木回忆说："历史证明，《共同纲领》是中国共产党和中华人民共和国历史上非常成功的文件之一。由于它切合实际而又坚定明确，清楚地指出了哪些事是应该做而且必须做的，哪些事是不应该做而且不允许做的，所以对刚刚诞生的人民共和国的各项工作，都起了规范和指导作用。它凝结了以毛泽东为代表的中国共产党人、民主党派和无党派民主人士的心血，又经过反复讨论、修改，所以得到了全国各方面人士的一致拥护。召开政协和拟定纲领的过程，突出体现了共产党领导下的党派协商精神。毛泽东、周恩来等共产党领导人大智大勇，虚怀若谷，既能提出完整正确的立国方案，又能虚心听取其他党派和无党派民主人士的意见，平等协商国家大事。其他党派和无党派人士亦能本着共同负责的精神，竭智尽虑，为国献策，大胆发表意见，敢于进行争论。这种精神，为我国政治生活留下了一种宝贵的传统。"①

1949 年 10 月 1 日，是中国历史上一个新纪元的开始，这是一个划时代的起点。下午 2 时，新政协选出的以毛泽东为主席的中央人民政府委员会在中南海勤政殿举行第一次会议，宣告中华人民共和国中央人民政府成立，周恩来为政务院总理兼外交部长。10 月 19 日，中央人民政府任命胡乔木担任新中国第一任新闻总署署长、中央人民政府发言人。

胡乔木跟随毛泽东的脚步登上了天安门城楼！在 30 万军民的热烈欢呼声中，他参加了开国大典。

10 月 1 日下午 3 时整，毛泽东在天安门城楼上向全世界庄严宣告："中华人民共和国中央人民政府今天成立了！"顿时广场上欢声雷动，情绪激昂。鲜艳的五星红旗在国歌《义勇军进行曲》的雄壮旋律中冉冉升起，54 门礼炮齐鸣 28 响，象征着中国共产党领导的中国各族人民艰苦奋斗的 28 年历程。在持续三个小时的阅兵式之后，华灯初上的长安街迎来了欢欣鼓舞的人民群众，他们高呼着"人民共和国万岁！""毛主席万岁！"的口号，响彻云霄。扩音器中不断地传出毛泽东洪亮的声音："同志们万岁！"游行至晚上 9 时 25

---

① 《胡乔木回忆毛泽东》，人民出版社 1994 年 9 月第 1 版，第 562—568 页。

分结束。这一天,56 岁的毛泽东精神饱满,在天安门城楼上站了六个多小时。回到中南海,毛泽东无限感慨地对胡乔木说:"乔木,胜利来之不易啊!"

10 月 1 日,新华社播发了胡乔木写的重要社论——《中华人民共和国万岁!》——"前程无限的中华人民共和国已经诞生,四万万七千五百万中国人民开始自己当权管理国家,我们这个古老的东方民族揭开了历史的新的巨册!"——这是一声发自心灵深处的真诚呼喊!这是一声代表中国共产党向中国人民作出的庄严承诺!作为中央人民政府发言人,胡乔木用自己的笔让世界听到了四万万七千五百万中国人民的声音!这也是一个古老又年轻的东方民族将独立自主地屹立于世界民族之林的最强音!

《中华人民共和国万岁!》——毛泽东审阅后,一字未改。

作为开国大典的主席台,天安门城楼已经成为新中国的标志,是中国的形象符号。1949 年 9 月 2 日,经周恩来提议并代表中共中央签署批示,同意将天安门作为开国大典和阅兵典礼的场所。在周恩来的指导下,天安门城楼的庆典设计布置方案决定采取在城楼上竖立八面红旗、悬挂八个红灯笼、正中城门上悬挂毛主席像、两侧悬挂两条标语的方案。这个方案既大气简洁,又庄重典雅,很快就得到中共中央的批准。相对来说,毛主席像、红旗、红灯笼这些物质条件比较容易准备,但这两条标语该写什么呢?用什么语言来表明中共在夺取政权之后的心声呢?周恩来把这个光荣的任务交给了胡乔木。经过深思熟虑之后,9 月 21 日,中国人民政治协商会议第一届全体会议一结束,胡乔木将这两条标语拟定为"中华人民共和国万岁"和"中央人民政府万岁"。毛泽东、周恩来审阅后,一致同意。这两条标语作为开国大典的标语是非常适宜而且十分响亮。但随着国内和平建设大业的推进和国际形势的变化,这两条标语显然有其局限性。1950 年 9 月底,在新中国成立一周年前夕,胡乔木向中共中央建议,把天安门城楼东侧的标语"中央人民政府万岁"改成"世界人民大团结万岁",这不仅让城楼东西两侧的标语字数相等,都是九个字,而且更加彰显了中国共产党和中国人民的伟大胸怀、雄浑气魄和巨大力量。胡乔木的建议得到了毛泽东、周恩来等中共中央领导的一致赞成。今天,当我们静静地站在天安门前,细细琢磨胡乔木拟定的这两条标语——"中华人民共和国万岁""世界人民大团结万岁",默默地诵读这 18 个字,我们内心涌起的是作为中国人的自豪和骄傲!这是每一个炎黄子孙复兴中华的呐喊和热爱和平的心声!

上卷 峥嵘岁月

许多文件只有经乔木看过,发下去才放心;经乔木修改,就成熟了。

——周恩来

第十一章　新闻首脑

> 凡关系到人民的生活、人民的利益，我们都需要注意到。
> 不像拉手风琴时只用几个指头，而要把十个指头都动起来……
> ——胡乔木《最近宣传工作上一些需要注意的问题》(1950年4月)

从幕后走向前台，中共中央历史上的第一个新闻发言人

天翻地覆，百废待兴，可谓1949年新中国成立前后的真实写照。

作为开国主席毛泽东的秘书，胡乔木的角色在1949年10月之后有了新的提升和转变，开始独立地行使和执掌中国政府新闻宣传工作的领导职务。在担任新闻总署署长的同时，胡乔木还担任中共中央宣传部常务副部长兼秘书长，同时兼任新华社社长、总编辑，中央人民政府文化教育委员会秘书长，中国文字改革委员会委员，中共中央翻译工作委员会主任等诸多职务。

尽管在西柏坡时，担任新华社总编辑的胡乔木就已经为毛泽东物色了一位新秘书——田家英。但毛泽东依然离不开胡乔木。他信任胡乔木，在委以重任——国家新闻首脑的同时，依然要胡乔木做他的秘书。

毛泽东选田家英做秘书，是由胡乔木介绍的。1943年，田家英在延安曾由胡乔木从中央政治研究室调到中宣部工作。胡乔木当时奉命暂代因病休养的中宣部部长凯丰的工作。1944年5月胡乔木由杨家岭迁往枣园帮助毛泽东准备七大文件，有一段时间工作不那么忙，他就约田家英、曾彦修帮助编写陕甘

宁边区初中语文课本(三个年级共六册)。这个自愿义务编写的课本,当时很受欢迎,直到后来还常被人们称赞编得好。胡乔木很赏识田家英,便把他推荐给毛泽东。田家英正式担任毛泽东秘书的时候,中共中央已经到了西柏坡。[①]

如今,国内战争结束了,中国革命胜利了,熟谙世界格局的毛泽东开始把眼光投向世界。他深知中国不仅仅是中国人的中国,而且还是一个世界的中国。在血与火中涅槃的中华民族,是在遭受列强的蹂躏和欺辱之后觉醒并站立起来的,是在苦难中用血肉筑起的新长城。1944年在延安与美军观察组的接触和与美国特使赫尔利的交往中,毛泽东就作出了最早的外交构想;到了西柏坡,中共中央更是坚定地作出了"一边倒"和"打扫东交民巷"的外交决策;新中国一成立,那些欺侮中国的帝国主义及其走狗们全部被赶出了中国的土地,一切强加在中国人民头上的不平等条约被废除,中华民族真可谓扬眉吐气。

世界需要中国,中国同样需要世界。毛泽东开始思考在世界这一盘棋中,中国在国际上的定位和角色。而作为新生共和国的新闻首脑,胡乔木的眼光自然也跟随毛泽东,把他的"笔杆子"投向世界,开始关注国际事务。

新中国成立后,第一个承认新中国的是苏联。曾任苏联驻国民党政府北平领事馆总领事的齐赫文斯基在参加开国大典时,接到了中国外交部部长周恩来向各国政府发送的中央人民政府公告后,立即翻译报送莫斯科的斯大林。斯大林立即指示苏联所有报刊发表中华人民共和国成立的消息,并立即决定与新中国建交。1949年10月2日,苏联政府即发来照会,并决定互派大使。这天当毛泽东从机要秘书手中接到苏联政府照会的时候,看了又看,竟然情不自禁地握住了机要秘书的手。可见,毛泽东的内心是多么的兴奋和喜悦。

1949年10月6日,值"中苏友好协会总会"成立之际,新华社播发了胡乔木撰写的社论《中苏友好万岁!》。毛泽东审阅后,非常满意,一字未改。胡乔木在社论中写道——

中苏友好协会,正是中国人民热爱苏联的具体表现,也是中国人民最高的革命利益的表现。现在我们又见到了苏联以第一个友邦承认中华人民共和国,罗申先生现已奉命为苏联第一任驻华的大使。这是同中苏友好协会总会成立有同等重要性的大事。中苏两国的新邦交将给中国人民带来深厚的利益和美丽的远景。中苏友好协会将在沟通两国人

---

① 逄先知:《毛泽东和他的秘书田家英》,中央文献出版社1989年12月版,第2页。

民友好关系,系统地介绍马列主义和苏联建设经验,教育中国人民认清苏联三十二年来对我国人民友好关系的真实历史,认清人民祖国建设的前途与中苏友好关系不可分,大力发展与巩固两国邦交等方面起着重要作用。全国完全解放的局面即将到来,今后中心任务是进行新民主主义的建设,摆在我们面前的还是一条长期的艰苦的途程,必须努力战胜一切困难,把我们国家从过去的半殖民地半封建经济变成真正独立的经济,变落后的农业国为先进的工业国。完成这一任务,首先要依靠我们勤劳而勇敢的人民大众,其次我们必须接受毛主席的教导,"联共就是我们最好的先生,我们必须向联共学习"。苏联不但是我们的最好老师,而且也正如毛主席所说的:"我们在国际上是属于以苏联为首的反帝国主义战线一方面的,真正的友谊援助,只能向这一方面去找,而不能向帝国主义战线一方面去找。"事实完全如此。美帝国主义帮助和唆使国民党残余匪帮,封锁我们的海岸,并且使用各种卑劣无耻的方法,企图阻挠和破坏中国人民的经济建设事业;而几乎在差不多同一个时候,苏联同东北人民政府签订了贸易协定,给予中国人民以巨大的支援。这是多么鲜明的对照!现在,苏联又在中华人民共和国中央人民政府成立的第二天,首先承认了新中国。这种真诚无私的友谊,何等令人感动!只有为马列主义思想所武装了的伟大的社会主义国家及以共产党为领导的人民民主国家,才能向中国人民伸出真正友谊之手!它不要任何代价,没有任何自私的目的,而只有对于人类的伟大的崇高热爱。在以斯大林为象征的伟大的国际主义旗帜下,中国人民得到这样真诚的帮助,就一定可以稳步地走向光明幸福的佳境。

胡乔木的社论,从某种意义上正好表达了毛泽东的心声。一个月后的11月8日,毛泽东在致斯大林的电报中说:"政府成立第二天即获得苏联的无条件承认,并很快即获得各新民主国家的同样的承认,这件事给了我们以有利的地位,使许多经常摇摆不定的人们稳定下来,觉得人民政府势力大了,不怕帝国主义了,又把资本主义国家抛入被动地位。"

弱国无外交。新生的共和国正面临着帝国主义封锁和可能的武装干涉,又面临着恢复国内经济的艰巨任务,更需要外交。在这种情形之下与强大的社会主义国家苏联建立友好与合作关系,显得格外重要。就是在这种历史和时代的背景下,毛泽东在共和国刚刚成立两个月的时候就踏上了出访苏联的征程。

访问苏联其实是毛泽东多年来的一个夙愿。在延安,在河北的城南庄,毛泽东都曾做过出访的准备,但终因国内军事、政治形势的急剧变化,访苏行程几经改变,一再推迟,直到这个时候,他的愿望才得以实现。尽管此前的1949年6月至8月,刘少奇曾受中共中央的委托秘密访问了苏联,为毛泽东的出访做了重要准备,而且斯大林对中国革命的胜利给予高度评价,并予以经济贷款等援助,还主动对1945年日本投降后其要求中共与国民党实行妥协的错误作了自我批评:"胜利者是不能被审判的,凡属胜利了的都是正确的。"但是中苏建交后,两国关系中还有一些重大的政治、经济问题需要毛泽东亲自和斯大林直接会商。

很快,斯大林的邀请电就来了。1949年12月6日,毛泽东登上了北上的专列,前往莫斯科。这是毛泽东第一次走出国门。在苏联驻华大使罗申和驻华经济专家组组长柯瓦廖夫的陪同下,毛泽东带着教授身份的陈伯达、翻译师哲及叶子龙、汪东兴等人出发了。经过十天的漫漫行程,列车在寒风中穿过了西伯利亚,于12月16日中午12点抵达莫斯科。当日晚间,毛泽东在克里姆林宫第一次与斯大林见面了。

毛泽东第一次出访国外,没有像当年参加重庆谈判那样,带着秘书胡乔木随行,他是有着自己的考虑的。自从出任新闻总署署长后,胡乔木的责任和角色已经与战争年代大大不同,他已经进入中共和国家新闻宣传的最高领导层,是名副其实的"新闻首脑"了。毛泽东早已经放手胡乔木去管理新闻工作,让他独立地去担承,去开创,去建立。同时,胡乔木仍然还要执笔为新华社撰写时评和社论。

1949年10月15日,胡乔木为新华社撰写了《庆祝解放广州和歼灭白崇禧主力》,毛泽东仅作了四处小的改动;紧接着在16日,胡乔木又为新华社撰写了社论《学习松江的榜样,普遍召集市县人民代表会议》;11月5日,胡乔木撰写了《解决劳资争议的正确途径》,对解放后的大城市中出现的劳资纠纷问题,开了一剂药方,为新中国的城市经济政策做了解释和宣传工作。这是胡乔木为新华社撰写的最后一篇社论。此后在一年左右的时间里,胡乔木再也没有撰写社论了。因为他实在太忙了!

胡乔木虽然不在身边,远在莫斯科的毛泽东依然时刻和胡乔木保持着联系。1950年元旦这天,毛泽东给北京发来了电报:"少奇转乔木:广西全境,广东之南路及雷州半岛,西南全境(除李弥、余程万二部及西昌胡宗南一部外),西北全境,残敌均已肃清。请用中共中央名义起草一个致各野战军的贺电,电稿写好后告我看一下再发。"

就在这个时候，英国通讯社造谣说，斯大林把毛泽东软禁起来了。消息传出后，令苏联方面有些着慌。师哲回忆说："毛主席访问苏联，这是新中国成立后，党和国家最高领导人同苏联党和政府最高领导人的第一次直接会晤，是最重要的外交接触和谈判，理所当然要引起国际舆论的高度重视。但十几天来竟然无任何消息报道有什么实质性的进展，这是西方人士不能理解的，当然要引起世人的种种猜测。大家为此着急。"最后还是第一任驻苏大使王稼祥想出了一个好主意，提出以毛泽东主席答塔斯社记者问的形式，在报上公布自己到苏联的目的。毛泽东采纳了这个建议。

1950 年元旦这天毛泽东决定发表这个《答记者问》。1 月 2 日，毛泽东再次致电"少奇转乔木"，要求新华社务必照塔斯社发表的稿子译发。胡乔木按照毛泽东的指示，在 1 月 3 日的《人民日报》上发表了这篇《答记者问》。毛泽东说："我逗留苏联时间的长短，部分地决定于解决有关中华人民共和国利益的各项问题所需要的时间。""在这些问题当中，首先是现有的中苏友好同盟条约问题，苏联对中华人民共和国贷款问题，贵我两国贸易和贸易协定问题以及其他问题。"他并说，"我还打算访问苏联的几个地方和城市，以便更加了解苏维埃国家的经济和文化建设"。毛泽东的《答记者问》发表后，震动世界，谣言不攻自破。而一直对签订中苏友好条约采取拖延态度的斯大林也改变了想法，同意中方谈判的主持人周恩来到莫斯科，并于 1 月 2 日晚上 8 点派莫洛托夫和米高扬到斯大林郊外别墅的毛泽东住处谈话，询问毛泽东对签订中苏友好条约的意见。

1950 年 1 月 14 日，毛泽东就关于支持苏联情报局刊物对日本共产党冈野进的批评，专门致电胡乔木："我今晚 9 时动身去列宁城参观，要三天才能回来，而人民日报社论稿及日共政治局的决议尚未收到。如要等我看过，须到 17 日才有复电，否则由少奇同志看过即可发表。我党应当发表意见，支持情报局刊物对冈野进的批评，而对于日共政治局未能接受批评表示惋惜，希望日共采取适当步骤纠正冈野进错误。"

2 月 14 日，毛泽东又致"少奇转乔木"一封"限即刻到"的长电，要求他们就《中苏友好合作的新时代》一文立即进行修改，然后随"条约"一道于今夜广播。毛泽东对这篇社论提出了六条修改意见，最后还专门叮嘱："请乔木负责改好校正无讹，并请少奇同志精校一遍，务使毫无遗憾，与中苏双方所发表的条约及协定内容完全一致，否则参差不齐，影响很坏，至要至要！"

毛泽东为胡乔木捉刀,严斥美国务卿艾奇逊造谣
斯大林误会毛泽东,追问:"胡乔木是什么人?"

尽管毛泽东没有带胡乔木出访苏联,但远在莫斯科的毛泽东却让胡乔木从幕后走向前台,成为备受世界关注的"新闻人物",声名远扬。这是怎么回事呢?

中共中央和毛泽东历来极其注重新闻宣传工作,深知"笔杆子"的威力。早在1936年,美国记者埃德加·斯诺秘密访问陕北,在保安采访了毛泽东等中共高层领导和红军将士,并写出了风靡全球的畅销书《红星照耀中国》(即《西行漫记》),打破了国民党蒋介石长达十年的新闻封锁,赢得了中国人民和世界进步人士的极大同情,可以说是借斯诺的笔打赢了一场"舆论战"。但中共也历来注意从不宣传个人的功绩,一致认为中国革命的胜利是中共集体领导的成果。如今,身为新闻总署署长的胡乔木,更是在这方面严格要求自己,一生不喜欢张扬的他发表文章从来不署名。而介绍胡乔木其人其事的文章更是凤毛麟角,几乎很难见到。这确实给我们后来者为其写书立传带来了诸多缺憾,但这也正是胡乔木,作为一个有良知的高级知识分子、作为一个中共高层意识形态领域的领导人默默为人民服务,不求闻达、不求功名的操守和情怀。

然而,这次出访莫斯科的毛泽东,却把秘书胡乔木推向了世界舆论的前沿阵地,让胡乔木做了他人生从事宣传和新闻工作以来的第一次"亮相"。

事情是这样的——1950年1月12日,美国国务卿艾奇逊在美国全国新闻俱乐部发表演讲,混淆视听,造谣说:"苏联正在将中国北部地区实行合并,这种在外蒙所实行了的办法,在满洲亦几乎实行了。我相信苏联的代理人会从内蒙古和新疆向莫斯科作很好的报告。这就是现在的情形,即整个中国居民的广大地区和中国脱离与苏联合并。苏联占据中国北部的四个区域,对于亚洲有关的强国来说是重要的事实,对于我们来说是非常重要的。"

1月17日,苏联部长会议副主席莫洛托夫来到莫斯科郊外的斯大林别墅,看望毛泽东,将美国国务卿的这个讲话交给了毛泽东,并建议由中、蒙、苏三国在21日各发表一项"官方声明",驳斥艾奇逊的无耻谰言。毛泽东非常重视,当即同意了。

1950年1月21日,中、蒙、苏三国按照约定,各自发表了驳斥美国国务卿艾奇逊的"官方声明"。中国的"官方声明"是这样的——

（新华社北京二十日电）中央人民政府新闻总署署长胡乔木，本日向新华社记者发表谈话，驳斥美国国务卿艾奇逊的无耻造谣。

胡乔木署长说：美国国务卿艾奇逊一月十二日在美国全国新闻俱乐部的长篇讲演造了一连串的谣言。美国帝国主义的官员以艾奇逊这类人为代表，一天一天地变成了如果不乞灵于最无耻的谣言就不能活下去的最低能的政治骗子，这件事实表示了美国帝国主义制度在精神方面堕落到了什么样的程度……

美国国务院对于中苏关系上的说话有它自己的历史。苏联帮助了中国共产党这一点是没有任何根据的——这是一九四五年以前美国国务院的老爷们常说的话，这是因为那时候在国务院老爷们看来，美国在中国的战争赌博似乎还有希望的缘故。苏联企图控制中国——这是一九四九年国务院为中国问题而发表的白皮书中所说的话，这是因为这时候国务院老爷们已经感觉自己的赌博快要输光了的缘故。苏联占据中国北部的四个区域——这是一九五〇年一月十二日的话，这是因为美国在中国大陆上的赌博已经彻底输光，剩下一个台湾，似乎还想在那里打点鬼主意的缘故。谢谢上帝，美国帝国主义者们在中国人民和中国人民解放军的扫荡之下，除了造作这样的谣言之外，已经没有别的更好的办法了。所谓中国共产党是苏联的走狗，苏联已经或正在或将要吞并中国这类低能的造谣诬蔑，只能激起中苏两国人民的愤慨，加强中苏两国的友好合作，此外不会有别的结果。

这篇以中央人民政府新闻总署署长胡乔木的名义发表的"官方声明"，可谓是笔锋犀利，打了艾奇逊的帝国主义嘴脸一巴掌。但中方的"官方声明"采取的方式却让苏方感到不快，认为中国没有像苏联、蒙古一样用外交部长的名义发表，减弱了力量。

因为事先双方对"官方声明"没有作进一步的界定，毛泽东一直沿袭中共在战争年代以向记者发表谈话的形式表明对某一事件和时局的态度。这次，毛泽东依然采用了这个方式，而且极其重视。在莫洛托夫告诉艾奇逊造谣的情况之后，毛泽东立即于 1 月 19 日晚，亲自在莫斯科起草了这份声明，并连夜用电报发回国内。毛泽东在电报稿后还特别注明——"少奇同志并告乔木"：一、用密码，不可用明码；二、精密校正，不要错字；三、今日必须发出，并使刘少奇同志能于今夜或明晨收到。毛泽东在电报中还专门告知："用乔木名义写了一个谈话稿，请加斟酌发表。"

毛泽东竟然为胡乔木捉刀代笔,发表新闻评论,这在毛泽东和胡乔木交往的历史中是第一次,也是唯一的一次。

　　然而,就是这样唯一的一次,让在莫斯科访问的毛泽东怎么也不会想到,竟然让自己和斯大林之间产生了一个不大不小的误会。斯大林专门就此问题邀请毛泽东、周恩来两人到克里姆林宫晤谈。

　　斯大林首先说:"今天请你们来,是想在这个小范围内交换点意见,莫洛托夫有些话要说,我们先听听他的吧。"

　　莫洛托夫说:"上次我们谈定,关于艾奇逊的谈话,我们应分别发表一项正式声明,驳斥艾奇逊的胡说八道。而且我们谈定,用官方名义发表驳斥声明。请问中国政府是否已经发表了这项声明?"

　　毛泽东回答:"发表了,是用胡乔木的名义发表的。"

　　斯大林问:"胡乔木是什么人?"

　　毛泽东答道:"是新闻署长,也是以这个身份发表声明的。"

　　斯大林说:"按照国际上的习惯,任何新闻记者都可以对任何问题发表自己的观点、谈话或评论,但他们的一切言论并不代表官方的立场和观点。所以,以个人身份(即新闻记者)发表声明,怎么说都可以,但那是一文不值的。"

　　莫洛托夫接着说:"我们原来商谈的是希望中国发表一项官方的正式声明,也就是说具有代表性的、权威性的声明。但是,新闻总署并不是权威机关,它代表不了政府;新闻总署署长对记者的谈话也代替不了官方的观点和意见。中国方面没有按照商定的那样去做,这就违背了我们的协议。这个做法没有获得我们所预期的效果,中国方面怎么考虑的,我们不清楚;但既然是我们双方一致达成的协议,那就必须遵守。信守诺言是我们之间合作的重要一条。这是我们的一些想法,今天也愿意听听中国同志的意见和解释。"

　　斯大林接着说:"这么一来,我们的步调就乱了。各行其是,减弱了我们的力量。我认为,我们都应该信守诺言,紧密配合,步调一致,这样才会更有力量。来日方长,今后我们相互配合、相互合作的机会和场合是很多的,把这次作为前车之鉴,吸取经验教训,加强今后的合作,正是我们应该做到的事情。这次的事情虽然没有什么了不起,但我们没有按照原定计划做,乱了步伐,给敌人留了可钻的空子。"

　　参加会晤的翻译师哲回忆:"事实是客观存在,有什么可多说的呢。这次谈话,没有得到任何积极的效果。莫洛托夫的发言无疑完全是斯大林授意的,不管怎样都得讲出来。这些话在相当程度上激怒了毛主席,他始终一言不发。周总理作了一些解释。但鉴于已经形成的气氛,他也表现得十分矜持。

这次谈话的时间很短，谈话结束后，宾主离开了克里姆林宫，前住斯大林的别墅。斯大林特地把毛主席、周总理都请到自己的车上，让他们坐在后排主位上，他和我坐在加座上。在车上，大家都沉默不语，气氛像铅块一样沉闷。"

为了缓和车厢内的气氛，师哲主动同斯大林闲聊了起来，并问他："你不是答应过要到我们代表团的住处去做客吗？"斯大林立即回答说："我是说过。现在也没有放弃这个愿望。"可没等斯大林的话讲完，毛泽东就对师哲说："你和他谈的什么，不要请他到我们那里去做客。"当师哲立刻承认同斯大林谈的正是这个问题时，毛泽东再次重申说："把话收回来，不请他了。"①晚上的聚会自然是不欢而散。

此前，作为一个懂得忍耐的政治家毛泽东，对斯大林拖延与新中国签订《中苏友好同盟互助条约》本就已经非常生气，甚至在苏方联络员柯瓦廖夫和翻译费德林面前发火说：我到莫斯科来，不单是为斯大林祝寿的。你们还要保持跟国民党的条约，你们保持好了，过几天我就走。我现在的任务只有三个：吃饭、拉屎、睡觉。显然，这是毛泽东在受到苏方冷落后，说给斯大林听的，表达了对斯大林不准备签订新约的不满。而这次，仅仅因为中方的"官方声明"是以"中央人民政府新闻总署署长胡乔木的名义"发表的，斯大林小题大做，引起不愉快的误会。对此，毛泽东同样对斯大林强烈地表达了自己的不满。毛泽东认为没有必要去作什么解释。在他看来，中国发表这份针对美国帝国主义者的辟谣文件，根本不需要用外交部长的名义，以新闻总署署长谈话的形式就可以了，这是恰当的。②

不求名利的胡乔木嘱令中国媒体不要宣传他个人

尽管毛泽东和斯大林产生了误会，但这篇犀利的"声明"确实让胡乔木从幕后走上了前台，第一次公开了其中央人民政府发言人的身份。胡乔木的名字也开始引起世人的注意，"新闻首脑"一下子变成了"新闻人物"。

新加坡《南侨日报》在1950年2月3日发表了题为《严正驳斥美揆造谣的新闻署长胡乔木》。文章介绍说："中央人民政府的发言人，政务院新闻总署署长胡乔木，日前对美国国务卿艾奇逊歪曲中苏会谈的谈话，予以严正驳

---

① 师哲：《在历史巨人身边：师哲回忆录》，中央文献出版社 1991 年 12 月第 1 版，第 455—457 页。
② 《毛泽东传（1949—1976）》，中央文献出版社 2003 年 12 月第 1 版，第 44 页。

斥,这是他从新闻总署成立以来代表政府所作的第一次发言,以后我们听到他代表政府发表谈话的机会一定很多,无论是关于国内或国际方面的,他好像是一位播音台的播音员一样,全国人民经常静候着他的声音,都想从他那里知道人民政府的意志与动向。他的责任虽然如此之重,但他过去一直是个革命工作者,所以除了中共内部及其工作地区的人民而外,很少知道他的经历的……现在他是新华通讯社社长,北京《人民日报》社社长,又是政务院新闻总署署长,肩荷着全国新闻报道、政治宣传和政府发言人的重任,他会写,会说,会做,恰是胜任愉快,铢悉席称。"①

　　而在此前的 1949 年 12 月 2 日,上海的《新闻日报》也曾发表署名"癯山"的文章《记胡乔木》,称:"新华社社长及新闻总署署长胡乔木是苏北盐城县人,地主家庭出身,他父亲胡启东老先生是旧国会的议员,因为拒绝曹锟的贿选,在地方上很负清名。他原名叫鼎新,兄弟姐妹一共有五个人。他和他的大哥达新先后曾在扬州的前江苏省立第八中学读书。他是 1924 年秋进校的,当时才 13 岁,因为一篇《送高二同学赴杭州参观序》的好文章而闻名全校;学校并特地把这篇文章刊印出来,交给大家作参考。他英文、算学的成绩,也远远在众人的上面,因此先生、同学都叫他作'神童',说他是一个'不世出'的奇才。他 1930 年考进了北京清华大学的物理系,当时一般学生的传统心理,皆以南进交大、北进清华为荣;尤其是清华毕业的学生,有优先留美的权利,更是大家所'向往'的学校。以胡氏的聪明才智,只要读完四年,'放洋深造',自无问题;但他却接受了马列主义的真理,走上了革命的阵线……"②这是中国媒体最早刊登的胡乔木传记资料,也是目前唯一能找到的在胡乔木生前发表的有关他生平的文章。

　　对于这些报道,胡乔木很不喜好。作为共和国的"新闻首脑",他嘱令中国报刊不要再发表任何有关他个人的文字。这也是后人对胡乔木这位中共历史上的"大手笔"的人生传奇十分陌生的重要原因。

　　胡乔木就是这样的一个人。他一辈子就是用笔说话,用笔做事,不张扬投机,不趋炎附势,为党为国家为人民忠诚奉献自己的智慧,不求个人名利得失。曾任中共中央宣传部部长的邓力群在 1992 年 10 月回忆说:"如果把他经手过的东西,包括替中央、替中央负责同志所做的,统统搜集起来,不知道有多少字,恐怕有上千万字吧! 个人尽了那么大的力量,做出那么大的贡献,党内只知道他是这么一个人物,不知道写了那么多文件、文章。署他名的

①② 原文引自《胡乔木》,叶永烈著,中共中央党校出版社 1994 年 2 月第 1 版,第 86—87 页。

文章恐怕只是他写的文章的一小部分。用他名字发表的理论文章不多，但党的理论财富中，他所做的贡献，占着相当大的份额。"他还说："乔木这一辈子，写社论，写评论，写消息，都不署名。起草中央文件，替毛主席起草电报，起草指示，由毛主席审定发出，更不署名。毛主席授意他做什么事，给中央写什么东西，也不署名。中央领导同志的讲话、报告，从七大以后很多他都参与，而且是主要的起草人，也从不署名。尤其可贵的是，他做了很多工作，从来不张扬。像我们跟他比较熟悉的人，很多事情他都不说。《西藏的革命和尼赫鲁的哲学》这一篇，直到最近我才知道是他多次修改定稿的。辛勤耕耘，默默无闻，不求闻达，他就是这样不计得失，为党工作。他孜孜不倦做了很多工作，但不因为做了很好的工作，就停步、歇脚。他从不停步，一件事完成了，接着又是一件，永无止境地做下去。在他来讲这样做是义不容辞、理所当然的。在中央来讲，已经是顺乎自然，从没有想到要给他表扬。起了很大作用的文章、报告、讲话、决定，很少听到毛主席表扬他哪篇东西写得好。好像是理所当然的，你应该写好。在乔木则从来都是积极地、不知疲倦地工作，情绪从来没有波动。"①

邓力群的这段评论可谓胡乔木一生的真实写照。

而在杨尚昆的眼里，胡乔木"他的思想、他的感情、他的期望，都已经流泻在他毕生写作的不计其数的文字之中了。这些文字写上他个人名字的只是一小部分，大量的是用了党和国家的名义。他个人已经同我们的党、我们的国家、我们的民族融为一体了。这是一个终生用笔来为人民服务的人所能达到的最高的境地，也是我们最应该学习乔木同志的地方"。

"一个终生用笔来为人民服务的人"。杨尚昆说得真好！

胡乔木就是这样的一个革命家和政治理论家。值得一提的是，作为新中国的第一任新闻总署署长，胡乔木在兼任新华社社长、人民日报社社长的同时，在新华社的建设和发展上付出了极大的可贵努力，开辟了新华社的广阔前途。根据中央人民政府的决定，新华社成为国家通讯社，受权发布中央人民政府的公告性的新闻和外交新闻，并负责将国内新闻和国际新闻供给全国报纸。在胡乔木的领导下，新华社完成了把全国各地方分社的组织和工作完全统一和集中起来，彻底改变了战争年代各级分社的地方性和分散性，加强了对全国和全世界的新闻报道。中共中央在 1950 年 3 月发出《关于改新华社为统一集中的国家通讯社的指示》后，胡乔木就在 4 月份作出了新闻总

---

① 邓力群：《向胡乔木同志学习》，《党的文献》1993 年第 2 期，系邓力群 1992 年 10 月 5 日在当代中国研究所的讲话，时值胡乔木逝世一周。

署《关于统一新华通讯社组织和工作的决定》，并在 12 月举行了第一次全国社务会议，真正完成了新华社历史性的变革。

从 1950 年到 1952 年这三年间，新华社的业务建设在胡乔木的领导下，主要集中在树立和加强为全国报纸服务的全国观点，加强联系实际和联系群众，宣传有全国意义的先进人物和先进经验，努力提高报道质量，日益显著地起到了在国内新闻战线上消息总汇的重大作用。胡乔木担任新闻总署署长后，新华社的任务也发生了变化，因口语广播部脱离新华社而成为中央人民广播电台，评论工作也因《人民日报》已经成为中共中央机关报而大部解除，从而主要任务只集中在采访和发布新闻方面，结束了过去那种集通讯社、口语广播、报纸评论三位一体的状况。但在 1952 年新闻总署撤销后，对外广播和新闻摄影工作队都拨归新华社，新华社又担负起向国内和国外发布新闻和新闻照片的双重任务。直到新中国成立初期的国民经济恢复时期结束的时候，新华社作为全国性通讯社已经初具规模——在国内拥有 6 个总分社、28 个分社，在国外有 6 个分社，全社工作人员由 1949 年的 810 人增至 2002 人；总社机构进一步健全，分工更加明确，包括国内新闻编辑部、国际新闻编辑部、对外新闻编辑部、对地方报纸新闻编辑部、对华侨广播部、翻译部、新闻摄影部、干部处、电务处、秘书处、财务处和印刷厂等；业务工作比 1949 年有了很大发展，对国内广播从 1.5 万字增加到 3 万字，对地方报纸的简要新闻每日 7500 字，对华侨广播每日 5000 字，对国外英文广播从每日 2000 字增加到 8000 字，新闻照片在 1952 年发行 70 万份，参考消息每日从 2 万字增到 4 万字，电台设备也有很大增强。在胡乔木的领导和关心下，新华社完成了全国通讯社的规模建设，并奠定了走向世界性通讯社的基础。[1]

毛泽东点名胡乔木担任新中国成立后中共第一次整风委员会主任

1950 年上半年，中共中央决定在全党范围进行一次整风运动。此前，中共已经经历了两次大规模的整风。一次是在 1942 年到 1943 年，一次是在 1947 年到 1948 年。这一次是中共在夺取全国政权、建立新中国后的第一次大规模的整风运动。随着时间、形势的变化，这次整风与前两次在情况、方法和经验上也是不同的。因此，中共中央和毛泽东对此非常重视，专门成立了

---

[1] 吴冷西：《新华社二十年》，《新闻业务》1957 年第 9、10 期。

整风委员会,并指定胡乔木担任这个委员会的主任。

对整风,胡乔木是熟悉的,也是有经验的。中共第一次整风是在抗日战争的困难时期,其重点是在高中级领导机关及其工作人员,其主要锋芒是对着教条主义和新参加革命的知识分子,其主要方法是阅读文件检讨思想。毛泽东曾对这次整风的成绩总结说:"抗日战争时期我党内部整风运动,是一般地收到了成效的。这种成效,主要是在于我们的领导机关及许多干部,进一步地掌握了马克思列宁主义的普遍真理与中国革命的具体实践之统一这样一个基本的方向。在这点上,我们党是比抗日以前的几个历史时期大进一步了。但是,在党的地方组织方面,特别是党的农村基层组织方面存在的成分不纯与作风不纯的问题,则没有获得解决。"对此,自始至终参与这次整风的胡乔木认为:"这种情况,是与当时党所处的整个形势相关联的。此外,这次整风不久即转入审查干部历史的工作,这个工作是有成绩的,但曾经犯了许多错误,这些错误是纠正了,但应当看作是一个教训。"

而在解放战争和土地改革工作的紧张时期进行的第二次整风,"其重点是在下级干部,其主要锋芒是对着混入党内的地主富农分子和农村干部的严重脱离群众的现象,其主要方法是经过党的支部,邀集党内外群众参加党的会议,共同审查党员干部的成分和作风"。胡乔木认为,这次整风"批判了存在于党内的右倾思想,揭发了党内在某种程度上存在着的成分不纯或者作风不纯的现象","改善了农村中党与群众的关系,帮助了土地改革工作和部队政治工作的进展。这次整党决定了一切巩固区域党的支部公开,这对改善党群关系也是一个重要的关键。这次整党曾经发生党内过火斗争的错误,不适当地打击了或过重地打击了一批党员和干部,在党与群众的关系问题上也发生了尾巴主义的错误,但这些错误迅速地纠正了。"

1950年5月24日上午6时,毛泽东给胡乔木写了一封信:"乔木同志:全党整风运动即将开始,这件事已成当前一切工作向前推进的中心环节。这一环节不解决,各项工作便不能顺利地向前推进了。中央已指定了一个三人委员会,你为主任,负责审查各地整风文电并起草复电;尔后则负责注意这个运动的发展,替中央起草指导文电,并注意报纸刊物的报道和指导(六月上旬应写社论一篇)。各地整风指示文件均须经中央,截至今日,已到者有华东、西南、西北、内蒙、一野等处,请你即于两三日内总阅一遍,邀集安子文、肖华谈一下,逐一起草复电(请叫尚昆注意各地有关此类来电,抄送你和安、肖),或者还须总复一电。其原则是大体可用者即予同意,须作部分修改者则予修改。关于学习文件,有关全国者须予统一。复电要快,本月内(只有七天了),均须将起草,送书记处各同志看过,并用四 A 级电拍发等事办理完毕,以便全国整风能于六月上旬一律开始。"

作为毛泽东的得力助手,毛泽东要胡乔木来具体领导新中国成立之后第一次全党整风,无疑,这标志着胡乔木在中共政治生活中已上升到十分重要的位置。

按照毛泽东的指示和要求,胡乔木经过深入调查和研究,对当时中共的情况作了一个基本估计,认为:"关于党与群众关系,应当说,党的威信仍然是很高,但是一部分群众由于经济困难,负担重,和我们党员干部工作作风中的缺点,有相当的不满。"在胡乔木看来,政策上和作风上的这种缺点,基本上是中共在 1949 年以来的伟大前进中所不可避免地带来的,是中国社会深刻变革过程中的必然产物,而其产生的重要原因是因为"胜利来得太快太大,新党员新干部太多太杂,新任务太多太紧,某些政策方面的前进太快太远,来不及准备,来不及学习"。

胡乔木还指出:"作风中最普遍的缺点是命令主义。这就是不依靠群众的同意和积极的共同行动,不用说服方法而用粗暴的强制方法来完成任务。"胡乔木还列举了在征粮收税公债工作、工厂管理工作、若干农村中在组织起来的问题上、文化教育改革问题上和对党外人士合作问题上,都不同程度地存在着"命令主义"的缺点,方法简单粗暴,部分地区甚至发生了"乱打人、乱扣人、乱杀人"的犯法乱纪的现象,这是封建主义恶霸作风在党内的反映,必须对它进行长时期的反复斗争,犯严重错误者应当开除出党,属于党外的错误应交政府法办。同时,胡乔木还指出党内广泛地存在着官僚主义现象,很多干部不了解情况而乱下命令,犯了错误而压制批评。工矿和其他经济部门中的事故和浪费是严重的、个人的浪费和贪污腐化现象也是值得警惕的。

胡乔木对共和国成立初期中共党内滋生的诸多"无纪律现象"进行了客观的分析和研究,大胆公正地指出了党的队伍存在的问题,这种不偏不倚的态度和实事求是的精神,是宝贵的,也是其一生追求、恪守和践行的。

1950 年 6 月,中共召开了七届三中全会。在这次大会上,胡乔木专门就"整党问题"作了发言。作为中共中央宣传部常务副部长、毛泽东的秘书,胡乔木在这样的高层会议上专门就整党问题发言,显然是代表中共中央的决策。以胡乔木当时的政治身份和角色,在中共党史上都是少见的。

胡乔木说:"这次整党和前两次的环境都不同,所以步骤也有所不同。这次整党是在全国胜利和工作繁忙的条件下进行的,全国胜利,所以整党的规模范围远过于前两次;工作繁忙,所以必须'在和各项工作任务密切地相结合而不是相分离的条件下'进行,必须着重总结工作,展开批评与自我批评的方法。"

针对新解放区"要土改、要减租、要剿匪"和老区已经有比较"正规的党校系统和在职干部学习系统"的实际情况,胡乔木指出:"新区和老区整党的步骤又有不同",但"共同的步骤是由上而下",这样"可以避免前两次整党的缺点"。他要求:"整风会和整风班上,必须放手发扬民主,各级领导应以身作则,作恳切的自我批评,保证下级有完全的批评自由,禁止压制报复;另一方面又须加强领导,防止批评走入歧路,陷于无政府。这种经验,是前两次整党所证明了的。至于惩办清洗犯错误分子、投机分子和追究嫌疑分子的工作,不应由整风会整风班来直接处理,而应作为整风学习的结果,按经常手续由经常负责机关来处理,但是一定要处理。"

这次整党的重点是什么呢?胡乔木说:"中心问题是解决党群关系问题,所以在新区应以准备土改减租为重点,在部队应以准备复员为重点。"而在一般的政权机关"应着重改善对党外人士的合作关系"。同时,胡乔木还强调对这次整党的宣传工作,要求"各地报纸和党刊党校应加以通俗的联系实际的宣传","主要的是展开批评与自我批评","各级和各部门的负责人都要作报告,写文章,在报纸上发表"。

中共中央同意了胡乔木的这个讲话。这次整风历经1950年夏、秋、冬三季,到1951年初顺利结束。尽管这次整风运动没有像延安整风运动那样热火朝天,但这次的确是"在和各项工作任务密切地相结合而不是相分离的条件下"进行的,是中共在迎来革命全面胜利之后,在全党进行的一次精神卫生运动,是一次思想上的大洗礼。毫无疑问,胡乔木领导的这次整党,对加强中共组织、思想和干部队伍建设,为共和国成立初期励精图治团结奋进的大好形势创造了优质的人文基础和政治环境。

1951年,毛泽东在政协全国委员会第三次会议开幕式上指出:"思想改造,首先是各种知识分子的思想改造,是我国在各方面彻底实现民主改革和逐步实行工业化的重要条件之一。"因此,在统一战线工作中,在中共开始整党的同时,各民主党派也相继开展了规模性的思想改造运动。1951年11月20日,胡乔木参加了中国民主同盟和中国农工民主党会议,并作了《谈思想改造》的长篇讲话。这个讲话,胡乔木分别从"统一战线中间为什么有思想改造问题""知识分子的思想改造有什么特殊意义""知识分子怎样来改造自己的思想,知识分子改造自己思想的途径"和"民主党派在领导知识分子的思想改造当中的作用"四个方面进行了深入的阐述。胡乔木指出:思想改造是"共产党需要跟各民主党派共同来进行这个伟大的有历史意义的工作","在这个工作中有些方法共产党还没有想出来,有些方法共产党虽然想出来了,但是还没有那样精力去进行,我们需要和朋友来合作。领导群众学习,进行思想改造,就不能不首先要进行自己的思想改造,因为我们是站在群众的前面,不是站在群众的后面。共产党本身经过了无数次的自我改造、自我教育的运动,经过了许多艰难曲折的过程。因为共产党坚持自我改造,这样就使得共产党成为一种正确的工人阶级的革命政党。所以领导群众进行改造工作就必须首先改造自己,这样才能够在群众中建立起领导者的信仰,同时,还要不断地修改我们的工作。"而思想改造的方法也就是三种:学习,批评与自我批评,实践。①

在中国民主同盟和中国农工民主党会议上发表关于思想改造的讲话,胡乔木的身份和角色是特殊而又意味深长的。显然,这是毛泽东亲自指派胡乔木参加的,而且代表的是中共中央。

胡乔木建议毛泽东在《人民日报》发表《实践论》

对毛泽东,斯大林是格外尊重的。当毛泽东第一次走出国门抵达莫斯科的当天,斯大林就破例地带领苏共全体政治局委员在克里姆林宫的小会议室里站成一排,迎接毛泽东的到来。而且会谈时也只用中方的翻译师哲一人。一见面,斯大林就紧紧握着毛泽东的手,仔细端详了一阵,说:"你很年轻,红光满面,容光焕发,很了不起!"他对毛泽东赞不绝口:"伟大,真伟大!你对中国人民的贡献很大,是中国人民的好儿子!我们祝愿你健康!"按惯例,斯大林是从来不到克里姆林宫以外的地方出席宴会的,但在毛泽东结束访问中方举行的答谢宴会上,斯大林再次破例地参加了。这不仅令与会的客人们惊喜,甚至令苏联的中央高级官员也十分吃惊,因为他们也很少有机会这么近距离地看见斯大林。

也就是在这次访问中,斯大林主动提出,为了总结中国的革命经验,建议毛泽东把自己写的文章、文件等编辑成集出版。为此,毛泽东希望斯大林派苏共中央理论上很强的人到中国,帮助他编辑《毛泽东选集》。斯大林当即决定派主编过《简明哲学辞典》的理论家尤金来华。在八年之后,毛泽东对尤金说:"为什么当时我请斯大林派一个学者来看我的文章?是不是我那样没

①《胡乔木文集》第二卷,人民出版社 1993 年 7 月第 1 版,第 345—371 页。

有信心？连文章都要请你们来看？没有事情干吗？不是的，是请你们来中国看看，看看中国是真的马克思主义，还是半真半假的马克思主义。你回去以后，说了我们的好话。你对斯大林说的第一句话就是：'中国人是真正的马克思主义者'。但是斯大林还是怀疑。只是朝鲜战争才改变了他的看法，也改变了东欧兄弟党和其他各国党对我们的怀疑。"①

其实《毛泽东选集》的编辑工作，中共中央和毛泽东本人在西柏坡的时候就已经提上了议事日程。而早在1944年华北的解放区就已经有各部门自己编选的多种版本的《毛泽东选集》出版。进驻北平后，因为致力于国民经济的恢复工作和召开中共七届三中全会，后来朝鲜战争爆发，《毛泽东选集》的编辑工作就一再推迟了。当朝鲜战争的三次战役胜利后，毛泽东就立即向中央请假，来到石家庄，在西郊的一所陈设简陋的保育院内开始了两个月的《毛选》审稿工作。

协助毛泽东编辑《毛选》的是他的三位秘书：陈伯达、胡乔木和田家英。陈伯达负责选编，胡乔木负责语法修辞方面的修改和标点符号的校正，田家英负责注释工作。《毛选》的俄文由费德林和师哲翻译。尤金在阅读后，赞不绝口，并和毛泽东进行了一次较长时间的谈话。毛泽东的《实践论》《矛盾论》和《在延安文艺座谈会上的讲话》，令尤金极力推崇，他建议毛泽东把这几篇文章寄送给斯大林阅读，并建议把已经定稿的《实践论》发表在苏联的理论刊物上。毛泽东接受了尤金的建议。尤金立即将毛泽东的《实践论》译稿经苏联大使馆转送斯大林。斯大林阅读后，就把毛泽东的文章交给苏共中央的理论刊物《布尔什维克》杂志社。

1950年12月出版的第23期《布尔什维克》杂志发表了毛泽东的《实践论》，并转载了中文编辑部的题解。12月18日，苏共中央机关报《真理报》又发表了编辑部文章《论毛泽东的著作〈实践论〉》，向苏联人民推介毛泽东的这篇哲学著作。文章说："毛泽东同志在其著作中简洁和明晰地概述了唯物论的认识论——反映论。在他的著作中，发展了马克思列宁主义关于辩证唯物论的认识论的基本原则、关于实践在认识过程中的作用的基本原理、关于革命理论在实际革命斗争中的意义基本原理"，"发展了马克思列宁主义关于绝对真理和相对真理的原理，关于客观的东西与主观的东西在认识中的统一的原理。"文章还指出："毛泽东这一著作的特点就是：对复杂的哲学问题的深刻的马克思主义的分析与叙述的形象性和鲜明性结合在一起。""广

---

① 《毛泽东传（1949—1976）》，中央文献出版社2003年12月第1版，第142页。

大的苏联科学界将带着极大的兴趣来阅读。"1951年1月，苏联又出版了毛泽东《实践论》的单行本。[①]

《实践论》在苏联发表后，深得好评，反响强烈，毛泽东十分满意。胡乔木对此极为关注，立即建议毛泽东在国内发表《实践论》，并转载《真理报》的评论文章。

毛泽东接受了胡乔木的建议。1950年12月28日，毛泽东致信胡乔木："此两文已看过，可以发表。第一天发表《实践论》。第二天发表《真理报》的评论。分两天登报。可先在《人民日报》发表，然后新华社再用文字广播。"遵照毛泽东的嘱咐，胡乔木安排《人民日报》在12月29日发表了《实践论》，第二天接着发表了《真理报》的评论《论毛泽东的著作〈实践论〉》。从此，中国老百姓也读到了毛泽东于1937年7月写作的这篇闪耀着毛泽东思想之光辉的伟大著作。

胡乔木为《人民日报》写社论：抗美援朝，保家卫国

中共七届三中全会刚刚结束，百废待兴的新中国正在努力恢复战争创伤，有条不紊地实行恢复国民经济的方针和部署的时候，朝鲜战争于1950年6月25日爆发了。

6月27日，美国总统杜鲁门发表声明称："对朝鲜的攻击已无可怀疑地说明，共产主义已不限于使用颠覆手段来征服独立国家，现在要使用武装的侵犯与战争。……在这种情况下，共产党部队的占领台湾，将直接威胁太平洋地区的安全，及在该地区执行合法与必要任务的美国部队。"

毛泽东迅速作出反应，在6月28日中央人民政府委员会第八次会议上庄严宣告："全国和全世界的人民团结起来，进行充分的准备，打败美帝国主义的任何挑衅。"他随即调兵遣将，将五个军的兵力摆到鸭绿江边。到了9月底，中国政府已经得到确切情报：美军要越过"三八线"。

9月29日，毛泽东致函胡乔木："请查过去宣传中有无规定在1950年打台湾的事，有人说他看过元旦文件内说今年要打台湾的话，未知确否？以后请注意，只说要打台湾西藏，不说任何时间。各党派贺词中1951年任务我已全部删去，因其中有打台湾西藏一项。"

---

① 师哲：《在历史巨人身边：师哲回忆录》，中央文献出版社1991年12月第1版，第478—479页。

晚年胡乔木回忆说:跟随毛泽东二十多年,有两件事情让毛泽东难以决断,其中之一就是出兵朝鲜,与美国对抗。毛泽东为此思考了三天三夜,没有睡觉。

9月30日,周恩来总理向全世界宣告并严正警告美国:"中国人民热爱和平,但是为了保卫和平,从不也永不害怕反抗侵略战争。中国人民决不能容忍外国的侵略,也不能听任帝国主义者对自己邻人肆行侵略而置之不理。"

10月3日,周恩来再一次发出警告:如果美军企图越过"三八线",扩大战争,我们决不能坐视不顾,我们要管。

面对中国政府的多次警告,美帝国主义竟然充耳不闻,不屑一顾。10月7日美军在开城地区越过"三八线"。12小时后,由美国操纵联合国通过了"统一"朝鲜的提案。在金日成请求中国出兵的情况下,19日晚,中共中央决定由彭德怀率领中国人民志愿军雄赳赳气昂昂地跨过鸭绿江,揭开了"抗美援朝,保家卫国"的序幕。

11月1日至3日,志愿军部队在云山歼灭号称"王牌军"的美军第一骑兵师一个团,狠刹了美军的威风。至11月5日,第一次战役经过13个日夜的艰苦作战,中国人民志愿军以劣势装备打败了现代化之敌,歼敌1.5万余人,把敌人从鸭绿江边赶到了清川江,初步稳定了朝鲜战局。

志愿军是秘密入朝作战的。抗美援朝的新闻宣传工作,由毛泽东直接掌握。在战争初期,毛泽东指示"只做不说",不在媒体上做任何公开宣传,仅在中共党内高层传达。为此,10月21日,毛泽东还专门致函胡乔木:"外国通讯社如对志愿军有反映,请注意在四五天内不要登载在《参考消息》上。"就在这个时候,北京大学曾昭抡教授等300人联名致函毛泽东,抗议美国发动的侵略朝鲜的战争。毛泽东收到信后,11月3日将此信转给胡乔木:"乔木:此件天津《进步日报》已发表,北京《人民日报》及《光明日报》似可以发表,请酌办。"

11月4日上午9时,毛泽东就发表由罗隆基起草的关于民主党派全力拥护抗美援朝的《各民主党派联合宣言》一事,再次致函胡乔木:"乔木,并徐冰同志:此件请乔木即印清样七份,印好后以四份分送毛周刘朱,以三份交徐冰,请徐冰于今日下午再找李济深、黄炎培、罗隆基三人一阅,取得同意,于今日下午七时以前退回我。"

就在这个时候,朝鲜战场传来了好消息,第一次战役取得了胜利。为此,毛泽东要求胡乔木马上为《人民日报》撰写一篇社论,既是向世界阐明中国政府的立场,发出中国人民毫不畏惧帝国主义侵略者的声音,又是向全国人民进行思想动员和战争教育。

胡乔木已经有整整一年时间没有亲自写社论了。这次,他的笔依然是那样得心应手,自成阵势,笔惊风雨,卓荦有神。

胡乔木在这篇《为什么我们对美国侵略朝鲜不能置之不理?》的社论中开门见山地说:"美国侵略者侵略朝鲜战争的火焰,在南面早已延伸到我国的台湾,在北面现在竟扩大到我国的鸭绿江和图们江边了。美国的空军,愈来愈频繁地向我国边境袭击。现在一切事实,都彻底地打碎了美帝国主义及其外国助理人的花言巧语,赤裸裸地暴露了美国将侵略战争引向中国的罪恶阴谋。我国人民决不能坐视朝鲜战争的这种严重形势而置之不理。"

紧接着,胡乔木把美国的战争野心挑明了:"美国决定从三个主要方向来实行对于中国的进攻:朝鲜、(中国)台湾、越南。"而"美国完成了对朝鲜的侵略以后,它的一把尖刀就可以插进中国的胸膛了"。他严正指出:"中国人民和世界人民绝不会忘记,美国在东方的这一套侵略计划,是日本帝国主义早已实行过的'北进主义'和'大陆政策'的再版"——"日本法西斯被打倒了,它的衣钵却被美国侵略者继承下来了。当年的田中奏折,被杜鲁门最近在旧金山演说中重弹了一遍。虽然是旧调翻新,但板眼依然不差。比如:田中说的是'征服朝鲜',杜鲁门就说成了'对付朝鲜的侵略';田中说的是'东亚为我之东亚',杜鲁门就说成了'亚洲各国是我国工业社会的基础';田中说的是'征服世界',杜鲁门就说成了'在世界上建立法治'。而比田中表现得更贪馋的则是杜鲁门急欲从朝鲜直接扩大其侵略战争。他大叫'联合国在朝鲜的行动具有至高无上的重要性','是为了在世界上建立法治的历久斗争中的巨大的一步'。他宣布'我们在进行的战争',而且要'扩大这一类帮助人类进步的工作'。"[①]

胡乔木的这篇社论,进一步告诉中国人民,美国把"战火已经烧到我们的门前了,放火者已经暴露了他们的野心了,我们处在侵略者刀锋之前的中国人民,怎样能够熟视无睹?怎样能够置之不理呢?我们的热血同胞,怎样能够不纷纷起来以志愿的行动抗美援朝,保家卫国?"

这篇社论也是胡乔木担任新闻总署署长和人民日报社社长以来,为《人民日报》写的第一篇社论。一年前的1949年11月5日,他为新华社撰写的最后一篇社论是《解决劳资争议的正确途径》。

11月17日,毛泽东再次致信胡乔木:"一切有关朝鲜主力战场的新闻,都应将朝鲜人民军与中国人民志愿军部队联在一起,不应只提人民军而不提中国人民志愿军部队,如'新华社十五日讯'那样,这样的电讯发到前线和

---

① 《胡乔木文集》第一卷,人民出版社1992年5月第1版,第418—425页。

全国都没有好处。关于朝鲜消息，塔斯社的一些不关重要的消息都不应转发，新华社应自己派人去采访发电，或在北京根据内部情报自己写电讯。"

在湖南师范读书时就开始办报的毛泽东，天生就是一个宣传高手，他对新闻舆论的宣传敏感和写作都有着特别的神妙。这次，阅读新闻十分细心的毛泽东在给胡乔木的信中还专门说道："《参考消息》上，无根据地乱安题目，帮助美国人恐吓中国人，也应加以整顿。"很明显，毛泽东要求新闻宣传要积极配合战场，鼓舞士气，振奋军威，不能帮助敌人吓唬自己。

三天后的11月20日，《人民日报》发表了胡乔木为抗美援朝写的第二篇社论《中国人民志愿军部队抗美援朝保家卫国的伟大意义》。胡乔木写道：

> 中国人民志愿军在朝鲜的英勇奋斗，向全世界表示了中国人民坚决保卫自己的胜利果实的伟大意志。中国人民得到今天的解放，是一百多年来特别是近三十年来中国无数志士仁人向帝国主义者及其走狗奋死决战，抛头颅洒热血换来的。我们已经推翻了帝国主义走狗蒋介石的可恨的黑暗统治，但是我们绝对没有忘记，无论是蒋介石匪帮，或者是帝国主义本身，都不会甘心失败，都在处心积虑地计划着卷土重来，把中国人民重新抛入血腥的人间地狱。美帝国主义在朝鲜、在日本、在我国的台湾、在菲律宾、在越南，在整个东南亚所伸出的"长矛之尖"，不但是针对着当地的人民，而且是针对着我国大陆的，对于这一切我们从来没有放松过警惕。
>
> ……
>
> 中国人民志愿军部队和朝鲜人民军的英勇奋斗，不但对于中国和朝鲜的民族存亡有决定意义，对于亚洲各民族和世界人类的安危也有极大意义。帝国主义者在朝鲜的冒险如果得到成功，武装侵略的强盗们就会打着"联合国"的旗帜到处如法炮制，那时不但中国首当其冲，在世界其他地方的战争危险也就要极大地加重。在朝鲜击碎了侵略者的梦想，就可以保卫朝鲜和中国的安全，也可以挽救在危险中的世界和平。[1]

最后，胡乔木号召英勇的志愿军将士"冒着敌人的炮火和炸弹前进"，给帝国主义侵略者坚决的反击，"胜利是必然的：在你们的面前只是一群数目有限士气不高的野兽，在你们的后面却是为祖国独立和世

---

① 《胡乔木文集》第一卷，人民出版社1992年5月第1版，第426—428页。

界和平而坚决奋斗的几万万英勇的正义的人民！"

12月6日，中朝军队解放平壤。毛泽东亲自为新华社写了一篇新闻稿："（新华社六日讯）本社记者从朝鲜前线报道，朝鲜人民军和我国人民志愿军本日解放平壤。美国和其他国家的侵略军以及李承晚匪军残部，向平壤以外溃退。朝鲜人民军和我国人民的正规部队，于12月6日下午2时直入平壤城。"同时，毛泽东致信胡乔木，要求："即刻发广播，明日见报。"

众所周知，战争确实像胡乔木所说的那样，胜利是必然的。经过八个月的浴血奋战，到了1951年6月的时候，中朝军队已经收复了朝鲜北部，双方军队在"三八线"对峙，朝鲜战争进入相持阶段。7月10日，战场形势不得不让双方重新进行战略调整，战争也不得不需要双方冷静地坐到谈判桌上来作最后的解决。但谈判桌上的政治交锋或许只是战场上军事较量的某种变相，双方始终在军事上保持着高度的紧张。

在这种情况下，毛泽东再次嘱咐胡乔木撰写社论《评朝鲜停战谈判》，表明中国政府的立场，尤其是针对谈判中双方主要争执的军事分界线问题，明确指出："以北纬三十八度线为双方军事分界，以此为基础向南北各伸张十公里为非军事区，双方军队都撤至非军事区以外。"

针对美国军政首脑出尔反尔的态度和莫名其妙的腔调，胡乔木在社论中大声疾呼："全世界的人们请看吧！欺骗和讹诈的政策——就是美国的'诚意'。"社论指出：

美国政府或者是自大狂式地相信自己幻想中的"优势"。美国代表在谈判中的拖延政策，很像只是为着躲过雨季，以免受到反攻和准备新的进攻。但是更重要的原因，却不在这一方面。更重要的原因，是美国政府认为必须保持紧张状态，才便于在这次的将于九月中闭会的国会中通过六百六十五亿美元的军事预算案，增税一百亿美元的法案，"援外"八十五亿美元的"共同安全计划"法案，才便于强迫英法等国和美国在一起在最近签订片面的以武装日本和美国长期占领日本为目的的对日和约，才便于保证美国大资本家们继续在准备新的世界战争的活动中大发其战争财。美国政府恐惧和平。华尔街日报在不久前曾露骨地说："由于和平的威胁，大规模囤积物资所得的利润可能丧失。"马歇尔在七月二十七日在参院外委会作证时说：马立克关于朝鲜和平的建议，"已非常严重地影响了我国防御（？）计划"。他说："美国人民对苏联一个声明竟有这种反应,这是我所不能想象的。"合众社东京六月二十五日电说:"只要朝鲜战火一天不停,大多数太平洋国家就会赞成不限制日本重新武装的对日和约。一旦朝鲜停战,它们对日本根深蒂固的不信任,就会使他们提出束缚日本的修正案。"正因为这一切,马歇尔还在七月十八日就预料朝鲜战争的谈判需时六星期以上。后来在七月三十日,他又预料在今后六星期中谈判还是不会有结果。

和美国的战争贩子们相反,中国人民和朝鲜人民是愿意和平的,我们不害怕和平,所以我们希望谈判能够在公平合理的基础上,迅速达到停战的结果。但是如果美国故意要使谈判失败,使战争继续,那末,我们也不害怕继续进行抵抗侵略的正义战争。朝鲜人民军队和中国人民志愿军在这方面具有充分的准备和信心。美国帝国主义者的苦恼是:尽管战争对他们是有利可图的,但是在朝鲜,他们却已经饱受了战争的教训。他们永远没有在朝鲜战场上胜利的希望。美国战争贩子们应当谨慎:在战场上得不到的东西,在谈判桌上也不可能得到。欺骗、讹诈、拖延、僵局,这一切都是不能解决问题的。要想解决问题,就必须放弃这一切,拿出老老实实的态度来,使谈判得到比以前顺利的进展。①

胡乔木继续了战争年代为《解放日报》和新华社写社论的风格,信心百倍,气势如虹,将毛泽东运筹帷幄之中制胜千里之外的气概表达得淋漓尽致。毛泽东阅后十分满意,一字未改。1951 年 8 月 11 日,《人民日报》发表了这篇社论。

新中国是在战争的废墟上建立起来的。那确实是一个充满希望的年代,百废待兴,一切似乎才刚刚开始。当然,困难和问题也不少:"第一,我们能够不依靠资本主义国家的'援助'而进行自己的建设吗? 第二,资本主义国家中的帝国主义者在他们的走狗蒋介石失败以后,会自动放弃对于中国的侵略,而让我们'埋头'建设吗? 第三,我们能够战胜帝国主义者的侵略,以保障我们祖国的安全吗? "但"在 1950 年内,中国人民以自己的经验答复了在战胜蒋介石以后所存在的三个根本问题",在伟大的胜利中度过了 1950 年进入1951 年。

胡乔木认为,对于第一个问题,中国人民用"在过去一年中的经济战线上的伟大成就"作出了响亮的回答:"中央人民政府迅速实现了全国财政的统一,平衡了财政的收支,保障了物资的供应,因而制止了长期战争

---

① 《胡乔木文集》第一卷,人民出版社 1992 年 5 月第 1 版, 第 437—442 页。

和长期反动统治所遗下的、为美国'援助'所永远无法解决的通货膨胀物价高涨的现象。中央人民政府以空前的规模和速度解决了恢复交通、兴修水利、救济灾荒、发展贸易、调整工商业、减轻人民负担等复杂的问题，从而使1950年的工农业生产迅速恢复，其中钢铁和纱布的产量已经超过抗日战争前的1936年水平，粮食和棉花的产量也已经接近抗日战争前的水平，国家经济逐步地巩固了自己的领导地位，并正在逐步地减少生产的无政府状态。"

对于第二个问题，胡乔木说："美帝国主义者以他们的实际行动给我们答复了。美帝国主义者提醒中国人民：中国的革命与反革命之间的战争还没有完结。"

对于第三个问题，中国人民能否战胜帝国主义的侵略，胡乔木指出："伟大的中国人民志愿军答复道：完全能够！"

这"三问三答"，不卑不亢，气宇轩昂，坚定有力。胡乔木用他绵里藏针、柔中带刚的笔，表达了20世纪50年代中国人民的心声！在这篇经过毛泽东作过七八处简单修改、题为《在伟大爱国主义旗帜下巩固我们的伟大祖国》的《人民日报》1951年元旦社论中，胡乔木代表中央呼吁全国人民必须在"1951年继续发展抗美援朝的思想教育，铲除帝国主义首先是美帝国主义在中国长期侵略所遗留的政治影响，并将这种思想斗争引导成为热爱祖国的高潮"。他说：

中国人民今天的爱国主义，并不是什么抽象的东西，它的内容，就是反对帝国主义侵略和封建主义压迫，就是保卫中国人民民主革命的果实，就是拥护新民主主义，就是拥护进步，反对落后，就是拥护劳动人民，就是拥护中国与苏联和人民民主国家的以及全世界劳动人民的国际主义联盟，就是争取社会主义的前途。兴起这种爱国主义，就是总结中国人民的斗争经验，完成中国人民反帝国主义的思想解放，用中国人民对于自身伟大力量和光明前途的信心，来消灭帝国主义侵略者及其走狗买办资产阶级所制造、散布、借以瓦解中国人民革命斗争的殖民地人民的自卑心。……

帝国主义者及其走狗曾经狂妄地企图抹煞约占人类四分之一的中国人民在世界上的地位，并且进而抹煞中国历史在世界上的地位。但这是徒劳无功的。我们反对拒绝学习外国和轻视其他民族的国粹主义者和民族主义者，反对妄自尊大，但是也反对妄自菲薄。……

……中国人民在几千年中经常居于世界文化的前列，只是在近一百多年间才落后于欧洲人之后，并遭受资本主义和帝国主义国家的残酷压迫。优秀的中国爱国者不甘心于这种落后和被压迫状态，因此进行了前仆后继的斗争，终于在斗争中找到了马克思列宁主义的真理作为解放自己的武器。伟大的中国劳动人民与马克思列宁主义相结合的事实，使中国人民迅速地在思想上、政治上以至军事上超过了西方资本主义国家，而这造就了中国人民革命的伟大胜利。

胡乔木用他的笔为正处于一心一意建设祖国保卫祖国的中国人民，描述了一幅"我们伟大祖国的简单图画"。蒸蒸日上的新中国，大地回春，欣欣向荣，充满希望……

毛泽东频频致信，胡乔木成了名副其实的大忙人

胡乔木实在是太忙了！

20 世纪 50 年代是一个人心鼓舞的时代，是一段激情燃烧的岁月。

作为毛泽东秘书的胡乔木，不仅领导着人民日报社、新华社以及全国的新闻舆论宣传工作，还负责诸如整党、文化教育、文字改革、中央翻译委员会的工作，还要参与诸多社会活动。除了上文已经叙述的之外，毛泽东交给胡乔木办的事情，也几乎涉及新生的共和国建设的各个方面和各个领域。

虽然胡乔木和毛泽东都住在中南海丰泽园，两人的家相距也不算太远，但他们见面不可能像战争年代那样，站在门口喊一嗓子就能听见了。尽管他们见面的机会少了，但他们的工作交往依然忙忙碌碌。毛泽东不断地通过写信、留便笺，给胡乔木布置工作，协商事务。我们不妨在这里引用部分毛泽东当年写给胡乔木的信函，从另一个侧面来看一看胡乔木这个"大忙人"到底有多忙——

1949 年 10 月 21 日下午 3 时，毛泽东致函胡乔木："乔木：我军于昨日到达迪化，①请写短评一篇，能于明日见报为好。关于人民解放军入新的消息及评论，不要有'占领'字样，均称到达某地；评论中并应提到得到新疆军政当局同意并欢迎人民解放军迅速开进的。"

10 月 24 日，毛泽东致函胡乔木："乔木：此类新闻，不应在全国发表，也

---

① 迪化即乌鲁木齐。

不应在西安兰州的广播台上广播，只可在哈密等地地方报纸上发表。并请拟电告彭、甘。"毛泽东在信中所说"此类新闻"，指的是进驻新疆的解放军逮捕了国民党军队中的反动分子的新闻。彭即解放军第一野战军司令员彭德怀，甘即第一野战军政治部主任甘泗淇。

胡乔木兼任人民日报社社长的时候，《人民日报》的总编辑为邓拓。1949年12月1日，邓拓对《人民日报》存在的问题提出了一些改革建议，呈送陆定一、胡乔木并报毛泽东、刘少奇。毛泽东在12月4日将此信批转给胡乔木："乔木：此事应早日解决，不应拖得太久。邓拓意见似乎是好的。"

毛泽东不断致信胡乔木，就是在出访苏联时也不例外。在抗美援朝时期，毛泽东更是关注新闻宣传工作，多次致函胡乔木，要求注意宣传的方式方法。

1950年10月21日，毛泽东就广播时任中华基督教青年会全国协会出版组主任的吴耀宗撰写的《怎样推进基督教革新运动》一文，致信胡乔木："乔木同志：昨日《光明日报》上吴耀宗的文章，可以广播，《人民日报》应当转载。"

跟随毛泽东已经十年了，胡乔木深知毛泽东的思想和工作习惯，毛泽东也深知胡乔木的为文和为人。在毛泽东的眼里，胡乔木是一个写文章非常注意语法和用词的人。正因此，毛泽东让胡乔木代表中共中央参与语言文字工作，并担任了一连串的领导职务——中国文字改革委员会委员、国家语言工作委员会委员、中央推广普通话工作委员会委员、汉语拼音方案审定委员会副主任。

1950年11月22日，毛泽东还专门致信胡乔木，要他起草一份如何正确书写电报的文件。战争年代，电报频繁，毛泽东或许没有时间和精力过问这些事情，但现在不同了，和平建设时期的工作就应该有规矩有章法，就是电报的行文和格式也应该有个统一的标准。由此可见，毛泽东对工作的认真和细致。

乔木同志：

请你负责用中央名义起草一个指示，纠正写电报的缺点，例如：不要用子丑寅卯、东冬江支等字代替月、日，要写完全的月、日，例如十一月二十二日；署名一般要用完全的姓名，不要只写姓不写名，只在看报的人完全明了其人者允许写姓不写名，例如刘邓（即刘伯承、邓小平——引者注），陈饶（即陈毅、饶漱石——引者注）等；地名、机关名一般必须写完全，只在极少数情况下允用京津沪汉等省称；还有文字结构必须学会合乎文法，禁止省略主词、宾词及其他必要的名词，形容词和副词要能区别其性质，等等。请你为主，起草一个初稿，再邀杨尚昆、李涛、齐燕铭、薛暮桥①及其他你认为有必要邀请的同志开会一次或两次，加以修改充实，然后送交我阅。

毛泽东

十一月二十二日

遵照毛泽东的指示，由胡乔木起草的《关于纠正电报、报告、指示、决定等文字缺点的指示》，经有关同志讨论修改，由毛泽东修改定稿后，于1951年2月1日作为中央文件下发全党全国执行。

1950年12月28日，也就是在毛泽东致信胡乔木同意《人民日报》发表《实践论》的这一天，他再次致信胡乔木："乔木：(一)可将胡佛演说②以资料名义刊于人民日报第四版及世界知识上。(二)不但'领导方法决定'，③而且有许多其他文件，都有在报刊上重新发表一次的必要。此事请与陈伯达同志商量一下，开出一个文件单，加以审查，然后发表。"

毛泽东确实太看重胡乔木了！作为新闻总署的署长，胡乔木不仅主管中央三大新闻单位——人民日报社、新华社和广播事业局，还要处理毛泽东交代的各项工作，还要写社论、写报告、起草文件。

1951年3月2日，毛泽东致信胡乔木："三月一日《人民日报》载萧乾《在土地改革中学习》一文，写得很好，请为广发各地登载。并为出单行本，或和李俊龙所写文章④一起出一本。请叫新华社组织这类文章，各土改区每省有一篇或几篇。"

3月14日，毛泽东致信胡乔木："三月十三日《光明日报》载有一篇天津通讯，题为《天津天主教徒奋斗前进积极展开革新运动》，写得很好，请予广播，并在《人民日报》转载。同日该报还刊登了天津津沽大学教授张羽时的一篇文章，题为《和天主教教徒谈怎样爱教》，说明天主教革新的理论根据，很有说服力，请考虑在《人民日报》转载。"

3月20日，毛泽东就全国宣传工作会议有关问题致信胡乔木："(一)宣传会议可自五月五日至十五日开十天，如十五日以后四中全会还未开会再延长五天，否则不要延长。(二)理论教育决定(指中共中央关于加强理论教育的

---

① 杨尚昆时任中共中央办公厅主任，李涛时任人民革命军事委员会作战部部长，齐燕铭时任中央人民政府办公厅主任，薛暮桥时任政务院财政经济委员会秘书长。

② 即美国前总统胡佛1950年12月20日在纽约发表的关于国际形势和美国对外政策的广播演说。

③ 即毛泽东在1943年为中共中央起草的关于领导方法的决定。

④ 指《战斗中的湖南农民》一文。

决定)可以先以草案发各地,通知照发。(三)选集提前发表了少数文章,待看后送你,四月或可发表一二篇。《学习》上不要发表我的文章。"

3月29日,毛泽东致信胡乔木:"三月二十八日《光明日报》载吴景超的文章《参加土改工作的心得》,写得很好,请令《人民日报》予以转载,并令新华社广播各地。"

毛泽东频频致信,胡乔木成了名副其实的大忙人!

新中国成立之初,在胡乔木的主持下,新闻总署作出了建立全国收音网的决定。到了1950年,全国就已经建立了3000多个收音站。胡乔木强调说:"广播要学会自己走路。"当时,有人主张广播电台只要播发新华社的新闻和《人民日报》的社论就够了。胡乔木反对这种把广播电台当作大喇叭和布告牌的观点,认为广播电台应有自己的新闻和评论,博采众长,做到"扬一家的优势,汇天下的精华"。时为广播事业局负责人之一的梅益回忆说:"按领导分工,乔木同志只管广播宣传业务,但他还是关心事业建设。当时我们十分困难,1950年广播事业局的经费只有220万元,全国收音机不到100万台,主要集中在沿海少数城市和东北地区。广大人民群众听不到广播。乔木同志对我说,广播是新的事物,许多领导同志不熟悉它,你们要大叫大喊,引起各方特别是领导同志的重视,这样事情就比较好办。我就在1950年和1951年先后为《人民日报》写了要重视广播、要有效地运用广播和开展对工人广播三篇社论。"而中宣部下发的关于加强广播收音站工作的领导的指示也是由胡乔木签发的。在胡乔木直接的关心和指导下,经过全国广播收音工作者的艰苦奋斗,逐渐以收音站、广播站和农村有线广播等不同形式,建立起了全国广播收音网络,把中央的声音和世界新闻送到了千家万户。胡乔木功不可没!

除了新闻宣传工作之外,胡乔木还协助郭沫若、陆定一筹建了中国科学院,在拟定方针、设置机构、遴选人员、制订规划、建立学术制度、物色学部委员等方面做了大量实实在在的工作。1951年7月,胡乔木应蔡畅之邀,在全国妇联召开的第一次宣传教育工作会议上,提出"向妇女宣传社会,向社会宣传妇女"的口号,为提高妇女社会地位,维护妇女儿童的合法权益作出了可贵的努力。

为了发展新中国的教育事业,胡乔木出谋划策,殚精竭虑,积极团结广大的知识分子。和胡乔木在清华大学有过同窗生活的季羡林回忆说:"我在清华毕业后教了一年书,同另一个乔木(乔冠华)一起到了德国,一住就是十年。此时,乔木早已到了延安,开始他那众所周知的生涯。我们完全走了两条路,恍如云天相隔,'世事两茫茫'了。等我于1946年回国的时候,解放战争正在激烈进行。到了1949年，解放军终于开进了北京城。就在这一年的春夏之交，我忽然接到一封从中南海寄出来的信。信开头就说：'你还记得当年在清华时的一个叫胡鼎新的同学吗？那就是我，今天的胡乔木。'我当然记得的，一缕怀旧之情蓦地萦上了我的心头。他在信中告诉我说，现在形势顿变，国家需要大量的研究东方问题、通东方语文的人才。他问我是否同意把南京东方语专、中央大学边政系一部分和边疆学院合并到北大来。我同意了。于是有一段时间，东语系是全北大最大的系。原来只有几个人的系，现在顿时熙熙攘攘，车马迎门，热闹非凡。"

尊重知识，尊重人才，是胡乔木一生为人处世、从政服官的基本原则。而季羡林只是许多有幸与胡乔木交往的知识分子的一个代表。1951年中国政府派出新中国成立后第一个大型出国访问团——赴印缅文化代表团。作为以研究印度古文化为专业的季羡林，却一直都没有去过印度，胡乔木知道后，就给了他这"天上掉下来一个良机"，实地考察了印度和缅甸，弥补了学术研究之不足，给他留下了毕生难忘的印象。

身为中共中央宣传部常务副部长和新闻总署署长，胡乔木不仅要管理人民日报、新华社的业务工作，还要负责中宣部、政务院文教委员会的机构设置、干部配备。1951年11月15日，胡乔木向毛泽东递送了一些人事调整的报告。第二天，毛泽东便作了批复："乔木同志：此件很好，可照此实行。惟赖若愚调总工会为秘书长，陶鲁笳是否能调出待考虑，江青是否适宜做处长也值得再考虑一下。"

这封信中毛泽东专门就"江青是否适宜做处长"一事，让胡乔木"再考虑一下"。可见，毛泽东在使用江青的问题上从一开始就是十分慎重的。当时，江青作为毛泽东的妻子，又是毛泽东的生活秘书。新中国成立后，江青开始耐不住寂寞了，不甘心做毛泽东的生活秘书，开始担任"电影指导委员会委员"，并欲走上政坛崭露头角。1951年6月至7月，江青率"武训历史调查团"到山东堂邑一带进行调查武训的历史，开始对电影《武训传》进行批判。毛泽东在调查团写出的《武训历史调查记》上亲自作了修改，并于7月11日再次致信胡乔木："乔木同志：此件请打清样十份，连原稿交给江青。排样时，请嘱印厂同志校正清楚。其中有几个表，特别注意校正勿误。"不久《武训历史调查记》在《人民日报》发表，江青得意忘形，希望借此走上政治舞台。收到毛泽东的来信后，胡乔木遵照毛泽东的指示，把原本拟安排江青担任中宣部电影处处长的任职，改任副处长。但胡乔木怎么也没有想到，这件小事竟让他在"文化大革命"中受到江青的打击。

对《人民日报》"从头管到脚"，大家戏称胡乔木为"婆婆"

从延安时代开始，胡乔木就在新闻业务建设上发表自己的真知灼见。1942年7月8日，他为《解放日报》撰写了社论《把我们的报纸办得更好些》；同年8月4日，在延安整风运动中他为《解放日报》撰写了社论《报纸和新的文风》，指出："写文应如朋友写信一样，每次有每次不同的问题，每次有每次不同的意思，不同的语调。给朋友写信，不能按着别人的信照抄，写文章也不能抄袭别人的意思或词句。"他强调无论什么文章最要紧的莫过于内容，而新的内容就需要新的材料，既要写得细致，还要写得深刻，而且要注意说话的对象，"对一种人，有一种话。上什么山，唱什么歌"。后来，他还写了《报纸是人民的教科书》(1943年1月26日)、《人人要学会写新闻》(1946年9月1日)、《短些，再短些》(1946年9月1日)、《记者工作的方法》(1948年9月20日)等等。进城后，1949年7月13日，胡乔木在全国新闻工作者协会筹备会上对参加政协的新闻界代表作了《为完成光荣的任务而奋斗》的讲话，要求新闻工作者做好"宣传"和"监督"工作。

1950年3月29日，胡乔木在全国新闻工作会议上作了《关于目前新闻工作中的两个问题》的报告，着重强调了"改进报纸工作的问题"。要求报纸从领导思想、工作方法上改变起，一直改变到全部的版面。在会议闭幕的时候，他强调所有的新闻机关，都需要学会"弹钢琴"，十个指头都要动。"我们所宣传的是社会生活中的种种事物、现象、问题，凡关系到人民的生活、人民的利益，我们都需要注意到。不像拉风琴时只用几个指头，而要把十个指头都动起来，这样，我们的音乐比较和谐，比较丰富。"同时他还向大家呼吁："写短的句子、短的节、短的篇；通顺、通俗，不要太长，标题不要太大的字，使我们的宣传在内容上、字迹上、形式上都是清楚的。"

1950年4月23日，胡乔木以新闻总署署长的名义在《人民日报》发表了《中央人民政府新闻总署关于改进报纸工作的决定》，进一步对党报宣传的中心任务、编辑记者的综合素质、通讯员网和读报组工作和报纸应加强舆论监督职能、重视人民来信等问题作出了具体的规定，成为新中国新闻事业史上最早的法规性文件。

在人民日报社、新华社和广播事业局工作过的人们回忆胡乔木，都有一个共同的感受，就是业务管理"从头到脚"，"事无巨细"。胡乔木的领导方法，并不只是抓原则，抓方向，而是具体细致，从社论选题、重要文章的修改，到版面安排、标题设计以至语法修辞、标点符号等等，都常常过问，不允许有差错。①尤其在新闻评论的写作上，胡乔木更是严格要求，几乎到了苛刻的地步。因此，大家就戏称胡乔木为"婆婆"。

但有一点，也是大家所公认的，就是"胡乔木修改文章，堪称一绝"。尤其在评论的写作上，更是令人钦佩不已。

和毛泽东一样，胡乔木每天上班的第一件事就是看报。而且他们还有一个共同的习惯，就是一边阅读一边纠错。毛泽东只要发现新闻宣传上有了问题，就马上给胡乔木写信；胡乔木发现了问题，也马上给人民日报社的负责人写信。为此，他曾不停地给人民日报社负责人范长江、邓拓、安岗写信，把自己看报的心得体会和意见提出来，直言不讳，十分严格。

1951年3月4日，胡乔木为一篇文章标题的制作，专门写了一封信给《人民日报》编辑部——"注意标题——这是我对于《人民日报》的一个要求。今天的报纸第三版有一段文章，题目是《我们伟大祖国有世界最高的山峰》。这个题目是报纸上许多不好的标题之一。从这个题目人们决不能得到关于这段文章内容的任何暗示，而且也不能引起任何兴味，因为标题里的话是谁都知道的。这段文章正确的标法应当是：《额非尔士峰的名字应当通令纠正》，《额非尔士峰应当恢复祖国的原名》，《用外国人名称呼我国最高峰是一个错误》，《纠正我国地理名称上的一个重要错误》，《世界第一高峰是谁发现的》，《发现世界最高峰的是中国人，不是外国人》，等等。我所以详细指出这个例子，是因为《人民日报》上这类毛病太多了，简直是每一天每一页都有这种题不对文、不着边际、毫无生气的题目。我要求编辑部切实改正这种现象。今天《书报评论》第一篇文章的题目《建议一种报道方法》，和今天的《抗美援朝专刊》上的所有标题，都是沉闷的，都应当反对。评论的沉闷当然首先是因为评论内容空泛，使人不知道究竟作者在打算叫人干什么，提倡什么和反对什么。就是说，首先是作者的责任。但是编辑部没有替作者预先把题目出好了，出得非常具体确切，鲜明中肯，而不是什么总结、回顾与展望，什么论、什么意义与什么之重要性，以及编辑部没有向泛滥的党八股连同它们的灰色得要死的题目提出抗议或修改的建议，也是一个重要的原因。只要全部题目(连小题)都是生动醒目的，文章又都是对题而不是离题的，那就表示整个报纸的生动醒目的问题，已经解决了一大半。加上短评、信箱、动态、通讯、图片等成分安排好，编排不是故意叫人难受，那么，报纸就会活跃得像春天的大花园一样了。"由此可见胡乔木的认真和严厉。

---

① 袁鹰：《胡乔木同志和副刊》，见《我所知道的胡乔木》，当代中国出版社1997年5月第1版，第193页。

时任《人民日报》副刊编辑的袁水拍曾写过一首儿童诗歌,其中有一句"我们的千万只小手高高举起"。胡乔木阅后请人带话给袁水拍,说:孩子们不会称自己的手是"小手",那是大人的话。

崔奇回忆说:胡乔木对《人民日报》的业务工作极端负责,仔细认真,思路开阔,考虑周到,要求严格,精益求精。"从选题到立论,从标题到全篇,从立论到政策,从观点到材料,从谋篇布局到层次结构,从引语数字到标点符号,经过他的细心掂量和推敲,举凡有什么毛病、偏差和缺欠,都难以逃过他的眼光。他对文稿中的一个概念、判断和推理,每一个表述和提法,都力求准确、恰当、贴切、得体,合乎实际,合乎逻辑,合乎分寸,合乎政策意图。有人说乔木同志看稿时心中有一把精密很高的尺子,一篇文稿用我们的尺子衡量似乎还满不错的,用他的尺子衡量就不合格了,甚至基本上不能用。我们起草的评论稿到了乔木同志手中,极少有一字不改通过的,相当一部分作了较多的修改,有不少稿件改得面目全非,还有的他另起炉灶重新改写。当时送他审阅的样子,一般都用八开新闻纸,在当中排印三栏长的文字,周围留有很大的空白。乔木同志的审样上,往往布满着密密麻麻的清秀的钢笔小楷,而原稿的文字有时候几乎'全军覆没'。"

崔奇说:"我刚到人民日报工作时,正值全国人民一边开展抗美援朝运动,一边为实现党在过渡时期'一化三改'总路线而奋斗。这个时期报纸发表的社论和评论非常密集,乔木同志差不多每天都要审阅报纸的稿件。当时编辑部把我们的原稿和乔木同志的改稿加以对照排印出来,作为内部学习材料。我第一次看到乔木同志的这些改样时,一方面为他那极其仔细认真的工作精神所感动,一方面心中也产生一个问题:人民日报主要负责同志和编辑人员写的文稿,是否还有必要像语文教师判改学生作文那样一字一句地加以修改呢?乔木同志是否过于挑剔,过于咬文嚼字了?当我把原稿和改样仔细比较后,就立即发觉上述想法是大谬特谬了。最近我有机会重新阅读乔木同志那个时期的大量改样,更加深深感到,虽不能说他的每一个改动都完全正确,也不能说经过他修改过的文章就没有任何缺欠和差错,'止于至善'了,但应当说他的改稿,不论从理论水平、思想水平和政策水平上看,还是从逻辑结构和文字表述上看,确乎高出一筹。"①

胡乔木在审阅评论稿件时,如此仔细认真到"抠字眼"的程度,确实令人

---

① 崔奇:《向乔木同志学习写评论》,见《我所知道的胡乔木》,当代中国出版社 1997 年 5 月第 1 版,第 349—350 页。

敬畏。但他对《人民日报》评论稿件如此一字一句地斟酌修改，不仅仅是对普通的编辑们，就是对《人民日报》总编的文章，包括他自己起草的文章，也是一视同仁，同样是在改了又改之后才出手。

从共和国成立之初到"文化大革命"前夕，从担任中共中央宣传部常务副部长到升任中共中央书记处候补书记，胡乔木一直分管《人民日报》。其间，他为改进《人民日报》的工作，每天坚持读报、评报，或谈话，或书信，发表意见。在公开发表的胡乔木书信集中，他先后给《人民日报》负责人集体写信近20封。仅1950年5月至6月，就写了《应当改进报纸上的广告》《重要社论必须充分展开逻辑》《"读者来信"应注明处理情形或意见》三封信；1951年2月至8月写了七封信：《应当注意讨论思想问题》《发表新闻和函电文件的格式应有区别》《标题必须生动醒目》《改进〈人民周报〉的编辑工作》《图片印刷和读者来信的编辑工作应予改进》《副刊文章和其他各版短文的区别》《三个"动态"均应改为"简评"》等；1952年9月至12月又写了三封信。其间，他还分别给范长江、邓拓等人单独写了很多信件，提出自己的意见。比如1950年6月7日在给范长江写的信中，胡乔木对《人民日报》送审的"公私工商业关系"的社论直言批评，认为"写得并不好，原因是没有分析"，"要把必要的材料成熟地掌握一下，找出逻辑关系来"，"最好是重写"，"有说服性"，说理要透彻，因为"凡写重要问题的社论必须充分展开逻辑，才有被人接受和重视的理由"。

胡乔木还写了大量短小精悍的评报文章，对人民日报社的工作提出了许多具有创造性的指导意见，希望"每个编辑都要争取成为专家"。1955年3月4日至5月5日的两个月内，胡乔木就写了27篇评报，大到《批评要有党性》《要加强报道的思想性和政策性》，小到罗列出每一天每一版每一篇文章的标题制作、版面的安排、标点符号的使用、插图的使用、写作的方法技巧等等。如此高强度、高速度、高力度、高密度地关注《人民日报》，作为负责中共中央新闻宣传工作的主管领导，胡乔木是十分少见的一位。

1951年9月18日，胡乔木专门对《人民日报》作了一次讲话，提出了"为没有错误的报纸而奋斗"的口号。他语重心长地告诫大家："人民日报所占的地位，很难用普通的概念去设想它，用普通的言语去描述它。它是每天和国内以至国外人民群众见面的中共中央的代表。代表中共最高权威的是毛主席，但他不能天天和群众见面；在天安门检阅，一年也不过只有一两次，而且不讲话。共产党是为人民目前和将来的利益而奋斗的，共产党无论如何不能不联系群众。共产党员都要和群众接近，而且可以和群众见面，但不能每个人都代表中央。党需要有一个集中的代表每天和群众见面。这个集中的代表,不是全体党员,也不是毛主席,而是报纸。只有报纸能够代表党同群众讲话。列宁和斯大林一再强调报纸的重要,他们的政治生命中有相当长的时期是自己编报。"①

1956年4月至5月间,胡乔木还就"改进工作"的问题与《人民日报》负责人进行了多次深入的谈话,内容不仅涉及理论宣传工作、改进党的生活的宣传、版面、副刊和文艺部,还涉及改进文章小组、新闻小组、国内报纸经验小组、编委会和记者工作等方方面面,确实是"从头管到脚"。

既是宣传理论大家,又是政论写作的大师,胡乔木为《人民日报》的评论工作真可谓殚精竭虑,夜以继日,付出的劳动和心血,长期以来鲜为人知。粗略统计,从新中国成立到20世纪60年代初的十余年间,他仅为《人民日报》撰写和审阅修改的评论文章总计近500篇,其中国际评论约200篇。而此间他花费在审改评论稿件上的时间、精力和心思远远地超过了他执笔写的40余篇社论上。

1958年6月18日,为了纪念毛泽东《关于正确处理人民内部矛盾的问题》发表一周年,胡乔木专门来到人民日报社理论部,向沙英提出明天一定要有一篇社论。沙英说:"邓拓同志病了,理论部又写不了这篇评论,时间这么紧怎么办?"胡乔木十分干脆地说:"那就我写吧!"说着,胡乔木就坐在沙英办公室动笔写了起来。崔奇回忆说:"乔木同志博闻强记,才高学邃,思维敏捷,娴于辞令,改得快也写得快,有时真是下笔千言,倚马可待。这篇3000多字的政论文章花了不到两个钟头就脱稿了。他在文章中全面论述了正确区分和处理两类不同性质矛盾的重大理论意义和实践意义,并再次联系到反对官僚主义的问题。他说:在革命时期的大规模的群众阶级斗争结束以后,有些同志错误地以为在社会主义建设事业中可以不依靠群众,只依靠少数人的行政命令方法去进行。现在我们党提出正确处理人民内部矛盾问题的理论和政策,就使那些官僚主义倾向的、脱离群众高高在上的、对人民群众滥用强制方法而不依靠说服方法的人们处于非改正错误不可的地位。他强调我们的工作人员必须密切同群众的联系,跟群众同甘共苦,一切从群众的利益出发,为群众服务,这样才能充分调动群众的积极性和创造性,使我们国家的政治、经济面貌发生极大变化。"②

对业务工作事无巨细都关心的胡乔木,对《人民日报》和新华书店图书

① 《胡乔木谈新闻出版工作》,人民出版社1999年9月第1版,第114页。
② 崔奇:《向乔木同志学习写评论》,见《我所知道的胡乔木》,当代中国出版社1997年5月第1版,第356—357页。

发行工作也非常关心。王益回忆说:"50年代初期的某一天晚上,我家中的电话机叮铃铃响起来。我拿起话筒,听到对方说:'我是胡乔木。'当时他是中央宣传部副部长,我是新华书店代总经理,从来没有通过电话,不免有点紧张。他跟我说,《人民日报》因纸价上涨,拟提高售价,每份从六分钱提高到八分钱,问我有什么意见。新华书店不管报纸发行,我思想上毫无准备,只能简单地讲了我的看法。挂断电话后,我想,为了预见涨价将发生怎样的反应,最好深入到群众中去进行深入的调查。随后我很快又想到,这不正是乔木同志在向我进行深入的调查吗?这一件小事,体现了乔木同志细致、严谨、踏实的作风。也是50年代,大概在1957年以前。某一天下午,乔木同志的秘书打电话到文化部,说乔木同志到新华书店王府井门市部看书去了。当时文化部主管出版工作的副部长陈克寒同志带着我赶到王府井。乔木同志参观完毕走出新华书店大门,与陈克寒同志边走边谈。人行道窄,不允许三个人并排走,我只得跟在后面,听不见他们谈什么。后来陈克寒同志告诉我,乔木同志认为,新华书店门市部图书的陈列,要有一定的章法。突出马列主义、毛泽东思想是应该的,但不要过分。陈列过多,会把毛主席孤立起来。门市部要体现'百花齐放、百家争鸣'的方针,反映文化出版工作繁荣的面貌。这是乔木同志对图书发行工作的一次重要指示,新华书店一贯贯彻执行。1963年新华书店总店起草经文化部批准在全国试行的《新华书店分店工作条例》反映了乔木同志的意见。粉碎'四人帮'后,经历浩劫的广大群众,嗷嗷待哺,掀起了读书热潮。出版工作一时跟不上,出现了严重的书荒现象。新华书店的订货,有些书偏紧,不能满足读者需要。社会上对新华书店有很多批评,认为是'小辫子专政'的恶果(指新华书店总店汇总全国数千家新华书店基层店的订货数向出版社订货,新华书店基层店的订货工作很多由年轻工作人员办理,其中有的是女青年)。在作家协会的一次会议上,作家们对此很有意见,决定派代表向乔木同志反映。乔木同志听了汇报后,也认为新华书店的工作有缺点,对代表们的不满表示理解。但同时也说明,图书发行工作很复杂,做好图书发行工作很不容易,工作中存在的不尽如人意之处,不能完全怪新华书店,有体制上的问题。乔木同志的意见很公正,只有了解实际情况的领导人才能作出这样有说服力的判断。从此以后,社会上对'小辫子'的责备声有所缓和,极大地鼓舞了新华书店的积极性。"①

---

① 王益:《乔木同志对出版工作的关怀终身难忘》,见《我所知道的胡乔木》,当代中国出版社1997年
  5月第1版,第207—208页。

"搏动的心脏，着魔地忙碌。"这是胡乔木诗歌《希望》里面的两句诗，也正是他自己努力工作的真实写照。

想大事，谋大事，干大事，但从来都是细致、严谨、踏实地从点滴做起，从小事做起，这就是胡乔木——新生的共和国的"新闻首脑"，一个富有远见、爱思考且思想敏锐的"大手笔"，一个忙忙碌碌从从容容平平淡淡的"大忙人"。在管理好全国新闻宣传工作的基础上，胡乔木不仅重点抓了《人民日报》的业务工作，还花费了大量精力指导新华社和广播事业局的业务建设。同时他还对《光明日报》以及全国地方报纸的宣传工作进行着有针对性的指导，并多次亲自到新华社和中央党校新闻班讲课，具体指导新闻工作和新闻业务，为新中国的新闻事业打下了坚实的基础。无疑，胡乔木是新中国新闻事业的重要奠基者和开拓者。

杨尚昆回忆说："进城后，毛主席要乔木当新闻总署署长，倚重他管新华社、人民日报，掌握好舆论工具。他当中宣部副部长，主要管的也是新闻。建国初期，百废待兴，抗美援朝，经济恢复和民主改革，内政外交，头绪纷繁。乔木把新闻工作管得很好，用活生生的现实材料，把亿万人民的思想统一起来，统一到毛泽东思想上来。"杨尚昆的话不多，却是对胡乔木忠实的评价。

"新闻首脑"胡乔木是新中国第一代新闻工作者的良师益友

胡乔木作为共和国的"新闻首脑"，既是新中国新闻事业的奠基人、开拓者，也是新中国第一代新闻工作者的良师益友。

在战争年代和新中国成立初期，新华社和《人民日报》的社论多半是中央领导同志和报社的总编辑等少数人执笔。但到了20世纪50年代，胡乔木多次提出：编辑部要人人写评论，不要只靠几个人；认为只有几个人才能写评论，那是一种迷信。可写的题目很多，要天天发议论。评论的选题，也不要只靠上边提，大家出题目，一定时期根据形势发展和宣传需要定出一批题目，分头去写。

胡乔木这种开放的办报思想和大胆创新的办报理念，无疑给《人民日报》的年轻编辑们提供了一个"从写作中学习写作、也就是'从战争中学习战争'"的机会，大家也从胡乔木对稿件的悉心审阅修改中获益匪浅，而他的大量改样也好像在向编辑们述说着应当怎样写和不应当怎样写的道理，在无形之中就给大家"开了一门没有讲坛的新闻评论课"。

温济泽回忆说，新中国成立初期"中央文件不直接发到单位，规定这三个单位负责人每两个星期到中南海乔木同志那里看一次中央文件。我在广播事业局工作，见到乔木同志的机会就增多了。他有时找我们谈话。有一次谈到'新闻背景'问题，他说，要学会运用新闻背景材料，打比喻说，就像用粉笔在黑板上写字，黑板就是背景，有黑板衬托，粉笔字就更加清楚了。又有一次，他讲到新闻单位负责人的把关问题，他说，你们要把好关，不仅政策关，还有文字关，审稿要仔细认真修改，不能像电车、公共汽车的售票员那样，不管谁上车，都卖给他一张票。他写文稿十分重视语法修辞和词章修养，曾请吕叔湘、朱德熙先生写了一系列语法修辞讲话，在《人民日报》上连载，要凡是动笔杆子的人都认真学习。"①

胡乔木一贯坚持高标准、严要求，对编辑人员起草的那些观点是对的、材料是好的、论辩是合乎逻辑的、文字表达也是清楚的，似乎不用怎么修改就可以发表的文章，提出了更高的要求——好题目就要"做"出好文章，大题目就要大"做"文章。而在审稿、写作的同时，胡乔木多次就报纸评论工作发表专门谈话和讲话。他的讲话，高屋建瓴，理论性和操作性都非常强，新中国的第一代新闻工作者都从中汲取了营养。

袁鹰是 1953 年调入人民日报社工作的，一进报社，他就听到许多老同志经常给他介绍胡乔木管理人民日报的许多逸事。他回忆说："大约 1954 年左右，有一个时期，乔木同志要求报社编委会指派一名编辑每天上午 10 时到他那里去介绍有关当天报纸情况，听取他对当天报纸的意见，回来在每天下午的编前会上传达。每人轮值两周，每天去半个多小时。……每天去乔木同志处，主要任务实际上是听他对当天报纸的意见。有关编辑工作的情况（比如经济宣传、国际宣传）我并不了解，无从向他汇报。例如有一天他问起一篇评论是否经过有关部门看过，他们有些什么意见。我嗫嚅地答不出来，顿时十分愧疚。乔木同志并未批评我这个'联络员'的失职，只是温和地一笑。接着说：'有关部门领导的意见应该听，特别是事实部分。但是，也不一定事事照办。报纸是中央的报纸，不能办成各部门的公共汽车。'这是很重要的原则意见，我当然在编前会上一字不落地传达。"胡乔木的平易近人和没有架子也给袁鹰留下深刻印象，有时间他们还闲谈几句，说说家常。

胡乔木说：写文章要"凌云健笔意纵横"，要把矛盾充分展开，把思路充分放开，除了思想观点要正确，文字表达要准确，还要讲鲜明性和生动性。文气要有起伏，有变化，有正面又有反面，有抽象又有具体，有陈述语气又有疑

---

① 温济泽：《良师·益友·同志》，见《我所知道的胡乔木》，当代中国出版社 1997 年 5 月第 1 版，第 294 页。

问语气。他不止一次地讲到,文思不活泼的人,应该到有悬崖的海边去看看,那汹涌澎湃的波浪,给人一种生命流动的感觉。我们写的文章里,也应有波涛,有悬崖,有奔腾,有冲动,有激情。不要老板着面孔说些枯燥的话,要写出一点趣味来。政论也要有幽默,一年四季发表文章,没有一点幽默是不好的。胡乔木对什么是幽默,有其独到的见解。他说:"幽默是表现一个人很高的逻辑能力,能把矛盾摆到一个很尖锐的位置上,使文章具有一种特殊的说服力和感染力。幽默不是油滑,不是轻佻。幽默是对于生活和事物最透辟的观察,是高级的逻辑和乐观的精神力量。"

1955年11月2日,胡乔木在报纸工作座谈会上的讲话,对加强评论工作和评论写作方法的论述,更是让新中国第一代新闻工作者大开眼界。现摘录部分如下——

之一:无论怎么说,评论是报纸的灵魂,是报纸的主要声音。其他的东西虽然也是报纸的声音,但评论是它的主要声音。

之二:党之所以要办报,就是因为要对各种事情发表党的意见,发表评论。所以党的报纸必须有评论,没有评论就不能算是报纸。

之三:现在的报纸不是篇幅少,而是利用得不经济。现在报纸上的题目实在太少了,文章太长了。长文章像一个大胖人那样,一个人一躺就把一张大床占得满满的。应当不让"胖人"上报。

之四:外国有一个记者曾说过:"最好的批评就是赞扬。"我们不必把这话当真理,但是我们总应该把好话、歹话放在一起说。评论里可以批评,也可以赞扬。报纸要评论的问题很多,所以除了社论之外,还要有四五百字或六七百字的小评论。这好比是在艺术领域里,除了有大戏、话剧、歌剧外,还要有活报、秧歌一样。

之五:只要我们站在正确的立场上,用正确的方法去做工作,去评论各种事情,就不会犯错误,就不会孤立。党报越是这样做,就越能够帮助党。

之六:我们不是为评论而评论,评论是为了解决群众提出的和迫切希望加以解决的问题,所以评论题目越具体越好。

之七:报纸不能要求自己的评论是不朽的,而要有使评论和所指出的缺点"同归于尽"的精神。因为报纸是党的工具,是帮助党推动工作前进的。问题解决了,评论也就死亡了。鲁迅要求他的文章速朽,而不是不朽。他要求文章当中所指出的恶势力和坏现象,能够随同文章"同归于尽"。

之八：毛主席批评我们的刊物不通俗、不生动，有一些生动的事情，经过作者一写就不生动了。究竟评论要怎样才能写得生动呢？这是很难讲的。不过现在也可以就我自己的了解来谈一谈。首先，凡是文章都有结构，结构又不要平淡。农业喜欢平原，文章最好不要平原。画画也是这样。最近有些画画的人，喜欢画平原，结果上面是天，下面是地平线，即使在地面上摆上一些人，一些马，画不出多少变化来。文章的结构如果像平原一样，要写好也就困难了。但是现在大多数的文章就是平原——平铺直叙，很少变化，多是第一、第二、第三、第四……这个一二三四还不是一级比一级高的四层楼梯，而往往只是在地平线上任意加的几条线。这样的文章就很难让人看得下去。

之九：人是喜欢动的。为什么这样呢？这牵涉到一个哲学问题，要由研究哲学的人来解释。我想人终归是动物，是喜欢生动的、喜欢变化的。文章怎样才能有变化？在于有正面的东西，又有反面的东西，有陈述的语气，又有疑问的语气。如果一篇文章从头到尾都是句号，恐怕不是好文章。……文章没有悬念，就平。海浪远看是平的，近看就不平。浪给了诗人很大的灵感。为什么呢？因为海浪汹涌澎湃，给予人一种生命激动的感觉。浪有高有低，当浪头从高处跌下的时候，就使人感到一种惊恐；接着又要看它继续发生的变化。不会写文章的人，就应当到有悬崖的海边去看看，看看自己的文章里有没有这种波浪、悬崖，有没有这种奔腾澎湃、冲激和激怒。①

穿越时空，当我们静下心来，认真阅读胡乔木这些关于报纸评论写作的经验和观点，振聋发聩，给我们带来启迪和思考，打开了无限的想象之门。他的文字和声音不但没有"速朽"，也没有"同归于尽"，而他的风范、他的智慧、他的思想也必将像他的精神一样，不仅是新中国第一代新闻工作者的良师益友，也必将是后来者的楷模。吴冷西说："新中国成立后，乔木同志直接领导新华社，特别是《人民日报》期间，更加显示了他新闻学家的精深与渊博。他一生对新闻工作的论述，系统地构成了我国无产阶级新闻学的理论基础。"

---

① 《胡乔木文集》第三卷，人民出版社1994年12月第1版，第8—18页。

第十二章　风范大家

我只知懒惰的美就是丑,劳动是我的必然和自由;

却从未料到人能用茧造比蝶翅又牢又亮的丝绸。

人啊,你给我这魔幻的荣耀,我还能对你有什么怨尤?

吐下去,我的丝!

但愿它真能使全人类的身心披上锦绣!

——胡乔木《蚕》(1983 年 4 月)

领导中国文字改革:胡乔木是"中国语文现代化的先驱"

你知道旧中国的那些"绍兴师爷们"拿手的"等因奉此"程式的文言是怎么变成现在的白话文的吗?你知道繁体字是怎么简化来的吗?你知道我们学习用的汉语拼音是怎么来的吗?你知道《现代汉语词典》是怎么来的吗?这些问题看起来只是一个个问号,做起来也没有像"五四"时期的白话文运动那样沸沸扬扬,但这次新中国文字改革运动却是一场真正的、影响深远的、彻底的中国语文现代化的革命——它的领导者就是胡乔木。

尽管决策中国文字改革的是毛泽东,但"始作俑者"却是斯大林。胡乔木回忆说:对文字改革,"毛主席作了不少指示,下了很大的决心,以致在一次会议上讲要实行拼音化、拉丁化。后来毛主席的想法改变了,但汉字简化、汉语拼音方案,同毛主席的指导分不开。这件事的起因是毛主席同斯大林谈话,斯大林提出汉字太难认,是否可以搞一个民族化的拼音方案,不一定按照别国的字母来设计。"①

作为共和国的"新闻首脑"——新闻总署署长,胡乔木对《人民日报》"从头管到脚",哪怕一篇文章的标题,甚至一个标点符号都要管,这是令人吃惊,甚至有些不可思议的。因此有人说,这或许与新中国成立初期胡乔木担任中国文字改革委员会委员参与语言文字改革有直接关系。这,只是原因的一个方面。

大家说胡乔木天生就是一个对汉语敏感的人,是一个语言词章的学者,甚至大师,或许有些哗众取宠。但你不得不承认,就是毛泽东这样的领袖诗人,也十分欣赏胡乔木在语言和修辞上的造诣。不然,毛泽东怎么可能让胡乔木负责《毛泽东选集》的语法修辞和标点符号的修订工作呢?

众所周知,中国的"白话文"是在五四运动时期兴起的。但那时候的白话文运动其实并不彻底,尤其在报刊文章和应用公文上并不十分成功,中文报刊大多是"半文半白"且"文多于白"的"新闻体",只适合于上层知识分子阅读,文化水平较低的广大底层百姓即使看懂了,但读起来也听不懂。"五四"白话文运动这种"小脚放大式"的文体,跟报刊大众化的时代要求已经是水火不相容。汉语现代化已经成为时代发展、文明进步和人民大众的迫切要求。

中国汉语语言文字的标准化、正规化和现代化是在新中国成立之后才逐步确定的。新中国成立后,中国大陆积极推动报刊文章的白话化,改革政府公文的文体和程式,提倡汉字横排,普及语法修辞和语言规范化的知识,举行全国文字改革会议,实行文字改革的三大任务——推广普通话、简化汉字、制订和推行汉语拼音方案,这一系列的语言文字工作都是在胡乔木的具体安排和指导下进行的。毫无疑问,胡乔木领导的这次文字改革运动,在中华民族的历史上是破天荒的,让今天以至将来每一个使用汉语的人都深受其益,可谓功在千秋!

说起胡乔木对语言文字工作的研究,可以追溯到 20 世纪 30 年代他在上海的时候。1935 年,时任中国社会科学家联盟书记、中国左翼文化界总同盟书记的胡乔木就在《我们对于推行新文字的意见》上签了名,并在 1936 年1 月的《Sin Wenz 月刊》第六期上发表了《南方人怎样学北方话》的论文。6月 5 日的《芒种》杂志第一卷第七期又发表了胡乔木的《向别字说回来》的文章。这是胡乔木最早发表对中国汉字的看法。有意思的是胡乔木这篇文章是针对鲁迅先生写的《从"别字"说开去》而提出不同意见的。那时,胡乔木认

---

① 《胡乔木回忆毛泽东》,人民出版社 1994 年 9 月第 1 版,第 23 页。

为："手头字跟别字一样把方块字的命运严密地安排定了,这命运不是别的,就是赶快让位给拼音。"

到了延安后,胡乔木在 1941 年 10 月 24 日发表的《解放日报》社论《开展冬学》中,充分肯定了 1940 年延安市和延安县改用拉丁化新文字办理冬学的办法。当时,《陕甘宁边区施政纲领》也把"推广新文字教育"作为边区教育工作的主要项目之一。毛泽东还勉励从事新文字工作的同志:"努力推行,愈广愈好。"胡乔木在社论中说:"在一般的识字教育中,新文字是一把锋利的武器,在冬学的三月教学里,新文字更是最恰当的工具,在人口稀少、文化基础薄弱的陕甘宁边区能够使得半数的冬学学生学会读写,在条件较好的其他地区推行新文字将会收到更大的效果",并"希望今年在所有敌后抗日根据地里都起来准备并布置冬学工作,把扫除文盲、掌握知识作为当前战斗任务之一,我们更希望在各抗日根据地的冬学里都能够试验以新文字来进行教学,把这一个'老百姓翻身的武器'真正地交到广大人民的手上,使广大人民能够更好地用它来加强自己战胜敌人,在战斗中把广大人民这一个无限丰富的文化源泉更好地开发起来!"1946 年 5 月,胡乔木还专门为陕甘宁边区教育厅编、新华书店晋察冀分店印行的《中等国文》一书写了《本书的七点说明》。可见,胡乔木在延安时代就已经开始对中文教育和语言文字改革有强烈的关注和研究。

新中国成立后,非常讲究词章的胡乔木不仅对《人民日报》的文字编辑要求几近苛刻,而且还负责全国语言文字的规范化工作。1951 年 2 月 1 日作为中央文件下发全国执行的《关于纠正电报、报告、指示、决定等文字缺点的指示》,就是他按照毛泽东的指示起草的。文件下发 20 天之后,胡乔木觉得有必要将此文件公开发表,于是他致信毛泽东:"主席:《关于纠正电报、报告、指示、决定等文字缺点的指示》,细看一遍,觉得并没有什么秘密,似可公开发表。一来党内外看的人多,事情容易办成功;二来对于报章文字和社会文字习惯也可以造成很大的影响。当否请示。"2 月 25 日,毛泽东在胡乔木的来信上批示:"可以印成小本发给党内外较多的人看,不要在报上发表,因此件并无给群众看的必要。而一般文法教育则应在报上写文章及为学校写文法教科书。"

毛泽东的意见十分中肯,因为《关于纠正电报、报告、指示、决定等文字缺点的指示》中的意见,主要是针对党政军机关来往电报及其他报告、指示、决定等文件在文字上存在的缺点,来进行纠正的,与普通百姓生活似乎还有些距离。于是,胡乔木遵照毛泽东"一般文法教育则应在报上写文章及为学校写文法教科书"的意见,专门请吕叔湘、朱德熙撰写了《语法修辞讲话》,并决定从6月6日起在《人民日报》连载。为此,6月5日,胡乔木给毛泽东写了一封请示信,将《语法修辞讲话》的部分内容和同时配发的社论《正确地使用祖国的语言,为语言的纯洁和健康而斗争!》呈送毛泽东批示。毛泽东在6月6日零时20分亲笔修改了社论,批示"照发"。

《语法修辞讲话》共分为六章,由吕叔湘撰写第一、三、四、六章,朱德熙负责撰写第二、五章。书稿从6月6日开始,在《人民日报》连载了大约三个月,后来由开明书店出版了单行本。6月28日,胡乔木又专门致信《人民日报》总编辑邓拓:"吕叔湘先生近来写的几部分完全是创作,前人未写作过。这几部分很有益处,望注意发表一些读者来信以便引起广泛的注意。"而6月6日《人民日报》发表的社论《正确地使用祖国的语言,为语言的纯洁和健康而斗争!》一文是由胡乔木命题,请历史学家黎澍①起草,并经过胡乔木认真审订后才交毛泽东修改的。

《语法修辞讲话》在《人民日报》的发表,揭开了20世纪50年代到60年代初期在中国历史上影响深远的文字改革运动的序幕,并掀起了新中国语言文字工作的第一个高潮。而这个运动的直接领导者就是胡乔木。

翻译工作和语言文字工作是紧密联系在一起的。因为斯大林在毛泽东访苏期间,建议为了总结中国革命的经验,编辑《毛泽东选集》,并拟翻译俄文在苏联出版。而中共中央也需要系统完备地翻译出版一批马恩列斯的经典著作。为此,1951年7月,中宣部牵头召开了中央翻译工作会议,讨论了《斯大林全集》的翻译工作和《毛泽东选集》的俄译、校阅工作等问题。会议决定在五年内完成长达16卷的《斯大林全集》的翻译工作,同时成立中央翻译工作委员会,统管重要文献的翻译,由王稼祥负责。但王稼祥一再推脱。会后,胡乔木将会议情况向毛泽东作了详细的书面报告。7月13日,毛泽东在胡乔木的报告上批示:"同意你的各项意见。但委员会的主持人稼祥既不愿担任,就由你暂时担任为好,每月召开一次会,将来再考虑用他人。"

就这样,时任中宣部常务副部长的胡乔木又勇敢地担起了中共中央翻译工作委员会(中共中央马列主义编译局的前身)主任的工作,一干就是数年。1951年11月6日,第一届全国翻译工作会议在北京召开,胡乔木发表了《制订译书计划,提高翻译质量》的重要讲话,要求翻译工作者"从科学的严格性和语言的纯洁性"上下功夫,并"希望大会通过一种制度,把翻译工作者

---

① 黎澍(1912—1988),湖南醴陵人,历史学家,曾任中国社会科学院历史研究所《历史研究》主编。

团结起来"，"实现我们的理想，把全世界应该译出来的书，在相当期间内都译出来，帮助国家的经济文化建设"。①

1953 年前后，胡乔木还担任了中央语文教学问题委员会主任。这一项工作自然与语言文字改革工作更是密不可分。这年的 12 月 24 日，胡乔木就中小学汉语教学中的"语言和文学的分科问题"，给中共中央写了一个《关于改进中小学语文教学的请示报告》，将教育部遵照中央指示请党内外专家商谈并经语文教学问题委员会正式讨论取得的一致意见进行了报告。报告中认为"应当把实行中小学语文一门课程，分为语言和文学两种独立的学科进行教学"，并对中小学的语言课、文学课的教学课程、模式、内容、课时等进行了系统规范。②中共中央于 1954 年 2 月 1 日批准了这个请示报告，并由中央文委党组办理。语言、文学分科采取逐年试教逐年实施的办法，从 1955 年秋季开始在少数中学的初中一年级实行，并计划于 1959 年完全实施。但是，这个实验在 1958 年突然停止了。

我们再回到由胡乔木直接领导的文字改革工作上来。中共中央指定胡乔木领导文字改革工作不久，1954 年底，以高教部部长马叙伦为主任的中国文字改革委员会就制定了《汉字简化方案草案》，共简化汉字 798 个。1955 年10 月，"全国文字改革会议"在北京召开，胡乔木在 23 日的闭幕会上作了总结报告。这是中国历史上第一次召开一个全盘讨论文字改革的会议。会议主要讨论了三个问题：一是关于汉字的简化，二是关于推广以北京语言为标准的普通话，三是关于汉字的根本改革的准备工作。这篇长达 3 万多字的讲话是胡乔木受全国文字改革会议主席团委托作的，成为中国现代汉语文字改革的纲领性文件。

紧接着，在 1955 年 10 月 31 日，也就是"现代汉语规范问题学术会议"闭幕之后的第二天晚上，胡乔木同出席会议的代表们进行了一次谈话。这次谈话，胡乔木着重谈到了汉语规范工作和语音的规范问题，并提出要编辑现代汉语词典。他说："汉语虽然是世界上的一个重要语言，也产生过许多伟大的、优秀的著作，可是基本工作还是做得很少。首先，我们今天还没有一部词典。我们这样重要的语言，没有词典，我们能安心于这种现状吗？能觉得这是一件没有什么关系的事情吗？"

在胡乔木的指导下，现代汉语词典的编辑工作很快提上了国家日程。

---

① 《胡乔木文集》第三卷，人民出版社 1994 年 12 月第 1 版，第 1—7 页。
② 《胡乔木谈语言文字》，人民出版社 1999 年 9 月第 1 版，第 69—73 页。

1956年2月6日,国务院发布《关于推广普通话的指示》,责成中国科学院语言研究所(从1977年5月起改称中国社会科学院语言研究所)在1958年编好以确定词汇规范为目的的中型现代汉语词典。随后,该所词典编辑室在著名语言学家吕叔湘的带领下,从1956年夏着手收集资料,1958年秋开始编写,1959年底完成初稿,1960年印出了"试印本"征求意见。随后,又由丁声树担任主编,经过修改,1965年又印出"试用本"送审稿,经过进一步修订,于1978年正式出版了第一版。这就是今天每一位汉语学习者都必备的《现代汉语词典》的由来。

时任文字改革委员会副主任的叶籁士回忆说:"那一段的文字改革工作做了几件大事情。比如:召开了文字改革会议,1956年国务院颁发了《汉字简化方案》,1964年又编印《简化字总表》,1965年还颁布了《印刷通用汉字字形表》,为现代汉语用字初步建立了规范;又如1956年国务院发出《关于推广普通话的指示》,明确了普通话的定义,确定了推普工作的方针,成立了中央和地方的推广普通话工作委员会,使推普工作得以既轰轰烈烈又扎扎实实地展开;再如1958年全国人民代表大会批准、公布了《汉语拼音方案》,这个方案在注音识字、学习普通话以及其他不便于使用汉字的场合发挥了十分重要的作用。这几件大事,据我所知,都是经过了胡乔木同志的手的。《汉字简化方案》和《简化字总表》的定稿是经过乔木同志的;1986年重新发布《简化字总表》,改动了几个字,也是乔木同志提出来的。1956年发出的《关于推广普通话的指示》,那份在推普工作上起了历史性作用的文件,是乔木同志亲自起草的。记得《汉语拼音方案》拟订之初,草案蜂出,意见分歧,很长一段时间统一不起来。乔木同志做了过细的工作,统一了大家的认识,为保证《汉语拼音方案》的顺利诞生起了重要作用。"①

周有光回忆说,在这次白话文运动中,胡乔木大力提倡"文章要明白像语言,语言要流畅像文章,这叫作'语体文'和'文体语'。他认为,文字改革工作在发达的资本主义国家里,早在一百年或三百年前就完成了。中国到社会主义时代还在蹒跚地进行文字改革,这是资本主义民主的'补课'"。在对简化字的问题上,胡乔木认为:规定一套简化字的规范,可以减少简化字的繁殖,阻止简化字向泛滥而混乱的无政府状态无休止地发展。②

---

① 叶籁士:《胡乔木与语言文字工作》,见《我所知道的胡乔木》,当代中国出版社1997年5月第1版,第246—247页。

② 周有光:《胡乔木同志和文字改革》,见《我所知道的胡乔木》,当代中国出版社1997年5月第1版,第249—250页。

在对汉语文字进行改革的同时，胡乔木没有忘记中国众多的少数民族的语言文字工作。1951年2月5日，在政务院公布的《关于民族事务的几项决定》中，第五条就明确规定："政务院文化教育委员会内设民族语言文字研究指导委员会"，并在同年10月12日成立。邵力子任主任，陶孟和、刘格平任副主任，罗常培任秘书长。这是中共中央和中央人民政府在保护和发展少数民族语言文字上作出的重大决策。王均回忆说，此事"乔木没出面，但主意是他出的"。而在同年10月31日，胡乔木在中南海还主持召开了中宣部的会议，专门讨论帮助尚无文字的少数民族创立文字的问题。1954年5月20日，政务院召开了专门研究民族文字问题的第217次政务会议，从此少数民族语文工作进入了一个新的阶段。

在文字改革中，胡乔木始终是一个直接领导者，又是一个幕后的积极推动者。但因为"文化大革命"的爆发，胡乔木被长期禁闭，文化倒退，汉语文字改革工作也自然受到冲击，不受欢迎的"第二次汉字简化方案草案"出笼，报刊文章又大都恢复了"白多于文"的"半文半白"，给中国现代汉语改革带来了诸多挫折和失败。粉碎"四人帮"后，胡乔木又继续促成了汉字改革工作的全面恢复。1982年1月23日，他在中国汉字改革委员会主任会议上明确指出，现在仍是推广普通话、推行《汉语拼音方案》、整理和简化汉字这三项任务，并提出了简化汉字的15条原则，为实现汉字信息化提供了基本思路。为此，胡乔木还亲自用汉语拼音给自己的儿子和平写信，来验证其可行性。之后，胡乔木不断地就语言文字工作发表讲话、谈话和意见，并与专家、学者、教授、记者、编辑、作家，以及中央机关的有关领导同志通信，使得汉语和文字逐步走上了标准化、规范化和现代化的道路。

不居其名，但求其实。知识渊博的胡乔木在那个史无前例的流行"知识无用论"的年代里，没有随波逐流，而是重视人才，肯定知识就是生产力，使中国语言文字的改革在社会工作的开拓和科学研究的深入上取得令人瞩目的成绩。作为"中国语文现代化的先驱"，胡乔木以其"走在现时代的前面"的巨大勇气和伟大智慧，让今天的中国和中国人民享受着，并向世界展示着现代汉语的无穷魅力。

累得病倒了，周恩来两次亲自赶往北京医院参加会诊
毛泽东说："他可是一个大好人哪！"派保健医生探望

上面千条线，下面一根针。胡乔木就像一个连轴转的齿轮，上面连接着中共中央、毛泽东，下面连接着中央新闻宣传的各个部门各个角落，没日没夜，夜以继日。

在战争年代，毛泽东就养成了白天睡觉、晚上办公的习惯。新中国成立后，毛泽东一直保持这个习惯。这个习惯，自然给胡乔木等与毛泽东工作紧密联系的部属们的生活带来了变化。好在跟随毛泽东已经十年了，胡乔木已经适应了毛泽东的生活规律。但如今的工作已经和战争年代大不相同，胡乔木也不仅仅是毛泽东的秘书，还担任着中宣部常务副部长、新闻总署署长等诸多工作。白天公务繁忙，晚上还要加班加点地跟毛泽东联系，日子长了，生活起居没有规律的胡乔木患了严重的神经衰弱症。

1951年1月8日，胡乔木终于累得病倒了——突然出现胃出血，而且吐血非常厉害，竟有一脸盆，立即被送往北京医院进行抢救。

此时，妻子谷羽怀孕才满7个月，儿子就早产，出生后只得放在"氧气箱"中养护。胡乔木还没来得及去医院看望妻子和新生才20天的儿子，只是给儿子取了名字"和平"，就累得也住进了医院。

北京医院院长周泽昭亲自为胡乔木检查，确诊胡乔木患严重胃溃疡，导致胃穿孔大出血。诊断认为必须立即做手术，切除溃疡，而且面积占四分之三。但胡乔木身体十分虚弱，动这么大的手术，他瘦弱的身体不能不令人担心。

胡乔木住院需要开刀的消息很快就传到了周恩来总理那里，总理立即亲自赶到北京医院，召集医院专家进行会诊。

因为手术大，周恩来总理特此征询谷羽的意见，是否动手术？

谷羽非常干脆地回答说："开刀！"

只能成功，不许失败。在周恩来再三嘱咐和关怀下，胡乔木的手术就这样定了下来，并由周泽昭亲自主刀。

知道胡乔木这天上午要动手术了，一夜未眠的毛泽东结束了紧张的工作，在上床休息之前，叫值班卫士把他的保健医生王鹤滨找来。毛泽东嘱咐王鹤滨说："王医生，你代表我去看看乔木同志，他病得很重，住进了北京医院。"说完，毛泽东还补充说了一句："他可是一个大好人哪！"

于是，王鹤滨遵照毛泽东的指示，来到北京医院。胡乔木的病房在三楼，王鹤滨一进病房，看见医生和护理人员正在为他进行手术前的准备工作，看

样子马上就要进手术室了。

王鹤滨走到病床前，只见胡乔木脸色苍白，身体十分虚弱，俯身握着胡乔木的手说："毛主席很关心你的健康，叫我代表他来看望你。"王鹤滨发现胡乔木的手发冷，缺少血色。

听到王鹤滨带来毛泽东的问候，胡乔木苍白的脸上顿时露出了笑容，有些吃力地轻声说道："谢谢毛主席的关怀，请转告毛主席，请他放心，不会出事的，要给我做手术。"

躺在病床上的胡乔木被推进了手术室，进门前，他再次满脸笑容地嘱咐王鹤滨说："请主席放心！"

因为溃疡面积非常大，胡乔木的胃最后被切除了四分之三！胃溃疡这种病并不是一朝一夕就得的，大多因为长期没有规律的生活所导致，它一旦发作起来极其痛苦。可见，胡乔木是长期带病坚持超负荷工作的。

毛泽东时刻关注着胡乔木的病情，要求北京医院逐日将胡乔木的病况随时报送给他。从1941年2月来到毛泽东身边工作，如今整整十年了，胡乔木的一言一行一举一动，毛泽东都看在眼里，喜在心里。他实在太喜欢胡乔木这个秘书了，他的身边也实在太需要像胡乔木这样的"笔杆子"了。有胡乔木在身边，他手中的笔就轻松多了，他想说的话、想写的事，只要跟胡乔木说个题目，讲个大概思想，胡乔木就能做成一篇大文章。有时候，胡乔木还经常给他起草电报、出主意、想办法，甚至帮他改文章。在工作上，他们是领袖与秘书；在写作上，他们是先生与学生；在事业上，他们是战友；在生活上，他们是朋友。十年来，他没有批评过胡乔木一次，胡乔木的笔把他的思想传遍了长城内外大江南北，传遍了世界。尽管胡乔木如今已经身兼数职，而且这些职务还在不断地变来变去，但只有一个职务不能变——那就是毛泽东的秘书。

但令人想不到的是，胡乔木的手术还是出现了意外情况——胃肠粘连。难道还要再动第二次手术？胡乔木虚弱的身体能经受得了吗？周恩来知道后，再一次来到北京医院，再次召开专家会诊，听取大夫的诊断意见。周恩来问：除了开刀之外，还有没有别的办法？

最后，经过专家会诊决定采取保守疗法，没有再动手术，解决了胃肠粘连问题。就这样，胡乔木在北京医院住了两个月。但这次胃切除四分之三的大手术，自然影响了胡乔木的胃消化功能和饮食。所以，夫人谷羽说乔木"他一辈子从来没有胖过！"

坐在澡盆里一星期完成中共第一部简明党史
毛泽东审阅后决定:改以胡乔木个人名义发表

胡乔木经过两个月的住院治疗,病情大有好转。毛泽东非常高兴,就指示胡乔木带着妻子谷羽到颐和园的谐趣园休养一些时日。

谐趣园在颐和园中有"园中之园"的雅称。此园原名"惠山园",相传乃清朝乾隆皇帝下江南时,在无锡游玩时喜欢上了惠山的"寄畅园",回京后下令在颐和园仿造了此园。光绪十九年重修,改名"谐趣园"。胡乔木在这里小住了一两个月,疲惫的身心在大自然里得到了舒展,一直紧张的精神也有了难得的放松,心情也爽快了许多。

尽管仍然处于休养状态,但毛泽东也没有让胡乔木闲着——

1951年3月2日,毛泽东致信胡乔木:"三月一日《人民日报》载萧乾①《在土地改革中学习》一文,写得很好,请广发各地登载。并为出单行本,或和李俊龙所写文章②一起出一本。请叫新华社组织这类文章,各土改区每省有一篇或几篇。"

3月14日,毛泽东致信胡乔木:"三月十三日《光明日报》载有一篇天津通讯,题为《天津天主教徒奋斗前进积极展开(自立)革新运动》,写得很好,请予广播,并在《人民日报》转载。同日该报还刊登了天津津沽大学教授张羽时的一篇文章,题为《和天主教教友们谈怎样爱教》,说明天主教革新的理论根据,很有说服力,请考虑在《人民日报》转载。"

3月20日,毛泽东就召开第一次全国宣传工作会议,致信胡乔木:"宣传会议可自五月五日至十五日开十天,如十五日以后四中全会还未开会再延长五天,否则不要延长。"同时,毛泽东在这封信中还指示:"理论教育决定可先以草案发各地,通知照发。"毛泽东在这里说的"理论教育决定"是指中共中央《关于加强理论教育的决定》。此前,胡乔木遵照毛泽东的指示,已经专门为加强中共干部政治理论教育, 开列了12种马列著作的书目——《社会发展史》《政治经济学》《共产党宣言》《社会主义从空想到科学发展》《帝国主义是资本主义的最高阶段》《国家与革命》《共产主义运动中的"左派"幼稚病》《论列宁主义基础》《联共党史》《列宁斯大林论社会主义建设》《列宁斯大林论中国》《思想方法论》。毛泽东还在胡乔木开列的书目上批示:"干部必

---

① 萧乾,著名作家,时任《人民中国》英文版副总编辑。
② 李俊龙,时任政务院参事,他的文章《战斗中的湖南人民》载1951年2月20日《人民日报》。

读"，印发中央委员和候补委员。在这封信中，毛泽东还告诉胡乔木："选集提前发表的文章，待看后送你，四月或可发一二篇。《学习》上不要发表我的文章。"毛泽东说的"选集"即指《毛泽东选集》。因为胡乔木负责《毛泽东选集》一至三卷的语法修辞和标点符号的修订工作，所以，毛泽东说"待看后送你"，并要求胡乔木在阅校后，四月份可以在《人民日报》发表一两篇。

3月29日，毛泽东又致信胡乔木："三月二十八日，《光明日报》载有吴景超的文章《参加土改工作的心得》，写得很好，请令《人民日报》予以转载，并令新华社广播各地。三月二十八日《人民日报》左下角一条新闻《北京人民广播电台播送讨论镇压反革命录音》，亦请用文字广播，惟其中有几句是讲三月二十八日要求听众做什么的，广播稿应改写一下，写成一条北京新闻。"

在休养的这些日子里，胡乔木仍一丝不苟地处理着毛泽东交代的各项工作。其时全国已经开始了声势浩大的"三反""五反"运动①。胡乔木晚年在写作《回忆毛泽东》一书时说："'三反'、'五反'开始，我作胃切除手术，休养了，这一年的事我不清楚。"

胡乔木在颐和园休养一些日子后，又到万寿路的新六所休养了一些日子。转眼到了五六月间了，身体已经逐渐康复的胡乔木和夫人谷羽回到了中南海的家中，一边工作一边休养。这时，胡乔木的家也从春藕斋北边的来福堂搬到了喜福堂。

6月初的一天，刘少奇来到胡乔木的家中。几个月没见面了，刘少奇在问候胡乔木的身体康复情况之后，也给胡乔木带来了一个任务。其实，刘少奇正是为了这个任务专门来找胡乔木的。

这是一个什么任务呢？

1951年的7月1日，是中国共产党建党30周年纪念日。这是一个值得庆贺的日子。经过28年艰苦卓绝的斗争和牺牲，终于赢得了革命的胜利，结束了半殖民地半封建的苦难岁月，建立了民族独立自主、人民当家作主的共和国，抗美援朝保家卫国打败了美帝国主义，如今的新中国可谓政通人和万事兴，社会主义经济建设欣欣向荣。为此，中共中央决定6月30日在北京举行盛大的庆祝会，届时由刘少奇代表中共中央作报告。

刘少奇来找胡乔木，就是为了请他代为起草庆祝建党30周年的报告。

自1941年初来到毛泽东身边，胡乔木先后协助毛泽东编校过《六大以

---

① "三反"即反贪污、反浪费、反官僚主义；"五反"即反行贿、反偷税漏税、反盗窃国家财产、反偷工减料、反盗窃国家经济情报。

来》《六大以前》《两条路线》等重要文献，又曾在毛泽东指导下参与起草过《关于若干历史问题的决议》，在中共党史方面已经具有相当成熟的知识准备，而且这十年来，胡乔木一直在中共中央高层工作，新中国成立后又统管中共思想理论和新闻宣传工作，对中共的路线、方针、政策可谓了如指掌。因此，对刘少奇的邀请，胡乔木二话不说，欣然从命。

刘少奇走后，胡乔木就立即着手准备写作。他一边查找资料，一边阅读文献，一边开始构思。从1921年到1951年，这30年是中国共产党艰苦奋斗的30年，是成千上万的革命者抛头颅洒热血的30年，是筚路蓝缕涅槃重生的30年，是峰回路转取得人民大革命全国胜利的30年。这30年，中共从无到有、从小到大、从弱到强地一路走来，真是不容易。直至如今，中国共产党已经是一个拥有580万党员队伍的执政党。静下心来，胡乔木整理着自己澎湃的思绪，是啊，这30年是中华民族由黑暗走向光明的30年，是中华民族由落后迈向文明进步的30年，有太多的苦痛，亦有太多的欢欣；有失败的教训，亦有胜利的经验，这一切都需要系统的总结，需要理性的思考，更需要从历史中看到未来……渐渐地，写作思路已经清晰，文章的脉络已经清楚，胡乔木心里明白，他现在要做的事情在中共的历史上还是第一次……

转眼间，时间就已经是6月中旬，距离开大会的日子只有半个月的时间了。何况文稿写出来后还要留出适当的时间，让毛泽东、刘少奇等中央领导审阅。时间真是太紧张了！但胡乔木不慌不忙，胸有成竹。

1951年6月，北京的天气特别闷热，屋外热，家里更热，坐在那里不动都是一身汗。当时条件差，没有电风扇，更谈不上空调。胡乔木冒着酷热，白天黑夜地写。夫人谷羽看他热得满头大汗，就拿着蒲扇坐在旁边为他扇风。但蒲扇的这点风似乎并没有起到多少作用。为了给胡乔木降温，谷羽又想办法从中南海西门外的冰库里搞来几大块冰，放在盆里，摆在胡乔木座椅的周围。气温实在太高，冰块很快就融化了。最后，热得实在没有办法了，胡乔木就让谷羽在大澡盆里装满凉水，然后在澡盆上再搁一块木板，自己就干脆坐在水里写。

就这样，前前后后花了一个星期的时间，报告终于写好了，共五万字。胡乔木将报告定名为《中国共产党的三十年》。真可谓成竹于胸，一挥而就。

按照十年来的工作惯例，胡乔木将稿子写好后，先送到毛泽东那里，请毛审阅。

没过几天，毛泽东就将胡乔木的稿子退给了胡乔木。

胡乔木打开一看，只见毛泽东在稿子上批示：此文以胡乔木名义在《人民日报》发表。

这一下子可把胡乔木给难住了！怎么办？这可是刘少奇请他代为起草的报告呀！胡乔木拿着毛泽东的批示,寝食难安,跟夫人谷羽说:"这么一来,怎么向少奇同志交代呢？"

这时,毛泽东又传话来了:少奇同志那里由他去打招呼,报告另找人起草。

既然这是毛泽东的指示,胡乔木只得从命。

于是,胡乔木按照毛泽东的指示,在《人民日报》迅速排印《中国共产党的三十年》,并定于 6 月 22 日见报。

毛泽东为什么突然决定要求《中国共产党的三十年》以胡乔木个人名义发表,这其中的原因或许没有人能知道,但毛泽东和刘少奇在审阅胡乔木这篇长达五万言的历史著作时,仅仅作了十余处修改,可见胡乔木对中共历史的熟谙程度、对历史事件和人物的评析和在写作结构、分寸上的把握已经深得毛泽东的认可和赞赏。因为时间紧,刘少奇只好自己动手写了一篇讲话稿。

6 月 21 日,《中国共产党的三十年》在《人民日报》发表的前一天,胡乔木将报纸清样呈送毛泽东批阅,同时针对文稿中存在的一些疑问致信毛泽东,请他作出决定。毛泽东审阅后,依然没有修改,只是在胡乔木的信上对询问的问题作了回答和批示。

主席:

"三十年"《人民日报》要求明日增出一张一次登完,现其余已排好,希望能把改的一页清样马上看一下,在十二点前退回。

对陈独秀说是当时"最有影响的马克思主义宣传者和党的发起者",拟改为"有很大影响的社会主义宣传者和党的发起者",是否较妥?(毛批:可以)

"事实证明,毛泽东同志的农村包围城市的方式已经完全胜利",此处用"方式"意义不明确,拟改"原理"或"道路"或"战略"或"方针",请示何者较妥。(毛批:"方针"为好)

叙述整风时说"党抓紧了这个局势比较稳定的时期",但前面说这是敌人"扫荡"最残酷最紧张的时期,似有不合。可否改为:"党抓紧了这个局势较少变化的时期进行了全党范围的马克思列宁主义教育,这种教育在战争和革命猛烈发展和迅速变化的时期曾经是难于大规模进行的。"(毛批:这样好)

第一次代表大会人数各说都是十三人,惟李达说是十二人,理由是包惠僧非代表。两说不知孰是? (毛批:是十二人)①

以上各点请指示。

胡乔木
六月二十一日

经过毛泽东的认可后,《中国共产党的三十年》在第二天就以增出一张四版的方式,在《人民日报》全文刊登了,署名胡乔木。新华社和中央人民广播电台当天就全文播发,各地的报刊纷纷相继全文转载,人民出版社立即出版了单行本,一版再版。

《中国共产党的三十年》是运用马克思主义的普遍原理同中国革命的具体实践相结合的观点,完整叙述和总结中国共产党自1921年宣告正式成立以来的第一本具有开创性的简明党史,可谓是中共党史的奠基之作。这是胡乔木跟随毛泽东十年来以个人名义发表的唯一著作,也是胡乔木在继成为中共中央的第一个新闻发言人之后,成为中共历史上第一个全面总结党史的人,这不禁让人们对胡乔木有了更全面更深刻的认识——原来毛泽东的秘书还是一位中共党史专家和马克思主义理论家。胡乔木一下子成了家喻户晓的人物。

《中国共产党的三十年》的发表和出版,立即在中共党内外引起巨大反响,对胡乔木善于驾驭史料和以概括性语言抓住历史脉络的本领和才华,更是钦佩不已。这部著作是新中国成立后第一本重要的党史教材,在之后很长的一段时期内,对于中共党史教育和党史研究工作起到了不可替代的历史作用,这是胡乔木本人也没有想到的。《中国共产党的三十年》不仅成为胡乔木的代表作和成名作,而且也开创了中共官方修史立传的一个体例,此后出版的《中国共产党的六十年》《中国共产党的七十年》等等,都是遵循这个体例而来。文为时而作。尽管这部著作对中共党史上的诸多问题的评述(包括对陈独秀的评价)和观点,现在看来不尽适当甚至不准确,胡乔木本人1985年11月4日在《中国共产党历史》上卷送审本讨论会上也专门强调"这本小册子无论从逻辑、史实等方面都有很多错误",但其历史意义和价值与其历史的局限性一样是不可否认的。

这一年,胡乔木才39岁。

---

① 中共党史已经确认包惠僧系中共一大正式代表,中共一大代表应为13人。

跟毛泽东在杭州起草新中国第一部宪法,胡乔木再次病倒

从 1949 年到 1952 年,新生的共和国胜利地结束了经济恢复时期,进入了大规模建设时期。在这短短三年时间里,新中国在中共的领导下,"解决了过去千百年所不能解决的问题, 使中国从悲惨的黑暗的地狱顿然走到了充满阳光和希望的人间世界。我们胜利地完成了国家的统一, 完成了土地改革,进行了抗美援朝的斗争和镇压反革命的斗争,肃清了帝国主义在中国的残余势力,巩固了国内各民族的团结,调整了工商业,稳定了物价,平衡了财政开支,进行了反对贪污、浪费、官僚主义和反对行贿、偷税漏税、盗窃国家资财、偷工减料、盗窃国家经济情报的斗争,开展了增产节约运动,完成了经济的恢复工作"。①

转眼就到了 1953 年。1 月 1 日,《人民日报》发表了胡乔木撰写的社论《迎接一九五三年的伟大任务》,开篇就说:"1953 年向全国人民提出了三项伟大的任务:第一,继续加强抗美援朝的斗争,争取更大的胜利;第二,开始执行国家建设的第一个五年计划, 完成和超额完成 1953 年度建设计划;第三,召集全国人民代表大会,通过宪法,通过国家建设计划。"胡乔木在社论中说:1953 年将是我国进行大规模建设的第一年。国家建设包括经济建设、国防建设和文化建设,而以经济建设为基础。经济建设的总的任务就是要使中国由落后的农业国逐步变为强大的工业国,而要达到这个目的,就必须首先着重发展冶金、燃料、电力、机械制造、化学等项重工业。"工业化——这是我国人民百年来梦寐以求的理想,这是我国人民不再受帝国主义欺侮、不再过穷困生活的基本保证,因此这是全国人民的最高利益。"

说到工业化问题,有一件事值得一提,就是毛泽东和梁漱溟之争。1952年 12 月,胡乔木在毛泽东指导下,起草了《中共中央宣传部关于党在过渡时期总路线的学习宣传提纲》,即"一化三改",②印发全国学习、宣传,掀起了一个社会主义改造和建设的热潮。1953 年 9 月,在中央人民政府召开的一次农村工作会议上,毛泽东和梁漱溟发生了一场言辞很是激烈的争论。当时,梁漱溟去四川参加土改运动,也刚刚回到北京,他在会上发言,认为:战争过后要有一段时间休养生息,搞工业化会使农民的负担大大加重,与毛泽东的意见相左,于是在会上两个人就顶了起来。后来这件事逐渐演化成了历史上有

---

① 《胡乔木文集》第一卷,人民出版社 1992 年 5 月第 1 版,第 451—452 页。
② "一化"就是工业化,"三改"就是对农业、手工业和资本主义工商业的社会主义改造。

名的"梁漱溟思想批判运动"。作为亲历者,胡乔木晚年回忆并对此作出了相对很客观的评述,说:"毛主席发火欠妥,但为什么发火?当时关键是对待工业化的问题。不少人认为中国穷,要与民休息,搞工业化哪来的资金?同梁的争论主要在这里。梁说农民在九地之下,再搞工业化农民活不下去了。毛主席觉得搞工业化完全是为了国家大计,是非做不可的事。梁漱溟讲得那么尖刻,毛主席气得很。"这说明党在过渡时期总路线的提出,不是平静的。实践证明毛主席是对的。在这个问题上,胡乔木认为"要为毛主席说几句公道话"。[①]

在这篇《人民日报》社论里,胡乔木提出 1953 年的三大任务,其中有一项任务是——召集全国人民代表大会,通过宪法,通过国家建设计划。在过去三年多的时间内,因为进行巨大的社会政治改革和经济恢复工作,实行人民代表大会制度的条件还不具备,新中国采取了由中国人民政治协商会议的全体会议代行全国人民代表大会职权、而由地方各级人民代表会议逐步代行地方各级人民代表大会职权的办法。同时,由于还没有制定宪法,《中国人民政治协商会议共同纲领》暂时代替了宪法的一部分作用。因此,制定新中国的第一部宪法已经迫在眉睫。

因 1952 年 12 月 24 日召开的全国政协常委会第四十三次会议已一致通过了周恩来代表中共提出的提案,根据《中央人民政府组织法》第七条第十款的规定,建议中央人民政府于 1953 年召开全国人民代表大会和地方人民代表大会,并着手起草宪法。宪法的起草工作便提到了议事日程上来。随后,毛泽东亲自挂帅,主持宪法起草工作,并担任宪法起草委员会主席。由于当年部分省市出现了严重洪涝灾害,忙于抢险救灾工作,全国人民代表大会不得不推迟到 1954 年才召开,宪法的起草工作也随之推迟。

1953 年底,中共中央成立了宪法初稿起草小组,由八人组成,即:董必武、彭真、邓小平、陈伯达、李维汉、胡乔木、张际春、田家英。我们可以发现,在这八人中,有三人是毛泽东的秘书。为了安安心心地起草根本大法,1953 年 12 月 24 日毛泽东就带着三位秘书陈伯达、胡乔木、田家英乘专列离开北京,于 27 日到达杭州,开始了这项为新中国法制建设奠定千秋基业的大事。

其实,来杭州之前,陈伯达在 11 月至 12 月间已经起草了一个稿子。但是这个稿子写得不行,没有被毛泽东采纳。于是第二稿就主要由胡乔木、田家英两人起草。但为这件事情,陈伯达开始责怨田家英,并和胡乔木、田家英之间发生了争论和矛盾——"陈伯达霸气十足。由于胡乔木在毛泽东召集的

---

① 《胡乔木回忆毛泽东》,人民出版社 1994 年 9 月第 1 版,第 13 页。

起草小组会议上对陈伯达提出的初稿提出批评修改意见，陈曾经在会后大发雷霆。胡、田为顾全大局，以后凡有意见都事先向陈提出，而胡、田二人意见常常一致或比较接近。陈伯达驳不倒他们，十分恼火，就消极怠工，多次发牢骚，说要回家当小学教师。所以杭州起草小组拿出的供讨论稿事实上主要出于胡、田之手。"①

胡乔木回忆说："1953 年底，毛主席指定陈伯达、田家英和我准备去杭州起草宪法。陈已先拟初稿，听说又要别人参加，改动他的稿子，就已经很不高兴。到杭州后，陈告诉家英，他要住在北山高处，表示他不负任何责任。第一次开会讨论，他又对家英发火，认为任何人非经他的许可，不得在主席面前议论原稿，并且不许向主席说明个中原委。家英对陈的这种专横行为非常愤慨，却无法反抗。此后，每次开会以前，先得向陈作一汇报。直到罗瑞卿后来（他是一道来的，但以前并没有参加起草宪法的讨论）直截了当地提出某某条应该这样改，某某条应该那样改，陈管不了他，陈独裁的局面也就打破了。陈因为一开始就不愿到杭州来，来了势必改动他的原稿，加上讨论时毛泽东自己也常常当面对陈的草稿提出种种重大的修改意见，所以在整个起草过程中他闷闷不乐，常对家英说：'我不行啦，要回老家当小学教师啦'，等等。"

杭州小组起草宪法是从 1954 年 1 月 9 日开始的。陈伯达的草稿没有被采纳，毛泽东领导的宪法起草小组重新起草。当时，毛泽东住在刘庄一号楼。每天午后 3 时左右，陈伯达便带着胡乔木、田家英等人驱车绕道西山路，穿过岳王庙，来到北山路 84 号大院的 30 号办公。毛泽东在平房里办公，胡乔木他们就在主楼里办公，往往一干就是一个通宵。

为了起草宪法，胡乔木、田家英跟毛泽东一起广泛地阅读和研究了世界各类宪法，有中国的，也有外国的；有资本主义国家的，也有社会主义国家的；有进步的，也有反动的。比如：外国的有 1918 年的苏俄宪法，1936 年的苏联宪法，罗马尼亚、波兰、德国、捷克等国宪法，1946 年的法兰西宪法；中国的有 1913 年的天坛宪法、1923 年的曹锟宪法、1946 年的蒋介石宪法等等。但这些宪法都只能作为制定新中国宪法的参考。

在起草过程中，胡乔木和毛泽东在关于宪法要不要有纲领性的内容，即将来要完成的任务上，曾有过不同的意见。胡乔木敢于在毛泽东面前提出不同意见，这也是一个典型的例子。后来，毛泽东在谈起这个问题时，说："一般地说，法律是在事实之后，但在事实之前也有纲领性的。1918 年苏维埃俄罗

① 逄先知：《毛泽东和他的秘书田家英》，中央文献出版社 1989 年 12 月第 1 版，第 20—21 页。

斯宪法就有纲领性的。后头 1936 年斯大林说,宪法只能承认事实,而不能搞纲领。我们起草宪法那个时候,乔木称赞斯大林,我就不赞成,我就赞成列宁。我们这个宪法有两部分,就说纲领性的。国家机构那些部分是事实,有些东西是将来的,比如三大改造之类。"

胡乔木不仅参与了这部宪法各章节的起草,并且负责执笔序言。在杭州期间,草稿先后修改了七八次。住在刘庄的毛泽东在杭州的两个月时间里,每天都是中午 12 点左右起床,然后吃点东西去爬山。南高峰、北高峰、六和塔、凤凰山,毛泽东都爬了一个遍。毛泽东爬山的时候,胡乔木和田家英就抓紧修改宪法。等两个小时后毛泽东爬山回来,他们又在一起讨论。起草工作进展很顺利,2 月 17 日左右初稿就拿出来了,虽然比原计划推迟了半个来月,但是也只用了不到 40 天的时间。随后,起草小组通读通改。2 月 24 日完成了"二读稿",26 日完成了"三读稿",3 月 9 日拿出了"四读稿"。至此,宪法起草小组完成了第一阶段的任务,为中共中央政治局会议进一步讨论修改宪法草案,提供了一个比较成熟的稿本。

3 月 12 日、13 日和 15 日,刘少奇主持召开中央政治局扩大会议讨论了毛泽东和胡乔木、田家英在杭州起草修改的宪法草案"四读稿"。宪法草案的起草工作告一段落,准备扩大范围讨论修改,提交宪法起草委员会。会议同时决定以董必武、彭真、邓小平、李维汉、陈伯达、胡乔木、张际春、田家英等八人组成宪法小组,负责初稿的最后修改。从 3 月下旬到 6 月中旬,宪法起草委员会先后开了七次会议,进行了详细、周密的研究和讨论,之后又在全国组织了 8000 人的大讨论,提出了 5900 多条意见,采纳了百八十条。后来又经过全国人民代表大会的 1000 多人讨论,终于在 1954 年 9 月 20 日第一届全国人大第一次会议上,以 1197 票全票通过了中国历史上第一部社会主义类型的《中华人民共和国宪法》。

胡乔木在杭州起草修改完宪法草案"四读稿"后,又病倒了。这次不是胃溃疡的问题,而是让"笔杆子"胡乔木更头疼的问题——右眼患了中心性视网膜炎,不得不住进了医院。但在杭州治疗不见效果。如果没有眼睛,不能读书看报,不能写作,这对于一个"笔杆子"来说,他的痛苦就像鸟儿没有了翅膀。1954 年 3 月 17 日,回到北京后,胡乔木立即住进了北京医院。可是经过治疗,眼疾依然不见好转。毛泽东立即指示,要胡乔木到苏联治疗。这样,胡乔木就去了莫斯科,住进了克里姆林宫医院。

胡乔木一走,修改宪法的重担几乎就落到了田家英一个人的肩上。32 岁的田家英虽然比胡乔木小 10 岁,但在如此重压下,还是累得吐血了。

协助周恩来起草一届人大《政府工作报告》,当选中共中央副秘书长

在苏联经过三个月的治疗,胡乔木的眼疾终于治愈。1954年8月,胡乔木一回到北京,就投入到一项新的工作中——协助周恩来起草并修改第一届全国人大第一次会议《政府工作报告》。

1954年9月17日晨,周恩来致信胡乔木:"现将政府工作报告草稿第二、三两部分付印,约好于今早送你。第二部分还有些材料可以取用。第三部分方从政务院政治法律委员会取来,可用的材料甚少,也不好删改,你最好不要多用时间去看它,因为改写的报告,在政权的一段宜短,以重写为妥。我很不安。原想由我先将各方面初稿汇集改好后,再送你修改,不料忙了两周,竟不能终篇,而且延误了时间,给你造成极大困难,这是我的工作方法上的错误,严格说,也是思想上的错误。现在时间有限,请你与伯达同志一商,按照主席的指示,如能重写就重写,不要受原稿的任何约束,也许要便利些。如何,请酌。"

作为第一届全国人大第一次会议的《政府工作报告》,中共中央自然是极其重视的,这也是新中国成立五年来的第一个《政府工作报告》,是向全国人民和各民主党派报告中共施政绩效的报告。在7月份参加了为解决印度支那和平问题的日内瓦会议之后,又出访德国、波兰、苏联、蒙古等国,刚刚回到北京的周恩来总理,在中共中央的多个会议上作了《关于外交问题的报告》,他确实太忙了。第一届全国人大第一次会议已经于9月15日下午开幕了,按照会议日程安排,周恩来将在23日作《政府工作报告》。只有一个星期的时间了,周恩来确实感到"很不安"。"现在时间有限",他对此给胡乔木"造成极大困难"也深表内疚,并检讨说"这是我的工作方法上的错误,严格说,也是思想上的错误"。从这封信中可以看出周恩来对胡乔木的倚重和尊重。

临危受命,胡乔木没有条件,不讲价钱,加班加点地进行了修改工作,有的地方按照周恩来的要求进行了重写。两天时间他就拿出了自己的修改稿,并立即送给毛泽东审阅。9月19日,毛泽东致信胡乔木:"此件看了一遍,有些觉得不妥处作了记号,有些处改了几个字,请你斟酌。"

这样,《政府工作报告》终于顺利完成,报告总结了新中国成立五年来在政治、经济、科技、文教等方面的伟大成就,提出了今后的方针和任务,介绍了中国实行和平外交政策所取得的巨大胜利和当前的外交方针。

1954年10月1日,是新中国成立五周年国庆纪念日,胡乔木又加班加点地为《人民日报》撰写了社论《为和平、民主和社会主义而斗争的五年》,社

论指出——

中国在过去五年内经历了比以前历史上一百年还更深刻更丰富的变化。

帝国主义在中国的统治地位被彻底地推翻了。中国人民用自己的铁扫帚扫除了帝国主义在中国的政治势力、经济势力和文化势力。除了台湾以外，中国人民已经在自己的全部土地上做了主人。

在中国存在了两三千年的封建土地制度在暴风骤雨般的土地改革运动中覆亡了。三亿以上的无地少地的农民分得了约七亿亩土地和其他大量的生产资料。……中国人民在历史上第一次完成了真正的统一，建立起一个民主的国家。

……

团结起来为创造自己的幸福而奋斗的人民是不可战胜的。中华人民共和国在过去的五年的历史又一次证明了这个普遍的真理。在五年以后的今天，甚至有许多在一九四九年断定中国人民的事业必然失败的帝国主义算命先生们也承认中华人民共和国是巩固的，承认那些还想否认这个事实的冒险分子是愚不可及的。

六亿人民推翻了帝国主义的统治而建立起自己的国家，而走上和平、民主和社会主义的道路，当然不能不改变世界的面貌。和平、民主、社会主义的阵营和侵略、反动、帝国主义的阵营的力量对比发生了显著的变化。

也就是在这个时候，胡乔木离开中宣部，有了新的任命——中共中央副秘书长。秘书长为邓小平。但胡乔木仍然担任毛泽东的政治秘书。他的家也依然住在中南海，只是从喜福堂搬到了颐园。从此他在颐园这个规模较大的小四合院里一住就是12年，直到"文化大革命"爆发后被逐出中南海。

胡乔木出任中共中央副秘书长后，就更多地亲历和参与了中共中央的许多政治大事。如：1955年3月12日，毛泽东写了一封信——"即送胡乔木同志：此件你阅后请送恩来同志阅，最好能于今天或明天在政治局会议上通过，今晚或明晚即印发党代表会议参加者。"毛泽东这封加急的信中提到的"此件"是指"邓小平在中共全国代表会议上要作的《关于高岗、饶漱石反党联盟的报告》"。胡乔木参加了这个报告的起草工作。后来，毛泽东在审阅修改中共七届四中全会决议时，增写了一段，说：堡垒最容易从内部攻破，个人野心家要分裂党,认为高岗是贝利亚第二。

这个时期,胡乔木也参与了对胡风的批判。1955 年 6 月 6 日,毛泽东致信陆定一、周扬:"社论尚未看。对'第三批材料'的注文,修改了一点,增加了几段。请你们两位,或再邀请别的几位同志,如陈伯达、胡乔木、邓拓、林默涵等,共同商量一下,看是否妥当。我以为应当借此机会作一点文章进去。"毛泽东的这封信讲的是关于批判胡风的问题。"第三批材料"就是指《关于胡风反革命集团的第三批材料》。从 5 月 13 日发表舒芜的《关于胡风反革命集团的第一批材料》,到 5 月 24 日发表《关于胡风反革命集团的第二批材料》,毛泽东都是亲自审阅,修改注文,写按语。这一次,毛泽东依然亲自审阅"第三批材料",并要求与《人民日报》的社论同时发表。批判胡风是文艺界当时的一件大事,也成为 20 世纪中国文艺史上的一个著名事件。当年美学家吕荧在批判胡风的会议上,只因说了一句"胡风不属于敌我矛盾"就被当场逮捕关进监狱;著名教授梁宗岱也因为同情胡风被戴上了"恶霸地主"的帽子遭逮捕审查。胡风和胡乔木也是老熟人了。胡乔木在 1945 年重庆谈判期间就曾在重庆新华日报社和胡风就文艺路线问题进行过多次谈话。而对于这次批判胡风事件,胡乔木晚年回忆说:"抓胡风,我是不赞成的。毛主席写的那些按语,有些是不符合事实的。胡风说,三年局面可以改变,毛主席认为是指蒋介石反攻大陆。实际上,胡风是说文艺界的局面。"

1955 年 9 月间,胡乔木还主持修改了《农业生产合作社示范章程(试行草案)》。这个草案最初是由中央农村工作部部长邓子恢主持起草的。同时,中央还起草了一个《关于农业合作化问题的决议(草案)》。为此,9 月 6 日,毛泽东致信中共中央办公厅主任杨尚昆:"此两件,请于今日上午印好,下午即送在京各中委、候补中委、各副秘书长、农村工作部各副部长和秘书长各一份。并请告胡乔木请他研究和主持修改示范章程。"因为胡乔木 1948 年 2 月在转战陕北时曾写过《关于土地改革中各社会阶级的划分及其待遇的规定(草案)》,所以这次毛泽东就要求胡乔木来主持修改这个合作社示范章程。胡乔木按照毛泽东的要求进行了合乎实际的修改。随后,毛泽东也多次进行了审阅,并指示:农业生产合作社要稳定下来,要将合作社的一些规章标准化,在全国统一执行。农业合作化也就是农业社会主义改造,这在新中国成立初期的过渡时期总路线中占有特殊的重要地位。中国作为一个历史悠久的农业大国,毛泽东对此给予了特别的关心,也投入了格外多的精力开辟中国农业的合作化道路。但是后来"因为农业合作化的过快发展和表面上的巨大胜利,助长了毛泽东对个人意志的过分自信,更加深信自己的主张总是正确的,而且是能够立即见效的","在没有充分估量甚至不顾客观实际的条件和农民群众的觉悟程度,过急地人为地加速了合作化高潮的到来",结果是欲速则不达,使中国农业发展经历了一段曲折的道路。

对此,胡乔木晚年回忆说:"毛主席非常重视,但实际上没有执行。"为什么呢? 胡乔木说,因为"后来领导思想变化太快,稳定不下来。毛主席是一种矛盾的思想,希望稳定下来,同时又想要不断改变"。而当时"在实现高级合作化这一目标上,中共领导人是没有分歧的,分歧在于后期的发展速度,集中表现在毛泽东与邓子恢之间的争论上。实践证明,毛泽东对邓子恢的批评是错误的,邓子恢在合作化步骤上的逐渐演进的主张是比较符合中国农村实际的"。而胡乔木凭自己对农村的实际情况的了解,也不主张农业合作化过快过急。1955 年10 月,在以发展农业互助合作化运动为中心议题的中共扩大的七届六中全会上,胡乔木还特别审读修改了列席会议的中共盐城地委书记陈宗烈的书面发言,对家乡农业合作化运动提出了自己的意见。胡乔木晚年回忆说:"1956 年反冒进,我也是活动分子之一。中宣部起草的那篇社论,我作过修改。"

起草知识分子问题会议报告,摘掉知识分子"剥削阶级"的帽子

在妻子谷羽眼中,胡乔木是一个真正的革命知识分子,始终没有脱掉知识分子的气质。他不仅了解、关心和爱护知识分子,注意发挥他们的长处,同时又严格要求他们,绝不姑息他们的缺点,就像对待自己一样。胡乔木一辈子和知识分子有缘分、有情分。在去延安前,胡乔木就曾担任中国左翼文化同盟的书记,结识了当时在上海的一批文化人。到延安后,因为自己对文学艺术的爱好,使他总是寻找机会与各种层次的知识分子交往。特别是到了毛泽东身边工作以后,胡乔木对中共的知识分子理论和政策有了进一步的深入了解,这为后来他掌握、宣传中共的知识分子理论、执行党的知识分子政策,奠定了很好的基础。新中国成立后,胡乔木在独立主持部门工作中,也一直注重发挥知识分子的作用,并注意调整和改进知识分子政策。

1955 年下半年,中共中央提出了"向科学进军"的口号,决定在 1956 年初召开一次知识分子问题会议。这是中共在新中国成立以来召开的第一次知识分子会议。为此,中共中央专门成立了"知识分子问题十人小组",进行前期的知识分子状况调查、资料收集整理等筹备工作。中共中央决定周恩来在这次会议上代表中共中央作报告,这不仅是对新中国成立以来知识分子

工作的总结,更是为了号召知识分子在"向科学进军"的旗帜下更好地为建设社会主义新中国服务。在新的形势下,作为"中国工人阶级先锋队"的中国共产党,如何制定和调整知识分子政策,如何广泛地团结广大知识分子,充分发挥知识分子在社会主义建设中的积极作用,都需要中共作出历史的庄严承诺。因此,周恩来的这个报告不仅影响深远,而且将是中共知识分子政策历史的一座里程碑。

这个光荣而艰巨的任务,周恩来交给了胡乔木。

胡乔木接受起草报告的任务后,兴奋异常,他的那个高兴劲儿给妻子谷羽留下了深刻印象。谷羽回忆说:"乔木接受这个任务的那一阵子,心情特别好,全身心地投入对这个问题的研究之中。乔木在过去协助起草有关的中央文件时,总理在知识分子问题上的一些思想观点对乔木早有启发,在这个问题上,他和总理有很多共同的认识。此前中央又组织了对知识分子问题的一系列调查研究,收集了丰富的材料。乔木在家里把那些重要材料摆了一条长桌,仔细翻阅,着手起草。他没日没夜地伏案工作。常常是我一觉醒来,他的书桌上的灯光还亮着,他还在忙碌。正如他的诗中描写的那样,'心头光映案前灯'。大约忙了两个多月,到 11 月份起草工作有了眉目。这时总理经常让乔木到他那里去,商讨起草报告中的各种问题。过了 1956 年元旦,报告的草稿出来了。总理又多次召集乔木和其他部门的负责同志及'十人小组'的同志,反复讨论。其中最重要的问题是怎样确定知识分子的阶级属性。记得在正式开会前的一天凌晨,他从总理那里谈了一夜回到家,很高兴地告诉我:'对知识分子的定性问题,总理的意见通过了!'我知道,乔木在起草过程中,根据总理的指示,在报告中提出中国知识分子中间的绝大部分'已是工人阶级的一部分'的论点。这是一个重大的改变。多少年来,特别是建国初几年,总是把知识分子看作附在剥削阶级皮上的毛,这个报告的新提法,实际上是给知识分子解脱了'剥削阶级'的帽子,具有深远的意义和影响。我就是在当时那种加强科学技术工作的形势下,调到中科院工作的。记得 1956 年初知识分子问题会议后,中科院里的气氛特别好,科学家们心情舒畅,精神振奋,形成一种'人心向院'的局面,加上一大批知识分子陆续从国外回来,投身祖国的社会主义建设,这一切都为中国科学技术的全面发展,为'两弹一星'的上天,奠定了坚实的基础。"

1956 年 1 月 14 日,周恩来在中共中央关于知识分子问题的会议上作了胡乔木起草的这个报告。这是中共第一次给知识分子定性,并给知识分子摘掉了"剥削阶级"的帽子,知识分子不再是"附在剥削阶级皮上的毛",而是

"工人阶级的一部分"了。周恩来委托胡乔木起草的这个报告如一声春雷,震响中国大地,新中国的知识分子迎来了春天。

作为知识分子,谷羽和胡乔木一样,为中共中央出台知识分子新政策欢欣鼓舞。为了响应"向科学进军"的口号,谷羽也在加强科学技术工作的形势下,从一机部汽车局七五二附件厂副厂长、党委书记任上调到中国科学院,担任计划局副局长、党支部书记,从事科研规划工作。随着知识分子会议的召开,中央为知识分子们营造了心情舒畅的政治环境和工作环境,人事人际关系和社会关系也更和谐有序,精神振奋,全国知识界形成了一种人心所向的大好局面,一大批海外知识分子从国外回来,投入新中国的社会主义建设,中国的科学技术迈上了全面发展的轨道。谷羽说:"后来由于'左'的错误干扰,在对知识分子的认识上出现了摇摆和反复,但乔木对中国知识分子在社会主义改造基本完成以后,已经成为'中国工人阶级的一部分'这个观点,一直没有动摇。"因此,胡乔木一生中始终与知识分子交朋友,他和钱锺书、季羡林、沈从文、聂绀弩、李政道等众多著名学者、教授成为好朋友,留下了许多佳话。

起草八大文件,胡乔木当选中共中央书记处候补书记

1956年9月15日下午,中共八大在北京开幕。毛泽东在七大提出的"八大要去大城市开"的愿望实现了。

距离1945年在延安召开的中共七大,已经整整11年过去了。这11年,是天翻地覆地改变中国乃至改变世界历史的11年。而八大也是中共在1949年取得政权7年后召开的第一次党的全国代表大会。会议正式代表1026人,候补代表107人。大会代表全国1073万党员,通过了毛泽东《中国共产党第八次全国代表大会开幕词》、刘少奇《中国共产党中央委员会向第八次全国代表大会的政治报告》、邓小平《关于修改党的章程的报告》、周恩来《关于发展国民经济的第二个五年计划的建议的报告》和《中国共产党章程》等重要事项和文件。胡乔木回忆说:"八大文件,除了周总理的关于第二个五年计划的报告外,许多是我起草的。"可以想象,作为中共八大秘书处的重要成员,胡乔木该是怎样的繁忙。

在八大开幕前一天的清晨,毛泽东致信他的三位秘书——

伯达、乔木、家英同志：

一、"党的领导"部分，看了一遍，可用，估计不会有太多的修改了。但是一定还会有一些修改。我们都要睡觉。你们在上午十二时以前改好后，直接交尚昆付翻译和付印。

二、开幕词又作了一些修改，已去打清样送你们，请再加斟酌，于下午交我为盼！

毛泽东

九月十四日上午六时

在这封信中，毛泽东首先讲到的需要修改的文件是《中国共产党中央委员会向第八次全国代表大会的政治报告》。中共中央为此成立了政治报告起草委员会，从8月上旬到9月中旬会议开幕前，毛泽东亲自率领胡乔木、陈伯达、田家英和陆定一等对初稿反反复复进行了多次修改。这份《政治报告》共分为党在过渡时期的总路线、社会主义改造、社会主义建设、国家的政治生活、国际关系和党的领导六个部分。在现存的八大《政治报告》的84份修改稿中，经毛泽东修改的就多达21份。而胡乔木参与起草的这份《政治报告》，在修改过程中主要负责第二、三、四部分的修改和全部的通改工作。为此，毛泽东多次以书信或便条形式和胡乔木进行沟通，协商文件的修改工作。

8月31日上午5时，毛泽东致信胡乔木："即退胡乔木同志阅后，即送少奇同志阅。此件修改得很好，我只作了一些文字上的修改。第七页上有一个问题，请乔木注意。"

刚刚过了一个小时，上午6时毛泽东再次致信胡乔木："乔木同志：请你利用今天上午的时间，将报告的头几部分——导言、国际形势和国内形势、总路线，过细修改一下，缩小到八千字左右就好。改好后，即送少奇同志汇总看过，送我一看，以便下午或晚上会议时和其他部分编辑付印。"

9月6日凌晨2时，毛泽东留便条："即送乔木同志，建设部分，除商业外，又看了一遍，用铅笔作了一些修改。请你将商业部分改好，于今天下午送我一阅，再送少奇同志。"

9月7日上午6时，毛泽东致信胡乔木："乔木同志：国家问题这一部分，也许你可以在一天内修改好，困难问题不很多。但对肃反问题写得太简单，没有提党对反革命分子的严肃与宽大相结合的处理政策，请加注意。不知十五页上还有这个问题的话没有？"

四个小时后，毛泽东在上午10时又致信胡乔木："'国家'部分内容贫弱,和'改造'、'建设'、'党'各部分分量不相称,似需大改。请你将一、二次稿看一下,好好想一下,再行动手。如今日不能完稿,可于明日完毕。如你需要,可找彭真、瑞卿谈一下。"

毛泽东对胡乔木在《政治报告》中的修改和通改工作非常满意。因为胡乔木参与起草和修改的文件太多,实在太忙,所以没有参与周恩来《关于发展国民经济的第二个五年计划的建议的报告》。毛泽东为此似乎感到有些遗憾,在一份批示中说:"报告全文很好。只是觉得头一部分(总结第一个五年计划时期经验)写得不甚清晰,不大流畅,不如以下各部分写得好,似乎出于两个手写的。如能在今明两天请一位(乔木没有工夫)文笔流畅的同志改一下,那就更好。如不可能,也就罢了。"

毛泽东在批示中专门提到"乔木没有工夫",可见他内心是多么希望胡乔木能参与修改这份报告,但他又知道胡乔木特别的忙,只能"请一位文笔流畅的同志改一下,那就更好",但"如不可能,也就罢了"。毛泽东是多么倚重胡乔木啊!

9月27日,中共八大闭幕。胡乔木当选为中共中央委员。9月28日,中共八届一中全会召开。出席会议的有中央委员96人,候补中央委员70人。会议选举了新的中央领导机构。胡乔木当选为中央书记处候补书记。当选为中央书记处书记的有:邓小平、彭真、王稼祥、谭震林、谭政、黄克诚、李雪峰;候补书记为刘澜涛、杨尚昆、胡乔木。

从此,胡乔木成为中共中央最高领导机构的成员之一。

第十三章　中苏论战

> 一个人只要站在人民的立场上，就决不应该把人民内部矛盾同敌我之间的矛盾等量齐观，或者相互混淆，更不应该把人民内部的矛盾放在敌我矛盾之上。

> ——胡乔木《再论无产阶级专政的历史经验》(1956 年 12 月)

和毛泽东一起严厉驳斥西方世界反苏反共的叫嚣

1956 年 3 月的北京，春寒料峭。这个春天，国际共产主义运动和中苏关系也发生了意料不到的历史性变化，在一股反共浪潮和思想混乱之中，中国和苏联这两个世界上最大的社会主义兄弟国家开始了历史上著名的"十年论战"。胡乔木作为中共高层的智囊人物，再次以其敏锐和坚定赢得了毛泽东和中共高层的赞赏。

说起"十年论战"就得从苏共二十大说起。1956 年 2 月 14 日至 25 日，苏共中央在莫斯科举行了第二十次全国代表大会，这也是斯大林逝世后苏共召开的第一次全国代表大会。应苏共邀请，中共以朱德为团长的代表团出席了这次大会。苏共最高领导人赫鲁晓夫在大会上作了苏共中央工作的总结报告之后，2 月 24 日深夜，苏共中央突然召开了一个秘密会议，赫鲁晓夫作了一个题为《关于个人崇拜及其后果》的秘密报告，苏共中央掀起了"非斯大林化"的风暴，批判个人崇拜。用赫鲁晓夫的话说"原想是秘密的，可是事实上并没有保住秘密。我们采取了措施,把报告复本分送给兄弟共产党,以便他们能够了解报告的内容"①。但这个报告因与会的波兰共产党中央书记贝鲁特在莫斯科突然去世而产生的混乱中泄密。3月10日,美国《纽约时报》发表了报告的全文。世界一片哗然。

同样,在会议期间,中共代表团在莫斯科就收到了苏共送来的赫鲁晓夫秘密报告速记稿的复本。大家读后,十分震惊。但因身在苏联,必须待汇报中共中央、毛泽东后,才能决定中共对此采取的态度。而代表团团长朱德还要继续出访,赫鲁晓夫的秘密报告速记稿复本就由邓小平带回北京。毛泽东读后,同样十分震惊,中共中央政治局对苏共的行为感到难以理解。

3月17日晚,中南海华灯初上,夜色如水,波光激滟。刚刚吃过晚饭的胡乔木接到中央办公厅的通知,要他在8点前赶到中南海丰泽园的颐年堂,参加毛泽东亲自主持的中央政治局扩大会议,议题就是赫鲁晓夫在苏共二十大上作的反斯大林秘密报告。这是中共最高领导层的核心会议。颐年堂由中央一个大厅和东西两个小厅组成,均以紫檀木雕刻装饰。大厅约70平方米,正面是一个镏金的大屏风,中间摆放着一个铺着深绿色呢绒桌布的大长桌,可以坐下二三十人。

胡乔木来得较早,就和中央办公厅主任杨尚昆在西边的小厅寒暄着。紧接着张闻天(时任外交部常务副部长)、王稼祥(时任中央联络部部长)、刘少奇、周恩来、朱德、邓小平、彭真等领导人也陆续到了。因新华社负责从《纽约时报》上翻译赫鲁晓夫的秘密报告,新华社社长吴冷西也参加了会议。晚上8点,毛泽东来到颐年堂。一坐下来,毛泽东就问大家:赫鲁晓夫的报告看了没有?大家都说:看了,但还没有看完。毛泽东说:我刚开始看,很费力,还没有看完。你们看了有什么意见?

亲自参加苏共二十大的邓小平报告说:当时,我们只是听翻译读了一遍,感到内容混乱,逻辑性差,说了一大堆关于斯大林破坏法制、肃反中杀错了很多人、对苏德战争毫无准备、在战争中靠地球仪指挥,等等,还讲了一个南斯拉夫问题,其他政策性的问题无甚印象。当时,我就向苏共中央联络员表示,此事关系重大,要报告中央,没有表态。现在在看全文,还没有看完,印象还是不好。现在全世界都议论这个报告,许多兄弟党已表示了态度,恐怕我们党也要表态,采取什么方式可以考虑。

会上,大家议论纷纷。吴冷西回忆说:"首先对苏共事先不同兄弟党商量

---

① 《赫鲁晓夫回忆录》,东方出版社1988年2月第1版,第510页。

就批判斯大林这位国际共产主义运动的重要人物很不满，认为这是对各国党的突然袭击，使他们在毫无准备的情况下出现严重混乱；同时认为赫鲁晓夫报告中全盘否定斯大林是严重错误。"

听了大家的发言，毛泽东说：我们党从一开始就对苏共二十大有保留的。我们《人民日报》发表了两篇社论。第一篇根据大会开始时赫鲁晓夫的公开报告写的。那时我们不晓得他会反对斯大林，从大局考虑给予支持。但社论中只谈了和平共处与和平竞赛问题，没有谈和平过渡问题，因为我们对这个问题有不同意见。苏共二十大结束的第二天，中央收到代表团发来电报，报告赫鲁晓夫反斯大林，但不了解详细内容，不好仓促发表意见。所以在第二篇社论中，我们采取了王顾左右而言他的方针，只讲他们的第六个五年计划，笼统地表示支持。

最后，毛泽东说：赫鲁晓夫的秘密报告值得认真研究，特别是这个报告所涉及的问题以及它在全世界所造成的影响。现在全世界都在议论，我们也要议论。现在看来，至少可以指出两点：一是他揭了盖子，一是他捅了娄子。说他揭了盖子，就是讲他的秘密报告表明，苏联、苏共、斯大林并不是一切都是正确的，这就破除了迷信。说他捅了娄子，就是讲，他作的这个秘密报告，无论在内容上或方法上，都有严重错误。是不是这样，大家可以研究。大家昨天才拿到全文，还没有看完。希望仔细看一看，想一想，过一两天再来讨论。①

为讨论赫鲁晓夫的秘密报告，毛泽东在颐年堂先后三次主持召开中央政治局扩大会议。这两次会议不仅13位政治局委员全体出席，而且列席的除了王稼祥、杨尚昆、胡乔木和吴冷西外，又增加了陆定一、陈伯达、邓拓和胡绳等人。擅长打"舆论战"的毛泽东请来这些中共高层的秀才们，毫无疑问又要发挥他屡试不爽的笔战了。

3月19日下午，习惯晚上工作白天睡觉的毛泽东一起床，就走进了颐年堂的大厅。这时，勤务员给毛泽东送来了用茶杯盛的稀粥。毛泽东坐下来，一边喝粥一边主持会议。王稼祥、邓小平、刘少奇、周恩来先后发言，对中苏和两党关系、斯大林的错误、赫鲁晓夫的秘密报告、个人崇拜等问题展开了讨论。最后毛泽东说：我并不认为斯大林一贯正确，这个话过去不好讲。他对中国革命的指导，出的主意，有许多是错的。过去我们只讲是我们自己错了，没有联系到斯大林。那时我们党采取这样的方针是对的。斯大林的错误是明摆着的，问题是如何评价斯大林的一生。是二八开，三七开，还是倒二八，倒三

---

① 吴冷西：《忆毛主席》，新华出版社1995年2月第1版，第3—4页。

七,还是四六开?我看三七开比较合适。正确是七分,是主要的;错误是三分,是次要的。这个问题大家还可以议。还要想一想我们对批判斯大林是否表态,采取什么方针。这次会议直到晚上 6 点多钟才结束。①

3 月 24 日,会议继续在颐年堂举行。胡乔木自始至终参加了会议。毛泽东先后谈到了——斯大林在抗日战争开始时支持王明的"一切通过统一战线、一切服从统一战线"的右倾路线,在抗日战争结束后又要中国党不要反击国民党发动的内战,自己在 1949 年底访苏期间开始时斯大林不愿签订中苏友好同盟条约,直到中国志愿军抗美援朝后才相信中国党是国际主义的共产党。对斯大林的这些做法,毛泽东说出了自己六年来一直藏在心里的话,还说:"这些事我想起来就有气。"但毛泽东又说:"苏共二十大反斯大林,对我们来讲的确是个突然袭击。但赫鲁晓夫反斯大林,这样也有好处,打破'紧箍咒',破除迷信,帮助我们考虑问题。搞社会主义建设不一定完全按照苏联那一套公式,可以根据本国的具体情况,提出适合本国国情的方针、政策。"他还说:"反斯大林已经发生,我们也没有办法。天要下雨,娘要嫁人,有什么办法呢?我们要做的是从苏联的错误中汲取教训。不要一反斯大林就如丧考妣。现在全世界是否要来一个反共高潮,我们也没有办法。人家要反,有什么办法呢?当然我们自己要硬着头皮顶住。"②

毛泽东说:共产主义运动,从马克思和恩格斯发表《共产党宣言》算起,于今只有一百年多一点。无产阶级专政的历史,从十月革命算起,还不到 40年。实现共产主义是空前伟大又空前艰巨的事业。不艰巨就不能说伟大,因为很艰巨才很伟大。在这艰巨斗争的过程中,不犯错误是不可能的。因为我们走的是前无古人的道路。我历来是"难免论"。斯大林犯错误是题中应有之义。赫鲁晓夫同样要犯错误。苏联要犯错误,我们也要犯错误。问题在于共产党能够通过批评和自我批评克服自己的错误。③

在会议结束的时候,毛泽东提出:对于赫鲁晓夫反斯大林,中共应当表示态度,方式可以考虑发表文章,因为发表声明或者作出决议都显得过于正式,苏共还没有公布赫鲁晓夫的秘密报告,而且此事的后果仍在发展中。

毛泽东的建议,中共中央政治局全体成员都表示赞成。

毛泽东说:这篇文章可以以支持苏共二十大反对个人迷信的姿态,正面讲一些道理,补救赫鲁晓夫的失误;对斯大林的一生加以分析,既要指出他

---

①② 吴冷西:《十年论战 (1956—1966)——中苏关系回忆录》,中央文献出版社 1999 年 5 月第 1 版,第 12、15 页。

③ 吴冷西:《忆毛主席》,新华出版社 1995 年 2 月第 1 版,第 6 页。

的严重错误,更要强调他的伟大功绩;对我党历史上同斯大林有关的路线错误,只从我党自己方面讲,不涉及斯大林;对个人迷信作一些分析,并说明我党一贯主张实行群众路线,反对突出个人。对这篇文章的写作,毛泽东提出三点要求:不要太长;要有针对性地讲道理;一个星期内写出来。

最后,会议决定文章由陈伯达执笔,中宣部和新华社协助。3月29日,陈伯达拿出了初稿。邓小平要陈伯达邀集陆定一、胡乔木、胡绳和吴冷西等一起讨论修改。4月1日送毛泽东、刘少奇、朱德、周恩来等中央领导人。4月3日,毛泽东委托刘少奇召开政治局扩大会议,对这篇文章进行修改。胡乔木连夜参加了修改工作,并于4日凌晨打出清样送毛泽东审阅。4日下午,毛泽东召开中央书记处会议,再次对文稿进行了讨论修改。在这次会议上,毛泽东亲自将文章的标题改为《关于无产阶级专政的历史经验》,并且在标题下面十分罕见地加上了这样的署名——"这篇文章是根据中国共产党中央政治局扩大会议的讨论,由人民日报编辑部写成的"。

毛泽东一改过去以社论的形式,用这样特殊的署名方式,来表达中共的意见,这在中共的历史上还是首次。毛泽东还决定新华社当晚广播《关于无产阶级专政的历史经验》,《人民日报》在第二天发表。这一特别的形式自然引起了外界特别的注意,也产生了特别的效果。而就在4月5日《人民日报》发表这篇文章的第二天,苏共中央主席团委员米高扬率苏联政府代表团到达北京。且这个代表团此行的主要任务就是签订苏联援助中国再建55项重点工程的协定,而在斯大林时期中苏双方就已经签订了援助141项工程的协定。

《关于无产阶级专政的历史经验》的问世,是中共第一次对当代国际共产主义运动的重大问题发表独特意见,受到国际舆论的普遍重视,苏联的《真理报》转载了这篇文章,并得到了众多共产党国家的好评。尽管中共、毛泽东在这篇文章里没有指名道姓地批评赫鲁晓夫的秘密报告,但对斯大林的客观评价和强调中苏应加强团结的主张,已经充分表明了中苏两党在意识形态上存在着严重分歧。

然而事情并没有结束,分歧也没有因为中共得到苏共的援助而弥合。从来不向强权低头的毛泽东,不仅对斯大林时代不信任中共并作出错误决定"心里来气",而且对苏联近来一直以"老子党自居"更是深有意见。因为苏共代表团在1956年9月召开的中共八大上致辞时,大讲苏共如何伟大,对中国革命如何帮助,等等,俨然以老子党自居。毛泽东就此曾专门单独同米高扬进行了会谈,指出"兄弟党之间有不平等现象,存在着好像老子党对儿子党的关系"。①

到了 10 月中旬,苏联和波兰关系突然紧张起来,赫鲁晓夫兵临华沙,准备动武,干涉波兰内政,苏波关系开始恶化。为此苏共中央给中共中央发来一封电报称:波兰反苏势力嚣张,要苏军撤出波兰。苏联根据《华沙条约》有权利驻兵波兰,有义务保卫东欧社会主义国家的安全。苏联不允许反苏事件继续发展,准备调动军队来解决问题。苏共在电报中表示想知道中共对此的意见。

毛泽东得到消息后,立即召开中央政治局会议。10 月 20 日下午 3 点,刚刚起床的毛泽东穿着睡衣亲自主持了会议。在不久前结束的中共八大上当选为中央书记处候补书记的胡乔木,自然也是这次会议不可缺少的角色,虽然这次与会的政治身份有所提升,但他仍然是毛泽东的政治秘书。

苏联的电报表明,赫鲁晓夫还没有对波兰动武下最后的决心。毛泽东说:现在情况严重,十分紧急,我们要早定方针。儿子不听话,老子打棍子。一个社会主义大国对另一个社会主义邻国武装干涉,是违反最起码的国际关系准则,更不用说违反社会主义国家相互关系的原则,是绝对不允许的。这是严重的大国沙文主义。而就在大家正在讨论,一致建议中央采取紧急措施向苏共中央发出严重警告,表明中共坚决反对苏联武装干涉波兰的时候,新华社传来消息说,苏联的一个代表团已经到达华沙与波兰谈判(其实,苏联这个代表团没有经过波兰的同意,就在赫鲁晓夫亲自率领下于 10 月 19 日晨飞往华沙。而其时波兰正在进行中央全会,选举产生新的领导机构。赫鲁晓夫的座机被华沙机场拒绝着陆,只好在空中盘旋达一两个小时之久)。于是,毛泽东决定说:"事不宜迟,我们应马上警告苏方,坚决反对对波兰动武。会议到此结束,我马上约见苏联驻华大使尤金。"同时,毛泽东要求胡乔木和吴冷西留下来作陪。

这时,毛泽东还穿着睡衣,胡乔木就说:"主席,您是不是换上中山装?"

毛泽东说:"就这样,没什么关系。"

半个小时后,毛泽东就在他的住处菊香书屋接见了尤金。毛泽东劈头盖脸地对尤金说:"我们政治局一致认为苏联武装干涉波兰是违反无产阶级国际主义原则的。中共中央坚决反对苏共中央这样做,希望你们悬崖勒马。如果你们竟然不顾我们的劝告,胆敢冒天下之大不韪,中共中央和中国政府将公开谴责你们。就是这几句话,请你立即打电话告诉赫鲁晓夫同志。情况紧急,时间无多,谈话就此结束。请你赶紧去办。"

① 吴冷西:《十年论战(1956—1966)——中苏关系回忆录》,中央文献出版社 1999 年 5 月第 1 版,第 32 页。

毛泽东的直截了当，令尤金紧张得满头大汗，一直不停地用手帕擦着脸上的汗，不断地说："是！是！"

在苏联和波兰关系发生危机后，中共坚定地发挥了积极公正的作用，写下了闪亮的一笔。10月21日，苏共邀请中共参加苏共与波兰党中央的会谈。中共中央应邀派刘少奇、邓小平前往莫斯科调解苏波危机，经过激烈辩论和耐心说服，顺利地完成了和解任务。苏波双方一致同意：尽快举行两党正式会谈，改善和加强波苏关系；苏联政府单独发表改进社会主义国家关系宣言，承认苏联过去在这方面有错误，并决心加以改进。中共代表团同苏波双方商定，在苏方发表宣言后，中国政府将发表声明给予支持。

1956年11月1日，《人民日报》发表了《苏联政府关于发展和进一步加强苏联同其他社会主义国家的友谊和合作的基础的宣言》；2日，又发表了《中华人民共和国政府关于苏联政府一九五六年十月三十日宣言的声明》。

然而，一波未平，一波又起。就在苏波危机刚刚得到平息的时候，匈牙利事件爆发。在反革命分子和国外帝国主义的挑拨下，匈牙利的军警与示威群众发生冲突，甚至出现了军队叛乱和反革命复辟的局面，局势十分紧张。匈牙利政府无奈中请求苏联驻军协助恢复秩序。但在这关键时刻，苏共领导却错误地决定从匈牙利撤军。对苏共的这种决定，中共给了强烈驳斥，指出："苏共的决定是对匈牙利人民的背叛。苏共中央如果抛弃社会主义匈牙利，将成为历史的罪人。"最终，在中共的强烈指责下，苏共接受了中共的意见，取消了撤军的决定，帮助匈牙利政府恢复国内局势。为此，赫鲁晓夫还亲自率苏共中央主席团全体成员到机场欢送中共代表团，感谢中国党在波兰问题和匈牙利事件上给了他们极大的帮助。

但是匈牙利事件还是给西方世界提供了口实和把柄，美国、英国和法国纷纷发表反苏言论。这种言论表面上看是对苏联的攻击，而实质上却是社会主义阵营与资本主义阵营之间对抗的公开化。

中共为了顾全大局，11月3日在《人民日报》发表了胡乔木撰写的社论《社会主义各国的伟大团结万岁》，说："以伟大的苏联为首的社会主义各国的团结一致，是世界和平事业和人类进步事业的最重要的支柱。社会主义国家由于思想基础和奋斗目标的一致，形成了人类历史上前所未有的兄弟式的互助合作关系。""社会主义事业是人类历史上的新事业。一切新的事业都不免由于经验而发生这样那样的错误。在社会主义国家的相互关系方面，情形也不例外。这是毫不奇怪的。"同时，胡乔木指出："帝国主义势力和东欧各国国内外的少数反革命分子，为了准备新的世界大战，为了在东欧各国实行资本主义的和法西斯主义的复辟，正在利用各种借口和谎言疯狂地进行反对苏联的煽动，因为他们知道，只要离开社会主义阵营最强大的中心苏联，那么，其他社会主义国家就比较容易摧毁。"在社论中，胡乔木对匈牙利事件也表达了强烈的关注和深深的同情。

11月4日，胡乔木参加了毛泽东在颐年堂主持的中央政治局会议，讨论匈牙利局势。尽管此时苏军已经重返布达佩斯，协助匈牙利政府恢复秩序，但事件的不良后果已经出现。周恩来总理分析说：当前西方世界利用匈牙利事件大肆反共，各兄弟党内出现动摇分子以至变节分子。苏共领导人表现软弱无力。我们党应作中流砥柱，力挽狂澜。

毛泽东在会上再次强调说：我们早就指出，苏共二十大揭了盖子，也捅了娄子。揭了盖子之后，各国共产党人可以破除迷信，努力使马列主义的基本原理同本国革命和建设的具体实际相结合，寻求本国革命和建设的道路。我们党正在探索，其他兄弟党也没有解决。捅了娄子的后果是全世界出现反苏反共高潮。帝国主义幸灾乐祸，国际共产主义队伍思想混乱。我们要硬着头皮顶住，不仅要顶住，而且要反击。为此，毛泽东指出：我们在4月间曾经写过一篇《关于无产阶级专政的历史经验》的文章，回答当时已经暴露出来的问题。现在，经过半年之后，事实证明我们的观点是正确的，但又出现了许多新的问题需要作出回答。可以考虑再写一篇文章。

毛泽东提出要再写一篇文章后，大家纷纷发言，踊跃提出了当前需要回答的问题，并发表了许多好的意见，既有反映西方宣传机器污蔑攻击的问题，也有属于国际共产主义队伍内部的问题。而在赫鲁晓夫秘密报告发布后，中共中央已按照毛泽东的指示，把社会主义阵营各国共产党先后发表的声明、文章或者作出的决议，进行了收集整理，翻译出版了两本书。毛泽东指出：我们可以对兄弟党正式发表的这些观点进行仔细研究，还有最近波兰、匈牙利问题发生后又有许多材料需要研究，看看有哪些主要问题需要回答和如何回答，以后再开会讨论。

在这天会议结束的时候，毛泽东还特别交代胡乔木、田家英和吴冷西，要他们预先准备，待开过八届二中全会后再具体商议。

二中全会从1956年11月10日开始，至15日结束。而就在这个全世界都在议论苏军帮助匈牙利政府平息骚乱的时候，10月11日，南斯拉夫共产主义联盟领导人铁托在沿海城市普拉发表演讲，从匈牙利事件讲起，第一次公开大肆攻击所谓"斯大林主义"和"斯大林主义分子"，号召把各国党的"斯大林主义分子"赶下台。正在开会的毛泽东得到消息后，要求胡乔木立即研究起草文章进行回答。

1956 年 11 月 14 日,《人民日报》发表了胡乔木写的社论《驳西方世界关于匈牙利问题的叫嚣》。开篇就说:"西方各国正在所谓匈牙利问题上大吵大闹。联合国大会的西方国家代表不顾匈牙利政府和社会主义阵营其他各国的一致反对,几次讨论匈牙利内政,并且通过了干涉匈牙利内政的非法决议。联合国中西方的'多数'不顾苏军驻在匈牙利纯粹是苏匈两国权力范围以内的问题,作出决议要求苏军撤出匈牙利。许多国家作出了各种各样的所谓同情匈牙利人民的姿态,并且发动了反苏反共的狂暴运动。究竟他们所'同情'的是谁?"接着,胡乔木针对路透社记者夸大其词的虚假报道强调说:"叛乱分子并没有'又在布达佩斯得势'。这不过是帝国主义世界的单相思罢了。无论如何,路透社记者对于西方国家捧成'自由战士'的匈牙利反革命分子的行状,在这里作了一幅素描。他们是谁?是一群对人民抢劫、放火、行凶的凶手!请问联合国的老爷们,为什么不应该坚决镇压这些凶手呢?而西方国家竭力装作匈牙利人民的朋友,装作匈牙利'自由'的保护者。当恐怖分子到处杀人放火、企图恢复法西斯统治的时候,西方国家就竭力加以歌颂;而当那些杀人放火犯受到社会主义力量镇压的时候,它们就下半旗'志哀'。这就是西方国家对于匈牙利人民的'友谊'!这就是西方国家所希望于匈牙利的'自由'!""匈牙利的反革命分子在电台上向西方帝国主义呼叫:救命啊!救命啊!但是帝国主义究竟没有能救它们的命,而且最后也无法救自己的命。社会主义的道路无论怎样的曲折(这是复杂的历史条件造成的),仍然是全世界人类的唯一的光明道路。"

最后,胡乔木指出:"匈牙利事件对于各国社会主义者也是一个重大的考验。匈牙利事件考验着他们在斗争的惊涛骇浪中对于社会主义的原则和无产阶级国际主义的原则是否真正忠诚,在困难复杂的环境里面是否能保持马克思主义的清醒头脑,而不陷入动摇、沮丧和迷误。"①

胡乔木以其犀利的文风,不折不扣地发出了中共强力的声音,这也是毛泽东提出还要再写一篇文章来讨论的问题。

---

① 《胡乔木文集》第一卷,人民出版社 1992 年 5 月第 1 版,第 492—498 页。

执笔《再论无产阶级专政的历史经验》彪炳史册

八届二中全会一结束，毛泽东马上全身心地投入到如何回答当前世界出现的反苏反共浪潮中出现的问题，其中的核心问题就是"如何评价斯大林"。从赫鲁晓夫的秘密报告，到苏波关系危机，到匈牙利事件，再到铁托的反"斯大林主义"演说，这些问题像多米诺骨牌一样，已经发生了连锁反应。在西方世界疯狂的反苏反共叫嚣和东欧社会主义阵营中出现危机的形势下，中国作为一个新生的社会主义国家，该扮演什么角色？毫无疑问，如何处理这种纷繁复杂的国际关系，对中共来说，既是政治和外交上的挑战，又是提升国际地位和加强自身建设的机遇。

纵横捭阖的毛泽东在深谋远虑。

从1956年11月25日起，毛泽东接连四天在丰泽园召开政治局常委会议，广泛议论当前国际形势，从匈牙利事件到10月底英法侵略埃及，从东欧党到西欧党，从南斯拉夫的铁托到美国的杜勒斯。大家各抒己见，畅所欲言，对各种现象和观点，一边列举分析，一边研究回答。吴冷西回忆："会议大多数在菊香书屋毛主席卧室举行，有时也在颐年堂西边的小会议厅。在毛主席卧室开会时，毛主席通常都是穿着睡衣，靠着床头，半躺在床上。中央其他常委在床前围成半圆形。一般习惯是，靠近床头右边茶几坐的是小平同志，他耳朵有点背，靠近便于听主席说话；依次从右到左是彭真、少奇、总理、王稼祥、张闻天、陈伯达、胡乔木等，我坐在最左边，靠着毛主席床角的小书桌。一般都是十人左右。"[1]

会议大都是晚上召开的，一开就开到天亮。

就如何评价斯大林问题，中共中央政治局常委一致认为铁托提出的反对斯大林的观点，"完全搬用了西方资产阶级的污蔑，是完全错误的。这种污蔑，是帝国主义分裂共产党、分裂社会主义阵营的阴谋"。毛泽东说：所谓斯大林主义，无非是斯大林的思想和观点。所谓斯大林主义分子，也无非是指赞同斯大林的人。那么请问，斯大林的思想和观点怎样？我们认为斯大林的思想和观点基本上是符合马克思列宁主义的，虽然其中有些错误，但主要方面是正确的。斯大林的错误是次要的。因此，所谓斯大林主义基本是正确的；所谓斯大林主义分子，基本上也是正确的，他们是有缺点有错误的共产党人，是犯错误的好人。必须把铁托的观点彻底驳倒，否则共产主义队伍就要

---

[1] 吴冷西：《忆毛主席》，新华出版社1995年2月第1版，第17页。

分裂,自家人打自家人。斯大林主义非保持不可,纠正它的缺点和错误,就是好东西。这把刀子不能丢掉。

11月29日,经过四天的讨论,毛泽东把大家的意见进行了系统归纳。主要分为四个问题:第一,十月革命的道路是各国革命共同的道路,它不是个别民族现象,而是具有时代特征的国际现象。第二,各国有不同的具体情况,因此各国要用不同的方法解决各自的问题。第三,苏联建设时期,斯大林的基本路线、方针是正确的,应加以明确的肯定。他有缺点、错误是难免的,可以理解的。第四,区别敌我矛盾,不能用对待敌人的方法对待自己的同志。斯大林过去对南斯拉夫犯了错误,把对待敌人的方法对待铁托同志。但后来苏共改正了,用对待自己同志的方法对待铁托同志,改善了苏南关系。现在铁托同志不能采取过去斯大林对他的方法对待犯错误的同志。在我们共产党人之间,在社会主义内部,存在着矛盾,这是人民内部矛盾,不能用处理敌对矛盾的方法处理。

毛泽东说:这篇文章的题目可以考虑用"全世界无产者联合起来",这是马克思、恩格斯在《共产党宣言》中提出的口号,现在仍有重大的现实意义。我们的目的是加强全世界工人阶级和共产党人的团结。

说到这里,毛泽东感慨万千,点了一根烟,深沉地吸了一口,意味深长地说了一大段话——

现在还是离不开斯大林的问题。我一生写过三篇歌颂斯大林的文章。头两篇都是祝寿的,第一篇在延安,一九三九年斯大林六十寿辰时写的;第二篇在莫斯科,是一九四九年在他七十大寿时的祝词;第三篇是斯大林去世之后写的,发表在苏联《真理报》,是悼词。这三篇文章,老实说,我都不愿意写。从感情上来说我不愿意写,但从理智上来说,又不能不写,而且不能不那样写。我这个人不愿意人家向我祝寿,也不愿意向别人祝寿。第一篇我抛弃个人感情,向世界上第一个社会主义国家的领袖祝寿。如果讲个人感情,我想起第一次王明"左"倾路线和第二次王明右倾路线都是斯大林制定和支持的, 想起来就有气。但我以大局为重,因为那时欧战已经爆发,苏联为和缓苏德关系而同希特勒德国签订了互不侵犯条约,受到西方国家舆论的攻击,很需要我们支持。因此那篇文章写得比较有生气。抗日战争结束后,国民党发动内战,斯大林要我们不要自卫反击,否则中华民族会毁灭。新中国成立后,斯大林还怀疑我们是不是第二个铁托。一九四九年我去莫斯科祝贺斯大林七十大寿,不歌颂他难道骂他吗?我致了祝词,但斯大林仍对我们很冷淡。后来我生气了,大发了一顿脾气,他才同意签订中苏友好互助同盟条约。斯大林去世以后,苏联需要我们支持,我们也需要苏联支持,于是我写了一篇歌功颂德的悼文。斯大林的一生,当然是丰功伟绩,这是主要的一面,但还有次要的一面,他的缺点和错误。但在当时情况下,我们不宜大讲他的错误,因为这不仅是斯大林个人的问题,更重要的是对苏联人民和苏联党的问题,所以还是理智地那样写了。现在情况不同了,赫鲁晓夫已经揭了盖子,我们在四月间的文章,就不单歌功颂德,而是既肯定了斯大林主要的正确的方面,又批评了他次要的错误方面,但并没有展开讲。现在要写第二篇文章,就是进一步把问题讲透,既肯定他的功绩,也分析他的错误,但又不是和盘托出,而是留有余地。①

讲完这些发自肺腑的话后,毛泽东这次没有把写作任务交给陈伯达,而是交给了胡乔木。毛泽东说:"乔木回去后,先起草一个提纲,给我看看。"

胡乔木毫不犹豫地答应了。从3月17日讨论赫鲁晓夫的秘密报告以来,胡乔木参加了毛泽东主持的所有关于"斯大林问题"的会议,也参与修改了由陈伯达执笔的《关于无产阶级专政的历史经验》,而这四天的会议接二连三的讨论和毛泽东的发言,更让胡乔木对起草这篇文章充满信心。胡乔木深知毛泽东需要的东西大多是不过夜的。因此在接受毛泽东交代的任务后,他一回到家中就动手写了起来。经过七八个小时的奋战,当天晚间,胡乔木就将自己起草的提纲送到了丰泽园毛泽东的手中。

看着胡乔木起草的提纲,毛泽东陷入了更深的思考。

三天后的12月2日,中央政治局常委会在颐年堂西厅召开。毛泽东一上来就系统地提出了他对写这篇文章的设想。毛泽东说:"乔木拟的提纲使我的想法进了一步,整篇文章可以更富理论色彩,但政论的形式不变。"他说:文章的题目可以仍然是"全世界无产者联合起来",也可以考虑同四月间写的文章衔接,用"再论无产阶级专政的历史经验",表明我们的观点是一贯的。接着,毛泽东提出了六个方面的要点:

第一,要讲世界革命的基本规律、共同道路。第二,讲清楚什么是"斯大林主义",为什么把共产党人分为"斯大林分子"和"非斯大林分子"是错误的。第三,讲清沙文主义。大国有,小国也有。要提倡国际主义,反对民族主

①吴冷西:《忆毛主席》,新华出版社1995年2月第1版,第20—21页。

义。第四,首先要分清敌我,然后在自己内部分清是非。第五,既要反对教条主义,也要反对修正主义。第六,文章从团结讲起,以团结结束。没有理由不团结,没有理由不克服妨碍团结的思想混乱。

在写作方法上,毛泽东强调"整篇文章包含着肯定与否定这两个方面,肯定正确,否定错误"。他还建议在写作上要借鉴中国古人作文章"欲抑先扬"和"欲扬先抑"的方法。

会议结束前,毛泽东指定由胡乔木牵头,吴冷西和田家英参加起草,而且要求在12月12日前写出初稿。毛泽东给了胡乔木十天时间。

会后,胡乔木、吴冷西和田家英迅速作了写作分工,每人承担一部分。胡乔木负责起草引言、结束语和第一节(关于十月革命道路的基本原则或基本经验),吴冷西负责起草第二节(关于斯大林的功过)和第四节(关于国际团结),第三节(反对教条主义和修正主义)则由田家英负责起草。最后由胡乔木担当通篇修改的重任。因为有了毛泽东的写作要点提示,12月11日印出了初稿。

13日下午,毛泽东主持中央政治局会议,对初稿进行讨论,提出了很多比较原则和重要的意见,主要是"正面阐述不充分,辩解过多"。听取了意见后,胡乔木、吴冷西和田家英三人又经过四五天的努力,拿出了修改稿。

12月19日、20日,毛泽东接连两天用下午和晚上的时间召开中央政治局会议,对修改稿进行了讨论,对文章的写作原则、重点和文字表述,都提出了十分具体的意见。毛泽东再次特别指出:对斯大林要作认真分析,先讲他的正确的方面,不能抹杀;再讲他的错误,强调必须纠正;第三讲实事求是,不能全盘否定。毛泽东还形象地打了个比方,说这叫做"三娘教子",三段论法。

接着,就赫鲁晓夫的秘密报告,毛泽东语重心长地说道:"赫鲁晓夫一棍子把斯大林打死,结果他搬起石头打了自己的脚,帝国主义乘机打他一棍子,无产阶级又从另一边打他一棍子,还有铁托和陶里亚蒂也从中间打他一棍子。斯大林这把刀子,赫鲁晓夫丢了,别人就捡起来打他,闹得四面楚歌。我们现在写这篇文章,是为他解围,方法是把斯大林这把刀子捡起来,给帝国主义一刀、给修正主义一刀,因为这把刀子虽然有缺口,但基本上还是锋利的。"

两天的政治局会议,经过深入详细的讨论,文章的基本思路和观点已经统一。根据大家的意见,胡乔木精心设计了修改方案,先按原来的分工三人分头进行修改,然后再由胡乔木进行通改。但在关于匈牙利事件如何分析,关于铁托的演讲如何回答,关于十月革命的基本经验和共同道路如何论述,关于反对教条主义和修正主义、关于国际主义和民族主义等问题如何阐述上，既要实事求是，坚持原则，又要讲究灵活性。无疑，这对写作者提出了更高要求。

胡乔木就是凭着自己精致严密的逻辑思维能力和深厚娴熟的词章功力，终于在12月22日完成了修改稿，并得到了毛泽东的认可，决定提交中央政治局再加讨论。

12月23日、24日，毛泽东在颐年堂主持中央政治局会议，对修改稿"采取读一段讨论一段的方法"进行再修改。这样，原则性的意见和文字上的意见都在读完一段后立即提出来，再经过大家仔细推敲斟酌。经过两天这样逐词逐句逐段地修改，政治局会议通过了这篇文章，要求胡乔木和吴冷西、田家英三人根据提出的意见在两天内修改完毕，再提交政治局常委最后审定。

最后，毛泽东建议说："这篇文章的题目就叫《再论无产阶级专政的历史经验》。"他还嘱咐胡乔木："不迟于12月30日发表这篇文章，把1956年的事情在年底之前了结。"

于是，会议一结束，田家英和吴冷西干脆一起住到了胡乔木的家中，共同对文稿进行逐段修改。三个人就这样坚持不睡觉，经过一天一夜的战斗，终于把修改稿及时送到毛泽东的手中。

12月27日下午，毛泽东主持召开中央政治局常委会，对新的修改稿进行讨论。会上，常委们又提出了一些意见，大多是文字上的修改。毛泽东本人也在稿子上修改了三四段。毛泽东强调说："两篇文章都是围绕斯大林问题。这个问题的争论还没有完，估计本世纪内、甚至21世纪还有争论，因为这是关系到马列主义基本原理问题，我们要准备长期论战。"毛泽东的话高瞻远瞩，意味深长。最后，毛泽东吩咐胡乔木说："你们马上动手修改，我等着看，修改一段送我一段，今晚要定稿，明日登报，今年的事今年了。"

按照毛泽东的指示，会议结束后，胡乔木、田家英和吴冷西没有回家，在中南海食堂简单吃了点晚饭，立即来到位于毛泽东住所菊香书屋背后的中央书记处办公楼——居仁堂，紧张地投入了工作。而毛泽东也在家中等着他们送来修改稿。这边，胡乔木他们修改完一部分，就由田家英给毛泽东送去一部分；那边毛泽东也就看一部分，审定一部分。就这样，经过一个通宵的流水作业，直到28日清晨改完最后一部分，胡乔木他们三个人一起来到菊香书屋毛泽东的卧室。

毛泽东对文稿由胡乔木起草的结束语部分特别满意，只修改了几个字。毛泽东说："要马上将修改处告诉翻译同志，中文已经定稿，译文也可定稿。新华社于今天晚上发稿，中英文广播也同时播出，《人民日报》明天见报。"

就这样，从 11 月 29 日晚间开始草拟提纲到 12 月 28 日定稿，《再论无产阶级专政的历史经验》经整整一个月的修改讨论，胡乔木终于完成了毛泽东交给他的这个重大的政治任务。走出菊香书屋，胡乔木看看手表，已经是上午 9 点，冬日的太阳像一个没有睡醒的孩子似的，懒洋洋的。迎面吹来一丝寒风，胡乔木站在菊香书屋门口的台阶上，缓缓地做了一个深呼吸，身心顿时感到格外的清新和爽快。

和 4 月份发表的陈伯达执笔的《关于无产阶级专政的历史经验》一样，《再论无产阶级专政的历史经验》一文在《人民日报》发表时，同样也署名为"这篇文章是根据中国共产党中央政治局扩大会议的讨论，由人民日报编辑部写成的"。这篇长达两万字的文章，由四个部分、一个引言和一个结束语组成。引言部分从国际上对匈牙利事件的议论说起，指出了当前存在的两大不同性质的矛盾——根本矛盾是"敌我矛盾"，"人民内部矛盾"是非根本矛盾，必须服从于对敌斗争的总的利益——这是本文的根本立场。文章第一部分从苏联历史的发展的分析，归纳了苏联革命的六条基本经验；第二部分论述了如何正确认识和对待斯大林的错误；第三部分论述反对教条主义和修正主义；第四部分论述加强无产阶级的国际团结。文章的结束语回顾了国际共产主义运动的百年历史，指出："无产阶级初次担负国家的管理，迟的只有几年，早的也只不过有几十年，要求他们不遭到任何失败是不可能的。短时间的、局部的失败，不但过去有，现在有，将来也还会有。但是任何有远见的人决不会为此而感觉失望和悲观。失败是成功之母。目前的短时间的局部性的失败，正是增加了国际无产阶级的政治经验，从而为无限的将来岁月的伟大成功准备条件。……哪有一种新生的事物没有困难和弱点呢？问题在于未来。我们前面的道路无论还有多少曲折，人类最后总是要走到光明的目的地——共产主义，这是没有任何力量可以阻止的。"

针对国际反共高潮和思想混乱，胡乔木根据中央政治局和毛泽东的意见，以其特有的政论家的风格和理论家的修养，把文字处理得褒贬适度，刚柔相济，使毛泽东思想的光辉闪烁着哲学的光芒，从而也使自己成为"中共中央一支笔"，达到了一个更新更高的境界。《再论无产阶级专政的历史经验》发表后的第三天，苏联《真理报》在删除了个别不利于苏共的文字外全文转载，对加强国际共产主义运动的团结产生了积极而深远的影响。它不仅回答了当时国际共产主义运动中争论最尖锐的问题，包括对苏联、苏共和斯大林的评价问题、匈牙利事件、苏波关系以至社会主义国家关系和共产党、工人党之间的关系等问题，而且还对美、英、法等国垄断资产阶级代表人物及其舆论工具对社会主义的污蔑和攻击给予了强有力的回答。因此,这篇文章不可避免地受到了全世界各种不同政治倾向的人物和舆论的重视,而在国内更是每一个共产党员必须学习的文件,从而载入史册。

而从某种意义上说,《再论无产阶级专政的历史经验》的发表,正是中共与苏共的第一次正面交锋,而这只不过是一个开始。

访苏前两天,胡乔木报告毛泽东:《莫斯科宣言》非改不可

就像毛泽东所说的那样,"围绕斯大林问题的争论还没有完","要准备长期论战"。

苏共二十大赫鲁晓夫秘密报告的出笼、苏波紧张关系、匈牙利事件的爆发、铁托的反"斯大林主义"演说,1956年对国际共产主义运动来说真是一个"多事之秋"。而在世界掀起反苏反共浪潮和思想大混乱中,中共则以稳健的作风和负责任的态度,强调团结,赢得了国际社会主义阵营的尊重,地位也明显上升,甚至有取代苏共之地位的趋势。

也就是在这个时候,有关国家的共产党向苏共建议召开各国共产党、工人党的国际会议,就当前的形势和国际共产主义运动中出现的迫切问题交换意见。苏共中央马上向中共中央转达了这些建议,并就如何召开这次会议多次交换意见。为此,中共派彭真率全国人大代表团于1956年11月至1957年1月到苏联和东欧的南斯拉夫等国访问,并向赫鲁晓夫转达了铁托的"不规定议事日程,也不要作出约束性的决定"的要求;周恩来也于1957年1月在访问苏联时与赫鲁晓夫交换了意见。2月,赫鲁晓夫致信毛泽东说:根据已经获悉的信息,应该由中共中央主持会议的筹备工作,并且希望把有关筹备情况及时通报给苏共中央。

毛泽东经过考虑,没有同意。中共中央立即答复苏共中央:中共中央不准备筹备这次会议,会议应由苏共中央筹备召开。并指出会议应该在时机成熟的时候再召开,不要匆忙地开会。6月,苏共中央再次向中共中央建议在7月份召开一个秘密会议,日程不规定,由参加者自己来决定会议的性质和程序。中共中央表示同意召开这样的会议,但建议:要开就开好这个会议,事先要商量;先提出一个文件草稿,发给各个兄弟党征求意见;一致的意见就写上,不一致的就不写,而且这个文件要公开发表。开会前要在共产党之间充分交换意见,草案要讨论修改,一致同意后再开会。中共的意见尽管使会议

的时间延长，麻烦一些，但在当时苏共全盘否定斯大林致使社会主义阵营内部已经出现矛盾的情况下，做好充分的准备工作是必要的。磨刀不误砍柴工，事实证明中共的建议是积极稳妥的。

1957 年 6 月中旬，苏共中央领导层发生激烈冲突，马林科夫、卡冈诺维奇、莫洛托夫在苏共中央主席团会议上因提出解除赫鲁晓夫苏共中央第一书记的职务，而遭到赫鲁晓夫操纵的苏共中央全会否决，反而被打成"反党集团"。因此，迟至 10 月 25 日，赫鲁晓夫才致信毛泽东，建议在纪念十月革命 40 周年的时候召开社会主义国家共产党、工人党以及法国共产党和意大利共产党的代表会议，并把他们起草的会议宣言草案送来征求意见。苏联驻华大使说：这份宣言草案事先已经送给南斯拉夫的共产党中央征求意见，但遭到了南共领导人铁托的反对。

等中共收到赫鲁晓夫的来信和会议宣言稿草案的时候，离开会只有一个星期的时间了。中办主任杨尚昆立即按照毛泽东的指示将中文翻译稿批送给有关中央领导。

胡乔木看到苏共起草的这个《莫斯科宣言》后，马上赶到毛泽东的住处汇报，说："主席，这个宣言草稿问题不小，需要修改，而且是非改不可。"

毛泽东就把邓小平找来问，征求他有什么意见。邓小平认为胡乔木说得对，一定要改。于是，毛泽东同意了胡乔木的建议，并指定胡乔木进行修改。毛泽东要求胡乔木在修改时"文字上尽可能保留苏共中央的草案原稿，但重要的问题还是要表明我们党的观点，并作出修改"。

接到毛泽东的指示，胡乔木立即把中办翻译组的同志找来，要他们认真地把草案的译文重新核对。拿到准确的译文后，胡乔木将译稿一页一页地贴在六张大稿纸的正反面，在稿纸的边上和空当上一段一段反复地修改，逐字逐句地推敲。在推敲过程中，胡乔木感到译文有的用词不当，很恼火，就把翻译又叫去核对，并批评说："你们要一个字一个字地忠实翻译，不要节外生枝。"就这样，胡乔木对草案的一百多处作了修改，较大补充的有二十余处，删节三十多处。其中，胡乔木在草案中增加了这么一句话："资产阶级影响的存在是修正主义的国内根源。屈服于帝国主义的压力，则是修正主义的国外根源。"毛泽东对此十分赞赏。①

胡乔木对《莫斯科宣言》草案的修改，杨尚昆记得清清楚楚："时间已经

---

① 阎明复：《我所知道的两次莫斯科会议和胡乔木》，见《我所知道的胡乔木》，当代中国出版社 1997 年 5 月第 1 版，第 136 页。

十分紧迫。乔木真是快手，只不过两天的工夫，我就收到他送来的改稿。他对前面三部分作了很大调整，第四部分几乎重新写过。他把原稿剪成二十来块，按照我们的逻辑重新组合。同时作了很多实质性的修改，整段整段增加的有十多处。我印象深的，有关于正确处理同社会党的关系，关于和平过渡等问题。乔木修改过的稿子，经主席看过，由我交翻译组的阎明复、赵仲元、李越然等同志连夜赶译成俄文，交给苏方。到莫斯科后双方讨论，苏联方面说不出什么意见。乔木执笔作的重要修改，后来大多被正式发表的宣言所采用。苏斯洛夫还提出，这个宣言草案可以作为苏中两党共同向会议提出的草案。小平同志说，不用了，宣言草案还是由苏共向会议提出比较好。后来又经过协商，宣言草案还是由中苏两党共同提出。那时，苏共处境困难，对我们比较尊重；我们从社会主义阵营和共产主义运动团结的大局出发，强调'以苏联为首'。"①

1957年11月2日，胡乔木跟随毛泽东率领的中国党政代表团启程访问苏联。团长为毛泽东，团员有宋庆龄、邓小平、彭德怀、郭沫若、李先念、乌兰夫、陆定一、陈伯达、沈雁冰、王稼祥、杨尚昆、胡乔木、刘晓和赛福鼎。这是毛泽东第二次访问苏联，是他唯一一次乘坐飞机出访，也是他最后一次走出国门。中国党政代表团的规格是最高的，这也是当时苏共中央需要的。因为赫鲁晓夫正处于内外交困之中，他希望中共中央、毛泽东能帮他一把，以渡过难关。其时，中苏关于导弹等国际新技术援助问题的谈判在莫斯科正处于拉锯状态，对赫鲁晓夫的邀请毛泽东也迟迟没有明确答复。性急的赫鲁晓夫只好自己捅破那层窗户纸，向中国代表团聂荣臻提出：苏方可以向中方提供国际新技术资料和样品，不过毛泽东能否出席莫斯科会议？毛泽东获悉后，立即答复：去！给赫鲁晓夫这个面子。

专机在北京南苑机场起飞，毛泽东透过舷窗俯瞰祖国壮丽山河，蓝天上白云从眼前掠过，心情十分愉悦。这时，他对胡乔木说："你去把尤金叫来，我有话要跟他说。"

苏联驻华大使尤金是哲学家，因为编辑《毛泽东选集》，跟毛泽东是非常熟悉的了。毛泽东就笑着问他："你是位哲学家，又是老朋友。我给你出一道题目怎么样？"尤金笑着说："是的，我是研究哲学的，我们也是老相识了。我争取及格。"毛泽东问道："刚才我们在机场，现在上了天，再过一会儿又要落地，这在哲学上该怎么解释？"尤金有些丈二和尚摸不着头脑，说："哎呀，这我可没

---

① 杨尚昆：《我所知道的胡乔木》，见《我所知道的胡乔木》，当代中国出版社1997年5月第1版，第5页。

有研究过。"毛泽东爽朗地笑了,说:"考住了? 我来答答试试看,请你鉴定鉴定。飞机停在机场是个肯定,飞上天空是个否定,再降落是个否定之否定。"听着毛泽东的回答,尤金心悦诚服,他知道,毛泽东的"哲学"意味深长啊!

在莫斯科,针对苏共二十大赫鲁晓夫全盘否定斯大林的秘密报告引起的国际共产主义运动思想混乱,中国代表团在毛泽东的率领下做了大量工作,力求统一认识,使得国际共产主义运动和社会主义阵营在马列主义原则基础上重新团结起来,一致对付西方的敌对势力。毛泽东一边频频会见各国领导人,参加各种政治外交活动,一边主持会议草案最后的修订工作。11月4日、5日,毛泽东连续两天亲自主持审定胡乔木修改的稿子。5日,苏共又提出一个修改草案。6日,中国代表团的修改稿经毛泽东最后审定,以代表团的名义正式提交苏共中央。8日,邓小平、陆定一、陈伯达、杨尚昆、胡乔木与苏共代表波斯别洛夫、波诺马辽夫、安德罗波夫就宣言草案交换意见。除"和平过渡"问题之外,双方基本取得了一致意见。双方又就"和平过渡"问题反复磋商,先后八易其稿。胡乔木又起草了向苏共的书面意见提纲,并在11月10日由毛泽东亲自审议。当天下午,胡乔木参加了中苏双方就"和平过渡"问题的意见提纲进行的讨论,最终达成共识。

11月14日至16日,社会主义国家共产党和工人党会议召开。毛泽东在14日的会议上发表讲话。会议还决定成立起草委员会,讨论修改中苏两党代表团提出的宣言草案。中共代表团派邓小平和胡乔木参加委员会的工作。起草工作时间短、任务重,争论十分激烈,尤其在"以苏联为首"的问题上存在严重分歧。经过中共代表团、毛泽东的努力斡旋,16日终于完成起草工作,《莫斯科宣言》终于在大会上通过。

紧接着,"六十四国共产党和工人党代表会议"于16日至19日召开。毛泽东在18日的会议上以其风趣幽默又寓意深刻的演讲,赢得了各国共产党领袖们的赞誉。毛泽东说:赫鲁晓夫这朵花比我毛泽东好看。可是中国有句古话,叫作荷花虽好,也得绿叶扶,我看赫鲁晓夫是需要绿叶扶的。一个和尚两个帮,一个篱笆三个桩。毛泽东甚至还当面批评赫鲁晓夫:你这个人脾气大,说话伤人,这很不好,不能这样。各国党都有自己的实际情况,有什么不同意见,能说出来,不是坏事,要慢慢讨论,着急不行。毛泽东在大会上还阐明了他关于"东风压倒西风""纸老虎""共产国际运动的团结""正确区分敌我矛盾问题""广泛宣传和应用辩证法"等问题的观点。

11月19日,毛泽东在《莫斯科宣言》上签字。胡乔木见证了这一历史时刻。从10月25日在北京开始修改,到在莫斯科与苏共代表团的反复讨论交换意见,胡乔木为《莫斯科宣言》这份国际共产主义运动史上的重要文件的诞生,夜以继日地连续作战了两个多星期,付出了大量心血。但胡乔木的笔仍然没有停歇,按照毛泽东的指示,他又撰写了11月25日《人民日报》的社论《伟大的革命宣言》。

在莫斯科,胡乔木陪同毛泽东在克里姆林宫度过了19个日日夜夜。11月20日,苏共中央在叶卡捷琳娜大厅举行盛大欢送宴会。毛泽东致祝酒词时再次强调社会主义阵营的团结,倡导政治上的和谐与合作。演说中,他给各国共产党领导人讲了一个中国民间的谚语:"两个泥菩萨,一起打碎啰。用水一调和,再来做两个。我身上有你,你身上有我。"

毛泽东的幽默再次赢得了掌声。但克里姆林宫里的掌声并没有给中苏关系带来春天。

三访莫斯科,胡乔木与苏共代表激烈论战,"吵"了十多天

中苏关系在1958年下半年突然逆转,紧接着发生的一系列事件导致中苏两党、两国关系严重恶化。

——1958年7月,赫鲁晓夫提出建立中苏共管的长波电台和"共同舰队",引起毛泽东和中共强烈抵制;赫鲁晓夫不得不来华解释。

——1959年6月,苏联违背1957年中苏双方签订的关于国防新技术协议,停止向中国提供原子弹样品和生产原子弹的技术材料。

——1959年9月,中印边境发生冲突,苏联政府9月9日通过塔斯社发表声明,偏袒印度,谴责中国,向世界公开了苏中之间的分歧。

——1959年10月,在新中国成立十周年庆典期间,赫鲁晓夫访问北京,在人民大会堂的庆祝宴会上讲话,指责中国要用武力试验资本主义的稳固性;在与毛泽东等中共领导人会谈中,粗暴地攻击中国的内政和外交政策,双方发生激烈争论。

——1960年4月,中共在《人民日报》发表《列宁主义万岁》《沿着伟大列宁的道路前进》和《在列宁的旗帜下团结起来》等三篇文章,阐明其对当代一系列重大问题的观点,苏联报刊作出激烈反应。其中《沿着伟大列宁的道路前进》是由胡乔木主持起草的。

——1960年5月,在世界工联理事会北京会议期间,中苏双方进行了激烈争论。

——1960 年 6 月，在布加勒斯特的各国共产党和工人党代表会议上，赫鲁晓夫发动了对中共的突然袭击，在会前向各国党散发苏共 6 月给中共的"通知书"，再次粗暴攻击中共内外政策，向中共进行全面攻击。

——1960 年 7 月，苏联政府单方面决定，一个月内撤走全部在中国的苏联专家，撕毁几百个协议和合同；不久又单方面决定关闭在中国的全部领事机构。

这一系列事件的爆发，是苏共领导把苏中两党之间的意识形态领域的分歧，扩大到了国家关系，以进一步给中国施压。

在 1960 年 6 月的布加勒斯特会议上，各国党的代表团达成协议，定于 11 月十月革命 43 周年纪念的时候，在莫斯科召开一次由 81 个国家的共产党和工人党代表会议，并由 12 个社会主义国家和 14 个资本主义国家的共产党和工人党代表组成起草委员会为会议起草文件。9 月初，中苏两党决定在会议前的 9 月 17 日至 22 日，先在莫斯科举行两党会谈。为了开好这次会议，胡乔木在 1960 年先后三次来到莫斯科。

9 月 16 日，由邓小平任团长，率领陈伯达、康生、杨尚昆、胡乔木、廖承志、伍修权和刘晓等人组成的中共代表团抵达莫斯科。从 17 日开始，双方先后在 19 日、20 日、21 日、22 日进行了连续五轮会谈，双方发言时间达到 17 个小时。胡乔木作为中共代表团的重要成员，根据邓小平、彭真和代表团成员的意见，负责起草了邓小平在会议上的发言提纲。但因苏共一味重复对中共的攻击，无意改变立场，会谈无果而终。这是胡乔木 1960 年第一次到苏联。

胡乔木第二次到苏联是在 1960 年 10 月 1 日至 22 日，仍然是作为由邓小平任团长的中共代表团的重要成员，参加由 12 个社会主义国家和 14 个资本主义国家共产党、工人党的代表组成的起草委员会，为"八十一国会议"做准备。

这个起草委员会从 10 月 1 日至 10 日先后开了 7 次全体会议，并在第一次会议上决定成立大会秘书处，负责修改文件草案，每个党派派一两个人参加。中共代表团由胡乔木和康生参加。胡乔木根据中央 10 月 1 日至 4 日中共代表团研究苏共提出的草案的意见，为邓小平起草了 10 月 5 日在大会上的正式讲话稿。

其间，胡乔木还组织中共代表团顾问们研究了苏共草案，逐章逐节地起草了修改意见。后经邓小平、彭真和代表团成员讨论修改，成为中共代表团对苏共草案的修改方案，发给了与会各党代表团。

大会秘书处从 10 月 10 日至 21 日共举行了 11 次会议。每一次会议上，胡乔木都按照中共代表团的修改本，一条一条地提出意见，并就时代的性质、资本主义总危机、战争的危险性、核武器和裁军、和平过渡、反对修正主义和教条主义、"民族共产主义"、对苏共二十大的评价、"个人迷信""单干""集团活动"和"派别活动"等诸多问题，先后十多次大段大段地发表了中共的意见。会议上，胡乔木针对苏共代表的反驳，毫无惧色针锋相对。而苏共代表不仅自己发言攻击中共，还安排其他党派的代表同胡乔木争论。不少党的代表只好私下里对胡乔木说，由于他们的处境，在会上不能公开支持中共，但实际上在很多问题上是同意中共的观点的。这更加增添了胡乔木的信心，他以自己深厚的马列主义理论功底，在这场旷日持久的争论中，审时度势，讲究策略，有理有节，从容不迫，应付自如。

时任翻译的阎明复回忆说——

> 乔木同志还巧妙地引用苏共代表的讲话来反诘苏共的观点。在讨论"从人类生活中排除战争的可能性"的观点时，乔木同志援引了苏共苏斯洛夫发言中讲的"只有在社会主义在一系列国家中取得胜利的条件下，才有从人类生活中排除战争的可能"。而苏共代表矢口否认苏斯洛夫说过这样的话。乔木同志当即要求核查苏斯洛夫讲话记录，使得苏共代表哑口无言。在秘书处的会议上，不少问题长时间不能达成共识，就临时成立小组委员会，在会下继续讨论；有时中苏两党代表单独磋商，有时小组还包括其他党的代表，试图找到大家可以接受的提法。这样，大会套小会，每次会议一开就是七八个小时，甚至长达十个多小时。这样激烈地"吵"了十多天，到 10 月 21 日，秘书处对草案基本达成协议；但还有几个重大问题没有形成一致意见。①

10 月 22 日，邓小平在起草委员会第八次会议上公开指出了中共对三个未解决的重大问题的意见：一是团结问题，没有重申各国共产党协商达到一致的原则；二是全面肯定苏共二十大、二十一大的提法是不能同意的；三是关于战争与和平问题，中共还有保留意见。这样起草委员会工作宣告结束。

胡乔木第三次来到莫斯科，是以参加"八十一国会议"中共代表团的正式成员的身份。这次中共代表团的团长是刘少奇，邓小平任副团长。会议从

---

① 阎明复：《我所知道的两次莫斯科会议和胡乔木》，见《我所知道的胡乔木》，当代中国出版社 1997 年 5 月第 1 版，第 150 页。

1960 年 11 月 10 日开始,12 月 1 日结束。整个会议期间,依然是大会套小会,中苏两党多次就如何消除分歧,面对面地交换意见。11 月 11 日,对赫鲁晓夫在第一次全体会议上的讲话,中共代表团全体成员在其发言结束时,没有鼓掌,也没有起立,与周围热烈的掌声形成鲜明对比,充分表达了中共的不满。

针对赫鲁晓夫的讲话,胡乔木集中了中共中央和代表团的意见,起草了邓小平在 11 月 14 日全体会议上的长篇发言。这篇发言就"反对帝国主义的侵略政策,防止世界大战,争取世界和平","社会主义国家和资本主义国家和平共处","资本主义国家共产党的任务和和平过渡","民族解放运动对世界和平和进步事业的意义","社会主义国家关系准则、相互援助和自力更生","马列主义普遍真理与各国革命和建设相结合"等重大问题,阐明了中共的立场和观点,强力驳斥了苏共草案在这些问题上对中共的攻击和不能接受的观点。整个讲话贯穿着摆事实讲道理的精神,坚持原则,语气和平,从团结的愿望出发,缩小分歧。同时,这个讲话也严正宣告:"中国共产党是永远不会接受'父子党'、'父子国'的关系的。"最后,讲话指出:如果社会主义阵营的分裂竟然代替团结,那么世界形势必然发生巨大逆转。这对于社会主义国家的人民、对于世界和平和进步事业都将是一场灾难。

邓小平的讲话得到了阿尔巴尼亚、朝鲜、越南国等党代表的支持。但一大批其他党代表受苏共操纵,对中共进行激烈攻击,为苏共辩护。鉴于这种形势,中共代表团做出了两手准备,一方面决定如果苏共中央坚持在决议草案中保留"苏共二十大、二十一大""集团活动"及派别活动的观点,拒绝写上协商一致原则,中共就拒绝签字;一方面针对其他党代表对中共的攻击,代表团决定由邓小平在全体会议上作第二次发言。邓小平第二次发言稿的起草工作,仍然落在胡乔木的肩上。这次讲话稿经过五次修改,最后由刘少奇、邓小平、彭真审定。邓小平于 11 月 24 日作了发言。

此后,胡乔木和彭真等人一起参加了会议文件起草委员会的四次会议,进行激烈争论,并经过中苏两党单独协商和与其他党代表的磋商,至 11 月 29 日,文件中的最后几个分歧终于得到解决。

会议分歧问题解决了,但胡乔木的工作并没有结束。他又和顾问组的同志们投入了刘少奇讲话稿的起草工作。刘少奇的讲话是中共代表团的总结性发言,希望社会主义阵营"消除分歧,停止攻击,集中我们全部的力量,来反对我们共同的敌人,发展我们共同的事业"。刘少奇的讲话赢得了苏共代表团和其他代表团长时间的掌声。接着通过了会议公报、《莫斯科声明》和《呼吁书》,并举行了签字仪式。

从 1960 年 10 月的起草委员会工作开始，到 11 月莫斯科会议结束，胡乔木在这 50 多天中，为捍卫中共在意识形态领域的正确观点，在各种会议上与苏共代表唇枪舌剑，反驳对方的无理攻击，推动会议文件起草工作一步一步地前进，可谓殚精竭虑，呕心沥血，其文字工作量之大、速度之快、效率之高，在中共党史上是罕见的。

虽然"八十一国会议"在掌声中结束了，但中共和苏共的论战并没有结束。这场充满意识形态色彩的两党论战，最后导致两国交恶。而且这场并无实质意义的论战后来也没有因为赫鲁晓夫的下台而停止，反而愈演愈烈。1966 年苏共召开二十二大，中共决定不派代表出席，至此，两党关系中断。而在 20 世纪 60 年代中期持续的中苏论战中，胡乔木因为国内政治动乱而离开政坛，也再没有参与这场中苏两党之间的"口水战"了。对于这场持续十年的论战，作为亲历者之一的邓小平，在 1989 年 5 月 16 日会见苏共中央总书记戈尔巴乔夫时，给予了十分精辟的结论。他说："经过二十多年的实践，回过头来看，双方都讲了许多空话。""从六十年代中期，我们的关系恶化了，基本上隔断了。这不是指意识形态争论的那些问题。这方面现在我们也不认为自己当时说的都是对的。真正的实质问题是不平等，中国人感到屈辱。"

胡乔木 1960 年三访莫斯科，以他的智慧和才气，用笔杆子在苏联"老大哥"面前为祖国为中国人撑直了腰杆子。

第十四章　整风跃进

滚滚江流万里长，几分几合到汪洋。

源头尽望千堆雪，中道常回九曲肠。

激浪冲天春汛怒，奔雷动地早潮狂。

层峦叠嶂今安在？一入苍溟喜浩茫。

——胡乔木《七律·七一抒情之二》（1965 年 6 月）

为"双百"方针开辟阵地，胡乔木领导《人民日报》"变脸"

1956 年的 7 月 1 日，是中共 35 岁生日。这一年的这一天，中共并没有大张旗鼓地搞什么庆祝活动，但中共中央机关报《人民日报》却在这一天静悄悄地"变脸"了——由一张对开四版改版扩大为两张对开八版。

针对这次改版，《人民日报》还专门发表了社论《致读者》。而社论的作者就是在两个月后召开的中共八大上当选为中共中央书记处候补书记的胡乔木。

胡乔木说："人民日报是党的报纸，也是人民的报纸，从它创刊到现在，一直是为党和人民的利益服务的。""我们的报纸叫'人民日报'，意思就是说它是人民的公共的武器，公共的财产。人民群众是它的主人。只有靠着人民群众，我们才能把报纸办好。"社论说，《人民日报》将从扩大报道范围、开展自由讨论和改进文风等三个方面进行改进。但我们不难发现，这篇社论的重点部分其实在第二方面，即"开展自由讨论"上——

报纸是社会的言论机关。在任何一个社会里,社会的成员不可能对于任何一个具体问题都抱有同一种见解。党的和人民的报纸有责任把社会的见解引向正确的道路,但是为了达到这个目的,不应该采取简单的、勉强的方法。首先,报纸的编辑部无论凭着什么名义,总不能设想自己是全知全能的,或者故意摆出这样一副神气,活像对于任何问题可以随时作出绝对正确的结论。不是的,事实决不是如此。有许多问题需要在群众性的讨论中逐渐得到答案。有一部分问题甚至在一个时期的讨论以后暂时也还不能得到确定的答案。有许多问题,虽然已经有了正确的答案,应该在群众中加以广泛的宣传,但是这种宣传也并不排斥适当的有益的讨论。相反,这种讨论可以更好地帮助人们认识答案的正确性。而且就是正确的答案,也经常需要群众的实践加以补充和修正。我们虽然不提倡无休止的讨论,报纸的篇幅也不允许对于任何问题都去讨论,但是无论如何,害怕讨论的人总是可笑的人。

创刊已经 8 年的《人民日报》为什么选择在这个时候改版?为什么在这篇社论中检讨自己——"在开展讨论方面,过去我们的报纸是做得很不好的,因而也减少了报纸的生气。今后我们希望力求改进。"胡乔木为什么要亲自撰写《致读者》?

这还得从毛泽东发表《论十大关系》和倡导"百花齐放,百家争鸣"说起。

1956 年 1 月 20 日,毛泽东在中共中央召开的知识分子会议上说:"现在我们是革什么命呢?现在是革技术的命,叫技术革命,叫文化革命,要搞科学,要革愚蠢同无知的命。"彼时,新中国的社会主义改造即将基本完成,毛泽东把注意力转到了经济建设和科学文化建设上来,他希望在比较短的时间内造就大批高级知识分子,同时要有更多的知识分子,目的是"要在几十年内,努力改变我国在经济上和科学文化上的落后状况,迅速达到世界上的先进水平"。这正意味着毛泽东开始了他一生中又一次重大而艰巨的历史性探索——在中国如何建设社会主义?

但这个问题,对新生的共和国来说,没有现成的答案,照搬照抄苏联的模式不符合中国的国情,这是中国革命的实践已经证明了的。更何况,如今苏联的赫鲁晓夫既"揭了盖子"又"捅了娄子"。纸上得来终觉浅。毛泽东知道只有结合实际去实践才能找到属于自己的答案。于是,他从 1956 年 2 月 14 日起,到 4 月 24 日结束,经过"床上地下,地下床上"的 43 个日日夜夜,在自己卧室菊香书屋听取了国务院 34 个部门和国家计委的汇报,"调查问题就像'十月怀胎',解决问题就像'一朝分娩'",终于完成了被称为"探索适合中国情况的建设社会主义道路的开篇之作"——《论十大关系》。这是毛泽东时代的一个新标志,也是一个新转折,"以苏为鉴","开始找到自己一条适合中国的路线","努力把党内党外、国内国外的一切积极的因素,直接的、间接的积极因素,全部调动起来,把我国建设成为一个强大的社会主义国家"。

就在这年4月25日的政治局扩大会议上,毛泽东在发表《论十大关系》讲话的同时,提出了"百花齐放,百家争鸣"作为繁荣和发展社会主义科学文化事业的指导方针——艺术问题上百花齐放,学术问题上百家争鸣。讲学术,这种学术可以讲,那种学术也可以讲,不要拿一种学术压倒一切。毛泽东还形象地说:"现在春天来了嘛,一百种花都让它开放,不要只让几种花开放,还有几种花不让它开放,这就叫百花齐放。百家争鸣,是说两千多年以前的春秋战国时代,那个时候有许多学派,诸子百家,大家自由争论。现在我们也需要这个。……在中华人民共和国宪法范围内,各种学术思想,正确的、错误的,让他们去说,不去管他们。李森科、非李森科,我们也搞不清,有那么多的学说,那么多的自然科学学派。就是社会科学,也有这一派、那一派,让他们去谈。在刊物上、报纸上可以说各种意见。"[①]

而早在这年的2月1日,中宣部根据中山大学党委的反映,向中央报告说:一位在中国讲学的苏联学者向中国陪同人员,谈了他对《新民主主义论》中关于孙中山世界观的论点的不同看法,认为这有损党中央负责同志的威信。中宣部请示中央,是否有必要将这一情况反映给苏共。毛泽东却认为:"我认为这种自由谈论,不应当去禁止。这是对学术思想的不同意见,什么人都可以谈论,无所谓损害威信。因此,不要向尤金谈此事。如果国内对此类学术问题和任何领导人有不同意见,也不应该加以禁止。如果企图禁止,那是完全错误的。"

就是在这个大背景下,中共中央批准《人民日报》进行改版,为"双百"方针开辟舆论阵地。毛泽东指定胡乔木负责领导,不仅作了口头指示,还以中央名义发了正式文件。为此,胡乔木经常去报社,或与社长邓拓等领导谈话,或参加编委会的会议,或找报社各部门负责人到他那里去。胡乔木回忆说:"毛主席在1956年鉴于斯大林问题的教训,很希望在我国的经济、政治和文化建设方面进行一种新的探索,为此作了不少工作。提出双百方针是个重要的标志。"《人民日报》改版"主要是当时有个指导思想,要打破陈规,办得生

---

① 《毛泽东传(1949—1976)》,中央文献出版社2003年12月第1版,第491页。

动活泼,让各种意见在报纸上发表,包括对党的批评"。①

胡乔木在社论《致读者》中提出"改进文风",指出《人民日报》的文字"整个说来,生硬的、枯燥的、冗长的作品还是很多,空洞的、武断的党八股以及文理不通的现象也还没有绝迹",他要求文字上应力求"言之有物,言之成理,言之成章","尽量把文章写得有条理,有兴味,议论风生,文情并茂,万不要让读者看了想打瞌睡"。为此,他在改版准备阶段亲自到人民日报社文艺部,破天荒地和全体编辑人员讨论副刊的编辑工作。他说:"副刊同整个报纸一样,要宣传党的政策精神,尤其要作为贯彻'百花齐放,百家争鸣'方针的重要园地;对学术问题和艺术问题,可以有不同意见乃至争论,不要只有一样的声音,文责自负,并不是每一篇文章都代表党中央;副刊稿件的面尽可能地宽广,路子不能太狭窄;作者队伍尽可能地广泛,去请各方面的人为副刊写稿,等等。"

时任《人民日报》副刊编辑的袁鹰回忆说:胡乔木的谈话"为副刊定下了基调,帮助我们打开思路,解除了许多从前几年强调学习《真理报》经验所带来的种种条条框框。这个基调在很长时期内都在指导《人民日报》的副刊编辑工作"。根据胡乔木的谈话精神,袁鹰起草了一份副刊稿约。胡乔木看后,先后作了几次修改补充定稿,并把"短文、杂文,有文学色彩的短篇政论、社会批评和文学批评"列为第一条。胡乔木强调杂文是"副刊的灵魂",要放在首位,还特别提出要批评社会上的种种不良风气和弊病。第二条列了散文、小品、速写、短篇报告、讽刺小品,有文学色彩的游记、日记、书信、回忆。紧接着胡乔木又增加了一条"关于自然现象和生产劳动的小品,关于历史、地理、风俗和其他生活知识的小品"。并要求"除了适宜于连载的少数作品以外,一般稿件的篇幅希望在一千字左右",文章要"短些,再短些"。胡乔木修改的这份稿约,不仅勾画了《人民日报》副刊的基本蓝图,也成了日后陆续创刊的中国各级省市报刊副刊的基本格局,至今仍在沿用。

为了丰富改版后的《人民日报》副刊的内容,胡乔木还精心物色一批批作者,如:李锐、刘祖春、张铁夫、曾彦修、沈从文、张恨水、周作人等等。为此,胡乔木亲自给他们写信、打电话,或邀请他们到报社参加座谈会。尽管这些当时文艺圈和文化界以外的作者,有的由于种种原因被冷落、忽视甚至已经鲜为人知,但胡乔木仍以其对知识分子特殊的感情,主动邀请他们为《人民日报》写稿,这不仅丰富了副刊编辑的眼光,充实了副刊的内容,扩大了作者

---

① 《胡乔木回忆毛泽东》,人民出版社1994年9月第1版,第23页。

面,更重要的是"打破了编辑的思想框框,明白了一条道理:贯彻'双百'方针,如果停留在口头上、理论上,行动上却仍然戴着有色眼镜看人,头脑里还有意无意地设下一个个禁区,不敢越雷池一步,又从何落实?"得到胡乔木的帮助,袁鹰先后奉命约请新中国成立后几乎在文坛隐没的沈从文写了散文《天安门前》,到北京八道湾拜访"五四"新文学健将周作人写了散文《谈毒草》等等。

而就在改版的第二天,《人民日报》副刊发表了一篇名叫《宰相肚皮》的杂文。胡乔木在这篇杂文中特意补充了这样一段文字:"百花齐放、百家争鸣的方针能不能贯彻,在相当大的程度上看文学和学术的领导人有没有大的度量。""如果有关的领导不把自己的肚皮放大一些,而且还在继续收缩,使文艺上的'百花'和科学上的'百家'越挤越少,那最后就有只剩下一个挤扁了的空肚皮的危险。"

胡乔木的气魄、胸怀和作风,正是一个有"宰相肚皮"的知识分子的宽容、良知和良心。

毛泽东批《人民日报》:不是书生办报,不是政治家办报,是死人办报

1957年,是新中国历史的一个拐点。

新年伊始,全国省市自治区党委书记会议于1月18日至27日在北京召开。面对一年来国内外出现的问题,毛泽东深有感慨地说:去年这一年是多事之秋,现在还是多事之秋,各种思想还要继续暴露出来,希望同志们注意。

从1956年下半年开始,因为出现了生产资料和生活资料供应紧张的问题,社会矛盾也日益显现,有的地方甚至出现了工人罢工、学生罢课的事件。这对沉浸在欢庆社会主义改造取得胜利、已经进入社会主义的中国人来说,是难以接受的,也是出乎毛泽东意料之外的。怎么办?因此,《再论无产阶级专政的历史经验》发表后,毛泽东开始把注意力转向国内。

其实,由胡乔木执笔的《再论无产阶级专政的历史经验》中,已经集中表达了毛泽东对新时期国内外出现的一些新情况、新问题以及对整个世界矛盾的理论思考——"在我们面前有两种性质的矛盾:第一种是敌我之间的矛盾(在帝国主义阵营同社会主义阵营之间,帝国主义同全世界人民和被压迫民族之间,帝国主义国家的资产阶级同无产阶级之间,等等)。这是根本的矛盾,它的基础是敌对阶级之间的利害冲突。第二种是人民内部的矛盾(在这一

部分人民和那一部分人民之间，共产党内这一部分同志和那一部分同志之间，社会主义国家的政府和人民之间，社会主义国家相互之间，共产党和共产党之间，等等)。这是非根本的矛盾，它的发生不是由于阶级利害的根本冲突，而是由于正确意见和错误意见的矛盾，或者由于局部性质的利害矛盾。它的解决首先必须服从于对敌斗争的总的利益。人民内部的矛盾可以而且应该从团结的愿望出发，经过批评或者斗争获得解决，从而在新的条件下得到新的团结。当然，实际生活的情况是复杂的。有时为了对付主要的共同的敌人，利害根本冲突的阶级也可以联合起来。反之，在特定情况下，人民内部的某种矛盾，由于矛盾的一方逐步转到敌人方面，也可以逐步转化成为对抗性的矛盾。到了最后，这种矛盾也就完全变质，不再属于人民内部矛盾的范围，而成为敌我矛盾的一部分了。这种现象，在苏联共产党和中国共产党的历史上，都曾经出现过。总之，一个人只要站在人民的立场上，就决不应该把人民内部的矛盾同敌我之间的矛盾等量齐观，或者互相混淆，更不应该把人民内部的矛盾放在敌我矛盾之上。否认阶级斗争、不分敌我的人，决不是共产主义者，决不是马克思列宁主义者。"[①]

毛泽东提出了"双百"方针后，中共党内竟然产生了一种不理解甚至抵触的情绪，在知识分子中也有不少顾虑，并出现了一些教条主义、宗派主义的倾向。其中典型的就是陈其通、陈亚丁、马寒冰、鲁勒四人 1957 年 1 月 7 日在《人民日报》发表的《我们对目前文艺工作的几点意见》，毛泽东看后非常恼火，说此文对形势的估计是错误的，思想方法是教条主义、形而上学、片面性的。尤其对王蒙写的《组织部新来的年轻人》的围攻，毛泽东公开表示反对：用教条主义批评人家的文章，是没有力量的。

1957 年 2 月 27 日至 3 月 1 日，最高国务会议第十一次扩大会议在中南海怀仁堂召开。毛泽东在这次共有 1800 人参加的大会上，发表了《关于正确处理人民内部矛盾的问题》的讲话，从下午 3 时一直讲到 7 时。紧接着，3 月 6 日至 13 日，毛泽东又主持召开了全国宣传工作会议，而且破例地邀请党外人士参加。会议邀请了科学、教育、文学艺术、新闻、出版等方面的党外人士 160 多人，占了与会者的五分之一。这次会议的议题就是传达毛泽东《关于正确处理人民内部矛盾的问题》的讲话，研究思想动向和意识形态方面的问题，认真贯彻"双百"方针。

会议期间，毛泽东在 3 月 7 日、8 日、10 日、11 日、13 日的下午或晚间，

① 《胡乔木文集》第一卷，人民出版社 1992 年 5 月第 1 版，第 501—502 页。

先后五次召开座谈会,一边了解情况一边参与议论。其实,毛泽东是在做一次大规模的调查。这五次座谈会,胡乔木都参加了。12日,毛泽东在全国宣传工作会议上发表了讲话,从思想问题、知识分子问题、"双百"方针问题,进一步丰富和深化了他在"如何处理人民内部的矛盾"上的观点。同时,他还说:共产党正在准备整风。中央作出决定,准备今年就开始,先搞试验,明年比较普遍地进行。党外人士自愿参加。整风的目的就是批评主观主义(主要是教条主义)、宗派主义和官僚主义。毛泽东强调"整风不用大民主,用小民主,在小组会上,是小小民主。要和风细雨,治病救人,反对一棍子打死"。

会议一结束,毛泽东就于3月17日乘专列离开北京,经天津、济南、南京、上海,最后到达杭州。在这短短的四天旅行中,64岁的毛泽东接连作了四场报告,他甚至说自己变成了"一个游说先生",讲的仍然是"如何处理人民内部矛盾"的问题。他一边讲一边思考,一边调查一边研究,使"关于正确处理人民内部矛盾的问题"更周密更完善。

4月9日,刚刚从杭州回到北京的毛泽东,心情无法平静下来。这次南下,他发现了一个严重的问题——党内党外、党的报纸和民主党派的报纸,对他《如何处理人民内部的矛盾》的讲话在反映上存在很大反差,党外传达比党内传达还要迅速。特别是连中共中央机关报《人民日报》对最高国务会议讲话和全国宣传工作会议讲话竟然一声不吭。毛泽东觉得情况不妙,他立即把胡乔木找来,非常生气地进行了批评,说胡乔木"浅、软、少",要求胡乔木将此事彻底查清。

4月10日,毛泽东看了《人民日报》发表的社论《继续放手,贯彻百花齐放、百家争鸣的方针》后,翻来覆去,难以入睡,于是立即召集陈伯达、胡乔木、周扬、邓拓、胡绩伟、王揖、林淡秋、黄操良、袁水拍、王若水等人到他的住处开会。

一进门,他们看到毛泽东脸色凝重,知道大事不好。

"睡不着,找你们来谈谈。看了今天的社论,虽然发得晚了一些,总算对陈其通四人的文章表了态。"毛泽东点着一支香烟,深深地吸了一口,突然话锋一转,十分生气地说,"最高国务会议和宣传工作会议,已经开了一个多月了,共产党的报纸没有声音。陈其通四人的文章发表以后,《人民日报》长期以来也没有批评。你们按兵不动,反而让非党的报纸拿去了我们的旗帜整我们。过去我说你们是书生办报,不是政治家办报。不对,应当说是死人办报。你们到底是有动于衷,无动于衷?我看是无动于衷。你们多半是对中央的方针唱反调,是抵触、反对中央的方针,不赞成中央的方针的。"

其实对毛泽东的批评大家是有思想准备的,但批评得如此严厉,仍然是令人吃惊的。作为社长的邓拓就解释说:"过去中央曾有规定,党的会议不发消息,主席讲话未公布前,也不引用。我对这件事没有抓紧。"

毛泽东不依不饶,非常激动,反问道:"中央什么时候有这个规定?最高国务会议发了消息,为什么不发社论?消息也只有两行。为什么把党的政策秘密起来?宣传会议不发消息是个错误。这次会议有党外人士参加,为什么也不发消息?党的报纸对党的政策要及时宣传。最高国务会议以后,《人民日报》没有声音,非党报纸在起领导作用,党报被动,党的领导也被动。党报在非党报纸面前丢脸。我在最高国务会议上的讲话目前还不能发表,但可以根据讲话的意思写文章。对党的政策的宣传,《人民日报》不是没有抓紧,而是没有抓。"①

面对毛泽东的批评,大家觉得似乎有些委屈。胡乔木回忆说:"关于正确处理人民内部矛盾的问题,毛主席在最高国务会议上讲了话,中间有些复杂的过程。毛主席最初认为暂时不要宣传,怕别的国家接受不了。可是后来上海文汇、新民报这些非党的报纸大讲特讲,毛主席感到应该讲,对人民日报、解放日报不宣传作了严厉的批评。"②

毛泽东右手拿着烟,左手拿着《人民日报》,意犹未尽地说:"这篇社论和那篇《教育者必须受教育》的社论,都没有提到最高国务会议和宣传工作会议,好像世界上没有发生这回事。中央开的很多会议你们都参加了,参加了会回去不写文章,这是白坐板凳。以后谁写文章,让谁来开会……"

这时,胡乔木主动解释说:"《人民日报》曾经搞了个计划,组织过几篇文章,我因为没有把握,压下来了。这事不能全怪报社,我也有责任。"胡乔木主动揽责任,一是为了缓和气氛,二是给人民日报的负责人减压。

但这次,毛泽东是真的生气了,会议从4月10日中午12时持续到下午5时,他一口气讲了很多,他生气的就是"让非党的报纸拿去了我们的旗帜整我们",他倡导的"百花齐放,百家争鸣",偏偏是百家争鸣,唯独"马家不鸣"(指马克思主义这一家)。会上,毛泽东还就宣传工作作了具体的布置,鼓励大家多写东西。

三天后的4月13日,《大公报》发表了社论《在社会大变动的时期里》,就当时国家政治经济形势、社会制度和思想建设的基本特点进行了具体分

---

① 《毛泽东传(1949—1976)》,中央文献出版社2003年12月第1版,第664页。
② 《胡乔木回忆毛泽东》,人民出版社1994年9月第1版,第23页。

析。毛泽东读后,立即将报纸批转给胡乔木,说:"可惜人民日报缺乏这样一篇文章。"

4月24日,毛泽东再次将当日的《大公报》批转给胡乔木,并在报头上写了一段措辞严厉的批语:"《大公报》《中国青年报》的理论水平高于《人民日报》及其他京、津、沪各报纸,值得深省改进。人民日报社论不涉及理论(辩证法、唯物论),足见头脑里没有理论的影子,所以该报只能算是二流报纸。"

4月30日,毛泽东致信胡乔木,要求《人民日报》转载《光明日报》29日发表的北京大学教授李汝祺的文章《从遗传学谈百家争鸣》。毛泽东亲自将这篇文章标题改为《发展科学的必由之路》,并写按语:"这篇文章是载在四月二十九日的《光明日报》,我们将原题改为副题,替作者换了一个肯定的题目,表示我们赞成这篇文章。我们欢迎对错误作彻底的批判(一切真正错误的思想和措施都应批判干净),同时提出恰当的建设性的意见来。"

这段时间,毛泽东一直把能不能正确处理人民内部矛盾,看作社会大变动后的新形势下,中共的事业能不能向前推进的主要问题。他最担心的是,中共党的领导不能跟上迅速发展的形势,甚至落后于党外人士要求共产党转变思想、转变作风日益高涨的呼声,以致陷入被动局面。此时,他感觉到对中共党政工作缺点错误的批评空气已经形成,于是,毛泽东决定提前发动全党整风!

胡乔木为什么说1957年春天是一个"不平常的春天"?

事情变化得实在太快了!

1957年4月27日,中共中央发出了《关于整风运动的指示》。3月底,毛泽东还说:整风是今年准备,明年、后年推开。也就是在这半个月多的时间里,毛泽东的思想就发生了如此巨大的变化。

这令胡乔木感到吃惊。这些日子,胡乔木一直在着手整理毛泽东2月27日在最高国务会议和全国宣传工作会议上所作的《关于正确处理人民内部矛盾的问题》的讲话。3月30日他已经将第一次整理稿送给了毛泽东。当时,毛泽东还在杭州。等毛泽东4月上旬回到北京,因为忙于其他工作,修改讲话稿的工作就拖了下来。胡乔木这次对毛泽东的讲话的整理还只是初步的,除了将文字和逻辑顺序进行了梳理之外,还把过于口语化和内容重复的地方尽量作了删节,基本上仍保持讲话记录稿的原貌。不久,他又重新进行了整理,加上了12个小标题,文字风格更接近书面语言了。从4月24日开始,毛泽东只要没有重要活动,就在胡乔木第二次整理的文稿上,专心致志地修改他《关于正确处理人民内部矛盾的问题》。

4月30日,毛泽东在颐年堂主持召开了最高国务会议第十二次扩大会议,议题就是全党整风运动。毛泽东说:"几年来都想整风,但找不到机会,现在找到了。凡是涉及许多人的事情,不搞运动,搞不起来。需要造成空气,没有一种空气是不行的。现在已造成批评的空气,这种空气应继续下去。这时提整风比较自然。整风总的题目是要处理人民内部矛盾,反对三个主义。……"

5月1日,《人民日报》发表了中共中央《关于整风运动的指示》。全党整风正式开始了。

5月2日,胡乔木在《人民日报》发表社论《为什么要整风?》。显然,这是毛泽东需要的。大概有半年多没有给《人民日报》写社论了,胡乔木从给毛泽东整理《关于正确处理人民内部矛盾的问题》中,对这次全党整风有了比一般人更清楚的认识。胡乔木先后参与或领导过1942年、1947年和1950年的中共整风运动,在他看来整风运动就是"自己批判自己,是为了从过去的错误缺点中取得教训,为将来的胜利准备条件"。而这次全党整风,就是一次"新的自我批判",目的就是"要全党学会正确地处理人民内部的矛盾,以便圆满地完成发展社会主义建设、建成社会主义国家的伟大任务"。

5月4日,毛泽东亲自为中共中央起草了《关于请党外人士帮助整风的指示》。这是中共执政以来第一次。很快,各种不同意见大鸣大放,尖锐意见浮出水面,批评急剧升温,言辞日益偏激。而报纸上的发言、新闻报道和评论也开始具有攻击性。毛泽东敏锐地感受到了火药味——"似乎中共各级领导发生了严重问题,这些问题不是局部的,而是全局性的,根源在于党委(党组)领导责任制;似乎中共领导已经发生危机,快要混不下去了。"社会上出现了嘲笑公正谈论中共的政绩的人为"歌德派",甚至有人煽动学生上街、工人罢工,攻击中共,挑战中共的领导。公开鸣放中出现了极不和谐的局面,这与毛泽东原来真诚希望党外人士帮助中共整风,在党内外形成一种压力,促使中共党的各级领导正视错误、改正缺点的美好愿望形成了强烈反差。他希望这种公开的鸣放和"团结——批评——团结"的方法成为一种制度,在社会造成一种生动活泼的政治局面,有利于发现和化解人民内部矛盾。而且他相信中共以其崇高威望和治国业绩,在中国不会发生像匈牙利事件那样的严重情况。事与愿违,毛泽东震惊了!

5月14日,在中共中央发出的《关于报道党外人士对党政各方面工作的批评的指示》中,第一次提出了暴露右倾分子面目的问题,并把"右倾分子"

"反共分子"并提。5月15日,毛泽东开始写一篇署名"本报评论员"的文章,题为《走向反面》,显然他是要在《人民日报》发表的。但在第一次审阅时又改标题为《事情正在起变化》,署名也改为"中央政治研究室",并注明"内部文件,注意保存"。尽管这篇文章直到6月12日才印发党内,毛泽东也将署名改为"毛泽东",并在"内部文件,注意保存"之后加写了一段文字:"不登报纸,不让新闻记者知道,不给党内不可靠的人。大概要待半年或一年之后,才考虑在中国报纸上发表。"在这篇文章中,毛泽东的观点十分尖锐:"党内外的右派都不懂辩证法:物极必反。我们还要让他们猖狂一个时期,让他们走到顶点。他们越猖狂,对于我们越有利。人们说:怕钓鱼,或者说:诱敌深入,聚而歼之。现在大批的鱼自己浮到水面上来了,并不要钓。这种鱼不是普通的鱼,大概是鲨鱼吧,具有利牙,喜欢吃人……"毛泽东还警告:右派只有两条出路:一条是夹紧尾巴,改邪归正;一条是继续胡闹,自取灭亡。毛泽东在这篇文章中第一次提出了右派猖狂进攻的问题。尽管这篇文章直到二十年后才正式收入《毛泽东选集》第五卷公开面世,但以此为标志,毛泽东的思想已经发生了重要或许也是根本性的转变。

5月26日,《人民日报》发表了毛泽东前一天接见参加中国新民主主义青年团第三次全国代表大会的全体代表时的讲话。指出:"中国共产党是全中国人民的领导核心。没有这个核心,社会主义事业就不能胜利。"他号召:"同志们,团结起来,坚决地勇敢地为社会主义的伟大事业而奋斗。一切离开社会主义的言论行动是完全错误的。"毛泽东的讲话,无疑是一个重要的政治信号!

6月6日,毛泽东加紧部署进行整风的指示,称"这是一场大规模的思想战争和政治战争,我们必须打胜仗,也完全有条件打胜仗"。也就在这一天,毛泽东看到了陆定一送来的《高等学校整风情况简报》,说北京大学有一个学生写文章造谣说"党中央已经分裂,有人想逼毛主席下台"。毛泽东批示印发在京中委阅读,"完全造谣,但值得注意"。

6月7日下午,胡乔木接到毛泽东的通知,和吴冷西一起来到毛泽东的家。走进菊香书屋,胡乔木看见毛泽东正斜躺在他那张用两张单人床合拼成的大木床上看《文汇报》,好像刚刚起床。手边还堆着《人民日报》《光明日报》和一些线装本古籍书。看见胡乔木和吴冷西,毛泽东就放下手中的报纸,招呼他们在靠床前的椅子上坐下。

毛泽东问道:"你们看过今天的报纸没有?现在报纸很吸引人看,许多人在那里高谈阔论,说要帮助共产党整风。"接着毛泽东就和他们谈起了《人民日报》的新闻工作,再次强调了新闻的阶级性和政治家办报的思想。吴冷西回忆说:"我们刚坐下来,毛主席就兴高采烈地说:今天报上登了卢郁文在座谈会上的发言,说他收到匿名信,对他攻击、辱骂和恫吓。这就给我们提供了一个发动反击右派的好机会。①毛主席说,这封恫吓信好就好在他攻击的是党外人士,而且是民革成员;好就好在它是匿名的,它不是某个有名有姓的人署名。当然署名也可以作为一股势力的代表,但不署名更可以使人们广泛地联想到一种倾向,一股势力。本来,这样的恫吓信在旧社会也为人所不齿,现在我们邀请党外人士帮助共产党整风,这样的恫吓信就显得很不寻常。过去几天我就一直考虑什么时候抓住什么机会发动反击。现在机会来了,马上抓住它,用人民日报社论的形式发动反击右派的斗争。社论的题目是《这是为什么?》,在读者面前提出这样的问题,让大家来思考。虽然社论已经把我们的观点摆明了,但还是让读者有个思想转弯的余地。鲁迅写文章常常就是这样,总是给读者留有余地。"②

毛泽东还告诉胡乔木和吴冷西:"写文章尤其是社论,一定要从政治上总揽全局,紧密结合政治形势。这叫作政治家办报。"说到这里,毛泽东话题一转,直截了当地问吴冷西:"今天找你来,主要不是谈这些,而是中央想调你去人民日报主持编辑工作,看你愿不愿意去。"对中央这样的安排,吴冷西感到十分突然,说:"我毫无思想准备。"

毛泽东看了看吴冷西,又看了看胡乔木,说:"人民日报任务很繁重,很需要增加领导力量。两个月前,我找乔木谈过,也批评过他们。当时我说得严厉了些,说他们不仅不是政治家办报,甚至不是书生办报,而是死人办报。这样猛掌一击,为的使他们惊醒过来。"毛泽东右手拿着香烟,左手扬起一张报纸对胡乔木说:"中央党报办成这样子怎么行?写社论不联系当前政治,这哪里像政治家办报?"说完,毛泽东起身来到书桌旁,在他自己起草的《这是为什么?》上又修改了几个字,然后交给胡乔木,说:"明天就在《人民日报》上发表,要新华社在今天晚上向全国广播。"

---

① 据吴冷西回忆,毛泽东所指的这件事经过是这样的:国务院秘书长助理卢郁文在 5 月 25 日民革中央的座谈会上的发言,指出一些人提的意见有摆脱党的领导的意思,主张党和非党之间的"墙"应由两方面共同来拆,并批评了民盟中央副主席章伯钧提出的"政治设计院"的主张。在这以后,卢郁文收到了匿名信,信中攻击他"为虎作伥",辱骂他是"无耻之尤",并恫吓他如不"及早回头"就"不会饶恕"他。卢郁文在 6 月 6 日的座谈会上宣读了这封恫吓信,并表示他不怕辱骂、不怕威胁,他还要讲话。

② 吴冷西:《忆毛主席》,新华出版社 1995 年 2 月第 1 版,第 39—40 页。

第二天，《人民日报》在头版显著位置发表了毛泽东起草的社论《这是为什么?》。毛泽东紧紧抓住卢郁文事件进行分析,指出:"我们所以认为这封恐吓信是当前政治生活中的一个重大事件, 因为这封信的确是对于广大人民的一个警告,是某些人利用党的整风运动进行尖锐的阶级斗争的信号。这封信告诉我们:国内大规模的阶级斗争虽然已经过去了,但是阶级斗争并没有熄灭,在思想战线上尤其是如此。"这是中共第一次以这种形式公开批评整风鸣放以来的错误言论。

6月8日至10日,毛泽东接连为中共中央起草了《关于组织力量准备反击右派分子进攻的指示》和《关于反击右派分子斗争的步骤、策略》,对反右斗争进行部署。12日,《事情正在起变化》印发中共高层。尽管6月7日他单独约见胡乔木和吴冷西的时候,没有批评胡乔木,还委婉地对四月份过于严厉的批评作了道歉,但他对中共的宣传工作仍然不是十分满意。13日,毛泽东给胡乔木送来了前一天的《北京日报》,并在第一版上写了如下批语:"《北京日报》比《人民日报》编得好,有工人、农民、学生、左翼党外人士的批判反动言论的大量报道,极为丰富,文字也较《人民日报》生动,编排也好。请看第二版全部报道。请在《人民日报》召集一个会议,有较多人参加。事先要他们阅读这第二版,全部读一遍,然后开会。你的编排水平应当提高。文字也有八股味,例如感觉'怎样对待批评'这个概念化的标题是不好的,感觉这篇文章通体是一个八股调。希望思索改进。"

跟随毛泽东已经整整15年了,在胡乔木的记忆中,这是毛泽东第一次批评他的文章有"八股味"。胡乔木有些坐不住了。当天晚上,他又来到菊香书屋面见毛泽东。毛泽东也把吴冷西叫了过来。毛泽东和胡乔木就如何加强《人民日报》的新闻宣传工作再次进行研究。

会谈中,毛泽东再次重提了他4月份同人民日报社领导的谈话。他对胡乔木和吴冷西说:"领导的任务不外是决策和用人,治理国家是这样,办报纸也是这样。"并由此评说了汉代几个皇帝的优劣,称赞刘邦会用人。接着,他又把话题转到调吴冷西去人民日报社工作的问题,对吴冷西说:"中央已经决定你去人民日报,而且今天就要去。今天你先以乔木同志的助手去试试看,帮他看大样。你看了他再看,由他签发。这样工作一段时间,中央将正式宣布任命你当总编辑,同时兼任新华社社长,把两个单位的宣传统一起来。今晚你就同乔木一道去上班,拿这篇文章去。"

说完,毛泽东递给吴冷西一篇打印稿。吴冷西一看,这是一篇以"人民日报编辑部"署名的文章,题目是《文汇报在一个时间内的资产阶级方向》。显然这是毛泽东的手笔。

毛泽东说："上次批评人民日报时,我曾许下诺言,说我辞去国家主席后有空闲给人民日报写点文章,现在我还没有辞掉国家主席,就给人民日报写文章了。"①

说到这里,毛泽东十分严肃地说："要政治家办报,不是书生办报,就得担风险。你去人民日报工作,会遇到不少困难,要有充分的思想准备,要准备碰到最坏的情况,要有五不怕精神的准备。"说着,毛泽东扮着指头说,"这五不怕是:一不怕撤职,二不怕开除党籍,三不怕老婆离婚,四不怕坐牢,五不怕杀头。有了这五不怕的准备,就敢于实事求是,敢于坚持真理了。"

6月14日,《人民日报》同时发表了毛泽东写的《文汇报在一个时间内的资产阶级方向》,并转载了姚文元的《录以备考——读报偶感》。为了配合毛泽东,胡乔木连夜在人民日报社加班写了社论《是不是立场问题?》。与姚文元的文章相比,胡乔木的文章确实温和多了。或许这就是毛泽东批评胡乔木的文章有些"概念化"和"八股味",批评胡乔木"浅、软、少"的原因吧。

自从6月上旬中共中央决定组织反击右派的斗争以来,胡乔木一边处理自己的工作,一边和陈伯达、田家英继续帮毛泽东修改《关于正确处理人民内部矛盾的问题》,前前后后的修改多达13稿。6月19日,《关于正确处理人民内部矛盾的问题》在《人民日报》全文发表。

为了加强《人民日报》反右斗争宣传,胡乔木紧追毛泽东的步伐,拿起笔开始了"战斗",从6月22日到7月23日的一个月时间里,接连为《人民日报》写了六篇社论。

——6月22日的《不平常的春天》;

——6月26日的《这一次人民代表大会》;

——7月8日的《斗争正在开始深入》;

——7月10日的《党不能发号施令吗?》;

——7月18日的《在肃反问题上驳斥右派》;

---

① 关于毛泽东辞去国家主席职务问题,早在1956年八大之前就在中央内部提出过。1957年4月30日,毛泽东邀集各民主党派负责人商谈帮助共产党整风时,又对他们讲到他想辞去国家主席。事后陈书通和黄炎培联名写信给刘少奇和周恩来,历陈不赞成毛泽东辞去国家主席。毛泽东把这封信批给中央政治局同志传阅,他在批语中说,他要从1958年起摆脱国家主席职务,以便集中精力研究一些重要问题。5月8日,政治局专门召开会议,讨论了陈、黄的信和毛泽东的批语,一致同意毛泽东的意见。此事经党内充分酝酿,1958年12月八届六中全会才作出决定。1959年4月第二届全国人民代表大会才改选刘少奇担任国家主席。

——7月22日的《用人可以不问政治吗？》。

胡乔木终于跟上了毛泽东的脚步。而历史就这样在斗争中成为历史。从大鸣大放、右派进攻，到反右派运动迅速扩大和急剧升温，毛泽东本来计划全党整风的目的被彻底打乱了。9月20日至10月9日，中共八届三中全会在中南海怀仁堂召开。在这次会议上，毛泽东重新确定无产阶级和资产阶级、社会主义道路和资本主义道路的矛盾是中国社会的主要矛盾。无疑，这是毛泽东指导思想上开始向"左"转折的一个标志。经过7月、8月、9月三个月的斗争，到10月上旬全国已划"右派"6万人，而到了1958年整个运动结束的时候，竟有55万人被划为右派分子。历史已经告诉今天，1957年的反右斗争严重扩大化给中国带来了不幸，也给毛泽东本人的政治生涯带来了不幸。正如邓小平所言："总起来说，1957年以前，毛泽东同志的领导是正确的，1957年反右派斗争以后，错误越来越多了。"

1957年的春天的确是一个不平常的春天，毛泽东起草《人民日报》社论说："整个春季，中国天空上突然黑云乱翻"，资产阶级右派"有组织、有计划、有纲领、有路线，都是自外于人民的，是反共反社会主义的"，在中国大地上"呼风唤雨，推涛助浪，或策划于密室，或点火于基层，上下串联，八方呼应"，"其方针是整垮共产党，造成天下大乱，以便取而代之"。①

1957年的春天的确是一个不平常的春天，就像胡乔木在《人民日报》社论《不平常的春天》里所说的那样："历史总是在斗争中前进的，人们的思想是在争论中前进的。整风是不可避免的争论，对资产阶级右派的批判也是不可避免的争论。现在有争论，将来还会有争论。"②

南宁会议毛泽东狠批"反冒进"，激赏胡乔木的《乘风破浪》

春天走了，夏天来了。

1957年8月3日，毛泽东决定将他前后修改了11稿的《一九五七年夏天的形势》一文作为中共党内文件印发。毛泽东说："在我国社会主义革命时期，反共反社会主义的资产阶级右派和人民的矛盾是敌我矛盾，是对抗性的不可调和的你死我活的矛盾。""向工人阶级和共产党举行猖狂进攻的资产

---

① 《毛泽东传(1949—1976)》，中央文献出版社2003年12月第1版，第711页。
② 《胡乔木文集》第一卷，人民出版社1992年5月第1版，第548页。

阶级右派是反动派、反革命派。"毛泽东在这篇文章中已经形成了自己的看法，就是：反右派斗争实际上是关于要不要社会主义道路、共产党领导、无产阶级专政和民主集中制等重大问题的全民性大辩论。

胡乔木在这篇文章中还看到，毛泽东提出了要用10—15年的时间，为国家打下巩固的物质基础和人才基础，建成社会主义社会的奋斗目标，并准备以8个至10个五年计划的时间在经济上赶上并超过美国。在整风反右这场政治风暴中，胡乔木或许已经感受到毛泽东正在酝酿着中国经济建设的风暴——战争年代用兵如神的毛泽东要创造和平建设年代的神话，宣布——"现在是一天等于几十年，你们正在奔向你们企望已久的共产主义理想国。"

无论解决什么难题，毛泽东总是首先从抓思想方法和工作方针入手。早在1956年1月的知识分子会议上，他就概括出了两种领导方法：一个是又多、又快、又好、又省；一个是又少、又慢、又差、又费。到了1958年，面对"一五"计划工业生产总值保持每年18.4%的高速度增长，毛泽东欣慰十分。回顾新中国成立八年来，他说："我们的革命是一个接着一个的。从1949年在全国范围夺取政权开始，接着就是反封建的土地改革，土地改革一完成就开始农业合作化，接着又是私营工商业和手工业的社会主义改造。社会主义三大改造，即生产资料所有制方面的社会主义革命，在1956年基本完成。接着又在去年进行政治战线上和思想战线上的社会主义革命，这个革命在今年7月1日以前可以基本上告一段落。……现在要来一个技术革命，以便在15年或者更多一点的时间内赶上和超过英国。中国经济落后，物质基础薄弱，使我们至今还处在一种被动状态，精神上感到还是受束缚，在这方面我们还没有得到解放。要鼓一把劲。再过5年，就可以比较主动一些了；10年后将会更加主动一些；15年后，粮食多了，钢铁多了，我们的主动就更多了。我们的革命和打仗一样，在打了一个胜仗之后，马上就要提出新任务。这样就可以使干部和群众经常保持饱满的革命热情，减少骄傲情绪，想骄傲也没有骄傲的时间。新任务压来了，大家的心思都用在如何完成新任务的问题上面去了"。①毛泽东要把中共的注意力转移到技术革命上，他是多么希望中国尽快摘掉贫穷落后的帽子，其心也急，其情也切！

毛泽东的这种急切，可以在他读1957年11月13日《人民日报》社论后写下的批语中看得出来。这篇题为《发动全民，讨论四十条纲要，掀起农业生产新高潮》的社论指出："有人害了右倾保守的毛病，像蜗牛一样爬行得很

---

① 《毛泽东文集》第七卷，人民出版社1999年6月第1版，第349—350页。

慢,他们不了解在农业合作化以后,我们就有条件也有必要在生产战线上来一个大跃进。"这是"大跃进"这个震动全世界的词汇第一次在中共党报上露面。毛泽东看到"大跃进",眼睛突然一亮,如见知己般欣然批示:"这是一个伟大的发明,这个口号剥夺了反冒进的口号。""建议把一号博士头衔赠给发明'跃进'这个伟大口号的那一位(或者几位)科学家。"

11月18日,随毛泽东出访苏联的胡乔木,在莫斯科会议上再次听到了毛泽东急切"跃进"的心声:"中国人是想努力的。中国从政治上、人口上说是个大国,从经济上说还是个小国。赫鲁晓夫同志告诉我们,15年后,苏联可以超过美国。我也可以讲,15年后,我们可能赶上或者超过英国。……在我们阵营中间,苏联超过美国,中国超过英国。……到了那个时候,我们就无敌于天下了,没有人敢和我们打了,世界也就可以得到持久和平了。"

国内经济形势好,群众建设热情高,在毛泽东看来,反冒进就是给群众泼冷水。八届三中全会后的12月12日,访苏归来的胡乔木根据毛泽东的指示在《人民日报》发表了社论《必须坚持多快好省的建设方针》。胡乔木在社论中引用了刚刚"发明"的"跃进"一词:"1956年我国国民经济的跃进发展,证明这个方针是完全正确的、必需的和行之有效的。"但"还有少数有保守思想的人实际上在反对这个方针"。"在去年秋天以后的一段时间里,在某些部门、某些单位、某些干部中间刮起了一股风,居然把多快好省的方针刮掉了。有的人说,农业发展四十条订得冒进了,行不通;有的人说,1956年的国民经济发展计划全部冒进了,甚至第一个五年计划也冒进了,搞错了;有的人竟说,宁可犯保守的错误,也不要犯冒进的错误,等等。于是,本来应该和可以多办、快办的事情,也少办、慢办甚至不办了。这种做法,对社会主义建设事业当然不能起积极的促进作用,相反地起了消极的'促退'的作用。"①

显然,胡乔木是按照毛泽东的指示批评"反冒进"。关于这篇社论的发表,毛泽东后来说:在访苏之前就开始的,因为没有写完,带到莫斯科去了。"闲来无事江边望",有点闲工夫,就在我们代表团中间先读一读。回来又经过斟酌,政治局还有一些同志看过才发表的。多、快、好、省,这是代表中央的,是党的一个路线,是我们搞建设的一个路线。(这是1958年2月18日毛泽东在中共中央政治局扩大会议上的讲话。)②

胡乔木执笔的这篇社论中,毛泽东在结尾前还亲自加上了这么一段话:

---

① 《胡乔木文集》第一卷,人民出版社1992年5月第1版,第588—589页。
② 《毛泽东传(1949—1976)》,中央文献出版社2003年12月第1版,第766页。

"人的思想要符合实际是不容易的。我国有六亿几千万人,特别是分成不同的阶级和阶层,各种不同的观点不可避免地会反映在我们的工作人员的思想中。就是高级领导干部也是以成万计,他们虽然一般是站在无产阶级的立场上,但是也各有不同的经历和岗位,各有不同的想法。而且社会主义的经济建设,对于我们大家都还是一件新事,还缺少必要的经验。在这种情况下,要求一个统一的符合实际的计划,当然不容易。但是不容易并不等于不能够,这是能够办到的。我们的伟大的革命事业和建设事业不是都在一个统一意志和统一计划之下取得了伟大的成功吗?由分歧到统一,是经过调查,经过研究,经过辩论,最重要的是经过实践的考验来达到的。反复研究和反复实践,这就是我们的方法。"

"人的思想要符合实际是不容易的。"在"反冒进"的时刻,毛泽东的这句话显得尤其珍贵,但历史已经证明,他的反"反冒进"行动正是因为没有符合实际,酿成了历史的大错。

北京在一场瑞雪中迎来了 1958 年的元旦。胡乔木执笔的《人民日报》社论更是以一个非常响亮的标题——《乘风破浪》,受到了毛泽东的高度赞赏。社论是根据毛泽东在莫斯科会议上的讲话精神而写的,再次强调"多、快、好、省"的方针,并提出了"鼓足干劲,力争上游"的口号。

新年伊始,毛泽东在中南海居仁堂召开中央书记处会议。邓小平主持,传达了毛泽东在杭州会议上的讲话。会议开始不久,彭真递给与会者一张会议通知传阅。这个便条是毛泽东亲笔写的。胡乔木一看,有些吃惊。更感到吃惊的是《人民日报》总编辑兼新华社社长的吴冷西——因为,这张通知召开南宁会议的便条上,毛泽东竟然罕见地将吴冷西的名字排在"周恩来、刘少奇、李富春、薄一波、黄敬、王鹤寿、李先念、陈云、邓小平、彭真、乔木、陈伯达、田家英"等 27 个参加者的前面,排在了第一个。

会议结束后,吴冷西问杨尚昆和胡乔木:这是怎么回事?胡乔木和杨尚昆也不知道开会通知的名单排列有什么特别的意义。但吴冷西从胡乔木的神态上可以看出,胡乔木似乎在担心什么事情将要发生。

南宁会议从 1958 年 1 月 11 日晚上开始,毛泽东着重讲反对分散主义和"反冒进"是错误的。他说:"为了反对分散主义,我编了一个口诀:'大权独揽,小权分散;党委决定,各方去办;办也有决,不离原则;工作检查,党委有责。'"这是针对国务院的。接着,毛泽东批评"反冒进",警告说:"不要提'反冒进'这个名词,这是政治问题。"第二天毛泽东一上来就讲他建国八年来一直为工作方法而奋斗,1956 年"反冒进"是错误的。这样,南宁会议就成为一次以批评"反冒进"为中心的议论工作方法的会议,为同"反冒进"相对立的"大跃进"在政治上、思想上做准备。

历史上著名的南宁会议就这样成为毛泽东发动"大跃进"的号角。毛泽东说:要破暮气,讲朝气。"反冒进"挫伤干部和群众的积极性,特别是农民的积极性,是错误的方针,是反对多快好省的方针的。他不仅严厉批评了国务院的政府工作报告、财政工作报告和计划工作报告,还批评了《人民日报》1956年6月20日的社论《要反对保守主义,也要反对急躁情绪》是非常错误的。至此,吴冷西才明白彭真在中南海递给他传阅的通知上,为什么他的名字排列在第一个。

毛泽东不仅把《人民日报》社论《要反对保守主义,也要反对急躁情绪》的摘要在南宁会议上印发,还加上了这样的批语:"庸俗的马克思主义,庸俗的辩证法。文章好像既反'左'又反右,但实际上是并没有反右,而是专门反'左',而且是尖锐地针对我的。"而且他在会议上多次拿着这张《人民日报》作为中央一些同志"反冒进"的证明,念一段,批驳一段,逐段逐段地进行批判。他说:社论引用了我在《中国农村社会主义高潮》一书序言的话。看来作者的用意一来不要冒犯我,二来借刀杀人。但引用时又砍头去尾,只要中间一段。不引用全文,因为一引用全文就否定作者的观点了。我写的序言全文的主要锋芒是对着右倾保守的。社论引了我说扫盲用急躁冒进的办法是不对的这些话,用来作为反对急躁冒进的根据。作者引用我的话来反对我。① 毛泽东还说:《人民日报》社论"反冒进"使用的是战国时代楚国文学家宋玉在攻击登徒子大夫的手法,攻其一点,不及其余。他并将《昭明文选》中的《登徒子好色赋》一文印发大家。

面对毛泽东对《人民日报》社论的尖锐批评,吴冷西赶紧找胡乔木商量,这是怎么回事? 胡乔木说他也不完全清楚。于是,他们商量后在当天晚上就打电话回北京,要人民日报编辑部把1956年6月20日的社论的全部过程稿送到南宁,并要编辑部写了一个关于社论起草与修改、定稿过程的简单说明。吴冷西回忆:"我13日收到了人民日报编辑部送来的材料后,同乔木同志一起查看整个起草过程。原来这篇社论最初是由人民日报编辑部起草的。在中宣部讨论时,陆定一同志认为不能用,要重新起草。他请示了少奇同志。少奇同志要他根据政治局会议的精神亲自组织中央宣传部的同志起草。初稿由王宗一同志起草,在中宣部多次讨论、修改后由定一同志送少奇同志和

---

① 吴冷西:《忆毛主席》,新华出版社1995年2月第1版,第51页。

周总理审阅。他们两位都作了一些修改,并提出再加斟酌的一些意见。定一同志根据这些意见又作了修改,最后送少奇同志和毛主席审定。少奇同志在个别地方作了修改后送毛主席。我们在最后定稿的清样上看到,毛主席圈了他的名字,写了'我不看了'几个字。我同乔木商量,整个过程清楚,但不好在会议上讲,免得使事情尖锐化,因为会议从一开始空气就非常紧张了。"①此处吴冷西记忆有误,毛泽东在审定《人民日报》社论的清样上,实际上写的是"不看了"三个字。

既然当时毛泽东已经圈阅,并写了"不看了",但为什么毛泽东如今又如此尖锐地批判这篇社论呢?

显然,问题就出在"不看了"这三个字上。其实毛泽东看得极其认真,他说"不看了"是因为他看了之后非常生气又不愿发作罢了。

1958年1月15日,毛泽东在会议上谈到什么时候都要鼓干劲、争上游时,再次提到了《人民日报》。不过,这次他的口气却愉悦了许多。他说:《人民日报》的元旦社论写得好,因为它的主要精神是鼓起干劲,力争上游,乘风破浪,这也是思想方法和工作方法的问题。

这天晚上,毛泽东把胡乔木和吴冷西叫到他的住处谈话。胡乔木住在广西壮族自治区政府交际处大楼,毛泽东住在附近一座别墅式的高大平房里,这里也是越南领导人胡志明来访时的住处。

胡乔木和吴冷西一进门,毛泽东就笑呵呵地问道:"元旦社论是谁写的? "

胡乔木回答:"是人民日报的同志写的。"

"这篇社论是经乔木同志作了较多修改,并经少奇同志和周总理定稿的。"吴冷西补充说道。

"当时主席不在北京。少奇同志说定稿时已打电话报告了主席。"胡乔木说。

毛泽东说:"社论写得好,题目用《乘风破浪》也很醒目。南北朝宋人宗悫就说过'愿乘长风破万里浪'。我们现在是要乘东风压倒西风,15年赶上英国。你们办报的不但要会写文章,而且要选好题目,吸引人看你的文章。新闻也得有醒目的标题。"

胡乔木和吴冷西的心情比前两天明显轻松了许多,点点头,笑着。

"《人民日报》能结合形势写出这样好的元旦社论,为什么去年就成了死人办报?"毛泽东一边抽烟,一边对胡乔木说,"我当时很生你的气。我先一天批评你,第二天批评总编辑、副总编辑。当时在气头上,说话有些过重,很不

---

① 吴冷西:《忆毛主席》,新华出版社1995年2月版,第49页。

温文尔雅，因为不这样就不能使你们大吃一惊，三天睡不着觉。去年四、五、六月，实际上是我当《人民日报》的总编辑。你也上夜班、看大样，累得不行。后来我想这也不是办法，才找人给你做帮手。找不到别人，就派吴冷西去。"

毛泽东缓缓地抽了一口烟，又转过来对吴冷西说："当时我对你说过，如果在人民日报待不下去，就回到我这里当秘书。看来派你到人民日报去没有错。现在大家对人民日报反映比较好，认为有进步。评论、新闻都比较活泼。但还要努力，不要翘尾巴，还是要夹着尾巴做人。"

接下来，毛泽东跟胡乔木和吴冷西谈到了《人民日报》要注意组织大家来写社论、评论，要多到地方上去调查研究，"北京官气重，只能作加工厂，没有原料，原料来自下面"。毛泽东还谈到了学会用人的问题，说"金无足赤，人无完人"，要善于用他的长处，帮助他克服短处。共产党人不搞一言堂，兼听则明。

谈话中，胡乔木主要谈了他去年初没有抓紧宣传毛泽东的讲话，说："主席批评我浅、软、少是对的。"同时，他将1956年6月20日人民日报社论《要反对保守主义，也要反对急躁情绪》发表的大概情况，向毛泽东作了简要汇报。胡乔木解释说："那时我正起草八大政治报告，无暇顾及这件事情。"

这时，毛泽东终于说出了自己的心里话："这不关你的事。那篇社论写好后曾送给我看。我在清样上写了'不看了'三个字，骂我的东西我为什么要看。"因为毛泽东极力反"反冒进"，所以他就自嘲地说自己成了"冒进的罪魁祸首"，而大力"反冒进"的社论自然也就成了他所说的"骂我的东西"了。

其实，胡乔木是一个不折不扣的"反冒进"者。就在这次受到毛泽东批评的《要反对保守主义，也要反对急躁情绪》这篇社论发表前四天，即1956年6月16日，胡乔木主动为《人民日报》以《读一九五六年国家预算报告》为题，写了一篇社论。胡乔木指出："预算报告最值得注意的特点，是在反对保守主义同时，提出了反对急躁冒进的口号。这是总结了去年半年中执行国民经济计划的经验得来的结论。这种倾向在过去的几个月中，在许多部门和许多地区，都已经发生了。""急躁冒进的结果必然遭致损失，妨碍国民经济计划和财政收支计划的实现。因此向全国人民指出防止和纠正急躁冒进的倾向是切合时宜的。"可见，胡乔木的"反冒进"言论比《要反对保守主义，也要反对急躁情绪》还要早四天，只是当时没有引起毛泽东的注意，也没有这篇社论的标题那么旗帜鲜明罢了。

经过这次两个小时的谈话，胡乔木终于明白了毛泽东在南宁会议上急速向"左"转，严厉批评"反冒进"的原因。然而，这只是毛泽东开始反"反冒进"、推动"大跃进"的一个开始。

"大跃进"战鼓中,毛泽东激扬文字与胡乔木论《送瘟神》

南宁会议就这样在毛泽东的主持下,一个劲地反"右倾"。毛泽东觉得这还不够,紧接着又召开了3月份的成都会议、4月份的武昌会议和广州会议,依然是大力宣扬鼓足干劲,严厉批评"反冒进"。

毛泽东甚至说:"'反冒进'是非马克思主义的,冒进是马克思主义的。"

1958年5月2日,刚刚从广州经武汉回到北京的毛泽东,当天晚上就在颐年堂召集刘少奇、周恩来、陈云、邓小平、董必武、彭真、陈伯达、胡乔木、杨尚昆开会,商量召开八大二次会议的问题。5月5日,中共八大二次会议在中南海怀仁堂开幕。会议的主题自然是批评"反冒进"。

毛泽东要求刘少奇代表中央委员会作工作报告,并要求胡乔木负责起草。这样,刘少奇作的报告,思路却是毛泽东的,充分表达的依然是毛泽东自南宁会议以来"鼓足干劲、力争上游、多快好省地建设社会主义的总路线和今后的任务"。

这个时候,胡乔木确实理解毛泽东的意图了。他在报告起草中将毛泽东在社会主义建设方面提出的一些基本理论、基本观点和基本政策,加以概括、提炼,作为总路线的基本点,概述如下:"调动一切积极因素,正确处理人民内部矛盾;巩固和发展社会主义的全民所有制和集体所有制,巩固无产阶级专政和无产阶级的国际团结;在继续完成经济战线、政治战线和思想战线的社会主义革命的同时,逐步实现技术革命和文化革命;在重工业优先发展的条件下,工业和农业同时并举;在集中领导、全面规划、分工协作的条件下,中央工业和地方工业同时并举,大型企业和中小型企业同时并举;通过这些,尽快地把我国建设成为一个具有现代工业、现代农业和现代科学文化的伟大社会主义国家。"

胡乔木起草的这些内容,可以看作是毛泽东在探索中国社会主义建设道路上所取得的成果。毛泽东对其中的"三个并举"最为满意,高兴地称之为"两条腿走路"。但按照毛泽东和中共中央的意见,刘少奇的工作报告在关于赶超英美的口号上有了变化:在党内小范围掌握的口径是"七年赶英,十五年赶美,但公开讲还是十五年赶英";同时把过去"十五年或者更长的时间赶上英国"改为"十五年或者更短的时间赶上英国"。尽管只是改了一个字,但这一"长"一"短",却充分反映了毛泽东对中国经济发展速度"大跃进"的急切渴望和乐观估计。

这份报告还确认了毛泽东在1957年中共八届三中全会上提出的"在社

会主义社会建成以前，无产阶级同资产阶级的斗争、社会主义道路同资本主义道路的斗争，始终是我国内部的主要矛盾"，这就通过党的代表大会正式改变了八大一次会议关于国内社会主要矛盾（先进的社会主义制度同落后的社会生产力之间的矛盾）的正确论断。这是中共在指导思想上的一次重大转折，为后来发生的阶级斗争严重扩大化的错误提供了理论依据。

在胡乔木起草报告的过程中，毛泽东多次进行了修改。5月13日，毛泽东致信胡乔木："有些修改，你看如何？第五章有些话显得重复多余，宜加删节。二、三、四章也有一些多余的话，可以删节。第一章则无一句多余的话，觉得很好。"

刘少奇的工作报告作完以后，胡乔木又根据毛泽东的意见对报告作了一些修改。毛泽东非常满意，5月24日再次致信胡乔木："改得很好，真正势如破竹了。我又作了一些修改，你看如何？并请少奇同志酌定。"

毛泽东在这里用了"势如破竹"四个字，有评论说这"恐怕是这个时期毛泽东对他认为满意的报告或讲话的最高评价"。[①]

迫于形势，周恩来、陈云、薄一波等在经济建设一线的负责人分别作了检讨。毛泽东在杭州会议、南宁会议上曾多次批评周恩来，有些批评说得非常重、非常过分。这是周恩来自延安整风以来少有的如此长篇深刻地在大会上作检讨。陈云、薄一波的检讨发言还经过了毛泽东的修改。他们的检讨发言今天看来，其中有许多是违心的，但大多也是无可奈何的捧场和叫好。因为毛泽东的威望，没有人再提出反对或者不同的意见，于是，中共中央失去了原则和民主，整个集体性"头脑发热"，并提出"苦干三年，基本改变面貌"和所谓"古今中外都没有过的速度"的口号，高举"大跃进"、人民公社和社会主义建设总路线这"三面红旗"，解放思想、敢想敢干的呼声压倒一切，整个中国都陷入了向"各尽所能、各取所需的共产主义时代"的"理想国"进行"大跃进"的乌托邦。于是，1958年6月，农业生产亩产万斤先"放了卫星"，接着钢铁"放卫星"，煤炭"放卫星"，"大跃进"进入高潮，"浮夸风"四处泛滥，包括《人民日报》在内的新闻舆论宣传也自河南全省公社化开始，改变了典型报道的模式，刮起了"共产风"。

在胡乔木看来，"人民公社"本来是毛泽东想象中的农村乌托邦。然而让他没有想到的是，他的乌托邦被陈伯达在北京大学讲了出来，这个讲话又被发表在当时刚刚问世的陈伯达本人主编的中共中央理论刊物《红旗》上（《红

---

① 《毛泽东传（1949—1976）》，中央文献出版社2003年12月第1版，第816页。

旗》也是在毛泽东再三督促下问世的），于是不胫而走，有些人异床同梦，人民公社便堂而皇之地成为当年中国农村的"新生事物"。①而"放卫星"，则更是那个特殊年代诞生的一个特殊词汇。让今天的我们怎么也不可能相信——走过二万五千里长征，经历过枪林弹雨血雨腥风的战争，像毛泽东这样一群大智大勇的中国共产党人，这群唯物主义者，竟然能够相信水稻亩产2.3 万斤、白薯亩产 8 万斤的虚假报道，《人民日报》这样的中共中央机关报也竟然跟在后面煽风点火，更何况他们大多曾经是农民的儿子或者有过农村的生活经历和背景。这简直是不可思议！中国到底是怎么了？在"浮夸风"越刮越猛的情况下，毛泽东为什么还要继续"大跃进"？

胡乔木在 1991 年 8 月 28 日分析说："为什么提出'大跃进'？一是反右斗争胜利了。毛主席觉得是很大的胜利。完全是群众性的斗争，把资产阶级右派打退了。国际上各国共产党开了莫斯科会议。苏共原准备了一个稿子，我们党提了许多修改意见。后来我们党重新起草一个稿子，同原来的面貌不一样。这个稿子基本上被接受了，苏共的同志对我们党说了许多好话。关于和平过渡问题，小平同志讲了一篇话，讲得很清楚，毛主席很赞赏这个讲话。由资本主义向社会主义过渡，和平过渡是不可能的。只有社会主义向资本主义的和平演变，而且也不是很和平。毛主席对这个会议非常满意。加上苏联的人造卫星上天，毛主席这时确实感到胜利在我们一边，提出东风压倒西风，超英赶美。特别是他相信中国党领导经济建设，能够有更快的发展。整风中工人贴了很多大字报，毛主席在上海看了几个工厂的大字报，感到群众发动起来了，群众中蕴藏着很大的积极性。这些都为'大跃进'的提出打下了基础。1958 年《人民日报》的元旦社论，题目是《乘风破浪》，其中就有鼓起干劲、力争上游的话。后来他接受了一位民主人士的建议，将'鼓起'改为'鼓足'。社会主义建设总路线的提法就这样逐渐形成了。有这些内外因素，毛主席觉得可以探索一种更高的发展速度。把群众发动起来，而且是全国发动起来，生产一定会大跃进。有的地方领导干部提苦战三年改变面貌。毛主席开始还不大相信，说三年就能改变面貌了？曾希圣说，水利兴修了，两熟制改三熟制，就是改变面貌，毛主席听了觉得有道理。后来有的地方竟提出一年改变面貌的口号。"

"大跃进"中取得的"成绩"确实鼓舞了毛泽东，而他的主观愿望也是想尽快改变贫穷落后的中国面貌，使中华民族早日屹立于世界先进民族之林，

---

① 逄先知：《永远怀念胡乔木同志》，见《我所知道的胡乔木》，当代中国出版社 1997 年 5 月第 1 版，第 105 页。

不再受帝国主义欺侮。这也是每一个中国人的梦想。六亿人民改天换地的革命斗志也感动了毛泽东。当他读了 1958 年 6 月 13 日《人民日报》上关于江西余江县消灭了血吸虫病的新闻后,兴奋不已,"浮想联翩,夜不能寐。微风拂煦,旭日临窗。遥望南天,欣然命笔",于 7 月 1 日凌晨写下了《七律二首·送瘟神》——

> 绿水青山枉自多,华佗无奈小虫何!
> 千村薜荔人遗矢,万户萧疏鬼唱歌。
> 坐地日行三万里,巡天遥看一千河。
> 牛郎欲问瘟神事,一样悲欢逐逝波。

> 春风杨柳万千条,六亿神州尽舜尧。
> 红雨随心翻作浪,青山着意化为桥。
> 天连五岭银锄落,地动三河铁臂摇。
> 借问瘟君欲何往,纸船明烛照天烧。

浪漫的诗人毛泽东以其瑰丽的诗才和激越的情怀,对中国人消灭血吸虫病这一奇迹发出了由衷的赞美,这诗情不也正是他对"大跃进"的精神面貌的写照和颂扬吗?写好诗稿后,毛泽东立即给胡乔木写了一封信——

乔木同志:

　　睡不着觉,写了两首宣传诗,为灭血吸虫而作。请你同《人民日报》文艺组同志商量一下,看可用否?如有修改,请告诉我。如可以用,请在明天或后天《人民日报》上发表,不使冷气。灭血吸虫是一场恶战。诗中坐地、巡天、红雨、三河之类,可能有些人看不懂,可以不要理他。过一会,或须作点解释。

毛泽东

七月一日

胡乔木收到毛泽东的来信和诗稿后,并没有及时回信,而是针对诗中有关的数据进行了科学的计算,并对诗稿个别的词语进行了斟酌,迟至 7 月 25 日晚才回信——

主席：

地球赤道长度普通教科书上只说四万公里，准确些的写成四万零七十六公里。

按地球赤道直径为一万二千七百五十六点五公里(南北极直径少四十二点八公里，为一万二千七百一十三点七公里)，如乘以三点一四一六，则为四万零七十五点八二〇四公里，按四舍五入为四万零七十六公里。

坐地日行三万里也可考虑索性改为坐地日行八万里。一、这可以算是拗体，唐宋诗中常见。二、按北京音八是阴平，读如巴。

巡天遥渡一千河，遥似可改夜，因为银河本来夜晚才看见，而且太空大部黑暗。夜渡较遥渡更具形象性，更多暗示性。

逐逝波未想出什么意见，已告袁水拍往商郭老。

杜勒斯讲话附上，用后请还。

敬礼

胡乔木

毛泽东的这两首七律，真正在《人民日报》发表的时间是 1958 年 10 月 3 日。发表时，毛泽东听取了胡乔木的意见，把"坐地日行三万里"中的"三"改为"八"，而"巡天遥渡一千河"中的"遥渡"却没有采纳胡乔木的"夜渡"，改成了"遥看"。

毛泽东纠"左"，自我批评亡羊补牢
胡乔木挨批，难言之隐一声不吭

作为实事求是思想路线的创立者和调查研究的倡导者，一再强调"在胜利面前务必保持谦虚谨慎，防止骄傲自满"的毛泽东，在"大跃进"中背离了自己的原则，主观臆断，急于求成，没有尊重自然规律和经济规律，提出了许多脱离实际的高指标和根本无法实现的工作任务，而且把是否实现这些高指标和工作任务当作严重的政治问题。这就在中共党内助长了浮夸虚报、说假话、强迫命令等坏作风，以高指标、瞎指挥、浮夸风、"共产风"为主要标志的"左"倾严重错误开始泛滥开来。

好在这个时候，毛泽东通过自己的明察暗访和听汇报，对浮夸风和"共产风"开始泼冷水，尤其是他发现了，在人民公社运动中有的地方把社会主义和共产主义、全民所有制和集体所有制混淆了。如：河北徐水县率先成立了全县范围的特大型公社，号称实现了全县"全民所有制"，并提出向共产主义过渡。于是，毛泽东决定召开郑州会议。

在1958年11月2日至10日的郑州会议上，毛泽东说："大跃进"搞得人的思想糊里糊涂，昏昏沉沉。需要对一些同志做说服工作。他在会议上批评了河南省提出的四年过渡到共产主义，说他们马克思主义"太多"了。显然，毛泽东已经开始纠"左"。但极左思潮已经如脱缰的野马一样，哪能一下子就套得住呢？就在会议通过的《郑州会议关于人民公社若干问题的决议（草案）》即将下发贯彻执行前夕，毛泽东却突然改变主意，要邓小平"还是稍等一下，带到武昌会议上再谈一下"。

在11月21日至27日的武昌会议上，毛泽东提议重点讨论关于人民公社的决议和1959年的计划安排，为召开八届六中全会做准备。毛泽东还指出：郑州会议上搞的《十五年社会主义建设纲要四十条（草案）》中的那些数目字根据不足，放两年再说，不可外传，勿务虚名受实祸，虚名也得不了，说你们中国人吹牛。在谈到1959年任务时，毛泽东说：工业任务、水利任务、粮食任务都要适当收缩。毛泽东在会上多次提出压缩空气，使各项指标切实可靠。尤其让他翻来覆去考虑的就是1959年的钢产量指标问题。在"大炼钢铁"已经成为口号和行动的情况下，毛泽东决心把钢产量指标从3000万吨一下子降到1800万吨。这个幅度是惊人的，毛泽东主动作出这样的决定是需要冷静和勇气的。

紧接着11月28日至12月10日，中共八届六中全会在武昌召开。按照毛泽东的意见，全会讨论通过了《关于人民公社若干问题的决议（草案）》和《关于一九五九年国民经济计划的决议（草案）》。也就是在这一次会议上，通过了《同意毛泽东同志提出的关于他不作下届中华人民共和国主席候选人的建议的决定》。"从第一次郑州会议到八届六中全会，毛泽东连续主持召开三次中央会议，历时一个多月。他是在用心研究和纠正工作中的缺点、错误，并力图从理论上、政策上解决这些问题。但这只能说是纠'左'的开始。问题还没有更多的暴露，有的已经暴露，也没有进入毛泽东的认识领域，或者没有被他所重视。毛泽东反对作假，但仍被某些假象所蒙蔽。他一方面纠'左'，另一方面在他头脑里仍有不少'左'的东西。纠'左'的任务还严重地摆在毛泽东和中共中央面前。"①

---

① 《毛泽东传（1949—1976）》，中央文献出版社2003年12月第1版，第909页。

《关于一九五九年国民经济计划的决议（草案）》是中共八届六中全会根据毛泽东"压缩空气"的精神制定的，是一个压缩高指标的决议。但压得很不彻底，除对基建投资、钢产量作了压缩，其他指标大体保持了北戴河会议提出的"跃进"高指标，即："钢产量将从今年预计产量1100万吨增加1800万吨左右，煤炭产量将从今年预计产量2.7亿吨左右增加到3.8亿吨左右，粮食产量将从今年预计产量7500亿斤左右增加到1.05万亿斤左右，棉花产量将从今年预计产量6700万担增加到1亿担左右。"

这个决议是由胡乔木起草的。但这个"跃进指标"是经过毛泽东多次斟酌、考虑和修改的，要不要写进会议公报？要不要公之于众？也就是在这个时候，自南宁会议以来多次受到毛泽东批评并作过"反冒进"检查的陈云，十分清醒地告诉胡乔木说：这些"跃进指标"难以完成，建议不要把具体数字写进会议公报。

胡乔木没敢把陈云的建议告诉毛泽东。12月15日晚上10点，毛泽东致函胡乔木：会议公报"可以定稿。只在第三页增加了几个字。请用电话把修改处告诉北京，准备十七日下午广播，连同主席问题决议一起，十八日见报"。

1958年12月26日毛泽东生日这一天，陈云在和毛泽东一起吃饭时，提醒毛泽东说："明年钢产量1800万吨，恐怕完不成。"毛泽东有些不以为然，说："对不对要由实践来检验。"

果然，问题在1959年初就更加暴露出来了。1958年征了过头粮，把相当数量的农民口粮和种子粮都征走了，致使农村开始出现了"丰年闹春荒"的现象。而全民"大炼钢铁"严重影响了农业和整个国民经济全局的正常发展。这是毛泽东万万没有想到的。1959年2月27日晚到3月5日下午，毛泽东在专列上主持召开了中共中央政治局扩大会议，即第二次郑州会议。这次会议，毛泽东的态度转变很大，言辞更鲜明尖锐，并作了自我批评。而坚持"冒进"的人，一下子转不过来弯子。毛泽东说："去年9月起，10月、11月、12月，我们的手伸得太长了，我们有个很大的冒进主义。""我现在支持保守主义，我站在'右派'这一方面，我反对平均主义同'左'倾冒险主义。"在最后一天的会议上，毛泽东甚至说："我现在代表五亿农民和1000多万基层干部说话，搞'右倾机会主义'，坚持'右倾机会主义'，非贯彻不可。你们如果不一起同我'右倾'，那么我一个人'右倾'到底，一直到开除党籍。"毛泽东之所以说出这些分量极重、不留余地的话，目的是想迅速扭转形势。毛泽东对公社化运动中出现的问题主动承担了责任，"我本人就没有搞清楚，有责任"，还作了自我批评。后来在大家的坚决要求下删除了这些话。①由此,当从中央到地方还有许多干部头脑仍然发热的时候,毛泽东却冷静地走到了纠"左"的前列。

和武昌会议一样,继 1959 年 3 月 25 日至 4 月 1 日的上海会议召开之后,中共八届七中全会 4 月 1 日在锦江饭店接着开,会议争论最多的依然是"指标问题"。

也就是在这一天,胡乔木主动把陈云在八届六中全会结束时,曾建议不要把"跃进指标"的数字写进公报的事情,告诉了毛泽东。

正为此辗转反侧寝食难安的毛泽东一听,顿时发了火,尖锐地批评胡乔木:"为什么不跟我说!你不过是个秘书,副主席的话你有什么权力不报告!"

陈云时任中共中央副主席。胡乔木自 1941 年来到毛泽东身边,18 年来他办事向来谨慎稳妥,一直深受毛泽东器重和喜爱。而胡乔木的"笔杆子"更是令毛泽东赞赏有加。想不到,因为这件事情却受到了毛泽东如此严厉且不留情面的批评。况且当时这份公报是经他和毛泽东多次一起斟酌、考虑才公布的,而且当时毛泽东很满意。

面对毛泽东的批评,胡乔木尽管有满肚子委屈,但依然一声不吭。作为政治人物,胡乔木懂得,难言之隐只能一个人放在肚子里品尝。几十年后,回忆起这件事情,胡乔木才说出了自己的难言之隐:"当时有两件事,一是王稼祥同志给少奇同志提出,人民公社决议不要发,认为经验不成熟。后来毛主席答复了这个问题,他认为积累了相当的经验,也有大量的问题要解决,所以要发。另一件是,1959 年的几大生产指标都定得很高。陈云同志主张不要在公报上公布。他要我向毛主席报告,我不敢去向毛主席报告陈云同志的意见。我认为,全会都已经开过,全都定好了,大家一致同意,讲了很多话,人都散了,不在报上公布同当时的势头很难适应。这件事,以后在上海会议上我受到了毛主席的批评。"②

1959 年 4 月 5 日,八届七中全会的最后一天,毛泽东以"工作方法"为题发表讲话,第一个问题就讲的是多谋善断的问题。他说:"现在有些同志不多谋,也不善断,是少谋武断。"接着就讲陈云多次提出很好的建议而没有被采纳的例子:"1 月上旬我召集的那个会,陈云讲了,他估计完不成。这种话应该听。那个时候有人说陈云是右倾机会主义,并非马克思主义,而自己认为是十足的马克思主义。其实陈云的话是很正确的。还有,前天同胡乔木谈话,他

---

① 《毛泽东传(1949—1976)》,中央文献出版社 2003 年 12 月第 1 版,第 922 页。
② 《胡乔木回忆毛泽东》,人民出版社 1994 年 9 月第 1 版,第 15 页。

冒出这么一个消息:去年 12 月武昌会议公报不是乔木搞吗?陈云向乔木建议,是不是粮、棉、钢、煤四大指标暂时不说,看一看。而乔木也不反映,他有这么个想法:全会都通过了,还要变更,恐怕不是真理吧。这种话武昌那个时候我就不知道,去年 12 月,今年 1 月、2 月、3 月,过了几个月,4 月 2 日乔木同志才告诉我。乔木这个人在这方面是个诚实人,他想起来陈云提过,他挡回去了。大会都通过了,你来变更?这里有个观点不正确。有时大会也可以搞错误,而大会中间的一个人或者两个人是正确的。"①

　　尽管在大会的公开场合,毛泽东没有再严厉地批评胡乔木,但胡乔木知道毛泽东的话不是说给他一个人听的。毛泽东何尝不是以批评胡乔木,给自己下台阶呢?接着毛泽东不仅谈起了在长征时期的苟坝会议上,自己独自一人反对打打鼓新场的往事;还大谈海瑞批评嘉靖皇帝的故事,表扬了陈云,说"真理有时在一个人手上"。其实,如果当时胡乔木真的如实将陈云的意见告诉了毛泽东,毛泽东也未必能听得进去;说不定还会批评怪罪陈云。对此,杨尚昆说:"平心而论,那时就是报告了,恐怕也不会有什么好的效果。"因为陈云一直都在作自我批评,而早在南宁会议上,与会者都在猜测毛泽东批评的锋芒主要是对着谁的。薄一波说:"当时,大家心里在纳闷,这到底是批评谁?少奇同志说:主席的批评是针对管经济工作的几个人的。1 月 17 日晚上,毛主席约富春、先念同志和我谈话,明确讲到批评主要是对陈云同志的。"②显然毛泽东表扬陈云,也是在委婉地作自我批评,他要努力纠"左"了。

批驳尼赫鲁,胡乔木写出中国政论文的扛鼎之作

　　就在毛泽东和中共中央聚精会神地纠"左"的时候,1959 年 3 月 10 日,西藏上层反动集团在外国势力支持下, 公然发动了以拉萨为中心的大规模武装叛乱。中共中央和毛泽东采取了克制自卫、后发制人的方针,以团结、宽容的姿态,规劝叛乱分子和达赖喇嘛,平息叛乱。但叛乱分子有恃无恐,竟然在 3 月 20 日凌晨向驻藏部队和中央人民政府驻藏代表机关发起武装进攻。在这种情况下,中共中央作出了平叛的决定,并迅速控制了局面,一场和平的民主的改革开始在西藏顺利进行,百万农奴欢庆新生。

① 《毛泽东传(1949—1976)》,中央文献出版社 2003 年 12 月第 1 版,第 939—940 页。
② 薄一波:《若干重大决策与事件回顾》(修订本)下卷,人民出版社 1997 年 12 月版,第 662 页。

3月29日,《人民日报》在头版头条位置刊登了新华社发表的新闻公报《解放军已迅速平定西藏叛乱》。这条新闻是由吴冷西起草，经胡乔木修改后,报中共中央常委审阅后,由毛泽东作了修改后发表的。

4月18日,达赖喇嘛在到达印度的提斯普尔后,发表了背叛祖国的"达赖喇嘛声明"。尽管如此,中共中央和毛泽东依然采取宽大、容忍的态度,希望达赖喇嘛悔悟回头,坚持3月20日的指示,"对于达赖逃跑暂不对外宣布,暂时不把达赖放在叛国头子之内,只宣传叛国头子挟持达赖"。4月15日,毛泽东在最高国务会议上专门就西藏平叛问题说:"中国共产党并没有关死门,说达赖是被挟持走的,又发表了他的三封信。这次人民代表大会,周总理的报告里头要讲这件事。我们希望达赖回来,还建议这次选举不仅选班禅,而且要选达赖。他是个年轻人,现在还只有25岁,假如他活到85岁,从现在起还有60年,那个时候21世纪了,世界会怎么样呀？要变的。那个时候,我相信他会回来的。他59年不回来,第60年他有可能回来。那时候世界都变了。这里是他的父母之邦,生于斯,长于斯,现在到外国,仰人鼻息,几根枪都缴了。我们采取这个态度比较主动,不做绝了。"毛泽东还说:"他如果是想回来,明天回来都可以,但是他得进行改革,得平息叛乱,就是要完全站在我们这方面来。看来,他事实上一下子也很难。"①

平定西藏叛乱的消息,震惊世界。连日来,西方国家和印度等国借机对中国进行指责,世界上一些国家的反动势力乘机掀起一股狂热的反华浪潮。而自日内瓦会议和万隆会议以来一直对中国友好的印度总理尼赫鲁,竟然也加入了这场由英国、美国吵吵嚷嚷搞起来的"反华大合唱",并且担当了显要的角色,在一个多月中先后20次大谈所谓的"西藏悲剧"。对此,毛泽东给予了强烈关注,要求胡乔木密切关注动态,指示《人民日报》有选择地刊登一部分内容,并准备随时对西藏叛乱事件以及印度当局的态度发表评论。

按照毛泽东的要求,由周恩来亲自主持成立了国际问题宣传小组,新华社和人民日报立即组织撰写毛泽东布置的评论。很快,新华社连续播发了《不能允许中印友好关系受到损害》《予诽谤者以打击》等评论。

毛泽东看了以后,觉得很不满意。4月25日早晨6点,他在睡觉前给彭真、胡乔木和吴冷西写了一封信,说:"帝国主义、蒋匪帮及外国反动派策动西藏叛乱,干涉中国内政,这个说法,讲了很久,全不适当,要立即改过来,改为'英国帝国主义分子与印度扩张主义分子,狼狈为奸,公开干涉中国内政,

---

① 《毛泽东文集》第八卷,人民出版社1999年6月版,第44—45页。

妄图把西藏拿了过去'。直指英印，不要躲闪，全国一律按照 18 日 (应为 20 日——引者注) 政治记者评论的路线说话。今日请乔木、冷西召集北京各报及新华社干部开一次会，讲清道理，统一规格。请彭真招呼人大、政协发言者照此统一规格，理直气壮。前昨两天报纸好了，气势甚大。也有缺点：印度、锡兰、挪威三国向我使领馆示威，特别是侮辱元首这样极好的新闻，不摆到显著地位，标题也不甚有力。短评好，不用'本报评论员'署名，则是缺点。昨天评论，《人民日报》不如光明的评论有力①，一个是女孩子，一个是青壮年，我有这种感觉。请注意：不要直接骂尼赫鲁，一定要留有余地，千万千万。但尼赫鲁二十四日与达赖会面后放出些什么东西，我们如何评论，你们今天就要研究，可以缓一二天发表。"

胡乔木接到毛泽东的信后，立即和吴冷西召开会议，统一了新华社、人民日报和中央宣传机构的口径，并组织人员开始写作评论。《人民日报》编辑部以《评尼赫鲁总理关于西藏局势的讲话》为题草拟了一篇社论。"文稿开头列举尼赫鲁的反华言论和干涉中国内政的事实，然后逐一加以批驳，并说明印度当局干涉中国内政不是偶然现象而带有时代特征，最后讲到要维护中印两国人民的伟大友谊。"②

4 月 25 日天晚上，毛泽东召集常委开会，专门讨论反击印度反华言论问题。胡乔木和吴冷西参加了会议。毛泽东进一步谈了他对印度反华言论尤其是对尼赫鲁的态度问题，要和尼赫鲁进行一场大辩论。他说：现在对尼赫鲁，要尖锐地批评他，不要怕刺激他，不怕跟他闹翻，要斗争到底。其实也不完全闹翻。我们的方针是以斗争求团结。现在形势对我们有利，叛乱已迅速平定，他再闹也闹不到哪里去，他对西藏局势无能为力。这次斗争只是笔战、舌战，但对澄清是非极为必要，对内对外都是如此。大辩论有极大的好处。但是，斗争要有理有利有节。有理，就是对尼赫鲁的几次讲话要加以分析，反驳时要充分讲道理，把西藏叛乱的原因、我平叛和改革的性质、印方过去的干涉、我们为维护中印友好关系的努力等等，都讲得清清楚楚。有利，就是要有利于印度人民弄清事实真相，有利于围绕西藏叛乱的国际斗争，有利于我在西藏平定叛乱和民主改革，也要有利于维护中印友好关系和争取尼赫鲁同我们实行和平共处五项原则。有节，就是要留有余地，对尼赫鲁要有分析，好的要肯定，只批评他不好的，不要把话说绝，还要讲究必要的礼貌，既尖锐又委

①指 4 月 24 日《人民日报》的评论《予诽谤者以打击》和《光明日报》的评论《清醒点，印度扩张主义者！》。
②崔奇：《向乔木同志学习写评论》，见《我所知道的胡乔木》，当代中国出版社 1997 年 5 月第 1 版，第 360 页。

婉,不谩骂,要给尼赫鲁下楼的台阶。为了表明我们的忍耐和后发制人,新华社和《人民日报》要充分发表印方的反华谬论,也要充分反映西藏人民对平叛和改革的热烈拥护。要发表读者来信和历史资料,充分说明我平叛、改革的正确和外国干涉的无理。为此,毛泽东本人还曾亲自为新华社撰写电讯《西藏人民群众拥护人民解放军平叛,亲如家人》。

毛泽东还强调:尼赫鲁原来对形势估计错误,误以为我对叛乱没有办法,有求于他。确实我驻藏部队数量很少,入藏时连地方干部共有五万人,1956年撤出三万多,只留下一万多人。西藏地方很大,边境线很长,没有那么多军队驻守,也很难全部守住,叛乱分子自由进出。但人民解放军还是顶用的,这次驻藏部队稍微增加一点,很快就把叛乱平息了。所以现在印度当局很被动,我们很主动,是反击的好时机。人大、政协正在开会,会上发言理直气壮,声讨西藏上层叛乱集团,反对英帝国主义分子和印度扩张主义分子干涉中国内政。但我们不是执意要跟印度闹翻,不怕闹翻不等于以闹翻为目的,我们是以斗争求团结。对达赖也不是当做叛国者,还是采取争取回来的方针,人大还要选他当副委员长,跟班禅一样。他是否回来,那是他自己的事。但我们表示这样的态度对国内国外都有必要。因此《人民日报》的文章还是高举团结的旗帜,这样对内对外都有利无害。

讲完这些,毛泽东问胡乔木和吴冷西:文章写得如何?

对这样一篇舆论配合外交、具有战略意义的重大宣传任务,毛泽东自然倚重胡乔木。当得知文章正在撰写时,毛泽东说:起草小组扩大些,由乔木牵头。吴冷西先修改一个初稿,然后交给乔木修改,再提交政治局扩大会议讨论。

4月30日,《人民日报》编辑部拿出了初稿。凭着自己多年来的政治和写作经验,以及对毛泽东讲话的深度理解,胡乔木知道这篇"大辩论"式的大文章就像1956年12月写《再论无产阶级专政的历史经验》一样,不是一般的政论文章,意义重大。拿到初稿后,胡乔木并"没有在这个社论稿的基础上加工修改(只采纳了这个文稿中的两三段文字和材料),而是把《人民日报》社论的形式升格为'人民日报编辑部文章',从总体上进行了构思和设计,从头到尾重新改写"。

经过5月1日整整一天的劳动,胡乔木在当天晚上就拿出了自己的稿子,1.8万多字,交中办印好后送给毛泽东和中央政治局委员。

5月2日,毛泽东召集中央政治局扩大会议,集体讨论胡乔木的修改稿。会上,毛泽东和周恩来对文稿分别提出了很好的意见。因为涉及外交问题,周恩来还专门增派自己的外事秘书浦寿昌参加了稿子的修改工作。根据政治局讨论的意见，毛泽东决定将文稿定名为《西藏的革命和尼赫鲁的哲学》，并要求胡乔木和吴冷西好好想一想大家的意见，用一天的时间修改完毕，再送政治局扩大会议讨论。

5月3日，吴冷西和浦寿昌早早地来到胡乔木家中，从上午9时一直改到晚上9时，终于完成了毛泽东交代的任务。吴冷西回忆说："在修改《西藏的革命和尼赫鲁的哲学》一文过程中，最难处理得当的是对尼赫鲁的态度。他既是我们批评的对象，又是我们团结的对象。毛主席和周总理在讨论过程中讲了许多切中要害而又分寸得当的意见，要求在修改中体现又团结又斗争、以斗争求团结的方针。如何在行文中贯彻这个方针，难度相当大。乔木同志经过多次斟酌、反复修改之后，终于找到了比较稳妥的办法。这就是：全文开篇高屋建瓴，从西藏革命讲起，揭露西藏农奴制度的反动、黑暗、残酷与野蛮，这就势如破竹，彻底摧毁了借口中国军队平息西藏叛乱的反华言论的基础。接着是采取中国古文作法中'欲抑先扬'的笔法，首先充分肯定尼赫鲁的好话，然后批评他的谬论，并且利用他的前后矛盾，以其矛攻其盾。整篇文章充分摆事实、讲道理，细细道来，不慌不忙，尖锐处入木三分，委婉处娓娓动听，抑扬顿挫，理情并茂。这篇论文的最后部分，根据周总理的意见，引用尼赫鲁1954年访华时的友好讲话，并表示中印两国和两国人民将继续友好合作，为亚洲和世界和平而努力。这就圈划了团结——批评——团结这个公式的圆满句号。"①

就像吴冷西所说的那样，胡乔木执笔的《西藏的革命和尼赫鲁的哲学》写得确实笔酣墨畅，波澜壮阔，既高屋建瓴，气势恢宏，势如破竹，又曲折委婉，跌宕有致，含蓄有度。在5月4日下午由毛泽东主持召开的政治局扩大会议上，文稿一致通过。毛泽东对胡乔木的写作艺术给予了高度评价，说："文章提笔好，看起来一段段不相关，但有内在联系。金圣叹很讲究文章的提笔。《金瓶梅》、《红楼梦》也好。刘姥姥见凤姐一段，开头扯得很远，但却有联系，扯得开，又收得回。"

毛泽东提出，《人民日报》发表时，采取1956年发表《再论无产阶级专政的历史经验》的模式，文章署名为"人民日报编辑部根据中共中央政治局扩大会议讨论写成的文章"。按照毛泽东的意见，《西藏的革命和尼赫鲁的哲学》于1959年5月6日由《人民日报》发表，新华社全文播发，同时中英文向全世界广播。文章发表后，立即在国际产生巨大反响。印度的《政治家报》和

---

① 吴冷西：《忆乔木同志》，见《我所知道的胡乔木》，当代中国出版社1997年5月第1版，第35页。

《国民先驱报》认为："文章是以说理的态度来说明中国在西藏问题上的立场"，"语气是友好的"。英国的《泰晤士报》和《曼彻斯特卫报》说："中国的答复语调温和"，"文章可以使中印关系的不愉快的一章告一段落"。

从头至尾都参加文稿起草、修改工作的吴冷西，作为胡乔木的助手，是《再论无产阶级专政的历史经验》和《西藏的革命和尼赫鲁的哲学》两篇文章诞生的亲历者和见证人，他"深感这是高难度作业"，而胡乔木"作为我党优秀的政论家的风范，值得我们大家学习"。胡乔木自己也觉得，他的扛鼎之作也要数这篇《西藏的革命和尼赫鲁的哲学》。而苏联驻华大使、著名哲学家尤金博士说："这篇文章从各个方面来说都写得非常好，内容深刻，形式新颖，文章中的历史事实和政治生活的逻辑是不可辩驳的。这篇文章即或是由成百名记者写的，它也是一种骄傲。"

"大手笔""大学士""大秀才"，胡乔木名副其实。

第十五章　庐山风云

历经春夏共秋冬,四季风光任不同。

勤逐炎凉看黄鸟,独欺冰雪挺苍松。

寒虫向壁寻残梦,勇士乘风薄太空。

天外莫愁迷道路,早驱彩笔作彩虹。

——胡乔木《七律·七一抒情之三》(1965 年 6 月)

毛泽东诗兴大发一上庐山就把新作两首抄送胡乔木

如果说"大跃进"像一列高速前进的火车的话,那么从郑州会议到上海会议,毛泽东不仅已经意识到必须要让这列"左"倾的火车回到正常的轨道,而且他已经下定决心要大力纠"左"。1959 年 6 月 13 日,毛泽东在颐年堂召开中央政治局会议,终于作出决定将 1959 年的钢产指标下降到 1300 万吨。在这次会议上,毛泽东再次作了深刻的自我批评。他说:"我到井冈山,头一仗就是打败仗。这是一个好经验,吃了亏嘛!"与会的吴冷西就特别注意到:毛泽东罕见地讲到"第一次抓工业像秋收起义时那样,头一仗打了败仗。他详细讲到他在秋收起义时在田里躲了一夜,第二天还不敢到处走动,因为四面都有地主的'民团',第三天才找到了起义队伍。他说,当时非常狼狈。因为从来没有带过队伍打仗,没有经验。抓工业也没有经验,第一仗也是败仗"。①

---

① 吴冷西:《忆毛主席》,新华出版社 1995 年 2 月第 1 版,第 135 页。

毛泽东当着中共中央政治局全体委员的面，如此罕见地反省自己的错误还是第一次。因此两天会议下来，大家心情十分舒畅。

6月20日晚，毛泽东在菊香书屋，听取了彭真、胡乔木、吴冷西下午参加由刘少奇主持的报刊宣传问题的会议情况汇报后，于21日零点30分，登上了南下的列车。下午，毛泽东在郑州给北京打电话，提议在庐山召开省市委书记座谈会。经过近半年多时间的纠"左"，毛泽东信心倍增，他要在庐山刹"左"。

6月24日，在湖北省委第一书记王任重的陪同下，毛泽东乘火车前往长沙。路上，毛泽东给王任重讲了春秋时期秦穆公的故事——秦穆公派大将孟明伐郑失败，自己却主动承担责任，继续重用孟明，终于在讨伐晋国的战争中取得了胜利。毛泽东说：决策错了，领导人要承担责任，不能片面地责备下面，领导者替被领导者承担责任，这是取信下级的一个重要条件。在"大跃进"的战鼓中渐渐冷静下来的毛泽东借古喻今喻己，主动承担责任，言外之意不言自明。

经过长沙，毛泽东回到了阔别32年的故乡韶山，并在父母双亲坟前鞠躬祭奠。在故居，毛泽东又回忆起秋收起义失败的经历和井冈山根据地开创时的往事："开始建立井冈山根据地的时候，政策很'左'。我自己就亲手烧过一家地主的房子，以为农民会赞成。但是农民不但没有鼓掌，反而低头而散。革命才开始的时候，没有经验是难免要犯错误的。去年刮'共产风'，也是一种'左'的错误。没有经验，会犯错误，碰钉子。不要碰得头破血流还不肯回头。"①经过对湖北、湖南的考察后，毛泽东对国家的发展形势依然充满自信，说："成绩伟大，问题不少，前途光明。"

毛泽东还坦诚地承认自己不懂经济工作，他认为他这一辈子搞不了了，年纪这样大了，还是陈云搞得好。"国乱思良将，家贫思贤妻。""陈云同志来主管计划工作、财经工作比较好，我们有的同志思想方法比较固执，辛辛苦苦的事务主义，不大用脑子想大问题。"

因为生病，胡乔木没有出席6月13日毛泽东在颐年堂召开的中央政治局会议，当他29日在北京开往武昌的专列上，听吴冷西说起毛泽东自我批评的事情时，心情豁然开朗。因此，当胡乔木、田家英和吴冷西这些中共的"秀才"听说这次去庐山开的是一个"神仙会"的时候，情不自禁地就在火车上开始各抒己见了。

因为是私下里内部的闲谈，气氛轻松，思维活跃，畅所欲言，无所顾忌。

---

① 《毛泽东传（1949—1976）》，中央文献出版社2003年12月第1版，第953—954页。

于是，几个秀才就一起分析"大跃进"的"左"倾路线使国民经济出现了严重问题的原因。胡乔木谈了自己对综合平衡、经济规律的意见。他打比方说：如天体运动，太阳系各行星绕着太阳运动，有其轨道，不能失去平衡。火车、汽车运行也有车道，规律亦如车道，车子如不按车道走，就要出事故，特别是火车，一出轨就要造成大事故。吴冷西回忆说，在火车上"主要是乔木讲大跃进破坏综合平衡，不赞成用'平衡是相对，不平衡是绝对'的观点来指导经济工作"。显然，胡乔木对毛泽东的经济政策表示了怀疑，并提出了自己不同的意见。

这边秀才们畅所欲言，那边毛泽东正诗兴大发。

故乡行，诗言志。毛泽东住在韶山宾馆松山一号楼，辗转反侧，夜不成寐，嘴里念念有词，6月28日黎明即起，作《七律·到韶山》——

> 别梦依稀咒逝川，故园三十二年前。
> 红旗卷起农奴戟，黑手高悬霸主鞭。
> 为有牺牲多壮志，敢教日月换新天。
> 喜看稻菽千重浪，遍地英雄下夕烟。

6月29日下午，毛泽东离开韶山向庐山进发。连日来，庐山一直阴雨绵绵，好似梅雨季节。7月1日一大早，天公作美，突然放晴。盘山路上，毛泽东看山中层峦叠嶂，天上云卷云舒，一路心情轻松畅快，作了《七律·登庐山》——

> 一山飞峙大江边，跃上葱茏四百旋。
> 冷眼向洋看世界，热风吹雨洒江天。
> 云横九派浮黄鹤，浪下三吴起白烟。
> 陶令不知何处去，桃花源里可耕田？

站在山顶，旭日东升，看群山逶迤千峦竞秀，望鄱阳湖、扬子江万壑争流。毛泽东诗兴大发，在三四天内接连作诗，这在他创作生涯中是不多见的。

像去年（1958年）的今天作《七律二首·送瘟神》一样，作完诗，毛泽东诗兴不减，立即将诗稿抄送给胡乔木等人，并附信征求意见。

毛泽东的诗稿在庐山很快传开，诗风更盛，朱德、董必武等纷纷吟诗唱和。与会的中共高层官员们心情舒畅，纷纷在开会间隙成群结队游山玩水，或登峰远眺，或到仙人洞看晚霞，或夜观由毛泽东亲自点的赣剧《思凡》《惊梦》《悟空借扇》等戏，或在山风松涛之中沉浸在舞池翩翩起舞……

胡乔木兴致勃勃地读完诗稿，也被毛泽东"冷眼向洋看世界，热风吹雨洒江天"的诗兴和豪气所感染和鼓舞，心情十分愉悦。胡乔木和田家英、吴冷西差不多每天都在一起。闲暇时候，像所有与会者一样，他们也观山赏水，白鹿洞、仙人洞、五老峰、龙潭、植物园都留下了他们的足迹。晚饭后，他们一边在山中散步，一边议论起草会议纪要的有关问题。吴冷西记得，有一次去白鹿洞游览，一路上他们三人对国家的法制问题议论激烈。因为胡乔木和田家英都参加了宪法的起草，对国家至今只有一部基本法，其他为实施基本法所必需的法律差不多是空白，甚至连刑法和民法都没有，一切都是首长说了算，极为不满。

毛泽东要在庐山开"神仙会"，并用自己的诗歌给庐山带来了一股清新、民主之风，中共高官们似乎都感受到了一种来自脱离尘世的桃花源的气息。在这如诗如画的名山美景之中，胡乔木也对自己来庐山主持起草会议纪要的工作充满了信心。

毛泽东想把"热锅上的蚂蚁"变成"冷锅上的蚂蚁"
胡乔木牵头起草纪要"有什么说什么，不要戴帽子"

中共中央政治局扩大会议是从 1959 年 7 月 2 日正式开始的。

当天晚上，毛泽东重新整理了自己这两天在会议上所作的两次讲话，确定了庐山会议所要讨论的 19 个问题——读书，形势，今年的工作任务，明年的工作任务，当前的宣传问题，食堂问题，综合平衡，工业、农副业中的群众路线，国际形势，生产小队的半核算单位问题，基层党团组织领导作用问题，粮食"三定"政策，如何过日子，团结问题，体制问题，协作关系问题，加强工业管理和提高产品质量问题等。

7 月 3 日，会议按照协作区分成六个组进行讨论。议论的主要问题集中在形势问题、农业特别是粮食问题、综合平衡问题等方面。会议的气氛一直轻松愉快，毛泽东也没怎么召集会议，从他先后批阅并印发的文件来看，确实是为了推动"神仙会"深入探讨一些实际问题，一心一意地认真纠"左"。一个星期以来，毛泽东确实想冷静下来总结经验，"变热锅上的蚂蚁为冷锅上的蚂蚁"，具体解决实际问题。虽然分组会上，与会者在发言中提出了各种不同的意见，对"大跃进"、人民公社化有不同的声音或不满情绪，毛泽东并没有反对，更没有想要开展斗争、反右倾。

会议伊始,毛泽东把他提交会议讨论的 19 个问题分为两个部分,属于经济方面的 7 个问题,由李富春起草,作为中央的报告,由中央批发;另外 10 个问题由杨尚昆、胡乔木、陈伯达和吴冷西负责把会议的讨论整理成纪要。

　　7 月 8 日上午,周恩来召集李富春、李先念、谭震林、康生、陈伯达、陆定一、胡乔木等开会,商量准备会议文件问题,并且确定这次会议以尽快结束为好,而最后的文件也应以讨论成熟了的问题才作决定为原则,不宜太多,文字也不宜太长。

　　7 月 10 日下午,毛泽东召集会议并作长篇讲话。这是毛泽东在庐山会议中的第二次讲话。他先讲了会议的日程安排,说这次会议初步安排到 15 日,延长不延长到那时再定。讲话中,毛泽东着重讲了对形势的看法,对党内越来越多地批评和不赞成"大跃进"和人民公社的反映材料开始感到不满,担心这样会全盘否定去年以来的成绩。但他讲话的语调依然还是平和的、说理的、有分析的,既有肯定也有否定;既要求承认错误缺点,又要求不要戴帽子、不要一骂了之。但在最后,他也提出了警告:如果全党在总路线、"大跃进"和人民公社等问题上认识不一致,党内就不能团结,而且这是关系到全党、全民的问题。显然,毛泽东是希望大家统一认识,继续鼓劲,不要在挫折面前丧失信心。这是毛泽东在庐山会议上第一次公开给反对者敲警钟。但大家都处在"神仙会"的氛围之中,还没人能够察觉。就连胡乔木、田家英这些在毛泽东身边的秀才们也丝毫没有异样的感觉。

　　也就是在这一天,毛泽东重新决定 19 个问题均起草纪要,并指定杨尚昆、胡乔木、陈伯达、吴冷西、田家英五人组成起草小组,负责起草《庐山会议诸问题的议定记录》。

　　胡乔木高兴地接受了任务。在以后的几天里,各组讨论与起草文件同时进行。但文件起草工作进展很不理想。7 月 13 日清晨 5 时,毛泽东致信杨尚昆,希望加快文件的起草进度。毛泽东建议起草小组从 5 个人再增加陆定一、谭震林、陶鲁笳、李锐、曾希圣、周小舟,共 11 人,并对起草工作提出具体安排:"七月十三、十四即今明两天议事。十四日夜印出交我及各组同志每人一份。十五日下午到我处开大区区长会议,议修改意见,修改第一次,夜付印。十六日印交所有同志阅读,会谈,修改缺点。"并叮嘱:"你们在几天内一定要做苦工,不可开神仙会。全文不超过五千字。"①至此,毛泽东仍然想尽快把《庐山会议诸问题的议定记录》搞出来,以利于大家统一认识,早一点结束

---

① 《毛泽东传(1949—1976)》,中央文献出版社 2003 年 12 月第 1 版,第 976 页。

这次会议。

尽管人员增加了，但谭震林、曾希圣、杨尚昆和陈伯达只是在彭真主持讨论时才参加，文件起草的具体工作仍是由胡乔木负责牵头。具体分工是：胡乔木和吴冷西负责起草读书、国内形势、今年任务、明年任务、四年任务、宣传问题、团结问题、国际形势等八个问题，田家英和周小舟负责起草有关农村的公共食堂、"三定"、生产小队半核算单位、农村初级市场、学会过日子、农村党团作用、群众路线、协作区、体制等九个问题。

经过多次讨论，会议纪要初稿在 7 月 12 日分头起草完毕后，遵照毛泽东的指示，在 13 日和 14 日，由胡乔木主持进行了反复修改，把 19 个问题合并成为 12 个问题。修改稿完成后，送给刘少奇审阅。14 日，刘少奇召集胡乔木、吴冷西、田家英等人谈话，认为：初稿还可以改进，不过现在可以先发给各小组讨论，然后集中大家意见再加修改。吴冷西回忆说："《会议纪要》初稿于 15 日印发各小组讨论。少奇同志 16 日召集各组长开会（乔木、家英和我都参加了），宣布会议延长（原拟开到 15 日、16 日），再从山下找些人来参加，小组混合编（即不以大区为单位）。少奇同志要求大家好好讨论《会议纪要》初稿，方针还是成绩讲够、缺点讲透。起草小组将根据大家意见修改。"①

7 月 16 日，胡乔木主持起草的《庐山会议诸问题的议定记录》印发会议后，其中关于成绩和缺点的估计问题，立即引起了激烈争论。一些人认为对成绩估计不够，讲成绩很抽象，讲缺点却很具体。而意见最多最集中的部分就是对胡乔木执笔的"关于形势和任务"部分。其中，胡乔木在分析产生"比例失调、共产风、命令主义和浮夸风"等缺点的原因时，提到了"思想方法上的主观主义和片面性"，并在后面的括弧里写上了——对于 1958 年以前我国建设经验和苏联建设经验没有认真总结和研究——这句话受到的争论和批评最为激烈。有的人甚至说：看到这句话我就读不下去了。作为起草小组成员之一的曾希圣对此写法也不满意。

"关于形势和任务"的起草，是胡乔木进行深层思考的结果。他作为中央高层强烈要求大力纠"左"的干将，对目前国内经济形势的发展有着自己独特的理性分析。对于批评和非难，有着深厚理论功底和对现实实事求是观察的胡乔木，显得不慌不忙。7 月 19 日，胡乔木在自己所在的第二小组作了长篇发言，对《庐山会议诸问题的议定记录》的起草作了强有力的说明——

---

① 吴冷西：《回忆领袖与战友》，新华出版社 2006 年 8 月第 1 版，第 253—254 页。

完全同意把成绩说够。《记录》(草稿)中没有把成绩说够,主要是受字数限制,力求简要,以致只讲了原则,决不是起草的同志在看法上有什么分歧。相信绝大多数同志对于这一点是没有问题的。现在准备把成绩部分展开,篇幅适当扩大。缺点部分也决定根据各组同志所提意见改写。主席为会议出的那些题目,主要是为了总结经验,使"热锅上的蚂蚁"变成"冷锅上的蚂蚁"。当然,如果对"大跃进"的成绩还有怀疑,那是不可能把经验正确地总结起来的,所以要统一认识,在这个前提下把经验总结起来。总结经验的任务,是与肯定成绩一致的。现在的问题是会议已经开了十八天,但是看来真正客观地、系统地、冷静地研究经验的空气,还不是很浓厚。会议时间不会太长,因此希望研究经验的空气能有所增加,特别是研究那些还没有引起普遍重视的问题。《记录》(草稿)中关于缺点的原因,说到思想方法上的主观主义和片面性时,括弧中有一句话说,"对于一九五八年以前我国建设经验和苏联建设经验没有认真总结和研究",这样说是错误的,应该改正。原来的意思是说,许多同志在实际工作中对于过去的经验研究不够,已经总结过的在实践中也坚持不够。这个意思,是毛主席在上海会议的讲话中提出来的,现在在《记录》中指出这个事实,恐怕还有需要。例如,主席在八届二中全会小组长会上所总结的一九五六年的经验,许多毛病仍然在去年重犯了。值得我们回想一下,为什么这样?分析起来,我们是又有了一些经验,而又没有经验,这就是矛盾所在。"大跃进"当然史无先例,但社会主义又是史有先例的。正是由于毛主席、党中央总结了过去的经验,才产生了《论十大关系》的报告和党的总路线。在这个基础上,做具体工作的同志应该具体地总结各个工作部门的专业性的经验。总结经验,要有原则的总结,也要有具体的总结;要有政治的总结,也要有经济的总结。经济有经济的规律,社会主义经济有社会主义经济的规律,中国社会主义经济又有中国社会主义经济的规律,正如毛主席在《中国革命战争的战略问题》一书中所说战争的规律、革命战争的规律、中国革命战争的规律一样。为要取得经济战线的胜利,就必须深入研究经济的规律。去年下半年发生的一些问题,原因之一就是我们对经济规律和经济工作的具体经验研究不够。在这次会议上,需要认真地总结一些经验。为此就要有利于总结经验的空气,让参加会议的人畅所欲言,不要感觉拘束,不要一提出问题,好像就在怀疑成绩,是在把缺点夸大了。缺点不应该夸大,也不应该缩小。但是,在现在的会议上,各人所见有些参差不齐,也不必紧张。总之,只要是问题存在的,就要加以正视,研究发生这些问题的原因。应该有什么说什么,不要戴帽子。如果说错了,讲清楚改过来就行了。我们讨论的目的无非是为了尽早实现光明的前途,这一点大家是一致的。说虚夸已经完全过去了,我不能同意。虚夸的主要方面是下降了,但不是没有了。毛主席要求我们的宣传工作像过去发战报一样,确实缴了几支枪就说缴了几支枪,一支都不要多。在经济统计中达到这个目的是不容易的,但是我们要为此而努力。我们党,在长期中形成了实事求是的优良传统,现在应该恢复这个传统。①

　　胡乔木确实高明。这段讲话,他一开始就承认,《议定纪录》中"对于一九五八年以前我国建设经验和苏联建设经验没有认真总结和研究"这句话,"这样说是错误的,应该改正"。但后面的解释却完全在说明就是因为没有很好地总结经验,才产生了错误。胡乔木故意这样虚晃一枪自圆其说,一般的听众不注意是绝对很难发现的。一些讲真实情况、讲缺点错误的人,发言时往往受到顶撞,感到有压力,不能畅所欲言。胡乔木的意见,显然代表了"秀才们"和一部分与会者的看法,也反映了会议上的一种氛围。

　　召开庐山会议,毛泽东是要充分肯定成绩,但也不完全赞成那些护短的人。尽管毛泽东依然希望把缺点、错误尽快改掉,取得主动,以利"继续跃进",但胡乔木已经明显感到会议的空气已经像庐山的天气一样,开始由晴转阴,"神仙会"已经开始没有神仙的感觉了。

胡乔木大清早偷偷给张闻天通风报信:不要讲缺点
毛泽东批评胡乔木"乱说话","要夹着尾巴做人"

　　这些日子,庐山忽然又下起了阵雨,淅淅沥沥的。因为会期的延长,大家也失去了刚上山时那份游山玩水、吟联咏诗的雅兴。更重要的是,在大家批评完胡乔木主持起草的《庐山会议诸问题的议定记录》之后,庐山的政治气候在7月23日这一天又突然发生了戏剧性的变化。这是庐山会议的一个转折点。

　　在庐山,中共的四个"秀才"都住在牯岭东侧东沽河左岸的河东路的平

---

① 《毛泽东传(1949—1976)》,中央文献出版社2003年12月第1版,第981—982页;李锐:《庐山会议实录》,河南人民出版社1994年6月版,第77—78页。

第十五章　庐山风云　　309

房里,胡乔木和陈伯达住在一起,吴冷西和田家英住在一起,相距很近。他们除了早饭不在一起吃外,中饭和晚饭都在一起就餐。晚饭后,他们又都聚在会客室里议论起草会议纪要的事情,同时也交谈各人所在小组会议的情况。用吴冷西的话说:"在庐山会议前期,大家的心思都集中在如何总结1958年的经验教训,实质上是继续贯彻毛主席和党中央从1958年11月郑州会议起的纠'左'工作。我们的议论,都同起草会议纪要有关,没有什么顾虑,都觉得是正常的。过去起草文件也是这样敞开思想议论,否则思想酝酿不成熟,文件是起草不好的。"

因为受"神仙会"的鼓舞,胡乔木在专列上就开始不停地发表自己的意见,一直力主大力纠"左"。到庐山后,胡乔木因为负责起草会议纪要,从工作角度来讲就更需要了解情况,因此也经常和大家交谈。

7月3日,胡乔木在自己的住处与陶铸、李锐三个人一起闲谈说:"'共产风'是北戴河刮起来的,也是公社化后刮起来的。会后,张春桥大肆迎合,写了《论资产阶级法权》一文,很受毛泽东的欣赏,亲自写了按语,在《人民日报》转载。因此郑州会议时,柯庆施将张带了去。但当时对'共产风'刹得较快,这个问题就没再谈了。毛泽东对徐水等地的农民那种'铺天盖地'的劳动生活(集体劳动,安营扎寨,挑灯夜战等),极为赞赏,希望推而广之。"

李锐说:关于钢翻一番,并非从农业而来。这个意图,是1958年6月间,主席在游泳池同我谈话时,听他说的。当时,冶金部还毫无思想准备。我认为这与1958年各大区安排1959年指标时,华东区首先刮起钢的上涨风有最密切的关系。

胡乔木说:这也同主席对国务院的领导不满有关,想以抓纲张目的方法,用此口号来带动其他工作,带动各方面的"大跃进"。对于这个问题,胡乔木在火车上就曾谈过自己的观点,对当时提出的诸如"以钢为纲""元帅升帐"等热门口号的提法,很不以为然。胡乔木甚至认为这只不过是取其谐音的"文字游戏"而已。他还说,"元帅"是可以发号施令的。

在这次谈话中,胡乔木再次谈到了必须遵守客观经济规律,不论如何政治挂帅,也不能违反规律。还认为应当尊重苏联这方面的经验,而去年"刮风"以来,就都避免再提苏联经验了。胡乔木除了再一次引证天体运行的规律之外,还举了遵守战争规律的程序:先遵守战争规律,次遵守革命战争规律,再遵守中国革命战争规律。这是《中国革命战争的战略问题》中的名言,主席他本人似乎忘记了。计划工作必须以综合平衡为主,必须经常保持平衡,不能以此来套矛盾规律。平衡内部即包括矛盾的两个方面,无矛盾即无所谓平衡。

对毛泽东在上海会议上大讲海瑞精神的事情,胡乔木说:主席引起海瑞说法的意图有多次,但是目的在不出海瑞;因为海瑞出现,这实际上是做不到的。

7月6日,在吴冷西住处的闲谈中,胡乔木再次较多地发表了自己的意见。在座的除了吴冷西之外,田家英、陈伯达、李锐也都在场。胡乔木说:综合平衡的问题进一步肯定,多少米煮多少饭,人走路也是要保持平衡的。平衡是社会主义国家的经济规律;不平衡是资本主义国家的经济规律,因此才经常出现经济危机。

在中共"秀才"们的闲谈中,田家英十分赞同和支持胡乔木,他"赞成胡乔木提出的1960年不应该继续跃进,而应调整,着力综合平衡。乔木认为社会主义也有经济危机,我国已处在危机中,整个国家经济严重失调,如果继续跃进,经济失调后果不堪设想"。为此,在庐山会议刚刚开始的时候,田家英在闲谈中还先后向胡乔木提出了两个建议:"一是由胡乔木在会下同有关的省委书记和部长接触,劝他们也交心。乔木这样做了,也收到一些效果。另一个是鉴于有些小组讨论比较沉闷,对谈1958年的失误阻力很大,谈这样的问题的发言经常被打断、顶撞,谈不上总结经验教训。"田家英建议向杨尚昆反映,请他把这种情况报告刘少奇、周恩来和毛泽东。此事也由胡乔木同杨尚昆谈了。①

就在7月16日,胡乔木主持起草的《议定记录》写出第一稿并印发会议的时候,毛泽东突然提出庐山会议重新编组,并请北京的彭真、陈毅、黄克诚、安子文等人来庐山参加会议。毛泽东之所以这么做,是因为他发现中共高层出现了尖锐的意见。而促使他下定决心采取这个步骤的直接原因,是他看了7月14日彭德怀写给他的一封长信。

刚刚结束欧洲七国访问立即赶到庐山的彭德怀,"神仙会"上几乎天天发言。他结合自己1958年在东北、西北和湖南湘潭等地视察得到的真实情况,直言不讳地对"大跃进"中的一些问题提出批评,如头脑发热,得意忘形;"左"的东西压倒一切,许多人不敢讲话;不是党委决定而是个人决定。他还直接谈到毛泽东的责任问题。他始终对会议的气氛感觉不满意。觉得"对经验教训方面探讨得很不够,从简报上看不出反面意见,空气有些沉闷,思想上有点急躁情绪,担心缺点重犯"。所以就在7月14日急切地给毛泽东写了信,"只考虑供主席参考用的"。

7月16日,毛泽东在彭德怀的长信上批示:"印发各同志参考。"并加了

---

① 吴冷西:《回忆领袖与战友》,新华出版社2006年8月第1版,第253页。

一个标题："彭德怀同志的意见书"。因为毛泽东对彭德怀的信,一开始没有表态,所以这个时候各小组开会发言时,大家的发言主要集中在胡乔木主持起草的《议定记录》上,特别是对胡乔木执笔的"形势与任务"部分意见突出,而议论彭德怀信的人并不多。

7月17日上午,胡乔木收到了毛泽东印发的彭德怀的信。中午在餐厅吃饭的时候,他就和吴冷西、田家英和陈伯达谈起了读"彭德怀同志的意见书"的感受,大家都认为写得不错,同他们起草的《议定记录》思想一致。吴冷西和田家英都觉得"由彭老总出面说话,有分量,作用大"。但胡乔木却摇了摇头,说:"也可能适得其反。"说完就再没有解释。这让吴冷西和田家英觉得有点纳闷,仍感到彭德怀的信中只是"个别词句有些刺眼,如'小资产阶级狂热性'等,但总的来说还没有我们起草的《议定记录》初稿那样尖锐"。①

对"彭德怀同志的意见书"的意见逐渐增多,是从7月19日开始的。但总体来说还是平和的,而且小组讨论中出现的也是两种截然不同的意见。有的赞成,认为彭德怀精神值得学习,赤胆忠心;有的提出批评,认为彭德怀的信措辞不当,在总的看法上也有问题;等等。这天,彭德怀还根据大家的意见专门作了解释:"信是仓促写成的,提供主席参考的,文字上难免有不正确的地方,希望大家不要误会。"

7月19日这天,中共"秀才"们聚在田家英住处就彭德怀的"意见书"内容闲谈。正谈着,张闻天也进来和大家一起聊了起来。参加闲谈的李锐回忆说:"记得我还开过一个玩笑,说我们这是'低调俱乐部'(抗日战争初期,汪精卫、陈公博等人持悲观论调,自称为'低调俱乐部')"。胡乔木听了,马上接着说:"不是,不是,我们这是马克思主义俱乐部。"足见胡乔木的政治敏锐和政治原则性之强。张闻天和胡乔木在这次闲谈中,对怎样克服当前的错误作了较投入的议论。

7月20日凌晨1时半至3时半,毛泽东在听取了杨尚昆汇报各组讨论的情况后,说了四点意见:一、欠债是要还的,不能出了错误,一推了之。去年犯了错误,每个人都有责任,首先是我。二、缺点还没有完全改正,现在腰杆子还不硬,这是事实。不要回避这些事情,要实事求是。三、有些气就是要泄,浮夸风、瞎指挥、贪多贪大这些气就是要泄。四、准备和那些"左派",就是那些不愿承认错误,也不愿听别人讲他错误的人谈一谈,让他们多听取各方面的意见。②

---

① 吴冷西:《回忆领袖与战友》,新华出版社2006年8月第1版,第254页。
② 《毛泽东传(1949—1976)》,中央文献出版社2003年12月第1版,第982页。

应该说，这个时候，毛泽东仍然在强力纠"左"。但这时，对"彭德怀同志的意见书"的非难已经开始增多，并逐渐升级，甚至开始流传出这封信的矛头主要是"针对毛主席的"吓人说法，会议气氛显得有些紧张了。

事情真的在24小时内就发生了逆转。7月21日清晨，得悉风声已紧的胡乔木赶紧给张闻天打电话，劝他当天上午在其所在的以柯庆施为组长的第二小组发言时，要少讲些缺点，尤其不要讲"大炼钢铁"得不偿失的问题。显然，在当时党内生活已经不正常的时候，胡乔木打这样的电话是冒着极大风险的。但性格耿直的张闻天没有听胡乔木的劝告，当天上午仍然以鲜明的态度、确凿的事实、科学的语言，冒险犯难，直言极谏，肯定了已遭非难的胡乔木主持起草的《庐山会议诸问题的议定记录》和"彭德怀同志的意见书"。而且张闻天这一讲，竟然讲了三个多小时。坐在台下的胡乔木心里直犯急："讲得太多了，讲得太多了！"

张闻天在肯定成绩是伟大的、总路线是正确的之后，系统论列了"大跃进"以来的缺点和错误，并从理论上进行了分析，同时对彭德怀信中一些受到非议的观点进行了辩护，可谓是"把他想讲的都讲了，充分表现了他的忠于党的事业而不考虑个人得失安危的崇高品质"。多少年后胡乔木对此依然感慨万端。

张闻天的发言，引起了毛泽东的特别注意。7月22日，毛泽东找柯庆施、李井泉谈话。两人向毛泽东表达了对纠"左"的不满，说现在需要毛主席出来讲话，顶住这股风，不然队伍就散了。柯庆施认为，彭德怀的信是对着总路线，对着毛主席的。柯庆施的进言，进一步直接地促使毛泽东下定决心开始由纠"左"变为反右。当天晚上，毛泽东与刘少奇、周恩来商量准备第二天开大会。①

7月23日，毛泽东发话了。他说"现在学会了听，硬着头皮顶住"，如今在庐山已经"顶了二十天，快散会了，索性开到月底。马歇尔八上庐山，蒋介石三上庐山，我们一上庐山，为什么不可以？有此权利"。毛在讲话中虽然作了自我批评，也劝做错了事的人——"左派朋友"也作自我批评，分担责任，但重点批评那些把"大跃进"和人民公社的错误"讲多了的人"，说他们"方向不对"，对总路线"动摇"，"距离右派只差三十公里"。他还警告一些人："他们重复了五六年下半年、五七年上半年犯错误的同志的道路，自己把自己抛到右派边缘。"这个讲话虽然从头到尾没有点名批评彭德怀，但字里行间无不把彭德怀作为靶子，有的言辞十分尖锐。而且令历史也感到遗憾的是，毛泽东

---

① 《毛泽东传（1949—1976）》，中央文献出版社2003年12月第1版，第983页。

的批评很快由对当前经济建设形势的意见，转到了历史上的分歧。这个转变也为后面林彪等人无限上纲上线地攻击彭德怀，提供了跳板。毛泽东还强调说他遵循自己的原则，就是"人不犯我，我不犯人，人若犯我，我必犯人，人先犯我，我后犯人"。更令人吃惊的是，毛泽东甚至说："那我就走，到农村去，率领农民推翻政府。你解放军不跟我走，我就找红军去，我就另外组织解放军。我看解放军会跟我走的。"

毛泽东的话明显带有火药味。

或许毛泽东已经忘记了——1959 年 4 月 5 日在上海的八届七中全会上，毛泽东在最后的讲话中还专门谈到了海瑞，鼓励大家学习海瑞，他说："海瑞写给皇帝的那封信，那么尖锐，非常不客气。海瑞比包文正公不知道高明多少。我们的同志哪有海瑞那样的勇敢。我把《明史·海瑞传》送给彭德怀看了。……"①

或许还是胡乔木说对了——"主席引起海瑞说法的意图有多次，但是目的在不出海瑞；因为海瑞出现，这实际上是做不到的。"

或许毛泽东已经忘记了——"国乱思良将，家贫思贤妻"。

或许还是胡乔木说对了——彭德怀给毛泽东写信"也可能适得其反"。

细节决定成败。而现实中的细节有时候真实得让你觉得像戏剧一样。毛泽东的讲话震动全场。会场里鸦雀无声，空气也像凝固了一般。庐山会议就这样在一日之间，发生了 180 度的转弯，一下子从大力纠"左"变成了反右。

——晴天霹雳！对于胡乔木来说，尽管他已经感受气候和风向的变化，心理上已经有所准备，但毛泽东如此转变，还是令他愕然又茫然。会议一结束，平时大多和吴冷西、田家英、陈伯达四人一道返回住处的胡乔木，一言不发，独自一人径直回到了自己的住处。在回来的路上，田家英甚至激愤地拿起木炭在路边亭子上写了一副对联——"四面江山来眼底，万家忧乐到心头"——这或许正是中共"秀才"们当时忧虑之心情的真实写照。吴冷西回忆：

> 当天晚上是一顿闷饭，没有人说一句话。胡、陈饭后各自回住所。家英和我坐在客厅里相对无言，达半个钟头之久。后来，家英忍不住跳起来大声说："准是有人捣鬼。"原来他想的是毛主席为何突然转了 180 度。
>
> 在 23 日以前，家英和我都知道，毛主席前一段一直强调纠"左"。彭德怀的信印发出来的当天晚上，毛主席同乔木、家英谈话时，仍然说，现

---

①《毛泽东传（1949—1976）》，中央文献出版社 2003 年 12 月第 1 版，第 941 页。

在"右倾机会主义"的头子就是我。我嫌"右倾"的朋友太少了。"现在事实上就是反冒进。反冒进的司令就是我"。少奇同志在16日的中午召集各组长开会宣布会议扩大、小组重新混编时,亦重申"成绩讲够、缺点讲透"的方针。直到7月18日,毛主席还说过,欠债是要还的,去年犯了错误,每个人都有责任,首先是我。现在缺点还没有完全改正,腰杆子还不硬,这是事实。浮夸风、瞎指挥、贪多贪大这些"气"还是要泄。他准备同那些不愿意听别人讲缺点错误的"左派"谈谈,叫他们要听取各方意见。

家英追述这些情况后问我,是否注意到毛主席在23日讲话开头的说明。家英指出,毛主席说,他前一天同协作区区长(即后成立六个中央局的第一书记)谈话,劝他们听各种的不同意见。但他们说,已经听了好多天了,现在主席再不出来说话,"左派"的队伍就要散了。毛主席说,看来他今天不来讲话不行了,家英说,这说明毛主席23日的讲话是有些"左派"怂恿的。家英和我进一步谈到,有人"怂恿"是一个原因,但毛主席自己的思想恐怕是更重要的原因。……

家英说,主席在武昌跟我们谈话,提到东汉时张鲁搞的"五斗米道",很同情农民追求温饱。主席这种心理状态由来已久,早在合作化时期他就多次谈过。赶快实现民富国强的理想,在主席思想中是根深蒂固的,也是近百年中国无数志士仁人为之舍身奋斗的,无可非议。但其中也包含着一种危险,即过急、过快、过大的要求可能带来严重的祸害。我们列举了合作化时期的过快推广高级社、提前实现农业发展纲要、十五年赶超英国、"大跃进"、人民公社等事例,指出它们都程度不等地反映了一种"左"的思想倾向。但最早发觉这种倾向并最先作自我批评的都是毛主席。[1]

庐山风云突变。风向随着毛泽东的讲话集体向"左"。讨论中,一部分人高兴,讲话给他们撑了腰。一部分人紧张,听了讲话大吃一惊。一些曾对彭德怀的信说过好话的人,纷纷检讨、表态。彭德怀、黄克诚、张闻天、周小舟也在会上作了自我批评。

7月24日,吴冷西告诉胡乔木和田家英,说:"小组会上有人批评我替彭老总说话。"

胡乔木赶忙问吴冷西:"他们都批评你什么?"

① 吴冷西:《回忆领袖与战友》,新华出版社2006年8月第1版,第255—256页。

"小组会上批评彭老总的信时,批评我曾三次为彭老总辩护。他们说我犯了路线错误,还有人说秀才们和彭老总一个鼻孔出气。一位老同志温和地说我'迷失方向'。"吴冷西说。

田家英说:"那你不应该在小组会上那样辩护,但说了也不是错误。"

胡乔木想了想,沉静地说:"冷西,你应该作一个检讨。"

"那我该怎么检讨呢?"吴冷西看了看胡乔木,又看了看田家英。见他们俩都在沉思默想没说话,吴冷西用商量的口吻说:"如果要检讨,我只能表个态,即按那位老同志批评的口径,'一时迷失方向'。"

"还是作一个检讨好。"胡乔木点了点头。就在他还没有说完的时候,有人送来了通知,要胡乔木到毛泽东那儿去开会。

吴冷西和田家英就坐着等,一直等到晚上 11 点多钟,胡乔木才回来。一进门,胡乔木就劈头对吴冷西说:"赶快写一个书面检讨,我明天交给你们小组组长。你明天也不要去开小组会了,我代你请假,在家里修改《会议纪要》。正好少奇同志要求我们赶快改出第三稿来,争取形成中央文件下发。"胡乔木和田家英都赞成吴冷西按"一时迷失方向"的口径进行检讨。胡乔木说:"话不要多,几百字就行了。"吴冷西按照胡乔木的要求,连夜写出了检讨,第二天交他,并刊登在《简报》上。

最后,胡乔木还告诉吴冷西和田家英:"主席在政治局常委会议结束时,又把我一个人留下来了,批评我在前一段乱说话。主席还说,秀才们表现不好,要夹着尾巴做人。主席还点了家英、冷西、伯达和我的名字。"

毛泽东为什么要专门批评胡乔木这些"秀才"呢?显然,胡乔木在大会上发言、对彭德怀的信的支持和大力纠"左"的言论——"五八年大跃进出了轨,翻了车"——已经传到了毛泽东的耳朵里。而且"会议形势的变化,不在会场上,而在会外的活动"。

但毛泽东一起点名批评中共四大"秀才",这是少有的,尽管这仅仅只是对胡乔木一个人说的话,但明显是在给"秀才"们敲警钟。可见,庐山会议的气氛更加紧张了。

7 月 25 日,毛泽东再次放话"现在要对事也要对人","现在要反右","要划清界限,要跟动摇的、右倾的划清界限"。7 月 26 日,会议印发了毛泽东的批示:"反右必出'左',反'左'必出右,这是必然性。"

"对事也要对人。"毛泽东的话使对彭德怀的批判升级,调子越来越高,言辞越来越激烈,气氛也越来越不正常了。

7 月 28 日晚,毛泽东又找田家英和陈伯达谈话。田家英很晚才回来,马上把情况告诉了吴冷西。当晚,他们俩又赶紧把情况告诉了胡乔木——

　　家英说,主席批评他时,他激动地为自己辩白。他在小组会上说过四川罗世发大队的事,后来有人批评他反对"三面红旗",他接受不了。他说着说着,边流泪边诉说他发言有根有据,可以当面对质,中央可以派人去四川调查。主席说,你说了人家一些坏话,人家反过来批评你,这是常情。紧张一下有好处,可以反过来想想自己有什么不妥之处。但也不必太紧张。过两天我会向他们打招呼,下"停战令",对秀才们挂"免战牌"。你们也不要尾巴翘到天上去,还是要学会夹着尾巴做人。人的世界观改造不容易,活一辈子要改造一辈子。你们前一段说的话基本上是对的,但有些话不对,有些方向不对,有些说过了头。要不断进步。

　　家英还说,从今晚的谈话看, 主席并不是从一开始就要批判彭老总。……他开始并没有觉得彭的信有什么问题,所以批了几个字印发给大家参考,当时并没有别的意思。因为既然有这些意见,而且他在小组会上的发言也登在会议简报上了,把这信印给大家看看也是可以的,并没有什么特别的想法,更没有打算在 23 日讲那番话。主席说,那番话是在 22 日听了大区区长汇报时想到的。当时有两位区长都说,现在小组会反对"三面红旗"的话多了,有些人开小差了。我该出来讲话了,否则队伍就散了,没有兵了。这才使我感到问题严重。想了一夜,第二天才讲了那么一篇话。[①]

　　听完他们的叙述,心中有数的胡乔木显得十分冷静。显然,毛泽东跟田家英说的话,其实在 7 月 24 日晚上或多或少就已经跟他说过了。胡乔木沉稳地说:"我们四个秀才的问题,在这次会议上可能告一段落。主席同我和家英、伯达的谈话都着重谈到了'要夹着尾巴做人',我想我们这些在中央领导同志身边工作的人,今后要格外小心谨慎。"

　　接下来的几天,胡乔木因为要着手起草八中全会的文件,毛泽东要他在住处休息。田家英照常参加小组会;陈伯达仍请病假;吴冷西则根据刘少奇的意见在家中改《议定记录》第三稿,再交给胡乔木审定。

　　7 月 30 日上午,杨尚昆来到胡乔木的住处,告诉四个"秀才":"主席已经要我给会议各组组长打招呼:以后再不要提胡乔木、陈伯达、田家英和吴冷

---

① 吴冷西:《回忆领袖与战友》,新华出版社 2006 年 8 月第 1 版,第 257 页。

西的事情了。要各组组长关照一下参加会议的同志，集中力量开好八届八中全会。这是主席下'停战令'了，你们可以放心了。"

杨尚昆传达的消息，让胡乔木、田家英、吴冷西和陈伯达一周以来压抑沉闷的情绪一下子轻松了许多，身心好像得到了解放似的。他们一起来到仙人洞散步，享受着大自然鬼斧神工的奇景妙境。个人挨批终于免除了，但"秀才"们喜中也有忧——八届八中全会要大批"右倾机会主义"，揭发所谓的"军事俱乐部"，起草的《庐山会议诸问题的议定记录》恐怕也将成一纸空文，而从1958年底郑州会议开始的纠"左"进程或许就此全面中断。

胡乔木对杨尚昆说："不能把彭德怀写成反党集团啊！"

和风细雨终于变成了狂风暴雨。

"神仙会"终于变成了斗争会。

1959年8月2日下午，八届八中全会在庐山举行。无疑，这次全会是前一段中共中央政治局扩大会议的继续，而对彭德怀、黄克诚、张闻天、周小舟等人的批判也进入高潮。在第一天的会议上，毛泽东的讲话为全会定下了基调：现在主要问题不是反"左"而是反右，是右倾机会主义向党猖狂进攻，党内出现了分裂的倾向。

毛泽东的讲话是极其严重的。而在会前，毛泽东还致信张闻天，说："怎么搞的，你陷入那个军事俱乐部去了。真是物以类聚，人以群分。你这次安的是什么主意？那样四面八方，勤劳艰苦，找出那些漆黑一团的材料。真是好宝贝！你是不是跑到东海龙王敖广那里取来的？不然，何其多也！然而一展览，尽是假的。""我认为你是旧病复发，你的老而又老的疟疾原虫远未去掉，现在又发寒热症了。""你把马克思主义的要言妙道通通忘记了，于是乎跑到了军事俱乐部，真是武文合璧，相得益彰。现在有什么办法呢？愿借你同志之箸，为你同志筹之。两个字，曰：'痛改'。"①毛泽东在这里既挖苦又忌讳张闻天和彭德怀搞在一起，并第一次用了"军事俱乐部"这个名词。从此，会议就紧紧围绕着这个名词进入了更为严厉的揭发批判，并再次错误地纠葛在毛泽东与彭德怀个人"三分合作，七分不合作"的历史总账和恩恩怨怨之中，以致形成了众所周知的所谓"彭黄张周反党集团"。

---

① 《毛泽东传(1949—1976)》，中央文献出版社2003年12月第1版，第998—999页。

八届八中全会历时半个月,对胡乔木这些秀才们来说,自然比7月2日至16日的"神仙会"更使人难过,也比7月17日至8月1日的揭批会难过。毛泽东要求开的"神仙会"在还没有形成气候的情况下,就这样笼罩在了颠倒是非、急风暴雨的斗争会的紧张气氛之中。尤其在8月8日张闻天说出了"斯大林晚年"的话之后,大会就像烧开了的水一样,沸腾起来。批判会采取了面对面短促突击的方法,批判的调子更加升级也更加尖锐,目标集中在揭发所谓"军事俱乐部"成员之间的联系,以及追查说毛泽东像"斯大林晚年"的问题。

将毛泽东同"斯大林晚年"相提并论,这确实过激。当时的与会者一般都认为这是一种污蔑,是绝对不能接受的,自然引起义愤。要知道,"保卫总路线,保卫毛主席",这是当年会议中惯用的口号语言。形势急转直下,胡乔木也不得不跟着转弯了。8月10日,原本参加第二组讨论的胡乔木来到第四组,针对所谓的"斯大林晚年问题"作了长篇发言。他说,毛主席有点像斯大林晚年这个话,用意显然是专门说斯大林的错误方面,这是一个严重的原则问题,这是对毛主席和党中央"很大的侮辱和恶毒的污蔑"。胡乔木的讲话,发挥了他政论写作的缜密的逻辑思维,从六个方面进行了系统论述和比较,指出了毛泽东与斯大林晚年的不同。最后,他引用恩格斯的名著《论权威》,说明"党需要领导者个人的威信,这是党和人民的宝贵财富,必须保卫,决不能破坏"。作为跟随毛泽东18年的政治秘书,尽管在"反右倾"问题上与毛泽东有着不同甚至相反的意见,但在关系毛泽东威信问题上,胡乔木奋起维护毛泽东的政治地位,这是必需的也是应该的,符合历史和道德。尽管胡乔木的发言在当时来说,有着一种公开表态从被动转为主动的意味,但与其他与会者批判的尖锐和攻击性不同,胡乔木依然清醒地保持着自己的品格和良知,他的发言"对事不对人"。这是十分难能可贵的。

对胡乔木的发言,毛泽东十分满意。8月11日上午,毛泽东在大会上特别地讲到了"秀才"问题。毛泽东说:"这些人想把秀才们挖去,我看挖不去,不要妄想。秀才是我们的人,不是你们的人。"毛泽东的讲话,让胡乔木、田家英、吴冷西、陈伯达终于松了一口气,低沉的情绪开始有所好转。但"秀才"们的精神依然不那么振作,原因是胡乔木、田家英、吴冷西和陈伯达四人还是被揭发,中央正在立案审查。吴冷西回忆说:

乔木同志当时既迷惑又沮丧,眼看持续半年的纠正"左"倾错误的进程被打断了。有好几天他一句话也不说,脸色阴沉,心事重重。直到毛主席讲了"秀才是我们的人"之后，乔木同志以大局为重，振作精神，为全会起草决议。当错误地批判以彭德怀同志为首的所谓"军事俱乐部"的局势无法改变之后，他仍然想帮助一位起草纪要的参加者。他同家英同志商量，建议这位参加起草工作的人写一封检讨信给毛主席，以求得谅解。乔木同志的这个好心没有得到好报。20多年之后，这位起草参加者著书立说，扬言他写那封信是"终身恨事"，似乎是乔木同志的建议害了他。尤有甚者，这位起草纪要的参加者在其著作中竟然还说他在庐山会议上保护了乔木和家英。事实恰恰相反，正是这位起草参加者在庐山会议后期，写了所谓"检举材料"，罗列许多"罪状"，告发了乔木同志、家英同志和我。彭真、一波和尚昆同志要我们在大会上同此人对质，参加八届八中全会的同志都目睹了当时会场上对质的情景。①

我们"四人案"一直审查到10月，彭真同志两次找我们谈话，我们给中央写了检讨和申辩，最后毛主席10月17日找乔木、家英、我和陈伯达谈话。他说，你们在庐山表现不好，但不属于敌对分子和右倾机会主义分子这两类人，而是属于基本拥护总路线，但有错误观点或右倾思想这两类人。这样"四人案"至此才算结案。从毛主席那里出来，家英和我回到他的书房，一进门他手舞足蹈，猫身在地板上翻了一筋斗，大声说："主席是了解我们的。"②

庐山会议终于在唇枪舌剑、硝烟弥漫的斗争会中走向尾声。八届八中全会的最后几天，庐山的天气与庐山的政治气候不谋而合，突然由阵雨变成倾盆大雨。然而就是在这样的压抑气氛中，胡乔木仍以大局为重，振作精神完成了毛泽东交代的政治任务——全会决议的起草。杨尚昆回忆说："乔木赞成'成绩讲够，问题讲透，前途光明'的指导思想，对印发彭德怀同志的信，把会议的方向根本改变是有意见的。后期要他起草决议，他不赞成把彭德怀等同志的问题说成是反党集团。他晚上来找我谈过，说无论如何不能写成反党集团啊。但没有办法，只能服从。"③这就是胡乔木令人敬佩的地方。

8月16日，八届八中全会闭幕。毛泽东在讲话中再次针对"军事俱乐部"讲到了"海瑞搬家"的问题。他说："现在听说海瑞出在你们那个里头，海瑞搬

---

① 吴冷西：《忆乔木同志》，见《我所知道的胡乔木》，当代中国出版社1997年5月第1版，第36页。

② 吴冷西：《回忆领袖与战友》，新华出版社2006年8月第1版，第259页。

③ 杨尚昆：《我所知道的胡乔木》，见《我所知道的胡乔木》，当代中国出版社1997年5月第1版，第5—6页。

家了。明朝的海瑞是个左派，他代表富裕中农、富农、城市市民，向着大地主大官僚作斗争。现在海瑞搬家，搬到右派司令部去了，向着马克思主义作斗争。这样的海瑞，是右派海瑞。我不是在上海提倡了一番海瑞吗？有人讲，我这个人又提倡海瑞，又不喜欢出现海瑞。那有一半是真的。海瑞变了右派我就不高兴呀，我就要跟这种海瑞作斗争。""我们是提倡左派海瑞，海瑞历来是左派，你们去看《明史·海瑞传》。讲我提倡海瑞，又不愿看见海瑞，对于右派海瑞来说，千真万确。但不是左派海瑞，左派海瑞是受欢迎的。如果不欢迎左派海瑞，不喜欢站在马克思主义立场上来批评我们的缺点错误的这种人，这种同志，那末，就是错误的，就不是马克思主义的立场了。决议案上有一句话：对于那一些站在正确立场而批评工作中的缺点错误的，这是完全应该保护的，应该支持的。这就是指的海瑞，左派海瑞。"①毛泽东讲到"有人讲，我这个人又提倡海瑞，又不喜欢出现海瑞"，而这话不正是出自胡乔木之口吗？最后，毛泽东在肯定庐山会议取得很大成功之后，借用林彪发言中的两句话，结束了他的讲话：庐山会议"避免了一个大马鞍形，避免了一次党的分裂"。

历时 46 天的庐山会议在倾盆大雨中结束了。与会的人不顾天雨路滑，大都纷纷逃离这自然气候与政治气候的双重压迫，急忙忙地下山了。田家英和吴冷西因为走得匆忙，将会议文件落在了庐山，因此受到了中央办公厅的通报批评。毛泽东错误地把党内分歧上升为阶级斗争，酿成中国政治的悲剧，庐山也因此成为毛泽东政治生涯失足的地方。而对胡乔木来说，庐山会议前前后后的风云变幻，更是惊心动魄，难以释怀。庐山会议以后的反右倾机会主义运动，胡乔木因为三访莫斯科，也就没有参加了。他说："我到 1960年春就集中力量搞《毛选》第四卷的编辑工作。本来庐山会议后就有人提出继续出《毛选》。毛主席说现在不是出《毛选》的问题，而是出《刘选》。"毛泽东的话，耐人寻味。

1981 年，胡乔木主持起草《关于建国以来党的若干历史问题的决议》，对庐山会议作出了正式结论："从 1958 年底到 1959 年 7 月中央政治局庐山会议前期，毛泽东同志和党中央曾经努力领导全党纠正已经觉察到的错误。但是，庐山会议后期，毛泽东同志错误地发动了对彭德怀同志的批判，进而在全党错误地开展了'反右倾'斗争。八届八中全会关于所谓的'彭德怀、黄克诚、张闻天、周小舟反党集团'的决议是完全错误的。"

---

① 《毛泽东传（1949—1976）》，中央文献出版社 2003 年 12 月第 1 版，第 1007—1008 页。

第十六章　诗化人生

如此江山如此人，千年不遇我逢尘。

挥将日月长明笔，写就雷霆不朽文。

指顾崎岖成坦道，笑谈荆棘等浮云。

旌旗猎猎春风暖，万目环球看大军。

——胡乔木《七律·七一抒情之一》（1965 年 6 月）

毛泽东和胡乔木论作诗：如鱼饮水，冷暖自知

庐山会议结束之后，胡乔木回到北京。尽管在庐山被人揭发，四个"秀才"的案子被中央立案后的审查还没有结束，胡乔木依然深受毛泽东的信赖。1959 年 8 月 27 日回到北京的毛泽东，在 9 月 7 日就致信胡乔木，将在庐山会议前夕所作的古体诗《七律·到韶山》和《七律·登庐山》，再次抄送给他。

乔木同志：

诗两首，请你送给郭沫若同志一阅，看有什么毛病没有？加以笔削，是为至要。主题虽好，诗意无多，只有几句较好一些的，例如"云横九脉浮黄鹤"之类。诗难，不易写，经历者如鱼饮水，冷暖自知，不足为外人道也。

毛泽东

九月七日

在庐山,毛泽东就曾将这两首诗抄送给胡乔木。如今,庐山风云才散去两个多月,毛泽东再次请胡乔木帮助他请郭沫若改诗,"加以笔削,是为至要"。9月1日,毛泽东还曾将这两首诗寄送给《诗刊》主编臧克家、副主编徐迟,"录上呈政"。可见,毛泽东是非常重视这两首诗的。他在信中谈自己的诗"主题虽好,诗意无多",并真诚地说:"诗难,不易写,经历者如鱼饮水,冷暖自知,不足为外人道也。"毛泽东的话,与其说这是一个诗人的创作感想,不如说是一个政治家对生活的另一种感慨。经历过庐山风云,毛泽东的诗句或许正道出了胡乔木的苦衷,其内心也"如鱼饮水,冷暖自知"。

按照毛泽东的指示,胡乔木立即把毛的诗稿送给郭沫若。六天后,毛泽东再次致信胡乔木——

乔木同志:

　　沫若同志两信都读,给了我启发。两诗又改了一点词句,请再送沫若一观,请他再予审改,以其意见告我为盼!

毛泽东
九月十三日早上

毛泽东的这两首诗直到 1963 年 12 月收入《毛泽东诗词》时才公开发表。其间,毛泽东还多次请人修改,经历了长达四年的时间。

因 10 月 21 日中印边境发生武装冲突,胡乔木随周恩来于 11 月 3 日飞抵杭州,请示毛泽东对此问题的处置办法。随后胡乔木又接连参加了 11 月 30 日至 12 月 4 日在杭州召开的中央政治局扩大会议,以及 1960 年 1 月 7 日至 17 日在上海召开的中央政治局扩大会议。这几次会议都继续了庐山会议积极反右"大跃进"的方针,随后全国又开始了大办县社工业,大办水利,大办食堂,大办养猪场等,一些本已经确定缩减的基本建设项目又纷纷重新上马,高指标、浮夸风、命令风和"共产风"又泛滥开来。1959 年冬到 1960 年春的这段时期,也就成为新中国经济工作中"左"倾蛮干最厉害的一段时期。[①]

上海会议结束之后,胡乔木来到广州,与康生、田家英一起进行《毛泽东选集》第四卷的编辑工作。《毛选》第四卷与前三卷由毛泽东亲自动手做编辑工作不同,而是先由别人编好后,再由毛泽东亲自主持通读定稿。从 1960 年 2 月 27 日开始,到 3 月 6 日,胡乔木一直住在广州郊区一个名叫鸡颈坑的别

---

① 《毛泽东传(1949—1976)》,中央文献出版社 2003 年 12 月第 1 版,第 1050 页。

墅里,和毛泽东一起审读书稿。3月8日,毛泽东请胡乔木、康生、田家英和参加编选工作的全体成员,来到毛泽东在广州的住处小岛宾馆,在轻松愉悦中度过了审读《毛选》第四卷的最后一天。《毛选》第四卷是毛泽东解放战争时期的著作,也是毛泽东最满意最感兴趣的著作,因此在通读过程中显得十分兴奋。胡乔木清楚地记得,在通读中毛泽东说:"一、二、三卷我都没有多大兴趣,只有个别篇章我还愿意再看,这个第四卷我有兴趣。那时候的方针是针锋相对,寸土必争,不如此,不足以对付我们这位委员长。"当读到《抗日战争胜利后的时局和我们的方针》《关于重庆谈判》等文章时,毛泽东还不禁发出了爽朗的笑声。在胡乔木的眼中,性情中的毛泽东就是这样的一位诗人,那笑声那精神就是"想当年,金戈铁马,气吞万里如虎"的气概。《毛选》第四卷于1960年9月出版,至此毛泽东新中国成立前最重要的著作都已经全部结集出版。

1960年,在神经衰弱的症状没有减轻,胃病还经常复发的状态下,胡乔木仍然坚持忘我地工作。这一年的下半年,胡乔木三次到莫斯科,是中苏十年论战最早的重要参与者之一(具体内容本书第十三章《中苏论战》已作叙述)。

胡乔木奉命起草"三大纪律、八项注意"
毛泽东重提"没有调查就没有发言权"

"社会主义国家也会出现经济危机",这是胡乔木1959年在庐山会议"神仙会"期间的闲谈中说过的话。1960年,中国真的出现了严重的经济困难。

在这个最困难的时刻,中共中央召开了工作会议。在这次长达20天(1960年12月24日至1961年1月13日)的会议上,毛泽东先后五次听取各方面汇报,且一边听一边发表讲话。在现实面前,中共高层终于都冷静下来,和衷共济地协商走出困境的大计。在谈到"共产风"时,毛泽东再次主动承担了责任,深有感触地说:"现在看来,建设只能逐步搞,恐怕要搞半个世纪。"

1960年12月30日,毛泽东在听完第三次汇报后,还专门总结经验说:"庐山会议时以为'共产风'已经压下去了,右倾又压下去了,加上几个大办①就解决问题了。原来估计1960年会好一些,但没有估计对。1960年天灾更大了,人祸也来了。这人祸不是敌人造成的,而是我们自己造成的。"这是毛泽东

---

① "大办"是当年提出的口号,诸如:大办水利、大办交通、大办养猪、大办副食品基地、大办工业等。

第一次把工作中的错误称作"人祸"。而在讨论如何过日子的问题时,毛泽东说:第一是吃饭,第二是市场,第三是建设。可见,毛泽东头脑是十分清醒的。

1961年1月8日,胡乔木致信毛泽东——

主席:

关于全国党政干部适用的"三大纪律、八项注意",研究了各省的一些类似的规定和宪法、刑法草案、党章等,并与许多同志交换了意见,现在拟了一个稿子送上,请看可否印发这次会议到会的同志讨论一下。

三大纪律:

(一)有事同群众商量,永远同群众共甘苦

(二)重要问题事前请示,事后报告

(三)自己有错误要检讨改正,别人做坏事要批评揭发

八项注意:

(一)保护人民安全,打人要法办,打死人要抵命

(二)保护人民自由,随便罚人抓人关人搜查要法办

(三)保护人民财产,侵占损害人民财产要赔偿

(四)保护公共财物,贪污盗窃假公济私要赔偿

(五)用人要经过组织,不许任用私人

(六)对人要讲公道,不许陷害好人包庇坏人

(七)对上级要讲实话,不许假报成绩隐瞒缺点

(八)对下级要讲民主,不许压制批评压制上告

敬礼

胡乔木

一月八日

1月9日,毛泽东在听取第五次汇报的时候,向会议印发了由胡乔木起草的这份党政干部"三大纪律、八项注意"草案,并在上面作出批示:"三大纪律、八项注意(草案)印发各组讨论,提出修改意见。(一)是否目前颁发?目前是在全国百分之二十的县、社、队夺取政权问题,是否缓一下再发为宜?(二)太复杂,不如红军三大纪律、八项注意简单明了,使人难记。有几条执行起来,可能起反面作用。以上两项请予讨论。"①

---

① 《胡乔木书信集》,人民出版社2002年5月第1版,第158—159页。

毛泽东要胡乔木仿照红军的"三大纪律、八项注意",制定一个适用于党政干部的"三大纪律、八项注意",是鉴于几年来干部队伍中存在着严重作风不纯的情况。但毛泽东对胡乔木起草的这个草案并不太满意,亲自进行了改写。他把"三大纪律"改成:(一)一切从实际出发;(二)提高政治水平;(三)实行民主集中制。但第二条经过会议讨论改为"正确执行党的政策"。毛泽东这样一改确实更简单明了些。他解释说:我们干部的作风问题,主要是不从实际出发,工作中主观主义很多,要整主观主义。对"八项注意",毛泽东修改得更加简单明了,每一项仅四个字或六个字,最多的才九个字。最为重要的是,毛泽东在修改时加了一条——"没有调查就没有发言权"。这是毛泽东早在1930年就提出的口号。他说:要强调调查研究。现在调查之风不盛行了,对很多事情发言权有了,言也发了,就是没有调查。其实,调查材料不在多,一个好材料就可以使我们了解问题的实质。党政干部"三大纪律、八项注意"于1961年1月27日正式下发。

毛泽东为什么在这次历时20天的中央工作会议和随后紧接着召开的中共八届九中全会上,一再就调查研究问题发表讲话呢?他为什么"希望1961年是一个调查年,大兴调查研究之风"呢?

原来,就是在1961年1月的这次会议期间,秘书田家英送来了他30年前写的《调查工作》。这篇令他念念不忘却散失了30年的文章,是中国革命博物馆在1959年从福建龙岩地委收集到的。毛泽东惊喜万分,说是"找到了失散多年的孩子"。他赶紧给田家英写了一封信——

田家英同志:

(一)《调查工作》这篇文章,请你分送陈伯达、胡乔木各一份,注上我请他们修改的话(文字上、内容上)。

(二)已告陈、胡,和你一样,各带一个调查组,共三个组,每组组员六人,连组长共七人,组长为陈、胡、田。在今、明、后三天组成。每个人都要是高级水平的,低级的不要。每人发《调查工作》(一九三〇年春季的)一份,讨论一下。

(三)你去浙江,胡去湖南,陈去广东。去搞农村。六个组员分成两个小组,一人为组长,二人为组员。陈、胡、田为大组长。一个小组(三人)调查一个最坏的生产队,另一个小组调查一个最好的生产队。中间队不要搞。时间十天至十五天。然后去广东,三组同去,与我会合,向我作报告。然后,转入广州市深入基层作调查,调查工业又要有一个月,连前共两个月。都到广东过春节。

毛泽东
一月二十日下午四时

此信给三组二十一个人看并加讨论,至要至要!!! 毛泽东又及

农业生产无疑是新中国整个国民经济恢复和发展的基础。显然,毛泽东发现了问题。他要从客观实际入手,克服严重经济困难,扭转形势,紧紧抓住调查研究这个环节,从解决农业问题入手。

胡乔木和陈伯达、田家英在毛泽东的直接领导下,分别带领调查组到湖南、广东和浙江农村,到实践的第一线,到中国农村的最底层,去做系统的历史的调查研究,为毛泽东提供了许多具体的、生动的和重要的第一手材料,成为中共中央和毛泽东调整农村政策的重要依据。

奉命到韶山调查,胡乔木向毛泽东建议立即解散公共食堂

胡乔木这次要去的地方很特殊,因为它是毛泽东的故乡——韶山。毛泽东选择胡乔木到韶山农村作调研,也充分说明其对胡乔木的信任。

按照毛泽东的计划,三个调查组要用 10 天到 15 天的时间在浙江、湖南和广东三省作农村调查,然后到广州会合,向他报告。

1961 年 1 月下旬,毛泽东出发了。他首先来到杭州,开始指导三个调查组的工作。2 月 8 日,就在毛泽东听取浙江省委负责人汇报的时候,田家英根据自己的调查情况提出搞一个人民公社工作条例的建议。毛泽东采纳了。

在听取浙江和江西等省委负责人和田家英浙江调查小组的汇报后,毛泽东来到了故乡湖南。毛泽东听取湖南省委和胡乔木调查组的汇报,是在停靠在长沙附近铁路支线的专列上进行的。谈话共进行了两次,和在浙江一样,集中讨论的主要问题是公社体制和食堂问题。第一次是 2 月 11 日,与湖南省委负责人张平化、胡继宗、周礼和胡乔木谈的;第二次是 2 月 12 日,与张平化和胡乔木二人单独谈的。

在谈到人民公社体制问题时,毛泽东说:"我看,你们这个社也大了,队也大了。大体上一个社划成三个社比较恰当,就是以乡为单位。"

胡乔木说:"开始提的是以乡为单位,后来不断加码,撤区并乡,小乡并大乡,几乡一社。实际上,还是小队的劳动为基础,大队作经济核算,加以联

合,公社恐怕只是一个联络组合的形式。"

接着,毛泽东提到了基本核算单位放在哪一级的问题,说:"究竟是队为基础好,还是下放到小队为基础好,有人提出这样的疑问。因为现在队底下管的小队多,而小队就是过去的初级社。有三种方案:一种方案就是现在的这种方案,队为基础,比较大的队平均三四百户。这种方案在一些地方是否适宜还值得研究,这么大,从东到西,从南到北,老百姓自己不清楚。小队里边又分三种情况,比较富有的,比较自保的,比较穷的,统一分配,结果就是吃饭拉平,工分拉平。第二个方案,就是把现在这个队划成三个队,使经济水平大体相同的小队组成一个基本核算单位,不要肥的搭瘦的。肥瘦搭配,事实上是搞平均主义,吃饭平均主义,工分平均主义。山区还要小,只要几十户,二三十户、三四十户一个生产队。"

毛泽东问胡继宗:"你们有多少个生产队?"

胡继宗说:"一万五千个。高级社时是五万个社,公社化后划成一万六千个大队。"

毛泽东说:"你们还是大体上恢复到高级社的范围,五万个。"

胡乔木说:"如果这样,对群众才说得上民主,大队干部才说得上领导管理,不然经营不了。"

"而且势必实行平均主义,吃饭平均,工分平均。"毛泽东说。

胡乔木说:"我去了一个好的生产队,在长沙县,叫天华大队,那个大队年年增产,一步一步地走上坡,它有一个特点,就是始终保持高级社的规模。公社的规模要缩小,它的权力也要缩小,权力跟责任都要缩小,这样,事情就好办了。过去几年湘潭的情况比较严重,我们有个组在湘潭,到一个坏的生产队,它的特点是从1957年下半年起,一年比一年坏,根本就是破坏。"

胡乔木的这个汇报,让毛泽东极为关注。他在认认真真地听了之后,总结说:"我看兴起来也快,恢复原状,就是过去的高级社,由若干高级社组成一个公社。"

第二天,毛泽东和张平化、胡乔木的谈话,继续就体制问题进行了探讨。胡乔木向毛泽东提出了一个大胆的设想,说:"可以考虑把现在的公社变成区联社,恢复区委,大队变成公社。"

"那么,小队变成生产队?"毛泽东问道。

"叫小队也可以,叫生产队也可以。"胡乔木说。

"不要叫小队,叫生产队。"毛泽东立即纠正说。

毛泽东如此重视农村生产队的地位和权力,这在当时中共高层和中央政府都是罕见的。从 1958 年公社化开始,毛泽东就把"一大二公"作为人民公社的主要特点和优点,加以肯定和宣传。如今曲曲折折两年过去了,毛泽东经过这次调查,发现人民公社在体制上存在着诸多问题。因此他这次在浙江和湖南多次提出要以生产小队为基本核算单位,公社的规模要缩小,而且还第一次提出了生产小队的队与队之间存在平均主义的问题。也就是说,毛泽东已经认识到:集体经济并非越大越好、越大越有利于解放生产力;相反,规模太大,随之而来的就是平均主义,它只能破坏农民的积极性,严重影响和束缚生产力的发展。此后,毛泽东多次委婉地批评了公社化中的平均主义问题。

接着胡乔木和张平化又向毛泽东汇报食堂问题。毛泽东一开始就提醒说,吃食堂不能勉强,并问道:这里是不是还勉强?

胡乔木根据他们调查组的调查,认为食堂这个制度现在还不算勉强,回答说:"我们原来很留神研究这个问题。长沙县的情况很特别,非常明了,食堂根本不可能散了,它把好多人家连到一起去了,一个食堂就是一个屋场,所谓屋场就是一个小队。"

"为什么弄成这个样子?"毛泽东问道。

胡乔木说:"这是因为拆房子拆得多,搬房子搬得多,已经搞到这一步,再返回去就没有必要了,群众现在习惯了,他觉得这样有好处。我们问了一些贫农、下中农,他们对食堂都还是满意的。他主要是觉得痛快、干脆,不管那么多的闲事了,这个群众还是高兴的。"

毛泽东又问:"这是并了的,没有并了的呢? 要走那么远的路去吃饭,谁人来吃呀?"

张平化接过来回答说:"有这个问题。这次我专门回家看了一趟,在大山区里头。他们那个生产队原来有五个食堂,以后并成了三个。这一次整社,群众要求再分成五个,还有个别较远的单家独户,允许他单独开伙。"

毛泽东再问:"你们有没有农忙食堂?"

张平化回答:"没有。我们有个规定,冬天的时候,晚上可以回家做一顿,因为要烤火。"

"烤火问题要解决。"毛泽东特别嘱咐道。

这时,胡乔木也讲了他们调查的情况:"我在一个小队里面,住了五六天的样子,他们那个大队食堂搞得好,食堂都有桌子,一桌一桌地坐,我们在那里和大伙一起吃饭。吃饭还是有保证,粮食、菜、油、盐这些都有保证,所以社员对这一点还是满意的。"但经过再次深入调查,胡乔木很快就推翻了自己的意见。

张平化接着说:"食堂办得好,它是受社员欢迎的。办得好的食堂,把各家各户的特点都照顾到了。"

在湖南,毛泽东听到的基本上都是对食堂肯定的话,可这与在浙江的调查恰好正相反。同样是食堂,同样是经过亲身调查,同样是耳闻目睹,田家英的浙江调查组和胡乔木湖南调查组的结果,为什么却如此不同?原因是浙江调查的是一个坏的生产队,而湖南调查的是一个好的生产队。毛泽东在对待这个"两头冒尖"且关系到亿万农民切身利益的问题上,比过去冷静多了,也客观了许多。因为这些情况和资料,尽管都是第一手的,但都还是初步的,不可避免地存在着局限性。

听完胡乔木湖南调查组的汇报后,毛泽东前往广州过春节(2月15日)。春节一过,三个调查组接到毛泽东的通知,2月22日在广州会合,由各组组长带一名助手参加。25日,毛泽东召集陶铸、陈伯达、胡乔木、廖鲁言、赵紫阳、田家英在鸡颈坑开会,讨论起草农村人民公社工作条例问题。紧接着,胡乔木参加了毛泽东在广州主持召开的中央政治局扩大会议和中共中央工作会议。

广州会议通过了由胡乔木主持起草、毛泽东亲自审定的《中共中央关于认真进行调查工作问题给各中央局,各省、市、区党委的一封信》。信中要求县级以上党委的领导人员,首先是第一书记,把深入基层,亲身进行有系统的典型调查,每年一定要有几次,当做领导工作的首要任务,并且要定出制度,造成风气。信中有一句名言:"在调查的时候,不要怕听言之有物的不同意见,更不要怕实际检验推翻了已经作出的判断和决定。"这句话无疑增强了人们在调查研究中解放思想的勇气和力量。用毛泽东的话说,广州会议是中共中央自公社化以来,第一次坐下来一起讨论和彻底解决农业问题。其主要成果是制定并通过了《农村人民公社工作条例(草案)》,即"六十条"。从纠"左"的程度上来看,它超过了第一次郑州会议以来的历次会议和文件。

广州会议后,中共中央和各省负责人,包括毛泽东直接领导的胡乔木、陈伯达、田家英三个调查组,都带着"六十条"草案深入基层,征求意见,开展更大规模和更深入的调查研究。

胡乔木是3月26日夜间11点从广州赶回长沙的。第二天上午,胡乔木就忙着和调查组的于光远、王力、胡绩伟、张超、戴邦及秘书商恺等一起按照广州会议精神,研究做好下一步调研工作。3月29日,胡乔木带领调查组奔赴毛泽东的故乡韶山,和韶山大队的干部、社员群众一起讨论"六十条"草案,其景热烈,其情感人,这给当时因生病休学在家无人照顾只好随父亲到湖南的女儿胡木英,留下了深刻印象。她说:

"3月30日早晨就有湖南省委的同志来谈话。上午我随父亲参加了韶山大队几个小队干部和社员讨论'六十条'的会议。会上大家讨论得十分热闹，争先恐后地发言，主要围绕着食堂是办下去还是解散的问题。午饭后我又随父亲翻过山去听取调查组张超、赵刚、戴邦等同志关于他们调查的湘乡沙田公社大坪大队几个生产队的情况汇报，了解到那里山林破坏得很厉害，食堂也难以为继。回到招待所已是晚上7点多了。晚饭后父亲又继续与韶山来的公社书记谈话。我听不大懂湖南话，特别是发言热烈时更如坠五里雾中。父亲对座谈会、社员大会听得很仔细，不清楚的地方就马上问旁边的同志，还不时在小本本上记些什么。在听干部汇报时记得更仔细了，事情都要求汇报得很清楚，反映情况的是什么人、什么时间，事情的来龙去脉是怎样的，数字更要求精确。有些问题边听汇报边与大家一起归纳，并讨论下一步要调查的问题，每个细节都想到了。"

4月1日，因为劳累、紧张、感冒严重，胡乔木不得不躺倒休息，他不仅不让女儿木英陪他，而且要女儿跟其他同志一起到生产队调查，回来向他作汇报。胡木英说："那些日子，父亲在长沙、韶山、湘乡一带来回跑，参加了大大小小的各类座谈会、社员大会，又去社员家庭调查了解，听取各级干部的汇报、情况反映，并看了调查组同志们写的各种调查材料。为了能更多地听到社员、干部的真话，也让身边的工作人员得到锻炼的机会，他组织安排了警卫、保健医生等去做调查工作，给他们出题目，并要求他们把调查结果向他汇报。我就经常被父亲安排跟着医生、警卫深入社员家庭调查。"

作为中共高层的领导，胡乔木深入到农村最底层的弱势群体之中，体察民情，嘘寒问暖，平易近人，做官不像官，从不摆架子。胡木英说："记得有一回我们在调查时，刚从一个社员家里出来，遇到了一位从宁乡讨饭到湘潭的姑娘，看她皮包骨头的瘦小样子，个头像是10岁的孩子。经我们询问知道，她17岁了，父母都已经饿死了，只剩下她一人；没饭吃，去捡野菜，队里干部不准捡，还把她的篮子踢坏，打了她，她没法子，只好逃出来讨饭。我们去调查的这家社员拿出一碗饭菜给她吃，她狼吞虎咽地吃完就走了。当时我们都没有再问她去哪里，今后怎么办。回招待所吃饭时我向父亲谈起了这件事，父亲和调查组的同志都责怪我们没有处理好这件事，没有帮她找个安身的地方。只了解了问题，却没有解决问题。这件事对我震动很大，体会到父亲和他的同志们真正为老百姓着想的思想，正是基于为老百姓谋幸福的动机才能支持和支配着他们辛勤地工作而毫无怨言。还有一回，我和医生、警卫等几个人去一个小队调查，回来的路上照了几张相。父亲知道后批评了我，说：

不要把下乡当做旅游，要认真学习调查工作，了解老百姓的疾苦。"

胡乔木一到韶山就感冒了，但他依然坚持工作，就是在招待所休息的两三天里也继续看材料、找人谈话、听汇报。由于感冒严重，胡乔木的神经衰弱症状明显加剧，夜里经常睡不着觉，只好靠吃安眠药维持睡两三个钟头。因为无法休息好，所以头疼也非常厉害。但胡乔木依然牵挂着父老乡亲，每当看到老百姓困苦的时候，他就感到特别的痛心疾首，就想着如何尽快纠"左"，使老百姓早日从苦难中解脱出来。有一次，胡乔木在韶山招待所门口遇到一个从湘乡来卖布票的年轻人，他说因没钱治病，只好卖布票换几个钱看病买药。看着这个面黄肌瘦的青年，胡乔木立即从兜里掏出了五块钱给他，并耐心地告诉他说卖布票是犯法的。这个青年人看着胡乔木一脸和蔼，就又说自己好几天没吃过饭了。胡乔木又请招待所的服务员拿来几个馒头和小菜送给他吃。年轻人几乎嚼都没嚼就把馒头咽了下去。看着他这个饥饿的样子，胡乔木实在觉得过意不去，一边叫他慢慢吃，别吃噎着，一边仔细询问他的情况。最后，胡乔木让韶山招待所的服务员写了一封信给这个青年的公社领导，请公社帮助安置解决。胡乔木把这封信交给了陪他到韶山调研的湖南省档案局局长毛华初，请他转交给湘乡县委。

在这些小事中，胡木英深深地感受了父亲胡乔木对农民和普通百姓的理解、同情和热爱，也为自己感到惭愧。她说："我接触工人、农民时就不像父亲那样沟通，总像有层隔膜，也觉得没什么好谈的。可是父亲这样的大知识分子和他们谈起来，接触起来却一点困难也没有，问长问短，似乎有说不完的话。"

4月9日，在长沙的专列上，毛泽东再次约见胡乔木谈话。当胡乔木从韶山大队风尘仆仆赶到长沙，向毛泽东汇报来自韶山的第一手材料的时候，韶山的那些熟人、熟路、熟地方的人和事，令毛泽东倍感亲切。因此，胡乔木在谈困难、谈问题时，自然也就没有了顾虑。

胡乔木说："看起来群众最关心的有三个问题：第一，超产奖励问题；第二，分配制度问题；第三，食堂问题。食堂问题在目前特别突出。干部很敏感，群众也很敏感，一谈就是食堂。原来我在长沙看到的情况，是食堂搞得好的。同时还有这么个原因，就是过去省委一贯强调的东西，干部不敢议论这个问题，群众也不敢议论，所以就没有发现怀疑的言论了。这回'六十条'这么一说，好些大队反映，说念这一条的时候，群众最欣赏的是末了一句：'可以不办'。我们在韶山大队为着先试探一下，找三个小队长和这三个小队的一部分社员，一起座谈'六十条'里面的主要问题。座谈会一开始，就对食堂问题展开了非常尖锐的争论。双方都举出理由,针锋相对。"

"你参加了?"毛泽东点燃香烟,非常悠闲地吸了一口,轻轻地问道。

"我参加了。我们原来都没有这个思想准备。我原来对于食堂还是比较热心的,经过几次辩论以后,觉得他们提出不办食堂的理由是有道理的,是对的,应该考虑。"胡乔木还列举了一些理由,诸如肥料减少了,山林破坏了。

"还有,浪费劳动力,破坏山林,不能养猪,就是广东提出的那几条。还有一条,是不是浪费粮食的问题。"毛泽东在这里说"广东提出的那几条",是指陈伯达在 2 月 19 日向毛泽东报送的《广东农村人民公社几个生产队调查纪要》中指出的,人民公社在体制上不仅存在平均主义问题和基本核算单位不切实际的问题,而且食堂问题最为突出——"有些食堂难以为继,广东一个大队总支书记说,办食堂有四大坏处:一是破坏山林,二是浪费劳力,三是没有肉吃(因为家庭不能养猪),四是不利于生产。"对此,毛泽东在 3 月 13 日的"三南会议"①上第一次公开提出了较尖锐的批评。②

胡乔木说:"他们也讲到这个问题。家里吃饭,多一点少一点,他就是量体裁衣;而食堂呢,有那么多定额,反正要吃掉,吃掉了还觉得不够,吃得不好。"

"还有一条,在食堂吃饭没有家里搞得好吃。"毛泽东一边插话,一边问,"现在马上散行不行呢?"

"农村里头有些问题了。"胡乔木还没敢正面肯定地回答毛泽东。

"锅灶、柴火、粮食。"毛泽东扳了扳指头说道。

"主要还有房子问题。根据韶山公社五个大队的统计,89 个食堂,已经散掉了 50 个,讨论'六十条'以后,估计还要继续散。"

"他要维持干什么呢?"毛泽东继续问道。

"有个思想没有解放,因为省委宣传部宣传得比较久,都说食堂是社会主义阵地。"

"河北也是这么宣传的嘛,什么社会主义食堂万岁。"毛泽东显然对食堂问题的存在是不满的。

"人民日报写过社论,也说公共食堂万岁。我觉得,第一,现在解散有利;第二,现在可以解散。"胡乔木终于说出了自己的心里话。

---

① 即 1961 年 3 月 11 日在广州召开的中南、西南和华东三个地区的大区和省市自治区负责人会议,由毛泽东主持。同时在北京由刘少奇主持召开了东北、华北和西北三个地区的大区和省市自治区的负责人会议,通称"三北会议"。

② 《毛泽东传(1949—1976)》,中央文献出版社 2003 年 12 月第 1 版,第 1133—1142 页。

"要看现在有没有锅灶,有没有粮食,有没有柴火,有没有房子。"毛泽东说。可见,作为农民的儿子,毛泽东对农民的生活实际考虑得十分周到。

胡乔木根据自己调查的实际,对食堂解散后出现的问题也作了慎重的思考,他告诉毛泽东:"我们倾向于快一点解决为好。虽然有些困难,分过了之后,群众还是会陆陆续续自己去解决的。"

与2月12日的汇报明显不同,尤其在食堂这个敏感问题上,胡乔木这次汇报突然来了个急转弯,比上次深刻得多也具体得多。胡乔木来自基层第一线得出的调研报告,把老百姓解散食堂的渴望非常紧迫地逼真地呈现在毛泽东的面前,既让他高兴,也让他担忧。但毛泽东觉得这个时候由中央明令解散食堂的条件还不完全成熟,他还要听一听其他意见。

胡乔木告诉毛泽东,家乡人民希望毛泽东有空去韶山看一看,走一走。

毛泽东对胡乔木说:"听你这一讲,我现在到韶山去,也看不出什么名堂出来,还不是你讲的这一套?"

接着,胡乔木向毛泽东汇报了分配问题。他说:"食堂问题也跟分配问题连在一起,如果食堂问题解决了,分配的问题也就好解决了。"

"现在不是顺三七的问题,也不是倒三七的问题,而是保五保户和酌量照顾困难户的问题,其他统统按劳分配。"显然,毛泽东从根本上否定了供给制。

"多数的社员跟干部都倾向于这个意见。但是还有一种办法,大队三七开,小队全部按劳分配。这样做的结果,大体上就是一九开,这样五保户有了保障,一些人口多劳力少的户,也可以过得去。"

"这种户可以喂猪。"毛泽东说。显然,毛泽东是不赞成供给制的。即使是困难户也尽量应体现按劳付酬的原则。毛泽东强调说:"基本原则就是这么个原则,叫做不劳动者不得食,各尽所能,按劳付酬。这里是两个方面,一个是生产,一个是分配。分配中又有交换,按照价值法则实行等价交换。"

这时,毛泽东又向胡乔木提出了"以生产小队为基本核算单位"的问题。胡乔木告诉毛泽东:"现在由小队分配,恐怕还有点困难。因为大队可以超越小队范围组织一些生产、组织一些收入,这一部分收入是为小队服务的,作用很大。搞得好的,都是靠大队这方面的收入来补充小队。"

毛泽东进一步问道:"比如讲,韶山大队11个生产队,水平也不一致,分配的时候拉平这个问题怎么办呢?"

"这个问题不怎么突出,干部和群众反映不多,实际上各小队之间生活水平相差很多。"胡乔木说。

"这是私分的结果。"毛泽东说。

"这里有一个经营得好不好、超产不超产、养猪养得好不好的问题。"胡乔木进一步解释说。

谈话结束的时候，胡乔木请示毛泽东："主席，你对我们这里还有什么指示？"

"没有什么。就是要用真正听群众的意见这种态度，不能学那个桥头湾小队长那样一种态度。"毛泽东讲的桥头湾小队长的态度是什么态度呢？在胡乔木的汇报中，曾讲到韶山大队桥头湾生产小队队长，既不给社员分自留地，也不让社员养猪，连茅房也是公共的，没有私人的，思想极左。显然，毛泽东已经从胡乔木的汇报中，发现湖南农村人民公社的确存在严重的问题，他强调在调查研究工作中也应该大力纠"左"，既要深入地找出问题，还要根本地解决问题。

向毛泽东汇报后，胡乔木立即回到韶山。通过这次谈话，胡乔木完全明白了毛泽东的真实意图和思想方向了。胡乔木决心把调研工作做得更加深入更加真实。当时，宁乡出现了饿死人的情况，而且比较严重。胡乔木这时又听说湘乡也有饿死人的情况，但干部们不敢向上反映。于是，他立即派湖南调查组去湘乡县实地具体了解，自己也到离湘乡县城不远的一个大队去亲自调查。随同父亲胡乔木一起去调查的胡木英告诉笔者："那是 4 月 13 日，那次看到的情景，我真是永生难忘。一个个骨瘦如柴、面如菜色的大人、小孩，木呆呆地站在那里，不是亲眼所见，从文字描述中绝对无法想象出来。县里的领导人汇报工作时，居然说不知道那里有饿死人的事。他们看到我父亲那按捺不住的不满神色时，才赶紧检讨工作没做好。父亲也真生气了，狠狠批评了他们，并要求他们尽快想办法解决，不要再发生饿死人的情况。我们那天是早上出发的，回到韶山招待所是夜里 11 点了。"

回到韶山，胡乔木彻夜难眠。他怎么能睡得着呢？社会主义社会竟然像旧社会一样，也出现饿死人的现象了，这是难以令人接受和理解的。于是，心潮难以平静的胡乔木，连夜写信给毛泽东，不仅谈到了调查韶山公社解决食堂问题的情况，还特别写到了湘乡县饿死人的情况，说："湘乡原被认为一类县，从我们所看到和听到的问题说来，其严重不下于湘潭，而在去年年底大量死人这一点上，还有过之……"同时，胡乔木还随信向毛泽东呈送了《关于在韶山公社解决食堂问题的报告》《关于韶山公社讨论"六十条"的情况简报》《关于韶西大队杨家生产队食堂分伙后的情况简报》和《毛华初同志访问东茅塘生产队材料》等四份调查材料。

胡乔木的信是由回长沙开会的毛华初转交给毛泽东的。在这四份材料中,最为毛泽东所关注的就是《关于在韶山公社解决食堂问题的报告》。胡乔木在报告中说:"在韶山公社干部和社员讨论'六十条'的时候,我们遇到的最突出的问题,就是公共食堂问题。从群众反映看来,大多数食堂目前实际上已经成了发展生产的障碍,成了党群关系中的一个疙瘩。因此,我们认为,这个问题愈早解决愈好。"报告在列举公共食堂种种问题之后说:"在这种情况下,大多数食堂势在必散,而且散了并没有损失,反而对整个工作有利。"胡乔木还根据韶山一个食堂的经验证明,"群众要求散的食堂不但应该散,而且可以散得很快很好。"

尽管4月9日,胡乔木已经在和毛泽东的单独谈话中提到了解散食堂的问题,但作为主张立即解散公共食堂的正式报告,这还是毛泽东第一次收到。自4月9日和胡乔木谈话后,毛泽东对湖南的问题也思考得非常多,他觉得"湖南同志对于走群众路线,及时看出问题、先下手、争取主动权,这样两个问题似乎还不大懂"。为此,他还专门致信汪东兴,要他把湖北的王任重和王延春请到湖南住三五天,帮助湖南解决一些问题。而胡乔木的来信,更加坚定了毛泽东要解决公共食堂问题的决心。

4月15日,毛泽东把胡乔木的来信和四个附件批转给湖南省委书记张平化,并批示:"印发给我们的三级干部会议各同志。予以讨论。"

4月16日晚,毛泽东召集刘少奇、陶铸、胡乔木、王任重开会。会上,谈到食堂问题,大家都认为这是脱离群众、最不得人心的一件事。办了公共食堂妨碍了生产的发展,对于救灾非常不利。

4月26日,邓小平根据毛泽东的意见,以中共中央名义将胡乔木的信和四份附件转发给各中央局,各省、市、自治区党委,作为研究和解决食堂问题和有关问题的参考。在文件标题下面,还专门加了一个副题——"胡乔木同志关于公社食堂问题的调查材料"。

至此,解决食堂问题已经摆到了中央工作会议的桌面上了。而作为人民公社的一项基本制度的公共食堂,曾经被喊得震天响的"公共食堂万岁""公共食堂是社会主义阵地"等口号,自然成为一种空想的乌托邦,在现实面前已经走进了死胡同。

5月8日,胡乔木再次致信毛泽东,报告了最近的调研情况。在信中,胡乔木主要汇报了六个方面的问题。一是食堂问题:韶山公社食堂已由原有的112个减少为6个,其中5个不久都将不办。对于仅仅在三天时间内就基本解决了全公社的食堂问题,群众反应热烈的程度难以想象,甚至有人说成是"第二次解放",湖南省委对解决食堂问题决心很大,预定最近即可在全省范围内解决。二是农村商业问题:省委已决定在原韶山的五个分社开始作成立供销合作社的试点。三是农村手工业问题:中南局各省委都决定,恢复单独核算的、具有集中生产也有分散生产的手工业生产合作社。四是城市居民食堂问题:我们在湘潭市发现,城市居民食堂实际上是强迫参加的,问题的严重程度不小于农村。五是国营工厂企业参加和领导城市人民公社,害比利多。六是城市工商业和城市整风方面还有许多重大的方针政策问题,迫切需要认真解决。

已经来到杭州住在刘庄的毛泽东,当天收到胡乔木的来信后,在5月9日凌晨3点,将胡乔木的来信再次转发给各中央局,各省、市、自治区党委;并在这天下午4时半复信胡乔木:"你的信收到,很有用,已发各个中央局,各省、市、自治区党委参考。你继续在湘鄂两省就那几个问题进行调查,很有必要。5月15日返京的计划,还可以改为5月20日到京。"

5月21日至6月12日,中央工作会议在北京召开。《农村人民公社工作条例(草案)》进行了重要修改:一是取消了供给制,二是规定办不办食堂"完全由社员讨论决定","实行自愿参加、自由结合、自己管理、自负开销和自由退出的原则",实际上就等于取消了公共食堂制度。至此,这两项关系亿万农民切身利益的大问题终于得到了彻底解决。会议还制定了关于手工业问题、商业问题、林业问题、退赔问题等四个文件。而胡乔木以其实事求是的精神和深入基层调查研究的工作作风,践行了自己所倡导的"在调查的时候,不要怕听言之有物的不同意见,更不要怕实际检验推翻了已经作出的判断和决定",说真话,不隐丑,向毛泽东提供了真实的情况和第一手材料,为中共中央的正确决策作出了可贵的贡献,也为中国的农村、农业和农民的生存和发展找到了一条正确的道路。

毛泽东准胡乔木长期休养:不计时日,以愈为度

北京会议是1961年5月21日召开的。胡乔木按照毛泽东的指示,在5月20日从武汉赶回北京。

回京后,胡乔木立即向毛泽东报告了他继续在湖南和湖北两省的调查情况。在谈话中,胡乔木还坦诚地为庐山会议纠"左"没有能继续下去而感到遗憾,并谈到当时刘少奇请他写一个反"左"文件的事情——也就是毛泽东在庐山会议7月23日讲话以后,刘少奇曾主张批判彭德怀只在小范围内进

行,另外发一个反"左"的文件。为此刘少奇找到胡乔木,要他来起草。胡乔木在当时毛泽东已经决定批判"军事俱乐部",并批评自己"乱说话""要夹着尾巴做人"的情况下,实在感到这个反"左"的文件不好写,就对刘少奇:"是不是同毛主席谈一下?"刘少奇听胡乔木这么回答他,就很生气地说:"你写出来,我自然会去谈。"没有办法,胡乔木就去请彭真找刘少奇谈,最后才决定不写了。实际上,正如胡乔木所说的,如果当时这个反"左"的文件真的写出来了,刘少奇也要被牵扯进去。

其实,胡乔木这次也只是在看到毛泽东又开始重新回到纠"左"的正确道路上后,无意之中谈起了这件往事,内心为庐山会议纠"左"不力、出了错误而感到遗憾。毛泽东听了之后,没有太多的表态,只说了一句:"啊!有这回事!"言语之中还是有些惊讶。

5月25日,胡乔木在中央工作会议小组会上作了《大跃进中理论宣传的几个问题》的主题发言。这次会议是由刘少奇主持的。发言中,胡乔木主要讲了九个问题,即:"高速度问题""共产主义风格、共产主义觉悟、共产主义教育问题""吃饭不要钱问题""不断革命论和革命发展阶段论问题""资产阶级法权问题""外行领导内行问题""生产过程中所有制的地位问题""政治挂帅与物质利益问题"和"刑法、民法的问题"。

胡乔木主要批评了"《人民日报》的水平低,特别是在理论方面。报纸宣传上很大的问题是简单化,片面性,主观主义"。而且胡乔木的发言很短,篇幅才两千多字。但就在这个发言中,主持会议的刘少奇却先后八次插话。这是很少有的。

胡乔木发言伊始,刘少奇就先后三次插话。胡乔木说:《人民日报》几年来"登了许多错误的东西,许多事情没有经过分析,也有些比较重要的新闻和文章,没有请示中央就上报了,人家一看,这是中央办的报纸,以为是中央提倡的,就推广了"。刘少奇插话说:"全国许多事情是中央领导一半,人民日报领导一半。"胡乔木说:"因为报纸的宣传不真实或者不正确,在群众中的威信就降低了。"刘少奇插话:"报纸上登的一些东西是假的,先进经验是假的,亩产6000斤小麦是假的,人家就不看了嘛!"胡乔木接着说:"报纸上提过许多错误的口号,曾经将'人有多大胆,地有多高产'作为标题。"刘少奇又插话:"当时反对条件论,反了很久,但是对什么是条件论并没有搞清楚。马克思主义的原则,就是一切决定于时间、地点、条件。办任何事情,总得看条件是否成熟,一个是客观条件,一个是主观条件。承认条件的意义是对的,不讲条件,反对条件论,就是唯心主义了。"

在胡乔木批评"我们过去宣传的高速度,实际上是超高速度"时,刘少奇插话:"不是超高速度,而是脱离现实的非马克思主义的高速度。"胡乔木说:"这种高速度,是不符合总路线精神的,把多、快、好、省割裂开了。高速度和稳步前进可否统一起来呢? 我有一个想法,是可以统一和应该统一的。人赛跑的时候,要跑得快,还要跑得稳,如果不稳,跌了跤,就不可能快。"

　　当胡乔木讲到"共产主义风格、共产主义觉悟、共产主义教育问题"时,说"劳动人民在某种特殊情况下也可以表现共产主义风格,但不能作为普遍的持久的标准"。刘少奇插话:"把先进的口号当做当前的政策,把前途教育当做当前的政策教育,是错误的。"胡乔木说:"在党内应该讲共产主义风格,但是无限制地讲也行不通。主席讲过,大公有私。"刘少奇又插话:"这里联想到一个问题,请同志们考虑一下,我们现在是不是无产者? 大家是不是已经变成有产者了? 所谓有产,就是做了官,有名利有地位了,是个几级的干部了。有了产就要保护它,就怕撤职,怕开除党籍、怕离婚、怕坐班房、怕杀头了,不敢坚持真理了。虽然有产了,还应该保持无产者的本色,有产等于无产。为了坚持真理,撤职、开除党籍都不在乎,现在许多人在乎这些东西,当了官,当了大官,就有失去革命无产者本色的危险性。"

　　而当胡乔木谈到《人民日报》在宣传"生产过程中所有制的地位问题"中有偏向时,刘少奇的插话比胡乔木的发言还要长。胡乔木只说了一句:"几年的事实证明,在生产关系中,最主要的和起决定作用的还是所有制。"刘少奇说:"生产关系中一个是所有制,一个是相互关系,一个是分配制度,后边两个都是根据所有制来的,什么样的所有制有什么样的分配制度,有什么样的相互关系。集体所有制,是大家所有的,可是人家没有分配权,你瞎指挥生产却要人家承担损失。搞平均主义,搞瞎指挥,就是从根本上动摇了集体所有制。什么事情是书记说了算,成为'书记所有制'了。"

　　在谈"政治挂帅与物质利益问题"时,胡乔木说:"这个问题,主席早已解决了,政治挂帅第一,物质利益第二。但是事实上不少人完全否认物质利益的意义,好像共产党革命不是为了人民的物质利益似的。讲政治挂帅是为了指明奋斗方向,是要我们把当前利益和长远利益正确地结合起来,这在'十大关系'的报告和八大一次会议决议,本来是解决了的。我们讲当前利益要服从长远利益,并不是说就不要当前利益了。"刘少奇插话说:"没有今天,就没有明天。一般来说,当前利益要服从长远利益,但是在特殊的情况下,某些长远利益也要服从当前利益。比如发生灾荒,当前困难很大,要基本建设下马,你还将当前利益服从长远利益吗? 当前的困难,天灾人祸两个都有,而且在很多地方,天灾不是主要的,人祸是主要的,你讲天灾,群众不承认。我不是说要改变宣传口径,对外宣传还是那样讲,但是我们今天是党内总结经验教训,大家要讲讲心里话。"①

然而,刘少奇的这些心里话,尤其是"天灾不是主要的,人祸是主要的,你讲天灾,群众不承认"这样的话,让毛泽东听起来很刺耳,甚至深深地刺激了他。尽管,"天灾""人祸"之说是毛泽东本人最早提出来的,但刘少奇这么一强调,毛泽东不高兴了。

就在这个时候,一件令胡乔木意料不到的事情发生了——胡乔木跟毛泽东讲庐山会议上刘少奇让他起草一个反"左"文件的事情,一下子纷纷扬扬地在会议上传开了。刘少奇知道后,自然非常不高兴,就在大会上严厉地批评了胡乔木。至于刘少奇为什么不高兴,是否是因为毛泽东以某种方式批评了刘少奇,不得而知。

受到刘少奇的严厉批评,胡乔木感到十分委屈,本来就不好的身心更加受到精神上的压迫,严重的神经衰弱症因此加剧,头疼得更加厉害,甚至到了无法拿笔写文章的地步了。真的实在是太累了,这不仅仅是工作上的,更多的或许是精神上的压力和领导人关系间的协调。前年在上海会议上毛泽东批评了他,如今在北京会议上刘少奇又批评了他。而对中共中央两位最高的领导人的批评,胡乔木是有所保留的。现在身体实在坚持不下去了,他觉得自己该休息休息了,于是等北京会议一结束,胡乔木就给主持中央工作的邓小平打了请假报告。邓小平很快批准了胡乔木的报告,让他好好休息一下。

8月17日,正在北戴河休假的胡乔木,致信毛泽东:"从今年6月休息,到现在快三个月了。在北京的休息和中西医药的治疗看来都没有发生显著的效果。7月20日来北戴河,初来的前半月自觉有较大的进步,主要在体力方面。近半月来情况又有些变坏,还是走不动路,睡不着觉,认真谈话就觉得脑子发胀。推测起来,大概是因为这些时多看了一些文件,多谈了一些话之故。因此,原来想到庐山会议来听听报告,现在为求真正复原,免得反而拖久,只好请假了。现在决心再彻底休息一个时候,心不旁骛,这样恢复是不会慢的。谷羽很好。我们好久没有见主席,很挂念,希望你的身体长久健康!"

胡乔木在信中提到的庐山会议,是指第二次庐山会议,即1961年8月23日至9月16日在庐山召开的中央工作会议。这次会议是在北京会议上,毛泽东建议在庐山召开的。主要讨论粮食问题、市场问题、两年计划和工业

①《胡乔木文集》第二卷,人民出版社1993年7月第1版,第372—376页。

问题、工业企业管理问题、高等学校工作问题以及干部轮训问题。从什么地方跌倒,再从什么地方站起来。第一次庐山会议所带来的灾难性后果自然给了毛泽东很多经验和教训,他决定再上庐山,并对秘书田家英说"这次要开一个心情舒畅的会"。

毛泽东收到胡乔木来信后,8月25日在庐山给胡乔木回信说——

乔木同志:

八月十七日信收到,甚念。你须长期休养,不计时日,以愈为度。曹操诗云:盈缩之期,不独在天。养怡之福,可得永年。此诗宜读。你似以迁地疗养为宜,随气候转移,从事游山玩水,专看闲书,不看正书,也不管时事,如此可能好得快些。作一、二、三年休养打算,不要只作几个月的打算。如果急于工作,恐又将复发。你的病近似陈云、林彪、康生诸同志,林、康因长期休养,病已好了,陈病亦有进步,可以效法。问谷羽好。如你转地疗养,谷羽宜随去。以上建议,请你们二人商量酌定。我身心尚好,顺告,勿念。

毛泽东

一九六一年八月二十五日

到底还是毛泽东了解胡乔木。在信中,毛泽东建议胡乔木"以迁地疗养为宜,随气候转移,从事游山玩水,专看闲书,不看正书,也不管时事",且"作一、二、三年休养打算,不要只作几个月的打算",足见其交情之深、过从之好。从1941年到现在,胡乔木跟随毛泽东已经整整二十年了!这二十年无论对胡乔木还是对毛泽东,无论是对中国还是对世界,变化真的是天翻地覆。但胡乔木有一个角色——毛泽东的秘书——却始终没有改变,胡乔木对毛泽东的敬仰没有改变,毛泽东对胡乔木的倚重也没有改变。但以这封信为标志,毛泽东和胡乔木之间的角色开始有了实质上的变化——名义上仍然是毛泽东政治秘书的胡乔木,却从此离开了毛泽东身边,并逐渐远离毛泽东晚年的政治路线,开始了自己独特的政治命运。

胡乔木大病一场,然而令他没想到的是,这一病不只是"一、二、三年",却是十多年。但重溯历史,胡乔木这次病倒也如同塞翁失马,对他个人后来的政治生涯来说,何尝不是一件好事呢?

"从事游山玩水"的胡乔木"没有百忙",却有"好事之谈"

在毛泽东身边工作了整整二十个春秋,胡乔木像一个不停旋转的陀螺,如今终于可以"游山玩水,专看闲书,不看正书,也不管时事"了。胡乔木按照毛泽东的关怀,随"气候转移",和夫人谷羽真的变成了成双成对的"爱情鸟",大江南北长城内外都留下了他们的足迹。结婚23年了,胡乔木已近知天命之年,谷羽也刚过不惑。作为丈夫,胡乔木还真的从来没有像现在这样安安静静畅畅快快地陪着妻子。在中南海,李富春还经常跟他们开玩笑说:"你们两口子真是秤不离砣,公不离婆啊!"其实,一直跟随毛泽东的胡乔木,除了坚持正常工作之外,作息时间上却又要与喜好"白天睡觉、晚上工作"的毛泽东同步,二十多年来生物钟完全是紊乱的。这实在是忙坏也累坏了胡乔木,因此和谷羽在一起的时间并不多。现在终于累得病倒了,也难得有空陪着妻子"游山玩水",朝夕相伴了。而直到"文化大革命"爆发之后,胡乔木夫妇都不能正常工作,他们才真正地形影不离了。

他们先是南下杭州,在西子湖畔,或散步或骑自行车在苏堤白堤晨练;他们来到长沙,追寻领袖毛泽东青少年时代的足迹,橘子洲头看鱼翔浅底,岳麓山上看万山红遍;他们到东北的大连、哈尔滨,到西北的华山,到西南的峨眉、昆明,到华南的广州……他们一边静心休养,一边尽兴观赏。尽管自己走到哪儿都十分低调,但毕竟身份不同,作为中央书记处候补书记、毛泽东的政治秘书,胡乔木的到来自然都要受到高规格的接待。对地方官员"兴师动众"的保障,素来轻从简出的胡乔木非常苦恼,给予批评。昔非今比,其实在中国经济最困难的那个年代哪里有什么奢侈可言呢?

——在长沙,招待所每天早餐供应的豆浆,胡乔木要求随行人员和自己一样,谁也别吃那唯一的一点白糖。招待所工作人员纳闷——难道北京首长不吃糖?

——在大连,招待所为他多做几个菜,胡乔木总是只留下三个菜和随行人员一起吃,剩下的全部退还。厨师非常纳闷——难道北京首长不喜欢吃我做的菜?

——在吉林,省市的一些领导每天都要派人来看望他或者陪他出行、送行,胡乔木有些不耐烦了,说:"这样太耽误工作,你别来了,再来有人贴你大字报了!"

——在哈尔滨,省市领导专门给胡乔木配备了三辆车,一辆他专用,一辆随行人员坐,还有一辆警车。胡乔木很不高兴,说:"太浪费了,只要一辆就足够!"

——在昆明，接待人员总是问胡乔木的随从人员：领导爱吃什么呀？领导爱玩什么呀？领导怎么不爱说话呀？胡乔木告诫说：不要琢磨领导，要琢磨工作！

因此，许多人把胡乔木的这种性格归结为"一介书生"。其实，这也对，但又不完全对。胡乔木就是这么一个人，既没有官僚的架子，也没有文人的清高。他不说废话、空话和客套话，也不爱和别人聊闲天，他要的就是想实事干实事，他自己就是一个实干家。即使在家里，和儿女们也是如此。有一次，儿子幸福跟胡乔木谈起了画画的事情。儿子说："我喜欢油画，不仅色彩丰富，而且更能表现宏大的主题。"胡乔木回答说："我喜欢好画。"儿子开玩笑说："爸爸，你说的这是废话。"胡乔木笑着说："废话我不喜欢。"

这就是胡乔木的为人处世。其实，"从事游山玩水"的胡乔木，并非真的就是"专看闲书，不看正书"，却开始关注诗坛和诗歌了。

胡乔木在少年时代就开始写诗，在延安他也创作了许多诗歌。1962年9月6日，胡乔木致函陈毅、康生，又开始谈起诗歌的创作问题——

陈总、康老：

介绍你俩看一首诗——《厦门风姿》。这首诗除感情热烈、文采富丽外，特别可注意的是一百六十行通体都用对仗（隔句对和当句对，略似骈赋）调平仄，每句押韵（北方流行的所谓十三辙的宽韵），章法严谨（每四行一节，每一大段一韵到底）。虽然篇幅略感冗长，不无小疵，但用白话写新式的律诗，究为诗史上的创举，也是主席号召的在古典诗歌基础上发展中国诗的一个认真的努力。这首诗发表已两个月了，我也是由于报刊的推荐和电台的朗诵才找出来看的。因为你俩都关心这方面的情况，不揣冒昧，特以奉上，并请对所见不当之处予以指正。

敬礼

胡乔木

一九六二年九月六日

《厦门风姿》是著名诗人郭小川的作品，发表在1962年6月18日的《人民日报》上。"元帅诗人"陈毅在收到胡乔木的来信后，9月8日给康生写信说："乔木同志送来郭小川长诗，请阅。我觉得郭小川在新诗人中是有前途的。乔木同志意见甚对，的确太冗长，不耐看。如何，请提意见。"第二天，康生在诗稿上批语说："已阅，甚好，确实创举。'无韵律不成诗'，这是历来的看法,读此诗,心中甚喜,唯词句欠精练,不知对否？"

也就是在这个时候,中国的政治风云又发生了剧烈变化。中共八届十中全会于1962年9月24日至27日在北京举行,在这次会议上,毛泽东出人意料地发出了"千万不要忘记阶级斗争"的号召。会议批判了"单干风""翻案风"。一时间,全国各大报刊开始大谈"阶级斗争"。毛泽东的"阶级斗争"论断再一次发展了1957年以来的"左"倾错误,是1959年庐山会议的继续和扩大。他认为无产阶级和资产阶级的矛盾,已经由以前的过渡时期,逐渐扩展到整个社会主义历史阶段,并认定资产阶级的存在是中共党内产生修正主义的根源。随后,以"阶级斗争年年讲、月月讲"为主题的全民社会主义教育运动在中国大陆如火如荼。

上有天堂,下有苏杭。在杭州休养的胡乔木,因病得福"躲"过了"阶级斗争"的狂热浪潮,在西子湖畔难得地享受着远离政治旋涡的"风平浪静"和淡妆浓抹总相宜般桃花源的诗意。1962年11月5日,胡乔木在阅读了人民美术出版社出版的《革命历史画选》一书后,对该书的"序言"出现的语法错误一针见血地提出了批评。的确像胡乔木所指出的那样,这篇序言的"第一句没有谓语","第二句是第一'句'的谓语,但是全句太冗长了","第三句也是第一'句'的谓语,没有主语","第六、七句都没有主语"。人民美术出版社收到胡乔木的来信后,立即回信,感谢他在"百忙之中"给予的批评。11月30日,胡乔木淡然回信说:"我现在是在养病,没有百忙,因此才会作这些好事之谈。"

"好事之谈",这只不过是胡乔木自嘲而已。一辈子和文字打交道,又善辞章的他,在文字修辞上的功夫连毛泽东也是赞叹有加的。

1962年12月,胡乔木在《文汇报》上先后读到杭州大学教授、词学研究家夏承焘发表的两篇文章——《谈辛弃疾的〈水龙吟·登建康赏心亭〉》和《辛弃疾的〈菩萨蛮·书江西造口壁〉》,顿生感慨,觉得有不同意见要说。遂致信夏承焘——

承焘先生:

近读大作谈辛词《水龙吟》一文,略有所见,写上呈政。

词中下片首两句,先生以为反语,这种说法对帮助读者了解稼轩抱负之不同凡俗,可能是好的。但作者原意果否如此,似尚有斟酌之必要。我国封建时代地主阶级文人羡慕归隐,几成通例,虽豪杰之士如稼轩者亦不能免,此在辛词中所在多有,即在与此作同一时期,用同一故实以示对张翰之向往着,亦屡见不鲜,所以这里很可不必曲为之说。求田问舍云云,直承上文,只是深一层来宣泄自己的痛苦心情,盖退既不能乐享林泉,进又不能报国救世,心非许汜,而迹则无以异之,坐视年华,冉冉以去,此真所谓大无可如何之日,故欲红巾翠袖为之,英雄泪也(红巾翠袖解为离骚求女之意,亦失之凿)。此词用意本甚显豁,先生一代词学大师,岂待班门弄斧。意者或求之过深,将以现代进步观点要求古人,解释古人,遂不觉大义微言,触目皆是。前之释苏词"朱栏绮户"句,殆亦生此耳。古人之进步,终不能如今人之进步,其于君臣男女家国出处之间,观点径庭,直不可以道里计。我们只要还古人一个本来面目,便是马克思主义的唯物主义的历史主义的态度。这样,古人留给我们的好东西,其价值并不因而减少,反是亦未必因而增加。私见如此,不敢自必,献之高明,曾其或有一助乎。书造口壁词解释得好,邓广铭先生考辨金兵实未追之造口,但宋后确曾逃经造口,谓与此词起兴全不相涉,理由似不能认为充足。

专此,即颂

著安

胡乔木

一九六二年十二月十三日

胡乔木认为辛弃疾作《水龙吟》,"只是深一层来宣泄自己的痛苦心情,盖退既不能乐享林泉,进又不能报国救世,心非许汜,而迹则无以异之,坐视年华,冉冉以去,此真所谓大无可如何之日"。而此时此刻自称"苏(苏轼)辛(辛弃疾)之徒"的胡乔木,疾病缠身,旁观于"阶级斗争"的大风大浪之外,其内心是否亦有"退既不能乐享林泉,进又不能报国救世"的心境呢?

两天后的 12 月 15 日,新中国成立初期就领导中国文字改革的胡乔木,致信叶籁士,对《文字改革》的编辑工作提出建议:"《文字改革》周刊上可否辟这样一栏,总题例如'常用汉字的由来'(或'这些字为什么这样写?'诸如此类),每期介绍一些字的古今繁简正俗演变,使一般人了解现在的几乎任何一个字都是经历过很多改革……"

1963 年 2 月 14 日,胡乔木在阅读了人民文学出版社出版的《没有地址的信·艺术与社会生活》一书后,给该社负责人楼适夷写了一封长达 4000 多字的信,就书籍出版中的翻译、编排设计、注释等提出了具体的建议。末尾他自谦地说"拉杂写来,不觉已有许多。由于生病,很久没写过什么东西了,现在是利用写信来练习恢复作文的能力，同时也是利用病假来说这些琐碎的闲话。一天写几行，断断续续，前后已隔了好多天，究竟还是前详后略，未能一以贯之。这只是供你和编辑部有关同志参考的，请勿外传，并勿为外人道。"五天后，胡乔木在收到楼适夷的回信后，又致信楼适夷，"关于出版工作我还有一点小意见，就是希望设法改进装订质量。目前稍厚的书因书脊凹进，书页凸出，久而就会脱落；硬纸面本易翘，封皮纸有时也因粘得不匀而鼓起。平装书封底前没有衬页，不但过于局促，而且正文末页常与封底粘连，封皮一坏末页很易污损。我们现在的出版工作在编辑校对方面比过去大有进步，但在这一方面则解放前的有些书籍还很值得借鉴。"如此细致入微地关注图书出版工作，这不能不让人想起新中国成立初期人们送给胡乔木的一个绰号——"《人民日报》的婆婆"。

同时，胡乔木还给少年儿童出版社、中国青年出版社等单位，就图书的出版和新书的广告等问题，提出了许多具体可行的意见，并亲自审读校改书稿。像《白求恩传》和《白求恩文集》的出版，都浸润着胡乔木的心血。他还叫秘书商恺为中国妇女出版社编了一本名叫《自从我的妻子双目失明以后》的书，并致信时任中宣部新闻出版处处长包之静，请他"通知出版局给予支持"。因为"中国妇女出版社的这个户头太小了，在印刷发行方面都看不上眼，但是这本小书关系'世道人心'者甚大，在社会主义教育中可以发生不小的作用，应该加以支持"。同时，胡乔木对外国著名作家雨果的《悲惨世界》、罗曼·罗兰的《约翰·克利斯朵夫》和《善良的灵魂》的出版给予了关注。

身为中共中央书记处候补书记的胡乔木，他的这些"好事之谈"和"好事之举"，完全不是出于功利的目的，完全是凭着自己的良心和责任感。

1962年7月，有关部门将《全日制小学暂行工作条例》和《全日制中学暂行工作条例》的初稿报送中央文教小组讨论后，送中共中央工作会议作为会议文件征求意见。胡乔木在读完这份文件后，于1963年2月19日致信主持中央工作的邓小平："小平同志：关于中小学条例有一点小意见，写上供中央参考。两个条例都规定不要把语文课讲成文学课(中学第十二条，小学第八条)。但是中小学语文课文中都必然有文学作品，例如毛主席诗词，要不把这些课文当做文学作品讲，似乎不甚好讲，可能条例原意也不是如此。为了使含意准确些，可否把原话改为：除文学性的课文外，不要把一般的语文课文讲成文学课。"1963年3月23日，中共中央在采纳了胡乔木的这个意见后，正式批转下发了这两个条例。

1963年6月下旬，袁鹰收到胡乔木从长沙寄来的两篇杂文，题为《湖南农村中的一条新闻》《湖南农村的又一新闻》。这两篇杂文,讲了湖南农村的两件新事:"一件是一位农村干部的母亲死了,用开追悼会代替做道场,党支部和党员带头改变旧的风俗习惯;另一件是一家农户失火,民兵干部组织全体民兵利用农事空隙义务为他修了新屋。两件事情都不大,却闪耀着一种新思想、新观念的可贵光辉——共产主义的光辉。乔木同志敏锐地抓住现实生活中特别是精神生活中新的萌芽,及时加以表彰。前一件事,他指出'是一件移风易俗的大事,值得在全国所有的农村和城镇中提倡'。他说:'党支部书记不可能主持每一个追悼会,但是党的支部的确必须努力改革人民群众有关丧葬婚嫁等等风俗习惯,在生活的每个角落里扫除形形色色的垃圾,消灭形形色色的细菌,让社会主义和共产主义的精神生长起来。'后一件事本是民兵帮助群众解决困难,做好事。但因为是义务劳动,又值批评和纠正了刮'共产风'、'一平二调'之后,乔木同志不得不花点心思在社会主义分配原则和共产主义思想精神的关系上多说几句,以澄清人们可能产生的误解。"①文章在《人民日报》副刊发表时,胡乔木用的是笔名"白水"。

此间,胡乔木还用"赤子"的笔名在1963年6月16日、18日、19日、20日的《人民日报》发表了《爱和恨和宣传》系列四篇文章,7月16日又发表了《美国人替中国算命》。22日,胡乔木将发表的这些文章一起寄给毛泽东,请毛"暇时盼能一阅",并报告说:"过去两年几乎不能写什么东西,近来稍好。但是一沾上赶任务性质的事情,还是感觉很紧张。为了设法改善,写些自由谈式的杂文,作为脑力劳动的一种练习。开始有些吃力,后来就逐渐习惯些,如果用几天时间凑一两千字,时作时辍,效果还好。希望能够坚持这种练习,逐步达到明年恢复工作的目的。没有用真名,为着免得向熟人解释。这些杂文虽是为国内外斗争摇旗呐喊,只是写得太啰嗦,原想等写得稍为像样些再送请您看,不想已经泄漏,只好提前了。如能得到您的指点,那就欢喜不尽。"

"从事游山玩水"的胡乔木在身心稍为好转的情况下,已经没有心思"专看闲书,也不管时事"了,他渴望着工作,渴望着投身到祖国的伟大建设当中去,渴望着回到毛泽东的身边。

---

① 袁鹰:《胡乔木同志和副刊》,见《我所知道的胡乔木》,当代中国出版社1997年5月第1版,第201—202页。

毛泽东把玩推敲胡乔木诗词
江青严斥"不准打扰主席工作"

和毛泽东已经有两年多没有见面了，也几乎快两年没有和毛泽东通信了。胡乔木真的有些想念毛泽东了。在胡乔木的心中,毛泽东既是领袖,也是师长,还是备受自己崇敬的"老人家"。

1963年春天,毛泽东发出了"向雷锋同志学习"的号召。胡乔木心中感慨万千与何人说?他后来创作的《念奴娇·重读雷锋日记》正好表达了自己的心境和心情。词曰——

分明昨夜,老人家万种慈祥亲爱。醒后追寻何处是?日月文章永在。最忆良言,全心为党,骄躁悬双戒。不干滴水,只缘身献沧海。

谁令抱被遮泥,潜名寄款,风气千秋改?真理一归群众手,多少奇姿壮采!鼠目光微,蝇头利重,少见徒多怪。红旗浩荡,共奔忘我时代。

休养中的胡乔木除了经常做些"好事之谈"外,他还花费心思校订了由自己主持编辑的《毛泽东诗词选》一书的注释稿。定稿后,1963年7月12日他致信毛泽东说:"诗词注释稿又看了一遍,尽量压缩了一些,送上请阅。诗词注释由作者看很难引起兴味,现在只求少出错误,多少满足广大读者的迫切要求罢了。"其间,胡乔木在上海休养时与中共上海市委宣传部部长石西民,曾就毛泽东《七律·答友人》中"芙蓉国里尽朝晖"一句中的"芙蓉国"的意义,作过探讨和交流。1964年3月,《北京晚报》发表了一篇有关"芙蓉国"的文章,认为毛泽东诗词中的"芙蓉国"典故,来源于唐末诗人谭用之的《秋宿湘江遇雨》:"江山阴云锁梦魂,江边深夜舞刘琨。秋风万里芙蓉国,暮雨千家薜荔村。"胡乔木看到后,立即写信告诉石西民,确认"芙蓉国"即指湖南。

这个时候,中国的政治形势更加严峻。随着"反修防修"运动的开始,"阶级斗争"在全国范围内全面展开,农村的"四清"运动和城市的"五反"运动也随之进一步深入。1964年3月14日和16日,胡乔木接连致信《人民日报》副总编胡绩伟,对《人民日报》的编辑工作进行干预和批评。他在14日的信中指出,《解放日报》3月8日的编者按语写得好,"要言不烦,却很能引人入胜——入马列主义之胜,很希望《人民日报》能在这方面学学《解放日报》和其他办得好的地方报,使版面上的革命空气和理论空气进一步活起来"。16日,胡乔木在看了《解放军报》和《解放日报》后,"憋不住"又写信给胡绩伟,说:"在全国活学活用毛泽东思想高潮中,相形之下,我们的报纸在宣传方面似乎还没有站到最前列。看到这些报纸上的生动活泼的材料,就希望《人民日报》也能登一些,并且努力设法站到第一线去。送上的这些材料可否选用若干请你们斟酌。"同时,胡乔木建议报纸的版面应该改革,"把副刊的篇幅分出一半来,抓各种活思想(当然别的版面也要抓),用以见缝插针地宣传毛泽东思想,宣传阶级斗争社会主义,宣传移风易俗舍己为群,天天抓,至少也要隔天抓一次,这样副刊才能由只是文人的地盘变为工农兵和各行各业干部的共同地盘。"显然,面对热火朝天的社会主义教育运动,逐渐康复的胡乔木又开始努力追赶毛泽东的步伐了。

1964 年 4 月,回到北京家中小住的胡乔木,在中共中央政治研究室的图书馆看书时,偶然发现了一本 20 世纪 40 年代初在太行山出版的《抗大五周年纪念刊》,其中第一篇文章就是毛泽东写的《抗大三周年纪念》。毛泽东的这篇文章最早发表在 1939 年 5 月 30 日的《新中华报》上。胡乔木一看,眼前一亮。在毛泽东身边 23 年来,胡乔木还没有见过这篇文章,一下子读完了,真是说不出的高兴。因为这篇文章言简意赅,风骨劲拔,使千载以下人读之,犹觉虎虎有生气。4 月 23 日,胡乔木专门向毛泽东报告了此事,并说:"特别有意义的,还是这篇文章中首次出现了'三八作风'中的三句话。反动派愈反对我们,愈足以表明我们之正确光荣,这个提法似乎也首见于此。此外,这篇文章对目前的青年学生和教育工作者也很有益。全国都要学解放军,全国的学校都要学抗大,学它的革命性、进步性和艰苦奋斗而又生动活泼的朝气。"为此,胡乔木要秘书商恺把这篇文章抄录下来,呈送毛泽东阅读,并请毛"考虑一下是否收入《毛泽东著作选读》"。[①]毛泽东接受了胡乔木的意见,将此文改题为《被敌人反对是好事而不是坏事》,收入了《毛泽东著作选读》。

1964 年 10 月,《红旗》杂志发表了一篇题为《怎样看待妇女》的文章,矛头直指《中国妇女》开展的关于树立革命人生观和婚姻观的大讨论,"罪名"是"离开了阶级分析,没有阶级观点,引导妇女堕入资产阶级人性论的泥坑"。在"阶级斗争年年讲、月月讲"的氛围之中,这"突如其来的棍子"把《中国妇女》主编董边"打得晕头转向,想不通错在哪里"。因为这个大讨论是在胡乔木的指导之下,并在《人民日报》整整用一版作了介绍的。对胡乔木,董边和丈夫田家英都是十分敬重的。而且胡乔木在妇女和儿童权益工作上,对董边的支持和关怀也是巨大的。董边清楚地记得:1950 年,胡乔木起草"中共

---

① 《胡乔木书信集》,人民出版社 2002 年 5 月第 1 版,第 217—218 页。

中央贯彻第一部婚姻法运动月工作的补充指示",促使广大干部和人民群众在新旧婚姻制度问题上划清界限;在 1951 年全国妇联宣传教育会议上,胡乔木提出了"向妇女宣传社会,向社会宣传妇女"的口号,将马列主义妇女观和女权主义严格区别开来;20 世纪 50 年代,胡乔木要求董边把《中国妇女》办成妇女的百科全书,提出把勤俭持家这个主题开展好;60 年代,胡乔木提议成立了中国妇女出版社。对胡乔木的指导和教育,董边感激不尽,但这次"关于树立革命人生观和婚姻观的大讨论"为什么受到《红旗》杂志的批判呢?董边有些想不通。正在此时,陈伯达来到田家英家,对董边说:"《红旗》的批判不单对你们,主要是对胡乔木,他养他的病好了,给你们出主意干什么!"这时,董边才恍然大悟,原来这背后是陈伯达在"借题发挥,用心何其毒也!"董边毫不客气地告诉陈伯达:"你诬赖好人,这两个讨论与胡乔木无关!""文化大革命"开始后,"陈伯达大权在握,他勾结江青,整死田家英,又整胡乔木,由于受到周总理的保护,才幸免于难"。①

众所周知,这个时候,中国的政治天空,开始氤氲着一种不和谐的症候。依然远离政治核心的胡乔木,却阴差阳错地开始进入自己诗歌创作的一个高潮期。

1964 年 10 月 1 日,是新中国成立 15 周年。胡乔木写下了他的第一首古体诗词作品《水调歌头·国庆》。接着,他又一口气写了八首诗词《水调歌头·国庆夜记事》《贺新郎·看〈千万不要忘记〉》《沁园春·杭州感事》和《菩萨蛮·一九六四年十月十六日原子弹爆炸》(五首)。11 月,胡乔木依然诗兴不减,又创作了《水龙吟》四首。我们不妨在这里摘录两首——

水调歌头·国庆夜记事

今夕复何夕,四海共光辉。十里长安道上,火树映风旗。万朵心花齐放,一片歌潮直上,化作彩星驰。白日羞光景,明月掩重帷。

天外客,今不舞,欲何时?还我青春年少,达旦不须辞。乐土人间信有,举世饥寒携手,前路复奚疑?万里风云会,只用一戎衣。

沁园春·杭州感事

穆穆秋山,娓娓秋湖,荡荡秋江。正一年好景,莲舟采月;四方

---

① 董边:《深切怀念胡乔木同志》,见《我所知道的胡乔木》,当代中国出版社 1997 年 5 月第 1 版,第 336 页。

佳气,桂国飘香。玉绽棉铃,金翻稻浪,秋意偏于陇亩长。最堪喜,有射潮人健,不怕狂澜。

天堂一向喧扬,笑今古云泥怎比量!算繁华千载,长埋碧血;工农此际,初试锋芒。土偶欺山,妖骸祸水,西子羞污半面妆。谁共我,舞倚天长剑,扫此荒唐!

此前很少写古体诗词的胡乔木在短短两个月中,接二连三地写了13首。不言而喻,这是受毛泽东的影响。正如他自己所言:"试写旧体诗词,坦白地说,是由于一时的风尚。我自知在这方面的才能比写新诗的更差。"他说:"以前曾经读过一些词,作过一些初步的研究,否则是不会一下子就写出来的。词这种文学体裁很特殊,严格地说来是已经过时了,要学习写作需要一定时间的学习,以便掌握有关知识的技巧。"而他正是"由于近年来得了比较严重的神经衰弱症,不能工作,也因此才有时间学习这些东西。虽然它们的内容完全是革命的,没有旧诗词中常见的那些坏东西,但是无论如何,如列宁所说,写革命都不如实干革命更为有趣"。

"写革命都不如实干革命更为有趣",这或许正道出了胡乔木久病无法恢复正常工作的心里话。然而这毕竟是自己的处女作,胡乔木乘兴将这13首词,呈送给有诗词之好的毛泽东,一是请其批评指正,二是借以与毛泽东继续保持紧密沟通。

毛泽东收到胡乔木的信和13首词后,非常高兴,忙里偷闲,不仅对胡乔木的词作了认真修改,而且还把这13首词送给《诗刊》发表,并请康生转告胡乔木"词句有些晦涩"。对毛泽东如此"极大鼓励",胡乔木非常感激。12月2日,胡乔木致信毛泽东,表达了自己的感激之情,并按照毛泽东意见再次进行了修改,又续写了《水龙吟》三首,再次呈送毛泽东。

收到胡乔木再次寄来的16首词稿,毛泽东又进行了认真修改。因为《诗刊》停刊,诗稿转送给了《人民文学》。毛泽东还对胡乔木致《人民文学》和《人民日报》编辑部的信函进行了修改。其间,毛泽东先后两次指示康生就胡乔木的词稿与郭沫若商酌。1965年元旦,胡乔木的《词十六首》首先在《人民日报》发表。为《人民日报》写社论的胡乔木,竟然在这个特殊的时候,以诗人的身份亮相,这是令人吃惊的。更异乎寻常的是,中共中央的理论刊物《红旗》也在新年第一期刊登了《词十六首》。要知道,《红旗》在当时是由陈伯达领导的。不久,《解放军报》《光明日报》等也全文转载。显然,这一切都是毛泽东的安排。而这会不会是胡乔木结束病休,重返政坛的信号呢?

胡乔木的《词十六首》得到毛泽东如此罕见的重视，发表也享受了非同一般的"高规格"待遇，这不仅令他又惊又喜，而且在全国引起广泛关注。著名学者周振甫先后两番诠释，王季思教授还作了讲评。1965年1月20日，陈毅致信胡乔木说："那天在主席处，主席说，乔木词学苏辛，但稍晦涩。主席又说，中国新诗尚未形成，恐怕还要几十年云云。把这消息告诉你，供你参考。你填的词我是能懂的。我认为旧诗词可以新用，你的作品便是证明。因此你初次习作，便能入腔上调便是成功，中间有几首我很喜爱。你多写便会更趋熟练，以此为祝！大创作是等着你的，更以此为祝！中国新诗体未完全形成，我亦有此感。我也是主张从旧体诗略加改变去做试验。我写新诗亦习作旧体，就是想找一个办法有助于新诗的形成。这想法不坏，但实践还跟不上。因而看你填词，便大喜，以为我们是同路中人也。自然你比较严守词格，这是对的。不依规矩不成方圆，但也有到了大破规矩的时候，便更好些，这看法也是可以成立的……"

　　毛泽东的扶植和鼓励，陈毅的祝贺和奖誉，还有许多普通读者朋友的来信和求教，更令胡乔木诗兴泉涌。1965年1月至6月，又创作了《词二十七首》，再次呈送给毛泽东。毛泽东收到后，非常高兴，看了又看，立即着手修改。毛泽东认为这次的《词二十七首》略有逊色。之后，胡乔木按照毛泽东的意见，参照郭沫若、康生、赵朴初等人的意见，对词稿作了认真修改，然后将修改稿请康生转呈毛泽东。1965年9月5日，毛泽东在对胡乔木的27首词稿进行了认真修改后，批交康生转给胡乔木，说："这些词看了好些遍，是很好的。我赞成你改的这一本。我只略改了几个字，不知妥当否，请你自己酌定。先登《红旗》，然后《人民日报》转载，请康生商伯达、冷西办理。"毛泽东还对《水调歌头(二首)》一词作了旁注："有些地方还有些晦涩，中学生读不懂。唐、五代、北宋诸家及南宋某些人写的词，大都是易懂的。"但毛泽东依然还是要像上次一样，"高规格"地发表胡乔木的诗词。

　　胡乔木收到毛泽东的修改稿后，经过酝酿和思考，又重新作了修改，删除了其中的《读报(四首)》及《家书》的最后一首，加上了新作五首，共26首。9月10日，胡乔木托人将词稿转呈毛泽东，请毛泽东审定。15日下午3点，毛泽东将阅改稿退还胡乔木，并批语："删改得很好，可以定稿，我又在个别字句上做了一点改动，请酌定。另有一些字句，似宜再思再改，如不妥，即照原样。唯'南针仰'一句须改。"(毛泽东将胡乔木"北辰共仰"改作"北辰俯仰")同时，毛泽东还作了近十处旁注，以及"好句""宜改""改得好"之类的批语。毫无疑问，在修改胡乔木诗词的过程中，毛泽东是极其认真和反复斟酌，花费了心思的。这些诗词经毛泽东修改之后，自然增色不少，气魄宏大了，气势也壮美了，可谓有"点铁成金，出奇制胜之妙"。《诗词二十六首》和《词十六首》一样，按照毛泽东的意见在发表时再次享受了"最高规格"，先是在《人民日报》1965 年 9 月 29 日刊登，《红旗》杂志在第 11 期发表。

身处杭州的胡乔木实在没有想到，毛泽东在中南海把他的诗词习作"终日把玩推敲"，"并不知道也没有想到毛泽东竟然如此偏爱"。而他的诗词作品一年内接连在中共最高宣传媒介《人民日报》和理论刊物《红旗》杂志发表，这在中共历史上是绝无仅有的，可以说是"超规格"的。就连毛泽东本人的诗词作品，也未享受这等待遇。后来胡乔木在出版自己的诗词集《人比月光更美丽》时感慨万千地说，这些诗词"都是在毛泽东同志的鼓励和支持下写出来，经过他再三悉心修改以后发表的。我对毛泽东同志的感激，难以言表。经过他改过的句子和单词，确实像铁被点化成了金，但是整篇仍然显出自己在诗艺上的幼稚"。

然而，让胡乔木更没有想到的是，在 1966 年 7 月底中央文革小组的一次会议上，他和毛泽东的这段诗词交往，竟然成了他的重要罪状之一。已经在中央文革小组掌权的江青，公开在会议上批判胡乔木："你的诗词主席费的心血太多，简直是主席的再创作。以后不许再送诗词给主席，干扰他的工作！"

江青的批判像一瓢凉水，把胡乔木的"诗词热"浇了个透心凉。

第十七章　冷藏岁月

相思未了今生愿。万里烽烟,怒发冲冠,岂可缠绵效缚蚕?
孤芳绝代伤幽谷。待入尘寰,与众悲欢,始信丛中另有天。

——胡乔木《采桑子·反"愁"(之三)》(1965 年 5 月)

毛泽东杭州突然约见,竟是最后一面! 胡乔木想讲的都忘了讲

1966 年之后的十年,无论对中国,还是对胡乔木和毛泽东个人关系的历史,都是一个特殊的年代。信奉"阶级斗争一抓就灵"的毛泽东在这一年发动了史无前例的"文化大革命"。

天有不测风云。其实,从 1964 年下半年开始,中国的政治气氛已经开始紧张,中共高层已经出现了暗礁。11 月底,毛泽东在一次听取工作汇报时说:还是少奇挂帅,"四清"、"五反"、经济工作,统统由你管。我是主席,你是第一副主席,天有不测风云,不然一旦我死了你接不上,现在就交班,你就做主席,做秦始皇。我有我的弱点,我骂娘没有用,不灵了,你厉害,你就挂个骂娘的帅,你抓小平、总理。非常明显,毛泽东在说这些的时候,是带有情绪的。到了年底,中央召开全国工作会议,研究社会主义教育运动问题。考虑到毛泽东身体不适,主持中央工作的刘少奇就没有请毛泽东出席。邓小平也好心地说:主席身体不好,可以不必参加了。刘、邓没有请毛参加会议,毛泽东心里深感不悦。1964 年 12 月 28 日,在讨论制定《农村社会主义教育运动中目前提出的一些问题》(即"十七条")的中央工作会议上,毛泽东甚至带着《中国

共产党第八次全国代表大会文件》和《宪法》进入会场,反问刘少奇、邓小平:"我们这些人算不算中华人民共和国的公民? 如果算的话,那么有没有言论自由? 准不准许我们和你们讲几句话? ……"①

高处不胜寒。刘少奇和邓小平没有读懂毛泽东的内心世界。毛和刘之间的分歧逐渐公开化。也就是从这个时候开始,毛泽东内心里已经开始酝酿要在政治上"打倒"刘少奇。

1966 年 3 月 17 日至 20 日,毛泽东在杭州主持召开了中共中央政治局常委扩大会议。在这次会议上,毛泽东不仅对国内阶级斗争形势的估计出现了严重错误,而且在一次小会上严厉批评了《人民日报》刊登过不少乌七八糟的东西,提倡鬼戏,捧海瑞,犯了错误。毛泽东还点名批评了人民日报社社长吴冷西是"半个马克思主义","要不断进步,否则要垮台"。同时,也批评了当时不在场的胡乔木和田家英。

3 月 28 日至 30 日,毛泽东在上海先后同康生、江青、张春桥等进行多次谈话,严厉批评了以彭真为首的文化革命五人小组起草的"二月提纲"。因为"二月提纲"与毛泽东准备以批评《海瑞罢官》为切入点、全面开展"文化大革命"、进一步揭露中央出的"修正主义"的想法明显相左,所以毛泽东认为"二月提纲"混淆阶级界限,不分是非,是错误的,尖锐指出:"如果包庇坏人,中宣部要解散,北京市委要解散,五人小组要解散。"还生气地说"中宣部是'阎王殿','要打倒阎王,解放小鬼'。并且说:'我历来主张,凡中央做坏事,我就号召地方造反,向中央进攻。各地要多出些孙悟空,大闹天宫'。他还说:'我们都老了,下一代能否顶住修正主义思潮,很难说。文化革命是长期艰巨的任务。我这辈子完不成,必须进行到底'"②。也就是在这个时候,江青又炮制了《林彪同志委托江青同志召开的部队文艺工作座谈会纪要》,经过张春桥和陈伯达的修改,充满火药味地提出了"十六年来,文化战线上存在着尖锐的阶级斗争","被一条与毛主席思想相对立的反党反社会主义的黑线专了我们的政","我们一定要坚决进行一场文化战线上的社会主义大革命,彻底搞掉这条黑线。"这个新提出来的所谓"黑线专政论",成了否定新中国成立17 年来文化战线上取得巨大成绩,成为发动"文化大革命"的一个重要理论依据。《纪要》经毛泽东三次审阅,作了十几处重要修改,于 1964 年 4 月 10日作为中央文件,印发全党"认真研究,贯彻执行"。而这个《纪要》也成了江青"出山"担任要职的宣言书。与此同时又发生了林彪诬陷罗瑞卿的事件。真

---

①②《毛泽东传(1949—1976)》,中央文献出版社 2003 年 12 月第 1 版,第 1374、1402—1406 页。

可谓山雨欲来风满楼。一个"二月提纲",一个"黑线专政论"纪要,两个明显完全南辕北辙的文件,它实际上向全党公开了中央上层的意见分歧,预示着一场政治大风暴马上就要来临!

在杭州会议上受到批评的吴冷西心情十分沉重。当时,他一走出会议厅就跟周恩来说:"主席这次批评很重,我要好好检讨。"周恩来说:"不光是批评你,也是对我们说的。"会议结束后,吴冷西路过上海时,未敢把毛泽东批评胡乔木的事情告诉休养的胡乔木。但胡乔木从吴冷西那里得到了四月份中央政治局还将在杭州召开常委扩大会议的消息。

4月16日,毛泽东在杭州召开的中央政治局常委扩大会议上,对局势的估计越来越严重,严厉指出:"出修正主义不只文化界出,党政军也要出,特别是党军出了修正主义就大了。"必须当机立断,"全面地系统地抓",发动一场大革命,来解决这个已经迫在眉睫的问题。为此毛泽东决定首先要起草一份"文化大革命"的纲领性文件。他指定了起草的组成人员,其中有陈伯达、康生、江青、张春桥、王力、关峰、戚本禹等10人,以陈伯达为组长。也就在4月16日这一天,起草小组成员聚集上海锦江饭店。因陈伯达、康生奉毛泽东之召去了杭州,所以最初的起草工作由江青主持。起草小组每完成一稿,即由张春桥派人送往杭州,直送毛泽东。经过毛泽东亲自修改后立即派专人送回上海。尽管整个文件起草期间,陈伯达、康生都在毛泽东那里,但毛泽东修改的地方,他们两人并不知道。直到起草小组举行最后一次会议时,陈伯达、康生才从杭州匆匆赶回参加。所以,整个文件的起草自始至终是由江青亲自挂帅。这个文件就是读了让人惊心动魄的"五一六通知",它被称为"文化大革命"的纲领性文件。一个月后,"无产阶级文化大革命"全面发动。

这时,回到杭州的胡乔木接到了中央办公厅通知他回北京参加"文化大革命"的通知。从1965年11月10日上海《文汇报》突然发表姚文元的《评新编历史剧〈海瑞罢官〉》之后,中国政坛就像发生了地震一样。在上海和吴冷西短暂会面交谈之时,胡乔木就已经预感到情况不妙。自1963年暑假带着三个孩子在中南海游泳池和毛泽东一起游泳之后,又快三年没有见到主席了,得知毛泽东在杭州开会,胡乔木希望能在回京之前见一见,谈一谈,向主席倾诉这几年的心里话。

作为毛泽东的政治秘书,胡乔木求见毛泽东这根本就不是什么问题。紧急的时候或许连电话都不用打。但如今情况大不相同了,胡乔木的求见,毛泽东却迟迟没有答复。这不禁令胡乔木黯然神伤,昔日西子湖的静谧已经无法抚平自己内心的怅然若失,失望的情绪如菟丝般缠绕着。既然主席不想见,胡乔木就赶紧和夫人谷羽打点行装,转道上海回北京。

可是,就在胡乔木和夫人谷羽在秘书、警卫陪同下,乘坐小轿车刚刚抵达上海的时候,杭州方面突然打来紧急电话,说毛泽东要见他。胡乔木赶紧掉转车头,再次返回杭州。

终于见到毛泽东了。从1941年来到毛泽东身边,如今已经整整25年了。25年来,胡乔木还是第一次感受到,和毛泽东见一面竟然有这么难!一路上,胡乔木都在想,见到毛泽东该说些什么呢? 还有去年谈诗论词的雅兴吗? 还是汇报自己休养几年来的情况? 抑或谈谈自己对批判《海瑞罢官》的意见? 要知道,吴晗写《海瑞罢官》,还是自己出的主意呀! 想啊想,胡乔木终于理清思绪,要好好地向毛泽东汇报并检讨自己的思想。

终于见到毛泽东了,握着主席的手,不知为什么胡乔木一下子显得非常激动,本来很清晰的思维一下子变得混乱起来,一路上想好了要说的话到了嘴边,却又不知从何说起。还是毛泽东的思维非常清晰,说话也还是那么简洁明了,依然是那样谆谆教诲般地嘱咐:"你回到北京,少说话,多看看,多了解情况。"

就这么简单的一次握手,就这么简单的一次谈话,来也匆匆,去也匆匆。然而,胡乔木万万也没有想到这竟然是他和毛泽东的最后一面! 而毛泽东也不会想到这是和自己的这位秘书的最后一次谈话! 回到北京后,胡乔木尽管多次求见毛泽东,但近在咫尺,却因江青的阻挠而远在天边。

实在是太遗憾了! 跟随毛泽东鏖战延安,转战陕北,东渡黄河,那些战火纷飞的日子,还有在西柏坡以笔为枪为新华社撰写社论的日子,还有进驻北京开国大典的日日夜夜,这一晃就是25年啊! 真是太难忘了啊! 不思量,自难忘,纵有千言万语也无法弥补这样的遗憾了。胡乔木只能在家人面前,责怨自己:"我最后那次见主席,怎么把要讲的话都忘了讲呢?!"

《海瑞罢官》的"黑后台"胡乔木成了江青的"眼中钉"

1966年5月底,刚刚回到中南海颐园家中的胡乔木,就听到了一个令他心惊肉跳的消息——田家英在中南海喜福堂家中上吊自绝,含冤辞世了! 时年仅44岁。

田家英16岁参加革命,1948年10月在西柏坡由胡乔木介绍开始做毛泽东秘书。"虚心使人进步,骄傲使人落后",这是田家英起草的毛泽东在中共八大开幕词里的一句得意之笔，也深受毛泽东赞赏。田家英为什么选择以这种方式结束自己的生命呢？事情还得从吴晗写的《海瑞罢官》说起。

众所周知，批判《海瑞罢官》是"文化大革命"的导火索。但说起《海瑞罢官》，胡乔木其实还是"始作俑者"。

吴晗为什么写《海瑞罢官》，这还得从吴晗写《论海瑞》说起。作为北京市副市长、著名明史专家，吴晗为什么要写《论海瑞》呢？这又得归根到毛泽东。

1959 年 4 月，中共八届七中全会在上海召开。在会议期间演出的湘剧《生死牌》引起毛泽东的注意，尤其对剧中有着"南包公"美名的海瑞发生了兴趣。毛泽东告诉田家英："你去借《明史》，我想看看《海瑞传》。"毛泽东在看完《海瑞传》之后，便在大会上多次谈起海瑞的故事，说："尽管海瑞骂了皇帝，但是他对皇帝还是忠心耿耿的。我们应当提倡海瑞这样一片忠诚而又刚直不阿、直言敢谏的精神。"

与会的胡乔木听到毛泽东的这番言论之后，觉得应该写一篇《海瑞骂皇帝》的文章，宣传一下毛泽东提倡的"海瑞精神"。经过认真考虑，胡乔木选中了研究明史的北京市副市长吴晗，对他说："毛主席提倡海瑞精神，你是研究明史的，应该写。"吴晗答应了，很快就写好了《海瑞骂皇帝》一文，并在 1959 年 6 月 16 日的《人民日报》发表，署笔名"刘勉之"。

此后，毛泽东又在不同场合多次提倡"海瑞精神"，并劝周恩来和彭德怀也要看看《海瑞传》。毛泽东说："我们又不打击又不报复，为什么不敢大胆批评，不向别人提意见？明明看到不正确的，也不批评斗争，这是庸俗。不打不相识嘛！"

于是，胡乔木又叫吴晗继续写《论海瑞》。稿子写好后，送给胡乔木修改。此时恰好庐山会议开始了。然而谁也没有想到，庐山会议由"神仙会"开成了"斗争会"。继续提倡"海瑞精神"的毛泽东，在庐山忽然提出了"海瑞搬家"的问题，认为海瑞有"左派海瑞"和"右派海瑞"之分，并说："有人讲，我这个人又提倡海瑞，又不喜欢出现海瑞。那有一半是真的。海瑞变了右派我就不高兴呀，我就要跟这种海瑞作斗争。"

对海瑞，毛泽东是既喜欢，又不喜欢。这是毛泽东的真心话。亲历庐山会议的胡乔木听到毛泽东这些最新的论述之后，立即在吴晗的《论海瑞》一文之后，又加上了这么一段话——

有些人自命海瑞，自封"反对派"，但是，他们同海瑞相反，不站在人民方面，不站在今天的人民事业——社会主义事业方面，不去反对坏人坏事,却反对好人好事,说这个搞早了,搞快了,那个搞糟了,过火了,这个过直了,那个弄偏了,这个有缺点,那个有毛病,太阳里边找黑子,十个指头里专找那一个有点毛病的,尽量夸大,不及其余,在人民群众头上泼冷水,泄人民群众的气。这样的人,专门反对好人好事的人,反对人民事业的人,反对社会主义事业的人,不但和历史上的海瑞毫无共同之点,而且恰好和当年海瑞所反对而又反对海瑞的大地主阶级代表们的嘴脸一模一样。广大人民一定要把这种人揪出来,放在光天化日之下,大喝一声,不许假冒!让人民群众看清他们的右倾机会主义的本来面目,根本不是什么海瑞!

《论海瑞》经过胡乔木的加工,目的是让人民群众看清"假海瑞"的"右倾机会主义的本来面目"。1959 年 9 月 21 日的《人民日报》发表了《论海瑞》。不久,周信芳看了吴晗的文章后,非常感兴趣,就请吴晗写了新编历史剧《海瑞罢官》。

然而谁也不会想到六年之后的 1965 年 11 月 10 日,《文汇报》发表了姚文元的文章《评新编历史剧〈海瑞罢官〉》。此文发表后,在中国如同发生了一场地震,"大批判"的狂澜骤起。文章点名批判吴晗,把剧中的"退田""平冤狱"同 1962 年的所谓"单干风""翻案风"联系起来,说这反映了作者"要拆掉人民公社的台,恢复地主富农的罪恶统治";要代表国内外敌人的利益,"同无产阶级专政对抗,为他们抱不平,为他们'翻案',使他们重新上台执政"。文章对《海瑞罢官》产生的背景进行了胡乱联系,说:1961 年"牛鬼蛇神们刮过一阵'单干风'、'翻案风'","'退田'、'平冤狱'就是当时资产阶级反对无产阶级斗争的一种形式的反映","《海瑞罢官》就是这种阶级斗争的一种形式的反映","《海瑞罢官》并不是芬芳的香花,而是一株毒草"。

一场暴风雨已经来临。而操纵这一切的就是江青。紧接着,戚本禹在《红旗》上发表了《为革命而研究历史》的文章,继续上纲上线地批判《海瑞罢官》。12 月 21 日,毛泽东在杭州召集陈伯达、胡绳、田家英等人,研究为几部马克思主义经典著作写序的时候,突然讲了一大篇哲学问题,而最为引人注意的就是关于姚文元和戚本禹等人文章的话。毛泽东说:"《海瑞罢官》的要害是罢官。嘉靖皇帝罢了海瑞的官。彭德怀是海瑞,我们罢了彭德怀的官。"毛泽东这句话为"文化大革命"定下了调子。"毫无根据地把历史学家吴晗的剧作《海瑞罢官》同彭德怀的问题联系起来,成了一个尖锐的政治问题。在整理毛泽东这个讲话时,田家英提出,不要把这段话写进去,因为它不符合事实,《海瑞罢官》与彭德怀问题没有关系。这个意见首先得到胡绳的支持,艾思奇也表示同意,唯有关锋不表态。回到北京,关锋纠缠不休,非要把那段话写进去不可,经过一番周折,最后只好恢复。后来,关锋把这件事告了密,田家英被加上了一条罪状"。①

被加上"篡改毛主席著作"罪状的田家英,早在 1962 年就被江青第一个戴上了"资产阶级分子"的政治帽子。这次又得罪了江青和陈伯达,厄运终于降临。1966 年 5 月 22 日,中央文革小组成员王力、戚本禹等三人以中央代表为名,来到田家英在中南海喜福堂的家中,宣布罪状,停职反省,逼迫其限时搬出中南海。"苟利国家生死以,岂因祸福避趋之。"田家英忍受不了对他的诬陷和侮辱,痛苦地在 5 月 23 日结束了自己宝贵的生命,以死维护真理和正义。

田家英的死,震惊了胡乔木。胡乔木知道,自己的厄运即将来临。

果不其然,胡乔木回到北京才三天,就突然接到通知,已升任中央文化革命小组顾问的康生约他谈话。

对康生,胡乔木是再熟悉不过的了。在延安时彼此就曾共事,尽管对康生在延安整风审干"抢救运动"中及许多事情上的所作所为,心存异议,但在表面上,胡乔木还是很尊重康生的。如约来访,一阵寒暄之后,康生也不客气,直接提出了要胡乔木搬家的问题。理由也十分冠冕堂皇——中南海要修路,胡乔木居住的颐园要拆迁。

从 1949 年随毛泽东住进中南海以来,尽管几次搬家,但搬来搬去,总还是在中南海院内,且越搬越大,条件越来越好。可这次不同了,康生要求胡乔木到中南海的外面找房子。尽管康生的语气依然客客气气,但胡乔木一听就明白了,和田家英一样,自己也要被驱逐出中南海!

胡乔木没有跟康生再啰唆,他明白,这个时候自己的任何声辩和理由都是苍白无力的。虽然自己依然是中共中央书记处候补书记,但在江青"为着毛泽东的安全"的大旗下而进行的"清理中南海"行动中,这种头衔和身份又算什么呢? 如今,彭德怀打倒了,罗瑞卿打倒了,彭真"靠边站"了,杨尚昆也"靠边站"了……胡乔木明白自己的处境,更明白江青对自己的不悦由来已久。

论职务,任中宣部常务副部长的胡乔木,是时任中宣部文艺处副处长的江青的"顶头上司";但江青是毛泽东的夫人,胡乔木却是毛泽东的秘书。对这样的微妙关系,胡乔木应该说还是处理得很不错的,可谓"敬而远之"。而

---

① 逄先知:《毛泽东的秘书田家英》,中央文献出版社 1989 年 12 月第 1 版,第 80 页。

在当年任命江青职务的这件事上，胡乔木在报告上建议担任正职，但经过毛泽东画圈后，还是任命为副处长。对此，江青对胡乔木也是有意见的。而在前不久的中央会议上，江青就公开批评他写诗干扰了毛泽东的工作。

在一本由红卫兵印刷的名叫《文化革命的伟大旗手——江青同志与反革命修正主义文艺黑线斗争大事记》的宣传材料中，清楚地记载了胡乔木和江青的矛盾。不妨选摘部分如下——

1949年4月：中央电影局在北京成立，直属被反革命修正主义分子周扬、胡乔木等人把持的中宣部领导，后又归属文化部。以江青同志为代表的无产阶级革命派坚定不移地认为电影事业同样必须加强无产阶级的领导。

1950年3月—5月：反动影片《清宫秘史》经周扬、胡乔木一伙批准，在北京、上海等地上映，并在报刊上大肆吹捧。江青同志根据毛主席的指示，在中宣部的一次会议上严正指出：《清宫秘史》很坏，应该批判。但却遭到陆定一、周扬、胡乔木等人疯狂抵制，胡乔木还搬出了他的黑后台："少奇同志说的，这是一部爱国主义的影片，不能批判。"从而在政治思想战线上，扼杀了这场严肃的革命大批判运动。

1950年9月8日：在"电影指导委员会"召开的第三次会议上，胡乔木作长篇报告，公然反对以毛泽东思想指导电影艺术创作，极力反对电影表现毛主席的军事战略思想。会上，江青同志和胡乔木展开了针锋相对的斗争。

1950年9月14日：在胡乔木提议下召开讨论1951年一般故事片题材计划的座谈会。江青同志不怕暂时的、表面的"孤立"，继续坚持斗争，又一次明确提出："要搞三大战役，希望明年至少要搞一个出来。"但胡乔木和江青同志大唱反调，胡说什么"描写人民生活的过去和未来，也就是我们的根本题目"等等。

1951年9月：在中宣部一次会议上，江青同志对胡乔木、周扬等人坚持资产阶级反动立场、抗拒对《武训传》的批判，进行了坚决斗争，提出尖锐的批评。周扬一伙极为不满，伺机攻击江青同志，到处散布流言蜚语，妄图反攻倒算。[1]

---

[1] 叶永烈：《胡乔木》，中共中央党校出版社1994年2月第1版，第164—165页。

而江青之所以把胡乔木视为"周扬一伙"，还因为在 20 世纪 30 年代，当江青以蓝苹的艺名在上海滩风流热闹的时候，周扬和胡乔木均在上海的中国左翼文化战线工作，对江青的历史知根知底。如今，在"中央文革"领导成员名单中，江青是排名第一的副组长，组长陈伯达实际上也只得听她使唤。作为中国政坛上的一颗"新星"，江青的权力之重，地位之显赫，连一向对政治并不敏感的人都惊得目瞪口呆。显然，在和陈伯达一起搞掉田家英之后，《海瑞罢官》的"黑后台"胡乔木自然也成了江青的"眼中钉"，被揪到"文化革命"的前台了。

　　但江青知道，胡乔木在毛泽东身边工作时间太长了，也深受毛泽东喜爱，毕竟和年轻的田家英不一样，所以她就叫"中央文革小组"的顾问康生出面，找胡乔木谈话。胡乔木二话没说，同意迁出中南海。

　　就这样，胡乔木的家搬到了离天安门并不太远的南长街 123 号，有无奈，也有辛酸。但表面上的风平浪静，并不能掩饰胡乔木内心里的翻江倒海——他知道，离开了生活 17 年的中南海，意味着他将真正地离开毛泽东，离开中国政坛，也真正地结束了毛泽东要他"从事游山玩水，专看闲书，不看正书，也不管时事"的长达五年的休养生活……

　　走出中南海走出红墙，胡乔木深情地回望了一眼，忧国忧民的思绪已经被沉默寡言的愁容替代了……

红卫兵·抄家·大字报·批斗·游街——胡乔木哭了！

　　"红卫兵""抄家""大字报""批斗""游街"……这真是一组可以进博物馆的词汇了！或许 21 世纪的中国年轻人很难想象上面这些词汇背后的意义，更无从想象 1966 年的中国城市和乡村几乎都被这些词汇所包围。

　　1966 年 7 月 20 日，中共中央发出《关于成立毛泽东著作编辑委员会的通知》。主任是刘少奇，副主任为康生、陈伯达和陶铸。在 14 名委员中，胡乔木荣幸地看到自己的名字还列在第七位。十天后，中共八届十一中全会在北京召开，毛泽东在这次会议上发表了著名的《炮打司令部——我的一张大字报》。也就是在这次会议上，彭真、陆定一、罗瑞卿、杨尚昆被撤职。但胡乔木还是很幸运地看到自己的名字，依然列在候补书记的位置上。

　　但这并没有令胡乔木欣慰多久，会议结束的第三天，也就是 8 月 14 日，"中央文革小组"找胡乔木谈话。这是胡乔木第一次受到"中央文革"的批评，严厉指出胡乔木从批判《清宫秘史》、起草中共八届七中全会公报、起草《庐山会议诸问题议定记录（草稿）》，直至约请吴晗写《论海瑞》等等，都存在严重错误。8月15日，胡乔木不得不就以上问题写了一份表态性的检查。当天晚上，胡乔木在家中召集秘书、警卫等身边工作人员开会，郑重又坦诚地说："我犯了错误。"

8月17日，胡乔木主动提出：收缩工作，精简人员，搬家，缩小居住面积，并要求到四季青公社参加劳动。

8月18日，北京的天安门广场成了一片红色的海洋。红卫兵们高举着"红宝书"，高喊着"毛主席万岁"的口号，接受毛泽东的检阅。此情此景，或许让毛泽东想起两个月前自己写的《七律·有所思》——"青松怒向苍天发，败叶纷随碧水驰。一阵风雷惊世界，满街红绿走旌旗。"面对这人山人海的狂热，站在天安门观礼台上的胡乔木内心感受到的却是寒冷。广场上旌旗招展，山呼万岁，胡乔木觉得这一切似乎与他已经没有太多的关系，他甚至不敢想象如此喧嚣的背后是不是隐藏着一个民族的悲哀？或者更大的政治阴谋。他悄悄地看了一眼距离他不远也不近的毛泽东。毛身穿佩戴"红卫兵"袖章的绿军装，他的那双大手正在不停地有节奏地挥动着，缓慢，却又十分有力。胡乔木沉默着，不说话，不敢说话，他的使命就是站在自己应该站的位置上，陪同检阅。因为这个位置就是政治生命。但对胡乔木来说，他知道自己已经是一个旁观者。

也就是在这一天，当胡乔木刚刚从天安门城楼检阅回来，就听到了一个让他心伤的消息——父亲胡启东在八宝山公墓的墓碑被砸！自从"文化大革命"爆发后，北京乃至全国大中学校学生纷纷起来"造修正主义的反"，紧接着乱打乱斗的现象开始出现，铺天盖地的大字报、大标语迅猛地掀起了"革命"高潮。革谁的命？革"地富反坏右"的命！"家庭出身论""成分论"泛滥成灾，所谓"老子英雄儿好汉，老子反动儿混蛋"是也。胡乔木的父亲胡启东和母亲夏氏晚年一直住在胡乔木家中，1957年2月间父亲在京病逝，当时胡乔木正忙着修改《莫斯科宣言》。不久，母亲也因病去世。尽管胡启东是一位开明绅士，思想也是进步的，但因为儿子胡乔木受到"中央文革"的批判，就是去世了也被骂成了"大地主"。父亲的墓碑被砸了，胡乔木伤心的泪只能偷偷地往心里流。

沉浸在悲伤之中的胡乔木，还得继续写检查，交代情况。8月28日，胡乔木将自己修改好的检查呈送给毛泽东。两天后，毛泽东第二次在天安门广场检阅红卫兵。这次，胡乔木还是非常幸运地接到了邀请，再次站到了天安门城楼上。只是在红卫兵这潮水一样的欢呼声中,胡乔木的心已经没有了轻松和愉悦,表情木然。

9月5日,中央办公厅秘书局停止对胡乔木发送文件。显然,胡乔木明白自己在中共高层的政治生活即将停止,开始独自品尝"靠边站"的滋味。在写诗上坚持"抱残守缺"的胡乔木,在做人上也始终采取一种低姿态,他立即提出:降低工资,或把工资作为党费全部上交;取消哨兵、厨师、专车;并再一次提出搬家。9月7日,"中央文革小组"开会,专门听取胡乔木的检查,再次严厉批判胡乔木。9月15日,毛泽东在天安门城楼第三次检阅接见红卫兵。"毛主席万岁""无产阶级文化大革命万岁"的口号声,此起彼伏,一浪高过一浪。但这一次,胡乔木只能坐在距离天安门广场不远的家中倾听了。要知道,这个时候,刘少奇、邓小平还依然幸运地和毛泽东站在一起,在天安门城楼上向红卫兵挥手呢!

不见硝烟,却闻炮声。对胡乔木的批判逐渐升级了!

——中南海里贴出了批判胡乔木的大字报,称他是"阎王殿中的阎王",甚至由毛泽东亲自决定署名胡乔木著的《中国共产党的三十年》也成了"篡改党史""为中国的赫鲁晓夫歌功颂德"的"大毒草"!

——1966年10月12日,北京邮电学院红卫兵在西长安街上刷出了爆炸性的大字标语:"陶鲁笳、胡乔木回院作检查!"这是怎么回事呢?原来,从杭州回京后,胡乔木按照毛泽东"少说话,多看看,多了解情况"的嘱咐,于6月18日去了一趟儿子胡石英就读的北京邮电学院,去看一看那里的大字报,并发表讲话,要求师生们守纪律,听从领导指挥,积极投入"文化革命"。然而这竟然成了红卫兵们揪斗胡乔木的由头。10月11日,北京邮电学院的红卫兵通过邮电部要求胡乔木出席学校批判大会。胡乔木写了一张大字报叫秘书送去。17日、26日,北京邮电学院的红卫兵多次来到中南海接待站,强烈要求胡乔木回学校作检查。胡乔木或派秘书承认错误,或亲自到接待站听取红卫兵意见,但红卫兵依然不听,死活要求胡乔木到学校作公开检查。31日,胡乔木在百般无奈之中不得不到学院参加红卫兵"控诉工作组大会",作了检查。

——1966年12月25日夜,一群红卫兵高喊着"打倒胡乔木"的口号,闯进了胡乔木的家中,先将胡乔木和谷羽"看管"起来,然后开始抄家。作为中央书记处的候补书记,胡乔木家中的许多文件是机密的。工作人员立即把电话打到了"中央文革小组"和中央办公厅秘书局。最后,红卫兵还是听取了中办秘书局来人的意见:"胡乔木家的文件,可以由'中央文革小组'、中办、红卫兵三方共同派代表封存，然后送中共中央办公厅，红卫兵不得把文件带走。至于胡家的书、画册，红卫兵要对其中的'封、资、修'采取革命行动可以，但是带走时必须留下收条。"就在抄家行动即将结束的时候，有红卫兵提出要把胡乔木带到北京邮电学院批斗。工作人员立即把这一紧急情况打电话报告了周恩来。周恩来立即明确指示："不能带走！为什么要把胡乔木带走？不能带走！你们要他写检查，他可以在家里写嘛！"

周恩来的电话挡住了北京邮电学院红卫兵们的揪斗，但却无法挡住更多的红卫兵的造反。像连锁效应一样，紧接着，中南海的"红旗革命造反团"来了，文字改革委员会的"革命造反队""毛泽东思想战斗队""风雷激战斗组"来了，人民日报社的"井冈山战斗团""遵义红旗战斗团""红卫军"来了……紧接着，一连串花样翻新名堂多多的批斗大会，让胡乔木失眠了，精神坏到了极点。随着批斗的不断升级，1967年1月5日至19日，胡乔木先后被六个单位的红卫兵批斗，或弯腰谢罪，或坐"喷气式"，或在寒风中游街示众，甚至被拳打脚踢……

而更令胡乔木伤痛的是，中国科学院"红旗总部"竟然派人到八宝山公墓，不仅砸了胡乔木父母的坟墓，而且还将其父母的头颅骨取走！

这是一个什么"文化大革命"啊！这是一个什么世道啊！

胡乔木哭了！痛哭无泪！

周恩来接二连三地要求造反派"不准批斗胡乔木"

批斗，还只是刚刚开始。

不久，北京邮电学院的"东方红公社"打出了"批判胡乔木联络总站"的旗号，声明任何批判胡乔木的行动都要与他们联系。

与此同时，中宣部哲学社会科学部红卫兵连队、中共中央党校的红旗战斗队、高等教育部的延安公社、中国科学院的红旗总部、人民大学的"三红"（即"红卫兵""工人红卫队""东方红"）、光明日报的"长征战斗队"、中国文联的造反派、《民间文学》的造反派，甚至连苏州的"地专机关捍卫毛泽东思想革命造反团"等等，都把矛头指向胡乔木，不停揪斗胡乔木。一时间，批判胡乔木的大字报、传单贴满了北京的大街小巷；"打倒胡乔木"的口号声此起彼伏。

胡乔木因此戴上了十大罪状——

一,恶毒攻击毛主席,极端仇恨毛泽东思想。

二,攻击"三面红旗",反对社会主义。

三,取消党的领导,推行资产阶级办报路线。

四,吹捧刘少奇,充当刘、邓司令部的干将。

五,招降纳叛,结党营私。

六,破坏对《清宫秘史》的批判。

七,为彭德怀喊冤申屈。

八,鼓吹"自由化",宣扬超阶级的心理学。

九,资产阶级的丑恶灵魂,地主阶级的孝子贤孙。

十,破坏无产阶级文化大革命。

这十条"莫须有"的罪名,一下子就把胡乔木打入了无法摆脱的政治深渊。稍微知道一些胡乔木个人成长史的人,都十分清楚这"十大罪状"简直是无稽之谈。而胡乔木和毛泽东长达 25 年的工作关系和私人关系,充满信赖和亲密,不可能存在"恶毒攻击毛主席,极端仇恨毛泽东思想"这样骇人听闻的罪状。

但习惯于断章取义、挑拨离间的造反派们还是能从鸡蛋里找出"骨头"——1955 年胡乔木在人民日报社曾公开说过这么一段话:"在一般文章里,引用毛主席的话或提到毛主席的时候,最好用'毛泽东同志'这个称呼。因为主席是他的职务,在文章里不需要这样写。例如'毛主席的文艺方针',这句话,意思是国家领袖提出来的文艺方针,好像是领袖提出来的不得不接受。反之,如果说成'毛泽东同志的文艺方针',意思就是一个同志写出来的,因为正确被大家视为方针,这样比较好。"——就是这样实事求是的态度和有利于中共党的民主建设和领袖形象的讲话,却被冠上了"恶毒攻击毛主席,极端仇恨毛泽东思想"的罪名。

至于"吹捧刘少奇,充当刘、邓司令部的干将",造反派们认为:"胡乔木很早以前就和刘少奇勾勾搭搭。早在 40 年代初,就卖力吹捧刘少奇。在他写的《中国共产党的三十年》和他起草的《关于若干历史问题的决议》这两篇文章中,就大张旗鼓地吹捧执行王明右倾机会主义路线的刘少奇,胡说什么刘少奇是白区工作中正确路线的代表……"于是乎,经过毛泽东亲自批阅审定并确定以胡乔木个人名义发表的《中国共产党的三十年》,转眼之间竟然又变成了"一株反对毛主席,吹捧刘少奇,反对毛泽东思想,贩卖修正主义私货的大毒草"。

1967年2月1日早上8点，胡乔木就被中国科学院的造反派揪到了北京工人体育馆。作为这天下午开幕的"万人批斗大会"的主角之一，胡乔木胸前挂上了"反革命修正主义分子"的牌子，和一大群"黑帮分子"一起排好了队，站在了主席台上。如果说两次亲历天安门广场上几十万红卫兵惊天动地般的口号声，没有令胡乔木有多少激动幸福的话，工人体育馆这一万人的口号声，却令胡乔木胆战心惊，内心产生了剧烈的反差。因为他确实领教过这群年轻的红卫兵们的厉害，胡乔木怕的不是"文斗"，而是拳打脚踢的"武斗"，毕竟是55岁的人了啊！

　　从早晨8点一直站到下午3点，胡乔木才被宣布"押"上主席台，接受批斗。可也就在这个时候，忽然有人来报告说："不要斗胡乔木了，马上把他送回家。"这个突如其来的消息，令双脚麻木甚至精神都已经麻木的胡乔木，感到有些吃惊。事后，他才知道，是周恩来总理亲自把电话打到了工人体育馆，明确指示：不准批斗胡乔木。

　　周恩来的电话让胡乔木少遭了许多罪。但各种名目的检查和交代材料，他还得老老实实地一个字一个字地写下去。无论是做人还是作文，胡乔木都是个认真的人，挨批后，他做事就更加谨小慎微了。为了把检查材料写好写准确，他一方面亲自就某些问题或给历史学家范文澜写信求教，或查阅各种史料和报纸杂志，一方面又派自己的秘书和工作人员到北京图书馆借阅有关《清宫秘史》等问题的史料，力争把检查写得深刻确凿些。同时，在家中，他还忍受感冒、牙病等疾患的疼痛，接待方方面面造反派的提问。

　　但好景不长，周恩来"不准批斗胡乔木"的电话"效力"20天后又失效了。2月21日，中国科学院八个造反派组织联合斗争张劲夫，非要把胡乔木揪出来陪斗。这次，胡乔木遭罪了——坐上了"喷气式"——低头，弯腰，双臂后举。做过胃切除大手术的胡乔木体弱多病，怎能经得住这样的折腾，批斗会结束时，他已经迈不动腿了，上车下车都靠人架着，像瘫了一般。这样不停的揪斗，实在让胡乔木有些经受不住了。一起从战争年代携手走过来的谷羽，每当他忍受不了的时候，总是以贤淑以坚强和真挚的爱，来温暖胡乔木这颗受伤的心。谷羽始终坚信自己的丈夫是忠于党的，始终鼓励自己的丈夫要挺住，这给了胡乔木对生活极大的信心。在政治大风暴袭来的时候，他们夫妻更加相互扶持，相濡以沫，给了生命更多的感动和力量。

　　也就在这关键的时候，批斗胡乔木的事情还是让周恩来知道了。2月28日晚上，中共中央办公厅主任汪东兴把胡乔木和秘书商恺找来，在中南海南楼谈话，宣布了三条"免斗"胡乔木的保护措施——

一，今后各单位革命群众不要再把胡乔木同志揪去斗争。如果一定要揪去，必须经中央批准。各单位如需要向胡了解情况，可以到胡处座谈，但不能斗争。谈话范围也只能限于同该单位有关的情况，其他情况一律不要谈。

二，今后革命群众可以向胡乔木同志提问题，但胡写的检查交代材料，只能交给中央，不能交给"联络站"或其他单位。中央不承认什么"联络站"。胡乔木身边工作人员写的大字报，也如此处理。

三，胡乔木同志的住所如不安全，可以换个地方住。要注意胡的健康，安排胡的生活，使他得到相应的休息。有病要治疗。

周恩来提出的这三条措施，陈伯达、康生和江青也不得不勉强地在上面画了圈，表示同意。而有了周恩来的保护，胡乔木再次幸运地"免斗"了，有空和夫人谷羽以及儿女，开始悄悄地外出散散步，生活中总算多了一丝笑声。既然离开了政治核心，家中的保密电话撤销了，对胡乔木来说也算不上什么大不了的事情了。

但江青反革命集团怎么可能就这样轻易地放过胡乔木？3月31日凌晨，中央人民广播电台播发了"中央文革小组"成员戚本禹撰写的《爱国主义还是卖国主义——评反动影片〈清宫秘史〉》。这篇长文企图像姚文元的《评新编历史剧〈海瑞罢官〉》批判吴晗一样，公开地批判胡乔木、陆定一和周扬："毛主席严正指出：《清宫秘史》是一部卖国主义的影片，应该进行批判。他还说过：《清宫秘史》，有人说是爱国主义的，我看是卖国主义的，彻底的卖国主义。但是，反革命修正主义分子陆定一、周扬和当时的中央宣传部常务副部长胡××等，以及背后支持他们的党内最大的走资本主义道路的当权派，却顽固地坚持资产阶级反动立场，公然对抗毛主席的指示，说这部反动影片是'爱国主义'的，拒绝对这部影片进行批判。当时，担任文化部电影事业指导委员会委员的江青同志，坚持毛主席的无产阶级革命路线，几次在会议上提出要坚决批判《清宫秘史》。但是，陆定一、周扬、胡××等人却大唱对台戏……"

尽管与陆定一和周扬相比，胡乔木只是"半点名"，批判待遇相对"高"一点，但这样的点名方式其实在实质上已经没有任何区别。这篇文章发表在提前于3月31日出版的1967年第5期《红旗》杂志上。经中央人民广播电台一广播，北京邮电学院"东方红公社"的七八十个红卫兵立即在晚间闻风而动，来到胡乔木家门前一边高喊"打倒胡乔木"的口号，一边在墙壁上刷上了"打倒胡乔木"的大标语。紧接着，那些纠缠不断的各路红卫兵们又开始打着旗号,要揪斗胡乔木。4月15日,北京邮电学院召开了批斗胡乔木大会,陪斗者为陆定一、周扬和吴冷西,而且令胡乔木想不到的是陪斗者中还有彭真。当胡乔木搬出周恩来下达的三条"保护措施"的时候,造反派告诉他:"请示'中央文革小组',已经同意。"4月24日,胡乔木在中国科学院又坐上了"喷气式";26日,胡乔木接到心理学研究所电话:5月4日将举行"北京市心理学界斗争批判大会",主斗的依然是胡乔木……①

然而,也就在这个时候,谁也没有想到北京邮电学院造反派在胡乔木家墙壁上刷的"打倒胡乔木"的这条标语,竟然奇迹般再次保护了胡乔木。这是怎么回事呢?

毛泽东说:胡乔木怎么挨斗了? 去看看! 我不去心里不安啊!

在那个大动乱的年代,1967年5月1日的国际劳动节,对于已经习惯了批斗、习惯了外调、习惯了写检查的胡乔木来说,这一天是那么的平常,却又是那么的难忘,那么的遗憾。

这一天,一辆"吉斯"牌轿车经过南长街,向天安门驶去。然而,当"吉斯"行驶到南长街123号附近的时候,突然急刹车,停在了那里。不一会儿,从轿车里走出来的一个男同志直接向123号住宅走去,并敲响了大院的东门。可咚咚咚的敲门声,并没有得到住宅内的任何回应。敲门人只好返回。这时,他却发现自己乘坐的"吉斯"已经被群众团团围住,而且围观的人越来越多——人们兴奋地传递着一个惊人的消息——毛主席来了,毛主席来了!

是的,此时此刻毛泽东就坐在这辆20世纪50年代苏联政府送给他的"吉斯"牌轿车里面。而下车敲门的就是中央警卫团团长张耀祠。眼看着热情围观的群众实在太多了,毛泽东吩咐赶紧开车。

毛泽东为什么突然在这里停车呢? 这让张耀祠也感到意外,因为出发前毛泽东并没有说要中途停车的。原来,这得"感谢"北京邮电学院造反派在胡乔木家墙壁上刷的"打倒胡乔木"的这条标语了。坐在轿车里的毛泽东无意中看到了这条标语,就想起了胡乔木,就问张耀祠:"胡乔木怎么挨斗了? 去看看!"毛泽东突然想见见胡乔木,于是就立即命令"停车"。

然而,又是阴差阳错,胡乔木居住的这座院子原来是一个外国使馆,有

---

① 叶永烈:《胡乔木》,中共中央党校出版社1994年2月第1版,第181—188页。

东边和北边两个大门。东边的大门是原使馆使用的,胡乔木一家搬来后一直都未启用,进出都是在北边的大门。而张耀祠下车后,敲响的正是东大门,自然也就没有人管理了,他也以为没人在家呢!

但这个激动人心的消息,还是由围观群众中认识胡乔木的人,迅速地告诉了胡家。胡乔木既感动,又遗憾!

是啊!杭州一别又是一年过去了,他多么希望能够见上毛泽东一面,哪怕握个手,问个好也罢,甚至老人家批评他几句,再给他一点教诲和指点也好。要知道,在这个"一句顶一万句"的年代里,毛泽东的话就是至高无上的"保护伞"。尽管万般遗憾,但毛泽东意外的来访,对胡乔木来说无疑仍然是一个天大的喜讯,至少毛泽东心里还在惦记着他。

胡乔木赶紧致信毛泽东,一是说明门牌问题,更多的则是表达感谢。谁知,第二天中南海的警卫人员忽然来到了胡乔木家查看地形,并告诉胡乔木:毛主席说,"昨日走错门,今日再来!"

这个消息实在令胡乔木兴奋得无法形容。他和夫人谷羽赶紧把儿女和身边工作人员叫来,一起把因抄家而搞得乱糟糟的房子认认真真地打扫一遍,重新放置沙发、桌椅,上上下下像过年一样等待着尊贵的客人——毛主席的到来。

晚上,中共中央办公厅主任汪东兴也来了,跟胡乔木一起在客厅中等候毛泽东的到来……等着,等着,不见动静,或许是毛泽东实在太忙了?还是其他原因?等着,等着,一直等到晚上12点,才接到中南海的电话——毛主席不来了!

这实在是一个令人失望的电话。这是为什么呢?难道是毛泽东改变了主意?胡乔木有些百思不得其解,这种失落的情绪好像一下子从夏天回到了冬天。后来,胡乔木才知道,毛泽东之所以没有来看他,是因为江青为此在家中和毛泽东大吵大闹了一番……

这次,毛泽东没有能践约,但还是捎话给胡乔木:"我心到了。"

没能来看胡乔木,毛泽东说:"我不去心里不安啊!"

周恩来知道后,就打招呼,以后谁也不准批斗胡乔木。

胡乔木十分理解毛泽东的难处,在知道实情后说:"我心领了。"

毛泽东没来,但毛泽东要亲自去看胡乔木的消息依然很快传遍了北京城。即便是红卫兵、造反派,再也不敢去揪斗胡乔木了。就连"中央文革小组"组长陈伯达也不得不在今后如何处理胡乔木的问题上明确指出:"对胡乔木,'中央文革'的意见是背靠背地斗,不要揪他。如有人问是谁说的,可告是陈伯达同志。如不问,就算了。"

为了表达感恩之情,胡乔木再次致信毛泽东:如果主席无时间,我可以去看望主席。然而,这样的机会再也没有出现。更让毛泽东和胡乔木怎么也不会想到的是,他们杭州匆匆一别竟是此生的最后一次,此后直至毛泽东逝世的十年间,两人都没能再见上一面。细细想来,胡乔木怎能不为杭州那次见面时把想说的都忘了说而深深扼腕叹息!

毛泽东来访不遇,却使胡乔木从被揪斗的厄运中解脱出来。其日常工作开始变得平静,除了继续接待五花八门的外调、写检查之外,他现在可以安安静静地养病了。一直困在家中的他,足不出户,开始重读《资本论》和马列主义经典著作,用他自己的话说,就是被"冷藏"了起来。空闲的时候,胡乔木就和夫人谷羽一起,在自家的小院中种种菜、散散步,就这样不紧不慢地度着那漫长的苦难岁月。

谷羽回忆说:"大约在 1968 年 2 月,由于乔木的问题,邮电学院的造反派勒令儿子退学,并强迫我签字。我又气又恨,不幸中风,左腿偏瘫。当时,我也受到冲击,医疗问题没人管,乔木就和家人一起想办法,在一块木板上装上轮子,上面放一把椅子,做成简易轮椅,送我到医院去打针、针灸。中风还没有完全好,科学院的造反派就硬把我从家中带走,隔离起来。平时只让我们的小儿子给送点吃的和用的,还不准见面。乔木很担心,无奈之中,他只得求助于毛主席。他给主席写了一封信,反映我的病情和隔离审查的情况。主席很快干预,我才被放回家。在乔木的关心和照料下,我逐渐康复。我和乔木为这事还给主席写了一封信,表示衷心的感谢。"

1968 年 5 月 6 日,周扬专案组在审查报告中诬称胡乔木历史上"很可能被突击当了特务",在 1959 年庐山会议上"大肆攻击三面红旗"。江青在 9 月18 日的一次讲话中诬陷胡乔木曾"被捕叛变"。但在毛泽东的关心下,离开政坛的胡乔木没有被撤销中共中央书记处候补书记的职务,直至 1969 年中共九大的时候,他才落选。但江青一直想打倒胡乔木,为此还专门成立了专案组,辛辛苦苦地收集了胡乔木撰写的大量社论、评论文章,并整理成册,送到毛泽东那里。毛泽东翻阅后,说道:"胡乔木写得很不错嘛!"江青吃了一个"闭门羹",不敢再吱声了。而她组织收集整理胡乔木文章的册子,后来倒是帮了胡乔木的忙,《胡乔木文集》编辑出版时真是少花了不少工夫。

1971 年 4 月 29 日,胡乔木致信毛泽东,说明自己的历史是清楚的。为较快得出结论,他请求中央指定一位同志同他谈一次话。毛泽东指示中央组织部找一二人同胡乔木谈话。7 月 1 日,胡乔木写出《我的历史上的三个问题》,

澄清事实,说明历史清楚,没有任何问题。也就在这年的夏天,毛泽东在长沙视察,广州军区司令员丁盛在谈话间询问毛:"胡乔木这个人怎么样?"毛泽东说:"胡乔木曾为中央起草了许多重要文件。《关于若干历史问题的决议》,别人搞了好几个月,没有搞出头绪。他一写,就写出来了。《再论无产阶级专政的历史经验》也是他写的,写得很不错。所以,我们就没有动他。"在"文化大革命"中,毛泽东如此评价胡乔木,或许正是他没有遭受更大冤屈和牢狱之灾的一个重要原因吧?

胡乔木以他的才智赢得了毛泽东的信任和喜爱。因此,和毛泽东的其他几位秘书相比,他的人生是最幸运的,事业也是最成功的。

随邓小平复出,胡乔木重新拿起笔与"四人帮"唱起对台戏

胡乔木就这样静悄悄地在中国政坛"冷藏"起来了。1974年6月4日,中央专案一办和中组部业务组向中央报送《关于胡乔木同志审查情况和处理意见的报告》,说明其政治历史清楚,排除被捕自首的"嫌疑",但仍认为"犯有严重的政治错误"。

事情在1974年国庆前夕终于有了转机。9月30日,北京人民大会堂宴会厅灯火辉煌,周恩来总理抱病主持了盛大国宴,隆重庆祝新中国成立25周年。这一年国庆的庆祝活动比往年隆重,除组织游园活动外,还新增了放焰火和举办大型国庆招待会。参加这次宴会的党政军高级干部中,不少人都是刚从"牛棚"或"五七干校"赶来的。胡乔木也在这次招待会上静悄悄地露面了。参加国庆招待会的两千多人名单,是中央政治局在9月27日报送毛泽东批准的。其中近几年没有露面、第一次见报的老干部就有40多人,胡乔木排在第一个。中共中央对他的"个人问题"还没有作组织结论,也没有恢复组织生活,因此胡乔木的露面,只能用当时一个时髦的说法叫作"解放"。直到1979年10月15日,中共中央为胡乔木彻底平反,恢复名誉,肯定其对革命有重大贡献。

1971年"九一三"事件爆发,林彪反革命集团以自我爆炸客观上宣告了毛泽东"文化大革命"理论和实践的破产。黯然神伤的毛泽东,由此也清醒地看到了"四人帮"的政治野心。1973年3月10日,经过病重的周恩来多次向毛泽东举荐,恢复了邓小平的组织生活和国务院副总理的职务。1974年12月,毛泽东在长沙作出了中共中央领导人事安排的决策,指出:"总理还是我

们的总理"，要周恩来组阁，不让"四人帮"掌握最高权力。因周恩来病情十分严重，需要住院休养。毛泽东希望周恩来坚持开过四届人大之后再专心养病，工作由邓小平顶。显然，毛泽东的意见非常明确，邓小平是周恩来的接班人。1975年1月，在十届二中全会和四届全国人大一次会议之后，邓小平出任中共中央副主席、中央政治局常委、中央军委副主席兼总参谋长、国务院副总理，代替周恩来主持国务院日常工作。

1975年1月6日，也就是在中共中央发出经毛泽东圈阅的一号文件，任命邓小平为中央军委副主席兼总参谋长的第二天，邓小平就找胡乔木谈话，提出要胡乔木出来担任国务院顾问的工作。

邓小平告诉胡乔木："正在考虑要你和吴冷西、胡绳、李鑫等同志当国务院的顾问，像过去'钓鱼台的写作班子'写一批反修反帝的文章那样，写一批重要理论文章。"邓小平并提出了一些研究的题目，如：三个世界的划分、苏联的社会性质、战争与和平问题、资本主义世界经济危机问题等等。邓还提到：主席前不久关于无产阶级专政理论的谈话，资产阶级法权问题，也应该认真研究。"这些问题都是国内外广大群众迫切需要系统解答的。从九评以后，就很少有那样系统地解答人们关心的问题的文章了。现在的一般文章，只有结论，没有论证，总之一句话，不能说服人。"最后，邓小平还交代胡乔木说："要多找一些人，多带一些徒弟，组织一个写作班子。"

之所以找胡乔木谈组建"写作班子"的问题，主要是因为受命于危难之际的邓小平，清楚地看到在自己即将着手部署的整顿中，意识形态和思想战线依然受到"四人帮"的阻挠和抵制。为此，他曾和李先念商量如何从"四人帮"手中夺回思想文化阵地的问题，而组织队伍展开思想战线和政治战线上的斗争是不可或缺的。当然此时邓小平跟胡乔木谈的这些，还只是一种意见交换，中共中央和国务院还没有讨论。

此前，中共中央已经把整理《毛泽东选集》第五卷的工作提到了重要日程。因为负责此项工作的康生已经病入膏肓，毛泽东深知只有胡乔木才是整理自己文稿的最佳人选，亲自指示让胡乔木参加编辑整理工作。1974年4月4日，原小组成员李鑫就把《论十大关系》《同音乐工作者的谈话》等第一批需要编辑整理的文稿交给了胡乔木。

1975年6月8日，邓小平再次约见胡乔木。邓小平说："上次谈的事要着手办，不过不要叫顾问了。打算成立一个政治研究室，由你们几个人负责。"在人选上，邓小平听取并同意了胡乔木的意见，除了一月谈话时提到的吴冷西、胡绳、熊复和原来在康生身边整理《毛选》的李鑫之外，增加了于光远。胡乔木坚决反对找"革命造反派参加"。按照邓小平的设想,这个政治研究室和《毛选》整理小组其实就是两个牌子、一套班子,除了编辑整理《毛选》第五卷之外,还要承担写理论文章的工作,并分管中国科学院哲学社会科学部(当时简称"学部",即中国社会科学院的前身)。

其实,胡乔木对邓小平的约见和工作任务的安排,内心是有过短暂的迟疑的。胡乔木曾对家人说:"为了安排我的工作,小平约见过我三次,他对我的工作安排前后有些变化,在我的内心也曾有过矛盾,有过短暂的迟疑。因考虑到总理的病情十分严重,中央的工作一定非常繁重,也就毅然同意了。"胡乔木为什么对邓小平的重用有迟疑呢?长期在中央工作的胡乔木心里十分明白,邓小平要成立的政治研究室其实就是"写作班子",而邓小平的工作作风与周恩来不同。在"文化大革命"中,周尽量避开与江青"四人帮"的正面交锋和论争,多采取温和和迂回的方式,如今邓的工作设想显然是要与"四人帮"针锋相对的。胡乔木的迟疑不是没有道理。复出工作当然是一件好事,全家人也都全力支持他接受邓小平的安排,但同时也为他的安全担心。因为毛泽东对江青的批评并未涉及"文化大革命"执行的错误路线,担心形势会骤然变化。事实正是如此,胡乔木怎么也不会想到,仅仅工作了四个月后,他也随着邓小平的下台而被拉下马来。

1975年6月15日,邓小平联名康生报告政治局,提出《毛选》编辑工作的新建议,并正式提议成立国务院政治研究室。邓小平在致当时主持中央日常工作的王洪文的信中说:"康生同志和我的建议一件,请提政治局审议批准。……另,国务院设政治研究室,先由胡乔木、吴冷西、胡绳、熊复、于光远、李鑫等同志组成,以后再吸收一些人,特别是年青一点的人,培养作理论工作。此事亦请一并提政治局审议。"邓小平的这两项提议,经政治局审议通过后,毛泽东圈阅同意,批准了由胡乔木担承《毛选》第五卷的编辑工作,成立了由康生、邓小平、胡乔木组成的三人负责的《毛泽东选集》工作小组。就这样,国务院政治研究室也就顺理成章地正式成立了。后经邓小平提议,又增加了邓力群。尽管七个人都称作政研室负责人,但主要负责人是胡乔木。

邓小平不愧为政治家,深谙意识形态和思想理论建设的重要性。他明白打败"四人帮"的武器只能是毛泽东思想。因此国务院政治研究室的成立,是斗争的需要,就是要拉开架子与当时主管意识形态领域的"四人帮"唱"对台戏"。胡乔木就这样成了这场仅仅维持了不到半年的"对台戏"中的主角之一。

按照邓小平的要求，胡乔木主要负责承担《毛泽东选集》第五卷的编辑工作。邓并嘱咐他："毛选的稿子，文字上一概由你个人负责。你定了稿，再由我送给毛主席审查。"7月初，胡乔木召集政研室全体负责人会议，将人员分为两部分：胡乔木、吴冷西、胡绳、熊复、李鑫等人在中南海怀仁堂西边的西四院负责编辑《毛泽东选集》第五卷，于光远和邓力群负责武成殿这边的工作。

为了排除"四人帮"的干扰，顺利进行整顿，邓小平决心高举毛泽东思想的旗帜，就必须加快《毛选》的编辑工作。而面对当前中国国民经济的混乱局面，邓小平首选了毛泽东在1956年4月所作的《论十大关系》的讲话，作为紧急任务交给胡乔木整理，希望在毛泽东审阅同意后，尽快公开发表让全党学习，以纠正当前思想和经济政策上的错误观点。邓小平说："党的基本路线，一定要有一套具体路线和具体政策，不然，基本路线就是空的。路线不是空喊的。"而"高喊反复辟的人，就是真正复辟资本主义的人"。

胡乔木理解邓小平的意图，加快了编辑工作的速度。工作中，胡乔木采取了"读文件"的办法——每篇文章在经过修改、补充，基本定稿或完全定稿后，几乎每两周一次，大家一起到三座门军委办公厅参加由邓小平召集的讨论会，进行通读讨论。通过了，就定稿；重要文稿再交到政治局讨论。这样的"读文件"，从7月9日开始，一直到10月30日结束，共读了七次，十多篇文稿。

《论十大关系》讨论通过后，胡乔木专门撰写了《关于〈论十大关系〉整理稿的几点说明》。7月13日，邓小平立即致信毛泽东："我们在读改中，一致觉得这篇东西太重要了，对当前和以后，都有很大的针对性和理论指导意义，对国际(特别是第三世界)的作用也大，所以，我们有这样的想法：希望早日定稿，定稿后即予公开发表，并作为全国学理论的重要文献。此点，请考虑。"

毛泽东在审阅整理稿和胡乔木写的说明上，圈阅同意。但在第二次审阅时，毛却加上了这样的批语："可以印发政治局同志阅。暂时不要公开，可以印发全党讨论，不登报，将来出选集再公开。"毛泽东的意见，否决了邓小平尽快公开发表《论十大关系》的愿望。这是邓小平没有想到的。但他没有失望，继续坚持在意识形态领域与"四人帮"作斗争。从此，毛泽东的"笔杆子"胡乔木，成为邓小平的"笔杆子"了。

1975年的7月至9月，对胡乔木来说实在是太忙了。自1961年病休，14年来胡乔木已经没有参与或主持重大文件和文稿的起草和修改工作了。好在这些年,他一直没有中断学习,阅读了大量的马列主义著作,这对他"重操旧业"可真是派上了用场。

"文化大革命"开始后,知识分子受到巨大冲击,许多科学家受到陷害,中国科学院乱成一锅粥。1975年7月间,中国科学院党组成立,因院长郭沫若病休,邓小平派胡耀邦等到中科院负责党组工作。胡耀邦一上任就开始按照中央要求起草《科学院工作的几个问题(汇报提纲)》。8月11日,胡耀邦经过二十多天"拼老命"般地写出了初稿,交给邓小平。邓小平阅后,将初稿转给胡乔木修改。胡乔木把尖锐的语言进行了调整后又交给邓小平。邓小平审阅后,认为还要进行修改。于是,胡乔木在征求胡耀邦意见并与之商议修改方案后,将题目改为《科学院工作汇报提纲》,又要于光远和龚育之加入修改。胡乔木的这次修改就有点另起炉灶的味道了,将原稿的六个部分压缩为"中国科学院科研工作的方向任务""坚决地、全面地贯彻执行毛主席革命科技路线""关于科学院的整顿问题"三个部分,并于9月26日完成了修改稿。在这次修改中,胡乔木画龙点睛地指出了毛泽东的"科学技术是生产力"的论断,提出必须"突出一个'扭'字",把"四人帮"的那一套空头政治"扭"到正确的道路上来。胡乔木特别增加了一些思想性的话,如:"不搞技术,政治就无所谓挂帅","对理论研究不应任意加以贬低、指责甚至侮辱"。而且这一稿还有一大特点,就是编排了十条毛泽东论述科学技术的语录。胡乔木觉得,"有了这十条就可以驳倒一切反对的意见了"。

对胡乔木的修改稿,邓小平十分满意。在9月底邓小平主持的国务院会议上,其他几个副总理在听取胡耀邦汇报后,研究讨论时也表示满意。文稿在进一步修改后,邓小平送给毛泽东审阅。毛泽东在病中花了二十多天读完了这份《汇报提纲》。不久文件从毛泽东那里退回来了,毛泽东告诉邓小平:我不记得我讲过"科学技术是生产力"这个话。毛泽东的话,让邓小平碰了一个"软钉子"。这是邓小平没有想到的。邓小平要胡乔木赶紧连夜修改。可是等胡乔木以最快速度按照毛泽东的意见修改好,再交给邓小平的时候,中国的政治形势又发生了变化。邓小平知道,毛泽东在听了"四人帮"的谗言后,对他没有贯彻"文化大革命"中的科技方针政策有意见了。邓小平只能把《汇报提纲》留在自己的抽屉里了。

与此同时,随着全面整顿在各领域的逐步开展,邓小平针对经济工作中存在的乱和散的问题,在国务院1975年6月底召开的计划工作务虚会上,决定认真总结铁路、钢铁战线整顿的经验,分析工业领域的问题,并搞出一个文件作为解决方案。7月底,国家计委写出了《关于加快工业发展的若干问题》。

邓小平审阅后，为了使文件更具可靠性，要求胡乔木主负责的政研室就有关问题进行调查。8月8日，胡乔木向邓小平汇报了政研室就这方面所做的调查情况。其中，许多企业实行"党委书记负责制"的问题，引起邓小平的关注，认为需要解决企业的体制问题，事事集中在党委显然不行，必须还有职能机构和指挥系统。于是，邓小平指示政研室由胡乔木主持参与修改国家计委写出的《关于加快工业发展的若干问题》，吴冷西、邓力群和于光远参加。

9月2日，主持修改工作的胡乔木根据邓小平的意见，将原稿由14条增至18条。10月25日，经过征求部分企业负责人和十二省市委书记座谈会意见，胡乔木又将文稿改为二十条，即"工业二十条"，与邓小平1961年主持调整时期的"工业七十条"正好是一个延续。同《科学院工作汇报提纲》一样，胡乔木用了很大篇幅把毛泽东关于工业的指示列了若干条，成为整顿工业的基本根据。"工业二十条"是整顿工业的纲领性文件，尖锐地批评了"四人帮"："他们口头上也讲党的基本路线，实际上把两个阶级、两条道路的斗争放在一边，不抓这个主要矛盾，而是成天闹人民内部的这一派同那一派的矛盾，新干部和老干部的矛盾，你攻过来，我攻过去，没完没了，少数资产阶级派别活动的头头，争权夺利，拉山头，搞分裂，闹得企业不得安宁，地方不得安宁，党不得安宁。""坏人当道，好人受气"，强调要整顿那些"软、散、懒"的领导班子。

因为《人民日报》和《红旗》杂志都被"四人帮"占领，在主持修改《科学院工作汇报提纲》和"工业二十条"期间，长期主管舆论宣传工作的胡乔木，深感没有舆论阵地等于是英雄无用武之地。1975年9月中旬，胡乔木向邓小平建议以中国科学院哲学社会科学学部名义，创办一份新的理论刊物《思想战线》，并迅速得到邓的支持。与此同时，也是为了宣传邓小平刚刚强调的"以三项指示为纲"——即毛泽东不久前提出的"反修防修、安定团结、把国民经济搞上去"。因为邓小平对"四人帮"割裂"三项指示"、专讲阶级斗争十分不满，强调要全面宣传毛泽东思想。为此，邓小平特此找胡乔木和政研室人员开会研究，要求抓紧写文章。于是，胡乔木就决定以全面宣传"三项指示"为题，9月18日把起草任务交给了邓力群。10月7日，胡乔木对邓力群起草的第一稿非常不满意，忍不住批评说："稿子不行，这种稿子你邓力群就不应该通过。太尖锐了，要正面宣传。"并指定吴冷西、胡绳、邓力群、胡绩伟、于光远等人，"你们几个人再去讨论一次，另起炉灶，重写一遍"。不久，第二稿出来了，题为《为巩固无产阶级专政而奋斗》。胡乔木一看，就说："题目就不行。这个题目给人一个印象，无产阶级专政不巩固，还要巩固，为了巩固才来斗争。"可计划赶不上变化,改名为《论全党全国各项工作的总纲》(简称《总纲》)的第三稿,邓力群还没有送到胡乔木手中,就遭到了与《科学院工作汇报提纲》同样的命运。而胡乔木本想将《总纲》作为头题文章发表的《思想战线》杂志,也未及问世便胎死腹中,流产了。

从《科学院工作汇报提纲》到"工业二十条",再到《论全党全国各项工作的总纲》,从历史的角度来看,这三个具有纲领性质的文件,既是邓小平在1975年进行全面整顿、恢复国民经济发展的历史产物,也可以说是即将到来的邓小平时代的先声。除此之外,在这次整顿中,亲历并深入参与延安整风运动的胡乔木,再次把自己的身心投入到文艺界的整顿中,并从此为他在邓小平时代赢得中国知识界的广泛尊重和影响奠定了基础。

1975年7月初,毛泽东在与邓小平谈话时说道:"样板戏太少,而且稍微有点差错就挨批。百花齐放都没有了。别人不能提意见,不好。""怕写文章,怕写戏。没有小说,没有诗歌。"针对毛泽东对意识形态领域的意见,邓小平立即告诉胡乔木:"毛主席开始注意文化教育工作,而我对这方面情况很不了解,政研室成立后,你们要注意收集一些文化教育方面的材料。"

胡乔木立即召集政研室的同志们一起,调查文艺工作现状。经王子野等人查阅报纸杂志,挑选出从1969年11月到1975年6月间发表的12篇集中反映江青借提"三突出"原则①,把毛泽东"古为今用,洋为中用,百花齐放,推陈出新"这四句话中的"百花齐放"砍掉的文章,由胡乔木审定成《关于报刊宣传"双百"方针情况的材料》和《关于报刊上宣传"三突出"创作原则情况的材料》,送给邓小平。邓看后,说"这个材料很能说明问题",并在1975年10月中央召开的农村工作座谈会上专门指出:"我总觉得现在有一个很大的问题,就是怎样宣传毛泽东思想。"他还强调:"割裂毛泽东思想这个问题,现在实际上并没有解决。比如文艺方针。毛泽东同志说,要古为今用,洋为中用,百花齐放,推陈出新。这是很完整的。可是现在百花齐放没得了,没有了,这就是割裂。"而砍掉"百花齐放"正是姚文元定的调子。

为了恢复"百花齐放",胡乔木一边调查研究,一边开始实际行动,实打实地与"四人帮"唱起了"对台戏"——

一是为电影《创业》申诉。

反映石油工人的故事片《创业》是在1975年2月春节期间公开放映的,

---

① "三突出"即文艺作品创作在所有人物中突出正面人物,在正面人物中突出主要英雄人物,在主要人物中突出最主要的中心人物。

但第二天就被禁止。江青控制的文化部百般挑剔，并在四月间罗列出十大罪状，禁止该影片公开发行。胡乔木知道后，立即找到在石油系统工作的著名诗人李季，请他写信反映关于《创业》的不同意见。因为李季生病住院，政研室的熊复和王子野到医院就约李季谈话，记录整理了一封信，想由李季签名发出。胡乔木看了不满意，就放弃了。后来这件事在"反击右倾翻案风"中，被戴上了"秘密串联，捉刀代笔"的罪名。无奈，胡乔木就授意编剧张天民直接上书毛泽东和邓小平。张天民的申诉信一式两份，一份由贺龙的女儿贺捷生交王海容转呈毛泽东，一份由胡乔木交邓小平转呈毛泽东。刚刚做完白内障手术的毛泽东，在听取身边工作人员阅读的申诉信后，作了如下批示："此片无大错，建议通过发行。不要求全责备。而且罪名有十条之多，太过分了，不利调整党的文艺政策。"毛泽东的批示一传达，轰动了文艺界，大家奔走相告，精神为之振奋。胡乔木的这一下子等于捅了江青的马蜂窝，等于抄了"四人帮"把持的文化部的家，令"四人帮"狼狈不堪。江青恼羞成怒，后来竟然在开"学大寨"的会议上"泼妇般大骂"张天民："告老娘的刁状。"而张春桥竟然玩起了"抠字眼"的游戏，说："主席说话也好，写文章也好，用字是非常准确的，'此片无大错'，没有大错，还有小错、中错呀！"

二是为电影《海霞》申诉。

《创业》得到毛泽东的批示公开发行后，另一部电影《海霞》摄制组也同样受到了江青和文化部的刁难。胡乔木知道后，就让与《海霞》摄制组有接触的邓力群找该片主创人员，叫他们给中央和毛泽东写信。1975年7月25日，《海霞》摄制组写给毛泽东的信，经胡乔木交给邓小平转呈。29日，毛泽东批示："印发政治局各同志。"为此，邓小平特此召集政治局全体同志看《海霞》，但江青称病没有来，张春桥也没有到。参加观看的八名政治局委员认为："所谓的毛病也只是看法不同，建议可以发行。"这样，再次挫败了江青的刁难。对此，江青大发感慨地说："在我们党的历史上从来没有过政治局审看电影。"

三是转送姚雪垠、周海婴、冼星海夫人写给毛泽东的信。

1975年10月8日，作家姚雪垠给时为中科院哲学社会科学部临时领导小组成员的宋一平写信，讲述了自己创作《李自成》的情况和出版的困难以及想给毛泽东写信并请求宋转递的想法。宋一平复信表示支持。10月19日，姚雪垠将自己给毛泽东的信写好后寄给了宋一平。宋接到信后，立即向胡乔木作了报告，并将姚前后给他的两封信和致毛泽东的信一并交给了胡乔木。10月23日，胡乔木致信毛泽东："主席：送上长篇小说《李自成》作者姚雪垠由武汉写给您的一封信。姚在信里说，这部小说他拟写五卷约 300 万字，第一卷已改写，第二卷已写成近两年，但还没有地方出版，请求您能给予帮助。姚的信是宋一平同志托我转送的。宋现在哲学社会科学部工作，以前长期在武汉，所以姚把信寄给他。宋还把姚给他的两封信也给我看了。因为这两封信可以帮助了解姚目前的具体困难，所以现在也一起附上，供您在需要时参阅。"胡乔木不会想到，这封信竟是他写给毛泽东的最后一封信。

毛泽东在收到胡乔木的信后，于 11 月 2 日批示："印发政治局各同志，我同意他写李自成小说二卷、三卷至五卷。"就这样，《李自成》的写作和出版问题得到了圆满解决，姚雪垠本人也由武汉调入北京。此外，胡乔木还帮助鲁迅之子周海婴，向毛泽东转交了其"要求重新出版《鲁迅全集》和对鲁迅著作深入研究"的信件，并得到了毛泽东的同意。

胡乔木和冼星海是老朋友了。他在延安创作的好几首歌，都是冼星海谱的曲。1975 年是音乐家冼星海逝世 30 周年、聂耳逝世 40 周年。音乐界想借此组织一次音乐会搞一个纪念活动。冼星海夫人钱韵玲征求胡乔木等人的意见，向毛泽东写信提出了这个建议。信经邓小平转呈毛泽东后，得到了批准。但这件事又被"四人帮"刁难——在会议的横标上不准写"人民音乐家"五个字，而在演出地点上又被张春桥卡住。"人民音乐家"，这是毛泽东的亲笔题词，但"四人帮"就是不同意。这引起了音乐界的愤怒，著名音乐家李德伦将这个情况打电话反映给胡乔木。胡乔木接到电话后，非常气愤地说："多行不义必自毙！"后来音乐会演出时，王震、胡乔木、邓力群等都亲自参加了。

四是参与评《水浒》的斗争。

1975 年 8 月，身处杭州的毛泽东在做完白内障手术后，视力恢复缓慢。因为毛喜欢读古文，身边工作人员在读书时因学识的局限，无法跟上毛泽东的节奏和要求，于是就抽调北大中文系教员芦荻来到毛的身边帮他读书。阅读中，芦荻请教毛泽东对《水浒》的评价。毛泽东就谈了自己阅读《水浒》的一些看法。芦荻对毛泽东的议论作了记录整理。8 月 14 日，毛批示正式印发自己对《水浒》的议论——

《水浒》这部书，好就好在投降。做反面教材，使人民都知道投降派。

《水浒》只反贪官，不反皇帝，屏晁盖于一百零八人之外。宋江投降，搞修正主义，把晁的聚义厅改为忠义堂，让人招安了。宋江同高俅的斗争，是地主阶级内部这一派反对那一派的斗争。宋江投降了,就去打方腊。

这支农民起义队伍的领袖不好,投降。李逵、吴用、阮小二、阮小五、阮小七是好的,不愿意投降。

鲁迅评《水浒》评得好,他说:"一部《水浒》,说得很分明:因为不反对天子,所以大军一到,便受招安,替国家打别的强盗——不'替天行道'的强盗去了。终于是奴才。"(《三闲集·流氓的变迁》)

金圣叹把《水浒》砍掉了二十多回。砍掉了,不真实。鲁迅非常不满意金圣叹,专写了一篇评论金圣叹的文章《谈金圣叹》(见《南腔北调集》)。

《水浒》百回本、百二十回本和七十一回本,三种都要出。把鲁迅的那段评语印在前面。

应该说,毛泽东在读书中,对《水浒》发表一些议论,就书论书,完全是出于一种艺术上的学术范畴内的评论,并非是借题发挥,借古喻今。但毛为什么要正式印发这项指示呢?

邓小平在看到毛泽东的这段议论后,也曾专门向毛泽东建议:"印发政治局讨论一下吧?"毛泽东说:"这是文艺问题,是对古典文艺的看法问题,用不着议论了,用不着传达了。"因此在政治局会议上,邓就没有再传达,只是就自己的理解顺便讲到了这个问题,无非是讲一讲现实意义,对外反对现代修正主义,对内是"反修防修",至于投降问题自然也就是无产阶级向资产阶级投降。

胡乔木看到毛泽东的这段议论后,凭着自己的直觉和政治的敏锐,似乎预感到将会发生什么事情,形势或许又将有所变化。8月21日,胡乔木在政研室负责人会议上,就此问邓小平:主席的指示是针对什么的?是不是有特别所指?邓小平回答依然十分明确:就是文艺评论,没有别的意思。尽管如此,邓小平还是接受了胡乔木的建议,要求胡乔木安排几篇评论《水浒》的文章:不仅不要光讲老实话,还要有新意,尤其叮嘱"不要影射"。

但事情就这样极其微妙地发生了变化。胡乔木的预感应验了。"四人帮"在得到毛泽东对《水浒》的这段议论后,觉得有机可乘,如获至宝。姚文元在看到毛的这段议论后,连夜写信大谈特谈毛的议论如何如何重要,并要在《人民日报》《红旗》等如何如何进行宣传。据说,姚对此反应极其过敏,速度之快令人咋舌——从收看文件到写好信件的过程中,仅仅只隔三个小时!可见其险恶用心。显然,江青要在全国立即发起一场"评《水浒》运动"。

"四人帮"宣传评论《水浒》的"策划"，很快就得到了毛泽东的批示，同意首先在《人民日报》发表文章，然后在其他报刊发文章。于是乎，"四人帮"利用毛泽东的批示和关于《水浒》的评论，以其惯用的指桑骂槐含沙射影之伎俩，指出《水浒》的要害是"宋江架空晁盖，篡夺领导权"，矛头直指周恩来和邓小平。9月4日，《人民日报》发表社论，提出评论《水浒》"是我国政治思想战线上的又一次重大斗争"。但"四人帮"觉得，仅仅在报刊上发表几篇文章还不够力度。

9月15日，中共中央、国务院召开第一次"农业学大寨"会议，江青和邓小平在山西昔阳公开地唱起了"对台戏"——这边，邓小平在开幕式上发表了讲话，主要强调整顿问题；那边，江青在大寨开始了"反攻倒算"，大讲"评《水浒》要联系实践，宋江架空晁盖，现在有没有人架空毛主席呀，我看是有的。"她还说："有人弄了一些土豪劣绅进政府！"这无疑是影射力图纠正"文化大革命"的周恩来、邓小平等中央领导人。为了扩大自己的影响，江青要求在大会上播放她的讲话录音，印发她的讲话稿。没有办法，华国锋只好请示毛泽东。毛泽东批示："放屁！文不对题。那是学大寨，她搞评《水浒》。这个人不懂事，上边没有多少人信她的"，"稿子不要发，录音不要放，讲话不要印"。

显然，毛泽东对江青的做法十分生气，把政治的砝码倾向了邓小平。这对"四人帮"无疑是一个重大打击。

第一次"农业学大寨"会议的最后总结大会是在北京召开的。由华国锋作总结报告。这时，胡乔木不仅帮助修改整理了华国锋的总结报告，还专心致志地撰写了一篇评《水浒》的文章——《宋江的投降主义和现代修正主义》。胡乔木在文章中指出："农民战争同无产阶级革命不是一回事"，"不要把历史看成一个平面的问题，把无产阶级革命同农民革命的问题放在一个水平上去观察"，"中国历史上的农民起义，夺取政权后本身变质，不是投降"，"不能把投降派用农民阶级的局限性来概括。只反贪官，不反皇帝，不是农民的局限性"。最后，胡乔木把这场"评《水浒》运动"归结到"努力提高阶级觉悟，提高识别能力"，以批判修正主义，并用马克思的话再次驳斥"四人帮"的反动观点，不应该把历史与现实作"肤浅的历史对比"。显然，胡乔木的观点与毛泽东评《水浒》的议论在某种角度上也是不十分相符的。

从此，胡乔木开始走上一条与晚年毛泽东不同的、独立的政治和思想之路。晚年胡乔木回忆说："后来有些文章在讲到1975年'整顿'时，用'大刀阔斧'来形容，其实并不尽然。当时，是冲破了重重困难，'整顿'工作确实搞得有声有色,也很深得人心。但在那个年月里,'整顿'工作只能在毛主席允许的范围内进行。"所以,在工作中,胡乔木是十分谨慎的,每项工作都是在经过认真权衡考虑之后,才请示邓小平,得到邓的允许之后才实施的。而邓在许多问题上也是请示毛泽东并征得他同意后再作决定的。那一段时间,胡乔木和邓小平的关系确实非常密切,他们之间很少用写信或打电话的方式,而是直接见面交谈,多达 24 次。用胡乔木的话形容说:"宽街邓家的门槛都被我踏矮了。"而这一切,其实并没有逃过江青"四人帮"的眼睛。

"四人帮"诬陷炮制"三株大毒草"
毛泽东治丧委员会名单里没有胡乔木

1975 年,在邓小平主持整顿的几个月中,"四人帮"确实受到了打击,姚文元回到上海去了,王洪文也跑到上海去了。临离开北京的时候,还扬言"十年以后再见"。这狂言的确引起了邓小平的高度警惕——是啊!按年龄来说,"四人帮"确实占有优势,邓已经七十多了,王才四十多点。

1975 年 12 月 2 日,邓小平参加了毛泽东在中南海书房接见美国总统福特和国务卿基辛格的活动。但当时在北京的西方外交家与中国问题分析家们却根据这些年北京政治气候的规律,判断邓小平将"大权旁落,又开始处于极为难受的状况"。外电报道说,邓小平在 12 月初与到访的福特总统会谈时,"显得心事重重,大概是在考虑一旦周总理病逝,将会对自己产生多大的影响"。果不其然,政治的风云就像夏天的暴风雨,说变就变。1976 年元旦一过,邓小平真的就突然闲下来了,他又"靠边站"了。

本来,从 1974 年底以来,毛泽东是一直支持邓小平出来全面抓整顿的。四届人大一次会议后,因为周恩来病情加重,邓小平在毛泽东支持下,主持中央日常工作。但由于"四人帮"的干扰破坏,全国各方面的工作都陷入严重混乱状态。大厦将倾,邓小平受命于危难之际,他不顾重重困难,进行了势如破竹、大刀阔斧的整顿,且迅速收到成效,让全国人民从长期的混乱中看到了希望,人心大振。而且毛泽东不仅将邓小平放在最重要的岗位上,还支持邓小平捅江青这个马蜂窝,称赞邓小平"以钢铁公司对钢铁公司"。为此,毛泽东曾多次批评过江青。但是,全面的整顿势必触及"文化大革命"中实行的许多"左"的政策和理论,并逐渐发展到对这些错误政策和理论的系统纠正,这就必然出现了从根本上否定"文化大革命"的趋向。这种情势必然遭到"四人帮"的猖狂反对,也为毛泽东所不容。于是,在毛泽东指示政治局开会讨论对"文化大革命"的评价时,毛泽东和邓小平的意见不可避免地出现了严重分歧。

"四人帮"高兴得恨不得立即就将邓小平打倒。但是,毛泽东有自己的打算,他很希望邓小平能回心转意,在对"文化大革命"的评价问题上与自己保持一致,便提出让邓小平主持政治局会议作一个关于"文化大革命"的决议,总的评价是"三七开:七分成绩,三分错误"。毛泽东很希望像邓小平这样有威信有影响的人物出面来肯定"文化大革命"的主流是好的,从而达到两人继续合作。然而,邓小平在这个原则性问题上绝不让步。他婉言拒绝了毛泽东的提议。他说:"由我主持这个决议不适宜,我是桃花源中人,不知有汉,何论魏晋。"后来,邓小平把话说得更明白了:"三分错误就是打倒一切、全面内战。这八个字和七分成绩怎么能联系起来呢?"在这种情况下,中共中央政治局停止了邓小平的工作,但毛泽东依然留有余地,让邓小平"专管外事"。

但很快就节外又生枝。而这一切的导火索竟是清华大学党委副书记刘冰等人写的一封告状信。这封信是由李琦找胡乔木请邓小平转呈毛泽东的。状告军宣队迟群、谢静宜的严重问题。其实,此前的1975年8月25日在第四次读《毛选》第五卷文章的时候,邓小平就跟胡乔木和政研室的几位负责人说:你们听说没有,迟群在清华"发疯"。原来,有人告状说迟群因为没有当上中央委员、教育部长而大吵大闹,装疯卖傻。当时这封告状信也是通过邓小平转呈毛泽东的,毛也专门作了批示。胡乔木也听说迟群把清华系科调整得乱了套,迟群竟然多次公开说清华所有的系第一专业都是斗走资派。为此,胡乔木忧心忡忡,想去了解一下清华调整院系的情况。李鑫就说:清华、北大的事,你可不要插手,这是毛主席亲自管的。胡乔木这才打消了主意。

然而,与上次转交信件的结果大不相同,令邓小平和胡乔木都没有想到的是,刘冰的这封信竟然惹火了毛泽东。毛泽东说:"清华大学刘冰等人来信告迟群和小谢。我看信的动机不纯,想打倒迟群和小谢。他们信中的矛头是对着我的。我在北京,写信为什么不直接写给我,还要经小平转。小平偏袒刘冰。"后来公布时还加上了一句:"清华大学所涉及的问题不是孤立的,是当前两条路线斗争的反映。"

同样是转信,毛泽东的反应却截然相反。这就说明毛泽东对邓小平的所作所为,有的是支持的,有的却是不能容忍的——尤其像北大、清华这两个与毛发动"文化大革命"紧密相关(第一张大字报是在北大开始的,清华紧随其后)并由他直接管理的单位,说白了,毛泽东是不能容忍邓小平系统地纠正"文化大革命"的错误。

1975 年 11 月 3 日,毛泽东对刘冰的信的批示传达下来,邓小平首先看了。很快,国务院的几个副总理专门开会研究,并把胡乔木、胡耀邦等人叫过去,传达了毛的批示。会议向胡乔木等人打招呼:要他们作检讨。几天后,在政治局会议上,邓小平和胡乔木等人都受到了严厉批评。因为有了毛泽东的批示,"四人帮"好像有了尚方宝剑一样, 在中央政治局会议上言辞异常激烈,甚至不顾事实,上纲上线。有一个列席会议的人,竟然在会议上系统揭发批判邓小平刮"右倾翻案风"。这令邓小平极为恼火,实在听不下去,几次跑出去上厕所。

作为邓小平的高级智囊或者顾问的胡乔木和他负责的国务院政研室,自然也逃不过"四人帮"的魔爪。毛远新对胡乔木的批评非常尖锐,江青更是厉害,斥责胡乔木"对毛主席忘恩负义"!还说胡乔木"是一个坏人",邓小平"把胡乔木这样的人也凌驾在政治局之上了"。这实在令胡乔木难以接受。

1975 年 11 月 24 日,华国锋受毛泽东指示,主持中共中央政治局在北京召开了有一百多名老干部与党政军负责人参加的"打招呼"会议,会议宣读了毛泽东审阅批准的《打招呼的讲话要点》,正式部署"反击右倾翻案风"。这次会议的主持人尽管依然是邓小平本人,但他还是不得不作了自我批评。国务院政研室的胡乔木和吴冷西、胡绳三人也参加了会议。11 月 26 日,中共中央下发了列为二十三号文件的《打招呼的讲话要点》,认为:"清华大学出现的问题不是孤立的,是当前两个阶级、两条道路、两条路线斗争的反映。这是一股右倾翻案风。尽管党的九大、十大对无产阶级文化大革命已经作了总结,有些人总是对这次文化大革命不满意,总是要算文化大革命的账,总是要翻案。"

会议结束后,胡乔木回到政研室,立即向大家宣读了二十三号文件。要知道,毛泽东和周恩来都没有参加"打招呼"会议,胡乔木的心情真如一团麻——愁的是周恩来总理病情越来越重了,毛主席的身体也越来越不好,这意味着一代伟人两个搭档即将退出中国的政治舞台,国家的未来谁主沉浮?忧的是邓小平在受到毛的批评后,在台上还能待多久?

国务院政研室在传达打招呼会议后,胡乔木等七个负责人在开了几次批评与自我批评的会议后,又在政研室进行了传达。然而,令胡乔木没有想到的是,政研室后院起火了。以李鑫带头,在西四院的办公处对胡乔木进行"炮轰"。李鑫在一次会议上大发脾气,说:"康生叫你来编《毛选》,说是协助我的,结果变成你为主了。"还说胡乔木"对毛主席的阶级斗争理论一窍不通",甚至骂胡乔木"是个什么玩意儿",责成胡乔木认真交代,认真揭发。但对胡乔木的批评,政研室负责人实际上也是两个摊子两种态度——西四院里是只批不保,武成殿是一保二批。

1976年1月8日,周恩来逝世。江青狂喜:"死了,我还要和你斗争到底!"然而令她没想到的是周恩来的继任者是华国锋。

1月17日,邓小平告诉胡乔木:"政研室的事情,我不管了。受到主席的批评,听候中央处理。"邓小平被隔离后,胡乔木的日子自然不好过。这个时候,政研室跳出来一个名叫农伟雄的"小个子",此人是新华社一名参加工作不久的资料员,靠钻营成为"四人帮"的爪牙,逐渐掌握了政研室"批邓、反击右倾翻案风"的领导权。在农伟雄的主持下,政研室先后搞了七次揭批高潮,而且一次比一次厉害。胡乔木、邓力群相继成为重点批判对象。在集中揭发邓小平的时候,因为调子越来越高,压力越来越大,胡乔木在会上的几次发言揭批都无法过关。形势严峻,内心痛苦,胡乔木左思右想:不写吧,无法向毛主席交代;写吧,又不能损害党和国家的重大利益,再说小平同志搞的整顿是完全正确的,怎么办?担任毛泽东秘书二十年的胡乔木,是一个组织纪律观念极强的人,他的性格决定了他的处事为人。3月2日,在毛泽东指示的压力下,他被迫又违心地重新写交代材料,主要讲述了他同邓小平几十次会见,包括一起读《毛选》的事情,实际上并没有任何实质性内容。毛泽东阅后,批示:"印发政治局(给胡乔木一份)。"这为胡乔木后来的遭遇埋下了伏笔。

1976年2月25日,中共中央召开了各省、市、自治区和各大军区负责人的"转弯子"会议。第一次公开"批邓"——"总是对文化大革命不满意,总是要算文化大革命的账,总是要翻案"。在这次会上,传达了由毛远新整理的《毛主席重要指示》。华国锋代表中共中央要求大家"转好弯子",说:"毛主席说,错了的,中央负责。政治局认为,主要是邓小平同志负责。"江青甚至说:国务院政研室是邓小平的谣言公司,"邓小平是谣言公司的总经理,胡乔木是副经理"。从此,"深入揭发批判邓小平同志的修正主义路线""在揭发批判过程中转好弯子"成为流行的口号,"批邓、反击右倾翻案风"在全国大张旗鼓地展开。邓小平第三次被打倒了。

"批邓、反击右倾翻案风"一刮起来,刚刚从邓小平的整顿中看到了希望的中国人一下子陷入了迷茫。人民群众积压在心中对已持续近十年的"文化大革命"的强烈怒火,终于在1976年的清明节爆发出来了。这就是著名的"四五运动"。人心所向,这场群众运动,实质是要求纠正"文化大革命"的

"左"倾错误,反对"四人帮"的倒行逆施,拥护以邓小平为代表的党的正确领导的强大抗议运动。它为后来粉碎"四人帮"奠定了伟大的群众基础。但遗憾的是毛泽东又犯了一个历史性的错误,根据"四人帮"、毛远新歪曲的报告,把"四五运动"定性为"反革命政治事件",并错误地作出了武力镇压的决定。4月7日,毛泽东还作了两项决定:一是任命华国锋为中国共产党中央委员会第一副主席、中华人民共和国国务院总理;一是撤销邓小平党内外一切职务,保留党籍,以观后效。

与此同时,"批邓、反击右倾翻案风"开始升级,"四人帮"又开始集中火力批判"三株大毒草"——《论总纲》是主体,《汇报提纲》和"工业二十条"是两翼,而这"三株大毒草"棵棵都与胡乔木有关。

1976年8月13日,《人民日报》发表社论《抓住要害深入批邓》,掀起了批判"三株大毒草"的新高潮,指出:"这是三株反党、反马克思主义的大毒草。"社论如此说:《论总纲》是"兜售'三项指示为纲'的修正主义纲领","复辟资本主义的宣言书";《汇报提纲》是"反对无产阶级在整个上层建筑对资产阶级实行全面专政"的"一个修正主义标本";"工业二十条"则是"洋奴买办的经济思想和一整套修正主义办企业路线的写照,名为加快工业发展,实为加快资本主义复辟"。

8月间,经江青提议,人民出版社出版了由北京大学、清华大学大批判组编辑的《评论全党全国各项工作的总纲》《评关于科技的几个问题》《评关于加快工业发展的若干问题》三本书,印数高达七八千万册,发动群众进行批判。"三株大毒草"一下子也成了1976年的《人民日报》《红旗》等中共主流媒体最流行最时髦的词汇。

在激烈的批判中,"四人帮"造谣说国务院政研室是邓小平背着毛主席和党中央私自搞起来的,污蔑政研室是"谣言公司""黑风口""继旧中宣部后又一个阎王殿",进行了残酷批判。作为政研室的主要负责人,胡乔木备受打击,背上"秉承邓小平的意旨,篡改毛主席著作"的罪名。而这个罪名不能不让胡乔木想起惨死的田家英,当年田就是背负这样的罪名含冤自杀的。面对这种毫无原则的批判,胡乔木跟邓力群感叹道:"想不到啊,过去多年的挚友,遇到现在这种局面,就不讲朋友了。"尽管政研室其他六位负责人都对胡乔木作了不同程度的揭发批判,但胡乔木对他们却没有作任何的揭发或批判。在这翻手为云、覆手为雨的无休止的残酷斗争下,原本体弱多病的胡乔木情绪坏到了最低点,有时甚至觉得活得真没有意思了……

1976年9月9日,毛泽东离开了这个世界。噩耗传来,胡乔木不禁悲痛不已,泪如泉涌。自 1941 年算起,胡乔木和毛泽东相交相知已经整整 35 年,除了其中五年病休疗养之外,前二十年他们俩可谓是志同道合形影不离,只是后十年近在咫尺却无缘再见,留下了人生许多痛苦的记忆。二十年的秘书生涯,胡乔木人生最美好的青春岁月是在毛泽东身边度过的,这深深的情和浓浓的爱,苍白无力的语言怎么能表达得清楚呢? 他多么希望自己能够再见上毛泽东最后一面啊! 他鼓起勇气给江青写了一封信,企盼着能见毛泽东最后一面。无疑,这不过是他一厢情愿的奢望罢了,在长长的毛泽东治丧委员会的名单里,没有他的名字……

金卷 妙笔春秋

乔木是我们党内的第一支笔杆。

——邓小平

第十八章　社科院长

少年投笔依长剑,书剑无成众志成。

帐里檄传云外信,心头光映案前灯。

红墙有幸亲风雨,青史何迟判爱憎!

往事如烟更如火,一川星影听潮生。

——胡乔木《七律·有思》(1982 年 6 月)

"批邓"材料又被"揭批",胡乔木备受非议里外受气
邓小平毫不介意,称赞胡乔木是中共中央第一支笔

胡乔木怎么也不会想到,"四人帮"倒台以后,他竟依然受到严厉的指责。他因想见毛泽东最后一面给江青写的信竟被他人诬为"效忠信";更让他没想到的是,迫于毛主席指示的压力不得不写的揭批材料,也被他人死揪着不放……

1976 年 10 月 6 日,毛泽东逝世后的第 27 天,"四人帮"终于被打倒了。"四人帮"一倒台,邓小平的复出似乎指日可待。但是事实并非如此。10 月 8 日,当选中共中央主席兼军委主席的华国锋,依然坚持毛泽东生前的"批邓、反击右倾翻案风"。在这种局面和形势下,由邓小平授意建立起来的国务院政研室,陷入一种十分尴尬的境地——"四人帮"在台上的时候,受到"四人帮"的打压,外部受气;"四人帮"垮台了,内部出气了,但外部依然在受气。而作为政研室主要负责人的胡乔木,更是里外受气。

——毛泽东逝世后,中共中央组织机关单位的负责人都去守灵,却唯独政研室没有资格。后来,政研室的少数负责人分批去了人民大会堂向毛主席遗体告别,唯独胡乔木没有资格。这对胡乔木来说,是不公平的。在毛泽东身边工作了二十多年,血雨腥风枪林弹雨一路走来,有生里来也有死里去,有苦中乐也有乐中苦,但革命终于成功,晴总多于阴,喜总大于悲。如今,毛泽东离开了这个世界,作为毛泽东生前最喜欢的秘书,胡乔木无论如何都希望自己能有个机会跟主席告个别。政研室其他六位负责人十分理解胡乔木的心情,就以政研室的名义给中央打了报告请示。但很快批示就转下来了,依然是不准胡乔木参加。这个时候,邓力群就劝胡乔木说:"你写封信吧。"无奈之中,胡乔木就给汪东兴和江青写了一封信,请求见毛泽东最后一面。可想而知,江青不可能答应这个帮邓小平和她唱"对台戏"的胡乔木的。

——毛泽东的追悼大会是在9月18日召开的。中共中央通知每个中央和国家机关可以推举两个负责人登上天安门城楼临时搭的观礼台。国务院政研室就推荐了胡乔木和邓力群。谁知,名单报上去以后,时任国务院副总理的纪登奎突然打来电话,说:"你们两个不上好吧?为了大局,你们不要上台了。"胡乔木和邓力群没有办法,只好吞声忍气。但相比胡乔木来说,邓力群还算幸运,最后还是有机会和许多年轻人一起站在天安门广场上,亲历了那悲痛又感动的场面。胡乔木只能坐在南长街123号的家中,倾听那来自广场上的喇叭声,独自品尝人生的辛酸泪……

1976年10月18日,中共中央发出了十六号文件《中共中央关于王洪文、张春桥、江青、姚文元反党集团事件的通知》。胡乔木先后五次组织政研室的同志们进行了讨论学习。10月20日、21日、23日,胡乔木一连三天响应中共中央的号召,参加了北京市的游行。10月27日、28日、29日、30日和11月5日,政研室又接连召开了五次揭批"四人帮"的会议。但就在揭批会议上,胡乔木再次成为政研室内部的揭批对象,会议充满着火药味。这对胡乔木的精神来说,无疑是雪上加霜。政研室几乎所有的负责人都对胡乔木进行了批判,有的言辞还十分刺耳。当然,这一方面来自当时政治气氛的压力,有说违心话的,但不可否认有的也夹杂着个人情感和功利的因素。尤其在1977年1月24日,李鑫找胡乔木谈话说:"你秉承邓小平的意思,篡改毛主席著作,不宜继续参加毛著编辑工作,调回中办。我今天只是口头通知,将来有正式通知发给你。"

1977年3月4日,国务院办公厅突然宣布政治研究室解散。原因就出在胡乔木给江青写的所谓"效忠信"上。毛泽东逝世后,江青竟然把这封信公开印发出来,这一下子给胡乔木的打击更大。出于敬仰,像胡乔木这样长期在毛泽东身边工作且深受毛喜爱的人,希望能参加毛的遗体告别仪式,见毛最后一面,这本是人之常情。但在那个颠倒是非的年代,江青竟然禁止胡乔木参与任何与追悼毛泽东有关的活动,这确实令胡乔木伤心。无奈中他给江青写了信。但是不是"效忠信"呢? 胡乔木说:"我要求参加向主席遗体告别,就写了一封信给汪东兴并转江青,其中有一句话:对于江青在政治局对我的教导和批判,终生难忘。"虽然不能仅仅因为这封信中有这么一句话,就说明胡乔木的信是所谓的"效忠信",但胡乔木的这些话,在"四人帮"倒台后,确实令许多看到这封"效忠信"的人感到意外和气愤,就连胡乔木的家人也都埋怨他:"你怎么这样写啊?"

胡乔木为什么要这么写呢? 其实,胡乔木写这封信的心情是十分复杂和矛盾的,用他自己的话说,写信的原因就是"要对得起主席,想报答主席"。因为江青在政治局会议上多次公开批判他,说他"对毛主席忘恩负义"。为了能见上毛泽东最后一面,胡乔木既委屈,又悲伤,为了"报答毛主席",抱着这个单纯意念的他万不得已给江青写了这封信,说了违心的话。或许,这也是胡乔木书生意气的可爱之处吧? 历史有时候总是这样的滑稽这样的捉弄人。胡乔木不是政客。65 岁的他,或许不会想到本来简单的事情往往带来的却是纷繁复杂又意料不到的后果。

但在当时,这些历史的当事人或许"身在此山中",难识"庐山真面目"了。而就在国务院办公厅宣布解散政研室的这次会议上,尽管胡乔木没有参加,但还是有人提出了批评。有人说:"你们搞运动,搞得不对头,你们不批胡乔木,只批农伟雄,这个方向不对头。胡乔木政治动摇,你们不批。农伟雄算个啥? 无非是小喽啰而已。"话确实太尖锐了。还有人说:"胡乔木在粉碎'四人帮'以后,态度暧昧,'批邓、反击右倾翻案风',政治动摇。"十分清楚政研室内部矛盾关系的邓力群,会上跟他们进行了激烈的辩论,说:"谁都知道嘛,胡乔木受'四人帮'的压力,毛主席的压力,受研究室内部'四人帮'代表的压力,也受到我们的压力啊。我们每个人不都批判过他?! 还有批判更厉害的,李鑫同志不就说过人家胡乔木'不是个玩意儿,我总算看透你了'嘛。胡乔木同志确有错误,但怎么能与'四人帮'的小帮派联在一起呢? 这种意见不公正。"其实,这个时候,他们或许都还没有想到,解散政研室并不仅仅因为是要打击胡乔木,更是冲着邓小平来的,其目的就是要剪去邓小平的"羽翼",使邓小平即使复出后身边也没有"笔杆子",组建不起来理论队伍。

因为国务院政研室的许多工作还没有结束,不仅"揭批'四人帮'"运动还没有完成,而且政研室总得还要作一个总结,所以名义上尽管宣布解散,但实际上并没有散伙,只是人员一分为二——李鑫、吴冷西、胡绳、熊复等去了华国锋那里,继续"毛著办公室"的工作;邓力群、于光远、丁树奇、滕文生、苏沛、郑惠等仍然和胡乔木在一起,留在了紫光阁,却备受冷淡。面临着政研室解散和人员分流,受到非议的胡乔木心里仍牵挂着中共高层理论人才队伍的培养,他忧心地说:"小平同志多次提出要重新组织理论队伍,好不容易把研究室搞起来了,现在又一分为二了,剩下的人等于是一个个细胞啊,如把这些都搞掉了,以后就难办了。保留一个细胞以后就可以不断分裂,理论队伍也就可以重新组织,不断扩大。"

1977年2月7日,《人民日报》、《红旗》杂志、《解放军报》发表社论《学好文件抓住纲》。社论提出:"凡是毛主席作出的决策,我们都坚决维护,凡是毛主席的指示,我们都始终不渝地遵循。"这就是著名的"两个凡是"。但在那个"个人崇拜"仍处于极端的年代,这两句话在任何一个普通的中国人眼里,或许都很难读懂背后的政治含意。在微妙的政治游戏规则中,身在中国政治高层的胡乔木是明白的——这种论调对邓小平复出和天安门事件平反会有某种负面影响。①每天坚持看报纸的胡乔木指着《人民日报》对家人说:"看来邓的复出恐怕又困难了。"

1977年3月,陈云、王震、胡耀邦在中央工作会议上,共同向主持会议的华国锋提出,要求邓小平重新出来工作和平反天安门事件。已经多次经历过大起大落的邓小平,对自己从来就是自信的。"四人帮"倒台后,他知道自己的复出已经指日可待。在听到王震反映"两个凡是"的问题之后,他立即给中共中央写了一封信,提出:"我们必须世世代代地用准确的完整的毛泽东思想来指导我们全党、全军和全国各族人民。把党和社会主义的事业,把国际共产主义运动的事业,胜利地推向前进。"中央转发了邓小平的信。

到了这个时候,邓小平复出的问题已经摆到了华国锋主持的中共高层工作会议的桌面上了。而胡乔木1976年3月2日写的"揭批"邓小平的材料,一石激起千层浪。当时,中共高层的李先念、王震、余秋里、陈锡联、罗瑞卿、胡耀邦等对胡乔木非常不满意。有的说"在主席身边那么多年,揭发邓小

<hr />

① 1977年2月7日《人民日报》发表社论《学好文件抓好纲》后,时任政研室党支部书记的朱佳木找到邓力群,提醒他注意社论中"两个凡是"的问题。随后,邓力群向王震提出"两个凡是"是违背马克思主义精神的,应该反对。随后王震就公开在国防工业会议上对"两个凡是"进行了点名批评,并向邓小平作了反映。后来,邓小平说:首先提出反对"两个凡是"的是邓力群。

平,不能原谅";有的说"胡乔木顶不住啊";有的说"胡乔木怎么能这样干";等等。就连陈云、叶剑英这两位德高望重的老人也很不高兴,颇有微词。其实,写揭批邓小平的材料时,胡乔木确实既矛盾又痛苦,前前后后花了一两个月时间,而且一直都是瞒着家人写的,连夫人谷羽都不知道。直到"四人帮"印发后,家人才看见,都责怪他不该这么写。家里家外,议论纷纷,胡乔木确实感到十分窝火,更觉得难过和委屈。谷羽是十分理解乔木的,后来在跟朋友谈起这事时,也有些不平地说:"对乔木太不公正了吧!'批邓'时受压,'四人帮'粉碎了还受压。"

好在邓力群等人坚持为胡乔木说真话道实情,并得到了陈云、王震等老同志的理解。后来,王震亲自来政研室看望,说:"你们还是同'四人帮'作了斗争的。胡乔木呢,我们是朋友,我们的友谊很好啊!"言谈中,还专门讲了他和胡乔木之间的私人情谊。邓力群实事求是地告诉陈云,胡乔木的"那个材料,事实没有捏造,但上纲有过头的地方,出现这种过头的话不妥当,但也确有当时来自内部、外部以及上面的压力"。邓力群就建议陈云帮胡乔木说说话,两人见一面,"该批评的批评,该鼓励的鼓励"。这样,两天后,陈云和胡乔木见了一面,进行了深入的交谈,化解了误会。

王震和邓力群等人知道,邓小平复出后,"笔杆子"非胡乔木莫属。当他们知道邓小平愿意与政研室留守人员见面的消息后,就马上建议胡乔木给邓小平写封信,作自我批评。胡乔木接受了他们的建议。

1977年5月24日上午,王震和邓力群就带着胡乔木的检讨信来到了邓小平的家中。

一见面,邓力群就跟邓小平说:"小平同志,乔木同志委托我带来一封信,作自我批评,向你认错。"

邓小平坐在沙发上,挥了挥手,说:"不看了,信你带回去吧。"

邓力群连忙解释说:"乔木在事实的揭发上没有什么了不起的事,问题在于上纲厉害了一点,这个不好。"

邓小平笑着说:"这没有什么,对这事我没有介意。要乔木同志放下包袱,不要为此有什么负担。他3月2日写的材料我看了。没有什么嘛。其中只有一句话不符合事实,他说我发了脾气,实际上那次我并没有发脾气。说到批我么,不批也不行嘛。当时主席讲话了,四号文件发下来了,大家都批,你不批不是同主席唱对台戏?至于揭发我说过的话那就更没有什么问题。我过去这样讲,我现在仍旧这样讲,比如台阶论,最近我就对华主席讲,还是要讲台阶论。青年要积累经验,这是培养青年的好办法。不用这个办法反而把好好的青年人害了。你告诉乔木同志，不必写信或写自我批评了。"

针对政研室李鑫等人批判胡乔木在"反击右倾翻案风"时政治上动摇的问题，邓小平却说："乔木不是政治上动摇，是软弱。乔木是我们党内的第一支笔杆。过去党中央的很多文件都是他起草的。毛主席尽管对他有批评，可是一向重视他。有几个人联合起来反对他，一个是陈伯达，一个是□□□，结果主席没有办法，只好不用。"知人善任，这就是邓小平的高明之处。

在谈到编辑《毛选》第五卷时，邓小平再次专门赞扬胡乔木，说："《论十大关系》这篇是谁整理好的？这事我可以作证，是乔木同志主持，整理了好几稿才搞成。在这以前搞了几遍都不行。这次文字上下的工夫很不少。整理后的文字，理论、逻辑很严密，成了一篇理论文章，哲学文章。《论十大关系》是《毛选》五卷新发表的文章中最重要的文章。《关于正确处理人民内部矛盾的问题》早已发表了。这篇是新发表的。总而言之，乔木这个人还是要用。至于怎么用，做什么工作，要找同志商量、交换意见。他这个人缺点也有。软弱一点，还有点固执，是属于书生气十足的缺点，同那些看风转舵的不同。批我厉害得多的人有的是，有的甚至说我五毒俱全。"

这次谈话结束的时候，邓小平再三叮嘱邓力群，说："请你告诉乔木同志，要解除包袱，不要再把这件事放在心上。"

担当中国社科院首任院长，胡乔木从打扫公共厕所做起 奠基中国社会科学体系，为中共思想解放运动蓄能造势

1977 年 4 月间，邓小平在汪东兴和李鑫一起来看他的时候，再次当面对他们说："'两个凡是'不行，不符合马克思主义。按照'两个凡是'就说不通为我翻案的问题，也说不通肯定广大群众在天安门的活动合乎情理的问题。"接着，邓小平非常动情地用手比画着说道："把主席在这个问题上讲的移到另外的地点，在这个时间讲的移到另外的时间，在这个条件下的讲的移到另外的条件下，这样做，不行嘛！主席自己就说过他有些话讲错了。主席就讲过，一个人只要做工作，没有不犯错误的，马恩列斯都犯过错误。如果不犯错误，为什么他们的手稿改得乱七八糟呢？改得乱七八糟就是因为原来有些观点不完全正确，不那么完备、准确，所以要改嘛。改，这就证明以前犯过错误。主席讲自己也犯过错误。一个人讲的每句话都对，一个人绝对正确，没这回

事。"显然,邓小平提出"准确的、完整的毛泽东思想",他是经过反复思考的。邓小平说:"毛泽东思想是个思想体系,我们要高举旗帜,就是要学习运用这个思想体系。我曾同林彪作过斗争,批评他把毛泽东思想庸俗化,没有把毛泽东思想当作体系看待。"

5月24日,邓小平在和王震、邓力群的谈话中,再次谈到了这些问题,说自己想当"又顾又问"的顾问,并指出"四人帮"批判胡乔木主持和参与起草的所谓"三株大毒草"是"香花",而不是"毒草"。很快,邓小平的言论在北京市广为传播,在中共高层引起震动,成为20世纪70年代末80年代初中共思想解放运动的先导。邓小平还指出:当前,除了做好《毛泽东选集》的出版工作外,做理论工作的同志,要花相当的工夫,从各个领域阐明毛泽东思想的体系,要用毛泽东思想体系来教育我们的党,来引导我们前进。而理论队伍不是人多,而是人少。政研室不能解散。李先念对邓小平的意见给予了积极支持,并建议由邓继续管理论,政研室也仍由邓负责。华国锋同意了这个建议,这样胡乔木主要负责的政研室的去留问题就得到了解决。胡乔木个人的境遇问题也迎刃而解,政治地位开始回升。而经过他撰写和做过重要整理、修改的理论文章《毛主席关于三个世界划分的理论是对马克思列宁主义的重大贡献》《教育战线的一场大论战》《贯彻执行按劳分配的社会主义原则》等文章也陆续发表。

也就在这样的背景下,中共中央于1977年5月批准"中国科学院哲学社会科学部"(简称"学部")改名"中国社会科学院"。11月,国务院任命胡乔木担任中国社会科学院院长,负责全面的组建工作。原政研室的邓力群、于光远、朱佳木、朱元石、郑惠等一起来到社科院。这个时候,"学部"的规模很小,学科门类也不完备,与新中国发展社会科学的需要极不相称。而且新中国成立以来,政治运动接连不断,社会科学的研究系统并没有建立。尤其在"文化大革命"中,"学部"被"四人帮"破坏殆尽,成了全国受"文化大革命"毒害的重灾区,而其内部派系斗争错综复杂,冤案成堆,政治遗留问题多,处境艰难,形势十分严峻。

筚路蓝缕,以启山林;横木为梁,以渡江河。现实印证了那句老古话——万事开头难。经历了人生大起大落和大悲大喜的胡乔木知道,一切又得从头开始了。

但谁也不会想到,胡乔木就任中国社科院第一任院长后,上班做的第一件工作竟然是带着行政管理局长打扫办公楼的公共厕所。这在新成立的中国社科院一下子成了"新闻炸弹",大家对胡乔木的这种举动感到好奇,赞赏者有之,观望者有之,但更多的还是感受到了一股精神的力量。"文化大革命"十年浩劫后,"学部"人心涣散,出现了"人人逍遥,只顾自己,风纪荡然无存"。一屋不扫何以扫天下?显然,胡乔木从小事做起,目的是要营造一个"人心向院"团结向上的氛围。无疑,胡乔木扫厕所的举动,好像一种无声的精神动员,给社科院注入了新鲜的精神活力。当然,让胡乔木更关心的是"文革"之后人文社会科学事业怎样建设的问题。常念斯回忆说:"他在为邓小平起草的重要讲话稿中写入不仅自然科学、技术科学落后,社会科学也同样落后。这对那些以为有了马列主义,就一切真理在自己手中的人是一大触动。正因为有了这样的一个总估计,才使人文科学能冲破藩篱而发展起来。尤其重要的是在社科院第一次党代表大会扩大会议上,乔木在报告中着重指出,马列主义不是一个封闭的思想体系,而是一个开放的思想体系,促使人们去不断探索。资本主义社会有它的问题,社会主义也有许多需要解决的问题,需要研究,需要借鉴外国的经验。这是在十一届三中全会以前,'两个凡是'还禁锢着许多人的头脑时,提出'解放思想'的响亮号召。后来'实践是检验真理的唯一标准'在全国展开讨论,是这种解放思想的精神产物和继续。"①

面临新组建的中国社科院这种残败的局面,临危受命的胡乔木不慌不忙,他号召大家围绕着如何建设社会主义这个中心,大胆思考问题,研究新情况,提出新思想,解决新问题。针对当时内部派系斗争严重的情况,胡乔木着重从"揭批'四人帮'""重点抓科研"和"团结大多数人"三件事情入手,提出了"社科院要做党中央和国务院忠实的得力助手"的口号,组建了国家需要的新的研究所,制定了与国民经济发展相适应的科研规划,把全国的社会科学研究纳入总体规划之内,并设立了支持科研重大项目的社科基金,为中国社会科学领域的思想建设、政治建设、组织建设、作风建设和科研干部队伍建设作出了历史性的巨大贡献。

针对社科院科研工作处于瘫痪或半瘫痪状态的实际情况,胡乔木走马上任后,整整花了一个半月的时间,一个单位一个单位地调查研究,摸清了社科院存在的问题,决定把工作重点转移到科研工作上来。胡乔木不仅奠定了发展人文社会科学的基本路线,还亲自请费孝通重建社会学,担任社会学研究所第一任所长,使社会学这个学科在 1957 年被取消之后恢复了名誉,重新建立起来,并由此带动了其他许多学科的建立。当时社科院只有 14 个研究所,学科建设不健全。胡乔木根据中央作出的以经济建设为中心的决

---

① 常念斯:《忆乔木》,见《我所知道的胡乔木》,当代中国出版社 1997 年 5 月版,第 364—365 页。

定，先后增设了农业经济学、工业经济学、财贸金融经济学和技术经济学等学科和相应的研究所，还增设了政治学、马列学、社会学、新闻学、人口学等学科和研究所。为适应对外开放的需要，研究国际问题的研究所由原来的一个世界经济研究所，又创立和增加了分国别和地区的研究所，如世界政治研究所、美国所、日本所、西欧所、苏东所、拉美所和亚太所等。至1981年，社科院共增加了30多个新的研究所。而中国社科院的总体框架，至今也仍然保持着胡乔木设计的架构。

在科研规划上，胡乔木经过思考和酝酿，以自己渊博的学识和深厚的造诣，提出了涵盖人文科学和社会科学的100个重大研究课题。这些课题的提出，冲破了老框框，开辟了新天地，让一直处于封冻闭塞的中国社科界迎来了春天。研究人员从院长胡乔木的规划中，找到了用武之地，知道了中国和世界范围内还有那么多的问题需要去研究、值得去研究。尽管胡乔木只是出了题目，但对科研人员来说不仅是一种吸引力，更是一种激励，一下子把他们从"文化大革命"的阴影和派系斗争的内耗中带了出来。

为了培养后备人才，胡乔木想方设法从全国各地抽调一大批既能做知识分子工作，又有一定科学头脑的干部来到社科院。后来担任国务院总理的朱镕基就是在1978年从石油部管道局调到工业经济研究所当研究室主任的。面对社科人才老化和青黄不接的问题，胡乔木又决定创建研究生院，向全国招生。胡乔木亲自担任院长，请温济泽担任副院长。1978年首次招生就录取了440人，培养了大批优秀年轻的人才。与此同时，为了解决科研人员研究成果没有地方发表的问题，胡乔木提倡百家争鸣，划清政治问题和学术问题的界限，先后恢复和新创办了多种学术刊物，并于1980年1月创办了社科院院刊《中国社会科学》。从此，中国社科院就成为中国理论研究的重镇。视野开阔的胡乔木并不仅仅把眼光停留在自己主持的中国社科院，他还随时随地地放眼整个中国社会科学的发展全局，先后倡议、主持编写了《中国大百科全书》和《当代中国丛书》，构成了中国社会科学的新格局，开创了中国社会科学研究的新时代。为了让中国社会科学工作与国际接轨，拓宽视野，开展国际交流，1979年春，中国社科院组织了第一个访美代表团，具有世界眼光的胡乔木本准备亲自挂帅任团长，但直到临行前一周，因为身体原因未能成行，改由当时社科院最具国际活动经验的副院长宦乡带团出访，开创了中国社科院的外事工作和国际学术交流工作的新局面。

胡乔木在担任中国社科院院长期间，经常主持各研究所的工作汇报会，现场办公,现场解决问题。胡乔木还要求学科专家定期及时地向院领导介绍情况,联系实际开展小型学术报告会,虚心听取意见,及时指出研究中出现的问题。在一次汇报会上,有一位研究经济学的科研人员有疑虑,觉得"自然科学攻关的题目好定,好找,经济学不好找,想攻关,不知道在哪里"。胡乔木就说:"社会上到处有可攻的关,像北京市蔬菜供应,市民意见、不满意,这里有生产问题,也有流通问题,像这样的问题就是关,值得攻一攻。"

不仅给研究员出题目,找思路,胡乔木还注重调查研究。在那个年代,中国还没有什么现代化的养鸡场,城市的鸡蛋供应还是靠农村一家一户养的鸡下的蛋来供应,供求差额非常大,十分紧张。胡乔木听说北京东郊管庄的养鸡场采取现代化的规模经营获得成功,他就马上派经济所的马洪去实地调查,并写成了报告。胡乔木亲自修改后报告了中央,使得这一养鸡场的经验在全国推广。而当年的养鸡场场长,就是后来担任农业部部长的刘江。为了改善科研条件,创造拴心留人的环境,在胡乔木的关心支持下,建筑面积达7.5万平方米的中国社科院办公大楼在长安街建起来了,3000多套总面积20多万平方米的住房盖起来了,面向全社会的社会科学基金也设立了,社科院的科研经费也增加了10倍,切实解决了当时社科院的后勤保障和持续发展问题。①

曾任中国国家图书馆馆长的任继愈在回忆胡乔木推动中国社会科学研究的功绩的时候,满怀深情地说:"国内有成就的马克思主义理论家,有的偏重在哲学,有的偏重在历史,有的偏重在经济学,有的偏重在党的建设理论。学问各有专长,又各有局限性。但是作为有深刻造诣的理论家却要具备高度综合、概括的本领,能贯通多种学科,沟通学科之间的关系,而深刻造诣的理论家实在不多,应当说为数很少。乔木同志就是我国很少数的有通才卓识的一位。作为理论家,一方面要有深厚的学力,另一方面也要有理论的天才。才与学相匹配,俱于一人之身的并不多,乔木同志是才与学相符的一位。""中国有一度理论界被假冒伪劣者窃踞领导岗位,致使真正人才难以得到施展的机会","像乔木这样的理论家太少了。"②作为当代公认的社会科学大家和新中国社会科学战线上杰出的领导人、中国社科院的奠基人,胡乔木在创建和发展中国社会科学事业上,心怀"一片振兴学术之心",以其渊博的学

---

① 马洪:《中国社会科学院的奠基人》,见《我所知道的胡乔木》,当代中国出版社1997年5月第1版,第110页。

② 任继愈:《怀念乔木同志推动中国社会科学研究的功绩》,见《我所知道的胡乔木》,当代中国出版社1997年5月第1版,第115—116页。

识，"在艰危中尽力发挥了他的才能，并使之化成精神财富，留给后人"，为20世纪70年代末80年代初的中国思想解放运动蓄能造势，树立了一座不朽的丰碑。正如胡绳所言，胡乔木是一位"百科全书式的马克思主义学者"。尽管在"文化大革命"以前胡乔木就已经是中共中央书记处候补书记而成为"党和国家的领导人"，然而在他看来，自己内心最珍视的职位却是"中国社会科学院院长"。他曾亲口对李慎之说："社会科学院永远是我的恋爱对象。"

胡乔木号召"按照经济规律办事"，为中国吹响改革开放的号角

正确与谬误如同火与冰、矛与盾，斗争从来就是激烈尖锐的。

1977年8月，中共十一大召开，宣告"文化大革命"结束，重申"必须调动党内外、国内外一切积极因素，团结一切可以团结的力量，为在本世纪内把我国建设成为伟大的社会主义的现代化强国而奋斗"，作为中共在新时期的根本任务。但是，中共十一大通过的华国锋的政治报告不但没有能够纠正"文化大革命"的错误理论、政策、口号和实践，反而加以肯定，使之更系统化、理论化、顽固化。因此从指导思想、理论体系到政治路线、社会实践上完成正本清源、拨乱反正，已经迫在眉睫地摆在了中共的面前。

邓小平的复出无疑加大了正确方面的力量。8月18日，邓小平在中共十一大闭幕词中，针对"两个凡是"，强调指出：我们一定要恢复和发扬毛泽东为我们树立的实事求是、群众路线、批评与自我批评、谦虚谨慎、戒骄戒躁、艰苦奋斗的优良作风，全心全意地为中国人民和世界人民服务。邓小平呼吁：我们一定要恢复和发扬民主集中制的优良传统和作风，在全党、全军、全国努力造成一个又有民主又有集中，又有纪律又有自由，又有统一意志又有个人心情舒畅，生动活泼，那样一种政治局面。

邓小平深知只有高举和捍卫毛泽东思想这面旗帜，才能够准确、完整地运用毛泽东思想体系，才能顺利地批判"两个凡是"的错误思想。为此，邓小平和叶剑英、李先念、陈云、聂荣臻、徐向前等一齐出来宣传中共和毛泽东长期倡导的理论联系实际、一切从实际出发、实事求是的马克思主义基本原理。邓小平找到胡乔木，要他起草一篇围绕"实事求是"端正党风问题的文章，批评"两个凡是"，推动全党全军全国的正本清源、拨乱反正运动的开展。写这样的讲话，对胡乔木来说，已经是信手拈来。因为邓小平要致大会闭幕

词,这个讲话稿就改为聂荣臻在会议上的发言稿。后来,胡乔木又将这篇讲话整理成《恢复和发扬党的优良作风》,于 9 月 5 日在《人民日报》发表。胡乔木这么写道:"实事求是,这不是一个普通的作风问题,这是马克思主义唯物主义的根本思想路线问题。我们要坚持马克思列宁主义,坚持毛泽东思想,就必须坚持实事求是,如果我们离开了实事求是的革命作风,那么我们就离开了马列主义、毛泽东思想,而成为脱离实际的唯心主义者,那么我们的革命工作就要陷于失败。所以,是否坚持实事求是的革命作风,实际上是区别真假马列主义、真假毛泽东思想的根本标志之一。"

接着,胡乔木结合中国革命斗争的实际过程,运用毛泽东的《实践论》《矛盾论》进一步阐述了坚持实事求是的重要性——"《实践论》《矛盾论》所阐明的实事求是、一分为二的思想,是毛泽东思想的哲学基础,是对马克思列宁主义哲学的重大发展,也是毛主席留给我们党的最宝贵的理论遗产。《实践论》的思想,也就是实事求是的思想。实践是第一性的,实际生活、现实事物,是第一性的,我们的一切正确思想,归根到底,只能从实际中来,从实际经验中来,并且必须回到实践中去,通过实践经验的检验。《矛盾论》讲的是客观世界的矛盾及其在我们头脑中的反映。我们的思想要符合客观世界,就必须实事求是地分析客观存在的矛盾,反映客观存在的矛盾。客观世界充满了矛盾,充满了变化,我们的思想必须如实地反映这种矛盾的变化;一切正确思想,都以时间、地点、条件为转移,否则就变成形而上学……"紧接着笔锋一转,胡乔木进一步批判了"四人帮"给中国社会和政治生活带来的负面影响和现实。他这样写道:"由于'四人帮'的影响,今天还有这样一些领导机关,这样一些党员干部,在他们中间,主观主义、形式主义的作风,不是少了而是多了,毛主席长期倡导的那种深入群众进行调查研究、根据实际情况解决具体的问题的实事求是精神,却不是多了而是少了。报刊上有些文章还是不懂得区别马列主义、毛泽东思想的字句和实质,用它作为具体分析具体问题的指南。甚至报喜不报忧,靠说假话办事的这种恶劣风气,至今在一些人中也还没有根除,这应当引起我们全党的严重警惕。"

9 月 28 日,《人民日报》又发表了陈云的《坚持实事求是的革命作风》。胡乔木参与了修改。文章说:"在'四人帮'横行的日子里,唯心主义泛滥,形而上学猖獗。他们和他们的追随者说假话,做假案,要反革命两面派,成为司空见惯的事情。他们对马克思列宁主义、毛泽东思想进行疯狂的歪曲、割裂、篡改和伪造,用马克思主义经典作家的片言只语做法宝来到处压人、害人、害党、害国。他们严重破坏了毛主席长期培育的我们党的优良传统和作风。他们不但极大地破坏了党的实事求是的作风，而且公然为他们搞的一套主观唯心主义制造'理论'根据。他们大搞什么'经验主义为纲'，实际上就是否定作为认识基础的实践经验，否定一切从实际出发的正确原则，否定毛主席的《实践论》思想，实事求是思想。姚文元竟说什么'把"辩证唯物主义"歪曲成"存在第一，思维第二，客观第一，主观第二"……是反动的形而上学'。他们的御用工具宣扬，在整个社会主义时期，生产关系对于生产力，上层建筑对于经济基础的反作用都是决定性的……这就充分暴露了他们是在宣扬一种意志决定一切，权力决定一切的极端反动的主观唯心主义。"

中共中央高层不断地发出批评"两个凡是"的声音，终于酿成了1978年5月开始的关于真理标准问题的大讨论。这场大讨论在中国社会产生的广泛而深刻的影响，如同一场暴风骤雨，给中国的政治气候也带来了根本性的变化。身为中国社会科学院院长的胡乔木，经过"文化大革命""冷藏"岁月的磨难和挫折，对中国政治、经济和社会的发展思路更加清晰了，思想也更加深刻了。在社科院的一次汇报会上，有人提到山西大寨有一句流行的口号"堵不住资本主义的路，迈不开社会主义的步"。胡乔木回答说："大寨的做法是不是社会主义的路，还值得研究。"尽管"四人帮"已经倒台，但大寨依然是当年中国农业发展的唯一旗帜。胡乔木敢于提出这样的质疑，可见他巨大的政治勇气和理论勇气。

1978年10月，中央经济工作座谈会在北京召开。这是中共中央如何贯彻全国中心工作由阶级斗争转为经济建设的一次重要会议。当时，尽管中共高层已经作出了决策，但对如何系统地纠正经济工作中的"左"的错误思想，还没有成熟的解决方案和系统的理论回答。没有经济政策的理论指导，以经济建设为中心的决策就会变成一句空话。就在这样的关键时刻，胡乔木勇于开拓，大胆创新，站在时代的前沿，发出了时代的先声——《按照经济规律办事，加快实现四个现代化》，为中国的经济体制改革鸣锣开道。

在这篇长达两万多字的发言中，胡乔木以自己的责任心和远见卓识，从历史唯物主义的哲学高度，科学地概括了"大跃进"和"文化大革命"的经验教训，特别是针对"唯意志论"盛行所造成的令人痛心的损失，提出了有的放矢的正确口号。他在发言中强调指出：我们搞经济工作必须按经济规律办事，不能按违反经济规律的长官意志办事。按经济规律办事就是按价值规律，按供求规律办事。胡乔木指出：不但要重视研究马克思主义的经济学，而且要重视研究资产阶级学者所写的经济学，要利用资本主义社会中对我们有用的经验，包括资本主义国家中早已存在并且取得经济实效的公司组织形式托拉斯等,还要学习计量经济学,研究经济活动要将定性研究和定量研究结合起来进行。胡乔木尖锐地指出:社会主义制度不会自动地保证经济迅速发展,必须学习资本主义国家在管理经济方面的先进事物,"否则就要陷入爬行主义,就不可能建成社会主义"。

胡乔木的这些理论和观点,在此前的中国一直被认为是资产阶级的东西,视为禁区,噤若寒蝉,没有人敢讲。10月6日,中共中央机关报《人民日报》发表了胡乔木的这个讲话,在国内外立即产生了巨大反响——在国内,一时间"按照经济规律办事,不按违反经济规律的长官意志办事"成为家喻户晓的口号;在国外,引起的轰动远远超过了中共和胡乔木本人的想象,日本、美国等西方国家的著名学者认为,胡乔木的《按照经济规律办事,加快实现四个现代化》"在经济理论上为中国吹响了改革开放的号角"。

后来担任国务院总理的朱镕基当年在社科院经济所工作,曾跟随胡乔木出过差、整理过材料,还多次聆听过胡乔木的报告,他说,从读胡乔木的《中国共产党的三十年》开始,到读《按照经济规律办事,加快实现四个现代化》,都使他"产生一种革命的激情和想一口气读下去的热切愿望"。朱镕基认为:胡乔木的"道德文章确实是我们学习的楷模",读他的文章"是一种高级的享受",而作为长者的胡乔木"在你的面前总有使你如沐春风的感觉,没有拘束,想讲什么话就能讲出来,但是也确实体会到乔木同志的理论、文化、历史、艺术的修养非常深厚。你跟他说话,就使你感到,你所知道的东西他都知道,而他知道的东西,你看不到边"。[①]

粉碎"四人帮"后,在重大经济理论问题上正本清源,拨乱反正,已经成为中国政府一项迫在眉睫的任务。但恢复和发展国民经济,首先就必须要扫清思想理论问题上的障碍。在这方面,胡乔木除了号召"按经济规律办事",为中国吹响改革开放的号角之外,还义不容辞地成功协助邓小平笔伐"凡是派",为经济领域重大理论问题的拨乱反正做了卓有成效的工作,推动了思想解放运动的展开。其间,他先后主持起草和修改了五篇重要文章,其中有四篇是邓小平的讲话。

第一篇是《贯彻执行按劳分配的社会主义原则》。从1977年12月开始,胡乔木、邓力群等就按照邓小平的要求着手起草这篇文章。1978年3月28日,邓小平约胡乔木、邓力群就按劳分配问题谈话讨论。邓小平说:按劳分配

---

① 朱镕基:《胡乔木同志是我们学习的楷模》,见《我所知道的胡乔木》,当代中国出版社1997年5月第1版,第9—10页。

就是按劳动的数量和质量进行分配。根据这个原则,评工资、升级,主要看他的劳动好坏、技术高低、贡献大小。要看政治,但政治不能离开劳动。4月30日,邓小平再一次找胡乔木、邓力群谈话,讨论这篇文章的修改问题,并定名为《贯彻执行按劳分配的社会主义原则》。1978年5月5日,《人民日报》以"特约评论员"的名义发表了胡乔木主持起草的这篇文章。文章详细叙述了马克思主义经典作家在这个问题上的观点,充分有力地论证了:按劳分配是社会主义公有制的产物,又是社会主义公有制的实现;按劳分配能够促进社会生产力的发展,促进创造出新的劳动生产率;按劳分配原则是通过一定的劳动报酬形式实现的,是与一定的物质利益相联系的。

第二篇是邓小平在全国科学大会开幕式上的讲话。1977年冬,中央决定召开全国科学大会,邓小平在大会开幕式上讲话。邓的讲话稿先由国家科委起草。1978年2月底,邓小平找胡乔木和邓力群等商谈讲话稿的修改问题。邓小平说:"我想讲四个问题:一个是关于科学技术是生产力,这是马克思的观点,马克思的书里写过了;第二个是关于又红又专;第三个是关于科学技术队伍;第四个是关于党委领导下的厂长负责制。"并交代:有把握的写进去,需要探讨的可以不写,以后继续探讨。之后,胡乔木对讲话稿进行了深思熟虑的缜密的修改和补充。邓小平非常满意。这篇讲话稿概括了邓小平1975年和1977年以来对科学技术的一系列论述,深刻地阐述了科学技术的地位作用、科技队伍的建设和科研单位的领导等发展社会主义科学技术事业的一系列关键性的方针政策,针对在科技战线上被"四人帮"搞乱了的重大是非问题,从理论与实践的结合上作出透彻的分析和明确的回答。这是邓小平科技思想最有代表性的篇章。

第三篇是邓小平在全国教育工作会议上的讲话。1978年初,教育部为准备召开全国教育工作会议着手起草邓小平的讲话。邓小平再次找到胡乔木来修改。胡乔木按照邓小平一系列谈话精神,高瞻远瞩地从国民经济和科学技术发展的高度,对教育事业的发展提出要求,深得邓小平的赞赏。讲话指出:教育事业必须同国民经济发展的要求相适应。讲话抓住发展教育事业急需解决的关键——教师问题,强调指出:要尊重教师的劳动,提高教师的质量。并切中要害地指明:一个学校能不能为社会主义建设培养合格的人才,培养德智体全面发展、有社会主义觉悟的有文化的劳动者,关键在教师。明确提出:要提高人民教师的政治地位和社会地位。不但学生应该尊重教师,整个社会都应该尊重教师。要研究教师首先是中小学教师的工资制度。要采取适当的措施,鼓励人们终身从事教育事业。

第四篇是邓小平在全军政治工作会议闭幕会上的讲话。1978 年 5 月 11 日《光明日报》以特约评论员的名义发表《实践是检验真理的唯一标准》后，遭到了当时主管宣传工作的中共中央领导人和宣传部门一些负责人的指责和批评，5 月 30 日，邓小平找胡乔木谈话，提出要利用 6 月 2 日在全军政治工作会议闭幕会上发表讲话的机会，对"实践是检验真理的唯一标准"的观点给予坚决有力的支持。他说：我这次会议的总结发言，准备讲三个问题。我们讲要继承和发扬毛主席为我们培育的优良传统，首先就是实事求是。归根到底，这是涉及什么是马克思列宁主义，什么是毛泽东思想的问题。毛泽东思想最根本最重要的东西就是实事求是。现在发生了一个问题，连实践是检验真理的标准都成了问题，简直是莫名其妙！胡乔木第二天就拟好讲话中有关实事求是问题开头部分的写法。邓小平看了，十分满意。随后胡乔木根据邓小平的意见，很快就完成了讲话稿的起草。会议结束后的第二天，《人民日报》就以《邓副主席精辟阐述毛主席实事求是光辉思想》为题，加上编者按，详细介绍了邓小平的讲话。6 月 6 日，《人民日报》转载了新华社发表的邓小平讲话全文。

第五篇是邓小平在中国工会第九次全国代表大会开幕式上的祝词。胡乔木按照邓小平的意见在很短的时间内就完成了讲话的起草工作。邓小平在 1978 年 10 月 11 日下午发表的这篇讲话，有评论认为是中共实行工作重点转移和改革开放政策，加快实现四个现代化的"动员令"。

我们可以看见，胡乔木主持协助邓小平起草的这些讲话文章，虽然包含了科技、教育、军队、工会等各个方面，但都有一个共同的主题，即站在时代前沿，深入揭批"四人帮"，冲破"两个凡是"的藩篱，解放思想，实事求是，正本清源，拨乱反正，实行改革开放，调动一切积极因素和全民的积极性、创造性，为建设四个现代化的社会主义强国而团结奋斗。这些讲话、文章以其强烈的现实针对性和深厚精辟的理论依据，灵活运用马列主义原理和毛泽东思想解决中国的重大现实问题，开始凸显邓小平时代求真务实的改革开放精神和作风。毫无疑问，这些散发着睿智的思想光芒的文章，大大推动了思想解放运动的进程，为迎接十一届三中全会的召开，奠定了中共从思想理论建设到改革开放实践的伟大历史转折的坚实基础。而在历史的这个转折点上，胡乔木功不可没。

重返政坛,胡乔木肩负中共中央重要文件起草和理论指导工作

历史注定在这里拐弯,回到正确的道路上来。

京西宾馆——这座 20 世纪 70 年代还处于北京西郊的建筑,如今它已身处京城中心闹市了。这个中共许多重大决策的诞生地,其一举一动都牵动着中国乃至世界的神经。而从 1978 年的 11 月 10 日开始后的 40 天,中共在这里召开的中央工作会议和十一届三中全会所作出的重大决策,已经成为一座伟大的里程碑,矗立在 20 世纪中国历史的广场上。

像以往一样,参加这次中央工作会议的 212 名代表,有来自各省、市、自治区和各大军区的主要负责人以及中央党政军部门和群众团体的主要负责人。胡乔木是以中国社会科学院院长和国务院研究室负责人的身份参加中央工作会议,并列席十一届三中全会的。会议由华国锋主持,宣布会议的议程有三个:一是讨论如何把农业搞上去,主要讨论两个文件——《关于加快农业发展速度的决定》和《农村人民公社工作条例(试行草案)》;二是商定1979 年和 1980 年的国民经济计划;三是学习讨论李先念在国务院务虚会上的讲话。在开幕式上,华国锋接受中央政治局常委多数人的意见,在讨论上述三个议题之前,先用两三天时间讨论从 1979 年 1 月开始,把全党工作的着重点转移到社会主义现代化建设上的问题。

其实,早在 1958 年毛泽东就已经提出将中共的工作重点转移到经济建设上来。二十多年来,即使在十年动乱中,中共也从来没有谁说要放弃经济建设。但为什么现在中共再次提出这个问题呢?关键是中央工作指导思想上出了问题。坚持"两个凡是"的华国锋,依靠毛泽东"你办事,我放心"的政治遗嘱,继承"以阶级斗争为纲"的指导思想,"要阶级斗争、生产斗争、科学实验三大革命一起抓"。他认为现在工作着重点的转移并非是指导思想需要转变的问题,而是"新形势的需要,毛泽东、列宁就说过按照形势的需要实现这种转移"。

华国锋的关于"新形势的需要"的讲话,引起了胡乔木的注意。11 月 13日,小组讨论会进入第二天,胡乔木午睡醒来,立即把秘书朱佳木叫到自己的房间,说:"把工作重点的转移讲成是形势的需要,这个理由不妥;应当说,无产阶级在夺取政权之后,就要把工作重点转到经济建设上。建国后,我们已经开始了这种转移,但是没有坚持住。因此,这次的转移,是根本性的转移,而不是通常意义上的转移。不能给人一种印象,似乎今天形势需要,就把

工作重点转过来,明天不需要了,还可以转回去。"

朱佳木按照胡乔木的要求,帮他查找了几条马克思、列宁和毛泽东关于这方面的论述。下午,胡乔木就在小组会上作了发言,指出:"我们的一切革命斗争,终极目的是要解放和发展生产力,这是我们党的一贯立场,是马列主义的基本观点";"并不是任何阶级斗争都是进步的,其是否进步的客观标准,就是看它是否为解放和发展生产力创造条件";"经济脱离政治一定会走到邪路上去,政治脱离经济也一定会走到邪路上去"。胡乔木说:"除了发生战争,今后一定要把生产斗争和技术革命作为中心,不能有其他的中心。只要我们正确处理人民内部矛盾和敌我矛盾,国内的阶级斗争也不会威胁社会主义建设的中心地位。"

因为中共中央的政治路线问题没有得到解决,具有超前意识的胡乔木针对转变指导思想以及如何实现这种转变的发言,立即成为会议的争论焦点。尽管"四人帮"被粉碎了,但华国锋等领导人不仅没有提出纠正"文化大革命"及其以前的"左"倾错误,还压制关于真理标准问题的讨论、阻挠天安门事件和重大冤假错案的平反,拖延老干部恢复工作。而这些问题的解决,正是中共中央的工作能否真正转移到以经济建设为中心的关键因素。因此,参加会议的绝大多数代表和胡乔木一样,把议题都集中在这类政治问题上,使中央工作会议自然而然地脱离了华国锋预设的轨道,成为向"文化大革命"及其以前的"左"倾错误发起的一场总攻。

就在胡乔木发言的同一天,德高望重的陈云打响了"拨乱反正"的第一炮。他在东北组发言说,完全赞成把工作重点转移到社会主义建设上来,但他着重强调了安定团结问题,中央应该对历史遗留问题作出决定,并列举了"薄一波等六十一人和陶铸等的历史冤案、彭德怀的名誉恢复、天安门事件的平反、康生在'文化大革命'中的严重错误"等六个方面的政治敏感问题。显然,这六个具体问题,个个是触及"左"倾错误要害的关键性问题。

中央工作会议就在这股巨大潮流的推动下,继续向正确的方向前进,并促使北京市委在 11 月 14 日作出决定:"天安门事件是革命行动。"听到这个消息,胡乔木发自内心地笑了,兴奋地告诉秘书朱佳木:"天安门事件平反了。"

11 月 25 日,华国锋代表中共中央宣布牵动亿万人心的天安门事件完全是革命行动,平反薄一波、彭德怀、陶铸等人的历史冤案,"二月逆流"问题和杨尚昆问题也被平反,并明确对康生、谢富治的错误进行揭发批判。但华国锋在讲话中对会议上大家最为关注的"热门"问题——"两个凡是"和"真理标准讨论"的问题,避而不谈。但在小组会上却有代表认为"真理标准讨论"

本是党内存在的思想分歧问题,不是政治问题或路线问题,因此对报刊上提出的"来一次思想解放运动""反对现代迷信"的口号表示担心,觉得如此会导致否定毛泽东、怀疑毛泽东思想。为此,胡乔木在第二轮小组会上发言,希望华国锋在会议结束的时候,能对"实践是检验真理的唯一标准"大讨论作一个结论。胡乔木说:"这个问题本来是一个理论问题,但在两个意义上也是政治问题。第一,搞清楚这个问题,对于解放思想,搞好当前工作,加速四化建设,正确处理遗留的各种案件等等,都具有指导意义。第二,对这个问题的讨论,绝大多数省、市和大军区负责人都表了态,这也就不是一般的理论问题了。"

胡乔木的话可谓一语中的,使得会议代表在这个问题上的观点越来越趋于一致,认为不解决这两个"热门问题"就无法拨乱反正,并纷纷要求中央主要领导应该对此表态。在这种情况下,会议取得了突破性进展。华国锋也作了自我批评,并主动承担了责任。他坦诚地表示"两个凡是"是过于绝对了,是不妥的,"在不同程度上束缚了大家的思想,不利于实事求是地落实党的政策,不利于活跃党内思想"。华国锋的表态,宣告了"两个凡是"的终结。

但就在会上进行激烈争论的时候,会外也出现了一些过激的现象。受天安门事件平反的鼓舞,北京和上海都出现了群众集会、游行活动。在北京,不仅"西单民主墙"上出现了大小字报,有的甚至提出全盘否定毛泽东,群众间出现了争吵,甚至到天安门广场集会演说;在上海,一些人冲击报社要求报纸刊登群众集会的消息,等等。刚刚恢复中共中央副主席职务的邓小平指出:工作要跟上,要积极引导群众,对大字报不能任其自流。不要离开党中央的领导,搞新的运动。现在人心思定,乱是脱离群众的。安定团结是实现四化的必要政治条件,在这个问题上,小局要服从大局,小道理要服从大道理。他说,毛主席是全党全军全国人民团结的旗帜,是国际共产主义运动的旗帜,我们国家能有今天的国际地位,同毛主席的威望是分不开的。问题可以讲,但要维护毛主席。不是说毛主席没有缺点,但那时毛主席年龄大了,"四人帮"利用了这一点,问题比较复杂。有些问题,我们这一代搞不清,下一代再搞。报纸要十分慎重,文章要恰如其分,超过一步,真理就变成谬误了。

胡乔木对邓小平的讲话积极赞成。在小组会上,胡乔木说:"有些群众在外面贴大字报,其中大多数的动机和愿望是好的,但考虑总有不周到的地方,一些说法也会在国内外产生不好的影响,需要我们加强在群众中的思想工作。搞好四个现代化,必须要有安定团结的局面。如果有人要挑起违反历史潮流的争论,制造事端,妨碍四个现代化建设,必然要被群众和历史所抛弃。"为此,胡乔木受到北京市委的邀请,专门就此商量贯彻邓小平的讲话,解决北京的"西单民主墙"和街头活动问题。经过工作,北京市乃至全国其他城市的局势很快得到了控制。

政治问题解决了,会议终于转入华国锋主持的关于农业问题的讨论上。在讨论《关于加快农业发展速度的决定》和《农村人民公社工作条例(试行草案)》这两个文件的时候,与会的大多数人认为,这两个文件既没有实事求是地总结新中国成立以来农业战线的经验教训,又没有实事求是地指出当前存在的问题。

解放战争时在陇东,"大跃进"时在韶山,对农村、农业和农民均做过深入调查研究的胡乔木,在小组会上提出了不同意见,再次"放了一炮"。胡乔木说:"多少年来,我们对农业缺少认真的研究,这次会前也缺少足够的准备。因此,对农业上不去的根本原因是什么,怎么才能上去,谁也谈不出系统的意见。"因此,胡乔木建议在这次会上只搞两个关于农业的具体问题的决议,即提高农产品收购价格和增加农产品的进出口,至于加快农业发展速度的决定待会后经过认真调查研究再搞。他说:"1957年以前,我们搞一次运动,生产就上升一次,而那以后,搞一次运动,生产就被破坏一次。为什么?根本原因就在于生产力没有变化,却要不断改变生产关系。"

胡乔木的发言,得到了同在一个小组的李先念的赞同和支持。但李先念补充指出:关于农业的决定还是要在这次全会上搞出来,而且建议要胡乔木来主持文件的修改和定稿工作。于是,根据中共中央的决定,在会议的后半期,胡乔木把精力又投入在主持关于农业问题决定稿文件的定稿上。

因为在认识和思路上有不同意见,胡乔木决定临时召集两个班子,各自起草一个稿子,再由自己经过比较选择好的一个。就这样,胡乔木一边参加会议,一边修改文件,直到会议快结束的时候,终于拿出了一个大家看了都比较满意的稿子。胡乔木在这个"决定"中,大胆冲破"左"倾错误在农业上设置的禁区,既分析了农业当前的现状,总结了历史经验,也部署了实现农业现代化的工作目标和计划,规定可以在生产队统一核算和分配的前提下,包工到作业组,联产计酬;国家实行低税或免税政策,大力发展社队企业,发展小城镇建设,等等。尽管得到了大家的认可,但胡乔木觉得毕竟时间太短,缺少充分讨论,就建议这个"决定"草案只是在三中全会上原则性通过。后来,这个"决定"连同《农村人民公社工作条例(试行)》一起下发各地进行讨论和试行,经过九个月的实践检验,在1979年9月召开的四中全会上经修改后正式予以通过。历史实践证明,胡乔木主持的《关于加快农业发展速度的决定》,解放和统一了广大农村干部的思想,调动了亿万农民的积极性,大幅度提高了粮食产量和增加了农民收入,确实起到了历史性的作用。

中央工作会议本来只准备开半个月,最后竟然开了 36 天。会议开始的时候,邓小平请胡乔木帮他准备了一个讲话稿。但由于会议形势的变化,这个讲话稿明显不适用了。于是,在会议结束前夕,邓小平再次找到胡乔木,讨论邓在闭幕会上的讲话稿。邓小平说,这次别的问题他都不讲了,只讲四个问题:第一,解放思想。真理标准问题的讨论,的确是一个思想路线问题,是一个重大政治问题,是关系到党和国家前途命运的问题。第二,发扬民主。当前最迫切的是扩大厂矿企业和生产队的自主权。民主选举范围要逐步扩大。第三,向前看。对于过去搞错了的要纠正,也要给犯错误的同志认识和改正错误的时间。对毛泽东同志和"文化大革命"的评价,要从国际国内的大局出发,从历史的角度来看。第四,研究和解决新问题。要用经济办法管理经济,要特别注意加强责任制。要用先让 10%至 20%的人富裕起来的办法,扩大国内市场,促进生产发展。

邓小平的谈话已经十分具体,写作班子很快就起草了初稿,交到了胡乔木的手中。随胡乔木一起参加会议的秘书朱佳木回忆说:"记得那天晚上,乔木同志并没有动笔,但第二天早饭后,他却把改过的稿子交给了我。原来,他是半夜两点爬起来,用了两个多小时改出来的。以后,小平同志再一次把乔木等同志找去,认为稿子基本可以了,还需要加加工,并讲了具体的修改意见。12 月 13 日,也就是工作会议召开闭幕会的那天,下午 4 点小平同志就要讲话了,午饭后,乔木同志还在对讲话稿进行最后的文字上的润色,直到下午两点才脱手。那时,他已经是 66 岁的人了,这种拼命的工作精神给我留下了很深的印象。"①

邓小平的这篇讲话就是历史上著名的《解放思想,实事求是,团结一致向前看》,它尽管是中央工作会议的总结讲话,却历史性地成为中共十一届三中全会的主题报告。这个讲话提纲挈领地抓住了历史转折中的最根本问题,重新确立了中共马克思主义的思想路线,不仅对推动拨乱反正起到了关键作用,而且对后来的改革开放和中国的现代化建设提供了长期的营养。

在工作会议结束那天,胡乔木在分组会议上再次发言,集中谈到了要摆正个人和党的关系问题。胡乔木说:华国锋同志在闭幕会上讲话时说到他对个人的提法问题,这在党的生活中看起来是件小事,实际上是件很大的事,

---

① 朱佳木:《胡乔木在十一届三中全会上》,见《我所知道的胡乔木》,当代中国出版社 1997 年 5 月第 1 版,第 525—537 页。

涉及的不单单是个形式问题,而是党的生活准则和秩序问题。毛主席在解放初期说过,如果要提个人,一定要把个人放在党组织之后,个人无论如何不能超过党。就是说,要讲党中央毛主席,不能把次序颠倒过来。"文化大革命"以前似乎一直是这样做的。后来变了,在一段时间里,甚至不存在党中央,至少不存在中央政治局,只有毛主席了。华国锋同志提出以后不再讲"华主席党中央",这是符合党的原则的,是恢复党的生活的正常状态。胡乔木还对比苏联党在斯大林时期个人和党的关系,提出了党的领导人在报刊发表文章的形式和规格上,中共在"文化大革命"期间失去了分寸——"在我们的报纸上,只要毛主席写的东西,不管什么文章,甚至诗词家信,还有各种手迹,非登第一版不可,有时还在第一版几乎用整版篇幅来登领袖照片,这些都是在世界上少见的。把个人这样毫无限制的极端突出出来,这不是我们党成熟的表现,是不成熟的表现。搞一些不成熟不自然的做法,这不能提高领袖在群众、党内和国际上的威信,适得其反,只能起不好的作用。"

在那个"大树特树"的年代,胡乔木敢于抓住机会,说出真知灼见,是需要勇气的。多谈集体领导,少谈宣传个人,这也是胡乔木对三中全会路线的一个贡献。

胡乔木实在太忙了——刚刚主持起草农业问题的决定,又接着主持起草修改邓小平的讲话,可就在会议临近结束的时候,华国锋又亲自找上门来,请他着手重新起草三中全会的公报——原来由会议文件起草班子准备的那份三中全会公报稿,因为与会议的实际结果距离太大,华国锋只好令其作废了。胡乔木很爽快地接受了华国锋的邀请,立即邀集中央有关领导开会研究公报的框架。初稿很快拿了出来,在听取了有关领导同志的意见后,胡乔木便把自己关在房间里,从下午2点一直改到晚上8点。最后,终于在全会闭幕前一天及时把公报印发到每一个代表手中。12月23日晚上8点,中央人民广播电台在《新闻联播》节目中全文播出了三中全会的会议公报。

这份公报写得高屋建瓴,气势磅礴,胡乔木从五个方面高度概括和准确表达了中央工作会议和三中全会在政治、外交、经济、组织、思想和作风等方面所取得的丰硕成果,指出:"实现四个现代化,要求大幅度地提高生产力,也就必须要求多方面地改变同生产力发展不适应的生产关系和上层建筑,改变一切不适应的管理方式、活动方式和思想方式,因而是一场广泛、深刻的革命。"要"对经济管理体制和经营管理方法着手认真改革,在自力更生的基础上积极发展同世界各国平等互利的经济合作,努力采用世界先进技术和先进设备"。公报说:"会议高度评价了关于实践是检验真理的唯一标准问题的讨论,认为这对于促进全党同志和全国人民解放思想,端正思想路线,具有深远的历史意义。一个党,一个国家,一个民族,如果一切从本本出发,思想僵化,那它就不能前进,它的生机就停止了,就要亡党亡国。"

十一届三中全会公报实际上向全党全国人民擂响了新长征的战鼓,吹向"团结一致向前看"的号角,实际上也为后来大规模的经济调整拉开了序幕。

十一届三中全会增补胡乔木为中央委员。1978 年 12 月 25 日,中央政治局会议上又任命胡乔木为中共中央副秘书长兼毛泽东主席著作编辑出版委员会办公室主任。至此,中共中央重要文件的起草和对理论工作指导的重任,又转到了胡乔木的手中。

——正是"天将降大任于斯人也"。

第十九章 再决历史

几番霜雪几番霖,一寸春光一寸心。
得意晴空羡飞燕,钟情幽木觅鸣禽。
长风直扫十年醉,大道遥通五彩云。
烘日菜花香万里,人间何事媚黄金!

——胡乔木《七律·有思》(1982 年 6 月)

主持全国理论工作务虚会,帮邓小平起草《坚持四项基本原则》

1979 年是历史性的一年。新年伊始,作为中共中央思想理论中枢的掌门人,胡乔木开始了思想战线上的拨乱反正。

1 月 6 日,胡乔木回到自己任职的中国社会科学院,在全院大会上作了题为《党的十一届三中全会的重大意义》的报告。在谈到 1979 年实现工作重点的转移时,胡乔木语重心长地说:这并不是说在历史上我们没有提出过这个转变,没有开始这个转变。在历史上已经提出过,而且已经开始。但在过去的二十年中,这个转移没有完成,中间受到各种各样的挫折、干扰、破坏。这个转变不是普通性质的转变,而是历史性的转变。几十年我们奋斗牺牲、前赴后继,根本目的就是这个。我们不是为革命而革命,不是为阶级斗争而阶级斗争。革命、革命战争,这不是我们的目的,这是我们为了达到目的必须采取的方法。我们建立无产阶级专政,这也不是我们的根本目的,它也是一个方法,一个手段,目的还是为了建设社会主义、共产主义,来提高全体人民的物质文化生活水平,最后达到各尽所能、按需分配这个理想。如果我们不把工作中心转移到建设社会主义经济方面来，我们就不可能完成革命的根本任务，不可能达到革命的根本目的和根本要求。那么，我们就对不起为革命牺牲的无数先烈，对不起全国人民，也对不起子孙后代。

胡乔木强调说："社会主义经济要持久地、高速地、有计划按比例地发展，必须有这样两个必不可少的条件：一是必要的社会政治安定，二是按客观经济规律办事。要防止把阶级斗争扩大化、绝对化，以免造成阶级斗争本身的混乱，造成阶级和阶级关系的混乱，阶级内部的混乱。不能把党内是非斗争轻易提成为路线斗争。不作分析，不加区别，对什么问题一律搞所谓路线斗争，就使党内生活长期处于不稳定、不正常状态。"

在讲话中，胡乔木再次针对大寨"堵不住资本主义的路，就迈不开社会主义的步"这个口号进行了具体分析。他说：什么叫堵住资本主义的路？什么叫资本主义？什么叫搞资本主义？把副业，甚至是正业，除了种粮食以外，搞了其他经济作物，没有按当地的规定去种植，都叫做"资本主义"，行吗？有这样的资本主义吗？农业中的资本主义倾向是有的，但不能描写到处都是，以至为了堵资本主义路，把所有的门路都堵起来，只留一个门。像我们这个会场，有几千人开会，能只留一个门吗？

显然，胡乔木在继续纠"左"。

第二天，胡乔木参加了中共中央宣传部的一次宣传碰头会，就社会主义时期阶级斗争的一些提法问题，大胆发表了自己的意见。他说：我们应当有足够的理论上的勇气，敢于提出问题，解决问题。要有远见，能够看到我们所处的历史条件将向什么方向发展，使我们的思想理论工作，适合于历史发展的需要。接着，胡乔木提出："无产阶级专政下继续革命"这个口号，究竟是什么涵义，它的科学根据是什么？这是"四人帮"搞的口号，在现实生活中仍然可能成为不安定的因素。胡乔木认为，对于社会主义时期阶级斗争的形式和作用的认识，不仅是很迫切需要解决的重要理论问题，也是一个现实问题。在社会主义社会，阶级斗争在什么范围、什么条件下存在？它是不是社会主义社会发展的动力，或者能不能始终作为动力？它对社会主义前进究竟起什么作用？生产斗争、科学试验是不是也推动社会前进？生产斗争与阶级斗争的关系如何？以及"以阶级斗争为纲"这些问题，应当怎样理解，都需要重新进行认真的实事求是的科学探讨。

胡乔木说："毛泽东同志在八届十中全会说：'在社会主义这个历史阶段中，还存在着阶级、阶级矛盾和阶级斗争，存在着社会主义同资本主义两条道路的斗争，存在着资本主义复辟的危险性。'这个提法后来被林彪、'四人帮'一伙歪曲和篡改了。康生主持修改的'九大'党章总纲也采用了这个说法,说,在社会主义社会'这个历史阶段中,始终存在着阶级、阶级矛盾和阶级斗争'。毛泽东同志没有说过'始终'这两个字,这两个字是康生加的。加上这两个字,就把毛泽东同志的话搞得面目全非,在逻辑上也讲不通。"①

也就在这个时候,中共中央接受叶剑英元帅的建议,把搞理论和思想工作的人集中起来,开一个理论工作务虚会,让大家把不同意见摆出来,进行充分的民主讨论。这正中胡乔木的思想。胡耀邦对此也表示积极支持。于是就开始了具体的筹备工作。

理论工作务虚会是在 1979 年 1 月 18 日正式开始的,会期很长,先后进行了两个阶段。第一阶段会议由中共中央宣传部和中国社科院联合召开,开到 2 月 16 日休会,中间因 1 月 28 日是春节休息了几天。第二阶段会议在 3 月 28 日复会,会议由中共中央召开,会议名称也加上了"全国"二字,称为"全国理论工作务虚会",直到 4 月 3 日才结束。

务虚会,本来就是一次民主讨论会,各抒己见,解冻思想战线的僵化状态,继续批判"左"倾错误思想。然而会期越长,发言的人也就越多,慢慢地就出现了一些不和谐的声音,有的甚至开始走向另一个极端,话题离谱了。尽管大家在反对"四人帮"、批评"两个凡是"等纠"左"问题上取得了一致意见,但理论界和思想界开始在务虚会上分道扬镳了,出现了右倾。有人甚至"全盘否定毛泽东思想和毛泽东本人,从毛泽东的个人品质上要连根拔掉毛泽东和毛泽东思想"。这是胡乔木没有想到的,他感觉理论务虚会已经开得越来越不像样了,这个也否定,那个也否定,归纳起来就是"五个否定"——否定社会主义,否定无产阶级专政,否定中国共产党的领导,否定马列主义和否定毛泽东。胡乔木为此感到不安。每天都坚持看理论务虚会会议简报的邓小平,也和胡乔木一样感到"越看越看不下去"了。这"五个否定"明眼人一看,其实质就是否定中国共产党和中华人民共和国!而理论务虚会上,甚至有人 (王若水) 把自己在党内的讲话和发言,通过迂回的方式一段一段地抽出来拿到香港的报刊上发表。这是中共党内干部批评党和毛泽东的内部言论在香港报刊第一次发表。胡乔木知道,党内理论界的混乱与当时社会上出现攻击和否定四项基本原则的错误思潮有关,资产阶级自由化的苗头开始占上风。社会上极少数人利用解放思想、拨乱反正的机会,借解决"文化大革命"中形成的知青回城问题、冤假错案平反问题和一些经济要求问题为由

①《三中全会以来重要文献》(上),人民出版社 1982 年 8 月版,第 37—38 页。

头,煽动闹事。1978 年底和 1979 年初在北京、上海等地出现的游行、集会和大字报,有的甚至打出了"万恶之源是无产阶级专政""坚决彻底批判中国共产党"等非常尖锐的标语,就是这种错误思潮蔓延和泛滥的具体反映。

在这种出人意料的情况下,邓小平委托胡乔木帮他起草《坚持四项基本原则》的讲话。即:必须坚持社会主义道路,必须坚持人民民主专政,必须坚持中国共产党领导,必须坚持马列主义、毛泽东思想。文章指出:"毛泽东同志的事业和思想,都不只是他个人的事业和思想,同时是他战友、是党、是人民的事业和思想,是半个多世纪中国人民斗争经验的结晶。"[①]

继续纠"左"、继续批判"左"倾思潮的理论务虚会,竟然又陷入了反右的怪圈。"左"和右始终是中共党史上激烈斗争的两条思想路线。从王明到李立三,从长征一直到庐山会议再到"文化大革命",中共在"左"倾的道路上教训实在太深刻也太惨烈了!但在批判"左"倾思潮的理论务虚会上,会议后期实际上已经变成了"重点"批右了。只是对中共党史谙熟的胡乔木在文字表述上,采取了缓和的口气,用了"现在要注意右倾",而不是"重点批右倾"。对这样的会议进程,本来对理论界抱有很大希望的邓小平极不满意,感到失望。

邓小平说:"实现四个现代化所必须坚持的四项基本原则,虽然我已经说过都不是什么新问题,但是这些原则在目前的新形势下却都有新的意义,都需要根据新的丰富的事实作出新的有充分说服力的论证。这样才能够教育全国人民,全国青年,全国工人,解放军全体指战员,也才能够说服那些向今天的中国寻求真理的人们。这是一项十分重大的任务,既是重大的政治任务,又是重大的理论任务。这决不是改头换面地抄袭旧书本所能完成的工作,而是要费尽革命思想家心血的崇高的创造性的科学工作。""我们思想理论战线的同志们一定要赶快组织力量,定好计划,在尽可能短的时间里陆续写出并印出一批有新内容、新思想、新语言的有分量的论文、书籍、读本、教科书来,填补这个空白。"[②]

在中共思想理论界出现混乱的情况下,被毛泽东形容为"钢铁公司"的邓小平斩钉截铁地强调"坚持四项基本原则",这确实如一针强心剂,镇定了当时社会思潮的动荡,为营造稳定团结的社会氛围作出了贡献。历史已经证明《坚持四项基本原则》是邓小平实行改革开放政策的一个根本武器,也是邓小平时代的一个政治标志。

---

①②《邓小平文选》第二卷,人民出版社 1994 年 10 月版,第 172、179—180 页。

主持起草叶剑英国庆30周年讲话，在思想上组织上拨乱反正

"三十年河东，三十年河西"。回顾中国革命的历程，历史有时候好像真的就印证了这样的一句谶语。1919年五四运动的爆发，掀起了马克思主义在中国的传播，中国共产党应运而生；经过30年的艰苦卓绝的对外和对内的斗争，中国革命终于赢得了胜利，1949年新中国宣告成立；如今，又过了30年，1979年新生的共和国迎来了而立之年，在经历了17年天翻地覆的曲折前进和十年动乱之后，共和国又有了一次伟大的革命性的历史转折，以十一届三中全会为标志，中国进入了改革开放的邓小平时代。胡乔木在自己主笔的十一届三中全会公报中号召："全党同志、全军指战员和全国各族工人、农民、知识分子、各党派和无党派爱国民主人士：我们在明年把工作中心转入社会主义现代化建设并取得应有的成就，将是对建国30周年的最好献礼。"

1979年6月，中共中央决定，新中国成立30年国庆典礼由叶剑英代表中共中央、国务院、全国人大发表重要讲话。而且邓小平要求：这个讲话要有一些新的内容，要能讲出一个新的水平。其实，中共之所以决定发表这个讲话，其目的就是借新中国成立30周年这个庆典，对新中国成立30年曲折发展的历程作一个总结。但这既不是一般意义上的庆祝讲话，又不可能是一个全面的历史决议性总结。这就给讲话的起草工作带来一定的难度。

实际上，邓小平1979年3月在全国理论工作务虚会上《坚持四项基本原则》的重要讲话，并没有马上把理论界和思想界的混乱局面统一起来，主要表现为：一部分人对宣传四项基本原则表现并不十分积极；一部分人要求立即积极宣传，把怀疑、否定以致反对四项基本原则的逆流坚决遏制住；还有人提出许多问题要求在这个讲话中解决，包括历次运动的是非、许多领导人的功过。但胡乔木审时度势，十分冷静而沉稳地提出："许多问题需要解决，但三中全会才开过不到一年，已经前进得不慢；前进时要考虑不要离开大队太远。许多党员是'文革'中入党的，许多干部是'文革'中提拔的，他们拥护粉碎'四人帮'，但涉及毛主席、涉及新中国成立以来一些运动，不少人一时还接受不了。工农中更是如此。因此一方面要加强宣传教育，一方面要分步骤。"①同时，在"文化大革命"的评价问题上，有些人把毛泽东和"四人帮"搅到一起，提出要不要对"文化大革命"作全面评价？如何评价毛泽东和毛泽东思想？在这个问题上，讲话起草班子在胡乔木的主持下，坚持了邓小

---

① 卢之超：《回忆胡乔木》，见《我所知道的胡乔木》，当代中国出版社1997年5月版，第163页。

平的意见——"文化大革命"已经成为我国社会主义历史发展中的一个阶段,总要总结,但是不必匆忙去做。因此在这个问题上,讲话主要集中批判林彪、"四人帮"的罪行,集中清算他们给党和国家造成的灾难。

1979年7月上旬,胡乔木组织有邓力群、袁木、卢之超、阮铭等15人参加的起草小组,搬进玉泉山闭门攻关。8月12日完成了第一次草稿。中央决定先召集中央各部门负责同志来讨论,同时发给各省、市、自治区,各大军区、省军区征求意见。8月中旬,中央和全国各地进行了讨论。8月下旬,讨论意见陆续反映到中央来。胡乔木和起草小组的同志对这些意见进行认真研究讨论之后,都感到第一稿与中央和地方的意见差距较大,必须进行"大手术",作出了重大修改,等于重新写一遍。9月1日写出了第一次修改稿。胡乔木认真审改后,将此稿交给了邓小平。邓小平主要对讲话稿中关于毛泽东在新中国成立二十多年各个阶段的作用的提法,提出了原则性的意见。十天后,胡乔木又将第二次修改稿呈送邓小平。这一次邓小平要求:"在讲话中强调一下民主与集中的关系问题,关于在党和国家的工作中要有必要的集中、必要的纪律的问题。当然不是说现在民主已经很够了,民主也有不够的地方,但要看到也有许多情况是集中不够,在宣传民主的同时要宣传集中,把民主和集中统一起来讲。"

胡乔木按照邓小平的意见,对讲话再次进行了认真修订。9月14日,中央政治局原则上通过了这个讲话,并且根据政治局讨论的意见再次作了修改,然后发给北京和全国各地的中央委员、候补中央委员再次讨论。同时,中共中央统战部也召集党外人士举行座谈会,征求意见。这样,经过两个半月的起草、修改,这个长达2.2万字的讲话稿就基本成形了。

9月17日,胡乔木于在京中央委员和候补中央委员的讨论会上,专门就讲话稿的起草情况作了说明。

在讲话稿"究竟是以庆祝鼓动为主的还是要对过去30年有相当的总结,要不要提一些有指导意义的内容"这个问题上,因为牵涉到"文化大革命"10年以及"文化大革命"前17年中有些重要问题的看法,出现了两种不同的意见,一种意见希望把过去30年的一些重要问题总结一下,认为不总结不能统一思想;另一种意见主张不要涉及过去30年的问题,只作一般庆祝性鼓动性的讲话,认为这些问题目前许多人没有完全理解和消化,正在争论中。两种意见各有道理。对此,胡乔木解释说:"我们考虑,认为还是要作一些最基本的总结。如果不作,党内的思想是否就统一了呢?对过去的历史作一些总结性的说明,总的说是有助于党内思想的统一而不是有害于党内思想的统一。有些重要的问题,你不去讲,这方面的分歧仍然还是存在。……如果这个讲话对 30 年的问题一概回避,对一些重要的问题在建国 30 周年庆祝会上不敢涉及,那么,在全党全国人民面前以至全世界,都会有损于党中央的威信。"

关于毛泽东思想的解释问题,胡乔木认为讲话稿还是用"马列主义普遍真理同中国革命具体实践相结合的产物"这个提法。在中国革命的影响问题上,胡乔木认为不能讲"中国革命对什么国家有什么影响",而是要讲"一个国家要独立自主地创造适合本国特点的革命道路"。在对"文化大革命"前 17 年怎么个说法,尤其是"关于毛主席怎么个提法"的问题上,胡乔木说:"不但对过去 17 年,在整个讲话稿中,对毛主席的提法是采取了一个始终一贯的原则,从字面上来看,从头到尾没有一句话对毛主席有什么批评。这是问题的一个方面。问题的另一个方面,无论党内党外,看了都会知道,虽然没有直接的批评,但是暗含着一种批评。这是不可避免的。"显然,对毛泽东的评价是这个讲话稿主要的关键的所在。对此,邓小平就指出,"无论如何不能发表一个讲话叫人看了以后认为中国共产党已经否定了毛主席"。叶剑英这个讲话稿采取"对毛主席没有直接的批评,不过暗含着一种批评"的写法,"并没有混淆历史的是非,并没有在这里说混淆是非、颠倒是非的话。但是,对不少是非问题没有提出一个很明朗的说法,并不等于就把这个问题搞糊涂了"。胡乔木还对少数人认为中央对毛泽东是"抽象肯定,具体否定"的评论,进行了批驳,他说:"实际上我们不仅在思想路线上继承、捍卫了毛主席的思想,而且在政治路线、组织路线上也是如此。""四个现代化是毛主席提出的,'双百'方针是毛主席提出的,又有集中又有民主的生动活泼政治局面也是毛主席提出的。在经济方面我们现在执行的政策基本上没有超出《论十大关系》的范围。政治上也都是按照毛主席在八大提出的去做的。"①

对"文化大革命"的问题,胡乔木没有完全回避,但也没有作正式的分析,"只是作了相当的估价","只是在必要的范围内作一个简单的描述",即:"问题是在当时国内外错综复杂的情况下,对国内和党内的政治形势作了不符合实际的估计,并且采取了不正确的斗争方针和方法。"也就是说作了"一个政治上组织上的判断"。同时,提出了"林彪、'四人帮'得以横行是同党内民主生活出现了不正常现象分不开的",严厉批判了林彪、"四人帮"反革命集团使用反革命两面派的手法和他们的极左路线。

---

① 《胡乔木文集》第二卷,人民出版社 1993 年 7 月版,第 117—129 页。

胡乔木还针对"社会主义制度的优越性问题""'四人帮'会不会卷土重来问题"和当前的任务问题,以及国际问题、台湾问题、统一战线问题进行了具体说明。在统一战线问题上,胡乔木在讲话稿中加上了一个"拥护祖国统一的爱国者"这个提法,更具有亲和力,更能团结许多港澳、台湾同胞和旅居国外的华侨。

值得一提的是,在起草叶剑英的这个讲话中,胡乔木首次提出了"在进行物质文明建设的同时,还应当进行精神文明的建设"这个对中国影响深远的口号,使得中国现代化的目标完整地确定下来。文稿中说:"我们所说的四个现代化,是实现现代化的四个主要方面,并不是说现代化事业只以这四个方面为限。我们要在改革和完善社会主义经济制度的同时,改革和完善社会主义政治制度,发展高度的社会主义民主和完备的社会主义法制。我们要在建设高度物质文明的同时,提高全民族的教育科学文化水平和健康水平,树立崇高的革命理想和革命道德风尚,发展高尚的丰富多彩的文化生活,建设高度的社会主义精神文明。这些都是我们社会主义现代化的重要目标,也是实现四个现代化的必要条件。"[①]

如今,这些政治口号在中国似乎已经成了"老掉牙"的话语了,但对1979年的中国来说,胡乔木敏锐地抓住时代的脉搏,高屋建瓴地为中国思想界树立了理论的风向标,其精神的意义已经超越意识形态的层面,具有划时代的战略思维价值。岁月可以作证。

1979年9月29日,叶剑英在庆祝中华人民共和国成立30周年的大会上发表了这个讲话。讲话分为"光荣伟大的三十年""决定国家命运的一场大决战"和"向着四个现代化的宏伟目标前进"三个部分。讲话把"在'文化大革命'的十年中,中国共产党和中国人民同林彪、'四人帮'这两个反革命阴谋集团,展开了激烈的、尖锐的、复杂的斗争",提高到了"这是一场夺权与反夺权、复辟与反复辟的斗争,是决定国家命运的大决战"。但在当时历史条件不成熟的情况下,叶剑英的讲话并没有对过去的30年作出全面的总结。正如胡乔木所说:"这是一个庆祝讲话,不是对过去30年作全面的总结。那样的总结只能在另外的时间经过另外的会议,经过详细讨论,作出正式的专门的文件。"

---

①《三中全会以来重要文献》(上),人民出版社1982年8月版,第218页。

当选中央书记处书记，胡乔木担纲起草中共第二个《历史决议》

恩格斯说："伟大的阶级，正如伟大的民族一样，无论从哪方面学习都不如从自己所犯错误的后果中学习来得快。"20世纪70年代末80年代初，中共以拨乱反正为基本内容的思想解放运动和作出第二次《历史决议》，就是这样的一次"从自己所犯错误的后果中学习"。

胡乔木主持起草的叶剑英在国庆30周年的讲话，在国内外反响强烈。这个讲话集中批判了林彪、"四人帮"，在关于"文化大革命"问题与如何评价毛泽东和毛泽东思想问题上却采取了保留的态度，且只是在原则上分清是非，并没有具体说明问题。显然，中共中央的意思是过几年再找个适当的时机作出恰当的文件。但叶剑英的讲话，却像一个助推器，各种议论纷纷出笼，思想解放运动出现了连锁反应。显然在这样的反应中，正面的效果往往很难像负面的叫嚣更具有诱惑力。中国社会出现了两种极端的思潮：一是教条主义地对待毛泽东思想；一是将中共历史和新中国30年的历史说得一团漆黑，怀疑毛泽东思想、怀疑中共的领导和执政能力、怀疑社会主义制度的情绪甚嚣尘上。于是"解放思想"和"社会改革"成了一部分人逐名夺利寻求某种政治目标的保护伞。人们不禁担心，中共会不会出现像20世纪50年代苏联赫鲁晓夫在"揭盖子"之后"丢了刀子"。

在这样的情况下，消除思想混乱、清除极左的干扰、彻底否定"文化大革命"，正确评价毛泽东，恢复毛泽东思想的本真，维护毛泽东思想的指导地位，实事求是地总结新中国成立以来的经验教训，已经成为打破错综复杂的混乱状态、开创新局面的迫切选择。中共中央果断决定，提前对这些纷繁的矛盾问题作出历史决议。

经历过太多苦难的中国需要前进，需要复兴！然而，这一切思想上理论上的问题又怎么能不令人猜测或者思考？——"东方红，太阳升，中国出了个毛泽东"——毛泽东与20世纪中国的命运已经是与告别苦难和屈辱、与解放和当家作主站起来紧密相连。如何科学地评价毛泽东和维护毛泽东思想的历史地位，是一个非常重要又十分敏感的课题。这个问题，实际上从1976年毛泽东逝世之后，毛泽东的一些错误的观点或提法被抛弃，那些被晚年毛泽东打倒的老干部被平反，以及后来中国发生的一系列变化，让敏感的西方观察家得出了他们所谓的"非毛化"观点。而中国国内从1979年春天开始也刮起了一股诽谤诋毁毛泽东的思潮。于是，西方报刊更加推波助澜，认为"大陆批毛势在必行"。

国内国外的这些思潮,引起了胡乔木的高度注意。其实,胡乔木对这一敏感问题的思考已经很久很久了。在1978年11月召开的中央工作会议上,他就对此发表了精辟的见解。他在帮助邓小平起草修订的《解放思想,实事求是,团结一致向前看》的著名讲话中,已就"国际国内都很关心我们对毛泽东同志和对'文化大革命'的评价问题"指出:"毛泽东同志在长期革命斗争中立下的伟大功勋是永远不可磨灭的。……所以说没有毛主席就没有新中国,这丝毫不是什么夸张。毛泽东思想培养了我们整整一代人。我们在座的同志,可以说都是毛泽东思想教导出来的。没有毛泽东思想,就没有今天的中国共产党,这也丝毫不是什么夸张。毛泽东思想永远是我们全党、全军、全国各族人民的最宝贵的精神财富。我们要完整地准确地理解和掌握毛泽东思想的科学原理,并在新的历史条件下加以发展。当然,毛泽东同志不是没有缺点、错误的,要求一个革命领袖没有缺点、错误,那不是马列主义。"对于"文化大革命"的评价问题"应该科学地历史地来看。毛泽东同志发动这样一次大革命,主要是从反修防修的要求出发的……是要总结,但不必匆忙去做。要对这样一个历史阶段作出科学的评价,需要做认真的研究工作,有些事要经过更长一点的时间才能充分理解和作出评价,那时再来说明这一段历史,可能会比我们今天说得更好。"[1]随后在具有里程碑意义的十一届三中全会上,再一次正确地评价了毛泽东的历史地位和毛泽东思想。

1979年3月9日,针对西方"非毛化"的论调,《人民日报》发表文章,首次公开明确界定了评价毛泽东的基本走向——中国现在所做的,不是"非毛化",而是"非神化"。3月30日,胡乔木在给邓小平起草的《坚持四项基本原则》的讲话中,再一次对毛泽东的评价问题作出了精辟论述:"毛泽东同志同任何人一样,也有他的缺点和错误。但是,在他的伟大的一生中的这些错误,怎么能够同他对人民的不朽贡献相比拟呢?……毛泽东思想过去是中国革命的旗帜,今后将永远是中国社会主义事业和反对霸权主义事业的旗帜,我们将永远高举毛泽东思想的旗帜前进。"

和邓小平一样,胡乔木清醒地认识到对毛泽东和对"文化大革命"作出权威性的评价,是当务之急。经过商议,评价将采取中共中央决议的方式。1945年中国共产党在延安曾作出《关于若干历史问题的决议》,对中国共产党的历史作出了总结。今天,中国共产党同样要对新中国成立以来党的若干历史问题作出科学的总结。邓小平说:"对毛泽东同志、毛泽东思想的评价问

---

① 丁晓平:《邓小平和世界风云人物》,中国青年出版社2004年5月第1版,第271页。

题，党内党外和国内国外都很关心，而且各方面的朋友都在注意我们怎么说。从国内来说，党内党外都在等。你不拿出一个东西来，重大的问题就没有一个统一看法。国际上也在等。人们看中国，怀疑我们安定团结的局面，其中也包括这个文件拿得出来拿不出来，早拿出来晚拿出来，所以不能再晚了，晚了不利。"

历史选择了邓小平。历史也选择了胡乔木。1979 年 10 月，中共中央开始酝酿组织写作队伍。作为中共理论大家，对中共第一次历史决议作出重大贡献的胡乔木，再次挂帅上阵。然而，胡乔木清楚地知道，要完成这样的历史决议并不是一件轻松的事情——不仅需要巨大的政治勇气，还需要具备深邃的历史智慧，一位西方学者干脆称之为"一桩十分危险的政治事业"，他分析认为："这不仅因为，已故的主席的形象在群众的心目中依然是神圣的，而且还因为，对后毛泽东主义的中国共产党领导人来说，不管他们对这位他们长期与之共事的前领导人怀有什么样的个人感情，他们所奉行的政治路线必然要回溯到历史上的毛泽东。毛泽东毕竟是中国革命的列宁和斯大林，尽管他在理论上、实践上和个性上都与这两位俄国领导人有很大差别。像列宁一样，毛泽东被公认为是革命的领袖和新社会的创始人；像斯大林一样，他在四分之一多的世纪里是革命胜利后人民共和国的最高统治者。如果像 1956 年赫鲁晓夫谴责斯大林那样简单地把毛泽东指控为暴君和篡夺者，不但会使人们对中国共产主义国家的这种合法性产生怀疑，而且也会使人们对产生这个国家的革命道义合法性产生疑问。赫鲁晓夫在 1956 年谴责斯大林时尚可以乞灵于列宁的权威，而对毛泽东的继续人来说，除了毛泽东本人以外则没有一个中国的列宁可以求助。"

舍我其谁。胡乔木没有犹豫。在中共中央，或许再也很难找到谁能比胡乔木更能胜任这项工作了，说非其莫属也不为过。

显然，叶剑英在国庆 30 周年时的精彩讲话及其带来的各种反应，已经为中共全面总结新中国成立以来的历史提供了舆论上、思想上和理论上的准备。邓小平说：有了国庆讲话，历史决议就好写了，以讲话为纲要，考虑具体化、深化。

1979 年 12 月 13 日，胡乔木在同决议起草小组成员的第一次谈话中指出："起草文件和研究历史的关系密切，但毕竟是两件事。这个文件只限于 30 年历史的若干问题，不能作为 30 年历史的读本提纲。""写历史不能靠抄袭，抄袭家不能成为历史学家。"胡乔木说，对于某件事发生的背景的分析、对所发生的问题进行理论上的评论和作出历史上的判定，都是很不容易的事情，不是简单地说个是非功过,因为"历史不是史论。中国过去出了一些史论家,但他们写的毕竟不是历史,这是两回事。"他认为,决议的题目"要限制在最必需的程度内,问题越多,争论越多。党不是争论俱乐部,只能用少量的必需的时间来讨论这类问题"。①胡乔木凭着自己敏锐的政治眼光和长远的历史眼光,夯实决议起草工作的地基,为写作班子的初步起草工作提供了智慧的蓝图。

1980年1月29日,中共中央决定成立中央党史委员会,由华国锋、叶剑英、邓小平、李先念、陈云、聂荣臻、邓颖超、胡耀邦组成。中央党史委员会下设党史编审委员会,胡乔木是委员之一。同时,中共中央还决定成立中央党史研究室,胡乔木出任第一任主任。

2月23日至29日,中共十一届五中全会召开,会议决定提前召开中共十二大,同时决定恢复设立书记处,作为中央政治局及其常务委员会领导下的经常性工作机构。在这次会议上,胡耀邦当选为中共中央总书记,万里、王任重、胡乔木等11人当选书记处书记。这个任命,使胡乔木在中共党内的职务已经高于毛泽东时代中央书记处候补书记的任职。

胡乔木从中国政坛的幕后,再次走到了前台。

"决议最核心、最根本的问题,还是坚持和发展毛泽东思想"

历史终于走进了一个春天——打倒"四人帮",天安门事件平反,邓小平复出,"实践是检验真理的唯一标准"大讨论,以至1980年2月29日结束的十一届五中全会决定给刘少奇平反,为中共重新审查新中国成立以来的历史扫清了一个又一个障碍……20世纪80年代的中国,可谓是巨人苏醒了。

如果我们把历史比作一枚炸弹,那么为历史作决议,就好比拆弹。这项工作既要大胆,还要心细,弄得不好,就会伤及自身。而胡乔木就是一个心术和技术绝对一流的"拆弹大师"。经过两个多月的酝酿,1980年初中共中央决定成立《关于建国以来党的若干历史问题的决议》起草小组,由中共中央政治局、中央书记处领导,邓小平、胡耀邦亲自主持,胡乔木具体负责。从这样的一个组织结构来看,其规模和阵势与中共七大召开前,由毛泽东直接领导写出的《关于若干历史问题的决议》同出一辙,甚至有过之而无不及。

事实上也正是如此。从1980年2月由胡乔木主持组织,吴冷西、邓力群

---

① 《胡乔木谈中共党史》,人民出版社1999年9月版,第42页。

等二十多名中共理论界、党史界的著名专家学者参与起草的第一份草稿开始,此后的一年零三个月的时间里,胡乔木全身心地投入到《历史决议》上。其间,邓小平与胡乔木面对面谈话提出修改意见达十五六次之多,胡乔木也就《历史决议》所涉及的多方面问题先后与起草小组成员谈话达32次,记录稿达二十多万字,直至最后形成3.5万字的"讨论稿",也是在前后提交的七次会议讨论稿的基础上修改而成,而起草小组内部的讨论、修改则已经无法统计了。胡乔木也因此成为中共唯一参与并主笔两次历史决议的主要角色,为其政治生涯增添了闪亮的一笔,亦是他贡献给中国的宝贵的政治遗产。

3月15日,胡乔木在审阅《决议提纲草稿》之后,召集起草小组全体成员谈话,指出这份草稿中没有解决两个难题,即:一是为什么发生"文化大革命"。胡乔木认为:"不答复这个问题,决议就失掉价值。一个郑重的马列主义政党,就得对这个问题有个科学的分析。"另一个是毛泽东思想的实质是什么。胡乔木说:"我们需要从马克思主义哲学的认识论方面,来说明它的地位,它的价值怎样。"在写作上,"要做到少而精,讲出来要是颠扑不破的";"思想上要弄得很清楚,不只是写《决议》,而且向群众做思想工作,也要讲清楚"。

3月初,邓小平审阅了起草小组写出的《决议提纲草稿》,不太满意,"感到铺得太宽了。要避免叙述性的写法,要写得集中一些。对重要的问题要加以论断,论断性的语言要多些,当然要准确"。3月19日,邓小平找胡耀邦、胡乔木和邓力群三人谈话,对《历史决议》的起草提出了三条要求——第一,确立毛泽东同志的历史地位,坚持和发展毛泽东思想。这是最核心的一条。不仅今天,而且今后,我们都要高举毛泽东思想的旗帜。……对毛泽东同志、毛泽东思想的评价问题,党内外和国内外都很关心,不但全党同志,而且各方面的朋友都在注意我们怎么说。要写毛泽东思想的历史,毛泽东思想形成的过程。……要正确地评价毛泽东思想,科学地确立毛泽东思想的指导地位,就要把毛泽东思想的主要内容,特别是今后还要继续贯彻执行的内容,用比较概括的语言写出来。"文化大革命"的十年,毛泽东同志犯了错误。在讲到毛泽东同志、毛泽东思想的时候,要对这一时期的错误进行实事求是的分析。第二,对建国30年来历史上的大事,哪些是正确的,哪些是错误的,要进行实事求是的分析,包括一些负责同志的功过是非,要作出公正的评价。第三,通过这个决议对过去的事情作个基本的总结。还是过去的话,这个总结宜粗不宜细。总结过去是为了引导大家团结一致向前看。争取在决议通过以后,党内、人民中间思想得到明确,认识得到一致,历史上重大问题的议论到此基本结束。

在这次谈话中，邓小平最后强调："总的要求，或者说总的原则、总的指导思想，就是这么三条。其中最重要、最根本、最关键的，还是第一条。"正如邓小平所说的那样，中共党内在十一届五中全会上对刘少奇平反的问题，确实存在分歧，因为"这一举动动摇了发动'文化大革命'的一个主要理由，因此也是对毛的直接否定"。"有的反对给刘少奇平反，认为这样做就违反了毛泽东思想；有的则认为，既然给刘少奇平反，就说明毛泽东思想错了。这两种看法都是不对的。必须澄清这些混乱思想。"①显然，给刘少奇平反是中共或者说是邓小平面临的一个重大的政治问题。而其实质依然是如何评价毛泽东和毛泽东思想的问题。

4月1日，邓小平再次约胡耀邦、胡乔木和邓力群就《历史决议》的起草工作谈话。邓小平强调："建国十七年这一段，有曲折，有错误。基本方面还是对的。社会主义革命搞得好，转入社会主义建设以后，毛泽东同志也有好文章、好思想。讲错误，不应该只讲毛泽东同志，中央许多负责同志都有错误。'大跃进'，毛泽东同志头脑发热，我们不发热？刘少奇同志、周恩来同志和我都没有反对，陈云同志没有说话。在这些问题上要公正，不要造成一种印象，别的人都正确，只有一个人犯错误。这不符合事实。中央犯错误，不是一个人负责，是集体负责。在这方面，要运用马列主义结合我们的实际进行分析，有所贡献，有所发展。""决议最核心、最根本的问题，还是坚持和发展毛泽东思想。"②

这确实是两次非常关键性的谈话。邓小平看到提纲后，觉得有几条经验"意思都好"，要求胡乔木尽快拿出初稿，有了稿子才有讨论的内容和基础。胡乔木受命后，立即率领起草小组进行了决议初稿的写作。

6月27日，邓小平在看完初稿后再次召集胡乔木等人谈话。这次除了胡耀邦和邓力群参加之外，又增加了赵紫阳和姚依林。邓小平开门见山地说："决议草稿看了一遍。不行，要重新来。我们一开始就说，要确立毛泽东同志的历史地位，坚持和发展毛泽东思想，现在这个稿子没有很好地体现原先的设想。"邓小平认为："整个文件写得太沉闷，不像一个决议。看来要进行修改，工程比较大。重点放在毛泽东思想是什么、毛泽东同志正确的东西是什么方面。错误的东西要批评，但是要很恰当。单单讲毛泽东同志本人的错误不能解决问题，最重要的是一个制度问题。毛泽东同志说了许多好话，但因为过去一些制度不好，把他推向了反面。……毛泽东同志的错误在于违反了他自己正确的东西。"③

①②③《邓小平文选》第二卷，人民出版社1983年7月版，第414、416、417—418页。

邓小平指出,"两个凡是"和封建残余影响的问题也必须要进行恰当的批评。他说:"毛泽东同志多次不赞成歌功颂德,提出不以个人名字给地方、企业命名,不祝寿、不送礼。我们现在的中央所坚持的这一套,就是毛泽东思想,当然我们也有具体化的内容。"邓小平所说的具体化内容是什么呢?

7月30日,北京静悄悄地发生了一件震惊世界的事情——在当时,这件事情所产生的影响,国外比中国国内还要大——这就是长期挂在人民大会堂的两幅毛泽东画像被取下。同时另外两块永久性标语牌也被拆除。由于标语牌过于巨大,拆除过程中还动用了吊车、卡车。中共和中国政府为什么在这个时候作出这样的决策和行动?尽管此前,在中国的其他地方,几乎遍及机关、学校、工厂、街道各个单位各种部门,已经采取过同样的行动,毛泽东的画像被取下,塑像被拆除,语录被涂抹覆盖。据说,因为一些塑像极其高大坚固,在拆除过程中还动用了炸药。但这一切似乎并没有引起人们尤其是西方社会观察家们的注意。但7月30日北京的行动,在没有公开发布任何消息的情况下,仍然在第一时间传遍了西方世界。

北京!的确与众不同。中国的心脏,她的每一次心跳都牵动着世界的神经。况且这是在人民大会堂——这个中共重要的大型中央会议大都在这里举行的地方,把开国领袖毛泽东的画像从这里取下的举动,怎么能不引起世界的震动?!敏感的西方观察家们似乎从中共这个从地方到中央的行动得出了一个肯定的答案:中国正在"非毛化"。

而让人们更加关注的是,也就在7月30日这一天,中共中央发出了《关于坚持"少宣传个人"的指示》。在这个《指示》中我们可以看到这样一段文字:"从现在起,除非中央有专门决定,一律不得新建关于老一代革命家个人的纪念堂、纪念馆、纪念亭、纪念碑等建筑。""毛主席像、语录和诗词在公共场所过去挂得太多,这是政治上不庄重的表现,今后要逐步减少到必要限度。其他领导人像和题词同样原则处理。毛主席像章要尽量收回利用,以免浪费大量金属材料。"这可以看作是中共第一次在党内对此作出的一个正式解释。

胡乔木作为这个文件的起草者,于两年前的1978年6月在中共中央党校作的《科学态度和革命文风》的报告中就曾指出:"科学态度要求对客观真实的忠实。忠实于实际,而不是忠实于个人的愿望、忠实于个别原理、忠实于个人。所以毛主席讲:我们除了科学以外,什么都不要相信,就是说,不要迷信。中国人也好,外国人也好,死人也好,活人也好,对的就是对的,不对的就是不对的,不然就叫做迷信。要破除迷信。不论古代的也好,现代的也好,正确的就信，不正确的就不信。不仅不信而且还要批评。这才是科学的态度。"此后，胡乔木在中央工作会议上和全国理论工作会议上，就曾多次强调"少宣传个人"。显然，同一天在人民大会堂悄悄进行的行动，或许就是针对这个"少宣传个人"的指示的一次带有象征性的行动。然而，这个象征性的行动，对于经历过"文化大革命"的中国人来说，其象征性的意义是最明白不过的了——毛泽东画像、《毛主席语录》遍布每个角落的中国，结束了一个以激情狂热开始到悲愤哀痛落幕的时代。

毫无疑问，7月30日北京人民大会堂的两幅毛泽东画像被取下的行动，与正在进行的《历史决议》的起草工作是有着千丝万缕的联系的。

在是否坚持毛泽东思想这个问题上，胡乔木的立场是始终如一的，就是一定要讲毛泽东思想，而且毛泽东思想不包括毛主席的错误。胡乔木认为：毛泽东在社会主义时期提出"以阶级斗争为纲"和"文化大革命"的理论，违反了马克思主义，违反了科学。"以阶级斗争为纲"的口号只有在剥削制度社会或由剥削制度转变到社会主义制度的过渡时期才是正确的，在社会主义制度下提出这个口号就是错误的。毛泽东长期坚持社会主义时期的主要任务是阶级斗争，而不是发展生产力，使他走上了空想的道路。在他的思想上，社会主义的主要目标由发展生产力，一变而为纯洁生产关系，再变而为纯洁国家权力和意识形态。空想的原则取代了比较切合实际的原则。他把列宁在俄国十月革命后不久讲过的一些话，例如小生产每日每时都在产生资产阶级这一类话当作法宝，说整个社会主义时期始终都存在着阶级、阶级矛盾和阶级斗争，而且"文化大革命"搞一次是不行的，一定要搞多次。照这么一种理论，这个社会主义简直是不如资本主义，这个社会主义根本不能安定，生产也不能发展，因为它不断地产生阶级、阶级斗争，而且这种阶级斗争只能够用打倒一切、全面内战来解决。人类社会要发展到这样一个阶段，必然要经过这么一个阶段，这把马克思主义不知丢到什么地方去了，是根本违反马克思主义科学理论的。但，"毛泽东思想仍然是马克思列宁主义理论与中国革命实践相结合的产物，毛晚年犯了严重错误，表明他自己背离了毛泽东思想的科学民主原理转入空想和专断"。

胡乔木特别反对林彪搞个人迷信。他说："毛泽东思想是中国长期革命形成的毛泽东的思想体系。'听毛主席的话'这种群众性的通俗语言，一般地讲讲可以的，但是，如果把'毛主席的话'说成'句句是真理'，把它与毛泽东思想等同起来，那就大错特错了。""毛泽东思想不包括毛泽东的错误。毛泽东思想中的'思想'二字，不是动词，而是个名字，它的含义更像'学说'这两个字。任何大师的学说都不包括他的错误,或者说不包括他在探索真理过程中已经被认识到的错误。"胡乔木还指出:毛泽东思想中也包括其他领导人的思想。游击战术的十六字诀"敌进我退,敌驻我扰,敌疲我打,敌退我追"是朱老总的话。毛泽东在《论持久战》中明确提出的八路军在抗日战场上的战略方针"基本的是游击战,但不放松有利条件下的运动战",后面这句"有利条件下的运动战"就是彭德怀在洛川会议上提出后加上的。因此,毛泽东思想不仅凝结了毛泽东自己的智慧,也凝结了其他老一辈革命家的心血。

那么,为什么要讲毛泽东思想?不讲毛泽东思想,单讲马克思主义行不行?胡乔木认为:不行!在中国革命的历史上,至少从 1927 年到 1957 年这 30 年胜利的历史,跟毛泽东思想是不可分的,现在没有理由丢掉把我们带到胜利的道路上的这样一个精神武器。如果单讲马克思主义,中国革命就胜利不了。看看这段时间里毛泽东的著作——当然还有一些与他同时代的革命前辈的著作,这些东西不能用马克思的著作来代替。同样地,用列宁的著作、斯大林的著作、什么共产国际的文件来代替,都是不可能的。马克思这个人无论怎么好,他没有到过中国,列宁也是一样,尽管他们关于中国说过许多好话。毛泽东这 30 年的著作,确实灌溉、培育了中国共产党,确实把我们党广大的干部带到了马克思列宁主义的道路上去。中国革命从极其困难然后达到社会主义的胜利,虽然也有其他领导人的贡献,但是把他们的著作跟毛泽东的著作摆在一起,例如说,把刘少奇、周恩来的著作跟毛泽东的著作摆在一起一比,就可以看出,刘、周的著作中缺少很多东西。它们很难相提并论。胡乔木的结论是:我们要的毛泽东思想,就是把中国革命带上了胜利道路的这个毛泽东思想。中国革命的历史曲折复杂。毛泽东的活动中出现丢掉了马克思主义科学思想的错误,从一个侧面表现了这种曲折过程。胡乔木从革命历史过程来很好地说明了我们为什么只讲马克思主义不行,一定要讲毛泽东思想,道理确然不可移易。①

胡乔木说:"愤怒出诗人,愤怒不出历史学家!"

这确实是一项巨大的理论工程。邓小平就像一个总设计师,直接掌握着《历史决议》起草工作每一个环节的进度,指导着每一个细节。但决议起草中

---

① 刘大年:《历史要分析》,见《我所知道的胡乔木》,当代中国出版社 1997 年 5 月版,第 65—66 页。

确实存在着许多难以处理的问题。起草工作组内部也出现了争论。尽管大家绞尽了脑汁，集思广益，思想上仍然难以统一。比如"大跃进"的历史怎么写？而"文化大革命"的危害和毛泽东的错误更是一个大难题。在这样纷繁复杂的尖锐问题面前，沉着冷静的胡乔木以其对中共和共产国际历史的深刻把握，以及对毛泽东思想精髓的全面地、历史地和辩证地运用，使自己真正成为"中共中央第一支笔"。

在《历史决议》起草的讨论中，邓力群提出：既要讲历史，也要讲理论，不要陷到一件一件历史事件里面去。陷到一件一件事件里面去以后，只见树木，不见森林，说了许多历史，反而看不到历史。胡乔木对邓力群的建议，给予了充分肯定，提出《历史决议》要有一种理论力量。

1980 年 5 月 16 日，胡乔木在和起草小组成员谈话时说："现在写这个《决议》，理论部分要给予很大的注意，这方面确实要有跟七大前的那个《决议》差不多的分量。不然在党内国内树立不起信心。像现在这个稿子讲了这个缺点那个错误，大家越看越泄气。你把理论讲清楚了，其他的事情，有的也可以不写。非常重要的就是要把中国革命究竟走了一条什么道路，要怎么继续走下去，写出来。我们现在既要提出实际发展的道路，又要提出一个理想。如果只讲实际，没有一个理想、一个远景，就不会吸引全世界的工人、知识分子，团结他们，而是使他们感到没有奔头了。所以《决议》里要有一种现实的力量、理想的力量。"而"毛泽东思想的原理、原则，要贯穿在整个《决议》的字里行间"。

也就在这一天，《人民日报》发表了社论《恢复毛泽东思想的本来面目——论为刘少奇平反》。这篇社论是《人民日报》编辑部根据胡乔木的意见撰写并经其亲自修改的。发表前，胡乔木还嘱令《人民日报》送中央常委审阅。此前，胡耀邦在 4 月 25 日收到送审稿当即批示："这是一篇极大胆极重要的文章，必须慎重对待。"第二天邓小平批示："退乔木同志。我看好，改了几个字。"

5 月 24 日，胡乔木针对 1957 年后的几段历史，在和起草小组成员谈话时发表了自己的看法。尤其针对文稿中说"文化大革命""永远不能再搞了"的说法，提出了批评。他说："这个说法软弱。要强调永远记住这个教训，任何条件下不许重犯这个错误。'文化大革命'的名称要不要说？这不能叫革命，无论什么意义上都不能算是革命。按照马克思主义，革命的意思是指生产力要挣脱生产关系的束缚。'文化大革命'根本不能这样说，即使类似过去的宗教革命也不是。'文化大革命'没有做什么好事，反而做出许多坏事，不但把原来好的风气丢掉了，而且滋长了许多坏风气。外国人讲起教授下农村，以为是好事。他们根本不了解实际情况。我们断定它在任何意义上都不能算是革命,虽然是一句话,但否定得斩钉截铁。"

可是在"大跃进"这个问题上,写来写去,大家都觉得是缺点和错误,始终摆脱不了"大跃进"所造成巨大损失的印象。对此,邓力群感到很为难,跟胡乔木说:"尽讲缺点,不写成绩,这段时期的历史写不好吧。"胡乔木也觉得有些棘手,说:"不写缺点通不过啊,造成这么大危害,不写,怎么说服党内外呢?"后来,好不容易形成了一个方案,稿子送到邓小平那里,觉得不满意,就给胡乔木他们出了一个主意:首先讲这十年取得的成绩,然后再讲缺点、错误。这样总算解决了问题。

在"文化大革命"的危害和毛泽东的错误问题上,起草小组在征求意见的时候,说法就更多了,分歧和争论也更大了,甚至从一个极端到了另一个极端,什么意见都有。甚至有人(王若水)主张——不要写"毛泽东思想"了,只写"毛泽东的思想",这样就可以既包括他正确的思想,也包括他错误的思想。针对这样大的分歧,7 月 3 日上午中共中央书记处会议讨论《历史决议》时,胡乔木坦诚地说:"在起草文件的过程中,小平同志找我们谈过几次,中心任务是要把毛泽东思想的旗帜高高树起来,给它一个比较完整准确的解释,用它来统一党的思想,这个要求在现在这个稿子中没有能够实现。为了充分地解决这个问题,需要对稿子作比较大的修改或改写。"

胡乔木进一步指出:"毛主席发动'文化大革命'不应当看作只是出于个人关系,只是由于他对少奇、恩来、小平同志不满意引起的。他是有一种想法。这种想法并不是毛主席所独有的,在世界社会主义思潮中,是一种思潮。这种思潮是从来就有的,现在也还有。所以有人说世界上没有一个国家实现了社会主义,只有中国在'文化大革命'中实现了社会主义。这些评论家并不了解中国的'文化大革命',他们是从毛主席的言论中了解到毛主席的这种思想与他们的想法相吻合才这样说的。这些思想违反了中国长期革命中形成的毛泽东思想体系,从民主革命到社会主义革命再到八大,从 1957 年正确处理人民内部矛盾到 1962 年七千人大会讲话,那时他说的社会主义不是上面讲的那种社会主义。这样长期形成的前期的社会主义思想是符合马克思主义的,后期则偏离了马克思主义。我们现在要把毛主席晚年这些思想行动上的错误同毛泽东思想加以区别,加以对照。对毛泽东思想加以肯定,对毛主席晚年的错误的理论和实践加以批判。这是个非常重要的问题,给予正确解决是非常必要的。"①

---

① 《胡乔木谈中共党史》,人民出版社 1999 年 9 月版,第 73—75 页。

胡乔木的这次讲话，把毛泽东晚年的错误和毛泽东思想区分开来，《历史决议》起草的最大难题一下子迎刃而解了。

　　6 月 23 日，胡乔木致信胡耀邦："对于批判党内、政府内和社会上封建主义思想残余问题，需要有慎重准备，究竟反对什么、纠正什么，如何改革，需要明确规定，以免一哄而起，造成思想上、政治上甚至组织上的混乱，此外，而于实际解决帮助不大。现在只提反对封建主义而放松反对资本主义的唯利是图、损人利己和各种恶性腐化现象，也不妥当。"随后，胡乔木接二连三地找《历史决议》起草小组成员谈话，给予了细致周到的指导。

　　7 月 5 日，胡乔木在和起草小组成员谈话中说："毛主席的确打破了共产国际的专制、教条化倾向。共产国际就不作调查。把调查研究当作一个指导原则、一个重要方法在共产主义运动中是没有的。……今天讲马克思主义普遍真理同中国实际相结合，怎么结合？就是要研究中国的实际，从实际出发，就是联系群众，从群众的最大利益出发。毛主席把这些发展成了一个观点、一个工作方法的系统，还可以加上独立自主、自力更生，确实在世界政治上显出中国革命的特点。中国革命是依靠自己的力量、依靠自己寻找的道路来取得胜利的。这个传统可以永远保持。"

　　7 月 7 日，胡乔木在与起草小组成员的谈话中，指出"共产国际犯了两个大错误"，并说"历史是非常复杂的，如果不在研究的时候保持客观态度，就不能正确地解释历史。这要与我们的感情发生矛盾。但是，愤怒出诗人，愤怒不出历史学家。不可理解的事我们还是要去理解，否则我们就像雨果那样，尽管他在他写的书里充满了对拿破仑第三的仇恨，却并没有把历史解释清楚。"

　　7 月 18 日，胡乔木在与起草小组成员"关于民主和专政的问题"的谈话中说："要研究写作的技巧，学会许多话你在那里说可是不点题。什么要点题，什么不点题要考虑。你们对很多敏感的话不会处理也不会推敲。如'左'的错误倾向要说，又不要说得过于难听。这些都很难，除了科学性、逻辑性之外，还要给人以美感，给人以愉快。要学会处理这些问题，才能为中央起草文件。要考虑到党内有各种感情，各种要求，要找到这中间的最大公约数，在那个基础上来说话，使尽可能多的人能接受，因为各方面有很不相同的意见，所以写这个稿子就要很好考虑。"

　　这天，胡乔木结合自己 1945 年参与第一个历史决议写作班子的经历，在传授写作经验和技巧之外，公开地指出了第一个历史决议存在的缺点："对历史事实说得太少，从六届四中全会到遵义会议，从遵义会议到抗日战争，都有很长一段时间，而决议说到三次'左'倾路线的时候就来分析这个路线,然后同毛主席的路线对比,这个对比在当时是需要的,但中间一大段历史没有讲。历史变成就是路线斗争史,可以说是从那个决议开端。党的历史退到幕后去了,台上只有路线斗争史,这是个很大的缺点。毛主席对决议没有做很多修改。”

胡乔木说:“对历史评论是一件事,解释是另一件事。如果不能答复为什么发生‘文化大革命’,决议就等于不作。‘文化大革命’这种历史在世界历史上可以说是千年不遇的。如果连对这个问题都没有做出一个令人信服的解释,决议就没有价值。由此得到的教训,是具体的教训,三十年的教训,主要是‘文化大革命’的教训。否则,社会主义怎么搞,就变成了一种空议论。毛主席说斯大林犯了一个大错误,这是一个原则问题,是个理论问题,也是个实践问题,所以要认真答复。”①

胡乔木几乎每周都要召集起草小组的成员开一次座谈会,对起草工作中遇到的难题进行沟通和指导。7月23日和24日,胡乔木接连两天和起草小组成员谈话,指出:一方面要说明“文化大革命”的荒谬绝伦,对“文化大革命”要作出从历史到逻辑的总结;另一方面要坚持毛泽东思想是团结全党奋斗的旗帜。因为“毛主席的错误同功绩比是第二位的。毛主席的这些错误是非常令人痛心的。但毛主席对整个中国革命的贡献是这样伟大,决不能够动摇他在历史上的地位,在中国人民心目中的地位。他的错误是违反了毛泽东思想科学体系。因此,这些错误不但没有动摇毛泽东思想的科学性,而且从反面证明了毛泽东思想是不能违背的,违背了就犯这样那样的错误。”②

7月30日,针对“现在党内围绕反对宣传毛泽东思想问题逐渐形成一股思潮”的问题,胡乔木致信胡耀邦,认为:“这是与党内政治生活准则第一条的规定不相容的。这股思潮可能传到党外或与某种党外的思潮相结合,香港的《七十年代》等刊物和国内地下刊物都可能成为传播的媒介。这种动向值得注意。恐须向一些同志打一招呼,这些意见可以向党中央提,但在中央明确表示反对后即应坚决在宣传工作中执行中央方针,而决不允许在党内外传播。”③

这个时候,《历史决议》的起草工作已经进入到一个关键的攻坚阶段。中共党内和党外对这份《历史决议》都充满着期待和观望。

8月10日,邓小平找胡耀邦和邓力群谈话,其中谈到陆定一致信邓小平,建议“要作历史问题的决议,需要把这些年来的路线斗争编一本书”,“不

---

①②《胡乔木谈中共党史》,人民出版社1999年9月版,第85—86、96页。
③《胡乔木书信集》,人民出版社2002年5月版,第281页。

然有些人将来要翻案的"。陆定一的这种观点近似于延安时期毛泽东作第一次历史决议的做法。而这种做法,正是胡乔木在与起草成员谈话时所批评的第一次历史决议的缺点——"历史变成就是路线斗争史","党的历史退到幕后去了,台上只有路线斗争史"。

对此,邓小平认为:"所谓有些人将来要翻案,无非是翻主席的案,只要我们把主席的功讲够了,讲得合乎实际,我看翻也不容易翻,至于他的错误,太明显了,对主席来说,缺点、错误毕竟是第二位的。有这句话就行。主席的功好讲,比如在党的建设上,主席就有很多创造,从延安时期到进城以后,一直发生作用,是很见效的。延安整风时期,全党的气氛好得很,问题解决了,大家放下了包袱,保证了抗日战争、解放战争的胜利。"

邓力群插话说:"历史问题决议这一稿中,毛泽东思想部分写得比较充分,大概有一万五千字。"

"那好!"邓小平说。

"这一稿中对主席的错误也写得比较厉害了。"邓力群有些担心地说。

邓小平胸有成竹地回答道:"那不要紧。文字上、措辞上还可以磨嘛。比如我说主席后期给我们带来了很多的不幸,用这样的语言就比较柔和。错误不只主席一个人有,我们这些人也有错误。"

胡乔木和邓小平的思路是一致的。三天后的 8 月 13 日,胡乔木再次召集起草小组成员谈话,就文稿中关于社会主义的六个方面问题,进行面对面的对话和写作指导。胡乔木指出:稿子第一个问题是在理论上没有讲清楚"幻想社会主义可以不要高度发展生产力","社会主义既然是人类最先进的制度,如果没有高度发展经济,这个社会主义是建设不起来的"。"宁可要贫穷的社会主义,不要富裕的资本主义的说法,是完全错误的。把富则修的思想狠狠批一下,把道理讲清楚。穷也可以修。富同修是两码事。"第二个问题讲的是社会主义的生产关系问题。胡乔木指出:"人民生活一定要提高。讲人民生活要共同富裕,普遍提高,会有差别,这种差别不可怕,害怕它,不是社会主义的实现,而是社会主义的灭亡。"第三个问题,胡乔木指出:"社会主义不能只保障人民的经济权利,还要保障人民的政治权利",而"社会主义并不仅仅是一个经济制度,而且是一个政治制度"。这个问题,在中共党内是由胡乔木第一个公开提出来。第四个问题胡乔木讲的是社会主义文化的问题。他指出:"所谓知识越多越反动这种思潮,是完全反对社会主义的。社会主义没有文化是建设不起来的。发展文化是社会主义的手段,也是社会主义的目的。归根到底要造成人们富裕的物质生活、文化生活。"最后两个问题,胡乔木分别就对外关系和党的建设问题作了阐述。胡乔木的这些言论,可以说实事求是地继承和发展了毛泽东思想,闪烁着真理的光芒。

通过大家的努力,9月10日,《历史决议》终于拿出了一个新的草稿。中共中央决定把这个草稿提交9月下旬在北京召开的中共省、市、自治区党委第一书记座谈会上进行讨论。21日,胡乔木在座谈会上发表讲话,专门就《历史决议》中关于"文化大革命"的性质、发动、产生的原因和毛泽东思想等几个争论比较尖锐的论断进行了说明,并作为座谈会的"文件十二"印发。

9月27日和9月30日,胡乔木再次接连召集起草小组成员谈话,就阶级斗争问题和党的建设问题再次作了详细的阐述和说明,并再次强调"文化大革命"不是革命,是个内乱。在胡乔木看来,"文化大革命"不能在任何意义上称为一个革命,这个名称本身就是错误的。毛泽东本人也曾多次讲,思想上、精神上的东西不能够用革命的方法,不能用暴力的方法,只能用和风细雨的教育方法才能奏效。而且,发动"文化大革命",毛泽东既没有把革命的对象搞清楚,也始终没有拿出一个纲领,革命的最终目的、究竟用什么方法要解决什么问题等等都始终没有搞清楚。最终说什么"'文化大革命'是无产阶级专政下继续革命的最好形式","革命的中心问题是政权问题",使"忆苦思甜"变成"忆苦思权"的"夺权"斗争,把革命搞得庸俗化到了极点。而且毛泽东在究竟依靠什么力量来革命的问题上,也始终没有搞清楚。毛开始曾经把希望寄托在红卫兵身上,但后来又感觉到这些人不行,结果造成了一批职业造反派。后来,毛泽东失去了理性、逻辑的思维,冲动地考虑到了政变的问题,又被林彪、"四人帮"利用了。

关于争议最大的毛泽东思想问题,胡乔木认为毛泽东思想并不包括毛泽东的错误。他打比如说:"我们还是不要把洗小孩的水和小孩一块倒掉","我们没有理由丢掉把我们带到胜利的道路上的这样一个精神武器。"胡乔木说:没有什么力量能够来推翻我们现在所取得的不可逆转的胜利。不可能再有"四人帮",再有林彪,或任何其他的人,能够把我们现在所定的这些制度法律统统推翻。这是历史的必然。整个的民族经历了十年的教育,这不是件小事,男女老少哪一个人都知道。①

也就是在这个时候,东欧发生了"波兰事件",这是继1956年在东欧发生"波匈事件"后,社会主义阵营出现的又一重要事件。1980年9月22日,来自波兰全国各地36个独立自治工会的代表在格但斯克成立所谓的"团结工

---

① 《胡乔木谈中共党史》,人民出版社1999年9月版,第111—127页。

会",再次改变了波兰的历史发展道路,严重影响了东欧的社会主义国家。胡乔木对此极为敏感和重视,认为:这次事件"对于我们进一步认识苏联东欧各国社会矛盾及各国外交关系固然很有帮助,但我想我们的讨论主要宜重于国内。一个共产党执政国家的社会内部矛盾(我不认为是阶级斗争,这是要研究的另外一种性质的社会政治矛盾,波匈事件和我们的十年内乱以及目前的民族纠纷都是它的不同表现形式)可能达到的激烈程度和爆发形式;社会主义制度所未能解决的政府与人民之间的隔阂或对立,包括经济纠葛(除物价、工资、供应、住宅、就业等项外,还有把政策、计划和经营的错误造成的巨大损失转嫁于人民,这就使上述各项问题更严重,我们也一样)和政治纠葛(我们也有,少数持不同政见者或与心怀不满的工人群众相结合可能成为怎样一股巨大的力量,这一点对我们应是一个重大教训,因此,对所谓自发组织决不能以驱入地下为了结,而政治的有计划有领导的民主化和对这些组织的成员开展各种形式的教育争取分化工作并辅以必要的打击措施应成为当务之急);外来思想、经济、政治、文化影响(这在我们也是一大问题)……"胡乔木还指出:工会和其他群众组织问题,以及"宗教之可以成为严重政治问题"。在宗教问题上,胡乔木认为:"我们过去都把宗教问题看得太简单了,其实是汉人大多数因长期宗教观念淡漠而产生的错觉,故现在非认真研究对策不可","尤其要培养一大批真正拥护党的真正宗教领袖和宗教信徒"。胡乔木认为"凡此都是现成的迫切的一课"。

洞若观火。胡乔木的这些未雨绸缪的思考,绝对不是杞人忧天,而是生于忧患的高瞻远瞩。在"波兰事件"刚刚发生才两天,他就于1980年9月24日致信胡耀邦:"建议书记处或联合国务院召集一次会议进行专门讨论。"并希望"中联①、中调②、外研③、社研④、计委及各财经部门、工会、青年团、中宣、《人民日报》、新华社、教育、文化、出版、公安、法制、中纪委、统战各部委都能从各自角度出发研究,事前写成一两页至多三四页的建议(即鉴于波兰事件的教训对于我们当前某一方面或某几方面工作的建议),讨论前大家都看过,如此则开会时只需互相补充意见而不必解释,也许到会的人虽多,会还是可以开得不长。书记处和国务院也不一定要在会上作结论,也可能开过一次会后还要再开一两次或分头深入研究。如各方建议确有某些重要而紧迫

---

① 中共中央对外联络部。
② 中共中央调查部。
③ 外交部有关研究所。
④ 中国社会科学院有关研究所。

的内容,则可考虑由书记处和国务院分别作出一些具体决定或指示。波兰事件没有结束,它还要发展并有可能在一定程度上影响世界前途(如在波继续演变扩大和影响到邻国或引起苏联干涉时)"。

紧接着,胡乔木指出:"1956年波匈事件时,毛主席曾企图由此引出结论,正确解决我国人民内部矛盾。毛主席提出这个问题非常正确而重要,至今仍有巨大指导意义。可惜:(一)后来完全反其道而行之,把人民内部矛盾当成敌我矛盾,造成历史上的大悲剧,即认为人民内部矛盾部分亦未实际正确解决。(二)《正确解决》①一文的内容其实并未完全正确解决,除因修改而前后矛盾外,还因为社会主义社会内部主要矛盾是经济问题,该文并未认真研究,都是不能用'团结——批评——团结'解决的;其次矛盾是政治社会文化等问题,亦非'团结——批评——团结'或'双百'方针所能完全解决,这就要解决一整套分权、民主、人权、法制、党的工作体制和工作方针等问题,该文亦略而未谈。这本亦不是一篇讲话一个时候所能解决的,而是社会主义社会的长期任务。现在新的波兰事件又来了,希望今天的党中央引为殷鉴,对每一个问题认真研究制定出正确的具体解决方法并予以力行,则他人之祸即可化为我人之福了。"②

其实,按照胡乔木的职能范围来说,这本与他"无直接利害关系",但他完全凭着自己的党性和对祖国对人民的责任感、使命感,深刻思考"作出较为客观的分析",秉笔谏言,拳拳之心,可昭日月。"他人之祸即可化为我人之福",胡乔木早在1980年就向胡耀邦提出的"殷鉴",还是留下了历史的遗憾,此后20世纪80年代在中国陆续出现了各种反动思潮、学潮,直至1989年政治风波。

是啊,愤怒出诗人,但愤怒不出历史学家。胡乔木正是以其冷静地客观分析和尊重事实的品格,决心把《历史决议》写得经得起历史的检验。

中共组织超规模"四千人讨论",政治局会议上叶帅热泪滚滚

1980年10月12日,中共中央办公厅发出了《组织〈关于建国以来若干历史问题决议(讨论稿)〉讨论的通知》。随通知发了《关于建国以来若干历史

---

① 即毛泽东1957年发表的《关于正确处理人民内部矛盾的问题》。
② 《胡乔木书信集》,人民出版社2002年5月版,第287—289页。

问题决议 (一九八〇年十月供党内高级干部讨论稿)》,要求在 10 月 15 日前发到各省、市、自治区。因为中央办公厅预定参加这次讨论的人数是四千人,所以这次在中共党内高层进行的大讨论,史称"四千人讨论"。但实际上参加讨论的人数远远高出了中共中央办公厅的估计,加上当年在中共中央党校学习的 1500 名学员,参与大讨论的人数已经达到 5600 人。

11 月 6 日,《历史决议》讨论稿经过 20 天的讨论后,胡乔木在研究了已经看到的意见后,提出了起草新稿的一些重要原则性的设想,并报告邓小平和中央政治局,以便及早着手重写。针对"少数同志认为现在作决议时机还不成熟"的观点,胡乔木分析党内外形势后,认为"在六中全会作决议的时机已经成熟","不能再行延迟"。就"讨论稿篇幅太长,像论文而不像决议"的问题,胡乔木认为:"新稿应力求缩短至少一半,采取简单明了的决议体裁。可以考虑在保持全篇逻辑完整的条件下按问题分为若干小节,每节少则一二行,多则一二十行。对每个问题不多作叙述和解释。"而决议的时间"仍由建国开始"。

"四千人讨论"从 10 月中旬开始,11 月下旬结束。毫无疑问如此规模的大讨论,在中共历史上是空前的,是中共党内民主的一次大发扬。这次持续一个多月的讨论,焦点或者热点,主要集中在两个问题上:一个依然是老问题,就是关于毛泽东和毛泽东思想的评价问题;一个是新问题,就是关于粉碎"四人帮"后华国锋主持中央工作这四年的历史评价问题。

在关于毛泽东和毛泽东思想的评价问题上,陈云在看完《历史决议》的征求意见稿后,先后和胡乔木等人谈过两次,发表了重要意见。关于毛泽东的历史地位确立的问题,陈云认为:"只讲解放以后的毛泽东哪些正确、哪些错误,这怎么能确立毛泽东的历史地位呢? 必须把历史上——党成立以后,毛泽东对党所做的贡献加以肯定,才能在这个问题上使人家看了以后信服。这样,大家就会得出结论,毛泽东的历史地位是自然形成的嘛,不是做文章的人写的嘛。"

陈云的意见自然非比寻常,给胡乔木启示很大。11 月 12 日,胡乔木召集起草小组成员谈话。他说:"1945 年决议的作用是把一切归功于毛主席。那里分析的历史太简单。我特别反对把一切问题都归结为小资产阶级思想。那个概念用得太滥了。"接着,胡乔木传达了陈云的三条意见——

一、毛主席的错误问题,主要讲他的破坏民主集中制,凌驾于党之上,一意孤行,打击同他意见不同的人。着重写这个,其他的可以少说。

二、整个党中央是否可以说,毛主席的责任是主要的。党中央作为一个教训来说,有责任,没有坚决斗争。假如中央常委的人,除了毛主席外都是彭德怀,那么局面会不会有所不同?应该作为一个党中央的集体,把自己的责任承担起来。在斗争时困难是非常困难,也许不可能。("反冒进"不是一次实践吗?中央同志全部参加了,毛来了一个反"反冒进",结果搞得鸦雀无声了。)

三、毛主席的错误,地方有些人,有相当大的责任。毛主席老讲北京空气不好,不愿呆在北京,这些话的意思,就是不愿同中央常委谈话、见面。他愿意见的首先是华东的柯庆施,其次是西南,再其次是中南。①

中共在毛泽东时代形成的这个状况,确实"不是一个人,是个复杂的过程"。陈云的意见,胡乔木十分赞成,也得到了邓小平的认可。后来,邓小平还专门去看望了陈云。陈云对修改《历史决议》稿又向邓小平提出了两条意见:一是专门写一篇讲话,讲讲解放前党的历史,写党的 60 年。60 年一写,毛泽东同志的功绩、贡献就会概括得更全面,确立毛泽东同志的历史地位,坚持和发展毛泽东思想,也就有了全面的根据。二是建议中央提倡学习,主要是学习马克思主义哲学,重点是学毛泽东同志的哲学著作。陈云说,他学习毛泽东的哲学著作,受益很大。《历史决议》中关于毛泽东对马克思主义哲学的贡献,要写得更丰富,更充实。结束语中也要加上提倡学习的意思。陈云的这些意见,显然对《历史决议》在毛泽东和毛泽东思想评价问题上的修订帮了大忙。

现在,"四千人讨论"就剩下关于粉碎"四人帮"后这四年如何写进《历史决议》中去的问题了。这确实是一个难题。因为对这四年历史的评价,直接涉及当时中共中央最高领导人华国锋。说白了,就是对华国锋这四年的功过进行评价。说得更直白一点,就是要从理论上说明华国锋下台的根据。在"四千人讨论"中,大家对中央办公厅下发的这份《历史决议》"征求意见稿"中论述的这个问题——其实只有 100 多字——产生了激烈的论争,且反对的声音在中共高层成为主流。这段论述是——

一九七六年十月,粉碎"四人帮"以来,特别是经过了党的十一届三中全会、四中全会、五中全会,我们党确立了马克思主义的政治路线、思想路线和组织路线,开辟了光明灿烂的新的历史发展时期。对于这四年多来我们党所取得的成就、存在的问题和面临的任务,即将召开的党的

①《胡乔木谈中共党史》,人民出版社 1999 年 9 月版,第 138 页。

第十二次全国代表大会将作出详尽的论述。

尽管只有短短的 100 多字，但其背后却隐藏着鲜为人知的中共高层的尖锐矛盾。原来，在 9 月下旬召开的中共省、市、自治区党委第一书记座谈会之后，胡乔木就已经在《历史决议》稿中增写了对华国锋在粉碎"四人帮"后四年工作的基本总结，并且在 10 月 10 日将这一部分新增的文字稿呈送中共中央常委审阅。

然而，审阅的时候，在中共中央政治局七位常委中，除了中共中央主席华国锋本人不同意之外，其余的常委全部表示同意。华国锋认为：这段文字没有经过常委会讨论，不赞成加上。他还援引毛泽东在中共七大的做法，说：七大只总结抗日战争以前的经验，抗战以后的事情不做结论。毛主席这样做的理由是——抗战还在进行中间，现在做结论还不是时候，要等到抗战以后再做，因为是关于历史问题的决议嘛。

尽管在中共中央常委里赞成和反对是六比一，但华国锋毕竟是中共中央的主席，他既然不赞成，邓小平和胡耀邦等人也就表示同意这一段先不加上，等"四千人讨论"之后，如果大家都觉得需要加上，再加上也不迟。因此，中央办公厅发给"四千人讨论"的"征求意见稿"中就只剩下六行 100 多字了。这显然是不能令邓小平和其他中央政治局常委满意的。于是，在全党下发《历史决议》"征求意见稿"的同时，要求大家对是否写粉碎"四人帮"后四年的历史提出意见。比如，像邓力群等决议起草小组成员还专门到中国社会科学院、中办党委和中直机关工委，就粉碎"四人帮"以后华国锋执政的功过得失作了多次讲演，坚决支持在《历史决议》中对这个问题进行总结。这样一来，中共高层多数主张写而华国锋不主张写的内幕情况，慢慢地就在中央机关传开了。而在"四千人讨论"中，从地方传来的信息表明，赞成对这段历史进行总结的也占大多数。

10 月 25 日，邓小平在审阅《关于建国以来若干历史问题决议 (讨论稿)》时说："这次党内四千人参加的讨论还在进行，我看了一些简报，大家畅所欲言，众说纷纭，有些意见很好。决议讨论稿的篇幅还是太长，要压缩。可以不说的去掉，该说的就可以更突出。很多组要求把粉碎'四人帮'以后这一段补写上去。看来，这段势必要写。"于是，难题就迎刃而解，华国锋不得不同意在《历史决议》中重新加写上胡乔木起草好的这段文字——

一九七六年十月粉碎江青反革命集团的胜利，从危难中挽救了党，挽救了革命,使我们的国家进入了新的历史发展时期。从这时开始到十一届三中全会之前的两年中,广大干部和群众以极大的热情投入各项革命和建设工作。揭发批判江青反革命集团的罪行,清查他们的反革命帮派体系,取得了很大成绩。党和国家组织的整顿,冤假错案的平反,开始部分地进行。工农业生产得到比较快的恢复。教育科学文化工作也开始走向正常。党内外同志越来越强烈地要求纠正"文化大革命"的错误,但是遇到了严重的阻碍。这固然是由于十年"文化大革命"造成的政治上思想上的混乱不容易在短期内消除,同时也由于当时担任党中央主席的华国锋同志在指导思想上继续犯了"左"的错误。华国锋同志是由毛泽东同志在一九七六年"批邓"运动中提议担任党中央第一副主席兼国务院总理的。他在粉碎江青反革命集团的斗争中有功,以后也做了有益的工作。但是,他推行和迟迟不改正"两个凡是"(即"凡是毛主席作出的决策,我们都坚决维护;凡是毛主席的指示,我们都始终不渝地遵循")的错误方针,压制一九七八年开展的对拨乱反正具有重大意义的关于真理标准问题的讨论;拖延和阻挠恢复老干部工作和平反历史上冤假错案(包括"天安门事件")的进程;在继续维护旧的个人崇拜的同时,还制造和接受对他自己的个人崇拜。一九七七年八月召开的党的第十一次全国代表大会,在揭批"四人帮"和动员全党建设社会主义现代化强国方面起了积极作用。但是,由于当时历史条件的限制和华国锋同志的错误的影响,这次大会没有能够纠正"文化大革命"的错误理论、政策和口号,反而加以肯定。对经济工作中的求成过急和其他一些"左"倾政策的继续,华国锋同志也负有责任。很明显,由他来领导纠正党内的"左"倾错误特别是恢复党的优良传统,是不可能的。①

无疑,这对华国锋能否继续担任中共中央主席是一个关键。而事实也正是如此,大多数人同意《历史决议》对华国锋的评价,这就宣告了华国锋即将走下中共权力的巅峰。

1980 年 11 月 10 日,中共中央政治局召开会议。这次会议连续开了九次,直至 12 月 5 日才结束。会议讨论的最主要也是最重大议题就是中共中央最高层的人事变动。会议开得非常严肃,郑重其事,尤其对华国锋作出了评价,提出了批评。除了刘伯承、聂荣臻因病没有到会和陈永贵、赛福鼎未通

---

① 《三中全会以来重要文献》(下),人民出版社 1982 年 8 月版,第 767—768 页。

知到会外，到会的 21 名政治局委员、1 名候补委员和 7 名中央书记处书记，29 人都讲了话，个个都不赞成华国锋继续担任中共中央主席职务。

我们可以从当年这份要求"严格保密，绝对不得外泄"的《中共中央政治局会议通报》中看到这样一段文字——"在八月十八日到二十三日举行的中央政治局扩大会议以后，参加这一会议的不少同志向中央领导同志提出，华国锋同志不适宜继续担任中央委员会主席和中央军委主席。在讨论《关于建国以来若干历史问题决议 (讨论稿)》的过程中，无论中央直属机关、中央国家机关和军队系统，都有多数同志提出要对建国以来历史的第四阶段进行认真的总结，指出华国锋同志在粉碎'四人帮'至一九八〇年这四年特别是这四年的前两年工作中的一些重要错误，很多同志要求对他所担负的职务进行调整。中央常委认真地考虑了这一问题，对华国锋同志进行了批评帮助，并认为改变他的现任职务是必要的。"①

中央政治局会议上，在讨论《中共中央政治局会议通报》的时候，华国锋就这段文字中——"华国锋同志在粉碎'四人帮'至一九八〇年这四年特别是这四年的前两年工作中的一些重要错误"——这个提法，提出了不同意见。为此，胡乔木专门作了发言和解释。在这次会议上，最令人感动和难忘的却是叶剑英的发言。

毛泽东逝世前，在挑选接班人上，选来选去最后没有选"四人帮"，选中了华国锋，这确实是一个相对正确的选择。在会上，叶剑英坦诚地说：我一直是支持华国锋的，宣传华国锋也是我的意见，"英明领袖"的提法也是我授意写的社论。主席生前曾说：华国锋当第一副主席，全党都不知道他，人民都不知道他。要通过宣传，让党内更多的人知道他，让全国人民知道他。后来，《解放军报》连续发表社论，宣传"英明领袖"。在毛主席逝世之前，我对"文化大革命"、对"四人帮"和毛主席的一些做法也有不同意见、不满意，但那时因为投鼠忌器，害怕你一批评"四人帮"，就免不了会影响毛主席。这里包括别人对毛主席的看法，还包括毛主席对批评"四人帮"的人的看法，主席会认为：你们批"四人帮"，是因为我重用他们。所以那时就特别有顾忌。主席临终的时候，政治局的成员向毛泽东作最后告别的时候，一个一个进去，一个一个出来。都见完了之后，主席还清醒，又示意我再进去。这时主席只用眼睛盯着我，想说话，但却说不出来了。

说到这里，叶帅已经是热泪盈眶。他从毛泽东那充满期盼和无奈的眼神

---

① 《三中全会以来重要文献》(上)，人民出版社 1982 年 8 月版，第 55 页。

中，感受到了"托孤"的意味，毛是希望他能保护华国锋。叶帅自我批评说："我知道主席的意思，这是给我以重托。而华国锋那时已经当了第一副主席、代理主席了。正因为如此，主席逝世后，我把维护华国锋同志，当作履行主席的临终嘱托。由此看来，我这个人有封建思想的残余，好心，但效果不好。"说着，说着，动了真感情的叶剑英，声音越来越哽咽了，眼泪唰唰地流了下来……

最后，中央政治局在这次会议上通过了决议：向六中全会建议，同意华国锋同志辞去中央委员会主席、军委主席的职务；向六中全会建议，选举胡耀邦同志为中央委员会主席，邓小平同志为军委主席；六中全会将继续选举华国锋同志为中央政治局常委，选举他做中央副主席。同时，这次政治局会议还决定："对《关于建国以来若干历史问题决议（讨论稿）》参照讨论中提出的意见进行改写。在政治局讨论并原则通过后，将仍在四千人范围内再讨论一次，在再次修改后提请六中全会讨论通过。中央政治局认为，现在通过这一决议的时机已经成熟，不宜再行延迟。"

《历史决议》历经一年零三个月终于面世

1980 年 8 月 21 日和 23 日，邓小平接受了以"提问尖锐，言辞泼辣，善于触及敏感问题"著称的意大利女记者奥琳埃娜·法拉奇的采访。因为这次采访的主题是如何科学地评价毛泽东、维护毛泽东思想的历史地位，所以连邓小平本人也说是一次"考试"。

邓小平与法拉奇面对面，一问一答，妙语连珠。采访结束的时候，法拉奇很自然地提出了最后一个关键的问题："你对自己怎么评价？"

"我自己能够对半开就不错了。但有一点可以讲，我一生问心无愧。"邓小平静静地抽了一口烟，然后伸出手来，指着法拉奇手中的采访本，一字一句地认真地说，"你一定要记下我的话，我是犯了不少错误的，包括毛泽东同志犯的有些错误，我也有份。只是可以说，也是好心犯的错误。不犯错误的人没有。不能把过去的错误都算成是毛主席一个人的。所以我们对毛主席的评价要非常客观，第一他是有功的，第二才是过。毛主席的许多好的思想，我们要继承下来，他的错误也要讲清楚。"

8 月 28 日，意大利报纸发表了这次采访的内容。随后世界各国报纸纷纷做了转载，并发表评论说："邓小平第一次宣布，在明年的党代会上，将不会像批判斯大林那样，全面批评毛泽东，但是将总结'大跃进'以后的总路线。"还有评论说："中国领导人讲解今后党的路线的轮廓是极为例外的。"两年后，美国前国务卿基辛格访华时，他对邓小平说："我看到你同意大利女记者法拉奇的谈话，在世界上所有领导人当中，你是唯一同法拉奇谈话取胜于她的人。"邓小平顺利通过了"考试"，他的成绩如何？历史和人民都已经有了最好的评价。但有一点是可以肯定的，法拉奇的中国之行，邓小平与她两次畅谈，绝非是邓小平的应急之作，而是他对一系列重要问题经过周密思考的结果。显然，邓小平接受法拉奇的采访，其实就是给《历史决议》再次定调。

而就在法拉奇两天采访间隔的 8 月 22 日，邓小平在中共中央政治局扩大会议各小组召集人汇报会上说："现在准备搞一个关于若干历史问题的决议，主要把建国后三十年的历史清理一下。力求在十二大前的中央全会上通过这个决议，对过去的问题有一个统一的认识，作一个结束。"邓小平还指出："十二大就讲新话，讲向前的话。"至此，《历史决议》的主要思路已经形成。

十月是北京最好的季节。"四千人讨论"正在进行时，邓小平有条不紊地推进着《历史决议》的步伐。10 月 25 日，邓小平就决议的核心问题再次找胡乔木谈话，说："对毛泽东同志的评价，对毛泽东思想的阐述，不是仅仅涉及毛泽东同志个人的问题，这同我们党、我们国家的整个历史是分不开的。要看到这个全局。这是我们从决议起草工作开始的时候就反复强调的。决议稿中阐述毛泽东思想的这一部分不能不要。这不只是个理论问题，尤其是个政治问题，是国际国内很大的政治问题。如果不写或写不好这个部分，整个决议都不如不作。"胡耀邦和邓力群也参加了这次谈话。

当然，对于毛泽东所犯的错误，邓小平也指出："毛泽东同志到了晚年，确实是思想不那么一贯了。有些话是互相矛盾的。比如评价'文化大革命'，说三分错误、七分成绩，三分错误就是打倒一切、全面内战。这八个字和七分成绩怎么能联系起来呢？对于错误，包括毛泽东同志的错误，一定要毫不含糊地进行批评，但是一定要实事求是，分析各种不同的情况，不能把所有的问题都归结到个人品质上。毛泽东同志不是孤立的个人，他直到去世，一直是我们党的领袖。对于毛泽东同志的错误，不能写过头。写过头，给毛泽东同志抹黑，也就是给我们党、我们国家抹黑。这是违背历史事实的。"①

邓小平接受法拉奇采访时，特别强调说："我们不会像赫鲁晓夫对待斯

---

① 《三中全会以来重要文献》(上)，人民出版社 1982 年 8 月版，第 421—422 页。

大林那样对待毛主席。"赫鲁晓夫全盘否定斯大林的事,邓小平是了如指掌的。当年赫鲁晓夫选择一个晚上发表这个秘密报告时,他就在莫斯科。后来,在中苏论战中,毛泽东亲自点名让邓小平"挂帅"出征,多次出征莫斯科舌战赫鲁晓夫。前车之覆,后车之鉴。和邓小平一样,胡乔木对自己1960年三访莫斯科也是记忆犹新,从赫鲁晓夫的教训中汲取了历史的经验。邓小平决不会让莫斯科的悲剧在北京重演!对此,惯于独立思考和辩证分析的胡乔木,头脑是清醒的,思路也是清晰的。

经过反复讨论、修改的《历史决议》准备提交十一届六中全会讨论的稿子终于搞出来了。这次篇幅压缩到了3.8万字。胡乔木将稿子送中央常委审阅。就在这个时候,新任中共中央委员会主席的胡耀邦在看完后,觉得这个思路不行,并提出是不是由他组织一个班子来起草一个决议稿子。

胡乔木把胡耀邦的想法告诉了邓小平。邓小平听完后,笑着说:"好嘛,两个摊子,各搞各的嘛。"

1981年2月13日、17日,胡耀邦先后两次召集起草小组成员开会,提出修改《历史决议》的新方案。到了3月初,胡耀邦牵头的这个起草小组拿出了一份铅印的《口头汇报提纲(草稿)》,并且把历史决议的题目拟改为《关于建国以来的党的若干历史问题和历史经验的决议》。

胡耀邦这个新方案出来后,邓力群马上报告了邓小平和在杭州度假休息的胡乔木。胡乔木的精神压力实在太大了,身心疲惫,他太需要休息了。

秘书黎虹清楚地记得:"从1980年3月至1981年6月,为了集中精力起草《关于建国以来党的若干历史问题的决议》,乔木同志带领二十多人的起草小组长住玉泉山。大约在1980年7月中旬的一个夜晚,我一觉醒来,还听到隔壁乔木同志的屋里有动静。我打开灯看看表,已是凌晨3点钟了。于是我推开乔木同志房门,他正在桌边看书。我问他为什么还不睡觉,他说前一天写稿子太紧张,过分疲劳,吃药不管用,睡不着,躺着难受。我劝他还是躺下休息。可是到了5点钟,他又起床出去散步了。我知道,这几天他脑子里一直在思考'文化大革命'这十年如何写,起草小组的同志写了几稿,他都不满意,没有充分体现小平同志指示精神,在文字表述上也很不理想。所以他自己动手写。那天早饭以后,我劝他上午还是休息一下,他大概躺了不到一小时就起来服兴奋剂,又开始工作了。到了中午,他通常是12点吃饭,12点半到下午1点半休息,可是那天不到1点钟就来敲我的门,说他上午服兴奋剂过量,非常难受,怎么也睡不着,要我陪他去院内的小湖里划船。7月的中午,在烈日下划船就像火烤的一样,我们划了不到半小时就回来了。看到他坐卧不安的样子,我心里十分难过,也十分感动,不由自主地流下了眼泪。他当时已是年近 70 的人了,身体又不好,可是为了党的事业,他还是这样耗尽心血,拼命为党工作。"

秘书邱德新也清楚地记得:"1980 年夏,乔木同志全身心地投入修改《关于建国以来党的若干历史问题的决议》,常常是一边吃药一边工作,实在顶不住了,就在沙发上躺一下,过一会又接着工作。有一天下午,到下班时,乔木同志竟像一个醉汉似的,摇摇晃晃,走路都走不稳。我看见后吓了一跳,赶快扶他上车。一回到家,他就躺下了,连晚饭都没有吃。但是第二天又照常上班。为了写好历史决议和十二大政治报告,乔木同志几次被累倒,不得不住进医院,但只要他觉着略为好一点,就坚持出院,继续工作。"

在杭州休养的胡乔木,听完邓力群对胡耀邦关于《历史决议》新方案的汇报后,立即表示:"我不赞成这个方案。历史决议既要总结经验教训,又要对历史事件的是非作出判断,按耀邦同志的这个方案,可能会写出总结经验的报告或宣传鼓动的文章。"

3 月 9 日,邓小平找邓力群谈话,先就由胡乔木主持起草的《历史决议》稿提出了意见,认为:"总的讲,决议稿对缺点错误讲得多,成绩讲得少,鼓舞人们提高信心、提高勇气的力量不够。问题最大的是'文化大革命'前十年部分。现在的稿子的调门不符合原先设想的方针。看完后,给人的印象是错误都是老人家一个人的,别人都对。我说过多次了,不能说成别人都对,只有一个人是错误的,这个人就是毛主席。历史不是这样的。这不符合实际。那时的错误,大家都有责任,主要是因为当时我们没有经验。'文化大革命'十年,错误写得差不多了。应该承认,老人家还是看到了党的缺点错误,还是想改正,但是他对情况估计错了,采取的方法错了,因而给党和国家造成了严重的危害。中心是对老人家的评价问题,是毛泽东思想的历史地位问题。错误讲过分了,对毛主席和毛泽东思想的评价不恰当,国内人民不能接受,国际上也有相当一部分人不能接受。现在的稿子是两万七千字,不要压缩了,三万字也可以,争取早一点修改好,早一点召开六中全会。对历史问题的评价定下来了,有了统一的认识,就可以集中精力向前看。"谈话结束时,邓小平告诉邓力群,胡耀邦搞的"第二个方案不考虑了"。

到了 3 月 18 日,邓小平看完《历史决议》又一轮修改稿后说:"决议稿的轮廓可以定下来了。"《历史决议》的总体轮廓结构由胡乔木亲自设计,共分为八个部分:一是建国前二十八年历史的回顾;二是建国三十二年历史的基本估计;三是基本完成社会主义改造的七年;四是开始全面建设社会主义的十年;五是"文化大革命"的十年;六是历史的伟大转折;七是毛泽东同志的历史地位和毛泽东思想;八是团结起来,为建设社会主义现代化强国而奋斗。

在关于"文化大革命"这一部分,胡乔木建议"要写得概括"。邓小平对胡乔木的这个建议积极赞成。他说,"文化大革命"耽误了一代人,其实还不止一代。它使无政府主义、极端个人主义泛滥,严重地破坏了社会风气。邓小平还赞成胡耀邦提出的决议稿要多听听像黄克诚、李维汉这样的老干部和政治家的意见。

其实,胡乔木对"文化大革命"有着自己独特的见解,他的这些意见后来也融入了《历史决议》之中。胡乔木说:无论从哪个意义上讲,它都不能叫做革命,而是中国的内乱,是特殊局面下的、跟历史上一些内乱不相同的内乱。毛泽东对此应负主要责任。他对阶级斗争的认识和估计犯了错误,把经济生活中的一些正常活动,看成是阶级斗争,是走资本主义道路。他发动了这场所谓革命,究竟谁是革命对象,谁是革命动力,这样一些根本的问题,他自己也不清楚。他说这个革命与过去革命战争不同,过去南征北战,敌人很明显,所以仗好打。现在谁是敌人,谁不是敌人;是敌我矛盾,还是人民内部矛盾,弄不清楚。自己连敌人都没有弄明白,就来发动了一个革命!他创造了很多名词,什么走资派、死不悔改的、三反分子、反革命修正主义分子等等,其实那些作用都不大。真正起作用的是他把"走资派"改为"犯走资派错误的干部"。这句话挽救了他,可以下台。不然的话,毛泽东也没法下台。依靠什么力量来革命,他也不知道。毛泽东有一个谈话,说我开始曾把希望寄托在青年学生(红卫兵)身上,后来,感觉到这些人也不行。那么,依靠谁呢?他没有答复,也就是没有找到一个社会力量来进行这么一个革命。结果造成了一个职业的造反派,结成帮派体系,专门对无产阶级专政进行破坏活动。那时他受到了很多刺激。其中苏共二十大批判斯大林是一次刺激,《海瑞罢官》引起来的问题的刺激大概比较大,还有就是林彪讲的政变问题。毛泽东那个时候的思想是不正常的,根本说不上一种理性的思维、逻辑的思维。所以发动"文化大革命"实在是毛泽东的冲动。但是,胡乔木同样以历史唯物主义的观点来分析历史,分析毛泽东,强调"文化大革命"的恶果不能从毛个人身上找原因,不能从毛的性格、品质等方面去寻求解释。"文化大革命"的发生有国内历史原因,也有国际原因,包括马列的一些不明确的被误解的论点和国际共产主义运动传统的影响,指出这些原因才是客观的、信实的、公允的、全面的。否则无法解释,何以一个伟大的马克思主义者忽然会犯如此严重的错误。个人性格、品质也并非不是问题,但着重讲这些方面,不能教育群众,不能提高人们对历史的认识。每个人都有他的品格,他的品格里面都有好的方面,不好的方面。毛泽东也是这样。中国这几十年的历史,光用一个人的品格怎么能够作出解释呢?在《历史决议》中,胡乔木自然没有也不需要展开历史唯物主义与历史唯心主义的学术讨论,他的论述是对历史所作的鲜明的唯物主义的分析。

值得一提的是,关于林彪说有人搞政变的问题事实上是这样的:1964年11月,周恩来赴莫斯科参加十月革命节庆典。在一次酒会上,苏联某元帅借祝酒向中共中央政治局委员贺龙说,毛与赫鲁晓夫冲突,我们已把赫鲁晓夫搞掉了,你们也把毛搞掉。贺龙当场反驳了苏方的谰言,并在酒会后报告了周恩来。周恩来当即向对方提出抗议,回国后报告了政治局。后来中共在党内一定范围里说过这件事。苏联高层有人公然提出要中国党搞政变,这对毛泽东当然是很深的刺激。他晚年所犯错误也可以从这里找到一些原因。但历史往往就跟现实开了个玩笑,具有讽刺意味的是,毛泽东依靠林彪去防止政变,而打着红旗反红旗的、试图发动政变的恰恰就是林彪集团。这是毛泽东无论如何也没有想到的事情。①

1981年5月19日,中共中央政治局召开扩大会议,对《历史决议》再次进行讨论。邓小平说:"这个文件差不多起草了一年多了,经过不晓得多少稿。1980年10月四千人讨论,提了很多好的重要的意见;在四千人讨论和最近四十多位同志讨论的基础上,又进行了修改,反复多次。起草的有二十几位同志,下了苦工夫,现在拿出来这么一个稿子来。"邓小平认为现在这个稿子有了一个好的基础,是符合要求的。他说:"为了早一点拿出去,再搞四千人讨论不行了,也不需要,因为四千人的意见已经充分发表出来了,而且现在的修改稿子也充分吸收了他们的意见。现在的方法,就是开政治局扩大会议,七十几个人,花点时间,花点精力,把稿子推敲得更细致一些,改得更好一些,把它定下来;定了以后,提到六中全会。设想就在党的60周年发表。纪念党的60周年,不需要另外做什么更多的文章了。也还需要有些纪念性质的东西,但主要是公布这个文件。"邓小平再次强调:"毛泽东同志犯了错误,这是一个伟大革命家犯错误,是一个伟大的马克思主义者犯错误。"②

就《历史决议》的起草工作,胡乔木在这次中央政治局会议上作了九个方面的说明。他说:"这个决议是二十几位同志一年多的集体作品,中经多次修改,我只是参加了一部分修改工作。稿中的重要观点很难分清是哪一位提出的,许多是中央领导同志提出的,许多是四千人讨论时和3月31日向52

---

① 刘大年:《历史要分析》,见《我所知道的胡乔木》,当代中国出版社1997年5月版,第64页。
②《三中全会以来重要文献》,人民出版社1982年8月版,第425—427页。

位同志征求意见时提出的。5月16日决议稿虽经中央政治局常委同志讨论过,但如有不正确不适当不明了之处,以及其他缺点,都应由我负责。"

距离中共建党60周年只有一个多月的时间了。胡乔木带领起草小组成员,对《历史决议》再次作了认真的修改。应该说,整个《历史决议》的起草、修改到定稿,除了邓小平、陈云等老同志定的调子以外,从具体分析到遣词造句,全靠胡乔木反复斟酌,调和鼎鼐,在忠于历史事实的前提下尽量争取达到最大限度的共识,做出绝大多数人都信服的结论。

就在通过法拉奇"考试"般的采访整整十个月后,1981年6月22日,邓小平在十一届六中全会的预备会议上,十分高兴地赞扬了胡乔木主持起草的这份《历史决议》。他一上来就说:"这个决议是个好决议,现在这个稿子是个好稿子。我们原来设想,这个决议要举毛泽东思想的伟大旗帜,实事求是、恰如其分地评价'文化大革命',评价毛泽东同志的功过是非,使这个决议起到像1945年那次历史决议所起的作用,就是总结经验,统一思想,团结一致向前看。我想,现在这个稿子能够实现这样的要求。"邓小平仍然强调了如何看待毛泽东的错误问题。他严肃地说:"在前一段时间里,对毛泽东同志有些问题的议论讲得太重了,应该改过来。这样比较合乎实际,对我们整个国家、整个党的形象也比较有利。""这样站得住脚,益处大。对毛泽东同志的评价,原来讲实事求是,以后加一个恰如其分。"①

1981年6月29日,出席中共十一届六中全会的195名中央委员、114名候补中央委员以及列席会议的53人,作为历史的见证人,见证了《关于建国以来党的若干历史问题的决议》最后通过的情景。胡乔木也终于完成了这个"写作长达一年零三个月,中间经过四千人讨论、中共高层几十人讨论、政治局扩大会议讨论和六中全会预备会议讨论等四轮大讨论"的重大理论工程。《历史决议》把毛泽东思想的灵魂的三个基本点——"实事求是,群众路线,独立自主"进行了精辟概括,可谓是胡乔木对毛泽东思想研究的精粹之作。《历史决议》公布后,世界反响强烈,认为这份非常出色的文件改变了中共以往冗长难以看完的官方文件的模式,就像"动得非常干净的外科手术"。

《历史决议》通过以后,国内外好评如潮,纷纷称赞胡乔木在具体主持起草工作中的作用。正在三〇五医院住院的胡乔木,听到这些叫好声,自然很高兴也很欣慰。但胡乔木也更加冷静,他始终觉得《历史决议》是中共中央的决策,而不是个人谋求功利的跳板。于是,就在决议通过后的第23天,即

---

① 《三中全会以来重要文献》,人民出版社1982年8月版,第427—429页。

1981 年 7 月 19 日上午，胡乔木要秘书黎虹立刻通知身边工作人员和家人到三〇五医院来，他有重要事情要讲。胡乔木严肃地告诉他们："六中全会刚刚通过的《历史决议》，是在党中央直接领导下，由很多同志集体创作的结果。所谓集体创作，不仅仅是几个人、几百人的讨论，而且也是由二十几位同志从头到尾搞的。家里的人如果在外面听到谈起草《决议》与我关系的话，应作这样的表示：这个《决议》是在党中央领导下集体创作的。我只不过是做了一部分工作。要作这样一个声明。直接主持这项工作，最主要的是小平同志。"接着他宣布："从今天起，所有工作人员和家里人都要认真学习《决议》，领会精神。先由我主讲。今天是第一讲，讲不完以后再讲。"于是他先讲《历史决议》是怎么形成的，然后按《决议》的顺序逐段作了详细的阐述。他一共讲了四个半天，前三个半天完全由他讲，最后一个半天由大家提问，他解答。通过四次讲解，大家普遍感到收获很大，不但受到了一次深刻的、生动的政治历史教育，而且受到了一次如何正确对待自己的品德教育。①

作为"中共中央第一支笔"，胡乔木知道——历史是人民写的。

---

① 黎虹：《呕心沥血孺子牛》，见《我所知道的胡乔木》，当代中国出版社 1997 年 5 月版，第 541 页。

第二十章 政局高端

先烈旌旗光宇宙,征人岁月快驱驰。
朝朝桑垄葱葱叶,代代蚕山粲粲丝。
铺路许输头作石,攀天甘献骨为梯。
风波莫问蓬莱远,海上愚公到有期。

——胡乔木《七律·有思》(1982 年 6 月)

正本清源,创设精神文明新内涵:文化建设和思想建设

历史开始了新旧时代的更替。进入 20 世纪 80 年代,中国的政局吹来了别具一格的清新之风。作为中国意识形态领域的领导人和马克思主义理论家,胡乔木敏锐地提出,中央工作转入以经济建设为中心的时候,更应该重视精神文明建设。

1980 年 12 月 20 日,胡乔木致信中共中央,请辞中国社会科学院院长,以便一心一意地领导好中共宣传和理论工作。同一天,他致信中共中央宣传部部长王任重并转胡耀邦,就当前的宣传工作提出了四点建议:

一、要现在就准备写一篇有分量的元旦社论。它要能充分反映党中央对当前全党工作和全党思想工作的要求,既要提倡四个坚持、艰苦奋斗、党与群众同甘共苦、严格的纪律性(党内的和人民群众的)等等,又要给全党和全国人民对光明前途的无限信心。配合这篇社论,要准备写一些对当前种种错误思潮的批判文章。《人民日报》和首都报纸要气象一新。

二、关于表扬与批评，我觉得这个问题还没有完全解决。不能只表扬艰苦朴素廉洁奉公一方面(这是需要的)，要更多的宣传党的许多干部克服困难扭转旧习创造新局面新事业的方面。相应的批评也要，批评那些不执行三中全会方针因循守旧的同志。这样，表扬批评才能与党的路线更加合拍。此外，在广播和电视中批评要减少。

三、党在转变过程中的确有许多新的思想理论问题要探索，但轻易在报纸上发表也确使下级干部和党员有无所适从之感，并且又为一些对党和社会主义不满的人们制造气氛和口实。因此，可否考虑出版一种全国性的党内刊物，可以发行很广，不怕外泄(亦不让外泄)，但仍区别于公开报刊的宣传。待党内思想较有准备较为一致时再把其中的一些论点陆续公开发表。也就是避免弯子转得太陡，造成很不应有的混乱。这样像《人民日报》的《理论宣传动态》就不一定需要了。

四、出版物似乎多了一些，这也容易引起思想上的混乱。党对舆论的指导实际很难用双百方针抵抗一切。①

胡乔木的意见，王任重表示同意。胡耀邦批示"请在中宣部例会上议一议"，对第四点建议表示"现在刊物太多，这一点现在不必考虑"。此后，中宣部按照胡乔木这封信建议的精神，在《人民日报》发表了1981年的元旦社论《在安定团结的基础上，实现国民经济调整的巨大任务》，在1月17日和19日又分别发表了社论《政治安定是经济调整的保证》《坚定不移地继续执行三中全会的方针政策》。

随后，身心疲惫的胡乔木开始到杭州休假。临行前，他依然不放心《人民日报》的宣传舆论工作，尤其是社论的写作。社论是报纸的灵魂。胡乔木已经很久很久没有为《人民日报》写社论了，离现在最近的一篇还是1959年5月6日发表的那篇最令自己满意的《西藏的革命和尼赫鲁的哲学》。尽管现在自己没有时间亲自动笔了，但他的脑子里没有停笔。为此，他在1981年1月15日致信《人民日报》总编辑胡绩伟和副总编王若水、范荣康，提出了12个方面的题目作为写作参考——

一是国家的民主化改革必须在安定团结的基础上逐步实现。胡乔木指出：要"驳斥由上而下、由下而上，党的改革派与地下组织合作进行，或用大鸣大放大辩论大字报的办法进行，或由请愿、串联、发宣言、签名、以至罢课

---

① 《胡乔木书信集》，人民出版社2002年5月版，第307—308页。

罢工一类办法进行"。

二是言论自由必须依法实现,或:提倡所谓言论绝对自由的人的目的何在?

三是在调整过程中为什么会有经济矛盾,应该怎样解决?

四是目前全国学生的主要任务是什么? 对此,胡乔木给出了一个答案,即:"要把自己培养成为有社会主义觉悟和有社会主义建设、社会主义经营、社会主义组织工作能力的人才,要在党团领导下培养成为社会积极分子。"

五是社会主义民主与资本主义民主的区别何在?

六是社会主义社会的力量或优越性在于能够安定团结, 而资本主义不可能。

七是社会主义制度是有前途(有理想)的制度。

八是马列主义基本原理永远是我们的指导思想。

九是毛泽东思想为什么有持久的生命力?

十是究竟"向前看"还是"向钱看"?

十一是无政府主义和极端个人主义是民族的大敌。

十二是中国共产党为什么成为中国人民的领导核心?

离开北京也不过仅仅二十来天,操心劳累的胡乔木还是在掌定好《人民日报》的方向之后,才放心休假。他希望《人民日报》"一定会在当前的关键时机对党和人民作出光辉的贡献"。

正如胡乔木所言,这个时候的中共及其领导下的中国确实处在一个"关键时机"。这到底是一个什么样的"关键时机"呢?当时,邓小平的改革纲领不仅向"文化大革命"中极左路线提出了挑战,而且也给以邓小平同志为核心的新的中共中央领导集体提出了挑战。社会上也确实出现了一些不稳定的因素,诸如经济改革涉及的城市居民物价上涨问题等等。

胡乔木不仅仅是位政论家, 还是一位有着全局观念和宏观思想的大理论家,对党的建设、经济的发展、民族的振兴,可谓布局天下,殚精竭虑。早在1980年底,胡乔木就致信邓小平——

小平同志:

六中全会将要通过的若干历史问题决议和中央人事更动的决定,在党的生活和国家政治生活中当然是极为重大的问题。但是三中全会决定中心工作转移,号召全党一心一意扑在四个现代化上的,两年以后,接连三次中央全会都不讨论经济问题,这在全国人民以至很多党员是不容易理解的。尤其是明年要实行大的调整,这对人民的生活和思想都会发生重大影响,如何使人民了解这次调整的必要,有关调整的各项方针,以及如何在调整的过程中改善党的工作保持全国的安定团结,是一个很复杂而不容忽视的紧迫问题。因此,我想六中全会最好再增加一个议题,即讨论通过关于贯彻调整方针、改善党的工作、保证安定团结的决议。这个决议也不容易写,但是再三考虑,却又非写不可。实际上群众最关心这样一个决议。前天约邓力群同志谈,他说如果中央决定,中央书记处研究室可以担任起草。这个想法是否适当可行,请你和耀邦同志、常委各同志考虑决定。

敬礼

胡乔木

一九八〇年十二月十一日

胡乔木敢于说真话的性格,在毛泽东时代就是有名的。邓小平对胡乔木的这个建议高度重视,认为"这是一个好意见",当即批给陈云、李先念、胡耀邦、赵紫阳传阅,并"已告乔木照此搞文件"。

12月16日至25日,中共中央在北京召开工作会议,主要讨论经济形势和经济调整问题。邓小平接受胡乔木的建议,在25日会议结束时专门作了《贯彻调整方针,保证安定团结》的讲话。这个已经收入《邓小平文选》第二卷的讲话,就是按照胡乔木的意见起草并经他亲自修改的。文章指出:"这次对经济进一步调整,是为了站稳脚跟,稳步前进,更有把握地实现四个现代化。"同时指出:"加强思想政治工作,改进宣传工作,已经作为保证这次调整的顺利实现、巩固安定团结的政治局面的一项极端重要任务,摆在全党同志的面前。我们改善党的领导,其中最主要的,就是加强思想政治工作。""我们要建设社会主义国家,不但要有高度的物质文明,而且要有高度的精神文明。所谓精神文明,不但是指教育、科学、文化(这是完全必要的),而且是指共产主义的思想、理想、信念、道德、纪律,革命的立场和原则,人与人的同志式的关系,等等。"①显然,中共中央已经把建设社会主义精神文明列为重要议题了。

我们知道,中共第一次公开提出"建设社会主义精神文明"这个概念,是在胡乔木起草的叶剑英《在庆祝中华人民共和国成立三十周年大会上的讲话》中。而胡乔木在起草邓小平的这个讲话中,把社会主义精神文明建设分

①《邓小平思想年谱》,中央文献出版社 1998 年 11 月版,第 177 页。

成了两大部分：一部分为文化建设，一部分为思想建设。这确实又大大前进了一步。

而在当时，作为"中共中央第一支笔"的胡乔木，不仅负责《历史决议》起草修改工作，同时还负责赵紫阳《政府工作报告》的修改工作。赵紫阳是在1980年2月增选为中央政治局常委的，8月在五届人大三次会议上取代华国锋担任总理。1980年的《政府工作报告》是由姚依林作的。到了1981年，已经任职一年的赵紫阳需要向人代会亮相了。中央决定由胡乔木修改这个报告。在这个报告中，胡乔木指出"只有在建设高度的物质文明的同时，建设高度的社会主义精神文明，才能保证我国国民经济的持久发展，保证物质文明建设的社会主义方向"，并再次对"社会主义精神文明建设"这个概念作了更为丰富更加具体也更加科学的解释——

> 精神文明的范围很广，它的主要内容必须包括两个方面：一方面是教育、科学、文化、艺术、卫生、体育事业的发展规模和发展水平。这是一个社会文明与否和文明程度的标志。另一方面是社会政治思想和伦理的发展方向和发展水平。目前由于复杂的历史原因和现实原因，这一方面的问题正在更加突出，成为我们当前迫切需要解决的问题。我们要通过有效的宣传教育工作、思想政治工作和其他多方面的工作，通过进一步发展社会主义民主和健全社会主义法制，使我们的社会成员愈来愈广泛地树立起社会主义和共产主义的思想、道德风尚和劳动态度，树立高尚的思想情操、生活方式和审美观念，树立自觉的守法精神和高度的组织纪律性，坚持个人利益和局部利益服从整体利益，眼前利益服从长远利益，一切为了社会主义的四个现代化，一切为了社会主义祖国。[1]

胡乔木的这段论述，提升了社会主义精神文明的高度。而在后来中共十二大报告的起草中，胡乔木更进一步地提出了"社会主义精神文明是社会主义的重要特征，是社会主义制度优越性的重要表现"的新论断，形成了关于两个文明关系的新观点——"物质文明的建设是社会主义精神文明建设不可缺少的基础。社会主义精神文明对物质文明的建设不但起巨大的推动作用，而且保证它的正确的发展方向。两种文明的建设，互为条件，又互为目的。"至此，社会主义精神文明建设的内涵得到了基本确定和全面阐述。

---

[1]《三中全会以来重要文献》（下），人民出版社1982年8月版，第976—977页。

像新中国成立初期的毛泽东时代一样,如今中共中央重大文件的起草、修改、定稿工作几乎全堆在胡乔木的身上了。胡乔木的身体实在有些吃不消,除了胃病经常作怪之外,胆囊上也出现了毛病。为此,担心他体力不支的陈云,曾在一天之内连续三次亲自打电话给他,催他立即离京休息。而他自己也实在感到"精力疲惫,一到晚间几乎只想睡觉,虽明知中央工作人手很缺","仍不得不决心"离京休息20天左右,为的是"暂时少做些工作,以后还可以多做些工作"。就这样,他在抓紧修改好赵紫阳《政府工作报告》第一稿后,就向中央书记处请假了。

在1981年1月25日去杭州休息前的两三天,胡乔木抓紧写了两封信。

一封是1981年1月22日写给赵紫阳、万里和姚依林的,谈的是经济调整问题。胡乔木认为应该"继续考虑下届中央全会需要有关当前经济政策、物价政策一类问题的文件发表"。他在信中陈述了两大理由:一是"三中全会以来的历届中央全会都未讨论经济问题,这与三中全会今后以经济建设为中心的矛盾无法解决。不但在预定的六中全会上没有,即预定的七中全会上也没有。这很难使人民相信党中央已经把工作中心转到经济建设上来(一直是讨论政治问题组织问题),甚至会认为新的中央对经济仍然没有办法。只讲调整不能解决这个问题,在某种范围内还会加重这个问题"。其实,胡乔木在1980年12月11日写给邓小平的信中已经讲过这个问题。第二个理由是:"调整带来的问题以及例如物价这样关系到家家户户的问题,人民是迫切关心和担心的,如中央对这些问题不拿出比较系统的政策或解决办法,则会使人民感到党没有想到人民所想,急人民所急。"胡乔木直言:"这不是光做文章所能解决的。我对于这些问题没有研究,没有发言权,但因是关系党的威信的大事,虽情况可能不可行,谨仍提出请考虑。"

另一封信是在1981年1月24日写给邓小平、陈云、胡耀邦和彭真的。当时,由胡乔木主持起草的《维护社会安定、保障经济调整暂行条例》稿,在书记处会议上没有通过,而决定改为拟定结社法、出版法。胡乔木听说后,非常不安。他说:"维护安定团结的条例不是个别性的条例(如出版法、结社法有关罢工、游行等法规)所能替代的,更非已有的法令所能代替。尤其是小平同志报告中说明要把四项基本原则法律化,现在的条例已根据宪法一、二条作了明确的规定,这个问题是现在全国安定团结的中心关键,任何个别性的条例、现在的法令及其补充规定都无法代替。这样重大的问题在提出以后如果不了了之,对安定团结是否有利?对中央威信是否有利?"而对于当前几乎扩大到各中等以上城市的非法组织和非法刊物蔓延的情况,胡乔木认为:如采取制定结社法、出版法一类办法来对付,则这种法律断非短期所可拟定。如果按有关暂行条例来要求他们登记,其后果亦可能被这些反党反社会主义分子钻了空子我们还不知道。结社法、出版法一类问题最好暂时不提,先用快刀斩乱麻的办法,否则远水救不了近火,甚至养痈遗患。

对于胡乔木提出的这些问题,中共中央、国务院先后于 1981 年 2 月 20 日作出了《关于处理非法刊物非法组织和有关问题的指示》、3 月 30 日转发了国家农委《关于积极发展农村多种经营的报告》等文件。胡乔木"想人民所想,急人民所急",秉笔直言,可谓殚精竭虑,鞠躬尽瘁。在这一段时间内,胡乔木还先后参与起草和修改了邓小平的《党和国家领导制度的改革》讲话稿、《中共中央关于各级领导干部要亲自动手起草重要文件,不要一切由秘书代劳的指示》《中国共产党第十一届中央委员会第六次全体会议公报》、胡耀邦《在庆祝中国共产党成立六十周年大会上的讲话》等等,并开始了《邓小平文选》的编辑工作。

1981 年 5 月 22 日,积劳成疾的胡乔木再次住进了三〇五医院,这次因为胆囊炎,他不得不做了胆囊切除手术。邓颖超听说胡乔木生病住院的消息后,专门手书一信问候,再三谆谆嘱咐,关怀备至,令胡乔木极为感动。

在思想战线问题座谈会上,胡乔木一口气讲了三个多小时

稍稍熟悉中共历史的人都知道,从延安整风毛泽东发表《在延安文艺座谈会上的讲话》之后,文艺创作就与政治生活紧密相连。"文化大革命"不仅证实了这一点,而且表明在这种密切的关系中还可能蕴藏着千变万化。胡乔木就亲身体验过这种变化——作家遭受思想攻击,文化机构陷入混乱,文艺界已经丧失了毛泽东倡导的"百花齐放,百家争鸣"。

随着毛泽东的逝世和"四人帮"的倒台,在邓小平"解放思想""一切向前看"的大旗下,曾在"文化大革命"中遭到批判、逮捕的作家们纷纷平反,文艺创作的闸门打开了,作家和文艺作品像二月的河流,冰释解放。在四五十岁的作家打头阵之后,一大批年轻的作家崭露头角,而饥渴已久的读者也是迫不及待,创作和阅读欣欣向荣。随着 1976 年"伤痕文学"的一炮打响,各种流派的作家和作品如雨后春笋,纷纷抢占文艺高地。他们以前所未有的勇气和热情,力图沿着现代主义方向改进技巧,并在他们的作品中正视新社会生活的真正难题,既歌颂新生活,又无情地尖锐鞭挞和抨击了"文化大革命"的恶

果,写下了一大批西方学者所谓的"暴露文学"。于是泥沙俱下,文艺界自由化思潮开始泛滥,出现了一些歪曲历史现实、丑化中共和社会主义祖国的作品。而北京电影制片厂导演彭宁根据军队作家白桦创作的电影文学剧本《苦恋》拍摄的电影《太阳和人》,就成为这股思潮中的焦点。

就在《太阳和人》准备在全国上映前内部审片时,中央军委机关报《解放军报》在1981年4月20日发表了特约评论员文章《四项基本原则不容违反》,批评这部电影"否定爱国主义,对党的政策不满"。而《苦恋》作者白桦正是总政治部文化部的干部,在1979年第四次文代会上他和刘宾雁等人是发言最为大胆的代表。然而,谁也不会想到《解放军报》的这篇评论竟然引起了轩然大波,并且使文艺创作再次与政治生活紧密连接起来。而其引起的争论,在国内国外也都被认为"是对创作自由的一个考验",并引起了中共中央的高度重视。这是为什么呢?

直接原因就是国内外有些人借题发挥,歪曲了文艺批评的真相。诚如胡耀邦后来在思想战线问题座谈会上讲话时所指出的:香港的一家媒体就引用辛弃疾词句"更能消几番风雨,匆匆春又归去"作为大标题来影射中共。因为《解放军报》的文艺评论是在四月份发表的,恰好是春天。他们的意思非常明白,就是含沙射影地影射中国"还能经受几番风雨,刚刚搞了百花齐放,说春天来到了,可这个春天又归去了。然后就散布了大量带挑拨性的东西,一直延续至六七月份"。①而在国内,一些人反而热衷于批评《解放军报》的文艺评论,并写信给白桦表示同情和支持。甚至连中国作协和文联也对批评《苦恋》表示不满,其中在"文化大革命"时期度过十年牢狱生活的周扬,也以全国文联主席的身份表示支持。他强调,"文学创作的特殊性:'领导经济工作,不能违反经济规律……领导文艺工作,也应当按照艺术规律办事,否则,也会失败。'虽然周扬没有详细阐述'文艺规律',但在党性与人物典型化的紧张关系中,他打算把全部重点放在艺术创作,或者说'典型化'之上"。②

批评《苦恋》的事件很快升级。令邓小平感到不满的是,中共高层也出现了不同的声音,有的中央领导人甚至也支持这部电影的上映。于是,在中共的思想战线和实际工作中就再次出现了这样一个难题——以往是批"左"为主,现在是以什么为主?是反"左"还是反右?

---

① 《三中全会以来重要文献》(下),人民出版社1982年8月版,第839页。
② 《剑桥中华人民共和国史·中国革命内部的革命》,中国社会科学出版社1998年7月版,第643页。

这是邓小平时代第一次对文艺问题进行干预。尽管人们从一开始就被告知,批评《苦恋》并不是一场反对作家的运动的开端。但对《苦恋》的批判,不仅显示了文艺创作自由的限度,而且也表明了中共的两难境地:如何允许中国知识分子有相当程度的自由,而又不使这种自由打乱以至完全破坏党的意识形态结构。深受"文化大革命"之苦的邓小平不能不慎重其事。最终,邓小平采纳了黄克诚的意见:不要搞什么公式,有"左"批"左",有右批右,都要实事求是。为此,邓小平专门调来影片《太阳和人》的拷贝,认真地看了一遍。

7月17日,邓小平召集中共中央宣传部的王任重、朱穆之、周扬、曾涛、胡绩伟五人,就思想战线问题,特别是文艺问题,进行谈话。被毛泽东誉为"钢铁公司"的邓小平,说话不拐弯抹角,开门见山地指出当前文艺战线的领导工作中"存在某些简单和粗暴的倾向",而且"存在着涣散软弱的状态,对错误倾向不敢批评,而一批评有人就说是打棍子","现在我们开展批评很不容易,自我批评更不容易"。

邓小平说:"六中全会以前,总政提出了批评《苦恋》的问题。最近我看了一些材料,感到很吃惊。有个青年诗人在北京师范大学放肆地讲了一篇话。有的学生反映:党组织在学生中做了很多思想政治工作,一篇讲话就把它吹了。学校党委注意了这件事,但是没有采取措施。倒是一个女学生给校党委写了一封信,批评了我们思想战线上软弱无力的现象。""现在有些人就是这样杀气腾腾的。我们今后不搞反右派运动,但是对于各种错误倾向决不能不进行严肃批评。不仅文艺界,其他方面也有类似问题。有些人思想路线不对头,同党唱反调,作风不正派,但是有人很欣赏他们,热心他们的文章,这是不正确的。有的党员就是不讲党性,坚持搞派性。对这种人,决不能扩散他们的影响,更不能让他们当领导。现在有的人,自以为是英雄。没受到批评时还没有什么,批评了一下,欢迎的人反而更多了。这是一种很不正常的现象,一定要扭转。""当然,对待当前出现的问题,要接受过去的教训,不能搞运动。对于这些犯错误的人,每个人错误的性质如何,程度如何,如何认识,如何处理,都要有所区别,恰如其分。批评的方法要讲究,分寸要适当,不要搞围攻、搞运动。但是不做思想工作,不搞批评和自我批评一定不行。批评的武器一定不能丢。那个青年诗人在北京师范大学讲话以后,有一部分学生说,这样下去要亡国的。他和我们是站在对立的立场。《太阳和人》,就是根据剧本《苦恋》拍摄的电影,我看了一下。无论作者的动机如何,看过以后,只能使人得出这样的印象:共产党不好,社会主义制度不好。这样丑化社会主义制度,作者的党性到哪里去了呢? 有人说这部电影艺术水平比较高,但是正因为这样,它的毒害也就会更大。这样的作品和那些所谓'民主派'的言论,实际上起了近似的作用。""过去匈牙利事件和当前的波兰事件,都有复杂的社会历史原因,我们都应该从中吸取教训。教训之一就是无论如何必须坚持党的领导,必须坚持社会主义制度。党的领导和社会主义制度都需要改善,但是不能搞资产阶级自由化,搞无政府状态。""关于对《苦恋》的批评,《解放军报》现在可以不必再批评了,《文艺报》要写出质量高的好文章,对《苦恋》进行批评。你们写好了,在《文艺报》上发表,并且由《人民日报》转载。"①

也就在这一天,胡乔木致信贺敬之、王任重、朱穆之和周扬,提出"为了努力在必要范围内逐步统一文艺界的思想认识,有必要使一种刊物成为代表中宣部、文联党组、文化部党组共同意见的喉舌,经常就文艺理论问题、文艺界的工作成就和出现的某些不良倾向发表科学性的、指导性的权威性的评论"。在信中,他十分忧虑地反问道:"建国以来文艺工作指导中的失误,给我们的教训难道还不深刻和沉痛吗?我们的文艺理论工作至今没有建立起一个马克思主义的科学体系,作家艺术家对文艺批评敬而远之,这种状况难道还能够继续下去吗?"尽管工作做起来不容易,但关键问题是"要全力以赴","言之匪艰,行之维艰,不过无论如何总得开步走。列宁建党初期提出从何着手的问题,他的答案是办报。我们现在不是建党初期,但是列宁的答案仍然适用"。

其实早在 1979 年 7 月,作家李准在《人民日报》就撰文指出:文艺作品对"文化大革命"的道德败坏和经济混乱情况的描写要有节制。而《苦恋》只是这股资产阶级自由化思潮中的一个典型代表而已。邓小平再三强调:只搞批评与自我批评,不是也不能搞运动。事实上也是这么做的。受到批评的白桦仍然继续从事创作,仍然有作品在北京上演,1983 年 7 月的《北京周报》还曾突出报道过他和他的新作。这就使邓小平非常智慧地避免了重蹈毛泽东时代"文化大革命"的覆辙。

显然,邓小平 1981 年 7 月 17 日的谈话,已经既不是仅仅限于一个电影剧本的问题,也不是限于文艺工作和思想工作,而是借批判《苦恋》为契机,目的是在党的思想战线上进行一次激浊扬清的整风,它涉及了中共党内很大范围存在的一种不良精神状态,即:不敢坚持批评与自我批评传统这样一个重大的原则问题,对错误倾向斗争不力,涣散软弱。随后,邓小平的这次谈话经过胡乔木两次整理,由邓小平本人定稿后,作为中央文件在中央宣传部主持召开的

---

① 《三中全会以来重要文献》(下),人民出版社 1982 年 8 月版,第 820—824 页。

"思想战线问题座谈会"上下发,后来此文收入了《邓小平文选》。

"思想战线问题座谈会"是由中共中央书记处决定于 1981 年 8 月 3 日召开的,会议的主要议题就是贯彻邓小平《关于思想战线上的问题的谈话》。胡耀邦在第一天会议上专门作了《在思想战线问题座谈会上的讲话》。8 月 8 日,胡乔木在最后一天的会议上作了长篇总结发言。

那么,邓小平在谈话中所说的中共党内存在的错误倾向到底是什么呢?我们可以在胡乔木的讲话中找到答案,即:违反四项基本原则的社会思潮——资产阶级自由化思潮。在 20 世纪八九十年代的中国,"资产阶级自由化"是一个使用频率非常高的词汇。它的具体含义到底是什么呢?胡乔木在这个讲话中第一次作了系统阐述:"大家知道,在资本主义制度下,那里的首要的自由,就是资本家进行雇佣剥削的自由,维护资产阶级私有制的自由。这是资产阶级自由的最本质的东西,资产阶级的其他各种自由包括言论、出版、集会、结社自由,竞选自由,两党或多党轮流执政的自由等等,归根结底都是由这种自由派生出来,并为它服务的。而当前我们社会上出现的这种思潮,它的特征正是极力宣扬、鼓吹和追求资产阶级的自由,想把资产阶级的议会制、两党制、竞选制,资产阶级的言论、出版、集会、结社自由,资产阶级的个人主义和一定范围内的无政府主义,资产阶级的金钱崇拜、唯利是图的思想和行为,资产阶级的生活方式、低级趣味,资产阶级的道德标准和艺术标准,对于资本主义制度和资本主义世界的崇拜,等等,'引进'到或渗入到我国的政治、经济、社会、文化生活中来,而从原则上否认、反对和破坏中国的社会主义事业,否认、反对和破坏中国共产党对于中国的社会主义事业的领导。这种思潮的社会实质,就是自觉不自觉地要求在政治、经济、社会、文化领域摆脱社会主义的轨道和实行资产阶级的所谓自由制度。所以,我们把它称之为资产阶级自由化思潮。"[①]

胡乔木指出,反对资产阶级自由化的社会思潮与纠正党内的"左"的指导思想,二者之间既没有矛盾,也没有对立,"两者都是客观存在,都危害着我们的社会主义事业,必须进行两条战线的斗争,对哪一方面采取不承认主义或不干涉政策都不行。而且,这两条战线的斗争是相辅相成的。不反对资产阶级自由化思潮,等于给那些顽固地坚持'左'的指导思想的人们输送弹药"。他再次强调,"双百"方针的基本点就是"在学术上实行民主讨论,在艺术上实行自由竞赛,通过批评与自我批评,来发展正确和先进的东西,纠正

---

①《三中全会以来重要文献》(下),人民出版社 1982 年 8 月版,第 847—848 页。

错误和落后的东西,用真、善、美来克服假、丑、恶,来求得社会主义科学文化事业的健康前进"。他还明确指出:"正确的批评当然首先要坚持四项基本原则,这是任何领域的批评的共同基础。""至于宣传个人主义和资产阶级人道主义的作品,当然要进行批评,不管什么人反对,也要进行批评。"

这次讲话,胡乔木一口气竟然讲了三个多小时。最后在谈到文艺工作时,胡乔木说起了毛泽东《在延安文艺座谈会上的讲话》。他大胆地提出:"对毛泽东的文艺思想也要采取科学的分析态度。我们不能用'句句是真理'或者'够用一辈子'那样的态度来对待。"他实事求是地说:"这个讲话的根本精神,不但在历史上起了重大的作用,指导了抗日战争后期的解放区文学创作和建国以后的文学创作的发展,而且是我们今后任何时候都必须坚持的。"但是,"长期的实践证明,《讲话》中关于文艺从属于政治的提法,关于把文艺作品的思想内容简单地归结为作品的政治观点、政治倾向性,并把政治标准作为衡量文艺作品的第一标准的提法,关于把具有社会性的人性完全归结为人的阶级性的提法(这同他给雷经天同志的信中的提法直接矛盾),关于把反对国民党统治而来到延安,但还带有许多小资产阶级习气的作家同国民党相比较、同大地主大资产阶级相提并论的提法,这些互相关联的提法,虽然有它们产生的一定的历史原因,但究竟是不确切的,并且对于建国以来的文艺的发展产生了不利的影响。这种不利的影响,集中表现在他对于文艺工作者经常发动一种急风暴雨式的群众性批判上,以及 1963 年、1964 年关于文艺工作的两个指示上。这两个事实,也是后来他发动'文化大革命'的远因和近因之一。应该承认,毛泽东同志对当代的作家、艺术家以及一般知识分子缺少充分的理解和应有的信任,以至在长时间内对他们采取了不正确的态度和政策,错误地把他们看成是资产阶级的一部分,后来甚至看成是'黑线人物'或'牛鬼蛇神',使林彪、江青反革命集团得以利用这种观点对他们进行了残酷的迫害。这个沉痛的教训我们必须永远牢记。"①

胡乔木的话可谓语重心长。

1982 年 6 月,中国文联四届二次全委会在北京召开。当时,胡乔木积极主张、大力宣传用"文艺为人民服务,为社会主义服务"的新口号来代替"文艺为政治服务"的旧口号,不再用"文艺从属于政治"这样的提法。中共中央同意胡乔木的意见。中共中央究竟出于什么原因要修改这个提法?是一种权宜之计,还是从根本的理论和实际上的考虑?与会人员对中央在文艺与政治的关系问题上的改

---

① 《三中全会以来重要文献》(下),人民出版社 1982 年 8 月版,第 882—884 页。

变有很强烈的意见。本来不想参加这个会议的胡乔木，从会议简报上了解这个情况后，感到这个问题提出来跟他有点关系，觉得有一种政治上的责任需要他把这个问题谈一谈。于是胡乔木就在6月25日这天的招待会上发表了《关于文艺与政治关系的几点意见》的讲话，自称"这也可以说是政治为文艺服务吧"！

在这次大会上，与会人员每人都收到了列宁著作《党的组织和党的出版物》的新译文和由中共中央编译局列宁斯大林著作编译室写的一篇《〈党的组织和党的出版物〉的中译文为什么需要修改？》。胡乔木再次强调过去把列宁的这篇著作翻译成《党的组织和党的文学》是翻译错了的，而Literature这个词并不是在任何时候都应该翻译成"文学"，在这篇著作中应该翻译为"出版物"，这是一个科学的问题，是一个语言学的问题，也是一个历史学的问题。胡乔木说："我们要忠实于政治，我们更要忠实于科学。我们不能让科学来服从政治，那样，科学就不成其为科学了，政治也就不成其为科学的政治了。我们的政治要服从于科学。我们党犯了错误，就要实事求是地自我批评，虽然这种自我批评有时也会带来种种争论，甚至带来消极的副作用，可是我们党有这种勇气，我们党忠实于科学，忠实于历史。……勇敢的、科学的、恰如其分的自我批评，正是推动我们事业前进的巨大的积极力量"。胡乔木指出Literature这个词在《列宁全集》里翻译成"书刊"，并不是"文学"。而毛泽东《在延安文艺座谈会上的讲话》沿用的是过去《解放日报》上的旧译。"这个误解毛泽东同志不能承担责任，文章是博古同志翻译的。改正一个错误，这根本不应当成为一个问题。"

有人提出："文学怎么能够不是党的文学？"胡乔木说：文学艺术是一种广泛的社会文化现象，不能把它说成是党的附属物，是党的"齿轮和螺丝钉"。文学的党性是一个特定的概念，不是可以随便使用或广泛使用的，它和一个文学家、艺术家中的共产党员的党性，是两个不同性质的问题。胡乔木认为文学的党性同文学的倾向性是一个性质，但是比倾向性更自觉，更鲜明，更强烈。有人提出，"文艺为人民服务，为社会主义服务"不就是"为政治服务"吗？只是换一个新口号罢了。胡乔木指出，这两个口号"根本的不同在于新口号比旧口号在表达我们的文艺服务的目的方面，来得更直接，给我们的文艺开辟的服务途径，更加宽广"。全心全意为人民服务，是毛泽东思想的一个基本点。新口号的提法比旧口号更本质。他说："为政治服务"，政治本身不是目的，政治是达到我们目的的一种手段。政治的目的是人民的利益。

最后，胡乔木深情地说："我这个人，说实在的，只会为政治服务，我一辈子就是为政治服务。但是我知道，我为政治服务，就是要为人民服务。而且，愈是为政治服务，我就愈感觉到政治不是目的，政治如果离开了人民的利益,离开了为社会主义、共产主义的目的,就要犯错误。今天我们最重要的政治,就是要集中力量建设高度的物质文明,建设高度的社会主义精神文明,改善人民的物质生活和文化生活。为政治服务,就不得不为人民生活的各种需要服务。政治也不得不为经济服务,不得不为教育服务,不得不为文化服务,其中也包括为文学艺术服务,还要为很多很多的东西服务。各种各样的人民利益,各种各样的人民需要,都要去服务。"胡乔木说得多好啊! 可谓赤胆忠心。它就像一面镜子,值得每一个共产党的干部拿来好好地照一照自己,思考一下该如何全心全意地用政治来为人民服务。

晚年,胡乔木在写作《回忆毛泽东》时,专门就"文艺与政治"指出:

一是文艺和生活的关系,二是文艺与人民的关系。在这两个问题上,《讲话》的观点是不可动摇的。其他的具体提法,相形之下,都是次要的。钱锺书《宋诗选注》序言中引用毛主席的话,强调的就是这两点,可见是大家公认的。生活是文艺的唯一源泉,其他都是流,所以作家要深入生活。文艺要诉之于读者,读者基本上是人民。文艺如果没有读者,就是没有对象。这两点可稍许发挥,但也不要说多。比较起来,这些道理是颠扑不破的。

关于文艺从属于政治的问题,讲话有它的局限性。这个问题不仅仅是属于讲话本身的问题。列宁的《党的组织和党的文学》讲了一个齿轮和螺丝钉的比喻。当时《解放日报》登的这篇文章,是博古翻译的。Literature,很容易译成文学,但 Literature 的意义很多,我反复看原文,认为不能译成文学。齿轮和螺丝钉不是指文学,是很明显的。我在一九八一年(应为一九八二年——引者注)有一次讲话,着重讲了这个问题。

文学服从于政治这种话是不通的。古往今来的文学都服从于政治,哪有这回事?恐怕绝大多数的作家根本不承认这样的事。你说托尔斯泰为政治服务?他绝不会承认。他有他的政治观点,这是一回事,但他写《战争与和平》绝不是为政治服务。写《安娜·卡列尼娜》是为政治服务?也不是。例子多了。莎士比亚为政治服务?他哪一部著作是为政治服务?你说《奥赛罗》是为政治服务?《罗密欧与朱丽叶》是为政治服务?根本讲不通的话。

文学是一种广泛的社会文化现象。它跟阶级、政治的现象有些关系,但关系不是那么直接。有时关系多点,如反法西斯战争前兴起的反法西斯运动中,世界文学几乎出现一种反法西斯潮流。当时作家有一种信念,反对法西斯就是维护人类的正义、和平、文明。法西斯没有文明,作家要维护文明。但也不能说那时的作品都是反法西斯的。有那么一些作家比较积极。比较出名的一个大作家,是德国的托马斯·曼。他在法西斯上台后积极反法西斯,但他出名比较早,那时的作品没有什么政治倾向,是描写一种社会生活。其他的作家,如巴比塞,政治倾向比较明显,但这也是后来发展起来的,并不是一开始就有一种政治倾向。如左拉,反对德雷夫斯案件非常积极,非常坚决,甚至流亡到英国去,因为在法国呆不住了。左拉的作品虽然也涉及到一些政治问题,但一般地不能说是为政治服务的。可举出的例子太多了。中国最著名的《红楼梦》也不能说为政治服务。文学服从于政治的说法,一方面是把文学的地位降低了,好像它一定要服从于某个与它关系不多的东西;另方面把文学的范围不可避免地缩小了,好像作品不讲政治的作家就是没有政治倾向(这种作家很多),就不觉悟、落后,他的作品就不是文学。这样一来,好些事就讲不清楚了。

因为将列宁的文章中的话翻译错了,影响到认为文学是齿轮和螺丝钉,作家也是齿轮和螺丝钉。毛主席不能对翻译负责,但文学服从于政治这种讲法,是一个很深的印痕。《讲话》对作家的要求有的地方过于苛刻,把作家脱离群众跟国民党脱离群众说得差不多,这是不妥当的。这些说法对于我们文艺工作的发展产生了不利的影响。

文学艺术是一种社会文化现象,是一种范围非常广泛的社会文化现象。教育的范围也很广泛,不可避免地要在什么范围内服从政治,但不能说教育范围内的所有问题都要服从政治。比如教外语,怎么说服从政治?这是根本不通的话。以前就出现过这样的现象,把外语教学都政治化了。斯大林在《马克思主义与语言学问题》中讲过,语言是社会现象,并不是意识形态。说文学是意识形态,只是就一个方面,即就文学艺术观点而言,不能说整个文学艺术是意识形态。这里有很多复杂的问题。历史唯物主义是一门很复杂的科学,绝不是简单的公式就可以解决问题的。

座谈会讲话正式发表不久,毛主席跟我讲,郭沫若和茅盾发表意见了,郭说"凡事有经有权"。这话是毛主席直接跟我讲的,他对"有经有权"的说法很欣赏,觉得得到了知音。郭沫若的意思是说文艺本身"有经有权",当然可以引申一下,说讲话本身也是有经常的道理和权宜之计的。比如毛主席讲普及与提高的关系问题时,说作家艺术家要收集老百姓写的什么黑板报、什么歌谣、画的简单的画,帮助修改,音乐也是要帮,这样的事是不可能经常做的。照这样讲,郭沫若成天收集小学、中学、大学学生和社会上各种人的东西,这怎么可能?这样,作家就作不成了。作家也不可能把什么人的东西都拿来修改,再在这个基础上提高。

艾青写《秧歌剧的形式》，这从某种意义上可以说是体现了普及与提高的关系，但艾青绝不可能经常去具体指导某个秧歌队，修改歌词。

这里面有一个环境问题。当时是一种战争环境，特别是农村环境。在当时那种环境下，毛主席很反对鲁艺的文学课一讲就是契诃夫的小说，也许还有莫泊桑的小说。他对这种做法很不满意。但讲文学、讲写作，又必须有一些典型作品教育学生。毛主席力图找到一个途径，解决普及和提高问题。解放后编《毛选》时，我提出，普及与提高，对有些作品不那么适用，比如说音乐，欣赏音乐当然也要有一定水平，但很难说哪一作品是一年级的音乐，哪一作品是二年级的音乐。绘画，也可以有这样的作品，人人都能欣赏。比如《蒙娜丽莎》这样的作品，不一定要学过多少美术，都可以欣赏，觉得很美。这种例子很多。当时毛主席说，如果没有普及和提高的分别，就没有教育了。教育就是由没有受过教育，然后受教育，一年一年提高的。因此，还是原话不动，没有改。现在可以想到，文艺座谈会讲话的背景，就是战争环境，农村环境，如果离开这样的环境看问题，把讲话绝对化，那是非历史的态度。

讲话提出文艺的源泉是生活，这话是完全正确的，什么时候都适用。从文学史上看，所有大作家对生活都得观察、研究。作家必须深入生活，深入群众，与群众相结合，但怎么结合法，要看历史和个人条件的不同。有些作家可以下乡、下厂、下部队，但不可能所有的作家都下去。解放后毛主席有一次讲话，说如果不能下马观花，走马观花也好，也可以，这已经考虑到各种实际情况的不同，说明他的思想是发展的。对有些人，让他同工农兵同吃同住同劳动是不可能的。这种要求，对很多文化工作者、科学工作者是很难做到的。大学教授也很难做到，他要备课、讲课。像这样的要求，要看是在什么条件下、对什么人提出的。延安的情况，恰好比较适合。在延安，作专门研究很困难，缺乏这个条件。鲁艺有一位钢琴家就很苦恼，因为他没有用武之地。傅聪讲过这样的话：文艺工作者都去参加劳动，我的手如果劳动两个月，就不能弹钢琴了。少奇同志说这话有道理。确实不能要求所有的人都去参加体力劳动。

与时俱进的胡乔木，以其真诚的理论勇气和政治责任，提出对待"讲话"不能搞"句句是真理""句句照办"那一套，彻底地检讨了毛泽东文艺思想中的"左"倾观念，不仅正确扭转了新时期中国文艺事业的发展方向，而且真正改观了文艺事业的面貌，也赢得了中国文艺界的尊重。

因为胆囊切除后,胡乔木身体极为虚弱,一劳累就发轻度的心脏病和神经系统的老毛病,他不得不再次请假休养。在 1981 年 8 月 8 日思想战线问题座谈会结束后,胡乔木到江苏南京、苏州等地疗养休息,后来又因为感冒直至 12 月 8 日才回到北京。其间,自参加革命以来阔别故乡四十多年的胡乔木本想回故乡盐城走一走看一看的,但因身体原因没能实现这个愿望。这个时候,瘦弱的胡乔木又全身心地投入到主持中共十二大报告、党章和宪法等重大文件、文献的起草、修改工作中。

追求民主,关注民生,正道直行的胡乔木敢说"不"

　　人生七十古来稀。1982 年,胡乔木已经进入了古稀之年。这一年,对胡乔木来说,他的政治生涯走向了巅峰。在 9 月召开的中共十二大上,胡乔木再次当选为中央委员,并在十二届一中全会上当选为中央政治局委员。

　　70 岁的胡乔木看上去是一位笑眯眯的、说话轻声细语的瘦老头,但他却一刻也没有停止过思考。如果说 1979 年起草叶剑英《在建国三十周年庆祝大会上的讲话》,是揭开了全面拨乱反正的序幕的话,那么由胡乔木 1981 年主持起草的《关于建国以来党的若干历史问题的决议》,则是一次清算过去、展望未来、分清是非功过、统一全党思想的巨大工程。而到了 1982 年,胡乔木主持起草的中共十二大政治报告《全面开创社会主义现代化建设的新局面》和修改中共党章,就是在这个基础上对新时期社会主义现代化建设的设计和规划。这些中共历史上具有里程碑意义的文件,都是在中共中央集体领导下,有专门的写作班组撰写,且经过上上下下甚至几千人的反复讨论,才最终完成的。这些文件的核心思想是以邓小平同志为核心的中共中央初步提出和逐步丰富的建设有中国特色社会主义的许多观点、方针、政策,但毋庸置疑的是,它们都是在胡乔木的主持起草修改下才诞生的。

　　人老,心不老。对党、国家、民族和人民,胡乔木始终怀着赤胆忠心。作为学贯中西的革命理论家,古稀之年的胡乔木思想依然异常活跃,天马行空、与时俱进,依然孜孜不倦地阅读、汲取中外思想理论方面的新情况、新观点、新理论,尤其对马克思主义理论、国际共产主义运动的历史和现状,有着渊博的知识和深刻的理解,而对中共的历史那更是了如指掌了。时任中共中央宣传部理论局局长的卢之超,对胡乔木的这种印象非常深刻,对胡乔木依靠自己的知识,特别在内部敞开思想研究问题的时候,常常提出一些使人们意想不到的问题和议论,感到非常惊讶,而且"极具启发性,一下子使你的思想豁然开朗"。他说:"比如曾经讨论到毛泽东发动'文化大革命'是基于一种空想,即使失败了,国外一些左派至今仍怀念这些追求平等的空想。这时他谈到马克思在《哥达纲领批判》里所提的'资产阶级法权',认为那是马克思没有经过充分论证、顺便提到的,这给后来的误解、曲解等等留下了很大的隐患;列宁在《国家与革命》里也有类似的观点,如'没有资产阶级的资产阶级国家'。今天我们无论如何再不能教条地对待了。又如,谈到'文革'中对毛泽东的个人崇拜和毛的独断专行时,他认为,自从马克思主义成为主义、成为共产党的指导思想,就有被教条化的危险;尽管马克思、列宁很注意民主,共产主义运动、特别是第三国际仍有很大的消极面,对领袖和群众关系、民主和集中关系等问题,列宁、斯大林直至毛泽东,无论理论上、制度上都没有很好解决。"[1]

在民主集中这个问题上,胡乔木对毛泽东从遵守党内民主制度到越来越独断专行的过程,有着自己的实事求是的独特见解。他认为:"1957年整风'反右',有些事还是中央领导范围内集体讨论决定的,有些事如南巡时突然提倡'大鸣大放',就没有经过集体决定。1958年南宁会议开始,批'反冒进'口号,批周恩来、陈云,越来越专断,把自己置于中央领导集体之上,许多事都不经过政治局。"那时,每次政治局召开会议,大多是等所有与会人员到齐之后,毛泽东才从里面一个房间里走出来,坐下讲一通意见之后,就又回去做自己的事情去了,大家于是讨论毛泽东的指示。而从此以后,中央政治局会议就再也没有因意见不同、大家举手表决、少数服从多数这种做法了,都是毛泽东总结说了算。[2]胡乔木起草《历史决议》等文件的时候,就常常和起草小组成员一起,分析中共工作发生错误的历史和现实原因,讨论党内民主制度和社会主义民主制度必须健全的问题。而且,胡乔木自己也努力地身体力行。

任何一项政治斗争首先都是一种思想的斗争。作为一个理论主义者,胡乔木在每一项重大文献、文件的起草过程中,始终坚持民主精神,在起草小组成员内部营造一种宽松民主自由的氛围,无话不可说,有话就直说。胡乔木提倡大家要敢于提出不同意见,敢于说"不"!说得对,鼓掌叫好;说得不对,当然要直言批评。而胡乔木的这个特点,在毛泽东时代就是出了名的。他是毛泽东身边少有的几个敢于向毛直言自己不同意见,甚至相当固执地坚

---

[1] [2] 卢之超:《回忆胡乔木》,见《我所知道的胡乔木》,当代中国出版社1997年5月版,第162、164—165页。

持自己的意见的人。卢之超回忆说："在乔木的带动下,起草小组内部讨论、议论问题充满了自由思考的气氛。为了弄清真理,什么问题都可以提出,什么意见都可以谈。思想十分敞开,心情十分舒畅。当时有人指责乔木思想解放过了头,讲话多变,不慎重。实际上,他那样做是有条件的,就是内外有别。内部纯粹是为了研讨,今天说的不全面,明天可以推翻重说;并且一开始就宣布纪律,不能把讨论中的看法拿到外面去张扬。有的同志把内部的议论、起草中的半成品当作自己的见解拿到外面去演讲,曾受到他严厉批评。"①

历史唯物主义和辩证唯物主义告诉我们,从实际出发,实践是检验真理的唯一标准。作为中共意识形态的领导人,一个以"笔"来报效祖国和人民的人,胡乔木每每在重大文献的起草或修改的时候,都强调不仅历史要分析,而且要周密考虑现实的情况和需要。比如:在起草《历史决议》的时候,为什么把"文化大革命"称为一场"内乱",而不是用阶级斗争去分析(包括林彪、"四人帮"的斗争),仅这个问题,胡乔木在讨论中就引古论今,作了反复、多方面的思考和长篇有说服力的论述。为了否定"无产阶级专政下继续革命"的理论判断,在起草叶剑英国庆30周年讲话的过程中研究民主与专政、民主与法制和反官僚主义问题时,胡乔木提出了"革命和改良的关系问题,说人民夺取了政权,建立了社会主义制度,虽有许多不完善、许多不适应,如缺乏民主、官僚主义等,但不能因此就踢开重来,另起炉灶,只能有秩序地逐步改良。政治制度、经济制度的问题都是这样。由此又谈到列宁关于改良在夺取政权前后不同作用的观点。这实际上在严格意义或本来意义上划清了革命和改良的界限。后来讨论《决议》,又把革命的原义(夺取政权和改变旧的社会制度)和转义区别开来,说我们否定了无产阶级专政下的继续革命,但仍然要十分注意在新的条件下发扬革命精神"。与以前思想上天马行空的特点不同,这里胡乔木又脚踏实地,严肃严谨,一个论断、一句话甚至一个用词都考虑是否符合实际,社会效果如何。有人因此就说胡乔木"保守"。但这却让我们看到了或者懂得了什么叫从实际出发,实事求是。②

1982年,胡乔木主持了新中国历史上的第三次修宪工作。这次修宪是新中国历史上制定的第四部宪法,尤其在加强人民民主方面,迈出了历史性的进步。此前的三部宪法分别是1954年、1975年和1978年的宪法。其中,1954年的宪法比较完善,而1975年和1978年的两部宪法因为限于当时的历史条件,出现了倒退。中共十二大即将召开,毛泽东时代的结束和邓小平时代

①② 卢之超:《回忆胡乔木》,见《我所知道的胡乔木》,当代中国出版社1997年5月版,第162—164页。

的崛起,使修宪成为历史的必然。修宪的起步工作是从1980年底开始的,中共中央决定由叶剑英担任主任委员、彭真为副主任委员,胡乔木担任修宪委员会秘书长主持起草和修改工作。1982年2月27日,胡乔木在宪法修改委员会第二次全体会议上发表讲话,对宪法修改草案的讨论稿作了说明。他说:这次宪法修改草案,一是加强了人民民主,也就加强了人民民主为基础的人民民主专政、民主集中制;二是扩大了人大常委的权力,也扩大了国务院的职权;三是宪法恢复了国家主席的设置。杨尚昆回忆说:"乔木善于领会和贯彻小平同志和陈云等同志的指示,也善于吸收和概括大家的意见。他研究问题非常深入细致,修改宪法时为了加强人民民主,尊重人民权利,把人民的权利和义务从第三章提前到第二章,在他的指导下,对世界上111个国家现行宪法关于公民权利义务的结构安排作了调查统计。"①

其实,胡乔木对人民民主权利和义务的关注由来已久。1981年农村的社会治安出现了一些不良现象,比如:四川达县发生了一起利用封建迷信造谣、称帝、奸淫、杀幼的特大案件;辽宁的一些地方也出现了赌博风。胡乔木看到这些材料后,感到"其严重性在于发生这类现象地方的农村社会政治文化状况已经或几乎倒退到解放前的黑暗落后状况,非切实大力扭转不可"。于是他在1982年1月10日致信邓小平、陈云并转胡耀邦和赵紫阳,提出必须整顿党的组织和作风,并建议中央下两条决心:

> 一、在今年内有准备、有计划、有步骤地在全国农村普遍恢复乡政府、恢复村长(人民公社、生产大队、生产队仍作为经济组织不变),并普遍在乡级设立派出所。如把乡政府设在公社一级,据安徽凤阳县试点经验,脱产干部比目前还可减少。这当然是一项繁重工作,但不解决不行,故建议中央为此早日作一正式决定发给全党,在适当时机并可由人大常委作出公开决定。……

> 二、必须坚持在农村实行义务教育,学龄儿童入小学,不许中途退学,成年农民入冬学。社会主义、合作制、精神文明都必须建立在一定文化教育的基础上,这是马列主义的一项基本原理,决不能幻想在愚昧、落后、文盲众多甚至日益众多的条件下实现四个现代化。②

---

① 杨尚昆:《我所知道的胡乔木》,见《我所知道的胡乔木》,当代中国出版社1997年5月版,第7页。
② 《胡乔木书信集》,人民出版社2002年5月版,第403—404页。

对于胡乔木的建议，邓小平在第二天就立即批示："我赞成乔木同志的意见，如何实行，请书记处、国务院拟定。"陈云也在第二天就批示："我赞成乔木同志意见，尤其是第二个问题。"随后，邓小平、陈云的批语和胡乔木的信等一起作为中央书记处会议讨论文件印发。

胡乔木的第一个建议很快就变成了事实——在1982年11月26日至12月10日召开的五届全国人大五次会议上通过的第四部宪法，规定改变人民公社体制，设立乡政府。就像陈云批语所讲的"尤其是第二个问题"——农村实行义务教育问题，更是百年大计。在信中，他秉笔直言，向中央大声疾呼：

> 在农村普及教育，诚然困难很多，这正如计划生育一样，虽困难也不能在原则上动摇。中国今天在经济文化方面诚然落后，但是决不比明治维新时期的日本(日本是一个人多山多、大部分地区原来很偏僻闭塞的国家)还落后，为什么日本天皇在一百多年前能做到的事，我们中国共产党在一百年后和执政三十多年后却不能做到？解放初期至六十年代前期诚然也没有真正实现普及教育，但是坚持了这一方针，还是比解放前取得了巨大的进展，今天在广大农村逐渐走向富庶的条件下为什么反而放弃和批评这个自清末以来一直为全国所公认的口号呢？真正在中国这样一个大国实现普及教育，当然需要经过一段时间，一些步骤，在特别落后地区要变通，但是首先必须无条件地毫不动摇地确定决心、目的和原则，在这个前提下，我们才能稳步前进，否则就会陷入混乱，为今后的进步造成困难。在这个带有根本性的问题上，也请求中央和国务院早日作出正式的书面的决定并发给全党。①

在1982年修改的宪法中，胡乔木主持起草时专门在第四十五条规定了"中华人民共和国公民有受教育的权利和义务"。他说："受教育是一种权利，也是一种义务。照这个规定，不仅仅限于儿童，而且成人都有受教育的权利和义务。"他认为，这个条文跟这次修宪规定"公民不仅有劳动的权利也有劳动的义务"存在着同样的问题，关键就是是否能够实现。的确，那个年代在中国实行真正的义务教育是不可能的。但为什么《宪法》还要作这种规定呢？胡乔木认为："第一，这是国家的根本规定，如果我们暂时在有些地方没有能够做到，那么我们应该努力去做。不能因为这样，宪法就不做这种规定。只要国家

---

① 《胡乔木书信集》，人民出版社2002年5月版，第405页。

认真负起这方面的责任来,那么是应该做到而且能够做到的。"尽管这个问题直到 2007 年才由胡锦涛、温家宝这一届政府全面解决,实现了农村小学教育真正的"义务教育",但胡乔木在那个年代就敢于提出这关乎民族素质提高的根本大计,可见其高瞻远瞩。

与此同时,胡乔木还担纲《中国共产党章程》的修改工作,为即将召开的中共十二大做好准备工作。和修改宪法一样,胡乔木在党章的修改中,一方面强调要理直气壮地坚持四项基本原则,并遵照科学社会主义学说,用比较概括的语言规定了中共党的基本纲领、目标以及怎样实现目标,并确定"为实现共产主义而奋斗"作为中共的最高理想;另一方面也强调了党员的权利和义务,把权利和义务不仅写得更加充分,而且更加合理。这是中共历史上的第 12 部党章。

应该说,最早从理论上指出和澄清关于阶级斗争的一些错误做法,并论证中共中央中心工作应该向经济转移的中共高层官员,就是胡乔木。因此他也成为解放思想、实现工作重点转移和改革开放的热情鼓吹者和倡导者之一。胡乔木不是一个空想家,而是一个具有战略思维的理论家和实践家,深谋远虑,高瞻远瞩。"他最早预见到随着经济建设和改革开放的发展,政治上思想上将带来越来越大的消极面。1980 年讨论《决议》时他说,越加强企业自主权,越要防止贪污盗窃等现象发展。企业权大了,肯定会出现比现在多得多的问题,什么罪都可能犯,甚至是合法名义下犯。国际贸易多了,走私等犯罪现象也必然要增多,现在就有一些高干子弟内外勾结搞走私。任何东西都会有自己的影子,新政策下肯定会出现许多新问题,许多阴暗面。这样就必然有斗争。这类忧虑和警告,他谈过多次。后来他甚至说,毛主席发动'文化大革命',大喊'狼来了',完全是无中生有;将来可能真的'狼来了',人们反而不注意、不相信了。"而 1982 年对胡乔木来说,更为艰巨的任务莫过于起草中共十二大报告了。在胡乔木身边有过四年亲身工作经历的卢之超在 1997 年春节回忆起这些往事时,深情地写道:

> 到了 1982 年起草十二大报告,为了社会主义全面健康的发展,乔木用了很多时间和精力考虑社会主义的政治文化和精神文明,同我们作了系统的极富哲理的交谈,引证理论和历史,以长远的历史的眼光和很深的道理讲社会主义精神文明的重要性。他说,建设社会主义不仅要有物质目的,而且要有精神目的。发展经济和实行按劳分配(那时还未考虑市场经济)当然是最重要的,但社会主义不限于经济运动,社会主义关

系不限于经济关系。社会生活当然离不开物质生活，但不仅仅是物质生活。动物才仅仅是物质生活。马克思说，人只有在维持自己生活的劳动以外，才开始真正的人的生活，才有高度的自由。世界上所有的大科学家、探险家、革命家等等，都不只是为了个人的物质利益和报酬，才做出那些贡献的。任何推动社会进步的力量都离不开不计报酬的奉献精神，社会主义更应当如此。在日常生活中，一般人可以只讲物质利益、按劳取酬等等，但先进分子必然不只是这样，所以我们要扩大先进分子队伍。而在特别的情况下，在紧张的斗争中，如长征、抗战以及日常的抗洪救灾等斗争中，许多人甚至全体成员都可以表现出这种无私奉献的精神。社会主义的概念最早是作为伦理学概念提出来的，与个人主义相对立的。如果社会主义不确立个人服从社会的原则，那么这种社会主义就是跛足的；如果把社会主义关系仅仅限于生产关系，社会主义任务又仅仅看成发展生产力，那么这种社会主义就会变得非常简陋而低级，同福利国家差不多。现在就有这种情况，工农兵学商，一起来经商，大家都围着钱转，这就会分泌出一种腐化自己的毒素，社会主义就要蜕化。他又说：四个现代化是从物质生产力、科学技术方面说的，是与资本主义共同的、可比较的。唯有社会主义精神文明不一样，它有强烈的社会主义特点。科学教育文化是社会主义精神文明的前提，但任何现代化都要有发达的科学教育文化，所以它本身并不是社会主义精神文明的本质特点。他还说，社会主义精神文明也不能仅仅说成是道德问题。首先应该是社会主义思想，在这个基础上才有社会主义道德。而社会主义思想、理想，最根本的是个人利益与社会利益的一致性，个人利益服从社会利益。因为社会主义社会关系的根本要求就是实现人与人之间的互相尊重、人与人的平等，每个人认识与实行对社会的义务。社会保障人，人要保障社会。经济上如此，政治上文化上也如此。这样的社会主义才能不断地前进。他的这些思考，后来被凝结在为全党通过的十二大报告的第三部分即有关社会主义精神文明建设的部分。特别是其中这样一段话："如果忽视在共产主义思想指导下在全社会建设社会主义精神文明这个伟大任务，人们对社会主义的理解就会陷入片面性，就会使人们的注意力仅仅限于物质文明的建设，甚至仅仅限于物质利益的追求。那样，我们的现代化建设就不能保证社会主义的方向，我们的社会主义社会就会失去理想和目标，失去精神的动力和战斗的意志，就不能抵制各种腐化因素的侵袭，甚至会走上畸形发展和变质的邪路。"想当年，在乔木这样说和这样写的时候，社会上才刚刚开始出现一些阴暗面。今天，我国的经济是大大地向前发展了，人民的生活水平也大大提高了。但不可否认的是，精神文明建设没有与物质文明同步。面对相当严重地存在的理想失落、道德沦丧、腐败蔓延、人欲横流的社会现实，我在这里回忆15年前乔木的深谋远虑，大段地、几乎原封不动地摘引他同我们谈话记录的片断和十二大报告的一段论述，不仅为了说明乔木在理论上的深刻性和预见性，而且想说明，尽管他的这些思想后来不断被境内外右派们攻击为"左"的思想，但15年的历史事实证明了而且仍在证明着他的分析。他的预言在不少方面不幸而言中。①

就在中共十二大报告起草讨论过程中，胡乔木和胡耀邦发生了激烈的争论。这到底是怎么回事呢？原来，在1981年《政府工作报告》中，中共中央确立了经济建设的十条方针，积极稳妥地改革经济体制。但在经济发展速度和效益的问题上，胡耀邦主张把速度放在第一位，想"在这几年多干点事，多承担点责任，以便为下面接班的人少留点包袱"，所以才希望高速、快上。但这种急于求成的观点和胡乔木主持起草的十二大报告出现了分歧。胡耀邦几次坚持要写上他的主张，胡乔木则坚持这个报告应该与中央的经济发展方针包括赵紫阳《政府工作报告》中的十条方针相衔接，实行稳步前进的政策。这样一来，在报告起草的讨论会上，胡耀邦就批评胡乔木："你们的报告是以效益压速度。"胡乔木就再三声辩，最后急了，说："这不是你个人的讲话，这是代表中央向党的代表大会作报告，如果你一定要写，我得请示小平、陈云等中央其他同志。"听胡乔木这么一说，胡耀邦这才冷静下来，说："不要急，我们好好商量。"②

看着中央书记处书记胡乔木和总书记胡耀邦之间发生如此争吵，参加讨论的报告起草小组成员们都十分震惊。但他们同时也为十一届三中全会以来中共高层有这样的民主空气感到高兴。与会的卢之超说："老早就听说，在毛主席身边，就是乔木敢于直说自己的不同意见，甚至相当坚持自己的意见。……这是我第一次也是唯一一次见到中央领导同志在开会时如此尖锐、坦诚地讨论和争论问题，以后再也没有遇到过。乔木的正道直行，也表现了他的书生气。在三中全会以后一个短暂的时间里还可以，终究是他以后与上下左右发生诸多矛盾，招惹诸多议论的重要原因。"③胡乔木就是这样一个敢

---

① ② ③ 卢之超：《回忆胡乔木》，见《我所知道的胡乔木》，当代中国出版社1997年5月版，第166—168、165页。

于说真话并善于听真话的人。他重视和追求民主，但他更敢于坚持真理。而这又岂是简简单单地用"书生气"这三个字所能形容和概括的呢？这正是一个中国共产党党员的品格所在，一个大写的人的品质所在。

早在1980年1月3日，胡乔木还就提高工作效率，致信邓小平说："克服官僚主义，我想还得大力改变我们目前的会议制度。会议不能事前无准备(无文件)等，不能离题漫谈，不能无限制地讨论，不能不作出明确决定。各种不同的会议需要的时间当然不同，但一般的工作会议最好不超过一小时，其他的会议时间也需要作出限制。否则就很难实现现代化。世界上可能没有另外一个国家像中国这样沉迷在无数冗长的会议中。这个问题改变起来当然很不容易，但是非解决不可。建议中央能够对这个问题在经过充分调查研究以后通过一个决定。"[①]

"中共中央第一支笔"胡乔木，在很多人眼里是一个马列主义理论大家，但很少有人知道他其实也是一个具有远见卓识的管理家，对党、国家、民族和人民前途的思考和忧虑，始终像一片挥之不去的云彩笼罩在他的心头。无论是在毛泽东时代还是在邓小平时代，胡乔木思维活跃，在文件起草和写作中总是既能把毛泽东、邓小平的思想和理论表达得更完整、更全面、更深入，有时还写出了毛、邓自己也没有想到的问题，因此深得毛和邓的重用。既没有争权夺利的欲望，也从不挑弄是非、以公谋私。在世俗的人际关系和官场上，胡乔木一窍不通，不谙"潜规则"，不会权术。就像邓力群所说的："乔木同志确实忧国忧民，忧得很深。这也许跟人的性格有关系。几十年来，我没有看到他放声大笑过。人们都高兴的时候，他往往又为未来什么事忧虑起来了，考虑着下一步要做什么，该怎么做。真是难得。"

"人道主义和异化问题"的冤怨演绎成胡乔木和周扬的情义悲剧

1983年3月18日，是马克思逝世100周年纪念日。中共中央决定召开一个纪念大会，总书记胡耀邦作讲演。此外，中共中央宣传部决定由中国社会科学院和中央党校等单位联合举办一个纪念马克思逝世100周年的学术讨论会。就是在这个会议上，周扬所作的《关于马克思主义几个理论问题的探讨》引起轩然大波，并逐渐升级，上升为一个政治事件，掀起了一场"清除精神污

---

① 《胡乔木书信集》，人民出版社2002年5月版，第267—268页。

染"运动。由此也酿成了周扬和胡乔木个人情感之间的历史冤怨和情义悲剧。

当年,作为中国文联主席的周扬是受中宣部提名作为主要报告人,在这个纪念马克思逝世100周年的学术讨论会上讲一讲文艺问题的。为了作好这个报告,时任中宣部副部长的贺敬之专门挑选了几个文艺方面的意识形态专家来帮助周扬起草演讲报告稿,如徐非光、梁光弟、顾骧、陈涌、陆梅林、程代熙、王元化等人都参加了起草报告的碰头会,提出建议讲一讲"建立中国自己的马克思主义的文艺理论和批评"(亦说"中国特色的马克思主义文艺理论")问题的初步意见。周扬对中宣部委托他作报告表示同意,但不满意中宣部出的这个报告题目,认为范围太窄了,对给他挑选的起草助手也不满意。当时因病在北京医院住院的周扬"决意要从更广阔的视野来阐述马克思主义的理论,并亲自物色了三个人来协助他"。周扬确定的这三个人是:时任上海市委宣传部长的文艺评论家王元化、中宣部文艺局的干部顾骧和《人民日报》副总编王若水。病愈出院后,周扬就带着这三个人去了天津,住进了景色宜人有"天津钓鱼台"之称的迎宾馆。为了客观再现这段历史的原貌,下文以诸位当事人的回忆作为叙述,从这篇文章的起草说起。尽管他们的记忆也略有出入,但历史总是慢慢地让人知道的,慢慢地达到真实。

一、周扬报告起草的经过

王元化是在1983年春节前四天收到周扬的来信的。他回忆说:"春节后,我赶到天津,向周提出请王若水、顾骧一起来参加讨论。人到齐了,开始讨论写文章的事。我说:'现在许多文艺问题说不清楚。由于文艺思想都是哲学、美学的背景,如果不在哲学上弄清,许多文艺理论问题就谈不深,谈不透,所以最好从哲学方面弄弄清楚。'周扬同意我的意见。周扬让我、王若水、顾骧三个人就这个问题进行准备,并指定轮流谈谈。我主要谈了认识论方面的问题。……我提出我在这里所要谈的是从感性到理性的问题。我认为把认识过程概括为由感性到理性自然是对的。但不要忽略在感性到理性之间还有知性的阶段。"①

王若水说:"我们几个人讨论了三天。周扬说这个讨论对外保密,让我们每个人都畅所欲言,无所顾忌。最后让周扬确定报告的基本思想。我建议周扬讲讲人道主义,但是周扬似乎对异化更有兴趣。他对异化问题是有研究的,曾在中央党校作过有关这个问题的报告。为了考虑这个问题,有一夜他

---

① 王元化:《为周扬起草文章始末》,见《忆周扬》,王蒙、袁鹰主编,内蒙古人民出版社1998年4月第
   1版,第442页。

没有睡好觉。第二天他说,他决心讲异化问题。我对他说:'你决心讲异化,我很高兴。'我原来想,以周扬的身份,可能会觉得谈异化这样的敏感和有争论的问题是不合适的。他下这个决心需要勇气。"①

王元化说:"讨论中王若水对人道主义、异化问题有很多发挥,希望这个问题成为文章的重点。周扬对知性问题很感兴趣,认为这个问题十分重要,让我写进去。我说:'关于这个问题,我已发表过文章,如果写进去变成你重复我的观点,这不大好。'周扬说:'那没有关系,你可在这篇文章中写明我赞成你那篇文章中的论点。'我只好尽量从不同角度来写,这使我写得很吃力。我们讨论结束,三个人就按周扬的意见分头去写,写好交他审定。"②

根据与王若水、王元化、顾骧三个人的讨论结果,周扬最后决定挑选四个问题来讲:一是马克思主义是发展的学说;二是要重视认识论问题;三是马克思主义与文化批判;四是马克思主义与人道主义的关系。这样,文章正式进入起草阶段。

王若水说:"第一个问题由顾骧起草,第二个和第三个问题由王元化来写。第四个问题本来是准备分配给我的,我因为还有一大堆事情,推卸给顾骧,提前回北京了。"③

王若水为什么早早地离开天津呢?顾骧回忆:"讨论完毕,发生了一件意外的事情:若水与前妻离婚一案,法院将开庭审理,通知若水出庭。不得已,第三天若水便回京了。执笔起草便落到元化与我两人身上。'报告'四部分,我写第一、四部分,元化写二、三部分。若水实际上未参加执笔。"④

王若水说:"但稿子写成后,周扬又要我修改人道主义这一部分。我在北京对这一部分做了大的修改,不少地方是重写。因为时间匆忙,我只能把我过去的文章中的一些现成的话照抄上去。其他两位大概也是这样做的。我们向周扬说明了我们的不得已,但周扬似乎不以为意。"而"周扬报告中关于人道主义和异化的绝大部分观点也就是我的观点,但有些地方是按照他的意

① 王若水:《周扬对马克思主义的最后探索》,见《忆周扬》,王蒙、袁鹰主编,内蒙古人民出版社 1998年4月第1版,第417—418页。
② 王元化:《为周扬起草文章始末》,见《忆周扬》,王蒙、袁鹰主编,内蒙古人民出版社 1998年4月第1版,第443页。
③ 王若水:《周扬对马克思主义的最后探索》,见《忆周扬》,王蒙、袁鹰主编,内蒙古人民出版社 1998年4月第1版,第418页。
④ 顾骧:《此情可待成追忆》,见《忆周扬》,王蒙、袁鹰主编,内蒙古人民出版社 1998年4月第1版,第467页。

思写的。周扬并不完全同意我的观点，觉得我走得太远了。这次周扬不像过去那样，认真修改助手起草的初稿，亲自加写一些内容，而是有些大而化之。我明显感到周扬是老了"。①

王元化："在讨论中，对于周扬有些见地，我非常同意。他说中国革命在民主革命阶段就理论准备不足。俄国民主革命有别林斯基、车尔尼雪夫斯基、杜勃罗留波夫，有普列汉诺夫这些理论家，而中国革命缺乏这样的理论家。我们往往只重实践而忽视理论，强调'边干边学'、'急用先学'、'做什么学什么'等等。周扬的意见是切中时弊的。我们向来对理论采取功利态度，所谓以《禹贡》治水、以《春秋》断狱、以《诗》三百做谏书，把学术作为工具，用学术来达到学术以外的目的，而不承认学术具有其本身的独立价值。这种轻视理论的传统一直延续至今，为中国革命带来很多问题。据传这篇文章后来成为问题，主要在于这一点，当时一位'理论权威'向中央进言，说周扬没有摆好自己的位置，他不过是一个中央委员，竟将自己站在党之外，甚至党之上，说中国从民主主义革命到社会主义建设、甚至在十一届三中全会召开之后，都缺乏理论准备，难道十一届三中全会文件不是最好的马克思主义理论？于是这一点就成了这篇文章的主要问题。"②但王元化这样的"传说"其实并不切实际，因为后来胡乔木、邓力群主要批评的是王若水写的"异化"问题。

王元化承认："讨论中，周扬还曾对我们说过，王若水对于人道主义、异化的说法有些偏颇的地方。他说马克思主义不可没有人道主义，但是人道主义不能代替马克思主义。他认为在我们社会里是可以通过自我完善解决异化问题的。我在定稿时，按照周扬意见，将王若水所写部分删去了约四五百字。这篇文章在周扬去党校做报告的前一天3月6日的晚上，由周扬本人审定，进行了最后的润色，直到3月7日凌晨才匆匆印出。"③对此，王若水却说："周扬对我们很放手，让我们替他最后定稿。"

就这样，经过近一个月的时间，周扬一边疗养，一边终于"安静地'炮制'那一篇日后在政坛上掀起轩然大波、在新时期思想发展史上将要留下一笔的所谓'异化'文章"。④顾骧说："回京前几天，中宣部理论局卢之超来电话，

---

① 王若水：《周扬对马克思主义的最后探索》，见《忆周扬》，王蒙、袁鹰主编，内蒙古人民出版社1998年4月第1版，第418页。

②③ 王元化：《为周扬起草文章始末》，见《忆周扬》，王蒙、袁鹰主编，内蒙古人民出版社1998年4月第1版，第443—444页。

④ 顾骧：《此情可待成追忆》，见《忆周扬》，王蒙、袁鹰主编，内蒙古人民出版社1998年4月第1版，第464页。

询问周扬同志'报告'的内容与题目,学术讨论会要安排日程。我与周扬同志商量,他也想不出什么好题目,说就叫'关于马克思主义几个理论问题的探讨'。我给卢之超回了电话。"①

刚刚调任中宣部理论局局长的卢之超接到周扬想把问题讲得宽一点,将报告题目改为《关于马克思主义几个理论问题》的电话后,他"因到中宣部不久,不知会议原委,但对周很尊重,认为他当然可以决定这种改变"。②3月7日,会议就如期在中央党校召开了。

二、周扬报告的主要不同反应

报告会是在中共中央党校礼堂举行的。中央党校校长王震、中央书记处书记兼中宣部部长邓力群出席了会议。胡乔木没有参加会议。

当时正在医院检查身体的邓力群,特意从医院赶到了会场,听着听着他觉得有问题:"特别是关于异化问题。按周扬的说法,社会主义在发展过程中,会走向自己的反面,政治、经济、思想等方面都会异化,都会走向自己的反面。我觉得,他的这种说法与过去党的一贯说法不一样。我们历来讲,我们的党、我们的革命队伍,由于受到资产阶级思想和非无产阶级思想的影响,党员干部中会发生腐化变质的现象。异化问题我过去没有接触过。现在周扬讲,社会主义本身要发生异化,社会主义国家在发展过程中必然走向自己的反面,政治、经济、思想上都走向自己的反面。这与过去长期的说法不一样。当时,我没有立即断定周扬的说法是错误的,只认为是新说法,有疑问:这种说法对不对? 能不能站得住? 另一个是人道主义问题。我听周扬讲人道主义时,感觉他的语言和赫鲁晓夫的语言、提法差不多,这种讲法也有问题。周扬讲过以后,一些学者、专家当时就表示对他的讲话有意见。贺敬之听了也有意见,但不敢出来讲话,因为周扬是他的老领导。"

正如邓力群所说,一开始他确实"没有立即断定周扬的说法是错误的,只认为是新说法",而且在周扬讲话结束的时候,他还和王震一起上台和周扬握手祝贺。对此,没有参加会议的王若水和王元化都曾有回忆,电视台也播放了新闻。

王若水说:"我没有参加这个会,因为头一天晚上和王元化一起对讲稿进行最后的润色,工作到凌晨,弄得很疲劳。讲稿在《人民日报》印刷厂排印;

---

① 顾骧:《此情可待成追忆》,见《忆周扬》,王蒙、袁鹰主编,内蒙古人民出版社 1998 年 4 月第 1 版,第 473 页。

② 卢之超:《回忆胡乔木》,见《我所知道的胡乔木》,当代中国出版社 1997 年 5 月版,第 168 页。

王元化和我就在排字房修改,边改边排,第二天早晨才匆匆忙忙送到会场(周扬对我们很放手,让我们替他最后定稿)。因此,事先送审是来不及了。邓力群似乎很放心地说:'先讲吧!'""周扬本是出色的演说家,他的报告常常是很吸引人的,但现在他已年迈,只简单地作了一个开场白,就由一个广播员代念讲稿。据参加报告会的记者回来告诉我,这个广播员很有本事,事先没有看讲稿,拿起来就念,居然念得抑扬顿挫,声调铿锵。当时,台下鸦雀无声,大家聚精会神地倾听。报告结束时,全场一片热烈的掌声。这是这次会上最受欢迎的报告。王震走到周扬面前说:'讲得好!我还有一个问题想向你请教:你说的"YIHUA",这两个字是怎么写的?'"①对此,王元化说:"报告结束王震和他握手说讲得很好,还问周扬'异化'是哪两个字,是什么意思。"②

那么"异化"到底是什么意思呢?"异化"其实"是一个外来词,原词含有转让、疏远、脱离等义,并不能都译为异化。异化一词在近代西方逐渐进入哲学、社会学著作,但不同的著作家赋予它的含义并不一样。黑格尔用异化说明主体和客体(包括劳动者和产品)的分裂、对立,说明所谓'绝对理念'的'外化'为自然。费尔巴哈用异化说明和批判宗教,认为宗教由人所创造而又主宰了人,上帝无非是人的本质的异化;他在批评唯心主义时也认为它是人的理性的异化。其他使用异化概念的资产阶级哲学家,各有各的用法。渗透到现代日常生活和文艺评论中的异化一词,意义更加含混,大致表示疏远、孤独、陌生、无能为力、没有目的、没有准则、没有意义等等。异化论在现代资本主义世界流行一时,正是资本主义社会矛盾重重,使资产阶级或小资产阶级思想家对生活感觉迷茫、荒诞和绝望的表现。关于马克思使用异化概念的情况,在他创立马克思主义以前和以后是很不相同的。"③

当时,坐在台下听周扬报告的卢之超,听着听着"越来越觉得不大对头。因为周的地位较高,在涉及党的指导思想——马克思主义的重大问题上,事先没有报告中宣部,更没有请示党中央的情况下就这样讲是不大合适的。乔木没有参加这个会,但这天下午他参加了在历史博物馆举办的纪念马克思的展览会的预展。我问他的秘书,乔木事先知不知道周讲话的内容?秘书说肯定不知道,因为上午才收到周讲话的清样。"①

---

① 王若水:《周扬对马克思主义的最后探索》,见《忆周扬》,王蒙、袁鹰主编,内蒙古人民出版社1998年4月第1版,第418—419页。
② 王元化:《为周扬起草文章始末》,见《忆周扬》,王蒙、袁鹰主编,内蒙古人民出版社1998年4月第1版,第444页。
③《胡乔木文集》第二卷,人民出版社1993年7月第1版,第621—622页。

胡乔木收到周扬报告的清样确实还没有来得及看。周扬在给胡乔木送稿子时还写了一个便条："乔木同志：送上马克思逝世一百年纪念学术会上的讲稿，请你详加阅改退下。我病初愈，过些时当来看您。敬礼。周扬，三月七日。"

作为中宣部理论局局长的卢之超，赶紧请胡乔木的秘书黎虹"快向乔木报告。果然，乔木看了稿子后觉得问题十分严重和复杂"。②

3月7日下午，邓力群也打电话告诉胡乔木，说："上午去党校听了周扬的报告，觉得有些观点和提法需要斟酌，希望乔木同志看看周扬的讲话稿。同时把对周扬讲话有不同意见的情况及准备让有不同意见的人（如黄楠森等三四个人）也在会上讲一讲的意见反映上去。"

但令胡乔木和邓力群、卢之超没有想到的是，3月8日，《人民日报》没有采用新华社发的新闻稿，而是独家发表了周扬讲话的详细报道，并预告"全文本报另行发表"。对此，王若水说："《文汇报》驻京记者马上要求周扬把这个讲话给他们发表。我说，《人民日报》有优先的权利。周扬当然希望能在中央党报上刊载。当天晚上发会议新闻，着重报道了周扬讲话的要点。我特地在新闻后面加上了一句预告，说：'全文本报另行发表。'这是为了防止别的报纸来争夺。"③

3月8日下午，生病住院的邓力群接到《人民日报》总编秦川的电话，说：周扬的讲话很好，而且已预告读者全文将在《人民日报》另发，周扬也已定稿。请示邓力群是否同意全文发表。

邓力群说："我听了周扬的报告以后，感到有些问题，但没有把握。周扬的讲话是否全文发，怎么发，你们请示乔木，他同意发则发，否则不能发。"

紧接着，邓力群打电话给胡乔木。胡乔木告诉他："周扬的稿子已经看了，感到问题不少，不是删几句就可以改好的，不宜在《人民日报》发表。"电话中，他们俩商量后决定：延长会期，休会两天后继续开。胡乔木还说："既然有人不同意周扬的意见，可以请他们中的一些人也在大会上发言，把这个会开成学术讨论会。这样有各种意见、各种声音。否则国内外会把周扬的讲话误解为代表党中央的意见。事实上，他的讲话内容，会前大家不知道。他的观点，没有报告中央并得到同意。"

---

① ② 卢之超：《回忆胡乔木》，见《我所知道的胡乔木》，当代中国出版社 1997 年 5 月版，第 168 页。

③ 王若水：《周扬对马克思主义的最后探索》，见《忆周扬》，王蒙、袁鹰主编，内蒙古人民出版社 1998 年 4 月第 1 版，第 419 页。

邓力群马上从医院赶到中宣部，布置会议，要求理论局迅速组织几位不同意周扬的观点的哲学、文艺方面的专家作大会发言，并与周扬的讲话一样发消息和摘要。卢之超说："这样做，一是因为不少人确有不同意见，更重要的是要造成一种不同学术观点讨论的气氛，而不致使外界认为中国党对指导思想有新的解释，周是受中央委托阐述官方观点的。"①

这样原定于3月9日结束的会议，决定在10日、11日休会两天后延长继续。

3月10日，正生病住院的胡乔木带病率中宣部两位副部长郁文、贺敬之和文联副主席夏衍以及王若水，一起来到周扬家，谈他对周扬报告的意见。郁文作了记录。

胡乔木说："人道主义问题，周扬同志的文章，讲得比较周到，但有些问题还没有鲜明地讲出来，或者还讲得不够圆满，倘若就这个样子拿出去，可能产生一些误会。文章中有些话是不可取的。""我是赞成人道主义的。但是我看到周扬同志的文章，抽象化的议论比较多，离开了社会主义运动的实践。"其实关于人道主义，平反后的周扬担任中宣部顾问后，在一次会议上曾承认自己60年代对人道主义的批判是不妥当的。而胡乔木也曾对《人民日报》1980年8月15日发表的汝信所写的《人道主义就是修正主义吗？》给予了表扬，而该文不仅对马克思主义和人道主义的一致性给予了肯定，还肯定了"马克思主义人道主义"这个概念。

谈话中，胡乔木指出："人道主义中有各种糊涂观念。我们现在提人道主义，究竟指什么？很难给人以明确概念。如果不在人道主义前面加上一个限制词'社会主义'，就容易引起误解，好像社会主义和人道主义是两件事。"接着，胡乔木在讲了历史上有各种人道主义、关于马克思主义阶级斗争理论以及"不经过阶级斗争解决不了人道主义提出的问题"等之后，说："我们宣传人道主义时，没有讲清这方面的道理。将人道主义宣传变成摘引马克思主义的一些观点，来同人道主义联系，没有把马克思主义的整个观点，如阶级斗争、剩余价值、历史唯物主义、社会主义等等，都联系起来。""单讲人道主义，不加社会主义，便会同历史唯物主义发生矛盾。""所以人道主义本身实际上有种种不同的立场。""社会主义才是真正的人道主义"，"如果我们不这样看，这样宣传，那么对于有斗争历史的和有党性的党员，就会在感情上格格不入，好像我们斗争了几十年，都不是人道主义，反而成了反人道主义的。""社会主义人道主义是长期的过程，不可能今天实现了社会主义，一下子在

---

① 卢之超：《回忆胡乔木》，见《我所知道的胡乔木》，当代中国出版社1997年5月版，第169页。

各方面都实现了合乎人性的生活。这和实现社会主义、共产主义理想一样,首先要进行社会主义建设。"

胡乔木还分析和批评了与此相联系的文学方面的一些现象以及现代派的种种表现,并批评了王若水的观点。在王若水看来,胡乔木的"语调并不十分严厉,而对周扬,他自始至终是很客气的"。而且胡乔木这次谈话确实没有讲"异化"问题。最后,胡乔木十分客气地说:"周扬同志您年高德勋,年老体弱,是否可以'宜将剩勇追穷寇',将文章未涉及的地方或未说清楚的地方,索性说清楚一些,然后再出单行本。""周扬同志在文艺界是很有影响的。周扬同志的文章发表出来也会影响很大的,因而希望周扬同志能够将论点搞得更完整一点,修改好了,正式发表。"

临别的时候,胡乔木还郑重地对周扬说:"今天的意见不是我个人的,我是同耀邦同志商量了的,他特别提出要我用他的名义希望你把文章修改好了再发表。"而且,胡乔木不赞成这个时候在报纸上大张旗鼓地宣传所谓的人道主义。他建议周扬文章修改后,作为学术文章在《哲学研究》上发表,展开讨论。

在大门口告别的时候,胡乔木向周扬深深地行了九十度的鞠躬。

其实,周扬的报告是同时送给胡乔木和胡耀邦审阅的。但胡耀邦的稿子很快就退了回来,上面有胡耀邦画的记号,但是没有注明任何意见。后来胡耀邦解释说:他还没有看完,秘书误以为看完了,就把稿子退了回来。[①]

因为这次谈话中胡乔木没有涉及周扬找王若水起草的"异化"问题,这使王若水"松了一口气",甚至觉得胡乔木的话比他预料的要温和。回到人民日报社后,他就向总编秦川汇报说:"乔木的观点和周扬的观点没有大的分歧。他强调批评抽象的人道主义或资本主义的人道主义,这个观点周扬和我也能接受。我最担心胡乔木批评异化概念,但是他只字未提。"[②]周扬报告中关于"异化"问题到底是谁起草的呢?据顾骧说,因为王若水家中有事,周扬就要他来写,他感到为难。根据周扬的意见,顾骧在写作中参考了王若水的文章。他说:"如社会主义'异化'的表现形态,基本上移用了若水的话。但也有与若水观点不一致的,如社会主义'异化'与资本主义'异化'的异同。我们临回北京前,还是将若水找来住了两天。他看了稿子基本上赞成。"[③]

而胡乔木从周扬家回到医院后,立即专门查阅了马克思关于"异化"问

---

①② 王若水:《周扬对马克思主义的最后探索》,见《忆周扬》,王蒙、袁鹰主编,内蒙古人民出版社 1998 年 4 月第 1 版,第 419、423 页。

③ 顾骧:《此情可待成追忆》,见《忆周扬》,王蒙、袁鹰主编,内蒙古人民出版社 1998 年 4 月第 1 版,第 472—473 页。

题的前期和后期的提法,并先后打电话给郁文和周扬,指出——

> 关于异化的问题我忘记谈了。我想马克思早期说的异化和晚期说的不一定一样。不管一样不一样,社会主义社会将它应用过来,不加区别,不对。用这个名词要加以区别。如果因为(社会主义)社会中有非人道现象,同资本主义社会中的非人道现象混在一起,就把问题谈乱了。一个是非基本的现象,甚至是非法的;一个是基本的现象。我这个意见将另外写信告诉他们。如果有关同志谈到这个问题时,可把这个意见补充上。

对此,卢之超回忆说:"事实上,周文发表后,外界就议论纷纷,港台反动报刊更是大做文章。同时乔木与周扬等谈话,批评他们的观点和做法,决定《人民日报》既已详细摘要报道周文,就不再全文发表,建议他修改后在学术刊物上发表。我理解,这个问题之所以重要,因为该讲话把马克思主义归结为人道主义,以异化理论作为社会主义所以发生种种弊端和需要改革的理论依据。它向世界表明,似乎中国党已放弃对包括唯物史观、剩余价值学说和阶级斗争理论在内的马克思主义理论的正统的和科学的理解。这个问题之所以复杂,是因为政治问题和学术问题混淆在一起。人道主义和异化等本来是一个抽象的哲学问题,已争论多年,还可争论下去;但周的讲话中把它与社会主义现实结合在一起,使它带上现实政治性。而周又是从三十年代起就与乔木一起共事,'文革'中受到迫害的老同志。我想,乔木迅速坚决采取的这些措施,是从大局出发;力求妥善处理而不伤感情的挽救措施。"[1]

但胡乔木的"挽救措施"并没有挽救他想挽救的一切。

三、周扬报告在《人民日报》发表及处理

胡乔木的意见在执行中遇到了很大抵制。

3月16日,《人民日报》全文发表了周扬的报告。这是令胡乔木和邓力群无论如何也没有想到的。因为就在前一天,邓力群还专门召开中宣部部务会议,讨论周扬报告如何处理的问题。会上,因为通知周扬参加会议却没有来,邓力群就在会议中间亲自给他打电话,说:"周扬同志,您的那篇讲话,乔木同志提了意见,希望您自己进行修改,然后在《哲学研究》上发表。不知您改好了没有?"周扬说:"讲都讲了,我就不准备改了。"就这样,倔强的周扬真的把报告文稿交给秦川发表了。

---

[1] 卢之超:《回忆胡乔木》,见《我所知道的胡乔木》,当代中国出版社1997年5月版,第169页。

此间，秦川就经常去周扬家。秦川说："3月12日是星期六，我去周扬家，对他说：'你的文章我们登出预告，已经过去好几天了，还没有发表。'周扬在跟我谈了胡乔木来他家谈话的情况后说：'乔木让改一改，关于'异化'问题，联系实际略为展开一下。我在监狱里蹲了几年，出来后又没有搞过调查研究，联系实际比较困难，加上身体不好，我没法改。'我说：'那就发表吧。7日晚上的电视我看了，王震、邓力群都过来与你握手，还会有什么问题？'周扬说：'我考虑一下给你。'他又反问我一句：'你敢发吗？'王若水和周扬都跟我谈了胡乔木的意见，都没有提到不能发表的事情，所以，我认为发表也没有问题。周扬把他的文章又看了看，交给我。"①

事实就是这样，在中共中央政治局委员胡乔木和中宣部部长邓力群或登门拜访、或打电话指示通知，或开会专门研究，三番五次地提出需要作出修改后再在《哲学研究》发表，不要在《人民日报》发表的要求下，周扬、秦川和王若水却固执地发表了这篇文章，这确实有点冒天下之大不韪的味道了。如今人们已经无法揣测他们坚持这么做的原始动机和根本原因到底是什么，但完全可以想象得到胡乔木和邓力群对此的反应。

中宣部部长邓力群看到《人民日报》发表了周扬的报告后，非常气愤，一上班就打电话给秦川："你和我说要全文发表周扬的讲话，要我表态，我说让你请示胡乔木，你请示了没有？"

秦川说："没有。"

邓力群说："你为什么要发表周扬的文章？乔木同志早在3月8日就打电话给中宣部，已经明白表示周扬讲话不能在《人民日报》上发表，你们为何不听？这是一个严重的错误！现在就不是一般的不同意见的问题，而是严重违反组织纪律的问题，你要立即写出检查！"

邓力群回忆说："秦川把责任推给王若水，说这件事是王若水管的，讲话全文也是他让发的。"接着他马上给王若水打电话说："我刚才对秦川同志说了，他对这件事是有重要责任的，但你要负主要责任，因为你当面听了乔木同志3月10日的谈话，对这一点应当知道得很清楚。"对此，"王若水采取推诿的办法，说：胡乔木讲的意见中没有表示对周扬的讲话有根本的不同意见啊，只是讲了这个要补充、那个要补充，我也没有听他说过要修改以后才能发表啊"。邓力群认为："这样一来，学术问题就变成一个组织纪律问题了。"

---

① 徐庆全：《知情者眼中的周扬》，经济日报出版社2003年3月第1版，第63页。

而王若水自己也承认:在发表前未请示胡乔木是错误的,但对胡乔木所说的"不能发表"这一点却毫无所知。

邓力群就强调说:"乔木同志早在3月8日就打电话给中宣部,已经明白表示了这一点。"随后,邓力群叫中宣部将胡乔木的这个电话记录送给人民日报。

周扬同志的讲话,难以处理,问题不少,不是加几句话、删几句话能解决的。这是目前思想界的重要讨论对象。总的意见,异化也好,人道主义也好,这种宣传本身是抽象的。这篇文章没有分析。社会主义社会哪些存在异化现象?存在反人道主义现象?如有贩卖人口现象,有犯罪现象,(但这是)可以禁止的。文章中有的没有涉及,有的含混地说到一点,如关于特权等。如说权高于法,可以讲是异化,也可以说是违反人道主义的。如离开具体现象去讲,去讨论,会给人以暗示说,我们社会主义社会没有人道。

人道问题要具体讨论,拥护什么现象?反对什么现象?如干部服从分配到边疆地区工作,是不是异化?是不是不合人道主义?只抽象地讲,不具体答复,会给人以暗示:人要自由流动,不能自由流动,就是没有把人的权利放在第一位,就是不人道。

任何一个时期讲人道主义,都是为了拥护什么,反对什么,是有目的的。这篇讲话目的何在?是用来批判"文化大革命"?还是用来批判什么?如果是批判"文化大革命",现在又没有"文化大革命"了。现在正在开展学雷锋运动,这是人道主义的高度发展,为什么视而不见?像雷锋这样的事,过去个别的会有,但不可能大规模地出现。现在讲人道主义,给人以什么目的?

对当前的社会现象完全不提,或提得片面,只讲一点点,不加分析,这样一来,会给人以什么印象?我们党的十二大讲社会主义精神文明建设就是讲人道主义嘛!为什么提也不提?

不要抽象地提问题。马列主义要摆在具体条件下来讲。现在文艺界就有人在文艺上宣传超阶级观点,反对阶级斗争的作品已经发表好几篇了。

希望能有人在讨论会上作一个发言,这么讲可以讲到要害,不然毫无意义。关于异化、人道主义这方面的问题,邢贲思同志搞过一些,最好请他准备一下,明天作个发言(发言时注意语气不要太大),不然周扬的文章发表了可能成大的问题。①

胡乔木的意见是十分明确的。当他3月16日看到当天的报纸后，马上打电话给邓力群，说：对《人民日报》刊登周扬讲话全文的事不能马虎，建议中宣部向中央报告情况。于是，在邓力群的主持下，由贺敬之、李彦、卢之超三人起草了上报中央书记处的报告——《中宣部关于〈人民日报〉不听招呼全文发表周扬同志长篇讲话的情况和处理意见》。3月20日，该报告和秦川、王若水的检查以及胡乔木3月10日同周扬的谈话记录等一起报送中央书记处，认为：周扬"文章公开发表和其中有关异化问题的内容，主要责任在王若水同志，建议撤销王若水副总编职务；秦川也有错误，应作一次检讨；周扬是中顾委委员，请中顾委找周扬同志谈话，帮助他作出适当的自我批评，在中顾委会上表示一下态度"。但在书记处会议讨论时，胡耀邦提出："报告涉及具体事，要与本人核对。今天我们不作结论，先把报告送给本人看，该改的、该更正的搞好。"

3月26日，按胡耀邦的意见，中宣部召开部务会议，内容是核对事实。参加会议的有胡乔木、邓力群、郁文、贺敬之、周扬、秦川、王若水等人。在这次会议上，胡乔木、邓力群和周扬、王若水发生了激烈争论，甚至拍了桌子。

此前，王若水"还想争取使人道主义能够正常地讨论下去，写了一封信给胡乔木，说人道主义现在已经成为世界性的问题，不仅在西方讨论得很热闹，在东欧和苏联也兴起了'人道主义热'，中国也不应回避对这个问题的讨论"。胡乔木拒绝了王若水的建议，说：不能因为国外在讨论，中国也要讨论。"国外在讨论性解放，中国也要讨论吗？"②

4月20日，经过面对面的核对后，中宣部把经过修改的报告等再次呈送中央书记处。但此后却没有了任何消息。主要原因是胡耀邦认为这是学术问题，不要搞得那么紧张。于是这件事情就搁置起来了。

尽管《人民日报》突然一字未改地发表了周扬的报告，使政治理论问题变成了组织纪律问题，但中央书记处出现了不同的意见，加之飞短流长，这就形成了上上下下复杂分歧的局面，胡乔木的处境一下子变得十分困难。

四、邓小平对"异化"问题的意见、周扬的检讨与反对精神污染

1983年8月，邓小平找胡乔木谈话。邓说：他最近看了一些材料，觉得文

---

① ②王若水：《周扬对马克思主义的最后探索》，见《忆周扬》，王蒙、袁鹰主编，内蒙古人民出版社1998年4月第1版，第426—427、428—429页。

艺界的问题复杂,思想界的问题严重,人们的思想很乱,所以准备在即将召开的十二届二中全会上讲讲这些问题,并出了一个题目叫《人类灵魂工程师的责任》。胡乔木说:这个题目太窄了,是不是放宽一点,讲党在思想工作中的任务。邓小平同意这个意见,并让胡乔木帮助搜集资料,准备稿子。胡乔木领命后,立即找龚育之、郑惠和卢之超等人搜集材料,做起草稿子的准备工作。

8月初,胡乔木找秦川和王若水谈话,在谈《人民日报》的工作和整党问题时,再次批评了他们。胡乔木说:发表周扬的文章的问题,周扬的态度尽管不算坚决,比《人民日报》要好。这篇文章所涉及的理论问题和政治问题,关系重大,《人民日报》就当儿戏发表,完全没有考虑它的影响。党中央机关报对中央的利害竟然置之度外,这是难以想象的。在现阶段,离开社会主义建设(包括精神文明建设),离开阶级斗争,抽象地讲人道主义,讲人是马克思主义的出发点,就会加入社会上的反党潮流,成为他们重要的组成部分。这不是骇人听闻,这是事实。他还说,周扬的文章虽然发生这么多问题,还是要慢慢来,慢慢来总是要来的,着急也没有用。①

9月7日上午,因为胡乔木去了杭州,邓小平就找邓力群谈十二届二中全会讲话稿起草的事情。邓力群就和龚育之、郑惠和卢之超一起去了。

邓小平问:让乔木准备一个关于思想工作的讲话稿,准备得怎么样了?

因为邓力群9月6日刚刚从外地回来,不知道情况,就由龚育之等人向邓小平汇报了胡乔木设想的几个题目和稿子的结构、字数。

邓小平听了之后,说:这样讲问题太多,不需要、也不可能讲这么多问题。但他赞成由书记处起草一个加强思想工作的决议来讲这些内容,他这个讲话的范围要小一些。内容太多了,对当前主要问题的针对性就不够,就很平淡了。这些内容可以涉及,但是不要分这么细。

邓小平说:"原来就是想讲不要搞污染。所有的灵魂工程师,包括理论工作者在内,演员也是,不要搞污染。"他还说:"在文代会上讲了污染问题。灵魂工程师不要对社会风气、对青年思想搞污染。现在好多是搞污染。""我准备了,也想了,就讲两个问题:一是整党不能走过场;一是思想战线不能搞精神污染。"

随后,邓力群等人将邓小平的谈话整理了一个记录稿,送给邓小平审阅。邓小平在清样上只改了两个字——将"我们是把实行开放政策当做促进社会主义经济建设发展的步骤,目的是为了发展社会主义经济"这句话中的

① 徐庆全:《知情者眼中的周扬》,经济日报出版社2003年3月第1版,第72页。

"步骤",改为"补充"。随后,邓力群将邓小平谈话记录稿送给胡耀邦。

9月12日,中央书记处会议上传达了邓小平9月7日关于整党和不搞精神污染的谈话。随后,邓力群组织写作班子开始了邓小平讲话的起草工作。整理的过程中,邓力群还将整理稿传给在杭州的胡乔木。胡乔木根据邓小平的谈话对稿子进行了修改。

9月30日,邓小平看了经胡乔木修改的整理稿后,当天把邓力群找过去,提了两点意见:"第一,整理稿子看了,太长,砍掉三分之一;第二,自由民主这个问题话太多,有一两句就行了。"但在这次谈话中,邓小平非常意外地跟邓力群讲起了"异化"问题——

早已收到周扬同志为他文章辩护的信和附上的马克思讲异化的十八条论述。周扬同志送来的马克思讲异化的材料,他引的所有的话,都是讲的资本主义社会,讲劳动创造的成果反过来变成压迫自己的力量。所有的话,都在这个范围之内,都没有超出这个范围。

关于异化,马克思是如何说的,要搞个材料,印发给大家。这是个生疏的名词,绝大多数同志不了解异化是什么。也是个学习嘛。让大家接触一下这个问题,有必要。

周扬同志讲毛主席一九六四年赞成他讲异化的文章,毛主席是不是吃了他的亏呵?那时候满脑子苏联变质,联系说到我们自己也变质,提出走资派,资产阶级就在党内,打倒走资本主义道路的当权派。不只在中央打,各级领导都打。是不是异化思想导致的呵?

得组织点文章。

也怪,怎么搬出这些东西来了。实际上是对马克思主义、对社会主义、对共产主义没信心。不是说终身为共产主义奋斗吗?共产主义被看成是个渺茫的东西,可望不可及的东西了。既然社会主义自身要异化,还到什么共产主义呢?在第一阶段就自己否定自己了。否定到哪里去?社会主义异化到哪里去?异化到资本主义?异化到封建主义?总不是说社会主义异化到共产主义嘛!当然,也说了社会主义自身有克服异化的力量。

需要写有分量的文章驳这个东西。

这些观点,说它"打着马克思主义旗帜",可能太重了,可以说它是"以马克思主义的面目出现"。这不是马克思主义。这是对社会主义没有信心,对马克思主义没有信心。马克思主义者要出来讲话。

这是一种论断。这个论断没错。

搬了些古老的东西加以歪曲,这是吓唬人嘛。所以,读点马克思的书很重要。利用这个机会学习学习嘛。

外国各方面对异化的议论,整理成一个材料,发给全会(不写周扬那些)。

周扬同志送来的材料,我一看,马克思在什么范围内讲这个,清清楚楚。这个材料帮不了周扬的忙。

可见,邓小平对周扬的讲话是不满意的。

十二届二中全会召开前,邓小平又找邓力群谈话,说:"异化是个怪名词。要开会了,要把这个名词的材料搜集、整理一下,好让大家知道一下,接触一下这个问题。同时,思想工作里头有些什么离开马克思主义的倾向,也搜集一点材料。"按照邓小平的意见,邓力群指示有关思想工作单位搜集整理了 20 份材料,提供给二中全会参考。会后又从中选了十几份印发各省、市、自治区党委参考。

10 月 12 日,邓小平在十二届二中全会上讲话,着重讲了整党不能走过场和思想战线不能搞精神污染的问题。邓小平说:"必须下定决心,用坚决、严肃、认真的态度来进行这次整党,通过搞好这次整党,把党建设成为有战斗力的马克思主义政党,成为领导全国人民进行社会主义物质文明和精神文明建设的坚强核心。""精神污染的实质是散布形形色色的资产阶级和其他剥削阶级腐朽没落的思想,散布对于社会主义、共产主义事业和对于共产党领导的不信任情绪。搞精神污染的人只是少数,问题是对这少数人的错误言行缺乏有力的批评和必要的制止措施。精神污染的危害很大,足以祸国误民。它在人民中混淆是非界限,造成消极涣散、离心离德的情绪,腐蚀人们的灵魂和意志,助长形形色色的个人主义思想泛滥,助长一部分人当中怀疑以至否定社会主义和党的领导的思潮。"

邓小平批评那些热衷于谈论人的价值、人道主义和所谓"异化"的人,"他们的兴趣不在批评资本主义,而在批评社会主义","有些同志至今对党提出坚持四项基本原则仍然抱怀疑态度,文艺界的一些人热心于写阴暗的、灰色的,以至胡编乱造、歪曲革命的历史和现实的东西。'一切向钱看'的歪风在文艺界也传播开来了。因此,必须大力加强党对思想战线的领导,对于造成思想混乱和精神污染的各种严重问题,必须采取坚决、严肃、认真的态度,一抓到底。"宣扬所谓社会主义异化理论"实际上只会引导人们去批评、怀疑和否定社会主义,使人们对社会主义、共产主义的前途失去信心"。邓小平号召"马克思主义者应当站出来讲话","加强党对思想战线的领导,克服软弱涣散的状态已经成为全党的一个迫切的任务"。

1983年10月底,胡乔木在邓力群的陪同下来到人民日报社,宣布中央的决定:同意胡绩伟辞职,免去王若水副总编职务。秦川改任社长,李庄出任总编辑。

在十二届二中全会上,邓力群还在西南组作了一个长篇发言,批评了王若水的一系列观点,并对周扬报告中的错误观点提出了意见。周扬也在分组会上作了自我批评。邓力群回忆说:"在我看来,周扬能有几句自我批评的话就可以了,这件事也就过去了。我在中宣部的一次会上,通报了周扬作的自我批评。我表示:一向对周扬同志很尊重。他写了那篇文章后,我们之间发生了尖锐的矛盾。现在他作自我批评了,这个问题就算解决了,我还会像以前一样,把他当作兄长、同志加以尊重。"

然而,令胡乔木和邓力群没有想到的是,邓小平在二中全会的简报上看到周扬的自我批评后,很快就把胡乔木和邓力群找去,说:"周扬写了一两万字的文章登在报纸上,就这么几句话能交代过去吗?不行。周扬应该公开作书面的自我批评,登在报纸上。"

在这种情况下,胡乔木和邓力群不得不把邓小平的意见传达给周扬。邓力群回忆说:"周扬在听了邓小平的意见后很紧张,他知道不作检查是不行的,但采取的办法是拖。胡乔木对周扬一向尊重和关心,考虑到年岁已高,身体又不好,希望他再作一点检查,早点过关,几次打电话去问。后来,还是乔木出的主意,建议周扬用答记者问的形式作变通式的自我批评,发表在报纸上。新华社写出稿件后,周扬又在稿子的末尾加上了几句话,还要坚持自己的观点。这个稿子拿到中央书记处去讨论时,胡耀邦看后说:又作自我批评,又坚持自己的观点,这怎么叫检查?他主张把周扬的保留意见删掉。"

最后,周扬接受了胡乔木的建议,检讨是以"周扬与新华社记者谈话"的形式在1983年11月6日发表的。但"周扬与新华社记者谈话"发表以后,周扬很后悔,其家人也非常生气,责怨胡乔木出的这个主意。秦川回忆说:"我常去周扬同志家。有一次,我到周扬家里去,只听他夫人苏灵扬说:'小胡(即胡乔木——引者注)为什么这样?起应(即周扬——引者注)在上海替他恢复了党籍,那时不像这样啊!晚上老来电话,催他在报纸上公开承认错误,简直睡不安宁'。"后来各种说法就更多了,有的说周扬作检讨是"上了胡乔木的当,上了圈套,没有料到对新华社记者的谈话,会公开发表"。而陆定一在给周扬女儿的信中,甚至说周扬是"被人气死的"。秦川和顾骧对此观点也表示认可和同情态度。①

高处不胜寒。到底是周扬误解了胡乔木,还是胡乔木误读了现实? 或许很难有标准答案。因此批评胡乔木的人们始终认为,要周扬作检讨是胡乔木的意见,而胡多次打电话劝周作检讨,并出了"答新华社记者问"的主意,最终导致周抑郁而死。然而,不在中共高层工作和生活的他们,哪里读得懂胡乔木的内心世界呢? 而周扬对自己错误的认识是否准确呢? 他是否有被人利用的可能呢? 这是值得深思的。

五、邓小平对胡乔木的赞扬和胡乔木写给周扬的小诗

1984 年 1 月 3 日,72 岁的胡乔木在中共中央党校发表了《关于人道主义和异化问题》的讲演。其目的是明确的,对周扬报告中的观点代表中共中央作澄清。

胡乔木指出,关于人道主义,"它有两个方面的含义:一个是作为世界观和历史观;一个是作为伦理原则和道德规范。这两个方面有联系,又有区别。"他说:"现在确实出现了一股思潮,要用作为世界观和历史观的人道主义来'补充'马克思主义,甚至要把马克思主义归结为或部分归结为人道主义。有的同志提出了'人是马克思主义的出发点'这样的根本性的理论命题;有的同志宣传'人——非人——人'(即人异化为非人,再克服异化复归于人)这样的历史公式;一些同志认为不但资本主义社会有异化,社会主义社会也有异化;一些同志热衷于抽象地宣传'人的价值'、'人的目的'这类人道主义口号,认为可以靠它们去克服这种'异化'。如此等等的说法,提出了这样一些根本问题:究竟应该怎样来看待人类历史的发展,怎样来看待社会主义社会的发展? 究竟应该用怎样的世界观和历史观,是马克思主义的历史唯物主义还是人道主义的历史唯心主义,作为我们观察这些问题和指导自己行动的思想武器? 我认为,现在这场争论的核心和实质就在这里。"②

胡乔木在这篇文章中主要讲了四个问题:一是究竟什么是人类社会进步的动力? 二是依靠什么思想指导我们的社会主义社会继续前进? 三是为什么要宣传和实行社会主义的人道主义? 四是能否用"异化"论的说法来解释社会主义社会中的消极现象? 最后,胡乔木指出:"宣传人道主义世界观、历史观和社会主义异化论的思潮,不是一般的学术理论问题,而是关系到是否坚持马克思主义的基本原理和能否正确认识社会主义实践的有重大现实意

① 徐庆全:《知情者眼中的周扬》,经济日报出版社 2003 年 3 月第 1 版,第 72—73、141、74 和 154 页。
② 《胡乔木文集》第二卷,人民出版社 1993 年 7 月第 1 版,第 582 页。

义的学术理论问题。在这个问题上的带有根本性质的错误观点,不仅会引起思想理论的混乱,而且会产生消极的政治后果。"

1984 年 1 月 7 日,胡乔木将这篇费时两个多月,四易其稿,长达三万字的讲话稿呈送邓小平审阅,请示要不要公开发表。

1 月 11 日,邓小平批示:"乔木同志:这篇文章写得好,可在《人民日报》发表或转载。由教育部规定大专学生必读。文艺、理论界可组织自由参加性质的座谈,允许辩论,不打棍子。"

随后,1 月 27 日的《人民日报》和 1984 年第二期《红旗》杂志发表了这篇文章。胡乔木在文章中表示,希望理论界就这个重大问题展开讨论:"不赞成我的话的基本观点的同志,我也恳切地欢迎他们参加讨论。"

1 月 26 日,也就是《人民日报》发表胡乔木《关于人道主义和异化问题》的前一天,细心的胡乔木非常友好地给周扬写了一封短信:"周扬同志:近日写了一首小诗,谨以奉呈。祝春节安好。灵扬同志并此问候。"胡乔木的诗是这样写的——

> 谁让你逃出剑匣,谁让你
> 割伤我的好友的手指?
> 血从他手上流出,也从
> 我心头流出,就在同时。
>
> 请原谅! 可锋利不是过失。
> 伤口会愈合,友情会保持。
> 雨后的阳光将照见大地
> 更美了:拥抱着一对战士。

胡乔木的诗,意味深长。

龚育之回忆说:"当时我曾建议乔木同志同周扬同志谈一谈。乔木说,他也想找一个机会同周扬从容地仔细地谈一谈,但很难找到。他说,只要能心平气和地谈,相信能同周扬谈得很好。"交谈中,胡乔木给龚育之看了他写给周扬的信和上面这首小诗,并解释说:"前一节是作者问剑,第二节是剑的回答。"龚育之还在《几番风雨忆周扬》中写道:"1988 年,上海理论界的一本在内部很小范围送阅的刊物,发表了一篇文章,论人道主义和异化问题,赞成乔木文章的许多意见,但是认为乔木同志的批评把问题过分政治化了。这个刊物的编辑很想知道乔木同志的意见,我向乔木转达了。乔木告诉我,他已经看过这篇文章,他同意作者的观点,的确是过分政治化了。证据是,后来就没有不同意见的文章在报刊上发表和讨论了。"①后来在周扬病重期间,胡乔木曾亲自致信问候,其义也真,其情也切。1997年春节,卢之超回忆说——

> 乔木以七十高龄又担起著文以马克思主义理论探讨和说明"人道主义和异化"问题的任务,使这一争论告一结束。当然,我并不想说乔木处理这一问题的每一做法和他文章中的每一观点都很适当,无懈可击,不想为此辩护。这场争论从一开始到小平讲话、乔木著文以后,党内认识始终未能统一,境内外更是流言蜚语、污蔑攻击之事连绵不断,直至今天。虽然我了解此事的大部过程并参加了小平讲话、乔木文章的起草工作,但这些都不可能在这篇回忆里涉及了。这里大略提起这场争论,主要是想说明乔木在理论上和政治上对事关大局的战略性问题的坚定的原则性和敏锐的预见性。我们可以回想一下,那场争论以后不久,戈尔巴乔夫背弃马克思列宁主义,提出什么"人道的民主的社会主义",放手发动各种敌对势力肆意"批评社会主义",从改变苏共的理论基础很快导致苏联的分崩离析,这段历史不是历历在目吗?还有,周文有关部分的一位主要起草人,长期宣传"人是马克思主义的出发点",当时振振有词地否定乔木对他的批评,争辩说他的观点如何得自马克思,符合马克思。现在好了,曾经自命为马克思主义者的这位先生已公开声明:他不是列宁主义者,也不是正统的马克思主义者;马克思的经济学说基本过时了,他的共产主义仍然是乌托邦;马克思最有价值的哲学也不是辩证唯物主义和历史唯物主义,乃是他所说的人道主义和异化。不过现在改变了一个说法,叫"唯人主义"。他并且诅咒道:随着苏联东欧体系的崩溃,科学社会主义、马克思列宁主义,在中国人民的心目中,一齐破了产。当然,现在社会主义在世界上处于低潮时期,一些学者在理论上、政治上转向和变节,或者文雅一点说,改变信念,这种现象毫不奇怪,也是他们的自由。但对于仍然忠于马克思主义、坚持社会主义道路和共产主义奋斗目标的中国共产党人来说,不正好说明乔木当年不顾议论纷纷、百般阻挠,花很大精力坚持这场争论的精神,更加值得我们怀念和纪念吗?②

历史人物因其无法超越其所处时代的局限,而永远无法剥离自身的历

---

① 龚育之:《几番风雨忆周扬》,见《忆周扬》,王蒙、袁鹰主编,内蒙古人民出版社1998年4月第1版,第250页。

② 卢之超:《回忆乔木》,见《我所知道的胡乔木》,当代中国出版社1997年5月第1版,第170页。

史背景。在 20 世纪 80 年代中国改革开放这个新生儿刚刚迈步的时候,无论是周扬也好,还是胡乔木也罢,他们都不可能超越阶级的现实,也无法超越政治和历史。他们对马克思主义的理解和意识形态的追求,都深深烙下了各自的政治烙印,而在这个历史背景下结下的冤怨,终于酿成了他们个人情义的悲剧。这也是胡乔木不愿意看到的结果。

1990 年,已过古稀的胡乔木回首往事,反复吟诵宋朝无名氏的《水调歌头》——"平生太湖上,短棹几经过。如今重到何事? 愁与水云多。拟把匣中长剑,换取扁舟一叶,归去老渔蓑。银艾非吾事,丘壑已蹉跎。……太平生长,岂谓今日识干戈! ……回首望霄汉,双泪堕清波。"古人慷慨悲歌、一唱三叹的情怀深深地打动了胡乔木,"拟把匣中长剑,换取扁舟一叶",更令其唏嘘不已。而他写给周扬的小诗中那把令他心头流血的"剑",是否也能够"换取扁舟一叶"呢? 胡乔木将此古词手书条幅,送友人,观者曰:其笔力端正遒劲,宛如其人,而又全然不像七十多岁的老人。

全力协助编辑《邓小平文选》,强调"建设思想上理论上的大党"

历史文明和社会的进步总是两种力量交锋的结果。20 世纪 80 年代的中国可谓是一个阵痛的舞台——从政治上的"非毛化"到"非神化"之争后,经济上也出现了"姓资"和"姓社"的斗争,而在精神文明建设领域更是表现在反对资产阶级自由化、清除精神污染等口号上。在这段时期,胡乔木作为中共中央意识形态和思想宣传战线的主管领导,他更是未雨绸缪,以其敏锐的战略眼光和政治远见,努力纠正各种错误思潮的泛滥,海晏河清。

1983 年,《邓小平文选 (1975—1982)》出版。出版《邓小平文选》最初是由邓力群提出来的,得到了邓小平的认可。胡乔木像过去编辑整理《毛泽东选集》一样,从文稿的选择和整理到注释的撰写,都精心斟酌,做了大量的文字修订和定稿工作。邓小平给予了高度评价。邓力群说:"现在收进《邓选》的那些著作,主要都是乔木主持下帮助整理的。在这方面,没有比乔木更强的人。"

从 7 月 13 日中共中央发表的要求全党学习《邓小平文选》的通知精神来看,《邓小平文选》的出版也是中共十二大提出的为整党做重要的思想准备。但对《邓小平文选》的出版还是出现了不同的声音,外国报纸纷纷说中共"学习《邓小平文选》是在恢复个人崇拜"。为此,胡乔木在 1983 年 7 月 13 日第二次全国宣传工作会议上发表讲话,专门就此问题代表中共中央作了答复。他说:"我们党的力量所在,是思想上的统一。《文选》代表了 1975 年到 1982 年这个时期党中央对一些重要问题的见解。这些见解不仅是代表党中央的,而且大部分是经过实践证明是正确的(一部分关于将来的见解还需要继续经过实践的检验,但这些见解也是从已经验证的客观真理推论出来的),因此,按照全党服从中央的纪律,这些见解本来就是应该成为全党统一思想的标准。不能说学习《邓小平文选》或学习其他同志的文选,就是对那一个同志的个人崇拜,不能把这两件事混为一谈。对毛泽东同志曾经存在过的个人崇拜,不能说成是学习《毛泽东选集》的结果,而是违反了《毛泽东选集》中所宣传的一系列基本原则的结果。我们学习无论谁的著作,都要采取马克思主义的实事求是的态度,就是说,不能采取'两个凡是'那种反马克思主义的态度,这就使我们的学习同个人崇拜毫不相干。"①

胡乔木还指出:"一方面,我们要学习邓小平同志坚持民主作风,坚持群众路线;另一方面,我们也不能因为坚持集体领导、坚持民主,就否认党的领导人物的权威意义。五四新文化运动提出民主与科学两个口号是有道理的。我们非常需要民主,但是大家都承认,我们决不能用少数服从多数的方法来解决科学问题。少数服从多数是我们政治生活的一个原则,但仅仅有这个原则是不行的。人类是不断从比较落后、愚昧逐渐聪明起来,从摆脱许多偏见和谬误中逐步前进的。提高人们的觉悟,靠什么?靠科学以及普及科学知识的教育。科学也是逐步前进的,但无论如何都不是少数服从多数的产物。"

胡乔木为什么要在这里讲"少数服从多数"的问题呢?原来,当时社会上有种错误思潮或者观点,认为:按照少数服从多数的原则,党中央就要服从全国党代表大会;全国党代表大会就应服从全体党员;全体党员就要服从全国人民。这样把少数服从多数的原则作为我们党和国家处理一切重大问题的唯一原则,可以代替一切原则,按照这个逻辑,就要求一切重大问题都要经过全民投票表决。意思就是说"党性来自于人民性,因此人民性高于党性"。②

对此,早在 1982 年 3 月 11 日,胡乔木在读了时任人民日报社社长胡绩伟送他审阅的文章《是党的报纸,也是人民的报纸——论党报的党性和人民性的一致》后,就新闻工作中的"党性和'人民性'问题"和胡绩伟进行研究和探讨。胡乔木回信说:"你用党性来源于人民性,又高于人民性作为全文的基本命题,而又未对人民和人民性两词作历史的和阶级的考察(只在个别地方提到党是无产阶级先锋队)。人民这个概念,在各个历史时期有各种不同的

①② 《胡乔木文集》第二卷,人民出版社 1993 年 7 月第 1 版,第 560—561、562—563 页。

含义。""人民是一个历史的范畴。"不同的历史时期,"人民包括哪些阶级和阶层都是不相同的"。胡乔木认为,胡绩伟"党性来源于人民性又高于人民性的说法难以成立。共产党的党性,只能来源于无产阶级的阶级性,来源于科学社会主义思想。无产阶级是现代先进生产力和生产关系的代表,科学社会主义是无产阶级进行革命斗争的理论依据和指路明灯,这就产生了它们的先进性。党性概括和集中表现了这种先进性。因为共产党具有这种先进性,所以它在每一个不同的历史时期,都能够代表最广大人民的利益。如同不能把近代无产阶级和科学社会主义的先进性说成是来源于'人民性'一样,也不能把党性说成是来源于'人民性'"。①

胡乔木之所以在全国宣传工作会议上再次提出这个问题,目的就是借全党学习《邓小平文选》的机会,统一思想,整顿党风。他强调说:"我们主张少数服从多数,因为我们相信人类的前途,相信大多数人要求进步,并且一定会进步。我们还认为多数人即使犯错误,也不能对他们实行强迫,只能用教育的方法帮助他们觉悟。但是不能把这个观点孤立起来,推论说在任何条件下大多数人的意见都是对的,都是只能无条件服从的。"②

这样,一直到1984年1月胡乔木《关于人道主义和异化问题》的发表,邓小平对胡乔木都非常满意,不仅要求理论界讨论胡乔木的这篇文章,而且还要求在大学生中开展教育活动,认为这是前一段时间反对精神污染工作的总结。但就在这个时候,中共高层对"清除精神污染"的"清除"这个提法出现了不同意见。其中,胡耀邦在2月11日、17日分别在上海和石家庄都曾说过:小平同志说思想战线不能搞精神污染,这个命题是正确的,但做法有问题。有些省委书记就对此有意见,说清除污染从一开头做法就不对,报纸上铺天盖地。现在看来,清除精神污染这个提法恐怕不合适。当然这不是追究哪个人的责任,我们都是举过手的。精神污染就像个人主义、唯心主义一样,是无法清除的,还是反对或抵制精神污染比较妥当。到了3月18日,胡耀邦在接见日中友好议员联盟访华团时,又说起这个问题:反对精神污染是邓小平同志提出来的,主要是指思想战线上的问题,指我们的同志在宣传、广播和文艺工作中不能搞精神污染。但后来在宣传工作中走了样,出现了扩大化,提出清除精神污染。现在我们已经不用这个提法了,而是提建设社会主义精神文明。

胡耀邦的说法并没有得到邓小平的认可,他们之间在这个问题上出现

---

① 《胡乔木书信集》,人民出版社2002年5月第1版,第413—421页。
② 《胡乔木文集》第二卷,人民出版社1993年7月第1版,第564页。

了分歧。中央和省市干部也发现他们的说法有不一致的地方,思想上就有些捉摸不定。1984年2月28日,邓小平在和薄一波谈话时,谈到1月3日《人民日报》发表胡乔木《关于人道主义和异化问题》。薄一波说:国内外反映很好。邓小平说:反映不一,有些人还在反驳。前一段清除精神污染是完全必要的,看来镇住了,把文艺界、思想界的一些人的气势压下去了。人道主义、异化问题一时间闹得很厉害,我说过,他们实际上是搞自由化,现在这样就可以了。对外开放、对内搞活经济的政策是长期的,资产阶级自由化思想的侵蚀也将会是长期的,因此反对思想上的精神污染也将是长期的。3月14日,邓小平和胡乔木、邓力群谈话的时候,再次表达了他的这个看法。

1984年5月15日,赵紫阳在全国人大六届二次会议上作了《政府工作报告》,对清除精神污染也给予了肯定。但与此同时,一股否定反对精神污染的力量也开始滋长。直到1984年12月底中国作协第四次全国代表大会的召开,中共高层在反对精神污染上的矛盾终于公开化,并激烈地暴露出来。在随后1985年4月召开的中国剧协第四次会员大会上,甚至有人说出了"清除精神污染是中华民族的耻辱"这样危言耸听的话。文艺界的混乱给中共高层带来了紧张,胡耀邦更是始料未及。于是他赶紧出来纠正。1985年2月8日,胡耀邦在中央书记处会议上专门就此作了一个题为《关于党的新闻工作》的发言,强调"党的新闻事业是党的喉舌","提创作自由,并不等于说报刊和出版社的编辑部对于作家的不论什么样的作品都必须加以发表和出版";"我认为就是要有鲜明的正确立场,要有鲜明的阶级性和党性,要有实事求是的科学态度"。这个讲话胡耀邦在发表前胡乔木曾作过修改。

然而,让胡乔木怎么也不会想到的是,从此邓小平再也不找他起草中央文件了。那么,胡耀邦的这个发言究竟出了什么问题呢?胡乔木又为什么受冷落了呢?

原来,在胡耀邦讲到"精神污染"问题时,他坚持自己的观点,说:"的确,党中央也曾考虑,'精神污染'这个词一般人比较生疏,可能在国内外引起这样那样的误解,如果在前面用了'清除'的字样就更如此,并且在事实上也办不到。所以不到十分必要的时候,可以少用或者不用这个名词。但是这决不是说,反对精神污染的原则有什么错误;更不是说对于真正的精神污染即剥削阶级腐朽没落思想的侵蚀,我们可以不抵制。"1985年8月,胡耀邦的这个讲话《红旗》杂志发表了。显然邓小平是看到了的。

到了9月上旬,为了起草邓小平在全国党代会上的讲话,因为对胡耀邦组织的写作班子拿出的初稿不满意,邓小平就找邓力群起草。一见面,邓小平就说："你们知道吗,胡乔木讲反对精神污染搞错了,以后不要提了。"邓力群听了觉得有些纳闷,没有作声。邓小平非常严肃地说:"我不收回我的那个讲话①,将来编我的《文选》,我要原样不改地收进我的《文选》里面去。"邓小平对胡乔木是有意见了。但胡耀邦的这个讲话,到底是他请胡乔木帮助修改的还是胡乔木主动帮助修改的?而涉及"精神污染"的这段话,胡乔木究竟改了没有,或者改了什么?不得而知。有人说胡乔木改的是"不到十分必要的时候,可以少用或者不用这个名词"这句话,才引起邓小平不高兴的。

对邓小平的批评,胡乔木是不知道的。邓力群也没有跟他说。而为了缓和他们之间的关系,邓力群把邓小平在全国党代会上的讲话稿起草出来之后,有意识地向邓小平提出想请胡乔木帮助看一看。邓小平没有吭声。这样,邓力群就很高兴地请胡乔木进行了修改。起草文件、修改讲话,这对胡乔木来说已经是家常便饭了,胡乔木对邓小平讲话的修改极其认真,并在讲话稿中增加了一个内容,即理论学习的重要性。邓力群认为胡乔木修改得极好。

其实,从与周扬在"人道主义和异化问题"上发生这场争论之后,胡乔木就深感提高党的理论水平的重要性。1984年春,胡乔木开始按十二届二中全会上邓小平讲话的提议,就思想战线工作的情况和建议进行调查研究,准备提供中央专门讨论。3月下旬,胡乔木从杭州给邓力群打电话并请他向胡耀邦汇报,就党的理论工作讲了许多非常深刻而精彩的话,尤其强调指出:下次中央讨论思想工作,要研究如何把我们党建设成一个思想上的大党、理论上的大党。我们党在理论方面的研究,长期只靠对马列和毛主席著作的探讨,而毛主席系统的理论著作并不多。50年代,我们主要靠翻译苏联的著作;现在又主要靠翻译美国和西方的著作,不少人容易跟着西方走。目前无论在我们的干部中,还是在理论界,对国内国际出现的重大问题,从理论上讲不出一套深刻的道理来。我们这样一个10多亿人口的大国,有60多年历史的大党,却没有一批自己的大学者、大理论家,没有多少独创性的学术著作,实在说不过去。一个大国、大党,要长期发展,单凭过去的经验和现成的理论是不行的。当然建设一个理论上的大党要有一个较长的过程,但必须从现在起就有长期打算。胡乔木还举了计划与市场关系等例子说明,许多重大现实和理论问题都要深入研究,这是思想战线为经济建设总目标、总任务服务的首要方面。

卢之超回忆说:"4月初,我随邓力群到杭州向乔木汇报思想工作方面的情况,乔木正在杭州就这个问题作调查,就把我留下帮助他做一些组织联系

---

① 即邓小平在十二届二中全会上的讲话,着重讲了整党不能走过场和思想战线不能搞精神污染。

工作,一直到 4 月下旬。在 20 天左右的时间里,他分别召开了理论工作者、高校理论研究室主任、工会干部、青年团干部等各种座谈会,与他们一起商量理论研究工作,高校理论教育,工人、青年学生的思想情况和思想政治工作等等问题,还参观了工厂、农场、乡镇企业、大学和计算机研究所等单位。这期间,他把全部精力用在考虑新的历史条件下的思想工作,包括学校理论教学的改革,科研单位、党校和报刊的理论研究和宣传,工人的读书活动和工会工作,学校党团组织的活动和学生的思想动态,企业的管理、改革和计算机等新技术的发展应用,甚至城市生活中的思想文化建设。他特别对高校的政治理论课有系统的考虑,并要我帮他考虑一些课程的提纲。每天在一起散步、看电视的时候,常常听到他对有关思想文化各种问题的评论和意见,包括理论学术问题,也包括方针政策问题。由于人道主义问题辩论的余波未消,一次看电视时,我提出现在理论研究和讨论中,现实政治问题和理论学术问题的界限不清楚,有些人有顾虑,不少人要求划个明确的界限。他说,这样做很难,甚至不大可能。人道主义、异化,本来作为理论学术问题不是不可以讨论。现在讲到这种程度,不管不行了。又说,波兰的团结工会,本来也是说可以允许,后来越闹越凶,不管不行了。界限不是固定的,界限会随形势变化的,所以只能根据形势划一些大致的界限。有一天参观灵隐寺,发现烧香拜佛的人很多,附近一些街巷里都是卖封建迷信用品的。他对此深为忧虑,说宗教活动应当限制在寺院场所,城市要多搞一些科普知识的宣传,包括展览、科普画廊等;后来还正式向省市领导提出,杭州是文明的城市,不应是迷信的城市,建议宗教界积极参加公益事业。杭州回来不久,乔木又派我和另外几位同志到厦门、深圳、海南等开放城市和地区作有关思想工作的调查。可惜后来这件事没有达成什么具体结果。他只得转而去抓学校的理论教学。"①

理论是行动的先导。尽管加强干部理论学习的问题是邓小平提出来的,但胡乔木根据自己的调查研究,对邓小平全国党代会上的讲话稿在文字上进行了充分发挥,表述十分精彩到位,邓小平也非常满意。而胡乔木甚至还跟邓力群说:邓小平比毛泽东还重视理论学习。但无论如何,自从 1985 年中共党代会以后,胡乔木开始受冷落了。这里面的原因到底有哪些?我们或许很难找到一个准确完备的答案,但邓小平不满意胡乔木跟随胡耀邦讲"反对精神污染不要提了",或许是原因之一。

---

① 卢之超:《回忆乔木》,见《我所知道的胡乔木》,当代中国出版社 1997 年 5 月第 1 版,第 171—172 页。

落实邓小平加强干部理论学习,却遭反对实事求是的流言纠缠

反对资产阶级自由化,可以说是邓小平时代中共思想战线上的一个标志性事件。而在整个事件过程中,胡乔木始终是站在反对资产阶级自由化的立场上的,甚至可以说是一个"旗手"。

1985 年秋天,邓小平在党代会上号召中共新老干部要针对新的实际掌握马克思主义基本理论。正在用很多时间抓学校理论课教学改革的胡乔木,又义不容辞地开始抓紧落实中共干部理论学习这项工作,但工作中他却遇到了自己难以想象的阻力和困难。

因为中共高层出现了不同的声音,邓小平和胡耀邦在反对精神污染和资产阶级自由化等问题上的分歧尽管没有公开化,但在中央内部已经不是什么秘密了。因此,胡乔木自然受到了那些在不同程度、不同层次上倾向搞自由化的人的发难,甚至有的语言尖锐刻薄,说:胡乔木从改革开放开始就一直反对改革开放。但胡乔木没有理会这些流言,依然把加强干部理论学习的工作提上了议事日程。

在这一年,中共中央宣传部主管理论宣传的副部长王惠德先后主持召开了两个座谈会,一个是中、老年理论工作者座谈会,一个是青年理论工作者座谈会。曾因参与周扬报告起草"异化"问题而受到批评的王若水,借机在两次会议上对自己受到批评的观点进行了逐条辩驳,同时还写了一封长信给胡乔木为自己申辩。同时在这个时候,河北省委宣传部的一个干部给中央写信,建议"学理论不必要学马恩列的著作,也不用学毛泽东的,只要学十一届三中全会以来中央的路线、方针、政策就可以了"。胡乔木看到这封信后,发现持这种不正确观点的已经不是某一个人,而是那么一群人并形成了一种倾向了,必须加以纠正。

对此,作为亲历者之一的卢之超回忆说:"中宣部理论局是分管干部理论学习工作的。由于'文化大革命'的影响,当时在现职干部中有不小一部分只读过一些语录,从未系统学习过马克思主义哲学、政治经济学、科学社会主义的基本理论。针对这种情况,曾搞了一个补课性质的正规化学习计划,各省由讲师团负责,已进行了好几年。这时接到一位干部的来信,反对这样做,说是教条主义,理论局内部也为此发生一些争论。问题的实质,是在学习马克思理论中存在教条主义,还是根本不重视、不学习马克思主义的基本理论,就像林彪当年说的用百分之九十九的时间学毛泽东著作,百分之一学马克思。两种情况哪是主要的?"

于是,胡乔木决定召开一个全国会议,研究布置干部理论学习。这次会议胡乔木不仅亲自主持,而且还讲了话。胡乔木说:我们的理论学习没有坚持下来,多次停顿。学习理论不能简单化。十一届三中全会以来的方针、政策,不能说都是理论。经过实践检验证明是正确的,包括中央领导同志讲的一些重要的话,应该算做毛泽东思想的继承和发展,应该当做理论来学;但有些具体的政策和规定不能当做理论来学,应该加以分析。讲话中,胡乔木还举例讲了"实事求是"。他说:单"实事求是"这四个字,孤立起来,无产阶级可以接受,资产阶级也可以接受。毛主席对"实事求是"作出了自己解释,从辩证唯物论认识论的高度赋予了深刻的新含义。"实事求是"本来是汉朝人的用语,其原意是一种朴素的唯物主义。但这个概念过去强调从实际出发,本身是重视理论的,就是从实际本身找些道理出来,如此而已。

胡乔木的这个发言,其实就是想用历史来说明理论学习的重要性。"实事求是"这四个字是古人说的,并不是马克思主义者创造的。毛泽东在延安时期引用了这句话,并用马克思主义加以科学的说明,改造为有科学内容的命题。作为一个重要的理论问题,邓小平曾将其阐述和归纳为马克思主义的实事求是的思想路线。因此,"我们讲'实事求是',有我们的特定含义,就是讲认识客观规律,按客观规律办事,把马列主义普遍真理同中国革命具体实践相结合。在这个意义上,正如小平同志说的,'实事求是'是毛泽东思想的出发点、根本点,是毛泽东思想的精髓。乔木同志讲得很清楚,意思是不能把具有丰富科学内容的'实事求是'简单化了,不能把理论问题简单化了。简单化了就离开了毛泽东同志的本意,可以成为资产阶级也可以接受的东西了。"①

而在座谈会前的11月7日,胡乔木还听取了新任中宣部部长朱厚泽②和理论局部分人的汇报。卢之超回忆:"在汇报的时候,乔木尖锐批评了不重视、不学习马克思主义,认为马克思主义已经过时、不解决现在的问题等错误观点。同时也批评了简单化、庸俗化的观点和做法,比如想只记住一些简单的结论和流行的口号,而不想知道我们党是如何运用马克思主义的基本原则、基本方法来探索解决新的政治、经济、社会、文化等基本问题的。其中谈到,如果不与马克思主义的基本理论相联系,只简单地知道实事求是、从实际出发的字句,这样理解的'从实际出发'、'实事求是'并不一定是马克思主义。资本家要赚钱,也不能凭空想,也要了解行情,从实际出发。这其实是

---

① 《邓力群文集》第三卷,当代中国出版社1998年12月第1版,第103—104页。
② 1985年7月邓力群辞去中共中央宣传部长职务,由贵州省委书记朱厚泽接任。

一个简单的道理。因为如果不学习掌握马克思主义的世界观和方法论,这些字句就只能被理解为一般的生活常识,而谈不到是马克思主义的精髓。但在一些人中却以为抓住了什么把柄。"①

紧接着,有人就在下面又搞了一些违反组织纪律的无聊做法,并且很快就冒出了谣言,说:胡乔木反对实事求是。

不久这个谣言就传到了邓小平的耳朵里。

有一天,邓小平问邓力群:乔木反对实事求是吗?

邓力群就把会议上胡乔木的发言,原原本本地向邓小平说了一遍,并明确指出:胡乔木并不是反对"实事求是"。

胡乔木听到这些谣言后,十分生气。参加革命已半个世纪,为毛泽东思想的形成、发展和完善作出重大贡献,为邓小平"解放思想、改革开放"积极鼓与呼,为建设中国特色社会主义事业竭忠尽智的胡乔木,虽已看惯了人生的风和雨,但对这背后的小动作却不无感慨地说:"这是从延安以来历届中宣部都没有发生过的无聊事情。"尽管他对谣言立即给予了强有力的批评和反击,但如卢之超所言:"正在小平提出学马克思主义理论的时候,中央最高宣传部门的工作人员如果只知道搞些小动作而不知理论为何物,怎么能去组织干部学习呢? 多年领导党的理论工作,习惯于同工作人员'海阔天空'地研究理论问题的乔木,面对这种情况,怎能不感到寂寞和悲哀呢? "

反击日本右翼篡改历史,胡乔木提升抗战史研究新境界

早在 1936 年胡乔木担任上海左翼文化同盟书记和中共江苏省委临时委员会宣传部长的时候,就开始从事组织和宣传抗日的工作,立志"把自己的生命奉献给神圣的民族解放战争"。他不仅在文化方面为建立更加广泛的抗日民族统一战线出谋划策奔走呼号,为进步青年作家萧军的抗战小说《八月的乡村》积极评论赞扬,还成功参与领导了上海青年抵制日货运动,受到民族资产阶级欢迎。与此同时, 他组织成立了中共外围组织抗日救国青年团,在学生中发展团员,从事公开的救亡活动。1936 年 12 月,西安事变爆发后,蒋介石被扣西安,何应钦打电报让在国外的汪精卫回国,胡乔木得到消息后,就领导抗日救国青年团团员开展了全市性的"反汪"活动,从汪精卫上

---

① 卢之超:《回忆胡乔木》,见《我所知道的胡乔木》,当代中国出版社 1997 年 5 月版,第 162 页。

岸的码头、车站到汪宅,四处贴满了反对亲日派汪精卫的标语。

伴着全国抗战的隆隆炮声,胡乔木来到革命圣地延安。1941年2月被毛泽东看中调到身边担任秘书工作,协助毛泽东宣传中共抗日政策、处理有关抗日大事也成为胡乔木的主要工作之一。从1941年2月到1945年5月,在胡乔木为《解放日报》写的35篇社论中,其中大都是分析战争形势、批判妥协投降,积极宣传中共抗日政策,进行人民战争动员的内容。当时,为了适应抗日战争的需要,中共相应地制定了许多具体的战时政策,如:政权建设方面的"三三制"、土地革命方面的减租减息、战争时期人民教育政策,以及大生产、精兵简政政策等等。作为毛泽东的秘书,胡乔木深切了解中共中央的战略部署,挥毫疾书,叱咤风云,以他尖锐泼辣的文笔,写下了痛快淋漓、令敌丧胆令人叫绝的檄文,有力地宣传了中共的抗战政策,受到了毛泽东的好评。抗战的亲身经历和对中日关系史的整体把握,使得胡乔木对抗战的伟大意义有着自己独特的研究和发掘。

"国破山河在,城春草木深。"每每想起抗日战争的那个苦难年代,胡乔木都心潮起伏感慨万千。他说:"当年的那种如火如荼、惊天地而泣鬼神的战斗生涯,谁能不感到无比的自豪呢?! 谁能不努力恢复和发扬抗战时期的优良作风呢? 而对于前仆后继、英勇殉国的无数先烈,又谁能不肃然起敬? "1987年8月7日,他在《人民日报》发表文章《略谈八年抗战的伟大意义》,指出:"八年抗战对中国革命历史的发展的确具有扭转乾坤的伟大意义。""中国人民抗日战争和解放战争的胜利说明了一个真理:在中国,哪一个政党能够以工农联盟为基础,团结全国95%以上的爱国人民解决民族独立问题,同时为占人口80%以上的农民解决土地问题,这个政党就一定能够领导中国,使祖国走上富强文明民主之路。"而且抗战"根本改变了远东的国际政治形势",张牙舞爪欲侵吞中国吞并亚洲独霸世界的日本帝国主义,终于陷入山穷水尽四面楚歌的地步,无条件投降;而新中国的成立,"一向被称为东亚病夫的旧中国一去不复返了。同时,远东的旧形势和世界的旧形势,也都一去不复返了。"①

胡乔木认为:"中国受日本侵略之害最深。在八年抗战中,中国军民伤亡总数即达2100万人,其中牺牲者达1000万人(只是震惊世界的南京大屠杀就牺牲30万人),财产损失达600多亿美元。但是社会主义的新中国一向认为,中日两国是一衣带水的邻邦,有1000年的友好历史,两国不愉快的关系

---

① 《胡乔木文集》第二卷,人民出版社1993年7月版,第238—239页。

还不到 100 年;而且侵华战争只是日本帝国主义的罪恶,日本人民同样是受害者。"因此,为了和平发展中日友好关系,胡乔木主张要加强学术研究,"抗日战争在我国历史上和世界历史上既然有如此伟大的历史意义,我们的学术界首先是史学界就责无旁贷地需要加以充分研究"。他希望"能够有大量的研究家、著作家投入到这个在很多方面尚待深入探索的领域中来",而且"希望日本的严肃的历史研究家和著作家,及其他一切有关国家的严肃的历史研究家和著作家,能够共同努力,利用各自所掌握的一切真实资料,为这次战争写下有悠久价值的科学巨著"。

胡乔木说,我们的宗旨是为人民服务。为人民服务的内容很多,维护祖国的尊严、民族的利益是其中最基本的内容,每一个人(更不要说是共产党员了)都应首先把国家的、民族的尊严和利益放在第一位。如果连这点都做不到,就谈不到为人民服务。连自己的国家都不爱的人,还能去爱这个国家的人民,还能去为人民的利益而奋斗,去牺牲自己的一切吗?一个国家的人民连爱国主义精神都没有,失去自尊自重自爱的精神,那就很难想象这个国家、这个民族能够是团结统一的,还能正常发展并强盛起来。所以,进行爱国主义教育,培养全体人民,特别是青少年的爱国主义精神,提高他们的爱国主义觉悟,是社会主义精神文明建设的一项重要任务,是宣传教育和思想政治工作的一项重要内容,也是改革开放、社会主义现代化建设顺利进行的一个重要保证。胡乔木认为,抗日战争的伟大胜利正是一部进行爱国主义教育的好教材。

20世纪七八十年代,随着经济的崛起,日本国内右翼势力不断跳出来否定日本侵华历史,其要求做政治大国、军事大国的欲望日烈,篡改历史教科书,将日本在第二次世界大战中对亚洲各国的"侵略"改为"进入",而对南京大屠杀、七三一细菌部队、慰安妇等也一一淡化处理,甚至否认侵略暴行,企图复辟军国主义。

1982 年春夏之交,日本文部省在审定中小学教科书时,歪曲历史事实,掩盖日本军国主义侵略中国的罪行。外电有关日本修改历史教科书的报道,立即引起正在青岛养病的胡乔木的极大关注和愤慨。胡乔木认为,这是有关我们国家民族的大事,是个原则问题,决不能妥协。我们要与日本发展友好关系,但绝不能为了友好,就放弃原则,因而他一再坚持要进行反击。他立即打电话给在北京的秘书黎虹,要求把他关于组织必要的抗议的具体建议迅速转告中央有关方面。但他依然放心不下,立即中断病休回京,撰写了评论《警惕军国主义的逻辑》,痛斥日本右翼势力篡改历史的种种谬论。

胡乔木开门见山地提醒世界："日本文部省在审定历史教科书时，强行删去对中国侵略的字样而改为'进入'，这不是一个小问题，这是日本军国主义企图复活的重要信号。"进而指出，"日本文部省篡改侵略历史的事实，完全不是孤立的。日本内阁中有很多长官或大臣是公开坚决支持文部省的篡改的"。胡乔木赞扬日本各界批判右翼分子篡改历史的义举，是"真正爱国的表现"，指出中国政府和人民的抗议乃是我们"神圣不可侵犯的权利"。接着，他以锋利的笔触，一一严厉批驳日本右翼势力的篡改侵略历史的重要观点、论据，如针对国土厅长官松野幸泰叫嚷"日本在'进入'外国的当时，并没有使用侵略一词，如果把'进入'说成是侵略，就是歪曲事实，孩子们就会说祖先们干了坏事，不尊重他们了"。胡乔木说："按照松野长官的逻辑，世界历史上本来就根本不存在什么侵略的事实。因为历来的侵略者，连同在第二次世界大战中与日本结盟的德国的希特勒、意大利的墨索里尼在内，从来在'进入'外国的当时，一概'并没有使用侵略一词'。看来，不但日本的历史教科书应该修改，而且德国、意大利的历史教科书也应该修改，凡是'侵略'都应该改为'进入'。否则，'就是歪曲事实'。而且德国、意大利的孩子们就会说，他们的'祖先干了坏事，不尊重他们了'。"针对日本文部省大臣小川平二关于"'进入'一词是不包含价值判断的客观词汇"的谬论，胡乔木驳斥道：看来"'进入'一词，实乃是最科学的词汇，而科学是无国界的，理应为全世界所接受。据此，不但在德国、意大利的历史教科书中，而且全世界的一切教科书、一切书籍、一切辞书中，都应该将不客观，不公正的'侵略'一词永远消灭，而一律代以不包含价值判断的'进入'，而不致引起任何价值判断的纷扰。这样做了以后，不但人类历史将一概变得客观公正，而且所有国家都可以自由地'进入'和被'进入'，这岂不是日本长官造福全人类的空前伟大的丰功伟绩？……他们的这种伟大的科学发明，实在理应授予诺贝尔和平奖金。不但将来的日本的孩子们，而且全世界的孩子们，都应该'尊重'他们所干的'好事'啊！""可惜的是，世界上的大多数人还不能接受日本的这些长官和大臣们的奥妙的学理。他们竟不以受'进入'为光荣，或对于受'进入'采取超然的客观公正的态度，而偏要执迷于价值判断。他们坚持认为：侵略就是侵略，根本不是什么'进入'。"而"按照这些长官们的逻辑，世界上的国家必须分为两类：一类享有天赋的自由向别国'进入'的权利；另一类却注定只有受'进入'的义务。只有这样才'客观公正'，但真不知受这种'客观公正'教育的日本孩子们，将要受到怎样可怕的价值判断的毒害啊！"

1982 年 8 月 2 日，《解放军报》在第一版以"本报评论员"的名义发表了胡乔木的这篇评论,从而揭开了中国新闻舆论界揭批日本篡改历史的帷幕。之后,《人民日报》相继发表了《忠言逆耳利于行》《日本修改教科书的前前后后》《前事不忘,后事之师》《日本政府应当切实纠正错误》等社论、时评,中共中央的理论刊物《红旗》杂志也发表了《警惕日本军国主义复活的危险》的评论文章,掀起了反击日本右翼势力歪曲历史的热潮。为了进一步批驳日本文部省篡改历史的丑剧,对广大人民进行爱国主义教育,胡乔木还指示中国历史博物馆、新华社摄影部和外文出版社等单位协作,举办了"日本侵华图片展览"。而在中国人民的强烈抗议下,日本政府不得不正视自己的错误,表示要充分倾听中方对教科书表述的批评,由政府负责纠正。根据新的审订标准,对教科书中的"侵略""南京大屠杀"的修改作出纠正。至此,由胡乔木领导的这场与日本文部省篡改历史教科书的斗争终于初战告捷。但胡乔木知道,斗争并没有结束。

1982年11月初,胡乔木在报纸上看到"《恶魔的饱食》作者前往哈尔滨日本细菌试验场旧址,看到均已盖了工厂,仅存地下试验室遗迹"的报道后,心中极为不安。他立即在11月6日致信中宣部部长邓力群,指示其速告"黑龙江省委宣传部和文物局着意保护,并作为对群众尤其青少年教育场所,使勿忘帝国主义侵略者的惨无人道。东三省以及全国可能还有一些类似的需要保护的侵略战争遗迹和反动统治的遗迹,望文化部告文物局,通令全国查明,定出保护措施和进行宣传教育的办法"。胡乔木说:"这类事情现在抓已经迟了一大步,但再不注意,则有关文物将永远湮没,造成不可挽回的损失了。"当北京市常务副市长白介夫和历史学家刘大年提出要建立日军暴行调查组开展调查时,胡乔木极为支持,从调查计划到资金的投入,再到基金会秘书长人选,胡乔木都一一帮助落实。他对揭露日军侵华暴行的急切关心与远见,由此可见一斑。

1984年11月16日,胡乔木致信胡启立、姬鹏飞:"中日关系目前总的来说是好的,我们应大力促进这个势头继续向前发展。日本政府内和资产阶级内有一股势力要恢复军国主义,其终极目的是要修改宪法,重新走上扩张道路,为此他们就要为侵华战争以及对东南亚的侵略和整个太平洋战争翻案,但他们的这一企图当然要受到国内种种民主力量的抵抗,这一斗争将是长期的。我想我们对日本民主力量自应声援,涉及否认对华侵略的逆流更不能不予以适当的回击。但这种声援和回击都要在不损害中日友好主流和不涉及日本政府的范围内进行。"胡乔木之所以写这封信,原因是日本拓植大学讲师田中正明在这年5月出版了一本名叫《南京大屠杀之虚构》的书,全面否认南京大屠杀。而这个顽硬的军国主义分子,本人就是当年上海派遣军总司令松井石根大将的秘书兼随军记者,可谓是南京大屠杀的大头目,是双手沾满中国人鲜血的大刽子手。胡乔木对这本书的出版及其带来的恶劣影响,极为重视,觉得这种很有代表性的反动思想观点正好反映了日本官方一种主流派的思潮,因此必须予以坚决回击和批判。

为此,胡乔木在信中提出了回击的方案,即:对《南京大屠杀之虚构》一书采取以下步骤:"一、可以由《世界知识》或《瞭望》一类刊物或南京《新华日报》发表署名的书评。二、日本为侵华战争翻案的活动很多,可以委托由军事科学院主持《抗日战争史》的编写人员或专事日本研究的人员在充分掌握国内外资料的基础上写成一本中等篇幅的专著予以揭露,书内要充分表现日本社会各界对这股逆流的抗争,但全书亦宜尽量不涉及日本官方的主要人物。三、可以请我驻日记者对日本各界人士坚持发展中日友好、反对违反两国友好原则的逆流的各种活动不时写回一些通讯,这些通讯的重点放在加强两国友好的正面报道方面,对逆流的抗争则放在附带地位。"

随后,按照胡乔木的意见,军事科学院将该书翻译成中文由世界知识出版社内部出版发行。1985年8月16日的《世界知识》第16期和8月27日的《新华日报》,以潘俊峰的署名发表了《铁证如山,岂容抵赖——评田中正明著〈南京大屠杀之虚构〉》的书评。发表前,胡乔木在对此文初稿做了20多处修改后,在第二稿上又做了20处修改。1986年1月,解放军出版社出版了军事科学院外国军事研究部撰写的《日本侵略军在中国的暴行》一书,首次图文并茂、全面翔实系统地揭露了日军的暴行,极受读者欢迎。胡乔木亲自对书稿进行了审定。与此同时,胡乔木还特别注意要求历史学家和工作者们,更广泛、更系统、更深入地研究历史,搜集材料,保护抗战文物和遗迹,组织编写专著来揭露日本侵略者在我国制造的惨案暴行,如南京大屠杀、七三一部队和细菌战、五卅惨案、重庆大轰炸、平顶山事件等等,教育中日两国的青少年一代。

1985年4月初,中宣部召开全国高等学校政治理论教育座谈会,希望胡乔木出席会议并讲话。当时,胡乔木因不慎把脚腕扭伤,不能走路,正在家养病。但他仍坚持让别人架着他到了会场,讲了近两个小时的话,使到会的同志都大为感动。事后他说,本来不去也不为过,但这是涉及几十万上百万青年政治思想教育的大事,我有责任把这事抓好,否则就是失职,于心不安。这年9月,日本内阁成员中曾根等人,不顾中国方面事先的友好劝告,坚持参拜供奉有甲级战犯的靖国神社。在这个关系到民族、国家和人民利益的原则问题上,胡乔木坚持要进行外交交涉,决不退让。①

1985 年 9 月 3 日是中国抗日战争胜利 40 周年纪念日。身为中共中央政治局委员的胡乔木,首先提议要开展多种形式的纪念活动,一方面表明我们维护世界和平立场,一方面对国民进行爱国主义教育。他说:"抗日战争,现在 50 岁上下的人还有印象,还能了解,但对年轻人来说就没有什么感性认识了。因此,抓住抗日战争这个题材对全国人民进行爱国主义教育,是十分必要的。"他还对纪念活动提出了主导性意见和具体措施。

在总体方针上,胡乔木指出:"过去讲抗日战争,只讲共产党方面,很少讲国民党方面,这不全面。国民政府是片面的、消极的抗战,共产党是全面的、积极的抗战,这是事实。但在国民党中间,也有不少人是抗日的,而且做了不少好事,这方面我们也应该实事求是地讲出来。对中日关系也要全面认识。中日两国是一衣带水的邻邦。从历史上来看,中日两国人民世世代代都是友好往来的。只是到了近代,才发生了日本军国主义侵华战争。但是,日本广大人民是反对这场战争的,而且,战争不仅给中国人民造成了巨大的灾难,也给日本人民带来了灾难。我们既要揭露战争给中日两国人民带来的灾难,控诉日本军国主义分子的罪行,同时也要宣传两国人民友好往来的历史,发展睦邻友好关系。"

在具体措施上,胡乔木主要抓了以下几件事:一、请新华社等单位组办中日邦交历史展览,以图片、实物等形式,全面叙述一千多年来两国邦交的历史。在公开展出前,胡乔木亲自到中国美术馆进行了审查。二、请孙平化、刘德有撰写了《珍惜艰难缔造的中日友好关系》一文,叙述了 1949 年以来,中日两国人民及有关人士,为了发展两国友好关系,实现中日邦交正常化,作出的巨大努力。为此,胡乔木曾约孙、刘两人面谈,提出写作此文的总体构思和具体意见,对初稿又做了细致的修改,最后批给《人民日报》发表。三、提议在原北平市宛平县城内建立抗日战争纪念馆。具体工作由时任文化部部长的朱穆之负责,但从选址、经费到馆内陈列等事项胡乔木都亲自过问。他还给胡耀邦写信,建议征集抗日战争文物。四、组织抗战胜利纪念日宣传。8 月底,胡乔木就指示宣传部门,9 月 3 日那一天,除中央召开大会以外,首都各报都要发表社论。不仅如此,全国各省的报纸都要有自己的社论,不能单转载《人民日报》的。全国各大城市如天津、上海、南京、广州、北京、武汉、重庆、沈阳等都应该有纪念活动。"'七七'、'八一三'、'八一五'等我们都没有

---

① 邱德新:《忆乔木同志》,见《我所知道的胡乔木》,当代中国出版社 1997 年 5 月第 1 版,第 544 页。

表示,这次不能再没有表示了。"在胡乔木的指挥和具体部署下,中国进行了一次声势浩大有声有色的抗日战争胜利纪念活动。①

9月底,胡乔木应邀出席了中国军事科学院举行的抗日战争和世界反法西斯战争胜利40周年大会,并作了讲话。他提出抗日战争的胜利,不仅对中国,而且在世界上都具有重大意义,学术界特别是史学界应当责无旁贷地加以研究。这个讲话,后来以《加强抗日战争和世界反法西斯斗争的历史研究》为题,发表在《红旗》杂志1985年第18期上。胡乔木自己还动手写文章。这年4月,他应中国青年出版社之约,为青年爱国主义教育丛书《我的中国心》作序《发扬爱国主义精神》。他这样写道:"中华民族历经数千年而不衰,几度面临严重的外敌入侵而绝不屈服,这一切让人们痛苦悲愤又催人奋进的,可歌可泣的历史,正是由中国人民用崇高的爱国主义精神,用自己的泪和血写出来的。在敌人的屠刀、枪口面前视死如归,深信祖国的生存、利益和荣誉高于自己的生命;富贵不能淫、贫贱不能移、威武不能屈,这是我国人民高贵的民族性格。""今天的中国,共产主义不但不同爱国主义相对立,而且正是爱国主义的最高发展。坚持党的领导,热爱共产党领导下的社会主义新中国,这是当今爱国主义精神的核心。"

在日本右翼势力极力歪曲历史、美化战争的情况下,国内外的一些知名人士纷纷建议在卢沟桥畔建设一座能够全面反映抗日战争的纪念馆,用以缅怀先烈,砥砺后世,同时揭露日本侵华战争的罪行。在这种形势下,胡乔木于1983年12月19日下午亲自到卢沟桥视察。在认真听取相关情况汇报后,胡乔木非常具体地谈了自己对筹建中国人民抗日战争纪念馆的设想,指出:"在卢沟桥建纪念馆不能只反映卢沟桥事变,因为卢沟桥事变实际上是中国全民族抗日战争的起点,还是应该搞一个全国性的'抗日战争纪念馆',全面反映抗日战争的历史过程。"经胡乔木多方协调,于1984年10月19日,成立了中国人民抗日战争纪念馆筹备委员会。随后,纪念馆始终在胡乔木的关怀指导下,于1987年7月按时建成,并举行了盛大的揭幕仪式。杨尚昆、王震、胡乔木等出席了开幕式。

胡乔木多次找纪念馆的负责人刘建业等谈话,强调抗日战争纪念馆应当成为中国抗日战争史的研究中心,开展多方面的、深入的抗战史及二战史的研究工作,团结全国的专家学者,把抗日战争史的研究提高到一个新的水平。在胡乔木的倡导下,抗战馆在建馆初期紧紧抓住学术研究工作,很快建

---

① 邱德新:《忆乔木同志》,见《我所知道的胡乔木》,当代中国出版社1997年5月第1版,第546—547页。

立起了一个全国范围的抗战史研究网络,并于 1988 年 7 月 5 日举办了首次抗日战争史学术研讨会。胡乔木出席了这次会议。他说:"抗日战争是中国人民真正全国规模的反对帝国主义侵略的伟大斗争。在民族战争的进程中,同时展开了争取人民民主的伟大斗争。正是抗日战争的胜利,改变了中国政治力量的对比,决定了中国民主革命的胜利。我们作为抗日战争的主人,对于这八年历史的研究,直到现在为止,还是远远不够的。"他特别强调:"抗日战争,也就是反抗日本法西斯主义的战争,是世界反法西斯战争的远东战线。到现在整整 50 年的时间过去了,仍然有一些人,首先是日本国内有一些人,还在继续过去侵略战争的思想传统,还在企图为日本的侵略战争翻案。我们要为中日两国人民的友好而奋斗,就必然要正确地对待这一段历史。抗日战争的研究,围绕抗日战争各种争论问题的讨论,是全中国人民,日本人民,以及亚洲其他国家人民长期的共同任务。"他明确指出:"正确地研究抗日战争的历史,对于中国的民族团结有非常重要的意义。抗日战争是在全民族团结的条件下进行的,是在国共两党合作的条件下进行的。实现祖国和平统一,实现国共两党第三次合作,现在仍然是我们中华民族的头等任务。在这个意义上,研究抗日战争历史具有特别重要的意义。"胡乔木殷切希望尽快地产生一系列跟抗日战争的伟大历史相称的,在学术上、政治上、文献资料上有足够分量的学术著作。①

胡乔木还带病到抗日战争纪念馆视察,指出:"第一,抗日战争纪念馆不应当仅仅是一个普通的博物馆,它应当成为对全国人民进行爱国主义教育的阵地,应当利用抗战史这部活教材,充分地宣传中华民族的崇高民族精神、民族气节和为了国家与民族利益摒弃一切私利的奉献精神,要使全国人民从抗日战争的伟大历程中撷取精神力量,增强民族自尊心、自信心,增强民族团结,在党中央的领导下,争取新的胜利。第二,抗日战争纪念馆应当逐渐成为中国抗日战争史的研究中心,应当团结全国抗日战争史研究人员,深入总结抗日战争历史教训,澄清历史事实,明辨历史是非,把抗日战争史的研究搞深、搞透。特别是要与国际上的学术团体、专家学者建立广泛的联系,把中国的抗日战争放到第二次世界大战的总格局中去考察研究。对于欧洲中心论,对于否定中国抗日战争的国际作用的观点,要用大量翔实的有说服力的资料去驳斥。对于否定侵略性质,为军国主义者招魂的逆流,要以事实

---

① 刘建业:《胡乔木同志与中国人民抗日战争纪念馆》,见《我所知道的胡乔木》,当代中国出版社 1997 年 5 月第 1 版,第 277—278 页。

去批判,起到维护世界和平的作用。除编写抗战史的专著外,要特别注重历史资料的搜集、整理。要抓紧时间,抢救一批濒临灭绝的活资料、活证据,要建立一个有一定规模的资料中心,把能搜集到的资料,完善地保管起来,并充分利用这些资料解决研究中的疑难问题。你们应该抓紧培养一支年轻的、有独立见解的、朝气蓬勃的研究队伍,向抗日战争史研究中心的目标进取。第三,抗日战争纪念馆还应当成为一座联系世界反法西斯阵线的桥梁,成为加强与台湾、香港、澳门爱国人士团结的纽带。一方面为台湾回归作出应有的贡献,一方面为反对侵略战争,反对军国主义死灰复燃,促进世界和平作一些力所能及的工作。"[①]胡乔木的这个谈话,清楚地指明了抗日战争研究的战略目标和指导思想。

　　1991年1月23日,由胡乔木大力倡导的"中国抗日战争史学会"在人民大会堂举行了成立大会,来自全国20多个省市的专家学者欢聚一堂。尽管胡乔木此时已经病重住院,不能亲自出席大会,但他仍在病床上写了一封热情洋溢的贺信,说:"八年抗战,是近代中国历史的一个根本转折,也是我党历史的一个根本转折。抗战改变了中国政治力量的对比,为人民解放战争的胜利奠定了基础,因而也为中华人民共和国的成立准备了必要的条件。抗战以中国人民的胜利而告结束,预示着中国社会历史的发展道路将要发生有利于中国人民的重大变化。从世界范围来看,中国抗日战争是世界反法西斯战线的不可缺少的东方战场。抗战胜利,彻底改变了鸦片战争以来的远东局势,意义深远。抗日战争是一场伟大的民族解放战争。中华民族、中国人民是抗日战争的主人。"胡乔木希望中国抗日战争史学会放眼世界,为总结历史经验、繁荣学术文化、发扬爱国主义传统和爱国统一战线、统一祖国的事业作出贡献。在胡乔木的关怀下,中国第一本研究抗日战争史的专刊《抗日战争研究》于1991年9月正式出版,海内外公开发行。

　　历史已经证明,胡乔木在处理中日两国历史问题和外交关系上,坚持以史为鉴面向未来的原则,维护民族和国家的根本利益,着眼中日友好发展的大局,积累了丰富的遗产和宝贵的经验。就像邓力群说胡乔木的"一生同党的事业融成了一体"一样,他的一生也同振兴中华的爱国主义教育事业融成了一体。

---

① 刘建业:《胡乔木同志与中国人民抗日战争纪念馆》,见《我所知道的胡乔木》,当代中国出版社1997年5月第1版,第279页。

访问美国促进学术交流,发表讲演分析"左"倾错误
"补充外交"打破制裁坚冰,胡乔木真的是"左王"吗?

1989 年发生的政治风波,对中共来说是一个考验,也是一个教训。就在这场政治风波的前夜,胡乔木最后一次走出国门,访问了美国。

在 20 世纪 60 年代和 80 年代,胡乔木出访过苏联和东欧的罗马尼亚、南斯拉夫等社会主义国家,那都是以中共官员的身份;1979 年刚刚复出的时候,他应日本学士院邀请参加该院 100 周年纪念活动出访过日本,那也是以中国社会科学院院长的身份,而且日本《读卖新闻》还专门作了报道,称"胡乔木是从战前就闻名的中国屈指可数的理论家"。但这次出访美国与以往出国访问不同,胡乔木是以客座教授的身份访美的,而且事先就提出了一个条件:不与任何新闻媒体接触!

胡乔木访问美国是由著名美籍华人物理学家李政道教授牵线,应加州理工学院邀请的。1989 年 3 月 24 日,胡乔木在夫人谷羽和女儿木英的陪同下飞往美国。夫人谷羽同样也是以客座教授的身份出访的。

在美国访问期间,胡乔木先后发表了三次讲演。其中,在加州理工学院先后作了《中国在五十年代怎样选择了社会主义》和《中国经济政策为什么长期犯"左"的错误?》讲演。这两篇演讲在访美之前,胡乔木专门请胡绳、邓力群等人阅改后,并送赵紫阳、宋任穷和薄一波等人审阅。第三次演讲是在密歇根大学作的,题为《中国领导层怎样决策》。在密歇根大学,长期在中国科技领域并负责北京正负离子对撞机领导工作的谷羽,作了《中国的"两弹一星"》学术报告。

《中国在五十年代怎样选择了社会主义》,这是胡乔木在美国的第一个学术讲演。他说:中国经济在 20 世纪 50 年代的最重要事件就是选择了社会主义,并且在艰难的条件下创造了奇迹。这主要有四个基本因素:一是中国政府实行了全国财政经济的统一,二是国营经济的日益强大,三是资本主义经济的弱小和发展困难,四是新中国的国际环境。

但中国在选择了社会主义道路以后,经济发展发生了曲折。尤其是在 1958 年到 1978 年的这 20 年之间,是中国经济的动荡和停滞时期,犯了 20 年的"左"倾错误。胡乔木在美国的第二次讲演就是以《中国经济政策为什么长期犯"左"的错误?》为题,从五个方面探讨了这个事实的原因。胡乔木认为,形成"左"倾错误的第一个原因,是企图以比第一个五年计划时期增长速度更高的超高速度来推进中国经济,并认为这个速度是可能的;第二个原因

是相信经济建设不能离开阶级斗争；第三个原因是追求某种空想的社会主义目标；第四个原因是20世纪50—70年代的国际环境的恶化和对于国际环境的过火反应；第五个原因是中国的文化的落后和民主的缺乏。胡乔木这些科学的历史的分析，是客观的，实在的。他既不是简单地把一切归之于个人的作用，也没有否认或者减少毛泽东在20年的"左"倾错误中的作用。他的讲演指出，要把个人放在历史所形成的一定社会动向和趋势中去考察，而不要把个人孤立起来，撇开某种趋势去考察。"左"倾本身就表现了一种社会趋势。没有某种趋势为背景的个人活动，不会成为卷起群众运动的个人活动。从这里人们就不仅知道历史的已然，而且也可以知道历史的所以然。①最后，胡乔木说："尽管中国人民和中国共产党在表现自己的意志的时候，受到过种种条件的限制，有过种种迷茫、困惑和失误，但是客观地审视人民共和国40年的历史可以发现，他们选择的社会主义并不是跟'左'倾错误相联系，而是跟经济进步、文化进步、社会进步、政治进步相联系的。""尽管'左'的倾向仍然需要警惕，但是总的说来，改革和开放不可逆转，就如同一个成熟的人不可能返回到少年时期的荒唐一样。"

回国后，胡乔木在美国的这两篇演讲，《求是》杂志再三要求发表。"在政治上极端严肃，在作风上极端严谨，在工作上极端严格"是胡乔木的作风。因此，在文章正式发表前，胡乔木特此将文稿呈送陈云审读，"问问他老人家有什么指示，以便决定是否发表，或加以修改"。后来，陈云通过秘书许永跃电话告知胡乔木："在强调'左'的错误的同时，也要点出右的危险。"于是，胡乔木按照陈云的意见，在《中国经济政策为什么长期犯"左"的错误？》一文中加上了一段话："在总结中国'左'倾错误的教训的时候，不能不同时指出中国在80年代的某些关键时刻也曾犯过右倾的错误，这种错误也会葬送社会主义事业，如果不是被及时制止的话。这个事实表明，正确地纠正'左'倾错误不是轻而易举的，中国必须既反对'左'倾，又反对右倾。"此文后来在收入《胡乔木文集》时改题为《中国为什么犯二十年的"左"倾错误？》。

应该说至此，胡乔木一个月的访美行程是愉快又难忘的。在美国，他受到了许多友好人士的欢迎，尤其得到了李政道教授全家的悉心安排和热情款待。但当他在密歇根大学讲演时，不愉快的事情发生了。密歇根大学的一批中国留学生要求一定要见胡乔木，这是访问行程中事先没有安排的，但他还是答应了。可是当他们在一起座谈的时候，其中一些学生就中国内政和所

---

① 刘大年：《历史要分析》，见《我所知道的胡乔木》，当代中国出版社1997年5月第1版，第68页。

谓的民主问题,提出了一些十分尖锐的问题,要求胡乔木答复。这令胡乔木感到很不愉快,谈了40分钟,他就推托身体不适结束了座谈。5月1日,胡乔木提前结束了访美行程。

其实,对于中国留学生的"尖锐问题",胡乔木是有所准备的。那段时间国内已经出现了学潮,这与国外的"和平演变"等反动言论也是有着紧密联系的。早在20世纪80年代初期国内就已经出现过资产阶级自由化思潮,北京西单的"民主墙"、上海的学生游行等等,胡乔木就已经发现了这股"西化"的苗头。1986年,北京出现学潮的时候,胡乔木就非常警惕。季羡林回忆说:"1986年冬天,北大的学生有一些爱国活动,有一点'不稳'。乔木大概有点着急。有一天他让我的儿子告诉我,他想找我谈一谈,了解一下真实的情况。但他不敢到北大来,怕学生们对他有什么行动,甚至包围他的汽车,问我愿不愿意到他那里去。我答应了。于是他把自己的车派来,接我和儿子、孙女到中南海他住的地方去。外面刚下过雪,天寒地冻。他住的房子极高极大,里面温暖如春。他全家人都出来作陪。他请他们和我的儿子、孙女到另外的屋子里去玩。只留我们两人,促膝而坐。开宗明义,他先声明:'今天我们是老友会面。你眼前不是政治局委员、书记处书记,而是60年来的老朋友。'我当然完全理解他的意思,把我对青年学生的看法,竹筒倒豆子,和盘倒出,毫不隐讳。我们谈了一个上午,只是我一个人说话。我说的要旨其实非常简明:青年学生是爱国的。在上者和年长者唯一正确的态度是理解与爱护,诱导与教育。个别人过激的言行可以置之不理。最后,乔木说话了:他完全同意我的看法,说是要把我的意见带到政治局去。能得到乔木的同意,我心里非常痛快。他请我吃午饭。他们全家以夫人谷羽同志为首和我们祖孙三代围坐在一张非常大的圆桌旁。让我吃惊的是,他们吃得竟是这样菲薄,与一般人想象的什么山珍海味、燕窝、鱼翅,毫不沾边儿。乔木是一个什么样的官儿,也就一清二楚了。"

对学生的爱国热情,胡乔木是十分理解的。想当年,他的学生时代也同样是一腔热血,北京、杭州、上海和家乡盐城都曾有过自己从事地下革命活动的足迹。但如今时代不同了,他更多担心和害怕的是青年学生们失去理性,缺失对时代的分析和把握,失去了自己的信仰而盲从。事实确实如此,1989年春访美归来,6月份北京还是发生了胡乔木不愿意看到的事情和结果。

但这次出访美国,胡乔木最大的收获或许就是认识了很多致力于中美友好事业的专家学者了。1989年春夏之交后,美国以"保护人权"为幌子对中国实行全面制裁,中美两国官方接触基本中断。政治纠葛会不会影响学术交流,一时成了中美两国学者共同关心的问题。一向重视中外学术交流的胡乔木，大胆地决定利用他3月底至5月初赴美访问讲学期间结识的朋友相继访华的机会，同他们频繁接触，表达了中国方面希望继续密切中美两国学术交流的意愿。仅在这年10月份，他就先后会见了李侃如、伍德科克、奥克森伯格。此后他又分别会见了李政道、李中清、威克曼、梁佩璐、奥树德等人，促进了中美学术交流。对这段往事，时任胡乔木秘书的徐永军有着深刻的记忆：

　　10月5日，胡乔木在中国社会科学院接待了他访美归来后的第一位美国客人——李侃如教授。会见中，双方强调在中美外交关系不正常的情况下，积极开展双方学术交流的重要性。乔木同志说，学术的交流对于学术的发展和全人类精神财富的增加是必不可少的。同时，它有助于促进双方互相了解。两国学者可以发挥自己的特长，比较冷静和超然地分析问题，并影响各自政府和舆论界。李侃如教授对此表示同意。他说，凯特林基金会(Kettering foundation)长期致力于发展中美双边关系，在美国，这叫做"补充外交"。乔木同志认为"补充外交"是解决某些问题的好形式。有些非常敏感的问题，不宜由政府间直接讨论解决，而可以由民间人士通过非正式的协商来寻求解决方法。在会谈中，李侃如教授表示他对中华人民共和国史研究很感兴趣，但美国这方面的材料很少，希望乔木同志帮助他采访一些仍然健在的老一辈革命家，以取得可靠的第一手资料。乔木同志说，这一课题的研究，不仅对加深中美之间的相互了解有益，而且有其自身的独立的学术价值。他表示，这个课题的研究最好有中国学者参与合作，并希望，作为交流，美国有关方面也帮助中国学者到美国深入研究美国史。

　　李侃如回国后，就"补充外交"一事向美国政府有关人士作了报告。美国政府对此颇为重视。也许正因为如此，10月下旬，美国前驻华大使伍德科克先生以美国新技术公司董事名义受命来到中国。29日，通过新华社找到乔木同志，了解双方派一些与政府关系密切的非政府代表，用非政府团体寻求解决两国政府间棘手问题的方法的可能性。伍德科克说，如果中国方面同意这样做，美国将派第二任驻华大使恒安石作为代表。乔木同志感谢伍德科克先生告诉他这样一个重要的信息和他为保持中美友好所作的努力。他说，如果要谈，中国方面可以由与恒安石地位相称的中国前驻美大使韩叙出面。但是，这件事最终得由政府决定。他将把今天的谈话内容向中央政府和外交部报告并事先征求韩叙的意见。会谈结束后，在回家的路上，乔木同志对我说，他在美国讲学时同伍德科克见过面,并向伍德科克赠送了一幅毛笔字。他说,伍德科克先生虽然不是一个学者,但为人诚恳、朴实,是他最喜欢的美国朋友之一。见面之前,他以为只是叙叙旧,没有想到谈话的分量这么重。

会见伍德科克后的第二天下午,乔木同志又在人民大会堂会见了奥克森伯格先生。奥克森伯格此次是作为外交部的客人同尼克松一道来京的。这次会见,双方主要就10月5日乔木同志与李侃如教授谈到的学术交流问题进行了具体的探讨。会见结束时,奥克森伯格向乔木同志递交了他和李侃如教授联名致乔木同志的信。信中开列了他们研究中华人民共和国史的计划和他们希望采访的人员名单。奥克森伯格希望乔木同志把此信转交中国有关方面研究后,在一两个月内给他们一个答复,以便他们在1990年夏天实行他们的计划。乔木同志当时就很爽快地答应了他的请求。他说,他将请社科院协商有关单位落实他们的计划。

1990年7月5日,李侃如、奥克森伯格再次联名致信乔木同志。他们感谢乔木同志对他们如期来华和对他们的研究工作的安排所作的努力,同时告诉乔木同志,他们的研究工作有了初步的进展,在他们的采访和查阅资料的工作中,都得到了很好的合作,尤其令他们感到荣幸的是,他们见到了吕正操同志。

此后,乔木同志还多次接见来访的美国学者。由于乔木同志的特殊地位,又是中国社会科学院的名誉院长,不少学者在会见时,请求乔木同志对他们在华学术交流活动给予帮助。乔木同志总是尽可能地满足他们的合理要求,让他们圆满完成研究课题和访问计划,使他们高兴而来,满载而归。这在当时中美外交关系处于不正常的状况下,确实起到了促进中美学术交流的作用。

1989年胡乔木在美国之所以不愿与媒体记者接触并提前结束访美行程,还有一个原因,就是当时西方一些媒体和国内一些持不同政见的人沆瀣一气,对他颇有"微词",说胡乔木是"左王"。对此,胡乔木自己也感到有些莫名和委屈。自从1941年任毛泽东秘书校对、编辑《六大以来》《六大以前》和《两条路线》开始,直到这次出访美国作《中国经济政策为什么长期犯"左"倾错误?》讲演,胡乔木始终是在反思"左",批判"左"的。1959年的庐山会议上,他因为大力纠"左",差点进了"军事俱乐部",而在"文化大革命"中也因此受到"左"派的攻击;1975年复出后,他和邓小平一起大力整顿,也是继续纠"左"。

冷静地回顾一下胡乔木的历史,我们可以看到:1978年胡乔木作了《按照经济规律办事,加快实现四个现代化》的讲话,率先提出了把全国的中心工作从阶级斗争转为经济建设,为中国经济体制改革作了初步的理论论证,是系统地论述如何纠正经济工作中"左"的错误思想的第一人。他说:这个问题不解决,以经济建设为中心就会落空。1979年,胡乔木为中共中央起草的诸多重大文献,包括《关于建国以来党的若干历史问题的决议》等,对彻底否定"文化大革命"、批判"两个凡是"都起到了历史性的作用。他还在中央宣传部的一次会议上尖锐地批评了"文革"时期叫得最凶的口号"无产阶级专政下继续革命",这在当时还没有人如此鲜明地深入地批判这个口号的情况下,起到了拨乱反正、正本清源的重要作用。到了1982年,胡乔木在中国文联第二次全委会招待会上,作了《关于文艺与政治关系几点意见》的讲话,修改了"文艺从属于政治"的提法,对文艺界的解放思想起了重要而深远的影响。"文艺从属于政治",这是毛泽东在延安文艺座谈会上讲话中讲的,早已成为无可置疑的定论。敢于否定毛泽东的论点,这也是胡乔木自己所讲的,要"有这种勇气"和"忠于科学、忠于历史"的精神。

从1981年参与领导批判以《苦恋》为代表的一股资产阶级自由化错误思潮,并发表《当前思想战线的若干问题》的讲话,到20世纪80年代中期帮助邓小平起草具有重大历史意义的《坚持四项基本原则》的讲话之后,胡乔木又在新闻战线上有力地批驳了"人民性高于党性"的错误观点。粉碎"四人帮"后,在中国相继出现的几次右倾思潮泛滥的时候,胡乔木都挺身而出,对这股错误思潮,抓住要害,从理论上、思想上给予了深刻有力的批驳——这就是胡乔木被诬为保守的"左王"的主要原因。[①]

季羡林先生深情地说:"平心而论,乔木虽然表面上很严肃,不苟言笑,他实则是一个正直的人,一个正派的人,一个感情异常丰富的人,一个脱离了低级趣味的人。六十年的宦海风波,他不能无所感受,但是他对我半点也没有流露过。他大概知道,我根本不是此道中人,说了也是白说。在他生前,大陆和香港都有一些人把他封为'左王',另外一位同志同他并列,称为'左后'。我觉得,乔木是冤枉的。他哪里是那种有意害人的人呢?"

而关于"左"倾和右倾,毛泽东曾有过一种解释——"事物在时间、空间里运动,如果我们走到正确位置的前面去了,这就叫做'左'倾,就脱离了群众了;如果落在群众的后面,就是右倾。"但胡乔木认为这只是"左"右倾的一

---

① 朱穆之:《深深怀念胡乔木同志》,见《我所知道的胡乔木》,当代中国出版社1997年5月第1版,第179页。

种情况,这只能解释一种情况。可见独立思考的胡乔木并非支持毛泽东的所有观点,而是有所扬弃的。而从1953年4月出版的《毛泽东选集》第三卷收录《关于若干历史问题的决议》开始,"左"倾的左字上开始加上引号。这也说明,中共中央包括毛泽东在内一直都在防"左"和纠"左"。胡乔木作为中共历史上两个《历史决议》的起草者之一和《毛选》《邓选》的编辑整理者之一,自然也深深地懂得"左"在中共历史上的危害。

胡乔木到底是不是"左王"呢?反复阅读常念斯先生1995年写给友人的一封信,令人感慨万千。摘录如下——

> 这十年来,有人在社会上制造一种舆论,称乔木是"左王"。《回忆胡乔木》一书中许多文章作者,其中有老干部(如温济泽),也有党外人士(如萧乾),他们的亲身经历都说明乔木毕生工作,主要着力的是在贯彻党的路线方针政策同时,反对"左"倾关门,反对"左"倾教条,反对政治运动扩大化;对于被错误地遭受打击的知识分子,尽力帮助平反。这是十分不容易的, 因为在中国国内革命的残酷斗争环境和在国际共运反对斯大林与苏共控制的国际环境中,中国共产党内的"左"倾路线有长期的历史。中共1945年七大确立以毛泽东为首的领导核心后,引导革命取得了全面胜利,但对知识分子不信任却由来已久,影响很深。革命全面胜利后,毛泽东个人专权的倾向不断发展,导致1957至1976年犯下严重极"左"路线错误。从外面看,乔木是在权力中心,其实,乔木既不是长征干部,又不曾带过兵,也不曾掌握过一个地区的党政领导权,他只不过是毛泽东用来办事的一个办事人,而不是政策制定者。他能起的作用是有限的。在这有限的范围内,他竭力反"左",直到最后"文革"时,自己被扣上"反革命修正主义分子"的帽子。粉碎"四人帮"后,建立起以邓小平为首的领导核心,从外面看,乔木俨然成为思想理论方面的"领导人",是政治局委员、书记处书记,其实他依然只是个"翰林学士"(苏东坡的最高官职),是个散班常侍。对改革开放这样一件新事,即便在赞成的领导层人士之中,也有各种不同主张,这是不足为奇的,而且是健康的,是改变毛泽东时代一人说了算的专权体制,走向民主所必需的。任何人的意见,有对、有不对,也是正常的。15年改革开放,有成就,也有失误,怎样分析评价,也有待时间检验。把乔木骂为"左王",是一种缺乏严肃善意态度的攻击,是正直人所不取的。吕叔湘先生在书中的端正题词(即:乔木同志是所有正直的知识分子的知心朋友——引者注),表达了一

个正直老人的心。季羡林先生文中对这种攻击的反驳也是我心里的话。

　　……有的人说乔木善变，把这看作乔木个人品质的问题，我一直不敢苟同。袁鹰文中说乔木的本色是诗人，这是一方面；刘大年文中列举乔木作为历史家、思想家的思想探索，这是又一方面。两方面合起来，都是乔木的本色。他以诗人的炽热感情和思想家的严肃探索倾注于所献身的革命事业，又由于风云际会而厕身于复杂的权力中心夹缝里，亲身经历、亲眼看到各种复杂错综的高层政治斗争。我想，这不能不在他内心引起巨大的痛苦。力群文章中说："乔木确实是忧国忧民，忧得很深，……几十年来，没有看到他放声大笑过。"我想这不仅如力群所说，和他的性格有关系，而是埋藏在他心底的、为革命事业感到的痛苦。他对毛泽东既忠诚敬佩，又痛感毛在最后 20 年里的错误在全中国造成的巨大危害，这在他心灵里不能不是一个巨大的负担。他逝世前几年认真思索中国共产党历史上为什么会长期犯"左"倾的错误，仅仅是提出这个问题就需要多么大的思想勇气！按说已经有了关于党的历史的两个决议，在一般人会觉得已经交代得过去了，但对参与起草这两个决议的乔木来说，这个历史的巨大痛苦一直压在他心上，不然，他不会去想的。作为思想家的大胆探索，他的思想在辩证地运动，有时会今天否定昨天的想法，这是常有的事(他的文章一改再改，也就是思想认识在发展变化)，以此来责备他善变是没有道理的。在复杂的环境里，他先发表了自己真实的想法，又为要和中央保持一致而不得不再说一些违心的话，做一些违心的事，这也是可以理解的。这是在他身上"士"和"仕"的矛盾。在形而上学者眼中，人不能有矛盾，有矛盾就证明不真实。其实，恰恰因为有矛盾，才更反映真实。如果乔木一心做官，就一心"唯上"好了，也不会矛盾。有矛盾就引起痛苦，这个痛苦既是巨大的，又是具体的。谷羽文中说到乔木为聂绀弩、沈从文、邵荃麟的夫人……以及萧乾文中提到许多人，或是政治生命被剥夺，或是生活中、工作中各种困难，乔木总是满腔热诚，尽力帮助解决。在这满腔热诚中，使人感到乔木的心在痛，但是他的官场身份不容许他心痛，这只能更增加他的隐痛，使他"严肃、不苟言笑"，难道不是这样吗？①

　　常念斯人，斯人已去。一番真心话，几多人间情。用心读来，潸然泪下。

---

① 常念斯：《忆乔木》，见《我所知道的胡乔木》，当代中国出版社 1997 年 5 月第 1 版，第 365—368 页。本文作者常念斯即赵复三，曾任中国社科院副院长，这封信是他写给邵东方的信。

水卷 黄河青山

月光美丽谁能比,人比月光更美丽。

——胡乔木

第廿一章　弦急琴摧

> 七十孜孜何所求，秋深深未解悲秋。
> 不将白发看黄落，贪伴青春事绿游。
> 旧辙常惭输折槛，横流敢谢促行舟？
> 江山是处勾魂梦，弦急琴摧志亦酬。
> ——胡乔木《七律·有思》(1982 年 6 月)

不整理编辑好毛泽东的著作，胡乔木说："我对不起毛主席！"

"没有毛泽东，就没有胡乔木。"从中共党史的政治角度来说，这句话是有道理的。胡乔木对毛泽东的感情确实朴素又忠诚、坚定又纯洁，或许用感恩戴德这样的成语来形容也不过分。比毛泽东小 19 岁的胡乔木，他们从 1941 年开始工作交往和私人情谊，直到毛泽东逝世长达 35 年，其中有 20 年可谓是形影不离。对胡乔木来说，毛泽东在他的面前，是领袖又如师长，是战友又如兄长，其中亦有父辈一般的慈祥。从延安到西柏坡，再到北京，20 年中毛泽东只批评过胡乔木两次；庐山会议上，毛泽东一句"秀才是我们的人"胡乔木免于被批判；十年动乱中，毛泽东更是多次打电话指示保护胡乔木，甚至亲自登门拜访……但对毛泽东的情感，胡乔木也是复杂的。尤其在毛泽东晚年所犯的历史性错误上，胡乔木既悲痛又惋惜。

胡乔木和夫人谷羽都清楚地记得，1958 年，有一次他们夫妇俩到中南海丰泽园毛泽东家中做客，毛泽东谈起胡乔木写文章的事情，非常兴奋，一脸的满意笑容。坐在沙发上的毛泽东谈笑风生，一边抽烟，一边把手平放在离地面两三尺的高度上,比画着说:"乔木写的东西,大概有这么多!"听着主席的赞赏,胡乔木倍感快慰,内心的那份甜蜜是难以用语言来形容的。

20世纪五六十年代,胡乔木就参加了《毛泽东选集》一至四卷的编纂工作。胡乔木主要负责文字、修辞以至标点符号的校订,并且是第四卷的主要编者。因受《毛选》第一版注释在"注文中夹杂一些不应有的评论和政治性的断语"的影响,中共党史文献注释工作基本上采取了这种体例,存在着生硬、主观和刻板教条的倾向,但却无人敢突破《毛选》的权威性。中共十二大当选中共中央政治局委员后,对中共党史和毛泽东著作了如指掌的胡乔木,迫切感到《毛泽东选集》第一版中部分文章的题记和释文存在着违背历史事实的内容,尤其是当年由陈伯达主持整理的一些篇章错误非常明显,应该进行改正。于是他决定对文献注释工作进行大胆改革。这自然是一项耗费巨大精力的劳动,从修订方针到具体的修订意见,都是在胡乔木具体而周全的指导下确定的。在整个编辑过程中,编辑人员只要有问题就去请示他,不论在他的住所,或在他进行治疗的医院里,都随时接见,并给以明确而详尽的解答。

1984年,胡乔木对中共党史文献的注释工作提出了实事求是的意见:"最近几年,我修改了一些文选的注释,先是《鲁迅全集》的注释,后来又有《周选》《邓选》的注释。我感到起草这些注释的同志都有一种通病,就是议论多、断语多,好像法官作判决一样。这个毛病,可能受《毛选》注释的影响,陈伯达搞《毛选》注释时就爱下断语。后来康生又说这些注释都是经过毛主席看过的。这样一来,凡是《毛选》注释上写了的,好像就成了'句句是真理',再不能改变了。也就是说,注释上说这个人不好,他就很难翻身了。实际上人是变化的,鲁迅当时批评过的人,后来有不少都是很好的同志。"那么怎样改革呢?胡乔木认为:"写注释主要是对一些人和事的基本情况、历史背景作些必要的介绍,以帮助读者理解正文,切忌发议论、下断语。对某人某事评论不是注释者的事情。注释一定要准确。我在修改《周选》《邓选》注释时,对每句话都是仔细斟酌的,把所有的议论和断语都删去了。"胡乔木突破陈规,反对因循守旧,不断提出新思想新见解,在文献注释工作上的重要改革,不仅获得了学术界和思想界的好评,还成为一种正确的方法被其他相关部门沿用。

1986年,为了纪念毛泽东逝世十周年,胡乔木亲自主持、精心编辑了新版《毛泽东诗词选》,人民文学出版社出版后,受到广大读者的喜爱,被称作"迄今为止毛泽东诗词集中一个最有权威性的版本"。胡乔木对编选工作提出了具体要求:一是在体例上,编辑诗词的选集,不出全集,作品分为正、副两编,适当加注,有些注解可以直接引用毛泽东本人的解释;二是原则上以收录毛泽东生前校订稿和正式发表过的作品为主，少数未经毛泽东校订定稿，但在社会上流传较广，又有较高艺术价值的作品，也可以收入。而含有明显戏作成分的作品坚决不收。此外，要同时兼顾诗词的革命色彩，保证全书的统一性。

胡乔木说：毛主席很看重他的诗词，他的诗稿有专人保管，偶尔想起就做些修改，或者加以重抄。在他看来，毛泽东好的诗词比他的有些文章更有生命力，更易留传后世。毛泽东十分看重自己的诗词作品，生前曾多次反对出版他的诗词注释本。20 世纪 50 年代末，人民文学出版社出版的《毛泽东诗词》一书，销路非常好，但因为有不少青少年看不懂，要求出版一个注释本。于是该社社长韦君宜就和编辑们一起注了一个稿本，并送给胡乔木审阅补充。胡乔木看了之后，产生了极大的兴趣，并"费了很大的工夫改了不少，又添了不少，对于一些该注而未注的地方，他都仔细查考，弄清楚再注"。对文字和编辑工作向来就极其较真的胡乔木在注释中更是无微不至，比如《菩萨蛮·黄鹤楼》这首词，韦君宜他们以为黄鹤楼本来在长江大桥边，现在已经拆了，说拆了就行，不再用注了。但胡乔木却为此专门致信韦君宜，说："原在什么地方？是大桥南还是大桥北？大桥北是左边还是右边？拆了也得有个地址，不能马虎。"注释稿就这样在胡乔木手中来来回回改了好多次。韦君宜说："到最后这本注释稿简直成了乔木定稿的，成了他的稿子了。我以为稿子由他定稿，我们可以放心，就签了字，准备付印了。他却还不满意，把稿子送给毛主席过目。可没想到，毛主席在这本注释稿上批了几行字，说：'诗不宜注，古来注杜诗的很多，少有注得好的，不要注了。'结果我们当然不敢再出，乔木的一番辛苦，全付东流。"[①] 1966 年 3 月杭州会议期间，有四位大区第一书记找到胡乔木，要他请求毛泽东同意出版《毛泽东诗词》的注释本。这样，毛泽东才勉强答应出版一个简要的注释本在内部发行。

30 年后的 1986 年，胡乔木再次主持编辑《毛泽东诗词选》，当他看到中央文献研究室送来的注释稿清样时，对编辑人员（吴正裕）在注释稿中认真详细的核对补充工作"用力之勤"，表示"甚可感佩"，但同时指出："我们现在虽不一定按他（毛泽东）的话办，但注释太多，对这样一本只约 50 首的诗词选确有轻重不称、喧宾夺主的缺点。某些细节的考释说多了，将来再看，也难免会受时间的淘汰。"

1986 年 5 月 14 日，胡乔木在收到龚育之、逄先知 5 月 8 日就《毛泽东诗

---

① 韦君宜：《胡乔木零忆》，见《我所知道的胡乔木》，当代中国出版社 1997 年 5 月第 1 版，第 367—368 页。

词选》中的正、副编作品的划分，《吊罗荣桓同志》一诗的写作时间的注释等问题的来信后，回信说："正副编的分法（这类问题去年未能向你们和人民文学出版社同志说明，实为疏误，请予谅解），实际界限在于诗词的质量，读者当可意会。但用经作者校订定稿与否作为标准，个人认为还是适当的。这也就是不同档次的婉词，而亦符合事实。贺新郎①作者久经琢磨，念念不忘，生前未发表只是由于私生活问题；吊罗、读史②也都可以说是定稿，因为此后作者没有也不可能再作修改。吊罗作者生前不愿发表出于当时的政治考虑，现早已时过境迁，且非本书初次正式发表。如认为'不愿发表'意义仍不醒豁，改为认为没有达到自己的艺术要求亦可。这三篇都经中央郑重发表，现列入副编会引起读者的混乱和诘难，使中央的工作缺少应有的连续性、严肃性（此与政治路线是非无关），编者也难以举出尚未定稿确凿充足的证据和理由，从而使本书的编辑出版既打破了原有的权威性又无法树立自己的权威性。（中央现虽不会过问这类细节，但出版后可能有读者投书中央质问，则中央势必查究责任。）尤其是把正副编的艺术界限打乱了，这很不利于作者在诗词界的声誉。副编诸作，实际上显然都是作者从艺术上不愿正式发表的，如秋收起义、给彭、给丁诸作作者未必不记得（反彭反丁后当然不会发表，前此送他亦不会入选）；和柳、答周、重上井冈山，同样的题目，都写过两篇，但三首发表了，三首则未，可见作者分寸之严。好八连（以及流传一时的读报、辩秦等篇，现均未收）作者所以不愿发表则因中有某种戏作成分。③给罗章龙诗④作者生前可能未见，如见了也不会愿意编入选集的，挽易昌陶亦然。正编诸作气魄雄大，韵味浓郁，显为副编所不能比拟。私意现在的分法选法似较得体，但亦不敢自专，谨请反复推敲，权衡得失。作者的政治声誉因后期错误

---

① 贺新郎，词牌名。即毛泽东 1923 年写给夫人杨开慧的词《贺新郎·别友》。1978 年 9 月 9 日在《人民日报》上首次发表。后作为首篇编入 1986 年 9 月人民文学出版社出版的《毛泽东诗词选》。

② 吊罗，指毛泽东 1963 年 12 月写的《七律·吊罗荣桓同志》，最早发表在 1978 年 9 月 9 日《人民日报》。读史，指毛泽东 1964 年春写的一首词《贺新郎·读史》，最早发表在 1978 年第 9 期《红旗》杂志。

③ 秋收起义，指《西江月·秋收起义》；给彭，指《六言诗·给彭德怀同志》；给丁，指《临江仙·给丁玲同志》；和柳，指《浣溪沙·和柳亚子先生》；答周，指《七律·和周世钊同志》；重上井冈山，指《水调歌头·重上井冈山》；好八连，指《杂言诗·八连颂》；读报，指《七律·读报》数首；辩秦，指《七律·读〈封建论〉——呈郭老》。这些诗词除读报、辩秦这几首诗外，都收入 1986 年 9 月人民文学出版社出版的《毛泽东诗词选》的副编。

④ 罗章龙(1896—1995)：湖南浏阳人。年轻时与毛泽东相熟。1918 年，毛泽东写了一首诗《七古·送纵宇一郎东行》赠罗章龙。纵宇一郎，是罗章龙将去日本前取的日本名。这首诗后收入 1986 年 9 月人民文学出版社出版的《毛泽东诗词选》的副编。

太大在知识界很难有大的恢复，但相当一部分知识分子对他的诗词还是很欣赏很以为宝贵的，这是作品的客观价值使然，故对本书的处理务望考虑到这部分读者的心理状态，不要拘泥于某种形式上的界限，而要更多从政治上艺术上的高度决定取舍和编次，以免使这部分读者也感到失望（注解精简化也是免得这部分读者觉得被当成中学生；据此，似词牌、七律等解释仍感太繁）。以上都是个人意见，是否有当，谨供参考，请再酌定。"①

在 1986 年版《毛泽东诗词选》的编辑过程中，尽管中央文献研究室和人民文学出版社多人参加了资料的查对和初稿的编注工作，但从诗词的选辑到注释定稿，直至出版说明，这些实质性的工作是胡乔木自己动手做的。有人说这本书是胡乔木编的，也名副其实。因此人民文学出版社在图书出版前提出此书署名"胡乔木编"，却被胡乔木断然拒绝。他说："在这本书中，我是做了一些工作，我长期做主席的秘书，现在为他编辑这本书，是我应当做的；而且在编辑过程中，有许多同志做了大量工作，没有他们的帮助，这本书也不可能这样顺利出版。因此，这本书决不是我一个人的功劳，而是集体的智慧、集体的创作，没有理由署我个人的名字。"最后，该书还是以人民文学出版社编辑部的名义署名。

从社会工作和政治角度来看，胡乔木是"中共中央第一支笔"，但从心灵从性情上来观察，宁愿相信胡乔木是一位诗人。他的性格他的意气和他的热血，都流淌着诗歌的旋律。从中学时代就爱文学的他，诗歌也成了他和毛泽东情感联系的另一个纽带。尤其在 20 世纪 60 年代他病休期间，毛泽东为他改诗、荐诗已经成为他们之间的情谊佳话。而在新中国成立后，毛泽东也多次为写诗致信胡乔木，或请他帮助斟酌提意见，或请他转送郭沫若等人修改切磋，如：1958年的《七律二首·送瘟神》，1959 年的《到韶山》《登庐山》，1965 年的《水调歌头·重上井冈山》《念奴娇·鸟儿问答》，1966 年的《水调歌头·游泳》，等等。

胡乔木对毛泽东有着深厚的感情，他多次跟好朋友说："毛主席是我的引路人。"晚年他在患病住院期间，提出要编辑多卷本的《毛泽东文集》，并对文集的编辑设计作了反复比较，拟定了一个方案。他说："如果不编出这部文集，我对不起毛主席。"在他的提议下，经中共中央批准，《毛泽东文集》（八卷）作为毛泽东 100 周年诞辰的纪念项目，先后于 1993 年 12 月和 1996 年 8月由人民出版社公开出版发行。

"红墙有幸亲风雨，青史何迟判爱憎。往事如烟更如火，一川星影听潮

---

① 《胡乔木书信集》，人民出版社 2002 年 5 月版，第 689—690 页。

生。"这是胡乔木70岁自寿诗。在中共党史上,像毛泽东和胡乔木这样长达20年几乎形影不离的秘书与首长之间的亲密合作关系,是罕见的。胡乔木对毛泽东始终心怀知遇之恩,他十分佩服毛泽东的雄才大略和非凡气度,而毛泽东也极赏识他的学养和才干。尽管他是秘书、是助手,但在毛泽东身边工作,他不是敬畏有加,而是如鱼得水,得心应手。

胡乔木在毛泽东面前敢说真话、敢于和毛泽东争论,是中共党内皆知的。他们之间经常为一个问题会争得面红耳赤,有一次闹得毛泽东很不高兴,愤然地说:"到底你是主席,还是我是主席。"用谷羽的话形容胡乔木就是"书生气很足,认死理"。而在胡乔木自己看来:"这没有什么奇怪的。文章需要反复地修改。一个重要文件的起草要经过一读稿、二读稿、三读稿,甚至十几次稿的修改。修改中常常出现争论。我起草的文件较多,在中央领导人中,毛主席修改得最多,我和他的争论也最多。"毛泽东在修改文章上确实很花力气,许多文章经过他的修改大为增色,胡乔木也非常景仰,受益匪浅。

从情感上说,胡乔木和毛泽东的情谊已经超越了一般的工作关系。有时候,胡乔木对自己认为重要的问题或者对毛泽东的修改不满意,他就会多次向毛陈述自己的意见和道理。然而,这些问题往往也正是毛泽东认为关键的,毛也会坚持自己的意见。所以他们有时争论就很激烈,个别的时候还会讲些气话。胡乔木认为:"主席能听进不同的意见的,他对我提出的不同意见是持支持态度的。"他说:"毛主席长期用我,是因为我草拟的文稿的思想观点大多数情况下能被他认可。主席信任我,是因为我正直、讲真话。如批判电影《武训传》,开始我是赞同的。江青介入后,把学术批判变为政治斗争,我和主席的看法出现了分歧。抓'胡风反革命集团',我是不赞成的,认为证据不实。以钢为纲,大炼钢铁,搞得经济发展极不平衡,而对此主席却说:'经济发展的平衡是暂时的、相对的,不平衡是永久的、绝对的。'主席对经济形势的论断,我表示疑问。这些分歧,我都如实向主席报告了。"

身处高端的胡乔木,深知"高处不胜寒",就像毛泽东和他论诗一样,其间的"冷暖"只有"自知"。他说:"我不是说处理敌我矛盾不复杂,而是相比之下,处理党内矛盾远比处理敌我矛盾复杂得多。"有人觉得胡乔木喜欢"顶"毛泽东,有些人说胡乔木在毛泽东面前言听计从唯唯诺诺,这其实不是胡乔木的性格。胡乔木是个喜欢独立思考的人,但组织观念又特别强,因此他一方面敢于向毛泽东提出不同意见,甚至与毛争论,但最后他都会按组织原则去办事。

胡乔木在毛泽东身边工作的这20年,特别是20世纪40年代到50年代前期,正是毛泽东思想走向成熟,形成体系,并在新中国成立后继续向前发展的时期，也是毛泽东的事业、威望发展到鼎盛的时期。无疑中国革命的这段岁月是最值得回忆和记录的，与胡乔木同时代的许多老同志也都相继出版了一些回忆录，对毛泽东的回忆和研究自然是最浓墨重彩的篇章。但这些回忆，都无法和胡乔木对毛泽东的回忆和研究相提并论。这里面既有他们之间的个人情感因素，更重要的是因为胡乔木特殊的岗位和素养，以及他对毛泽东的认知和把握是谁也无法替代的。因此，他的老战友、老同事，他身边的工作人员，包括家人，都极力建议胡乔木尽快着手写回忆录，但都被胡乔木婉拒。1987年中共十三大以后，胡乔木退居二线，建议他写回忆录的人就更多了。一是因为自己年纪老了，二是因为写回忆毛主席的书是个大工程，方方面面牵扯的比较多，胡乔木依然还是没有拿定主意。直到1989年下半年，胡乔木才开始萌动着手写《回忆毛主席》的念头。这里面有三个方面的原因对他起了"催化作用"——第一是在《胡乔木文集》的编辑整理过程中，他重新审定自己过去的文章，勾起他对20世纪40年代的许多回忆。第二是1989年10月和11月间他在两次审读逄先知写的《毛泽东和他的秘书田家英》一书时，又勾起了他对往事的回忆。第三是1990年11月他帮助薄一波审读回忆录《若干重大决策与事件的回顾》上卷和审读胡绳主编的《中国共产党的七十年》，促使他下了决心尽快成立编写组来协助他展开写《回忆毛泽东》的工作。

　　1991年6月26日，胡乔木郑重向中央打了"写关于毛主席的回忆录"的报告："准备重点写我所接触的毛主席在40年代和50年代的一些重要政治活动，并计划在毛主席100周年诞辰时，即1993年底之前出版发行。"中央领导和中央党史领导小组批准了这个报告。随后，胡乔木的秘书东生、邱敦红、徐永军和中央文献研究室的龚育之、郑惠、石仲泉等人先后参与了《回忆毛泽东》的资料整理和编写工作。

　　这个时候，胡乔木的癌症已经到了晚期，因为癌细胞扩散身体十分虚弱。医生、家人和身边工作人员都隐瞒了真相，但他本人对《回忆毛泽东》这本书的写作充满着信心，兴致也很高。从1991年10月起，几乎以每周一次的高频率就这本书的写作连续作了十多次谈话，有的谈话就是在病房里进行的。胡乔木一再强调，他要写的这本书，不是胡乔木的个人回忆录，而是"胡乔木回忆毛泽东"。书稿按照计划先写40年代，但这毕竟不是一本通常格式的回忆录，实际上就是以胡乔木个人回忆、个人接触为切入点，来写的一部毛泽东思想史，毛泽东思想在40年代和50年代发展的历史。但遗憾的是胡乔木还没有来得及完成这本书，就离开了这个世界，成为中国理论界和中共党史学界的一桩憾事。

但幸运的是,编写组在胡乔木的指导下写出了 40 年代的大部分专题的初稿,部分篇章并陆续得到了他的修改和认可,而且还留下了他和编写组成员所作的一系列关于《回忆毛泽东》的谈话记录,以及根据他的要求和指示研究大量档案历史材料写出的 40 年代这一部分的初拟稿。尽管因为胡乔木的逝世,按照原来的设想出书的条件已经失去,但他留下的这些珍贵回忆和在他指导下撰写的文稿,仍然具有重要的理论和文献价值,中共中央还是决定以《胡乔木回忆毛泽东》的名义编辑出版。1994 年 9 月,人民出版社公开出版发行了这本胡乔木生前没有写完的书,受到中共党史学界、理论界和广大读者的好评,一版再版,常销不衰。

第一任中央文献研究室主任,胡乔木是党的文献工作的奠基人

文献是历史的直接记录,又是历史的最好见证。不论成功的经验或失败的教训,它都是一种推动历史的力量,一种珍贵的精神财富。胡乔木在长达半个世纪的时间内,一直参与和主持中共党的文献的编辑研究工作,尤其在十一届三中全会后,他先后兼任中共中央毛著编委会办公室主任、中共中央文献研究室主任,把中共党的文献事业推上了一个新的台阶,当之无愧成为党的文献工作的开拓者和奠基人。

从 20 世纪 40 年代协助毛泽东编辑《六大以来》《六大以前》和《两条路线》,到 80 年代编辑《三中全会以来》《十二大以来》《十三大以来》;从参与起草 1945 年中共历史上的第一个《历史决议》到主持起草 1980 年的第二个《历史决议》;从中共七大、八大文件的起草到中共十一届三中全会和十二大一系列文件的起草;从撰写第一本以马克思列宁主义的普遍原理和中国的具体实际相结合的观点来完整地叙述中共历史的《中国共产党的三十年》,到修改、定稿《中国共产党的七十年》;从参与起草 1949 年的《共同纲领》、1954 年第一部《宪法》,到主持起草 1982 年的《宪法》;从编辑整理《毛泽东选集》、修订《毛泽东选集》第二版,到协助编辑出版《周恩来选集》《刘少奇选集》《朱德选集》《任弼时选集》以及《邓小平文选》和《建设有中国特色的社会主义》……胡乔木以其渊博的学识、科学的精神、卓越的才能、世界的眼光、敏锐的思想和缜密优美的文字,以及高度的历史责任感使命感,呕心沥血地为中共党的文献事业奠基和推进,可谓是前无古人后无来者。

中央文献研究室是直属中共中央的一个专门从事党的文献编辑研究工作的

机构，它是在胡乔木直接的具体的指导下一步一步发展起来的。作为第一任主任,胡乔木既管大政方针,又通过日常大量的审稿工作进行具体的指导和帮助。

文献工作既具有高度的政治性,又具有很强的科学性,因此给具体的编辑整理和研究工作带来了一定的难度和制约。但胡乔木不墨守成规,经常根据形势的发展变化,开拓创新,提出新的设想和任务。凡带原则性的问题,他都要求请示中共中央批准或作出决定后严格执行。工作中,他有好说好,有坏说坏,鼓励成绩,批评缺点。而且他的批评往往是十分尖锐的,但完全是从爱护出发,耐心说理,使你心服口服。胡乔木坚持在学术面前人人平等。因此只要你可以提出疑问和自己的看法,他便同你一起研究讨论,以理服人。他回答你的问题时,不但说明是什么,而且说明为什么,总要讲出一篇道理。因此和他有过谈话经历的人,总会感到有收获有启示,觉得他的谈话有一种智慧的力量和逻辑的力量。而在对一些比较专业的问题上,他从不轻下判断,总是亲自或要求下属向有关专家请教。胡乔木在文字词章上的讲究是出了名的,在文献工作中他的要求更加严格。无论哪一部书稿或者一篇文稿送到他那里,他只要一上手,就不停地思考:大到编辑方针的确定、某些重要理论观点的推敲,小到一个字、一个标点的用法,他都认真审查,并提出明确的意见。对于一句少见的引语或者一个生僻的典故,他总是要求查个水落石出,方才满意。而且一想到有什么问题,他都随时告诉中央文献研究室的相关人员。有一年,胡乔木在上海休养,对《刘少奇选集》的注释送审稿提出几十条意见,一次电话就打了两个多小时。胡乔木高度的责任心令人叹服。

在李琦、逢先知、金冲及、潘荣庭等中共党史文献的专家眼里,胡乔木是一位大学问家。他一生工作成果累累,著作熠熠生辉。"他所以能获得这样大的成就,除了天赋的条件,更多地还是靠实践和勤奋。在长期的革命斗争中,他坚持联系实际钻研理论,勤于读书,善于思考。他读书之多、知识面之广,是少见的。'学富五车',对他来说,绝不是过誉。从文献编辑整理工作来说,在乔木同志身上可以清楚地看到这样一些特点:一是十分重视理论,并有很高的理论素养。他说过,编辑整理文稿要在理论上站得住。他对文献研究室的同志第一个期望,就是要提高理论水平。二是熟悉党史。他除了有机会能经常接近党的老一辈革命家,参加党中央的重要会议,为党中央起草重要文件,了解党对许多重大问题的决策过程以外,还熟读古今中外的史籍,以史为鉴。三是知识渊博。他对政治、经济、军事、哲学、文学等多方面的知识,都广泛吸收,蕴积丰厚。他引用中国古典小说如《三国演义》之类的故事来作注释,可以做到信手拈来,皆成妙谛。四是文字功夫深。他的文章,出手不凡,思想内容深邃,表达技巧高超,用字遣句讲究,文字清丽隽永。经他修改的文章,往往改动数字,立即增色。凡是在他领导下做文字工作的同志对此都深有同感。毛泽东《论十大关系》这篇著名讲话,就是在小平同志主持下,由乔木最后整理成稿,获得毛泽东认可的。五是学风严谨。乔木同志无论是搞编辑工作还是写作,都思考得很仔细周密,要求十分严格。"①

"为读者服务,对读者负责,处处为读者着想",精益求精,提高文献编辑工作的质量,创造第一流的产品,是胡乔木领导文献工作的指导思想。在修订《毛选》时,胡乔木要求在每卷卷末附一个正文校订表。他说:我们的修订工作要对读者负责,没有这个表,读者不易弄清第二版在哪些地方做了改动,有了这个表,正文改了什么,就一目了然,同时也可以接受读者的检查。1982年,为纪念延安文艺座谈会40周年,中央文献研究室考虑整理发表毛泽东1938年在鲁迅艺术学院关于文艺问题的一次讲话。在整理过程中,对讲话记录稿中徐志摩曾说过的"诗要如银针之响于幽谷"这句话,没有查清出处,就报送请胡乔木审阅。果然,胡乔木特别提出此句中的"银针"可能是"银铃"之误。中央文献研究室按照胡乔木的意见进行查证,从鲁迅《华盖集续编》的《有趣的消息》一文中,果然发现有"银铃之响于幽谷"这句话。而这句话正是鲁迅转述徐志摩的话时说的。这样,经过反复核对,终于查明了记录稿上的一个讹误。②

1987年1月,胡乔木请逄先知等人和他一起修改《中国大百科全书》军事卷的《毛泽东》词条。在修改过程中,胡乔木提出了许多新的思想新的见解。胡乔木说:写百科全书这类东西,不要使用宣传性、颂扬性的词语,也不要使用党的文件、决议中论断性的语言,而要用客观陈述的方法,以保持释文的客观性和稳定性。事情要交代明白,时间要写清楚,尽量不要含糊和不确定。他对大百科全书释文的撰写提出的总的要求是:"有关中国方面的内容,应当力求准确、公允、可信;外国方面的内容,要力求不出错误。"而此前,1986年10月,胡乔木曾就辞书重要人物条目不用颂扬性评价语(如"伟大的无产阶级革命家"等等)问题,写信给中央政治局常委,邓小平和常委们都表示赞成。逄先知认为:"胡乔木的这些意见,不仅为文献研究室撰写这类释文提出了原则性要求,而且成为我国各类辞书包括大百科全书在内,共同采用的撰写方法和统一体例。据查,对人物条目释文使用颂扬性评价语言,始于斯大

①② 李琦、逄先知、金冲及等:《党的文献工作的奠基人》,见《我所知道的胡乔木》,当代中国出版社1997年5月第1版,第94、97页。

林时期的苏联,后来移植到中国,在中国,一直延续到 80 年代。又是乔木同志率先破除了这一传统,这对中国辞书编纂工作有着重要的革新意义。"①

1988 年 6 月,胡乔木要求中央文献研究室对文献编辑工作中涉及的重大问题一一进行研究,向中央写出专题报告,提出党的文献编辑工作中原则性问题的处理意见,请中央作决定。这个报告经胡乔木审改后,得到了中共中央的批准,使得中共党的文献编辑工作制度更健全,有章可循,有法可依。

作为中央文献研究室的第一任主任,胡乔木始终把文献研究工作看作是党的宣传思想战线的一项重要任务,对文献研究室的建设思路和指导思想,提出了具体而实际的要求。他强调:编辑老一代革命家的选集、文选,是为了宣传毛泽东思想,宣传十一届三中全会以来的路线、方针、政策,不是为编书而编书。他要求文献研究室不但要把编辑工作做好,还要把研究工作做好。如果不在研究方面,特别是理论研究方面做出成绩,就站不住。他还说,国外有些学者对毛泽东思想有相当的研究,我们必须超过他们。他要求每一个编辑研究人员都应具有科学的治学态度和严谨的工作作风。在编辑研究工作中,要做到党性和科学性的统一。胡乔木说:"党性不建立在客观性的基础上不行。要有史实,还要有史才。写史,要客观,要忠实,这是中国史学的传统。"

20世纪80年代改革开放以后,胡乔木清醒地看到中国在走向世界的同时,世界也要走进中国。因此,胡乔木认为中国既要多了解外国,也要让世界了解中国。于是,在他的倡议下,从1983年起由邓力群具体领导负责编辑了《当代中国》丛书,如实地向全世界介绍新中国的各方面的成就,树立正确的国际形象,展现中国风采。到了 1990 年,这部丛书出版 100 卷的时候,胡乔木与杨尚昆、薄一波三人联名致信中央常委,"建议成立当代中国研究所",以便"有计划、有组织、有领导"地对新中国成立以来国家和党的历史进行研究,推荐"当代中国史(中华人民共和国史)的研究机构和研究工作"由邓力群负责,并建议任命邓力群为中央党史领导小组副组长。《当代中国》丛书设计宏伟、纵横交织,既有按行业门类从农业、工业、文教、科技、国防等各方面反映新中国成就的,又有按地区、行政区域的分省市的综合介绍,构成了新中国全面建设的新画卷。《当代中国》丛书陆续问世后,备受国内外瞩目,被称作进行爱国主义教育的"活教材",是新中国物质文明建设和精神文明建设阶段性的总检阅。可惜的是,胡乔木也未能看到它全部完成。

---

① 逄先知:《永远怀念胡乔木同志》,见《我所知道的胡乔木》,当代中国出版社 1997 年 5 月第 1 版,第 102—103、103—104 页。

第一任中共党史研究室主任,胡乔木是党史研究工作的开拓者

1987年10月,中共十三大在北京召开,75岁的胡乔木从中央政治局委员的领导位置退居二线,成为中央顾问委员会常务委员,同时担任中国社会科学院名誉院长。

"党史学者"——这是胡乔木担任国务院学位委员会主任委员时填写的学术领域职务。作为享有盛名的大学者和理论家,历史学或者确切地说是中共党史学,的确是胡乔木一生的追求和成就,而他在中共的理论、思想、宣传、文化、新闻、出版等诸多领域中的重大建树,至今仍荫及后人。

中共中央党史研究室是在胡乔木的领导下创建的,他本人也是第一任主任。即使后来他升任中央党史领导小组副组长,仍然具体地指导着中央党史研究室的工作。中共党史研究工作可以说是胡乔木一辈子的事情。延安时代他协助毛泽东编辑《六大以来》《六大以前》和《两条路线》,彻底厘清了中共历史在思想理论战线上的正确与错误,为整风运动和中共七大以及第一次《历史决议》提供了理论依据,也从此奠定了胡乔木本人在中共党史学界的地位。抗日战争后期和解放战争时期,胡乔木一直在毛泽东、刘少奇、周恩来等中央领导身边工作,使得日后他在中共党史研究工作上的经营和掌握更具权威性。1951年为纪念建党30周年,39岁的胡乔木只用一周多时间就独立写成了《中国共产党的三十年》,再次表现了他善于驾驭史料和能够以概括的语言抓住历史脉络的本领。到了邓小平时代,胡乔木如鱼得水畅游于中共党史研究的海洋之中,在主持起草第二次《历史决议》的时候,他对中共历史的分析和把握更加游刃有余。

像对中共党的文献研究工作一样,对于中共党史工作,胡乔木始终怀着强烈的政治责任感、使命感和紧迫感。1987年中共十三大召开前夕,胡乔木多次跟有关同志说:"十三大以后,我已经有可能集中精力面对党史工作了。我是愿意承担这方面的责任的。我的时间已经不多了,所以有一种战战兢兢的感觉,希望在有生之年,在这方面能多做一些工作。如果病倒了,这件事自然就做不了了,但只要活着,就会尽力干的。"胡乔木是这样说的,也是这样做的。

在人类的痛苦中,没有什么比思想的痛苦来得更猛烈。而对于思想家来说,没有什么比独立思考的痛苦更艰难的了。作为中共思想理论战线上的卓越领导人,胡乔木总是感到他的精神是经常处于一种自我批评的状态。他的这种"自我批评的状态",或许就是思想家独立思考的痛苦吧?

胡乔木不止一次地说过,中共党史不应当是一个自我封闭的体系。党史

工作要改革,而要改革就必须开放。只有开放的工作才能产生开放的党史。作为党的工作的一个重要组成部分,胡乔木认为:"党史工作是研究党的历史的,但是我们工作的目的并不是面向过去,而是面向现在,面向将来。我们是为现在而研究过去的,我们是为将来而研究过去的。我们的工作和党的其他思想工作一样,是为着支持党的领导,坚持中国的社会主义事业而斗争的。因此,不能把党史工作看成是平静的、书斋里的事业,它是在思想斗争最前线的一项战斗性的工作。"而"党史工作的战斗性所以有力量,是因为我们依靠的是科学,依靠的是真理。这种战斗就是科学与反科学的战斗,是真理与谎言的战斗"。"因此,我们需要用科学的态度、科学的方法、科学的论证来阐明党的各种根本问题。"他始终强调"历史要分析","要进行独立的科学的研究"。

沙健孙在《胡乔木同志谈党史工作》一文中,非常详尽地回忆了胡乔木在党史研究工作中的方法和理论:"党的历史与一定的社会政治、经济发展的历史是不能分开的,否则我们党的历史便得不到科学的解释。离开社会的发展,孤立地讲党史是不符合马克思主义的方法的。"针对以往党史论著中存在的缺点,胡乔木指出编写党史应注意三个问题:第一,党史要表现党是在人民中间奋斗的,党的斗争是反映群众要求的,是依靠群众取得胜利的。要让人们看了党史以后,真正感到党是把人民放在中心位置的,是尊重人民的;而不只是党自己在照镜子,左顾右盼。第二,党是依靠与党密切合作的人共同奋斗的,这些人在党史中也应当有自己的地位。胡乔木列举了从宋庆龄、陈友仁,到鲁迅、邹韬奋,到杜重远、阎宝航……许多人的名字。他说,不能自己在困难时得到了人家的帮助,作为胜利者来写历史时却把人家忘了。这样做,是不公道的。不写他们,那是一种狭隘的宗派观念。这样写出来的党史,人民是不会接受的。第三,党史既要写党的中央和中央领导人的活动,还要写党的地方组织、党的优秀干部和广大党员群众的活动。胡乔木说:"我们党的历史上在长期内确有正确路线同错误路线的斗争,但不能把党的整个历史仅仅看成是两条路线斗争的记录。即使在错误路线占领导地位的时期,我们党的广大党员、广大干部、人民群众仍然是在为革命而艰苦奋斗、英勇牺牲的。党史对此应作如实的、生动的记录,不能因为领导的错误就把党的群众性斗争都一笔抹煞。"对党史上的优秀干部、广大党员和人民群众的斗争,我们"都应该有生动的形象的记录,在这一方面应该把伟大史学家司马迁的优良传统加以发扬和发展"。除以上这三点以外,他尤其强调,"我们党史工作者还要阐明,我们中共的每一步胜利都是马克思主义与中国的实际情况相结合的结果"。而为了更加有说服力地阐明中共的这一条最基本的历史经验,胡乔木强调,有必要把中国党和共产国际关于中国革命的主张,中国和苏联东欧国家关于建设社会主义的主张,进行比较研究。他认为,只有注意了四面八方,这样写出的中共党史,才能不只是一线一面,而是立体的。

对中共党史研究,胡乔木始终强调实事求是的学风和方法。他针对当时国内外有关著作中多次涉及并有种种误传的重大问题,如:古田会议的背景、中央苏区肃清"AB 团""社会民主党"和富田事变、百团大战、延安审干和"抢救"运动、1947 年土地会议、共产国际和中国革命的关系、抗战胜利前后苏联对中国革命的影响等等这样一些有争议的、比较敏感的问题,他不仅明确地提出了自己的意见,还要求在《中国共产党历史》这样较大型的党史书籍中不应回避,而应当写清楚。比如,在苏区肃反斗争犯了严重扩大化错误问题上,胡乔木根据有关地区和部门的结论性意见,认为:"AB 团"在 1927 年 4 月已经解体,"社会民主党"在中国并未存在过,故苏区肃清"AB 团"和"社会民主党"的斗争是严重臆测和"逼供信"的产物,混淆了敌我,造成了许多冤、假、错案。这是一个极为沉痛的教训。这种情况出现的根源,是当时国际国内共产主义运动中"左"倾指导的影响,和党对肃反斗争缺乏经验。胡乔木所作出的这类论断,鲜明、准确,符合实际情况,得到了中共党史界的广泛赞同。①

作为中央党史工作领导小组的领导之一,胡乔木和杨尚昆、薄一波早就提出,在写出一部完整的比较详尽的中共党史以前,应该先写一本篇幅不大的党史简本。于是中央党史研究室在 1990 年下半年决定集中力量编写一本《中国共产党的七十年》,作为党史简本迎接即将到来的中共建党 70 周年。胡乔木对此非常支持,还打算自己主持这部书的定稿工作。但因其已身患癌症,无法担承。1991 年 1 月,经胡绳、龚育之、金冲及、沙健孙、郑惠和王梦奎等人一起努力,终于完成修改定稿工作。但书稿必须经中央领导人的批准和审查才能出版。于是他们找到了正在北戴河养病的胡乔木。应胡绳的要求,胡乔木同意抱病对书稿写 1956 年中共八大以后三十多年历史的第七、第八、第九章进行审核。

胡绳深情地回忆了这一段往事:"按他的身体状况,很难说定用多少时间才能看完这三章。我请他从容地看,不要妨碍他的健康。反正党的诞生纪念日已经过去了。使我吃惊的是,只在两天后,乔木同志的秘书告诉我说,他已经看完第八章。8 月 2 日中午,他派人送给我他看过的三章和结束语,并且

① 沙健孙:《胡乔木同志谈党史工作》,见《我所知道的胡乔木》,当代中国出版社 1997 年 5 月第 1 版,第 56 页。

要我第二天去看他。他只用了不到五天的时间就看完了这部分 20 万字的稿子,并且批注了许多意见。8 月 3 日,我应约去看胡乔木同志。他首先对写作班子的工作成果表示高度的评价,要我转告北京的同志。他还说,他要立即报告这时也在北戴河的杨尚昆同志,请他召集中央党史领导小组的会议,批准出版这本书。接着,我们还对他在书稿上提出的有些意见进行了商酌。批准出版这本书的中央党史领导小组的会议在 8 月 8 日举行。在会上,胡乔木同志还提出,他要为这本书写一个题记。他说:'我现在虽然写封信都很困难,但我愿意为这本书写个题记,表示对这本书负责。'这篇题记在 8 月 15 日由他亲笔写成。文论家钱钟书同志读到这篇题记后曾同我谈起,他认为这是一篇写得很优美的文章。的确,胡乔木同志一生写的文章不仅以思想缜密为特点,而且在词章上也是很考究的。在他逝世的 13 个月前所写的(也许是他一生最后亲笔写的)文章,虽然是一篇短小的题记,却也显示出一位大作家的功力。"①

其实,为了做好审核工作,胡乔木从 1991 年 5 月开始,就早早地吩咐秘书通过各种途径查找、购买近几年来出版的中国革命史、中共党史著作,包括人物传记、回忆录、纪念文集、学术论文集,以及海外出版的有价值书籍。胡乔木说:"不读这方面的书,不掌握这方面的研究动态,我就无法提修改意见。"躺在病床上的胡乔木仍然不忘学习和积累,用新的知识来武装自己,真是"活到老,学到老"。而胡乔木除了认真审核《中国共产党的七十年》的七、八、九三章,并专门写了"题记"外,还增读了其他章节,并书面提出了许多补充意见。他甚至还高兴地抱病出席了 10 月 8 日在北京举行的出版座谈会,并作了发言,表示赞赏。

一个身患癌症躺在病床上的 80 岁老人,一部 20 多万字的书稿,短短的五天时间,不仅认真地审读,而且还做了大量的修改,这需要一种什么样的毅力?这是一种什么样的工作精神?胡绳说:这些修改"不但使这本书增加光彩和减少疏漏,而且也反映出乔木同志对于党史的真知灼见。可以说,贯穿在这些修改意见中的根本精神就是,要警惕右,但主要是防止'左'。"胡乔木到底对《中国共产党的七十年》做了哪些修改呢?胡绳在《胡乔木和党史工作》一文中举了几个有代表性的例子,非常值得一读:

---

① 胡绳:《胡乔木和党史工作》,见《我所知道的胡乔木》,当代中国出版社 1997 年 5 月第 1 版,第 43 页。

先讲第七章。第一个例子是第二节倒数第二段中，评论一九五七年反右派斗争时书中说："反右派斗争严重扩大化的实践，反映到理论上，动摇和修改了八大一次会议关于我国社会主要矛盾的科学论断。这成为后来党在阶级斗争的问题上一次又一次犯扩大化甚至无中生有的错误的理论根源。"这句话中，"甚至无中生有的"这几个字是乔木同志加上去的。虽然只是加了几个字，却使这句话成为真正具有概括性的论断。与此相关的是，第八章第一节中以"'文化大革命'的导火线"为题的一段中，最后一句话原稿是"造成更加广泛的阶级斗争扩大化的迷雾，产生中央果然出了修正主义的巨大错觉和紧张气氛。"乔木同志对此批注道："文革不能称为阶级斗争扩大化，因这种斗争本身是捏造出来的。"据此，这句话书中改为"造成到处都有阶级斗争的紧张空气，造成中央果然出了修正主义的巨大错觉。"

第二个例子是第三节中以"八大二次会议"为题的一段中，原稿有一句话评论八大二次会议前的南宁会议和成都会议。胡乔木同志显然认为这句话说得不够。他在原稿校样中加写了一大段话，后来他又重新考虑把这段话作了改写。乔木同志改写的这段话是："南宁会议和成都会议作为探索中国自己的建设社会主义道路的新起点，有其积极的一面。那就是使中央和全党打开新的思路，力求继承中国人民长期革命斗争中所形成的独立自主和群众路线的优良传统，振奋精神，寻求用更好的方法和更快的速度发展中国的社会主义建设。但是后来的实践表明，这两个会议对中央和全党的工作又有消极的一面。那就是两个会议都对一九五六年的反冒进以及主张反冒进的中央领导人(他们代表党中央的大多数，而且他们的主张得到党的八大一次会议和八届二中全会的确认)作了不适当的批判，从而造成如下两个方面的影响"。他所说的两个方面的影响是：第一，助长脱离实际的臆想和冒进;第二，助长个人专断和个人崇拜的发展。胡乔木同志一向主张历史著作中要夹叙夹议，而议论又不可太多。他为这本书所加的议论往往有画龙点睛的作用。这是一个例子。

第三个例子是第六节中在以"科学、教育、文化政策的调整"为题的一段的末尾，提到周恩来和陈毅一九六二年三月在广州的讲话反映了党对知识分子的正确政策，原稿对此未作进一步的评论。胡乔木同志加了如下一段话："但是，党中央对思想政治上的'左'倾观点没有作出彻底清理。周恩来、陈毅在广州会议上关于知识分子问题的讲话，在党中央内部有少数人不同意甚至明确反对，在周恩来要求毛泽东对这个问题表示态度时,毛泽东竟没有说话。这种情形是后来党对知识分子、知识、文化、教育的政策再次出现大反复的预兆。"这段话是当时情况的真实反映,也使人们看清了这个问题发展的前后脉络。

第四个例子是第八节在八届十中全会的一段中,最后讲到八届十中全会后,一方面政治上阶级斗争扩大化的"左"倾错误严重发展,另一方面还能继续进行经济上调整和恢复的任务。胡乔木同志加上了这样一个结语:"这两者是互相矛盾的,但矛盾暂时是被控制在一定范围内了。"这句话也是具有画龙点睛之妙的例子。

在第八章即"'文化大革命'的十年内乱"一章,胡乔木同志做了多处的修改和补充。其总的意思都是必须完全否定这场所谓"革命"。例如第三节说到林彪反革命集团的失败时,原稿中说:由此而揭露出来的"这些具有极大尖锐性的事件,促使人们进行严肃的思考:'文化大革命'给党和国家带来的是什么结果?什么前途?'文化大革命'究竟是不是必要的?究竟有没有合理性?"胡乔木同志在这里接着加写了好几句话。他写道:"天下大乱究竟能不能导致天下大治?天下大治究竟为什么要通过天下大乱来达到?无产阶级专政下究竟要不要这样'继续革命'?'文化大革命'所打倒的究竟是不是走资本主义道路的当权派?中国究竟有没有面临资本主义复辟的危险?反之,'文化大革命'究竟能不能给中国人民中的任何阶层带来任何利益和希望?'文化大革命'五年来究竟依靠的是什么社会力量,它所造成的巨大损失和巨大灾难究竟有什么意义?继续下去又还有什么意义?"这个例子也许足以表明,议论虽然不可以过多,但在必要的时候就应当有足够的鲜明性和彻底性。在第八章的末尾,原稿中说"'文化大革命'提供了不应该这样做的深刻教训"。乔木同志把这句话改成为"提供了永远不允许重犯'文化大革命'和其他类似错误的深刻教训"。

在全书的"结束语"中的"曲折的经历"一节中,说到如何发展社会主义建设事业的问题时,原稿中说:"一般地说,在这方面世界上并没有现成的完备的经验;特殊地说,中国的具体的历史条件也不允许照抄别国的经验。"胡乔木同志显然感到这里说得太简单,因此他在"世界上并没有现成的完备的经验"后,加写道:"而按照马克思主义的原理,任何一国的历史都不可能是另一国历史的重复。各国党和人民都必须寻求适合本国情况的发展道路"。然后把"特殊地说"以下一句话改为"中国由于是一个与任何欧洲国家不同的落后东方农业大国,而又在长期革命斗争中积累了自己的经验,形成了自己的传统,并且对于照抄苏联经验有过十分痛苦的教训,这就更不允许照抄别国的经验"。这样的修改显然使内容丰富得多、充实得多了。

在"四十二年来的巨大成就"一节中,胡乔木同志批注道:"需要有一大段话说明中国现在仍是落后的,与发达国家差距不但很大而且有越来越大的危险,以强调实现现代化改革开放三部曲的紧迫感。"原稿中本只写"和世界各国相比,我们既要看到自己的成就,又要看到自己的不足"。现在的书中,在这一句话后根据胡乔木同志的意见加了一大段话,说明现在还落后,必须卧薪尝胆,急起直追,在世界形势严峻、科技迅猛发展的情形下,必须有这种紧迫感。这个补充显然是很必要的。

对胡乔木的劳动,胡绳感慨万千地说:"以上所举的虽然只是少数例子,但我想已足以说明胡乔木同志在审阅这本书稿时是多么认真负责,多么仔细。而他那时是在病中。这场病终于在一年后夺去了他的生命。现在重看他当时阅过的、布满他的字迹的几百页校样,重看他为尽可能求得这本书的完善而写给我们的一些字条,我不能不感到他是怀着高度的政治责任感,为这本书付出一生最后的心血。"而胡乔木在"题记"中对《中国共产党的七十年》也给予了很高的评价。他说:"胡绳同志告诉我,如果因为时间太紧,不能看全部书稿,希望我务必把本书的第七、八、九三章和结束语看一下。我照办了。这三章确是比较难写好的部分。八大以后的十年曲折很多;'文革'十年是悲惨的十年,但这时期也并非只是漆黑一团;而在改革开放取得伟大成就的十年中,却又出现了两任总书记的严重错误。客观的历史是怎么样,写出来的历史也必须是怎么样。我读了这三章,认为大致可以判断这本书写得比较可读、可信、可取,因为它既实事求是地讲出历史的本然,又实事求是地讲出历史的所以然,夹叙夹议,有质有文,陈言大去,新意迭见,很少沉闷之感。读者读了会觉得是在读一部明白晓畅而又严谨切实的历史,从中可以吸取营养,引发思考,而不是读的某种'宣传品'。"①

与此同时,为纪念中共建党70周年,胡乔木忍受病魔的折磨,在病榻上"拼老命"地写出了举世公认的中共党史力作《中国共产党怎样发展了马克思主义》。

---

① 《中国共产党的七十年》,中共党史出版社1991年8月第1版,第2页。

谋发展，与时俱进上下求索《对社会主义的新认识》
拼老命，写出《中国共产党怎样发展了马克思主义》

不抽烟也不喝酒的胡乔木，在家人和秘书们眼里是一个不爱玩也不会玩的人，一生没有其他嗜好，只有"读书、思考、写作"是他每天必须重复的三件事。胡乔木的大脑就像一台时钟，争分夺秒，就连散步时也在思考问题。一有什么想法，他就随时写在便笺、台历、信封上。他从来不问金钱和家里的事，一心只有党、国家和人民的根本事业。忧国忧民之心是与他的党性和中国知识分子的传统美德交织在一起的，他的风度给人一种"龙井茶"的印象。

在毛泽东身边工作的 25 年，胡乔木也曾受过毛主席的批评，但工作中有不同意见仍向毛主席提出，甚至跟毛主席争论，有时还很"固执"。这种"固执"，使毛主席"烦而不厌"，还觉得有些"可爱"。在中共高层 50 年，不管在不在职，也不管中央采纳不采纳，他一生不知写了多少建议信，几乎从来没有提个人的要求。诚如卢之超在《回忆乔木》一文中所说："他那种全心全意地、自觉地做党的驯服工具的形象，他那种融革命精神与知识分子特点于一身的气质，他杰出的才华——以及这种才华在推进革命中所发挥出的巨大能量和凝结成的光辉篇章，还有它在某种特定时期、特定工作中又被白白地作了无谓、无聊的，令人惋惜的牺牲。总之，他的充满智慧、贡献又掺着时代赋予的某种悲剧色彩的一生……"

退居二线后，政治岗位退了，但胡乔木思想上仍然在前进，在探索。

从十一届三中全会到十三大，中共中央所有重大文件基本上都是经过胡乔木之手起草、修改、定稿后才正式发出的。从 1979 年开始，中国走进了一个新时代，改革开放给古老的中华大地注入了春天的活力。到 1990 年，在社会主义道路上已经走过了 40 年的中国，其崛起的姿态前所未有地受到了世界更多的关注。尽管这 40 年有过痛苦的教训，但发展仍然是在曲折中前进的，而且大部分时间里它的增长速度在过去的中国历史上是没有的，在世界历史上也是罕见的。而在这个社会主义和资本主义同在一个时间、空间里生存、运转，变化多端的世界里，中国应该以什么样的闪亮角色站稳脚跟并强大起来？当苏联解体，苏联东欧社会主义阵营解散的时候，中国的社会主义究竟是什么样的，该如何发展？已近耄耋之年的胡乔木一直在思考这个问题。

早在 1981 年，胡乔木在解释《关于建国以来党的若干历史问题的决议》时说："社会主义是我们自己建立起来的一种社会制度，一种新的社会。但是不等于我们对它有充分的了解。"这就是胡乔木的崭新探索，实属不易。以前我们对社会主义社会都认识不足,以为它是一个比较短的时期,虽然不会很快,但也不是很遥远,社会主义就可以过渡到共产主义,就可以战胜世界上的资本主义。显然,胡乔木看出了问题的本质,清醒地认识到这种看法是脱离实际的,需要与时俱进,不断探索,不断更新对社会主义的认识。

1990年4月,胡乔木在审阅《关于社会主义若干问题学习纲要》的时候,他更加深刻而清醒地认识到社会主义理论需要创新,需要发展。4月11日,他致信中宣部部长王忍之和中共中央顾问委员会副秘书长滕文生,具体地谈了自己"对社会主义的新认识"——

前次所谈的关于学习纲要的一些想法,没有明确指出自马克思主义产生以来,关于社会主义本身的概念在一百多年间特别是近十多年间已经发生了重大的变化。科学社会主义理论,或者说社会主义基本原理决不是也不可能是一次完成的,现在也没有完成,只是已有很大进步。这里主要是关于共产主义的目标由近变远,作为共产主义第一阶段(后来被列宁称为社会主义)不仅由短变长,认识到社会主义时期是一个很长的历史时期,其成熟阶段现在还不能预见,而且由高变低,即由不承认商品经济到只在狭小范围内承认商品经济(限于全民所有制和集体所有制之间的交换,而集体所有制是按照某种经典人为地造成的),到承认整个社会主义经济是有计划的商品经济。同时,按劳分配由《哥达纲领批判》中的设想其实质再三改变,承认个体所有制(农民为主)和其他所有制的重要意义,即承认非按劳分配仍有存在的需要。而在斯大林、毛泽东、赫鲁晓夫及其后很长一段时间内都认为,向共产主义过渡是当前必须解决至少必须和可能立即准备解决的任务。对世界形势则多着重资本主义总危机和资本主义国家的革命斗争,而没有或很少想到相反的情况。革命(包括亚非拉的民族解放运动)由高潮转入长时期的低潮,而资本主义则转入强大的攻势,这些是马克思主义历史上所始料不及的。现在必须面对现实。所以改革开放对于社会主义国家来说确是从理论到实践上的一场深刻的革命。社会主义商品经济从生产的内容(《经济研究》今年第三期的第一篇文章①值得重视)、生产的方式(承认企业是独立经营的实体)、交换、分配(积累的随意性,个人劳动所得曾经被认为只是物质刺激)、消费的各个领域都与过去的历史有很

---

① 这篇文章是《论产业结构优化的适度经济增长》,作者熊映梧、吴国华等。

大不同。而且为了充分实现有计划的商品经济还需要经历很长时间。这从形式上说可以看成后退，因为过去的想法离不了共产主义的初级阶段，而实质上却是真正的前进，使经济活力和人民生活大大前进了。这正是中国能够在政治风波中站得住的物质基础，今后需要长期努力发展和完善这个基础，提纲需要着重使全党有此清醒认识。东欧和苏联正是缺少这个基础。这是一个严重的教训。建议学习提纲在关于社会主义、马克思主义、改革开放的段落中大大强化这个观点。昨天和力群同志谈话中这样说了，他有同感，并说四项基本原则的内容也有其发展的历史。前次同你们两位谈话时想得没有后来的清晰。马克思主义在历史上就是发展的，现在发展得更快，今后必须继续发展。原稿重点在反驳马克思主义过时论，这必不可少，但只说到具体体制中的弊端，未能从理论上说明这种具体体制是从哪一种社会主义设想或理想中产生出来的，这样就对改革开放难以作出理论的概括，亦且难以在党内形成理论上的共识，会使人感到改革今后没有什么可说和可作的了，这就很不利。现将想到的匆匆写出，以供修改时参考，无暇在文字上斟酌了。

胡乔木的这封信，短短一千多字，但却被历史学界和理论学界称为胡乔木晚年的巅峰之作，代表胡乔木对社会主义的认识达到了一个新的境界、新的高度。历史学家刘大年认为，胡乔木的这篇《对社会主义的新认识》的信，不仅是《胡乔木文集》第二卷的压卷之作，而且还是胡乔木全部马克思主义的理论研究中最有分量的著作："文章视野辽阔，思想深刻，现实性极强。关键是指出了不要把对社会主义的认识停留在共产主义初级阶段的概念上。人们从这里可以切实地了解到为什么改革开放是社会主义国家从理论到实践的一次深刻的革命。'文化大革命'、毛泽东思想、中国二十年'左'倾、重新认识社会主义等几个问题的性质各异，看法多有分歧、对立。胡乔木对这些重要复杂、难度很大的问题，一一提到历史上加以分析，不少地方精辟独到，发往昔之所未发，言他人之所难言。实事求是，大道在前，人们很难指以为非。"

80岁的胡乔木为什么在这个时候，对社会主义提出全新的理论观点？这是有国内和国际的背景的。

当时，北京刚刚度过1989年的政治风波，世界社会主义运动、社会主义制度确实出现了一些"马克思主义历史上始料所不及的"情况，这使以反对马克思主义为职志的论客们异口同声叫嚷：马克思主义已经死亡了，社会主义已经死亡了。他们还提出了一个最新、也最得意的论点,说:"苏联、东欧社会主义政权的瓦解,也就是马克思主义的完结,那几个政权塌台了,也就是马克思主义最终塌台了。"面对这样反马克思主义反社会主义的叫嚣,作为世界上最大的社会主义国家的执政党,中共必须冷静地进行反思。1989年6月,邓小平指出:要很冷静地考虑一下过去,也考虑一下未来,以便使我们改革开放的步子迈得更稳、更好甚至于更快,使我们的失误纠正得更快,使我们的长处发扬得更好。作为"中共中央第一支笔",马克思主义理论家胡乔木自然应该站出来说话。而《对社会主义的新认识》就是胡乔木站在马克思主义理论发展的历史和当代社会主义实践开创的新道路这样的大角度,对社会主义的理论与实践,对十一届三中全会以来的改革开放事业进行的深度反思,并提出了"改革开放对于社会主义国家来说确是从理论到实践上的一场深刻的革命"。

真理总是最简单的。胡乔木的这篇千字文,可谓字字珠玑,大胆独创,再次印证了他对新事物敏锐的观察力和对疑难问题的深刻辨析力。郑必坚认为,胡乔木对社会主义的"这个新认识,可以视为对邓小平同志反复指出的要弄清楚什么是社会主义和怎样建设社会主义这个首要的基本理论问题的一个重要的理解和发挥"。毫无疑问,胡乔木《对社会主义的新认识》也是建设中国特色社会主义理论的重要组成部分。而胡乔木之所以能在80岁高龄,在与病魔抗争的病床上产生如此开创性的新认识,正是他几十年来与时俱进不停思考的结果,是他在理论实践中身体力行的结果,是他孜孜不倦地追求真理的结果。

但胡乔木依然没有停下思考的脚步。他的思想也从来没有感到过满足。他就像一个士兵,端着冲锋枪上了战场,他的方向只有一个,向前,向前,向前……

这个时候的胡乔木,身体已经极其虚弱。早年做过胃切除手术的胡乔木,70岁的时候又做了切除胆囊的手术,长期的脑力劳动和紧张工作,严重的神经衰弱症一直缠绕着他。多年来,他的身体完全靠药物调节。有两种药他总是随身带的,一种是兴奋剂,一种是镇静剂。上午工作时,要服兴奋剂;中午休息时,要服镇静剂;下午还得服兴奋剂。否则,他就无法工作。尽管这样,有时候药物也不起作用,为了工作,胡乔木只得加大药量,结果造成恶性循环,带来很大痛苦。即使如此,他仍然不分昼夜地伏案工作。[①]

1991年是中国共产党建党70周年。40年前,39岁的胡乔木冒着酷暑坐

---

① 黎虹:《呕心沥血孺子牛》,见《我所知道的胡乔木》,当代中国出版社1997年5月第1版,第539页。

在盛满水的澡盆里,用一个星期完成了中共第一部简明党史《中国共产党的三十年》。40年,弹指一挥间,岁月不饶人啊!80岁的胡乔木真的老了,但心不老。他就是那个在思想理论战线冲锋陷阵最正确、最勇敢、最坚定、最忠实、最热忱的战士,他的毅力他的定力他的忍耐力都是最强的。几十年来,疾病折磨的痛苦,他总是独自忍受着不跟别人说,默默地一个人去扛,家人和身边工作人员如问他有什么不舒服时,他总是回答没有什么。大家清楚,他是生怕别人为他操心,更不愿意麻烦组织。即使到了前列腺癌晚期,大腿骨被癌细胞侵蚀断了,腿被金属固定住,他也从没有叫喊一声。参加会诊的医生们说,胡乔木的承受能力是一般人所难以做到的,无不为这种惊人的毅力感动。

尽快写出一部完整的中共党史,这是胡乔木和杨尚昆、薄一波等人多年的愿望。根据杨尚昆、薄一波的建议,胡乔木希望中央党史研究室先集中力量写一部40万字左右的比一般教科书站得高、有新意的反映中共70年历史的著作,作为献给党的70岁生日的礼物。胡乔木知道自己已无法承担这么巨大的文字工程了,就把写作《中国共产党的七十年》的重任交给比他年轻的同志。但胡乔木知不足,他还在思考,自己该用什么样的礼物来献给党呢?

"路漫漫其修远兮,吾将上下而求索。"中国共产党的70年,是马克思主义在中国有组织传播和实践的70年,是领导全国各民族在革命和建设事业中曲折前进和取得伟大胜利的70年。胡乔木感到,人们今天谈论马克思主义的命运,就不能不注意它在中国的发展。确实,这个发展不但远远超出了过去一般人的预料,也是马克思主义创始人所预料不到的。在纪念中国共产党诞生70周年的时候,胡乔木觉得应该对中国共产党怎样发展了马克思主义进行历史的回顾,因为中国共产党70年的历史雄辩地证明了马克思主义具有强大的生命力。于是,胡乔木与病魔搏斗与生命赛跑,写下了生命最后的力作——《中国共产党怎样发展了马克思主义》。

胡乔木说:"中国共产党的70年历史是成功地运用马克思主义的历史,同时也是成功地发展马克思主义的历史。""中国共产党的历史在长时期内充满了关于是否把和怎样把马克思主义的普遍原理与中国革命的具体实际相结合的斗争和探索,而为了把两者成功地相结合,就必然要在许多重要方面把马克思主义加以创造性的发展。毛泽东思想正是两者相结合的最高成果。"紧接着,胡乔木就中国共产党在12个方面对马克思主义的发展作了论述——

一、提出了无产阶级领导的农民土地革命战争思想和以农村包围城市的革命发展道路;

二、提出了关于人民军队和人民战争的一系列创造性思想；

三、在与其他政治力量建立革命统一战线的问题上创造了独特的经验，提出了一系列新的理论和策略原则；

四、创造了党的群众路线的工作方法；

五、提出了正确处理党内矛盾和正确区别、正确处理人民内部矛盾和敌我矛盾的原理；

六、创立了完整的新民主主义理论；

七、为和平实现社会主义改造创造了人类历史上的新经验；

八、成功地开创了社会主义的改革开放事业；

九、提出了社会主义商品经济的原则和社会主义初级阶段的理论；

十、提出和实行了保卫改革开放中的中国社会主义制度不受腐蚀和颠覆的方针；

十一、在国际关系上提出了并一贯执行了和平共处五项原则；

十二、把辩证唯物主义和历史唯物主义的观点贯彻到党的全部工作中。

1991 年 6 月 25 日，《人民日报》发表了胡乔木的《中国共产党怎样发展了马克思主义》。这篇论文是集中简明地论述以毛泽东同志为核心的第一代中央领导集体和以邓小平同志为核心的第二代中央领导集体对马克思主义理论发展的重大贡献的"提纲式的论文"。其中，胡乔木提出 20 世纪 80 年代的改革开放事业是 50 年代确立社会主义制度的"真正的续篇"，中国的一切成就都应归功于"这两座里程碑"的论断，对中国开创社会主义改革开放事业的由来和背景、条件和进程，对"摆脱长期流行的一些传统影响的束缚"之艰难和"走出新路子""使社会主义事业获得了新的生命力"的胜利，都有着胡乔木式的独到的论述。而这篇长达 1.8 万字的力作，胡乔木竟然是在癌转移、全靠吃化疗药和兴奋剂的情况下，躺在病床上写出来的！这是多么地了不起！写完后，胡乔木长长地舒了一口气，说："这是我拼老命写的啊！"

正道直行，竭忠尽智，鞠躬尽瘁，死而后已。和 1991 年 4 月 11 日写的《对社会主义的新认识》一起，《中国共产党怎样发展了马克思主义》是胡乔木在人生的最后时刻，用生命奉献给中国共产党、奉献给祖国、奉献给人民的最好礼物。

第廿二章　上善若水

小车不倒只管推,车倒扶起往前迫。
扶不起来也没啥,滚滚长江浪浪催。

——胡乔木《小车》(1983 年 7 月)

领导主持《鲁迅全集》编注工作,茅盾称赞胡乔木是"霹雳手"

　　鲁迅是中国文化革命的主将。鲁迅的骨头是最硬的。1942 年毛泽东在延安文艺座谈会上就曾非常形象地说:"我们的革命有两支军队,一支是朱总司令的,一支是鲁总司令的。"毛泽东形容鲁迅是"文化"这支"军队"的"总司令",尽管有其历史的计策,但在胡乔木眼里,鲁迅的确是他心中的英雄人物,"鲁迅的旗帜仍然是我们今天的旗帜"。[①] 20 世纪 30 年代,胡乔木在上海从事左翼文化运动的时候,就曾和鲁迅并肩战斗过。书生革命的胡乔木打心底里敬佩鲁迅,热爱鲁迅。他曾亲笔撰写了《伟大的作家,伟大的战士》《鲁迅对中外文化的分析态度》《拿出更多更好的研究成果来纪念鲁迅》 等许多文章宣传鲁迅,积极评价鲁迅。为纪念"左联"成立 50 周年,1980 年 2 月 9 日,胡乔木在审阅周扬即将在《人民日报》发表的文章《学习鲁迅,沿着鲁迅的战斗方向继续前进》的讲话中,专门加写了这样一段话:"鲁迅的思想发展过程是已经结束了,但是对于中国人民来说,这个思想发展过程却是永远不会结束的。我们学习鲁迅,正是为了沿着鲁迅的战斗方向继续前进。我这样说,也

---

① 《胡乔木谈文学艺术》,人民出版社 1999 年 5 月版,第 139 页。

并不是表示现在我们对于鲁迅就有了充分的认识,当然还需要继续学习。鲁迅所遗留给我们的文学遗产,是一个时代的伟大高峰,其中所包含的广博知识、哲理和智慧,是吸之不尽,用之无穷的。他的独特的深刻而热烈的文风也是永远值得我们学习的典范。"①周扬的这个讲话原题为《重新认识鲁迅,重新学习鲁迅》,系其 1979 年 5 月 8 日在鲁迅研究学会筹备会议上的讲话,经胡乔木修改后,改名《学习鲁迅,沿着鲁迅的战斗方向继续前进》于 1980 年 2 月 27 日在《人民日报》发表。

新中国成立后,鲁迅作品的出版一直受到中共中央领导人毛泽东、周恩来的重视。1971 年夏天,在周恩来总理直接领导下召开的全国出版工作会议上,《鲁迅全集》的重新整理、注释和出版被确定为全国重点出版项目。但鲁迅著作的整理和出版计划遭到了"四人帮"的阻挠和破坏。1972 年 1 月,周建人向国务院呈送的鲁迅著作出版规划报告,在姚文元批"待研究"三个字后被束之高阁。周海婴就出版父亲作品事宜又致信姚文元和江青,依然如泥牛入海。

对编辑、出版一部比较完备和准确的《鲁迅全集》新的注释本,胡乔木一直全力支持。但因为自己处于所谓的"冷藏"状态,无法直接干预。1975 年 10 月,他就给周海婴出了个主意,让他直接就《鲁迅全集》的编辑出版问题上书毛泽东。这封信在胡乔木的亲自指点、修改和润色下,经由胡乔木转呈毛泽东。这样终于得到了回音。11 月 1 日,毛泽东批示"我赞成周海婴同志的意见",并要政治局讨论一次,"做出决定,立即实行"。于是被"四人帮"百般阻挠的鲁迅著作、书信集出版的计划终于启动。1975 年 12 月 5 日,中共中央批准了国家出版局的规划——1977 年底前出版《鲁迅书信集》和新注鲁迅著作单行本 26 种;1980 年底前出版新注《鲁迅全集》15 卷(正式出版时增加《索引》一卷,为 16 卷)。

新版《鲁迅全集》的编辑出版工作开始运转后,1977 年 5 月刚刚上任的国家出版局局长王匡感到鲁迅著作的注释工作可是一个大工程,任务实在艰巨。怎么办? 必须找一个权威的人物担当此任。而这个角色必须得到上至中央下到地方的广泛认可,尤其需要知识界和文学界的支持和信服。丝毫没有什么犹豫,王匡想到的只有胡乔木了。他赶紧去胡家拜访,恳请"冷藏"家中的胡乔木出山,主持新版《鲁迅全集》的注释定稿工作。胡乔木欣然同意。但毕竟"文化大革命"刚刚结束,胡乔木还没有正式复出。于是两人一合计,经过胡乔木的指点,出版事业管理局于 1977 年 8 月 5 日向中央呈送《关于

---

① 徐庆全:《新发现的胡乔木致周扬信跋》,《中华读书报》2004 年 4 月 21 日,第 5 版。

鲁迅著作注释出版工作的请示报告》,说明当前的主要问题是无人定稿。因鲁迅著作注释的定稿工作,涉及面广,影响重大,须得具有相当政治水平和文艺理论水平的同志才能胜任。并提出三条建议:一、请中央批准胡乔木同志分出部分精力来过问一下这项工作,主要是掌握方针和对注释中的重大问题加以指导和审定;二、约请郭沫若、周建人、沈雁冰(茅盾)、王冶秋、曹靖华、李何林、杨霁云、周海婴同志担任鲁迅著作注释工作的顾问;三、请调林默涵同志(时在江西等候分配工作)来协助胡乔木同志主持具体工作,同时还需借调冯牧(时任文化部政策研究室副主任)、秦牧(时任广东文艺创作室副主任)两位同志来加强原来搞注释工作的班子。并表示力争按原定计划,在1981年鲁迅诞辰100周年时出齐《鲁迅全集》新注本。11月,中共中央批准了这个报告。而此时胡乔木也有了新的任命,成为刚刚成立的中国社会科学院院长,并继续主持国务院研究室工作。

毫无疑问,胡乔木是主持《鲁迅全集》注释工作的最佳人选,可谓深孚众望。对中共中央的这项任命,茅盾先生给予了赞赏和极高评价,他在写给周而复的信中谈及鲁迅著作的注释工作时说:"盖注释中争议也不少,非乔木同志主此事而默涵等实际负责,将不能妥善解决也。年来以鲁迅为招牌,摘取片言只语,对某某事件作夸大解释者,实在不少。此亦'四人帮'形而上学影响之一事也,非有霹雳手不易摧枯拉朽也。"茅盾先生在这里用"霹雳手"①来形容只有胡乔木出马,才能彻底清算"四人帮"那一套形而上学的极左错误,达到"摧枯拉朽"的效果。可见其对胡的信任和钦佩。而他的心声不也正是中国文化界的良知们的共同的声音吗?从此,《鲁迅全集》的编辑注释工作,在胡乔木的指导下紧张而有序地开展起来。国家出版局根据胡乔木的意见,成立了"《鲁迅全集》领导小组",具体领导鲁迅著作编辑室的工作。林默涵任组长,组员有冯牧、秦牧、王仰晨(鲁迅著作编辑室主任)、李文兵(鲁迅著作编辑室副主任)。思想开放、从善如流的胡乔木在自身工作非常繁忙的情况下,不仅明确了《鲁迅全集》注释、整理和出版的方针,还先后把1957年被打成右派的曾彦修(严秀)、陈涌、朱正、包子衍等人从上海、兰州、长沙、济南调来,组织起了一支对鲁迅生平和思想研究有素的高水平编辑队伍,大大提高了编辑力量。

鲁迅作品涉及人物、事件及背景纷繁复杂,尤其涉及众多人物的历史是

---

① "霹雳手"典故出自《旧唐书·裴漼传》。裴漼做同州司户参军,刺史因他年轻而瞧不起他,故意将积存的数百件旧案交他速办。裴漼挥笔断案,迅速办完,判词允当,由此扬名,称"霹雳手"。

非问题,争议确实非常大,给注释工作带来了极大难度。如:《三闲集·序言》中摘引创造社方面说鲁迅是"封建余孽""主张杀青年的棒喝主义者"的话,注释为"杜荃在《文艺战线上的封建余孽》一文(载 1928 年 8 月 10 日《创造月刊》第二卷第一期)中说的"。但问题来了,这位"杜荃"是谁?要不要注明?参加注释工作的专家陈早春考证杜荃即郭沫若。编辑室认为本着实事求是的精神,不应避讳,应该注明。但考虑到郭沫若本人的身份,大家还是没有把握,于是就报告给胡乔木。胡乔木看后表态:证据确凿,可以注明。并批送给周扬、夏衍、成仿吾、冯乃超等审阅,他们也表示同意。这样注释中明确了"杜荃就是郭沫若"。再如:1935 年 6 月 28 日鲁迅致胡风信中说:"我本是常常出门的,不过近来知道了我们的元帅深居简出,只令别人出外奔跑,所以我也不如只在家里坐了。"这一句话中的"元帅",编辑室拟了一条注:"指周扬,当时任'左联'党团书记。"又报请胡乔木审处。胡乔木即批送周扬酌定。周扬表示同意。胡乔木在《鲁迅全集》新版编注工作中,采取实事求是、严肃审慎的科学态度,确实如茅盾先生所言是一位善谋敢断的"霹雳手"。

对具体的编辑工作,胡乔木更是行家里手。林默涵回忆说:"记得大约在 1978 年 11 月初,我们把《呐喊》单行本的校样送到乔木那里,请他尽快审阅并提出意见。当时乔木正在列席十一届三中全会前的中央工作会议,他自己有中央委托的很重要的事情,非常忙。我们担心他看不了。不料到 12 月初的一个晚上,他突然通知我和编辑委员会的几个同志去京西宾馆谈《呐喊》的校样问题。这是他乘开会间隙,让我们去的。没有多少寒暄,就进入主题了。乔木拿着《呐喊》的校样,几乎不停地讲了 3 个多小时,提出了 30 多条意见。其中有一些是政治性的内容,但更多的则是有关知识性和遣词造句、文字逻辑方面的问题。记得乔木反复强调的一句话就是'注释的文字要精练、准确、干净,文学书籍的注文尤其应当精练、准确、干净。否则就把好好的一本书搞坏了'。乔木的话,使当时在场的同志无不为他博大精深的学问、精益求精的态度和认真负责的领导作风所折服。我自己也正是在这一段和乔木的交往中,更加了解了他,从他身上学到了更多的东西。"①

经过四年多的艰苦奋战,16 卷本的《鲁迅全集》新版注释本,终于在 1981 年鲁迅 100 周年诞辰前夕,由人民文学出版社出版。付出几多心血的心愿终于实现,胡乔木脸上露出了难得一见的笑容。

"中国有幸,在近百年来出现了许多伟大的思想家和革命家,其中影响

---

① 林默涵:《忆念乔木同志》,见《我所知道的胡乔木》,当代中国出版社 1997 年 5 月版,第 288 页。

最大最深的,是毛泽东和鲁迅。毛泽东领导人民在政治上、经济上翻了身,得到了解放,成为国家和社会的主人;被毛泽东认为骨头最硬的鲁迅,则唤醒人们从思想和精神的被奴役中振奋起来勇于抗争。毛泽东和鲁迅,这两个伟大人物,都给我国人民留下了极为宝贵的精神财富,而乔木同志的功劳,就是在对这两个伟大人物的精神财富的整理、继承和发扬上,都付出了极大的努力和心血,这是值得我们由衷地感谢的。"林默涵的话,可谓画龙点睛。有理由相信,站在毛泽东和鲁迅背后的胡乔木,他的形象在历史的视野里会越来越清晰,越来越高大。

胡乔木主持编辑中国第一部百科全书《中国大百科全书》

享誉"百科全书式的马克思主义理论家"的胡乔木,在十一届三中全会前夕出任中国社科院院长之后,又担任了中国大百科全书总编委主任,与全国各地的社会科学工作者共同协商,决定课题,分担任务,对全国社会科学研究工作起着模范带头作用。

"四人帮"粉碎后,荒芜的中国科学文化园地,百废待兴。时任社科院马恩列斯著作编译局副局长的姜椿芳在社科院规划办编印的《情况和建议》上发表了《关于编辑出版中国大百科全书的建议》。胡乔木看到后,迅速地把这一建议列入了议事日程。其实,在新中国成立之初,胡乔木任政务院文化教育委员会秘书长时就曾有人建议出版中国百科全书,稍后拟定的科学文化发展十二年规划也曾把编辑出版百科全书列入规划,但都因条件不具备而未能实施。20 世纪 70 年代末,中国的社会主义革命和建设迎来了新的发展时期,胡乔木感到编辑出版一部中国的百科全书,作为国家科学文化事业的一项基本建设工程,意义深远,已经刻不容缓。于是他首先向邓小平作了汇报。1978 年邓小平代表中共中央、国务院口头批准了这个计划。不久,中共中央、国务院批准了中国科学院、中国社会科学院、国家出版局联署的"关于编辑出版《中国大百科全书》请示报告"和补充报告,并批准成立以胡乔木为主任的总编辑委员会和以姜椿芳为总编辑的中国大百科全书出版社。

1978 年 10 月 7 日,胡乔木主持召开了《中国大百科全书》总编委会第一次筹备工作会议。他提出:编辑出版中国大百科全书要恢复我们党实事求是的传统,不搞政治挂帅那一套,要为客观介绍中外古今知识的专家学者壮胆、撑腰。1979 年初,大百科全书的编辑方针确立,即:"全书编辑工作贯彻

'百花齐放、百家争鸣'的方针,介绍文化科学知识时,要持客观态度,实事求是,对学术上有争议的问题,应反映各家学说。""对世界各国和地区,不论其大小和政治制度如何","对中外古今人物……凡历史上有影响,学术上有成就的人物,不论其政治地位和政治观点如何,都应有适当的介绍"。在当年"四人帮"强加在人们身上的精神枷锁还没有完全粉碎、"左"倾指导思想还没有完全破除的情况下,胡乔木奠定的这种实事求是的编撰方针,无疑是吹响了推动中国知识界解放思想、冲破"以阶级斗争为纲"的思想桎梏和教条主义等种种精神禁锢的进军号。

作为中国第一部大型综合性百科全书,也是一部代表国家权威水平的大型工具书,它的编辑出版自然是一项需要动员全国有关部门和整个学术界参与,需要投入大量人力物力的科学文化工程。为此,胡乔木在他生命的最后14年里,始终抓住"全书总体设计、编撰队伍组织和编写体例实施"这三个环节,以马列主义理论家和实践家的学识,运筹帷幄,呕心沥血,一步一个脚印地艰苦跋涉。

在总体设计上,遇到了一个重大难题——是按学科分类分卷编辑出版?还是按各国编辑百科全书通行做法,按全书条目字母顺序编排出版?1978年冬,胡乔木主持全书总编委主任、副主任会议就此问题进行讨论,可谓仁者见仁,智者见智。最后,胡乔木说:"同意《中国大百科全书》第一版按学科分类分卷出版","百科全书的分类与科学分类有不同,编辑部可以多搞几个其他国家百科全书分类材料,经过我们的编辑实践再来讨论。"在1980年他亲自修改定稿的《中国大百科全书》的"前言"中,对《中国大百科全书》总体设计上按学科分类分卷出版,精辟地说明为:"因为这是中国第一部百科全书,编辑工作的困难是可想而知的。但是,由于读书界的迫切要求,不能等待各门学科的资料搜集得比较齐全之后再行编辑出版,也不能等待各学科的全部条目编写完成之后,按照条目的汉语拼音字母顺序,混合成全书,只能按门类分别邀请全国专家、学者分头编写,按学科分类分卷出版,即编成一个学科(一卷或数卷)就出版一个学科分卷,使全书陆续问世。"实践证明,胡乔木的这一决定是符合国情和实际的,既保证了全书总体设计顺利完成,又保证了全书编撰工作在短时期内全面展开,以及获得广大读者的支持。

1986年,《中国大百科全书》编辑工作以磅礴的气势进入了高峰期,各学科卷纷纷上马。但由于全书按学科如何分类的问题一直没有完全定型,致使全书学科卷设置出现了不断膨胀,大有突破80卷的趋势。已经上马的学科卷从学科知识门类的划分上来看,也出现了明显的不均衡现象。胡乔木及时地发现了这一问题。1986年夏，因姜椿芳双目几近失明，难以继续工作，胡乔木向接任中国大百科全书出版社总编辑的梅益提出"改变原定出版80卷和1989年出齐的计划"，"原有的某些专业卷可以自成某专业的百科全书，以免大百科过于庞杂，不能保证全书的应有体例和质量水平"的意见。1987年2月27日，胡乔木又以"中国大百科全书总编委主任"的名义向中共中央、国务院领导人提交了《关于改进大百科全书工作的请示报告》，说："大百科全书事关国家科学水平和政治荣誉"，要"全力保证质量"，并具体提出大百科全书要"进一步压缩卷数"，"放慢速度"，"预定1993年出齐，作为全书的第一版"的要求。中共中央、国务院批准了这个报告，从而解决了《中国大百科全书》总体设计上按学科分类设卷的一些悬而未决的难题。在这份报告中，胡乔木还作了自我批评："对于这项浩大的工程，我和椿芳同志都缺乏经验，由于我当时工作比较繁忙，一直没有邀约各方面的专家参照外国同类著作议定全书规划。而1980年开始出版的全书前言，就写明'初步拟定，全书总卷数为80卷，计划用10年时间出齐'，这个前言稿曾送我审阅，我竟未加深究而轻率地表示同意了。这是我在这一工作中的最大失误。"胡乔木的自讼精神，真诚可嘉。

在《中国大百科全书》编撰队伍组织上，胡乔木发动了全国各行各业的专家参加，并从中遴选称职的各科主编，并制定了极高极严的标准，要求"请最合适的人写他最合适的条目"。为此，胡乔木亲自找了全国最著名的专家学者任总编委会副主任。对于总编委会的委员，他明确提出："凡学术上真正有建树，有见解的，或者虽然没有著作，确实是桃李满天下的人，可以为总编委会委员。"对于分编委会的人选，胡乔木不辞劳苦，亲自聘请。例如，1984年《中国大百科全书·语言文字卷》分编委会组建时，胡乔木亲自写信给李荣、朱德熙说："此书不同寻常，如它的编委会不能反映出中国各学科的学术水平，有则不如无。你们两位当然不能参与编辑事务，但重要条目的拟定和内容的审定，终须相烦，这关系到国家学术荣誉。想你们两位出于爱国的责任心，是决然不会推却的。"在胡乔木的感召下，一支由2.2万名著名专家学者组成的文化科学大军，共举《中国大百科全书》之大业。这在共和国的历史上也是罕见的。

在编写体例实施上，胡乔木指出："全书有关中国方面的内容应当力求准确、公允、可信；外国方面的内容要力求不出错误。实现这一编写要求，既要全书的条目编撰者具有权威性和严谨的治学精神，又要全书编辑人员具有知识水平和高度的责任心。"胡乔木特别强调："要重视抓编辑的政治学习和业务学习。业务学习一定要包括外国语的学习。当然,中国语的学习也不容易。政治学习,要有具体要求,学到什么程序,要进行考核。"他还亲自给中共中央、国务院写报告,建议为中国大百科全书出版社"增调十多名研究生和大学毕业生"。

《中国大百科全书》共收条目八万个,释文约1.2亿字,内容涵盖各个学科的古今中外知识。在《中国大百科全书》编撰全过程中,胡乔木以严谨的治学精神,对全书的条目语法修辞,用词遣句也一一定夺。例如:"了""就"字用法,"预见"一词的含义,"国民党军队"还是"国民党政府军",等等,他在条目审定中,都不厌其烦,一字字、一句句地修改。胡乔木的这种精益求精的作风,为百科全书编辑树立了光辉的榜样;而凝聚着他点点心血的条目,也为百科全书条目编撰树起了标准的尺度和模式。但这里面到底有多少条目经过胡乔木审定过,有多少政治敏感性问题经过胡乔木把关,有多少编辑业务问题经过胡乔木处理,恐怕谁也没有办法说得清楚了。①

1991年10月,就在全书的编辑工作基本大功告成之时,胡乔木生命的太阳即将落山。他躺在病床上,强忍着病痛,对前来看望他的梅益等人说:"对于《中国大百科全书》的工作,我曾说与你共进退,看来我要先退了。""你们要有始有终,保证全书的质量,这事关国家科学水平和政治荣誉。""全书即将出齐,对全书一版工作,要认真总结,要报告中央,给中央写报告。对二版工作,要抓紧准备,要提出设想,听听大家的意见。"这是一个与病魔斗争了几十年的80岁老人的心里话啊! 他自知来日无多,内心依然充满希望。殷殷期望,深深眷恋,发自肺腑,怎能不催人泪下? 怎能不激人奋进?

《中国大百科全书》是中华民族科学文化发展史上的一座里程碑。胡乔木的名字深深地刻在这座丰碑上。

胡乔木是所有正直的知识分子的知心朋友

"胡乔木是所有正直的知识分子的知心朋友。"这是吕叔湘的话。这句话里有两个关键词值得我们反复琢磨:一个是"正直",一个是"知心"。因此,这句出自著名语言学家的话,该是胡乔木和知识分子之间情谊的一种境界吧?

胡乔木是如何成为正直的知识分子的知心朋友的, 亲爱的读者不妨听

---

① 刘志荣:《胡乔木与〈中国大百科全书〉》,《百科知识》1994 年第 2 期。

一听正直的知识分子们是如何评说胡乔木这个知心朋友的——

季羡林先生说——乔木到我住的翠花胡同来看我。一进门就说："东语系马坚教授写的几篇文章：《穆罕默德的宝剑》《回教徒为什么不吃猪肉？》等，毛先生很喜欢，请转告马教授。"他大概知道，我们不习惯于说"毛主席"，所以用了"毛先生"这一个词儿。我当时就觉得很新鲜，所以至今不忘。……他的官越做越大，地位越来越高，被誉为"党内的才子"、"大手笔"，俨然执掌意识形态大权，名满天下。然而他并没有忘掉故人。特别是"文化大革命"以后，我们都有独自的经历。我们虽然没有当面谈过，但彼此心照不宣。他到我家来看过我。什么人送给他了上好的大米，他也要送给我一份。他到北戴河去休养，带回来了许多个儿极大的海螃蟹，也不忘记送我一筐。他并非百万富翁，这些可能都是他自己出钱买的。按照中国老规矩：来而不往，非礼也。投桃报李，我本来应该回报点东西的，可我什么吃的东西也没有送给乔木过。这是一种什么心理？我自己并不清楚。难道是中国旧知识分子，优秀的知识分子那种传统心理在作怪吗？……他最后一次到我家来，是老伴谷羽同志陪他来的。我的儿子也来了。后来谷羽和我的儿子到楼外同秘书和司机去闲聊。屋里只剩下了我同乔木两人。我一下回忆起几年前在中南海的会面。同一会面，环境迥异。那一次是在极为高大宽敞、富丽堂皇的大厅里。这一次却是在低矮窄小、又脏又乱的书堆中。乔木仍然用他那缓慢低沉的声调说着话。我感谢他签名送给我的诗集和文集。他赞扬我在学术研究中取得的成就，用了几个比较夸张的词儿。我顿时感到惶恐，戥㦬不安。我说："你取得的成就比我的大得多而又多呀！"对此，他没有多说什么话，只是轻微地叹了一口气，慢声细语地说："那是另外一码事儿。"我不好再说什么了。谈话时间不短了，话好像是还没有说完。他终于起身告辞。我目送他的车转过小湖，才慢慢回家。我哪里会想到，这竟是乔木最后一次到我家里来呢？……我同乔木相交60年。在他生前，对他我有意回避，绝少主动同他接近。这是我的生性使然，无法改变。他逝世后这一年多以来，不知道是为什么，我倒常常想到他。我像老牛反刍一样，回味我们60年交往的过程，顿生知己之感。这是我以前从来没有感到过的。现在我越来越觉得，乔木是了解我的。有知己之感是件好事。然而它却加浓了我的怀念和悲哀。这就难说是好是坏了。

萧乾先生说——胡乔木是开国后我的第一个上司。那时，我的岗位在国际新闻局。那可是牛鬼蛇神的聚处。1950年早春，我们为诗人戴望舒举行追悼会。身为新闻总署领导的胡乔木也来参加追悼会。他不但来了，还作了长达两个小时的悼念演说——他不但演说了,而且即席(手里没有讲稿)接连背诵了好几首戴望舒的诗。那阵子,我们这些没喝过延河水的人,很怕听报告。不但往往席地而坐,而且长得要命。唯独听胡乔木的报告,觉得是享受。因为他大段大段引的,不是马列经典,而是普希金或莎士比亚。他不是站在高处训,而是平坐在一起谈心。80年代,我曾编过一本《杨刚文集》。当书稿已送印刷厂后,胡乔木忽然派人向我索该书稿,当时我颇为紧张,因为杨刚在五七年是自杀死的。死之前,在《人民日报》社肯定曾有一段紧张日子,于是,我就把书稿调回来送去。不几天,胡亲笔开列几篇应收而未收的文章题目,并且主动为此书写了序言。胡乔木用表彰改正了错误。每个人都是多方面的,在不同的历史阶段,表现未必是一致的。……我希望有一天能看到有人写写他的传记。他不属于"右派打得越多越过瘾"的那种斗士,而是常常希望让每一个中国人,不论其政治地位或一时行气如何,都能发挥作用。当然,健康的国家,还得靠健康的制度。然而,不论如何,在寒冷的日子里,即便是小小一盆炭火,其温暖也是令人终身难忘的。

温济泽先生说——廖承志说,1958年,乔木同志听到我划为"右派"的消息那天晚上,快到半夜了,匆匆打电话,跑到他家里,一见面就问:"你知道温济泽同志被划成右派了吗?"他们两人都认为从历史上全面地看人,不能把我划成右派。他们相约,第二天上午,一起到中宣部去询问。得到的答复是:是广播事业局划的,中宣部已经批准,报到书记处,无法改了。乔木同志叹气说:"又毁了一个好同志!"他们仍希望有一天能够帮助我。(1978年1月胡乔木主动给温济泽打电话调其任社科院科研组织局副局长——引者注) 一夜之间,我从"摘帽右派"成了"副局长",既觉得二十年冤屈终于吐了一口气,又未免有点"惶恐"之感。但到办公室一看,秘书小于已经帮我布置好一间办公室了,同志们待我都很好。我深深感到乔木同志对我的这种"同志情","同志"这两个字是多么可贵!

何祚麻先生说——乔木同志一辈子都是和知识分子打交道。如果说党对知识分子的政策是"争取、团结、教育和改造"的话,那么乔木同志是贯彻执行这一政策的模范。……在报上看到中年优秀学者蒋筑英同志逝世的新闻后,立即写了痛悼的短文,为中年知识分子呼吁。在党内历次有关知识分子政策问题的讨论会上,乔木同志总是积极为知识分子说话的一员。乔木同志十分爱"才",因而也就关注到各种有才能的知识分子。乔木同志曾反对过把胡风定为"反革命分子",也保护过许多"右派"。由于他保护了不少"右派",甚而还"自身难保"。所幸毛主席、周总理始终是信任他的。……乔木同志十分喜欢和知识分子朋友们讨论或议论各种各样的理论问题和现实问题。他是坚定的马克思主义者，又总是从多角度，具体而生动地有说服力地解释马克思主义者的基本观点。他平易近人，在他面前可以"放肆"地向他反映共产党工作中的种种缺点。有时你的意见不对，他也会坦率地指出，但总是讲出一番道理。

李慎之先生说——乔木同志自称爱新诗甚于旧诗。看他的诗集，此言信然，虽然我还是偏爱他的旧诗甚于新诗。他的旧诗过去常请郭沫若、赵朴初先生，以至毛主席修改，后来则与钱锺书相切磋。他的诗集《人比月光更美丽》就是请钱先生题的签。他告诉我，他在清华读书时，对老师辈最景仰陈寅恪，对同学少年则最佩服钱锺书，然而因为选择的人生道路不同，后来虽有工作关系，却直到"文革"以后，才能倾心结交。钱锺书的《管锥编》、杨绛的《干校六记》如今已成"当代经典"，当年如果不是乔木同志的亲自支持，是出不来的。在玉泉山的那个夏天(1982年)，乔木同志还有一段文字因缘，不可不在此一记。大概已经到七月份了。胡绳同志带来一本香港出版的聂绀弩的《三草》(实为《北荒草》《赠答草》《南山草》的合集)，被乔公看到了，稍加翻阅，立即诧为奇诗。他与聂老虽然是30年前的老相识，却并不知道他在千难万劫之中写出了这样震古烁今的诗篇来，因此立刻给聂老写信说要去看他，而且确实也冒着盛暑大热到新源里去拜访了整年斜躺在床上的绀弩先生，不但竭力赞扬他的诗，而且夸奖他的"思想改造可得一百分"。以后还立刻指示人民文学出版社尽快出版根据《三草》补订的《散宜生诗》。而且马上就在7月14日为诗集写出了序言。其末句说："我不是诗人或诗论家，但是热烈希望一切旧体诗、新体诗的爱好者不要忽略作者以热血和微笑留给我们的一株奇花——它的特色也许是过去、现在、将来的诗史上独一无二的。"经过20多年磨难的聂老，对于乔公这样的大人物突然来访，虽然早已宠辱不惊，但是毕竟一时还纳不过闷儿来。他知道我当时也在山上，因此辗转托人来问我乔木到底是什么意思。我回答说："放心吧！乔公嘴上说的就是他心里想的。"理由十分明白：他回来就批评我："你看绀弩的诗，多么乐观，多么诙谐；你的就不行——太萧瑟了。"我常常想，如果我们的国家没有搞那么多人为的阶级斗争，能够让乔木同志从心所欲尽展长才，在他的岗位上总持文章，宏奖风雅，今天中国的文坛学界，或者再扩大一点，中国的精神文明，会是一个什么局面呢？

韦君宜先生说——湖南青年作者莫应丰新写的长篇小说《将军吟》问世了。这是第一部正面描写"文化大革命"，毫不隐讳地写出当年种种胡作非为,包括指出当年决策错失的作品。作家协会这时开始创办第一次茅盾文学奖,慎重地提出候选作品,其中除了老作家魏巍的《东方》、姚雪垠的《李自成》之外,也有几位新人作品,最令人瞩目的就是《将军吟》。我是这部书的终审人,签字付印以前,因为书中提到受冤的将军一个人到天安门愤怒痛哭,虽改了改,总有点担心。评委会讨论,算是平安通过。在作协评委征求各位领导干部的意见时,我收到了乔木主动来的信。他对于《将军吟》采取完全肯定的态度,说:"真好。"还说了不少好话。我感到受到了支持。在会上我提出把这部书列为授奖的第一部。说了乔木赞赏这部书,中宣部派来的人员听到这个新消息没有异议,《将军吟》就当选了第一届茅盾文学奖的头一部作品。

钱锺书先生说——立德立言推君兼不朽,酬知酬愿愧我一无成。

夫人谷羽说——乔木始终没有脱掉知识分子的气质,他是一名真正的革命知识分子。他了解、关心、爱护知识分子,注意发挥他们的长处;同时,又严格要求他们,不姑息他们的缺点,就像他对待自己一样。……1978年七八月间,乔木接到青岛市图书馆一位同志来信,要求帮助解决该市吴寿彭老先生的译著出版等问题。吴早年加入国民党,在国民政府中任过职,后来从事实业。1955年6月肃反时被逮捕,后免予起诉,于次年2月释放。吴粗通古希腊文,多年来翻译了亚里士多德等人的著作。当时,十一届三中全会还没有开,"左"的空气依然很浓,乔木才任中国社会科学院院长不久,这事也不是乔木职责范围内的事。可是,乔木却义不容辞地管起来了。记得那天他回到家,谈起这件事,很有感慨。他说,"文革"十年中对知识分子的"左"的错误,现在应该纠正了。吴做的翻译工作有价值,我们应该发挥其专长。乔木亲自过问此事,请山东省和青岛市有关方面落实吴的工作,还派人与出版社联系解决吴的译著出版问题。出版社提出必须把吴的政历问题搞清,书才能出。乔木在报告上批示:"出译书,只要没有现行问题,书有价值,即可出。"至于吴的问题,"可以相机调查,吴已70多岁了,等调查清楚再出书就晚了。"吴寿彭的住房、工作和译著出版等问题,在乔木的关心下,全部得到了解决。作家沈从文,过去在文学上很有成就,建国以后却改行从事中国古代服饰研究,在文坛上几乎湮没无闻,乔木在家中常提起这事,很惋惜。1956年时,他就多次让《人民日报》副刊的同志去约他写文章。后来,沈从文的名字和他的文章终于在《人民日报》出现,在知识分子中引起强烈反响,1978年乔木担任中国社科院院长后,又把沈从文从历史博物馆调到社科院历史所。大约是在1979年底,沈从文给乔木来过一封信,谈了自己在服饰研究方面的情况,同时提出自己的实际困难,主要是住房太小,工作条件太差。乔木工作很忙,他就先让秘书去看望沈从文。秘书回来反映,沈从文夫妇住房的确很差。他听后再也坐不住了,亲自前往沈家,还让当记者的儿子一同去。回来后,父子俩向我们描述了沈从文夫妇的住房:两间又矮又小的平房,屋里纵横交错拉着绳子,上面挂着各个时代的服饰的图片,走动都很困难,光线也很暗,冬天再安一个取暖的炉子,连转身的地方都没有了,在这样的环境中怎么搞研究呢?但当时社科院住房很紧张。怎么办呢?乔木和儿子商量,准备把家里一套四居室的房子腾出来让给沈从文夫妇住,儿子搬去住他们的两间平房。我和女儿也都支持乔木和儿子的决定。只是后来被主管部门否决了。事情虽然没有办成,但乔木这份情意,我和全家人都感受很深。在乔木和有关部门关心下,沈从文的住房问题不久就解决了。后来,他又出面帮沈配备了助手,解决了医疗问题,对沈从文的待遇,他也亲自特批,由四级研究员调到二级。沈从文晚年总算有了相对安定的生活环境和研究条件。乔木和聂绀弩的交往又是一例。据胡绳同志说,三中全会后,聂绀弩仍关押在山西,胡绳在得知这个情况后找乔木反映,乔木即亲自找当时中央负责人,才把聂放出来。此后,乔木和聂在诗歌创作上有交往,他曾请聂修改过自己的诗。后来,一个偶然的机会,乔木了解到聂已年近八十,体弱多病,身边又无儿无女,老伴身体也不好,生活中困难很多。他就通过有关方面,把他们的一个侄女从湖北京山老家迁入北京,帮助照顾两位老人的生活起居。当他得知聂绀弩患有重病时,他又让秘书向聂绀弩夫人周颖要来了聂的病史,并派人买了各种好药给聂送去。其实,乔木与聂以前并没有什么私交,正因如此,聂绀弩夫妇格外感动。就我所知,像这类事还有不少,如解决钱锺书、葛琴(邵荃麟的夫人)、刘起纡(顾颉刚的助手)等人的住房和工作条件等问题,乔木都没有少费力气。但他从不在任何人面前谈这些事,有许多事还是后来我从旁人那里得知的。

说起胡乔木和知识分子的故事,还有很多很多。萧乾回忆说,20世纪六七十年代,众多知识分子都是在胡乔木的默默关怀下而改变了人生命运的,诸如:吕荧从阶下囚突然变成学者、翻译家;以"恶霸地主"之名关押在监狱的诗人梁宗岱突然由戴手铐脚镣的囚徒恢复为中山大学的教授;由"红人"变成"黑人"的资深进步记者刘尊祺一下子也由阶下囚恢复为30年代献身革命的响当当的老干部;周作人的工作、著作得到了安排、出版;等等。而胡乔木与巴金的交往以及他们共同为中国现代文学馆的建设作出的贡献,更是在中国现代文学史上写了精彩的一笔。

倡议建立中国现代文学馆,是巴金先生1981年2月14日首先在香港发表文章提出来的。一个月后《人民日报》也发表了巴金先生的这篇文章,立刻在国内外引起强烈反响。胡乔木是这个倡议的最早的热情支持者之一。4月

13日他致信贺敬之，说："巴金提议成立新文艺资料馆，这个意见他也跟我说过，我觉得很好，表示愿意尽力支持。听说荒煤同志也很赞助。不知有没有着落?有没有希望?"4月20日，中国作协召开主席团扩大会，决定筹建中国现代文学馆，并报中央批准。但文学馆找一个落脚的地方成了一个大难题。经过胡乔木的努力，整整花了一年半的工夫，最后确定万寿寺为临时馆址。胡乔木立即写信告诉巴金。巴金也马上回信表达感谢。可是好事多磨，因占用房子的单位迟迟不肯搬走。计划再次搁浅。1982年8月26日，巴金再次在香港《大公报》发表文章说："我们的现代文学好像是一所预备学校，把无数战士转送到革命战场，难道对新中国的诞生就没有丝毫的功劳?""过去的事已经过去了。在摧残文化的十年梦魇中我们损失了多少有关现代文学的珍贵资料，那么把经历了浩劫后却给保留下来的东西搜集起来保存下去，也该是一件好事。去年在隆重纪念鲁迅先生诞生百年的时候，我曾经这么想过，先生不见得喜欢这种热闹的场面吧。用现代文学馆来纪念先生也许更适当些。先生是我们现代文学运动的主帅，但他并不是'光杆司令'。倘使先生今天还健在，他会为文学馆的房子呼吁，他会帮助我们把文学馆早日建立起来。"巴金的话再次震动全国。胡乔木也非常气愤，第一个"闻风而动"，先是致信杨尚昆，请他帮助解决占房单位搬出的难题，接着致信北京市委领导。这样房子才终于彻底解决了。1982年10月16日，"中国现代文学馆筹建处"召开成立大会，胡乔木亲临万寿寺西院，为筹建处挂了牌子。

1985年3月26日，经过三年筹建的中国现代文学馆正式开馆。巴金由上海来到北京，亲自主持开馆典礼。胡乔木再次来到万寿寺，代表中共中央讲了话，向巴金先生表示感谢，并祝愿中国现代文学馆越办越好。当天晚上，电视新闻中播出了中国现代文学馆开馆的报道。看过电视新闻后，胡乔木说："这次会的主角是巴金老。这个馆是由他提议组织的，还拿出了十万元稿费和他的部分手稿、图书资料，今天的会议也是他主讲，但电视中只有他一个镜头，这不好。请电视台改一下重放。"

所有正直的知识分子真应该为胡乔木叫好!为胡乔木鼓掌!因为电视新闻上"只有巴金一个镜头"这样一件不足挂齿的小事，竟然在中央政治局委员胡乔木眼里变成了一件大事，并要求"请电视台改一下重放"。这是中国共产党人胡乔木对人的一种尊重，对知识的一种尊重!如此风范，谁与伦比?胡乔木除了带给我们一种久违的感动之外，也足以让那些天天琢磨想在媒体上"露一脸"的官僚们汗颜!

——这就是正直的胡乔木，这就是知心的胡乔木。

80 岁唱响《希望》破天荒祝寿,情系故乡为母校扬州中学作歌

1992 年 6 月 1 日,胡乔木迎来了 80 岁生日。

这个生日,胡乔木过得少有的开心,少有的快乐。投身革命工作以来,胡乔木从来没有过个生日。十年前,过 70 岁生日的时候,他自己给自己写了一组诗《有思》。这次,因为家人知道胡乔木的生命剩下的日子不多了,就破例在家中搞了一个小的生日晚会,为他祝寿。在这个生日聚会上,胡乔木收到了三份"寿礼"。

第一份礼物是人民出版社送来了刚刚赶印出来的《胡乔木文集》第一卷。这本书收录了胡乔木从 1941 年 6 月到 1986 年 2 月间撰写的政治评论文章 126 篇,44 万字。这些文章当年发表的时候都是以《解放日报》、新华社和《人民日报》的社论、评论名义发表的。这本书的出版,第一次向世界公开《苏必胜,德必败》《教条和裤子》《驳蒋介石》《再论无产阶级专政的历史经验》《西藏的革命和尼赫鲁的哲学》等名篇佳作的作者,就是胡乔木。而在《胡乔木文集》编选的过程中,妹妹方铭多次向他建议:"反右派"斗争的社论有七篇之多,不必全部收入文集。胡乔木没有接受妹妹的善意,说:"关于'反右'的七篇社论应该全部收入我的文集。'反右派'斗争是建国后我党犯的第一个大错误,它极大地挫伤了广大知识分子的积极性。在开展'反右派'斗争的决策时,我们党,从中央到地方,高度的一致。这是我党的重大决策从来没有过的一致。一定要实事求是,历史不容修饰。"胡乔木深知"反右派"斗争影响了大批知识分子的一生,尽管中共中央早已为绝大多数人平反昭雪,但人生的伤口是难以愈合的,情感的痛苦是无法弥补的。胡乔木为了让党牢记这段犯错误的历史,让人民知道他个人所犯的错误,他将自己参与起草的中央如何发动这场运动的史料原原本本地收入自己的文集并公布,毫不掩饰自己的是非,这既是他作为犯错误者的一种心灵苦痛,也是一种高风亮节的作风。"君子之过,如日月之食焉。过也,人皆见之;更也,人皆仰之。"

第二份礼物是儿子石英亲手为他塑了一尊头像。

第三份礼物是著名音乐家傅庚辰特邀歌唱家刘建国、手风琴演奏家张红星,演唱了傅庚辰根据胡乔木诗作《希望》谱写的歌曲——

> 贞洁的月亮,吸引着海洋。
> 热烈的希望,吸引着心房。
> 月下了又上,潮消了又涨。

我的心一样，收缩又紧张。

啊，我的生命，它多么仓促。

搏动的心脏，着魔地忙碌。

心和心相连，敲起了腰鼓。

烧起了篝火，跳起了圈舞。

波浪在奔腾，还没有倦时。

生命在代谢，舞没有断时。

纵然海知道，天会有暗时。

希望告诉心，云必有散时。

《希望》是胡乔木 1982 年写的，同年发表在 3 月 4 日的《中国青年报》。胡乔木说："这首诗的意思就是奋斗，是为了实现理想而不倦地忘我地奋斗！"音乐响起，《希望》在手风琴悠扬的旋律之中，在歌唱家美妙的歌声中，感染了在座的每一个人。坐在轮椅上的胡乔木显得非常激动，这是凝聚着他八十年信仰与理想的奋斗之歌啊！这是从他的心灵深处流淌出来如泉水一样清澈的歌啊！如此的圣洁，如此的坚贞，如此的纯粹……

一个月后，胡乔木的病情加重了。6 月 30 日晚上，胡乔木发觉右腿特别疼痛，经检查确定为癌症病理性骨折，随即住进了三〇一医院。胡乔木积劳成疾，躺倒在病床上，从此再也没有站起来。

胡乔木的病情是从 1991 年 12 月就开始恶化的。当时，他在解放军总医院检查治疗了一个月，"不意因病室便桶盖过小（原有的坏了，遂以小盖权代），右大腿肌肉神经长期受压，回家后乃发觉该处竟不能抬举，坐立维艰。医生对此也没有多少办法，只每日以按摩乳擦患处并热敷，行动减少，倦怠随之，以致写信也成了大事"。胡乔木是在 1992 年 1 月 15 日写给钱锺书的信中说起这些的。他说："病情相告，有损无益，但揆之友谊，自应直言，利害之间，亦费踌躇。每日蹉跎，延缓至今。另外还有一些病，不过主观上还没有什么感觉，年来迄在治疗，想无大碍，幸勿垂念。滋补食品和各种药物，纷至沓来，应接不暇，尤盼不用操心。病中谷羽悉心照料，无微不至，如对婴儿，天伦之乐，聊足自慰。终日少事，奉读新著，虽囫囵吞枣，意趣略可窥其一二。足下常自言衰朽，此书所表现的创作力、思维力、记忆力、想象力犹足震惊当世和后代，实可引为晚年之一大骄傲也。腿疾痊愈之前，已无法爬楼梯，度不克登门面谈，草此数语，用寄想思。岁寒望多珍重，杨绛、钱爱同志并此致候。即颂新春大吉。"

胡乔木是在接到钱锺书送来的一盒西洋参和著作《管锥编》后，写这封信的。信的落款非常自谦——"弟胡乔木"。与病魔搏斗的胡乔木在病床上依然坚持读书学习，依然还是那么达观，那么向上，那么虚怀若谷。8 月 2 日，他躺在病床上又给母校扬州中学写了一封信，说："你们写信给吕骥同志，请他为校歌作曲，吕骥同志因忙于他事，要我转请当代著名作曲家傅庚辰同志作曲。傅建议我将原题词稍加扩充，我已和他合作了一首，前已送上，后觉此歌词仍不适于作校歌，故又补写了一段作为第一段，仍请傅庚辰同志作曲，傅又另作了一曲，并唱给我听了，我觉得此曲旋律优美，感情洋溢，表示满意。现将新的校歌词曲再寄上，请查收。收到后，望简复表示收到，傅现任解放军艺术学院院长，来信望对他致谢。"

扬州中学是胡乔木 1924 年到 1930 年就读的学校。为了庆祝建校 90 周年，胡乔木应邀写了题词："扬州中学，我亲爱的母校！我生命的摇篮！六年似水的光阴，多么值得眷恋！愿你美妙的青春永远，青春永远驻守校园！愿你放射的光辉永远照耀，永远照耀人间！"因为胡乔木的题词像诗一样美，母校就决定将这个题词作为新校歌。胡乔木答应了，并在这个题词前面又补写了一段歌词："扬州中学，你扬州的骄傲！你中学的明珠！在你的怀抱中生长，怎能把你辜负？啊，为河山要画出新图，但一切我们还生疏！啊，学习学习再学习，进步进步再进步！"

这个时候，因为癌细胞已经扩散至肝、肺，呼吸日渐困难，讲话也已经很吃力，不得不戴上氧气罩。1992 年 8 月 14 日，胡乔木转院到三〇五医院治疗。9 月 9 日，他躺在病床上，把信纸夹在一块玻璃上，又非常吃力地给母校回了一封信——

八月二十八日来信并给傅庚辰同志信，九月五日收到。我在病床上得悉你们全校师生一起投入学习新校歌的热潮，自然也备感到兴奋。你们对新校歌的评价显然过高，但是全校师生如此的热情却使我这个在校六年（一九二四——一九二七江苏八中，一九二七——一九三〇江苏扬中）的老校友与扬州中学结下了新缘分。我说在病床上写信和写作歌词，这是实情，但我决不希望有任何人以任何名义来此慰问之类，对此我决不接见。此事务请坚决彻底做到。

然而，谁也不会想到，这竟是胡乔木的绝笔！胡乔木对母校扬州中学非常依恋。1990 年前后，他曾回故乡一趟，本想去母校看看，但又怕影响学校的正常教学，他干脆默默地沿着学校的围墙在外面走了一圈……

忌日:1992年9月28日;魂归革命圣地延安

"俯首甘为孺子牛"。鲁迅的诗句始终挂在胡乔木办公桌对面的墙上,一抬头就能看见。而胡乔木真的就是这样的一头知难而进、见难而上、克难而胜,默默耕耘的,一辈子用笔为人民服务的"孺子牛"。

早在1941年1月,胡乔木在《中国青年》第三卷第三期上发表了散文《说难》——

　　难之一字,拿破仑君说是只在愚人的字典里才有的。我自幼就一直用着愚人的字典,大概是愈用愈愚了,我现在竟以为,在真正愚人的字典里,怕只有一个易字,而拿君之所以一败于莫斯科,再败于滑铁卢,终致身败名裂者,或者也就是吃了聪明人的字典的亏吧。

　　知难并不是怕难。不知难而见难,所以怕难,见难而不难,则因为知难。空想家的拿破仑不怕难,但是怕承认难,结果与怕难就只隔了一层纸。我们必须不怕难也不怕承认难,故我们必须知难。

　　进化论的智识虽然不好贴上封条搬到人类史上来适用,但人类的祖先能够不断辞别千千万万的因苟安而灭亡的同类,为他们今日的子孙开辟一条这样寂寞而且漫长的旅程,想来决不是易事。缩小范围来说,对于一个卵子的受精而成人,虽然雄蜂样的懒汉们也常自命为完成了什么任务,但是一个母亲却知道她为了这个任务,如何在六千七百多小时里,沉默地贡献她的一身作资本,并且加上了她的一生作赌注。而每一个新的地球的子民刚一脱离母亲就哭了,想象力泛滥的诗人虽因此一口判定为天才的厌世家,但是愚笨的生理学者却慢慢发现了这原来是为了呼吸。生理学者并且发现了,无论一个聪明人怎样把世界看得容易,他的每一个细胞却不待主人的指挥,总还是辛勤地工作着,奋斗着,直到他的死。这一场也就证明了生存竞争,宣示了辩证法的真理。子曰:天行健。我想除了寥寥的几尊聪明的脑袋以外,这天应该是包含了凡有人类的生命在内的。

　　天行健,因为天里面孕含着矛盾。客观和主观之间横隔着可想的矛盾,于是有难。妄人轻难而败,懦夫怕难而退,勇者知难而进。马克思列宁主义者是真勇者,所以他们革命,他们提倡朴素切实、埋头苦干、艰苦奋斗。困难是无穷的,旧的完了,新的又来,所以革命永远厌恶轻妄和怠惰,正如轻妄和怠惰永远厌恶革命。这是革命的纪律,这也是生命的自然的纪律。

中国人说,人生识字忧患始。有忧患处乃有进步和快乐。

所以这句话并不曾吓倒了人们不识字。而且应该首先说,人生忧患识字始。文穷而后工,欲速则不达。历史从不给排列空洞词句的文学家、玩弄肤浅思想的哲学家、追逐个人地位的政治家留下地位。正如几何学从不给拒绝下苦功的国王们准备道路一样。

"有忧患处乃有进步和快乐。"胡乔木就是在忧国忧民之中追求进步和光明,追求快乐和幸福的。那个时候,胡乔木还不到 30 岁。"天行健,君子以自强不息";"先天下之忧而忧,后天下之乐而乐"——这些古老的中国格言,不仅仅是胡乔木的座右铭,已化作他 60 年革命的实践。

在 70 岁那年,胡乔木为自己写了一首诗《歌者》——"羡慕我的,赠给我鲜花,/厌恶我的,扔给我青蛙。/酸甜苦辣,为美的追求,/这缭乱的云烟怎得淹留!/在路旁劳动和休息的乡亲,/凭咱们共死同生的命运,/我要上高山,看人寰的万象,/要畅饮清风,畅浴阳光,/要尽情地歌唱,唱生活的情歌,/直到呕出心,像临末的天鹅。"诗言志。胡乔木把自己喻作为党、为革命、为祖国、为人民歌唱的天鹅,呕心沥血,死而后已。

老子曰:居善地,心善渊,与善信,政善治,事善能,动善时。上善若水。80 年一路走来,胡乔木就是以智者乐水的胸怀和气象,历尽了人生的艰难险阻,踏平了岁月的崎岖不平。80 年的风风雨雨,多少磕磕碰碰? 80 年的上上下下,多少坎坎坷坷? 80 年,胡乔木一身清白,两袖清风,淡然到老,把生命同中国革命的艰巨事业和中华民族的伟大复兴、人民的根本福祉,紧紧地融为了一体……

1992 年 9 月 12 日,三〇五医院发出了胡乔木病危通知书。

9 月 14 日,薄一波、邓力群前来探望。

9 月 17 日上午,中共中央政治局常委乔石、李瑞环前来探望;下午,中共中央总书记江泽民赶来了,国务院总理李鹏赶来了;晚上,国家主席杨尚昆也赶来了。

9 月 19 日,姚依林上午来了,陈云和王震下午也派秘书来了。陈云派秘书向胡乔木转达了他的三句话:乔木为主席做了很多工作;为党中央和中央领导同志做了很多工作;为中央纪委做了很多工作。

9 月 21 日,中共中央政治局常委宋平来了……戴着氧气面罩的胡乔木脑子依然是清醒的,但他只能用眼角浮现的微笑、握手这样的方式来表达他的心了……

9月21日,胡乔木把自己的诗集《人比月光更美丽》修订稿送钱锺书审定。其间,他躺在病床上阅读杨绛的《干校六记》初稿,并给予高度评价:"怨而不怒,哀而不伤,绵绵悱恻,句句真话。"妻子谷羽心疼他的身体,劝他别看。女儿木英就告诉他:"妈妈生气了。"于是胡乔木在病榻上写下了他人生的最后诗篇:"白头翁念白头婆,一日不见如三秋……"

9月24日,胡乔木让女儿木英把钱锺书改定的后记、附录念给他听……

9月26日,胡乔木突然想起来要吃鱼皮。家人买回来后准备做给他吃,谁知这最后的一点小小心愿最终也没有能够满足他……家人和身边工作人员的心都碎了……

9月27日,鼻子插着氧气管、嘴上戴着呼吸罩的胡乔木,用颤颤巍巍的双手翻看了《人民日报》一至八版……也就是在这天早上,他从新华社电讯中得知25日是巴金88岁生日,这时他已经病得没有一点力气了,仍然想强撑着坐起来亲笔写份贺电。无奈手已经颤抖得无力握笔,只得口授:"连日卧病,不克到沪,亲临致贺。写给巴金文学大杰寿辰。胡乔木。"

9月27日晚,头脑清醒的胡乔木把夫人谷羽、女儿木英、儿子石英叫到身边,他知道自己的生命即将画上句号了。儿子石英也准备好了录音机,聆听父亲最后的嘱托。胡乔木向中共中央建议,注意研究苏联解体和东欧社会主义阵营解散的原因,要继续推进中国特色社会主义事业……这就是一个肺、肝、肾被癌细胞啃噬得只剩下了最后一点活力的人,在生命的最后时刻留给家人的话,留给他深爱的党、祖国和人民的话。随后胡乔木陷入昏迷,再也没有醒来……

9月28日7时16分,一颗伟大而忙碌的心停止了跳动……

10月3日,新华社发出了中共中央、中央顾问委员会的讣告:"久经考验的忠诚的共产主义战士、无产阶级革命家、杰出的马克思主义理论家、政论家和社会科学家、我党思想理论文化宣传战线的卓越领导人,中共中央顾问委员会常务委员、中共中央党史领导小组副组长、中国社会科学院名誉院长胡乔木同志,因病医治无效,于1992年9月28日7时16分在北京逝世,享年81岁……"

胡乔木生前就把家乡的故居捐赠给了母校张本小学,建立了"六一图书馆";逝世后,家人遵照他的遗嘱,把近十万册藏书、资料全部捐献给国家和人民,并遵照他1983年8月16日倡议身后将遗体交给医学界利用,他把眼角膜捐献出来……

胡乔木说:"历史从不给排列空洞词句的文学家、玩弄肤浅思想的哲学家、追逐个人地位的政治家留下地位。正如几何学从不给拒绝下苦功的国王们准备道路一样。"

1992年10月26日,遵照胡乔木遗愿,他的骨灰撒在了中国革命的圣地——延安,他又回到了那片红色的热土上,他要亲一亲那里的每一朵花每一棵草,亲一亲那里的每一寸土地每一片庄稼,亲一亲延河的水,亲一亲宝塔山下的城市和村庄……

青山作证。黄河作证。

2005年10月至2007年5月初稿
2007年6月至9月二稿
2008年3月至6月三稿
2011年4月修订定稿
于北京平安里弃疾斋

局限的历史和历史的局限(后记)

　　人类的历史,就是思想史。或者也可以说,就是思想者的历史。

　　胡乔木,思想者也。在中共历史上,在共和国历史上,胡乔木是一个不可忽略的人物,或许也很难再找出第二个!

　　历史不会忘记胡乔木。从 1941 年开始,胡乔木就一直在中共中央工作,长达五十多年,经历了中共在战争年代从胜利走向胜利的岁月,亲历了共和国开国大业到改革开放走向世界的历史。他写作、整理或参与起草、修改的中共中央重要、重大文件和文章没有人可以计算,或许他本人也不知道自己一辈子究竟写下了多少文字。而他笔下的许多文件、文章,不仅影响了中国革命的历史进程,而且已成为中共党史和共和国历史的经典文献。正如杨尚昆所说,胡乔木是"一个终生用笔来为人民服务的人"。胡乔木的人生沉浮与中共党史的曲折发展紧紧联系在一起, 他个人命运的起承转合与共和国的命运紧紧联系在一起。因此,胡乔木的历史从一个侧面反映了半个多世纪以来中共思想、文化发展的历史进程。

　　胡乔木说:"愤怒出诗人,但不出历史学家。"面对历史,我们或壮怀激烈仰天长叹,或引吭高歌击掌叫绝,或怒发冲冠拍案而起,或俯首沉思一声叹息。而对于一个历史人物,任何人(包括他自己)都有自己的说法。但说什么?怎么说?这既是立场问题,更是历史问题。我们需要尊重,更需要尊严。在历史的长河中,历史人物处在历史创造的现场。我们在观看或记录历史时,就必须回到那个历史的现场, 建立一个实事求是的坐标系——纵横立体的而不是单一片面的,整体全面的而不是断章取义的,客观联系的而不是割裂歪曲的,发展变化的而不是孤立静止的——把"此处"的自己慢慢地放在"彼处"、放在"彼时",去分析"彼人"和"彼事",既不要忘了历史的"背景",也不要当"事后诸葛"和"马后炮"。也就是说,对于历史人物的研究,我们同样需要准确把握其历史发展的主题和主线、主流和本质，以客观的实事求是的方法和辩证唯物主义的态度，去全面分析。诚如胡乔木所说：研究历史，我们的目的不是面向过去，而是面向现在，面向未来。

历史是有局限性的。任何一个历史人物也都有局限性，胡乔木也不例外。甚至，现在的我们也身在局限之中。没有一个历史人物能够超越时代，超越历史，从而超越自身的历史使命。因此，审视历史，无论是宏观全局、中观局部，还是微观细节，我们千万不要在局限的历史中陷入历史的局限，更不能陷入自身的局限。我们应该正视历史的局限，正视历史人物的历史局限性，一分为二地在历史的局限中总结过去，在局限的历史中展望未来。只有这样，我们阅读历史的时候才会感到真实，感到纵深，感到智慧，也感受到境界和力量。

作为一部非虚构作品，本书写作的历史资料大多是从与胡乔木有过交往的前辈的回忆和著述，以及历史学家、学者、记者和作家们发表的文章和著作中汲取的。就像任何一个对探究历史感兴趣的人一样，我要感谢前辈们用感情和心血给我们留下的这些宝贵的历史记忆。我相信：优秀的传记将带着读者回到历史的现场，在现实的背影中看见未来。而伟大的传记作品，特别是那些品行良好的历史人物的传记，给人类带来了福音——它教给人们和世界一种高尚的生活、高贵的思想和充满生机活力的行为模式，对人的成长是最有启发和最有作用的。

《中共中央第一支笔——胡乔木在毛泽东邓小平身边的日子》终于在中国共产党建党90周年前夕顺利出版，我非常欣慰。孔子曰：三十而立，四十不惑。决心动笔为胡乔木作传的时候，我35岁，真可谓是初生牛犊不畏虎。如今，五年心血流过，砥砺人生，我却"三十不立，四十而惑"了。这部胡乔木传，是我十年来在文学、历史、学术之间探索跨界和跨文体写作的一个成果。在此，我衷心感谢胡乔木子女胡木英女士、胡石英先生及其侄子胡贻志先生的信任和支持，真诚感谢当代中国研究所所长朱佳木先生、中央文献研究室副主任李捷先生等前辈的关心和帮助，感谢中央文献研究室专家们给予的指导和审核。

前人栽树，后人乘凉。

胡乔木，好大一棵树。

乔木不朽！

丁晓平　谨志
2011年5月于平安里弃疾斋

附录

胡乔木参与或主持整理编辑的重要文献和执笔撰写的重要文章

1. 1941年2月至1942年，协助毛泽东编辑校订《六大以来》《六大以前》和《两条路线》。

2. 1942年5月，整理毛泽东《在延安文艺座谈会上的讲话》。

3. 1944年5月至1945年4月，参与起草中共第一个历史决议《关于若干历史问题的决议》。

4. 1944年9月，记录整理毛泽东在张思德追悼会上的讲话《为人民服务》。

5. 1945年8月，参与重庆谈判《双十协定》的起草。

6. 1946年4月，撰写《解放日报》社论《驳蒋介石》。

7. 1947年9月，起草"中国人民解放军口号四十条"。

8. 1947年10月，参与起草了《中国人民解放军宣言》，起草《中国人民解放军训令》《中国人民解放军口号》和《中国人民解放军总部关于重新颁布"三大纪律八项注意"的训令》。

9. 1948年2月，完成《中共中央关于土地改革中各阶级的划分及其待遇的规定(草案)》的起草工作。

10. 1949年3月，起草新华社新闻稿《中共召开七届二中全会》。

11. 1949年6月至9月，参与起草《中国人民政治协商会议共同纲领》。

12. 1949年8月，撰写新华社社论《无可奈何的供状——评美国关于中国问题的白皮书》。

13. 1949年9月，撰写新华社社论《中华人民共和国万岁！》

14. 1950年5月，协助毛泽东编辑《毛泽东选集》。

15. 1951年6月，主持撰写《人民日报》社论《正确地使用祖国的语言,为语言的纯洁和健康而斗争》。

16. 1951 年 6 月,撰写《中国共产党的三十年》,经毛泽东审阅批示以其个人名义在《人民日报》发表。

17. 1953 年 12 月,与毛泽东一起起草《中华人民共和国宪法》。

18. 1954 年 2 月,起草《关于增强党的团结的决议》,中共七届四中全会通过。

19. 1954 年 9 月,协助周恩来起草并修改第一届全国人大第一次会议《政府工作报告》。

20. 1955 年 1 月,参与修改《农业生产合作社示范章程》。

21. 1955 年 3 月,在全国政协作《汉字简化和改革的问题》报告。

22. 1955 年 5 月,起草中共八大文件,参与修改中共党章。

23. 1955 年 11 月,协助周恩来起草在知识分子问题会议上的报告。

24. 1956 年 2 月,起草《国务院关于推广普通话的指示》。

25. 1956 年 12 月,执笔撰写《再论无产阶级专政的历史经验》。

26. 1957 年 11 月,在毛泽东指导下,调整修改《莫斯科宣言》。

27. 1958 年 11 月,起草《关于人民公社若干问题的决议》。

28. 1959 年 5 月,执笔撰写《西藏的革命和尼赫鲁的哲学》。

29. 1959 年 8 月,主持起草《庐山会议诸问题的议定记录(草稿)》。

30. 1975 年 7 月至 12 月,协助修改"工业二十条"和《科学院工作汇报提纲》,指导撰写理论文章《论全党全国各项工作的总纲》,后被"四人帮"诬蔑为"三株大毒草"。在邓小平领导下整理毛泽东的《论十大关系》。

31. 1977 年 5 月,主持新版《鲁迅全集》的注释和编辑出版工作。

32. 1977 年 8 月,主持写作《毛主席关于三个世界划分的理论是对马克思列宁主义的重大贡献》。

33. 1978 年 7 月,在国务院务虚会上发表《按照经济规律办事,加快实现四个现代化》讲话,《人民日报》10 月 6 日发表。

34. 1978 年 11 月至 12 月,协助邓小平起草在中央工作会议上的讲话《解放思想,实事求是,团结一致向前看》。

35. 1978 年 12 月,起草《农村人民公社工作条例(试行)》。

36. 1978 年 12 月,领导《毛泽东选集》第一至四卷第二版的修订工作,主持编辑《毛泽东诗词选》新编本。

37. 1979 年 1 月,在中宣部碰头会上发表《关于社会主义时期阶级斗争的一些提法问题》的讲话。

38. 1979 年 3 月，协助邓小平起草在全国理论工作务虚会上的讲话《坚持四项基本原则》。

39. 1979 年 7 月至 9 月，主持起草叶剑英在《庆祝中华人民共和国成立 30 周年大会上的讲话》。

40. 1979 年 10 月至 1980 年 6 月，主持起草《建国以来党的若干历史问题的决议》。

41. 1980 年 1 月，协助中央纪委起草《关于党内政治生活的若干准则》。

42. 1980 年 5 月至 1982 年 4 月，在任中共中央文献研究室主任期间，主持编辑出版《邓小平文选》第一、二卷和《周恩来选集》《刘少奇选集》《朱德选集》《任弼时选集》《陈云文选》等。

43. 1980 年 8 月，在中共中央宣传部召集的思想战线问题座谈会上发表《当前思想战线的若干问题》的讲话。

44. 1980 年 8 月，协助邓小平起草《党和国家领导制度的改革》。

45. 1980 年 9 月，协助彭真修改宪法。

46. 1982 年 6 月，在中国文联四届二次全委会招待会上发表《关于文艺与政治关系的几点意见》的讲话。

47. 1982 年 8 月至 9 月，负责起草中共十二大报告和修改党章。

48. 1983 年 10 月，协助邓小平起草中共十二届二中全会的讲话《党在组织战线和思想战线上的迫切任务》。

49. 1984 年 1 月，在中共中央党校发表《关于人道主义和异化问题》的讲话。

50. 1989 年 3 月至 4 月，在美国访问期间发表《中国在五十年代怎样选择了社会主义》《中国为什么犯二十年的"左"倾错误》《中国领导层怎样决策》等学术演讲。

51. 1990 年 4 月，撰写《对社会主义的新认识》。

52. 1991 年 4 月至 5 月，撰写《中国共产党怎样发展了马克思主义》，《人民日报》6 月 25 日全文发表。

（丁晓平　辑）